WINKLER
WELTLITERATUR
WERKDRUCK
AUSGABE

Der Alte Simplicissimus
Der Knan
Die Meüder
Der junge Simplicius
Das frome Ursüle
Simplicissimus sein Sohn sein
Knan und die Meüder stehen
Samt der fromen Ursel hie
wie Sie Natural aus sehen

Deß
Teütschen Simplicissi=
mi Redi-vivi
Lust- und Lehr-reiche
Schrifften Marck.
Verlegts
Joh: Jonathan Felß-
ecker.

Der Abenteuerliche
Teutsche Simplicissimus
Ich würde dürchs Fewer wie Fœnix geborn
Ich flog dürch die Lüffte: würd doch nit verlorn,
Ich wandert dürchs Wasser, Ich reißt über Land,
in solchem Umbschwermen mach ich mir bekandt,
was mich offt betrüebet ünd selten ergetzt,
was war das? Ich habs in diß Büche gesetzt,
damit sich der Leser gleich wie Ich itzt thüe
entferne der Thorheit ünd lebe in Rühe.

HANS JAKOB CHRISTOFFEL VON GRIMMELSHAUSEN

DER ABENTEUERLICHE SIMPLICISSIMUS

WINKLER VERLAG MÜNCHEN

Vollständige Ausgabe. Nach den ersten Drucken des »Simplicissimus Teutsch« und der »Continuatio« von 1669 herausgegeben und mit einem Nachwort versehen von Alfred Kelletat. Die Illustrationen sind der ersten Gesamtausgabe von 1683/84 entnommen.

 Verlegt 1956 im Winkler Verlag, München. Gesamtherstellung: Friedrich Pustet, Graphischer Großbetrieb, Regensburg. Printed in Germany 1985

ISBN 3 538 06510 1

DAS ERSTE BUCH

Das 1. Kapitel

Vermeldet Simplicii bäurisch Herkommen und gleichförmige Auferziehung

Es eröffnet sich zu dieser unserer Zeit (von welcher man glaubt, daß es die letzte sei) unter geringen Leuten eine Sucht, in der die Patienten, wenn sie daran krank liegen, und so viel zusammen geraspelt und erschachert haben, daß sie neben ein paar Hellern im Beutel ein närrisches Kleid auf die neue Mode mit tausenderlei seidenen Bändern antragen können, oder sonst etwa durch Glücksfall mannhaft und bekannt worden, gleich rittermäßige Herren und adelige Personen von uraltem Geschlecht sein wollen; da sich doch oft befindet, daß ihre Voreltern Taglöhner, Karchelzieher* und Lastträger; ihre Vettern Eseltreiber; ihre Brüder Büttel und Schergen; ihre Schwestern Huren; ihre Mütter Kupplerinnen oder gar Hexen; und in Summa ihr ganzes Geschlecht von allen 32 Anichen* her also besudelt und befleckt gewesen, als des Zuckerbastels Zunft zu Prag* immer sein mögen; ja sie, diese neuen Nobilisten, sind oft selbst so schwarz, als wenn sie in Guinea geboren und erzogen wären worden.

Solchen närrischen Leuten nun mag ich mich nicht gleich stellen, obzwar, die Wahrheit zu bekennen, nicht ohn ist, daß ich mir oft eingebildet, ich müsse ohnfehlbar auch von einem großen Herrn, oder wenigst einem gemeinen Edelmann, meinen Ursprung haben, weil ich von Natur geneigt, das Junkernhandwerk zu treiben, wenn ich nur den Verlag* und das Werkzeug dazu hätte. Zwar ohngescherzt, mein Herkommen und Auferziehung läßt sich noch wohl mit eines Fürsten vergleichen, wenn man nur den großen Unterscheid nicht ansehen wollte. Was? Mein Knan* (denn also nennet man die Väter im Spessart) hatte einen eignen Palast, so wohl als ein anderer, ja so artlich, dergleichen ein jeder König mit eigenen Händen zu bauen nicht vermag, sondern solches in Ewigkeit wohl unterwegen lassen wird; er war mit Leimen* gemalet und anstatt des unfruchtbaren Schiefers, kalten Bleis und roten Kupfers mit Stroh bedeckt, darauf das edel Getreid wächst; und damit er, mein Knan, mit seinem Adel und Reichtum recht prangen möchte, ließ er die Mauer um sein Schloß nicht mit Mauersteinen, die man am Weg findet oder an unfruchtbaren Orten aus der Erden gräbt, viel weniger mit liederlichen gebackenen Steinen, die in geringer Zeit verfertigt und gebrannt werden können, wie andere große Herren zu tun pflegen, aufführen; sondern er nahm Eichenholz dazu, welcher nützliche edle Baum, als worauf Bratwürste und fette Schinken wachsen, bis zu seinem vollständigen Alter über hundert Jahr erfordert: Wo ist ein Monarch, der ihm dergleichen nachtut? Seine Zimmer, Säl' und Gemächer hatte er inwendig vom Rauch ganz erschwarzen lassen, nur darum, dieweil dies die beständigste Farb von der Welt ist, und dergleichen Gemäld bis zu seiner Perfektion mehr Zeit brauchet, als ein künstlicher Maler zu seinen trefflichsten Kunststücken erfordert. Die Tapezereien waren das zarteste Geweb auf dem ganzen Erdboden, denn diejenige machte uns solche, die sich vor alters vermaß, mit der Minerva selbst um die Wett zu spinnen*. Seine Fenster waren keiner anderen Ursache halber dem Sant Nitglas* gewidmet, als darum, dieweil er wußte, daß ein solches vom Hanf oder Flachssamen an zu rechnen, bis es zu seiner vollkommenen Verfertigung gelangt, weit mehrere Zeit und Arbeit kostet als das beste und durchsichtigste Glas von Muran, denn sein Stand macht' ihm ein Belieben zu glauben, daß alles dasjenige, was durch viel Mühe zuwege gebracht würde, auch schätzbar und desto köstlicher sei, was aber köstlich sei, das sei auch dem Adel am anständigsten. Anstatt der Pagen, Lakaien und Stallknecht hatte er Schaf, Böcke und Säu, jedes fein ordentlich in seine natürliche Liberei gekleidet, welche mir auch oft auf der Weid aufgewartet, bis ich sie heim getrieben. Die Rüst- oder Harnischkammer war mit Pflügen, Kärsten, Äxten, Hauen, Schaufeln, Mist- und Heugabeln genugsam versehen, mit welchen Waffen er sich täglich übet'; denn Hacken und Reuten war seine disciplina militaris wie bei den alten Römern zu Friedenszeiten, Ochsen anspannen war sein hauptmannschaftliches Kommando, Mist ausführen sein Fortifikationwesen und Ackern sein Feldzug, Stallausmisten aber seine adelige Kurzweil und Turnierspiel; hiermit bestritt er die ganze Weltkugel, soweit er reichen konnte, und jagte ihr damit alle Ernt ein reiche Beut ab. Dieses alles setze ich hintan und überhebe mich dessen ganz nicht, damit niemand Ursach habe, mich mit andern meinesgleichen neuen Nobilisten auszulachen, denn ich schätze mich nicht besser, als mein Knan war, welcher diese seine Wohnung an einem sehr lustigen Ort, nämlich im Spessart liegen hatte, allwo die Wölf einander gute Nacht geben. Daß ich aber nichts Ausführliches von meines Knans Geschlecht, Stamm und Namen für diesmal doziert, geschiehet um geliebter Kürze willen, vornehmlich, weil es ohne das allhier um keine adelige Stiftung zu tun ist, da ich soll auf schwören; genug ists, wenn man weiß, daß ich im Spessart geboren bin.

Gleich wie nun aber meines Knans Hauswesen sehr adelig vermerkt wird, also kann ein jeder Verständige auch leichtlich schließen, daß meine Auferziehung derselben gemäß und ähnlich gewesen; und wer solches dafür hält, findet sich auch nicht betrogen, denn in meinem zehenjährigen Alter hatte ich schon die principia in obgemeldten meines Knans adeligen Exerzitien begriffen, aber der Studien halber konnte ich neben dem berühmten Amphistidi* hin passieren, von welchem Suidas* meldet, daß er nicht über fünfe zählen konnte; denn mein Knan hatte vielleicht einen viel zu hohen Geist, und folgte dahero dem gewöhnlichen Gebrauch jetziger Zeit, in welcher viel vornehme Leute mit Studieren oder, wie sie es nennen, mit Schulpossen sich nicht viel bekümmern, weil sie ihre Leut haben, der Blackscheißerei* abzuwarten. Sonst war ich ein trefflicher Musicus auf der Sackpfeifen, mit der ich schöne Jalemj-Gesäng* machen konnte. Aber die Theologiam anbelangend, laß ich mich nicht bereden, daß einer meines Alters damals in der ganzen Christenwelt gewesen sei, der mir darin hätte gleichen mögen, denn ich kennete weder Gott noch Menschen, weder Himmel noch Höll, weder Engel noch Teufel, und wußte weder Gutes noch Böses zu unterscheiden: Dahero ohnschwer zu gedenken, daß ich vermittelst solcher Theologiae wie unsere ersten Eltern im Paradies gelebt, die in ihrer Unschuld von Krankheit, Tod und Sterben, weniger von der Auferstehung nichts gewußt. O edels Leben! (du mögst wohl Eselsleben sagen) in welchem man sich auch nichts um die Medizin bekümmert. Eben auf diesen Schlag kann man mein Erfahrenheit in dem Studio legum* und allen andern Künsten und Wissenschaften, soviel in der Welt sind, auch verstehen. Ja ich war so perfekt und vollkommen in der Unwissenheit, daß mir unmöglich war zu wissen, daß ich so gar nichts wußte. Ich sage noch einmal, o edles Leben, das ich damals führete! Aber mein Knan wollte mich solche Glückseligkeit nicht länger genießen lassen, sondern schätzte billig sein, daß ich meiner adeligen Geburt gemäß auch adelig tun und leben sollte, derowegen fing er an, mich zu höhern Dingen anzuziehen, und mir schwerere Lectiones aufzugeben.

Das 2. Kapitel

Beschreibet die erste Staffel der Hoheit, welche Simplicius gestiegen, samt dem Lob der Hirten, und angehängter trefflicher Instruktion

Er begabte mich mit der herrlichsten Dignität, so sich nicht allein bei seiner Hofhaltung, sondern auch in der ganzen Welt befand, nämlich mit dem Hirtenamt: Er vertraut' mir erstlich seine Säu, zweitens seine Ziegen, und zuletzt seine ganze Herd Schaf, daß ich selbige hüten, weiden, und vermittelst meiner Sackpfeifen (welcher Klang ohnedas, wie Strabo* schreibet, die Schaf und Lämmer in Arabia fett macht) vor dem Wolf beschützen sollte; damals gleichete ich wohl dem David, außer daß jener, anstatt der Sackpfeife, nur eine Harfe hatte, welches kein schlimmer Anfang, sondern ein gut Omen für mich war, daß ich noch mit der Zeit, wenn ich anders das Glück dazu hätte, ein weltberühmter Mann werden sollte; denn von Anbeginn der Welt sind jeweils hohe Personen Hirten gewesen, wie wir denn vom Abel, Abraham, Isaak, Jakob, seinen Söhnen und Mose selbst in der H. Schrift lesen, welcher zuvor seines Schwähers Schaf hüten mußte, ehe er Heerführer und Legislator über 600000 Mann in Israel ward. Ja, möchte mir jemand vorwerfen, das waren heilige gottergebene Menschen, und keine Spessarter Baurenbuben, die von Gott nichts wußten. Ich muß gestehen, aber was hat meine damalige Unschuld dessen zu entgelten? Bei den alten Heiden fand man so wohl solche Exempla, als bei dem auserwählten Volk Gottes: Unter den Römern sind vornehme Geschlechter gewesen, so sich ohn Zweifel Bubulcos, Statilios, Pomponios, Vitulos, Vitellios, Annios, Capros* und dergleichen genennet, weil sie mit dergleichen Vieh umgangen, und solches auch vielleicht gehütet: Zwar Romulus und Remus sind selbst Hirten gewesen; Spartacus*, vor welchem sich die ganze römische Macht so hoch entsetzet, war ein Hirt. Was? Hirten sind gewesen (wie Lucianus* in seinem Dialogo Helenae bezeuget) Paris, Priami des Königs Sohn, und Anchises, des trojanischen Fürsten Aeneae Vater; der schöne Endymion*, um welchen die keusche Luna selbst gebuhlet, war auch ein Hirt; item der greuliche Polyphemus*; ja die Götter selbst (wie Phornutus* sagt) haben sich dieser Profession nicht geschämt, Apollo hütet' Admeti, des Königs in Thessalia, Kühe, Mercurius, sein Sohn Daphnis, Pan und Proteus* waren Erzhirten, dahero sind sie noch bei den närrischen Poeten der Hirten Patrone; Mesa, König in Moab, ist, wie man im zweiten Buch der König' lieset, ein Hirt gewesen, Cyrus, der gewaltige König Persarum, ist nicht allein von Mithridate, einem Hirten, erzogen worden, sondern hat auch selbst gehütet; Gyges war ein Hirt, und hernach durch Kraft eines Rings ein König. Ismael Sophi, ein persischer König, hat in seiner Jugend ebenmäßig das Vieh gehütet, also daß Philo der Jud in Vita Mosis trefflich wohl von der Sach redet, wenn er sagt: Das Hirtenamt sei ein Vorbereitung und Anfang zum Regiment; denn gleichwie die Bellicosa und Martialia Ingenia erstlich auf der Jagd geübt und angeführt werden, also soll man auch diejenigen, so zum Regiment gezogen sollen werden, erstlich in dem lieblichen und freundlichen Hirtenamt anleiten. Welches alles mein Knan wohl verstanden haben muß, und mir noch bis auf diese Stund keine geringe Hoffnung zu künftiger Herrlichkeit macht.

Aber indessen wieder zu meiner Herd' zu kommen, so wisset, daß ich den Wolf ebensowenig kennet', als meine eigene Unwissenheit selbst; derowegen war mein Knan mit seiner Instruktion desto fleißiger. Er sagte: „Bub bis fleißig*, loß di Schoff nit ze wit vunananger laffen, un spill wacker uff der Sackpfeiffa, daß der Wolf nit komm, und Schada dau, denn he is a solcher veirboinigter Schelm und Dieb, der Menscha und Vieha frißt, un wenn dau awer farlässi bist, so will eich dir da Buckel arauma*." Ich antwortet mit gleicher Holdseligkeit: „Knano, sag mir aa, wei der Wolf seihet? Eich huun noch kan Wolf gesien*." „Ah dau grober Eselkopp", repliziert' er hinwieder, „dau bleiwest dein Lewelang a Narr, geit meich wunner, was aus dir wera wird, bist schun su a grußer Dölpel, un waist noch neit, was der Wolf für a veirfeußiger Schelm is." Er gab mir noch mehr Unterweisungen, und wurde zuletzt unwillig, maßen er mit einem Gebrümmel fortging, weil er sich bedünken ließ, mein grober Verstand könnte seine subtilen Unterweisungen nicht fassen.

Das 3. Kapitel

Meldet von dem Mitleiden einer getreuen Sackpfeif

Da fing ich an mit meiner Sackpfeifen so gut Geschirr zu machen, daß man den Krotten im Krautgarten damit hätte vergeben* mögen, also daß ich vor dem Wolf, welcher mir stetig im Sinn lag, mich sicher genug zu sein bedünkte; und weilen ich mich meiner Meuder erinnert' (also heißen die Mütter im Spessart und am Vogelsberg), daß sie oft gesagt, sie besorge, die Hühner würden dermaleins von meinem Gesang sterben, also beliebte mir auch zu singen, damit das Remedium wider den Wolf desto kräftiger wäre, und zwar ein solch Lied, das ich von meiner Meuder selbst gelernet hatte.

Du sehr-verachter Bauren-Stand,
Bist doch der beste in dem Land,
Kein Mann dich gnugsam preisen kann,
Wann er dich nur recht siehet an.

Wie stünd es jetzund um die Welt,
Hätt Adam nicht gebaut das Feld,
Mit Hacken nährt sich anfangs der,
Von dem die Fürsten kommen her.

Es ist fast alles unter dir,
Ja was die Erd nur bringt herfür,
Wovon ernähret wird das Land,
Geht dir anfänglich durch die Hand.

Der Kaiser, den uns Gott gegeben,
Uns zu beschützen, muß doch leben
Von deiner Hand, auch der Soldat,
Der dir doch zufügt manchen Schad.

Fleisch zu der Speis zeugst auf allein,
Von dir wird auch gebaut der Wein,
Dein Pflug der Erden tut so not,
Daß sie uns gibt genugsam Brot.

Die Erde wär ganz wild durchaus,
Wann du auf ihr nicht hieltest Haus,
Ganz traurig auf der Welt es stünd,
Wenn man kein Bauersmann mehr fünd.

Drum bist du billig hoch zu ehrn,
Weil du uns alle tust ernährn,

Die Natur liebt dich selber auch,
Gott segnet deinen Bauren-Brauch.

Vom bitter-bösen Podagram
Hört man nicht, daß an Bauren kam,
Das doch den Adel bringt in Not,
Und manchen Reichen gar in Tod.

Der Hoffart bist du sehr befreit,
Absonderlich zu dieser Zeit,
Und daß sie auch nicht sei dein Herr,
So gibt dir Gott des Kreuzes mehr.

Ja der Soldaten böser Brauch
Dient gleichwohl dir zum Besten auch,
Daß Hochmut dich nicht nehme ein,
Sagt er: Dein Hab und Gut ist mein.

Bis hieher und nicht weiter kam ich mit meinem Gesang, denn ich ward gleichsam in einem Augenblick von einem Trupp Kürassierer samt meiner Herd Schaf umgeben, welche im großen Wald verirret gewesen, und durch meine Musik und Hirtengeschrei wieder zurecht gebracht worden waren.

Hoho, gedachte ich, dies sind die rechten Käuz! dies sind die vierbeinigten Schelmen und Dieb, davon dir dein Knan sagte, denn ich sah anfänglich Roß und Mann (wie hiebevor die Amerikaner die spanische Kavallerie) für ein einzige Kreatur an, und vermeinte nicht anders, als es müßten Wölfe sein, wollte derowegen diesen schrecklichen Centauris* den Hundssprung weisen, und sie wieder abschaffen; Ich hatte aber zu solchem End meine Sackpfeife kaum aufgeblasen, da ertappte mich einer aus ihnen beim Flügel, und schleudert' mich so ungestüm auf ein leer Baurenpferd, so sie neben andern mehr auch erbeutet hatten, daß ich auf der andern Seite wieder herab auf meine liebe Sackpfeife fallen mußte, welche so erbärmlich anfing zu schreien, als wenn sie alle Welt zu Barmherzigkeit bewegen hätte wollen: aber

P. 1

es half nichts, wiewohl sie den letzten Atem nicht sparete, mein Ungefäll zu beklagen, ich mußte einmal wieder zu Pferd, Gott geb was meine Sackpfeife sang oder sagte; und was mich zum meisten verdroß, war dieses, daß die Reuter vorgaben, ich hätte der Sackpfeif im Fallen wehe getan, darum sie denn so ketzerlich geschrien hätte; also ging meine Mähr mit mir dahin, in einem stetigen Trab, wie das Primum mobile*, bis in meines Knans Hof. Wunderseltsame Tauben stiegen mir damals ins Hirn, denn ich bildete mir ein, weil ich auf einem solchen Tier säße, dergleichen ich niemals gesehen hatte, so würde ich auch in einen eisernen Kerl verändert werden, weil aber solche Verwandlung nicht folgte, kamen mir andere Grillen in Kopf, ich gedachte, diese fremden Dinger wären nur zu dem Ende da, mir die Schafe helfen heimzutreiben, sintemal keiner von ihnen keines hinwegfraß, sondern alle so einhellig, und zwar des geraden Wegs, meines Knans Hof zueileten: Derowegen sah ich mich fleißig nach meinem Knan um, ob er und mein Meuder uns nicht bald entgegen gehen, und uns willkomm sein heißen wollten; aber vergebens, er und meine Meuder, samt unserm Ursele, welches meines Knans einzige Tochter war, hatten die Hintertür troffen, und wollten dieser Gäst nicht erwarten.

Das 4. Kapitel

Simplicii Residenz wird erobert, geplündert und zerstört, darin die Krieger jämmerlich hausen

Wiewohl ich nicht bin gesinnet gewesen, den friedliebenden Leser mit diesen Reutern in meines Knans Haus und Hof zu führen, weil es schlimm genug darin hergehen wird: So erfordert jedoch die Folge meiner Histori, daß ich der lieben Posterität hinterlasse, was für Grausamkeiten in diesem unserm Teutschen Krieg hin und wieder verübet worden, zumalen mit meinem eigenen Exempel zu bezeugen, daß alle solche Übel von der Güte des Allerhöchsten, zu unserm Nutz, oft notwendig haben verhängt werden müssen:

Denn lieber Leser, wer hätte mir gesagt, daß ein Gott im Himmel wäre, wenn keine Krieger meines Knans Haus zernichtet und mich durch solche Fahung* unter die Leut gezwungen hätten, von denen ich genugsamen Bericht empfangen? Kurz zuvor konnte ich nichts anders wissen noch mir einbilden, als daß mein Knan, Meuder, ich und das übrige Hausgesind allein auf Erden sei, weil mir sonst kein Mensch noch einzige andere menschliche Wohnung bekannt war, als diejenige, darin ich täglich aus- und einging: Aber bald hernach erfuhr ich die Herkunft der Menschen in diese Welt, und daß sie wieder daraus müßten; ich war nur mit der Gestalt ein Mensch, und mit dem Namen ein Christenkind, im übrigen aber nur eine Bestia! Aber der Allerhöchste sah meine Unschuld mit barmherzigen Augen an, und wollte mich beides zu seiner und meiner Erkenntnis bringen: Und wiewohl er tausenderlei Weg hierzu hatte, wollte er sich doch ohn Zweifel nur desjenigen bedienen, in welchem mein Knan und Meuder, andern zum Exempel, wegen ihrer liederlichen Auferziehung gestraft würden.

Das erste, das diese Reuter taten, war, daß sie ihre Pferd einstellten, hernach hatte jeglicher seine sonderbare Arbeit zu verrichten, deren jede lauter Untergang und Verderben anzeigte, denn obzwar etliche anfingen zu metzgen, zu sieden und zu braten, daß es sah, als sollte ein lustig Bankett gehalten werden, so waren hingegen andere, die durchstürmten das Haus unten und oben, ja das heimlich Gemach war nicht sicher, gleichsam ob wäre das gülden Fell von Kolchis* darinnen verborgen; Andere machten von Tuch, Kleidungen und allerlei Hausrat große Päck zusammen, als ob sie irgends ein Krempelmarkt anrichten wollten, was sie aber nicht mitzunehmen gedachten, wurde zerschlagen, etliche durchstachen Heu und Stroh mit ihren Degen, als ob sie nicht Schaf und Schwein genug zu stechen gehabt hätten, etliche schütteten die Federn aus den Betten, und fülleten hingegen Speck, andere dürr Fleisch und sonst Gerät hinein, als ob alsdann besser darauf zu schlafen gewesen wäre; Andere schlugen Ofen und Fenster ein, gleichsam als hätten sie ein ewigen Sommer zu verkündigen, Kupfer und

Zinnengeschirr schlugen sie zusammen, und packten die gebogenen und verderbten Stück ein, Bettladen, Tisch, Stühl und Bänk verbrannten sie, da doch viel Klafter dürr Holz im Hof lag, Hafen und Schüsseln mußte endlich alles entzwei, entweder weil sie lieber Gebraten aßen, oder weil sie bedacht waren, nur ein einzige Mahlzeit allda zu halten; unser Magd ward im Stall dermaßen traktiert, daß sie nicht mehr daraus gehen konnte, welches zwar eine Schand ist zu melden! den Knecht legten sie gebunden auf die Erd, stecketen ihm ein Sperrholz ins Maul, und schütteten ihm einen Melkkübel voll garstig Mistlachenwasser in Leib, das nenneten sie ein Schwedischen Trunk, wodurch sie ihn zwangen, eine Partei anderwärts zu führen, allda sie Menschen und Vieh hinwegnahmen, und in unsern Hof brachten, unter welchen mein Knan, mein Meuder und unser Ursele auch waren.

Da fing man erst an, die Stein von den Pistolen*, und hingegen an deren Statt der Bauren Daumen aufzuschrauben, und die armen Schelmen so zu foltern, als wenn man hätt Hexen brennen wollen, maßen sie auch einen von den gefangenen Bauren bereits in Backofen steckten, und mit Feuer hinter ihm her waren, ohnangesehen er noch nichts bekannt hatte; einem andern machten sie ein Seil um den Kopf und reitelten* es mit einem Bengel zusammen, daß ihm das Blut zu Mund, Nas und Ohren heraus sprang. In Summa, es hatte jeder seine eigene Invention, die Bauren zu peinigen, und also auch jeder Bauer seine sonderbare Marter: Allein mein Knan war meinem damaligen Bedünken nach der glückseligste, weil er mit lachendem Mund bekennete, was andere mit Schmerzen und jämmerlicher Weheklag sagen mußten, und solche Ehre widerfuhr ihm ohne Zweifel darum, weil er der Hausvater war, denn sie setzten ihn zu einem Feuer, banden ihn, daß er weder Händ noch Füß regen konnte, und rieben seine Fußsohlen mit angefeuchtem Salz, welches ihm unser alte Geiß wieder ablecken, und dadurch also kitzeln mußte, daß er vor Lachen hätte zerbersten mögen; das kam so artlich, daß ich Gesellschaft halber, oder weil ichs nicht besser verstund, von Herzen mitlachen mußte: In solchem Gelächter bekannte er seine Schuldigkeit, und öffnet' den verborgenen Schatz, welcher von Gold, Perlen und Kleinodien viel reicher war, als man hinter Bauren hätte suchen mögen. Von den gefangenen Weibern, Mägden und Töchtern weiß ich sonderlich nichts zu sagen, weil mich die Krieger nicht zusehen ließen, wie sie mit ihnen umgingen: Das weiß ich noch wohl, daß man teils hin und wider in den Winkeln erbärmlich schreien hörte, schätze wohl, es sei meiner Meuder und unserm Ursele nit besser gangen als den andern. Mitten in diesem Elend wendet ich Braten, und half nachmittag die Pferd tränken, durch welches Mittel ich zu unserer Magd in Stall kam, welche wunderwerklich zerstrobelt aussah, ich kennete sie nicht, sie aber sprach zu mir mit kränklicher Stimm: „O Bub lauf weg, sonst werden dich die Reuter mitnehmen, guck daß du davonkommst, du siehest wohl, wie es so übel": mehrers konnte sie nicht sagen.

Das 5. Kapitel

Wie Simplicius das Reiß-aus spielt und von faulen Bäumen erschrecket wird

Da machte ich gleich den Anfang, meinen unglücklichen Zustand, den ich vor Augen sah, zu betrachten, und zu gedenken, wie ich mich förderlichst ausdrehen möchte; wohin aber? dazu war mein Verstand viel zu gering, einen Vorschlag zu tun, doch hat es mir so weit gelungen, daß ich gegen Abend in Wald bin entsprungen. Wo nun aber weiters hinaus? sintemal mir die Wege und der Wald so wenig bekannt waren, als die Straß durch das gefrorne Meer, hinter Nova Zembla*, bis gen China hinein: die stockfinstere Nacht bedeckte mich zwar zu meiner Versicherung, jedoch bedeuchte sie meinen finstern Verstand nicht finster genug, dahero verbarg ich mich in ein dickes Gesträuch, da ich sowohl das Geschrei der gedrillten Bauren, als den Gesang der Nachtigallen hören konnte, welche Vögelein sie*, die

Bauren, von welchen man teils* auch Vögel zu nennen pflegt, nicht angesehen hatten, mit ihnen Mitleiden zu tragen, oder ihres Unglücks halber den lieblichen Gesang einzustellen, darum legte ich mich auch ohn alle Sorge auf ein Ohr, und entschlief. Als aber der Morgenstern im Osten hervorflackerte, sah ich meines Knans Haus in voller Flamme stehen, aber niemand der zu löschen begehrte; ich begab mich hervor, in Hoffnung, jemand von meinem Knan anzutreffen, wurde aber gleich von fünf Reutern erblickt, und angeschrien: „Junge, komm heröfer, oder schall mi de Tüfel halen*, ick schiete dik, dat di de Dampf zum Hals utgaht." Ich hingegen blieb ganz stockstill stehen, und hatte das Maul offen, weil ich nicht wußte, was der Reuter wollte oder meinte, und indem ich sie so ansah, wie ein Katz ein neu Scheurtor, sie aber wegen eines Morastes nicht zu mir kommen konnten, welches sie ohn Zweifel rechtschaffen vexierte, lösete der eine seinen Karbiner auf mich, von welchem urplötzlichen Feuer und unversehnlichem Klapf*, den mir Echo durch vielfältige Verdoppelung grausamer machte, ich dermaßen erschreckt ward, weil ich dergleichen niemals gehöret oder gesehen hatte, daß ich alsobald zur Erden niederfiel, ich regete vor Angst keine Ader mehr, und wiewohl die Reuter ihres Wegs fortritten, und mich ohn Zweifel für tot liegen ließen, so hatte ich jedoch denselbigen ganzen Tag das Herz nicht, mich aufzurichten; Als mich aber die Nacht wieder ergriff, stund ich auf, und wanderte so lang im Wald fort, bis ich von fern einen faulen Baum schimmern sah, welcher mir ein neue Furcht einjagte, kehrete derowegen sporenstreichs wieder um, und ging so lang, bis ich wieder einen andern dergleichen Baum erblickte, von dem ich mich gleichfalls wieder fortmachte, und auf diese Weise die Nacht mit Hin- und Widerrennen, von einem faulen Baum zum andern, vertrieb, zuletzt kam mir der liebe Tag zu Hilf, welcher den Bäumen gebot, mich in seiner Gegenwart ohnbetrübt zu lassen, aber hiermit war mir noch nichts geholfen, denn mein Herz steckte voll Angst und Furcht, die Schenkel voll Müdigkeit, der leere Magen voll Hunger, das Maul voll Durst, das Hirn voll närrischer

Einbildung, und die Augen voller Schlaf: Ich ging dennoch fürder, wußte aber nicht wohin, je weiter ich aber ging, je tiefer ich von den Leuten hinweg in Wald kam: Damals stund ich aus und empfand (jedoch ganz unvermerkt) die Wirkung des Unverstands und der Unwissenheit, wenn ein unvernünftig Tier an meiner Stell gewesen wäre, so hätte es besser gewußt, was es zu seiner Erhaltung hätte tun sollen, als ich, doch war ich noch so witzig, als mich abermal die Nacht ereilte, daß ich in einen hohlen Baum kroch, mein Nachtlager darinnen zu halten.

Das 6. Kapitel

Ist kurz und so andächtig, daß dem Simplicio darüber ohnmächtig wird

Kaum hatte ich mich zum Schlaf akkommodieret, da hörete ich folgende Stimm: „O große Liebe, gegen uns undankbare Menschen! Ach mein einziger Trost! mein Hoffnung, mein Reichtum, mein Gott!“ und so dergleichen mehr, das ich nicht alles merken noch verstehen können.

Dieses waren wohl Wort, die einen Christenmenschen, der sich in einem solchen Stand, wie ich mich dazumal befunden, billig aufmuntern, trösten und erfreuen hätten sollen: Aber, o Einfalt und Unwissenheit! es waren mir nur böhmische Dörfer, und alles ein ganz unverständliche Sprach, aus der ich nicht allein nichts fassen konnte, sondern auch eine solche, vor deren Seltsamkeit ich mich entsetzte; da ich aber hörete, daß dessen, der sie redete, Hunger und Durst gestillt werden sollte, riet mir mein ohnerträglicher Hunger, mich auch zu Gast zu laden, derowegen faßte ich das Herz, wieder aus meinem hohlen Baum zu gehen, und mich der gehörten Stimm zu nähern, da wurde ich eines großen Manns gewahr, in langen schwarzgrauen Haaren, die ihm ganz verworren auf den Achseln herum lagen, er hatte einen wilden Bart, fast formiert wie ein Schweizerkäs, sein Angesicht war zwar bleichgelb und mager, aber doch ziemlich lieblich, und sein langer Rock mit mehr als tausend Stückern von allerhand Tuch überflickt und aufeinandergesetzt, um Hals und Leib hatte er ein schwere eiserne Ketten gewunden wie S. Wilhelmus*, und sah sonst in meinen Augen so scheußlich und fürchterlich aus, daß ich anfing zu zittern, wie ein nasser Hund, was aber meine Angst mehret', war, daß er ein Kruzifix ungefähr sechs Schuh lang an seine Brust drückte, und weil ich ihn nicht kennete, konnte ich nichts anders ersinnen, als dieser alte Greis müßte ohn Zweifel der Wolf sein, davon mir mein Knan kurz zuvor gesagt hatte: In solcher Angst wischte ich mit meiner Sackpfeif hervor, welche ich als meinen einzigen Schatz noch vor den Reutern salviert hatte; ich blies zu, stimmte an, und ließ mich gewaltig hören, diesen greulichen Wolf zu vertreiben, über welcher jählingen und ohngewöhnlichen Musik, an einem so wilden Ort, der Einsiedel anfänglich nicht wenig stutzte, ohn Zweifel vermeinend, es sei etwa ein teuflisch Gespenst hinkommen, ihn, wie etwa dem großen Antonio* widerfahren, zu tribulieren, und seine Andacht zu zerstören: Sobald er sich aber wieder erholete, spottet' er meiner, als seines Versuchers im hohlen Baum, wo hinein ich mich wieder retiriert hatte, ja er war so getrost, daß er gegen mich ging, den Feind des menschlichen Geschlechts genugsam auszuhöhnen. „Ha", sagte er, „du bist ein Gesell dazu, die Heiligen ohne göttliches Verhängnis" etc. mehrers habe ich nicht verstanden, denn seine Näherung ein solch Grausen und Schrecken in mir erregte, daß ich des Amts meiner Sinne beraubt wurde, und dorthin in Ohnmacht niedersank.

Das 7. Kapitel

Simplicius wird in einer armen Herberg freundlich traktiert

Wasgestalten mir wieder zu mir selbst geholfen worden, weiß ich nicht, aber dieses wohl, daß der Alte meinen Kopf in seinem Schoß, und vorn meine Juppen geöffnet gehabt, als ich mich wieder erholete; da ich den Einsiedler so nahe bei mir sah, fing ich ein solch grausam Geschrei an, als ob er mir im selben Augenblick das Herz aus dem Leib hätte reißen wollen. Er aber sagte: „Mein Sohn, schweig, ich tue dir nichts, sei zufrieden" etc. je mehr er mich aber tröstete, und mir liebkoste, je mehr ich schrie: „O du frißt mich! O du frißt mich! du bist der Wolf, und willst mich fressen." „Ei ja wohl nein, mein Sohn", sagte er, „sei zufrieden, ich freß dich nicht." Dies Gefecht währete lang, bis ich mich endlich so weit ließ weisen, mit ihm in seine Hütten zu gehen, darin war die Armut selbst Hofmeisterin, der Hunger Koch, und der Mangel Küchenmeister, da wurde mein Magen mit einem Gemüs und Trunk Wassers gelabt, und mein Gemüt, so ganz verwirret war, durch des Alten tröstliche Freundlichkeit wieder aufgericht und zurecht gebracht: Derowegen ließ ich mich durch die Anreizung des süßen Schlafes leicht betören, der Natur solche Schuldigkeit abzulegen. Der Einsiedel merkte meine Notdurft, darum ließ er mir den Platz allein in seiner Hütten, weil nur einer darin liegen konnte; ohngefähr um Mitternacht erwachte ich wieder, und hörete ihn folgendes Lied* singen, welches ich hernach auch gelernet:

Komm Trost der Nacht, o Nachtigall,
Laß deine Stimm mit Freudenschall
Aufs lieblichste erklingen.
Komm, komm, und lob den Schöpfer dein,
Weil andre Vöglein schlafen sein,
Und nicht mehr mögen singen:
  Laß dein Stimmlein
    Laut erschallen, dann vor allen

Kannst du loben
Gott im Himmel hoch dort oben.

Ob schon ist hin der Sonnenschein,
Und wir im Finstern müssen sein,
So können wir doch singen
Von Gottes Güt und seiner Macht,
Weil uns kann hindern keine Nacht,
Sein Lob zu vollenbringen.
Drum dein Stimmlein
Laß erschallen, dann vor allen
Kannst du loben
Gott im Himmel hoch dort oben.

Echo, der wilde Widerhall,
Will sein bei diesem Freudenschall,
Und lässet sich auch hören;
Verweist uns alle Müdigkeit,
Der wir ergeben allezeit,
Lehrt uns den Schlaf betören.
Drum dein Stimmlein etc.

Die Sterne, so am Himmel stehn,
Lassen sich zum Lob Gottes sehn,
Und tun ihm Ehr beweisen;
Auch die Eul die nicht singen kann,
Zeigt doch mit ihrem Heulen an,
Daß sie Gott auch tu preisen.
Drum dein Stimmlein etc.

Nur her mein liebstes Vögelein,
Wir wollen nicht die Faulsten sein,
Und schlafend liegen bleiben,
Sondern bis daß die Morgenröt
Erfreuet diese Wälder öd,
Im Lob Gottes vertreiben.
Laß dein Stimmlein
Laut erschallen, dann vor allen

Kannst du loben
Gott im Himmel hoch dort oben.

Unter währendem diesem Gesang bedünkte mich wahrhaftig, als wenn die Nachtigall sowohl als die Eul und Echo mit eingestimmt hätten, und wenn ich den Morgenstern jemals gehört, oder dessen Melodei auf meiner Sackpfeifen aufzumachen vermocht, so wäre ich aus der Hütten gewischt, meine Karten mit einzuwerfen, weil mich diese Harmonia so lieblich zu sein bedünkte, aber ich entschlief, und erwachte nicht wieder, bis wohl in den Tag hinein, da der Einsiedel vor mir stund, und sagte: „Auf Kleiner, ich will dir Essen geben, und alsdann den Weg durch den Wald weisen, damit du wieder zu den Leuten, und noch vor Nacht in das nächste Dorf kommest." Ich fragte ihn: „Was sind das für Dinger, Leuten und Dorf?" Er sagte: „Bist du denn niemalen in keinem Dorf gewesen, und weißt auch nicht, was Leut oder Menschen sind?" „Nein", sagte ich, „nirgends als hier bin ich gewesen, aber sag mir doch, was sind Leut, Menschen und Dorf?" „Behüt Gott", antwortet' der Einsiedel, „bist du närrisch oder gescheit?" „Nein", sagte ich, „meiner Meuder und meines Knans Bub bin ich, und nicht der Närrisch oder der Gescheit." Der Einsiedel verwundert' sich mit Seufzen und Bekreuzigung, und sagte: „Wohl liebes Kind, ich bin gehalten, dich um Gottes willen besser zu unterrichten." Darauf fielen unsere Reden und Gegenreden wie folgend Kapitel ausweiset.

Das 8. Kapitel

Wie Simplicius durch hohe Reden seine Vortrefflichkeit zu erkennen gibt

Einsiedel: Wie heißest du?

Simplicius: Ich heiße Bub.

Eins.: Ich sehe wohl, daß du kein Mägdlein bist, wie hat dir aber dein Vater und Mutter gerufen?

Simpl.: Ich habe keinen Vater oder Mutter gehabt.

Eins.: Wer hat dir denn das Hemd geben?

Simpl.: Ei mein Meuder.

Eins.: Wie heißet' dich denn dein Meuder?

Simpl.: Sie hat mich Bub geheißen, auch Schelm, ungeschickter Tölpel und Galgenvogel.

Eins.: Wer ist denn deiner Mutter Mann gewesen?

Simpl.: Niemand.

Eins.: Bei wem hat denn dein Meuder des Nachts geschlafen?

Simpl.: Bei meinem Knan.

Eins.: Wie hat dich denn dein Knan geheißen?

Simpl.: Er hat mich auch Bub genennet.

Eins.: Wie hieß aber dein Knan?

Simpl.: Er heißt Knan.

Eins.: Wie hat ihm aber dein Meuder gerufen?

Simpl.: Knan, und auch Meister.

Eins.: Hat sie ihn niemals anders genennet?

Simpl.: Ja, sie hat.

Eins.: Wie denn?

Simpl.: Rülp, grober Bengel, volle Sau, und noch wohl anders, wenn sie haderte.

Eins.: Du bist wohl ein unwissender Tropf, daß du weder deiner Eltern noch deinen eignen Namen nicht weißt!

Simpl.: Eia, weißt dus doch auch nicht.

Eins.: Kannst du auch beten?

Simpl.: Nein, unser Ann und mein Meuder haben als das Bett gemacht.

Eins.: Ich frage nicht hiernach, sondern ob du das Vaterunser kannst?

Simpl.: Ja ich.

Eins.: Nun so sprichs denn.

Simpl.: Unser lieber Vater, der du bist Himmel, heiliget werde Nam, zu kommes d' Reich, dein Will scheh Himmel ad Erden, gib uns Schuld, als wir unsern Schuldigern geba, führ uns nicht in kein böß Versucha, sondern erlös uns von dem Reich, und die Kraft, und die Herrlichkeit, in Ewigkeit, Ama.

Eins.: Bist du nie in die Kirchen gangen?

Simpl.: Ja, ich kann wacker steigen, und hab als ein ganzen Busem voll Kirschen gebrochen.

Eins.: Ich sage nicht von Kirschen, sondern von der Kirchen.

Simpl.: Haha, Kriechen; gelt es sind so kleine Pfläumlein? gelt du?

Eins.: Ach daß Gott walte, weißt du nichts von unserm Herr Gott?

Simpl.: Ja, er ist daheim an unserer Stubentür gestanden auf dem Helgen*, mein Meuder hat ihn von der Kürbe* mitgebracht, und hingekleibt.

Eins.: Ach gütiger Gott, nun erkenne ich erst, was für eine große Gnad und Wohltat es ist, wem du deine Erkenntnis mitteilest, und wie gar nichts ein Mensch sei, dem du solche nicht gibst: Ach Herr verleihe mir deinen heiligen Namen also zu ehren, daß ich würdig werde, um diese hohe Gnad so eifrig zu danken, als freigebig du gewesen, mir solche zu verleihen: Höre du Simpl. (denn anders kann ich dich nicht nennen) wenn du das Vaterunser betest, so mußt du also sprechen: Vater unser, der du bist im Himmel, geheiliget werde dein Nam, zukomme uns dein Reich, dein Will geschehe auf Erden wie im Himmel, unser täglich Brot gib uns heut, und –

Simpl.: Gelt du, auch Käs dazu?

Eins.: Ach liebes Kind, schweige und lerne, solches ist dir viel nötiger als Käs, du bist wohl ungeschickt, wie dein Meuder gesagt hat, solchen Buben wie du bist, stehet nicht an, einem alten Mann in die Red zu fallen, sondern zu schweigen, zuzuhören und zu lernen, wüßte ich nur, wo deine Eltern wohneten, so wollte ich dich gerne wieder hinbringen, und sie zugleich lehren, wie sie Kinder erziehen sollten.

Simpl.: Ich weiß nicht, wo ich hin soll – unser Haus ist verbrennet, und mein Meuder hinweggelaufen, und wieder kommen mit dem Ursele, und mein Knan auch, und unser Magd ist krank gewesen, und ist im Stall gelegen.

Eins.: Wer hat denn das Haus verbrennt?

Simpl.: Ha, es sind so eiserne Männer kommen, die sind so auf Dingern gesessen, groß wie Ochsen, haben aber keine Hörner, dieselben Männer haben Schafe und Kühe und Säu gestochen, und da bin ich auch weggelaufen, und da ist danach das Haus verbrennt gewesen.

Eins.: Wo war denn dein Knan?

Simpl.: Ha, die eisernen Männer haben ihn angebunden, da hat ihm unser alte Geiß die Füß geleckt, da hat mein Knan lachen müssen, und hat denselben eisernen Mannen viel Weißpfennig geben, große und kleine, auch hübsche gelbe, und sonst schöne glitzerichte Dinger, und hübsche Schnür voll weißer Kügelein*.

Eins.: Wann ist dies geschehen?

Simpl.: Ei wie ich der Schaf hab hüten sollen, sie haben mir auch mein Sackpfeif wollen nehmen.

Eins.: Wann hast du der Schaf sollen hüten?

Simpl.: Ei hörst dus nicht, da die eisernen Männer kommen sind, und danach hat unser Ann gesagt, ich soll auch weglaufen, sonst würden mich die Krieger mitnehmen, sie hat aber die eisernen Männer gemeinet, und da sein ich weggelaufen, und sein hieher kommen.

Eins.: Wo hinaus willst du aber jetzt?

Simpl.: Ich weiß weger* nit, ich will bei dir hier bleiben.

Eins.: Dich hier zu behalten, ist weder mein noch dein Gelegenheit, iß, alsdann will ich dich wieder zu Leuten führen.

Simpl.: Ei so sag mir denn auch, was Leut für Dinger sind?

Eins.: Leut sind Menschen wie ich und du, dein Knan, dein Meuder und euer Ann sind Menschen, und wenn deren viel beieinander sind, so werden sie Leut genennt.

Simpl.: Haha.

Eins.: Nun geh und iß.

Dies war unser Diskurs, unter welchem mich der Einsiedel oft mit den allertiefsten Seufzern anschauete, nicht weiß ich, ob es darum geschah, weil er ein so groß Mitleiden mit meiner Einfalt und Unwissenheit hatte, oder aus der Ursach, die ich erst über etliche Jahr hernach erfuhr*.

Das 9. Kapitel

Simplicius wird aus einer Bestia zu einem Christenmenschen

Ich fing an zu essen und hörete auf zu papplen*, welches nicht länger währete, als bis ich nach Notdurft gefuttert hatte, und mich der Alte fortgehen hieß: Da suchte ich die allerzartesten Worte hervor, die mir mein bäurische Grobheit immermehr eingeben konnte, welche alle dahin gingen, den Einsiedel zu bewegen, daß er mich bei sich behielte: Ob es ihm nun zwar beschwerlich gefallen, meine verdrießliche Gegenwart zu gedulden, so hat er jedoch beschlossen, mich bei sich zu leiden, mehr, daß er mich in der christlichen Religion unterrichtete, als sich in seinem vorhandenen Alter meiner Dienste zu bedienen, seine größte Sorg war, mein zarte Jugend dürfte eine solche harte Art zu leben in die Länge nit ausharren mögen.

Eine Zeit von ungefähr drei Wochen war mein Probierjahr, in welcher eben S. Gertraud mit den Gärtnern zu Feld lag*, also daß ich mich auch in deren Profession gebrauchen ließ, ich hielt mich so wohl, daß der Einsiedel ein sonderliches Gefallen an mir hatte, nicht zwar der Arbeit halber, so ich zuvor zu vollbringen gewohnet war, sondern weil er sah, daß ich ebenso begierig seine Unterweisungen hörete, als geschickt die wachsweiche und zwar noch glatte Tafel meines Herzens solche zu fassen sich erzeigte. Solcher Ursachen halber wurde er auch desto eifriger, mich in allem Guten anzuführen, er machte den Anfang seiner Unterrichtungen vom Fall Luzifers, von dannen kam er in das Paradeis, und als wir mit unsern Eltern daraus verstoßen wurden, passierte er durch das Gesetz Mosis, und lehrete mich vermittelst der zehen Gebot Gottes und ihrer Auslegungen (von denen er sagte, daß sie ein wahre Richtschnur seien, den Willen Gottes zu erkennen, und nach denselben ein heiliges Gott wohlgefälliges Leben anzustellen) die Tugenden von den Lastern zu unterscheiden, das Gute zu tun, und das Böse zu lassen: Endlich kam er auf das Evangelium, und sagte mir von Christi Geburt, Leiden, Sterben und Auferstehung; zuletzt beschloß ers mit dem Jüngsten Tag, und stellet' mir Himmel und Höll vor Augen, und solches alles mit gebührenden Umständen, doch nit mit gar zu überflüssiger Weitläufigkeit, sondern wie ihn dünkte, daß ichs am allerbesten fassen und verstehen möchte; wann er mit einer materia fertig war, hub er ein andere an, und wußte sich bisweilen in aller Geduld nach meinen Fragen so artlich zu regulieren und mit mir zu verfahren, daß er mirs auch nicht besser hätte eingießen können; sein Leben und seine Reden waren mir eine immerwährende Predigt, welche mein Verstand, der eben nicht so gar dumm und hölzern war, vermittels göttlicher Gnad nicht ohn Frucht abgehen ließ, allermaßen ich alles dasjenige, was ein Christ wissen soll, nicht allein in gedachten dreien Wochen gefaßt, sondern auch ein solche Lieb zu dessen Unterricht gewonnen, daß ich des Nachts nicht davor schlafen konnte.

Ich habe seithero der Sach vielmal nachgedacht, und befunden, daß Aristoteles lib. 3. de Anima* wohl geschlossen, als er die Seele eines Menschen einer leeren ohnbeschriebenen Tafel verglichen, darauf man allerhand notieren könne, und daß solches alles darum von dem höchsten Schöpfer geschehen sei, damit solche glatte Tafel durch fleißige Impression und Übung gezeichnet, und zur Vollkommenheit und Perfection gebracht werde; dahero denn auch sein Commentator Averroes* lib. 2. de Anima (da der

Philosophus sagt, der Intellectus sei alls potentia, werde aber nichts in actum gebracht, als durch die scientiam, das ist, es sei des Menschen Verstand allerdings fähig, könne aber nichts ohne fleißige Übung hineingebracht werden) diesen klaren Ausschlag gibt: nämlich, es sei diese scientia oder Übung die Perfection der Seelen, welche für sich selbst überall nichts an sich habe; solches bestätigt Cicero lib. 2. Tuscul. quaest.*, welcher die Seel des Menschen ohne Lehr, Wissenschaft und Übung einem solchen Feld vergleicht, das zwar von Natur fruchtbar sei, aber wenn man es nicht baue und besame gleichwohl keine Frucht bringe.

Solches alles erwies ich mit meinem eigenen Exempel, denn daß ich alles so bald gefaßt, was mir der fromme Einsiedel vorgehalten, ist daher kommen, weil er die geschlichte Tafel meiner Seelen ganz leer, und ohn einzige zuvor hinein gedrückten Bildnisse gefunden, so etwas anders hineinzubringen hätt hindern mögen; gleichwohl aber ist die pure Einfalt gegen andere Menschen zu rechnen noch immerzu bei mir verblieben, dahero der Einsiedel (weil weder er noch ich meinen rechten Namen gewußt) mich nur Simplicium* genennet.

Mithin lernete ich auch beten, und als er meinem steifen Vorsatz, bei ihm zu bleiben, ein Genügen zu tun entschlossen, baueten wir für mich eine Hütten gleich der seinigen, von Holz, Reisern und Erden, fast formiert wie die Musketierer im Feld ihre Zelte, oder besser zu sagen, die Bauren an teils Orten ihre Rübenlöcher haben, zwar so nieder, daß ich kaum aufrecht darin sitzen konnte, mein Bett war von dürrem Laub und Gras, und ebenso groß als die Hütte selbst, so daß ich nit weiß, ob ich dergleichen Wohnung oder Höhlen eine bedeckte Lagerstatt oder eine Hütte nennen soll.

Das 10. Kapitel

Wasgestalten er schreiben und lesen im wilden Wald gelernet

Als ich das erstemal den Einsiedel in der Bibel lesen sah, konnte ich mir nicht einbilden, mit wem er doch ein solch heimlich und meinem Bedünken nach sehr ernstlich Gespräch haben müßte; ich sah wohl die Bewegung seiner Lippen, hingegen aber niemand, der mit ihm redet', und ob ich zwar nichts vom Lesen und Schreiben gewußt, so merkte ich doch an seinen Augen, daß ers mit etwas in selbigem Buch zu tun hatte: Ich gab Achtung auf das Buch, und nachdem er solches beigelegt, machte ich mich dahinter, schlugs auf, und bekam im ersten Griff das erste Kapitel des Hiobs, und die davorstehende Figur, so ein feiner Holzschnitt und schön illuminiert war, in die Augen; ich fragte dieselbigen Bilder seltsame Sachen, weil mir aber keine Antwort widerfahren wollte, wurde ich ungeduldig, und sagte eben, als der Einsiedel hinter mich schlich: „Ihr kleinen Hudler, habt ihr denn keine Mäuler mehr? habt ihr nicht allererst mit meinem Vater (denn also mußte ich den Einsiedel nennen) lang genug schwätzen können? ich sehe wohl, daß ihr auch dem armen Knan seine Schaf heimtreibt, und das Haus angezündet habt, halt, halt, ich will dies Feuer noch wohl löschen", damit stund ich auf Wasser zu holen, weil mich die Not vorhanden zu sein bedünkte. „Wohin Simplici?" sagt' der Einsiedel, den ich hinter mir nicht wußte. „Ei Vater", sagte ich, „da sind auch Krieger, die haben Schaf, und wollens wegtreiben, sie habens dem armen Mann genommen, mit dem du erst geredet hast, so brennet sein Haus auch schon lichterloh, und wenn ich nicht bald lösche, so wirds verbrennen"; mit diesen Worten zeigte ich ihm mit dem Finger, was ich sah: „Bleib nur", sagte der Einsiedel, „es ist noch keine Gefahr vorhanden." Ich antwortete, meiner Höflichkeit nach: „Bist du denn blind, wehre du, daß sie die Schaf nicht forttreiben, so will ich Wasser holen." „Ei", sagte der Einsiedel, „diese Bilder leben nicht, sie sind nur gemacht, uns vorlängst geschehene

Dinge vor Augen zu stellen"; ich antwortet: „Du hast ja erst mit ihnen geredt, warum wollten sie dann nicht leben?"

Der Einsiedel mußte wider seinen Willen und Gewohnheit lachen, und sagte: „Liebes Kind, diese Bilder können nicht reden, was aber ihr Tun und Wesen sei, kann ich aus diesen schwarzen Linien sehen, welches man lesen nennet, und wenn ich dergestalt lese, so hältst du dafür, ich rede mit den Bildern, so aber nichts ist." Ich antwortet: „Wenn ich ein Mensch bin wie du, so müßte ich auch an den schwarzen Zeilen können sehen, was du kannst, wie soll ich mich in dein Gespräch richten? Lieber Vater, berichte mich doch eigentlich, wie ich die Sach verstehen soll?" Darauf sagte er: „Nun wohlan mein Sohn, ich will dich lehren, daß du so wohl als ich mit diesen Bildern wirst reden können, allein wird es Zeit brauchen, in welcher ich Geduld, und du Fleiß anzulegen." Demnach schrieb er mir ein Alphabet auf birkene Rinden, nach dem Druck formiert, und als ich die Buchstaben kennete, lernete ich buchstabieren, folgends lesen, und endlich besser schreiben, als es der Einsiedel selber konnte, weil ich alles dem Druck nachmalet.

Das 11. Kapitel

Redet von Essenspeis, Hausrat und andern notwendigen Sachen, die man in diesem zeitlichen Leben haben muß

Zwei Jahr ungefähr, nämlich bis der Einsiedel gestorben, und etwas länger als ein halbes Jahr nach dessen Tod, bin ich in diesem Wald verblieben; derohalben siehet mich für gut an*, dem kuriosen Leser, der auch oft das Geringste wissen will, unser Tun, Handel und Wandel, und wie wir unser Leben durchgebracht, zu erzählen.

Unsere Speis war allerhand Gartengewächs, Rüben, Kraut, Bohnen, Erbsen und dergleichen, wir verschmäheten auch keine Buchen, wilden Äpfel, Birn, Kirschen, ja die Eicheln machte uns der Hunger oft angenehm; das Brot, oder besser zu sagen, unsere Kuchen backten wir in heißer Aschen aus

Antiquissima Nobilitas
Hie stellet seines Adels Zier
Und Stamm-Haus recht der
Simplex hier
Den Groß-Einbildungs
Narren für.

zerstoßenem welschen Korn, im Winter fingen wir Vögel mit Sprinken* und Stricken, im Frühling und Sommer aber bescherte uns Gott Junge aus den Nestern, wir behalfen uns oft mit Schnecken und Fröschen, so war uns auch mit Reusen und Anglen das Fischen nicht zuwider, indem ohnweit von unserer Wohnung ein fisch- und krebsreicher Bach hinfloß, welches alles unser grob Gemüs hinunter convoyieren mußte; wir hatten auf eine Zeit ein junges wildes Schweinlein aufgefangen, welches wir in einen Pferch versperret, mit Eicheln und Buchen auferzogen, gemästet und endlich verzehret, weil mein Einsiedel wußte, daß solches keine Sünde sein könnte, wenn man genießet, was Gott dem ganzen menschlichen Geschlecht zu solchem End erschaffen; Salz brauchten wir wenig, und von Gewürz gar nichts, denn wir durften die Lust zum Trunk nicht erwecken, weil wir keinen Keller hatten, die Notdurft an Salz gab uns ein Pfarrer, der ohngefähr drei Meil Wegs von uns wohnete, von welchem ich noch viel zu sagen habe.

Unsern Hausrat betreffend, dessen war genug vorhanden, denn wir hatten eine Schaufel, eine Haue, eine Axt, ein Beil, und einen eisernen Hafen zum Kochen, welches zwar nicht unser eigen, sondern von obgemeldtem Pfarrer entlehnet war, jeder hatte ein abgenutztes stumpfes Messer, selbige waren unser Eigentum, und sonsten nichts; ferner bedurften wir auch weder Schüsseln, Teller, Löffel, Gabeln, Kessel, Pfannen, Rost, Bratspieß, Salzbüchs noch ander Tisch- und Küchengeschirr, denn unser Hafen war zugleich unser Schüssel, und unsere Hände waren auch unsere Gabeln und Löffel, wollten wir aber trinken, so geschah es durch ein Rohr aus dem Brunnen, oder wir hängten das Maul hinein, wie Gideons Kriegsleute*. Von allerhand Gewand, Wollen, Seiden, Baumwollen und Leinen, beides zu Betten, Tischen und Tapezereien hatten wir nichts, als was wir auf dem Leib trugen, weil wir für uns genug zu haben schätzten, wenn wir uns vor Regen und Frost beschützen konnten. Sonsten hielten wir in unserer Haushaltung keine gewisse Regel oder Ordnung, außerhalb an Sonn- und Feiertagen, an welchen wir schon um Mitternacht hinzugehen anfingen, damit wir noch frühe genug, ohne männiglichs Vermerken*, in obgemeldten Pfarrherrns Kirche, die etwas vom Dorf abgelegen war, kommen, und dem Gottesdienst abwarten können, in derselben verfügten wir uns auf die zerbrochne Orgel, an welchem Ort wir sowohl auf den Altar als zu der Kanzel sehen konnten. Als ich das erstemal den Pfarrherrn auf dieselbige steigen sah, fragete ich meinen Einsiedel, was er doch in demselben großen Zuber machen wollte? Nach verrichtetem Gottesdienst aber gingen wir ebenso verstohlen wieder heim, als wir hinkommen waren, und nachdem wir mit müdem Leib und Füßen zu unserer Wohnung kamen, aßen wir mit guten Zähnen übel, alsdann brachte der Einsiedel die übrige Zeit zu mit Beten, und mich in gottseligen Dingen zu unterrichten.

An den Werktagen taten wir, was am nötigsten zu tun war, je nachdem sichs fügte, und solches die Zeit des Jahrs und unser Gelegenheit erforderte; einmal arbeiteten wir im Garten, das andermal suchten wir den feisten Grund an schattigen Orten, und aus hohlen Bäumen zusammen, unsern Garten, anstatt des Dungs, damit zu bessern, bald flochten wir Körbe oder Fischreusen, oder machten Brennholz, fischten, oder taten ja so etwas wider den Müßiggang. Und unter allen diesen Geschäften ließ der Einsiedel nicht ab, mich in allem Guten getreulichst zu unterweisen; unterdessen lernete ich in solchem harten Leben Hunger, Durst, Hitz, Kälte und große Arbeit überstehen, und zuvorderst auch Gott erkennen, und wie man ihm rechtschaffen dienen sollte, welches das Vornehmste war. Zwar wollte mich mein getreuer Einsiedel ein mehrers nicht wissen lassen, denn er hielt dafür, es sei einem Christen genug, zu seinem Ziel und Zweck zu gelangen, wenn er nur fleißig bete und arbeite, dahero es kommen, ob ich zwar in geistlichen Sachen ziemlich berichtet wurde, mein Christentum wohl verstund, und die teutsche Sprach so schön redete, als wenn sie die Orthographia selbst ausspräche, daß ich dennoch der Einfältigste verblieb; gestalten ich, wie ich den Wald verlassen, ein solcher elender Tropf in der Welt war, daß man keinen Hund mit mir aus dem Ofen hätte locken können.

Das 12. Kapitel

Vermerkt ein schöne Art selig zu sterben, und sich mit geringem Unkosten begraben zu lassen

Zwei Jahr ungefähr hatte ich zugebracht, und das harte eremitisch Leben kaum gewohnet, als mein bester Freund auf Erden seine Haue nahm, mir aber die Schaufel gab, und mich seiner täglichen Gewohnheit nach an der Hand in unsern Garten führte, da wir unser Gebet zu verrichten pflegten: „Nun Simplici, liebes Kind", sagte er, „dieweil gottlob die Zeit vorhanden, daß ich aus dieser Welt scheiden, die Schuld der Natur bezahlen, und dich in dieser Welt hinter mir verlassen soll, zumalen deines Lebens künftige Begegnisse beiläufig sehe, und wohl weiß, daß du in dieser Einöde nicht lang verharren wirst, so hab ich dich auf dem angetretenen Weg der Tugend stärken, und dir einige Lehren zum Unterricht geben wollen, vermittelst deren du, als nach einer ohnfehlbaren Richtschnur, zur ewigen Seligkeit zu gelangen dein Leben anstellen sollest, damit du mit allen heiligen Auserwählten das Angesicht Gottes in jenem Leben ewiglich anzuschauen gewürdiget werdest."

Diese Wort setzten meine Augen ins Wasser, wie hiebevor des Feinds Erfindung die Stadt Villingen*, einmal, sie waren mir so unerträglich, daß ich sie nicht ertragen konnte, doch sagte ich: „Herzliebster Vater, willst du mich denn allein in diesem wilden Wald verlassen? Soll denn . . ." mehrers vermochte ich nicht herauszubringen, denn meines Herzens Qual ward aus überflüssiger Lieb, die ich zu meinem getreuen Vater trug, also heftig, daß ich gleichsam wie tot zu seinen Füßen niedersank. Er hingegen richtet' mich wieder auf, tröstet' mich, so gut es Zeit und Gelegenheit zuließ, und verwies mir gleichsam fragend meinen Fehler, ob ich nämlich der Ordnung des Allerhöchsten widerstreben wollte? „Weißt du nicht", sagt' er weiters, „daß solches weder Himmel noch Höll zu tun vermögen? nicht also mein Sohn! was unterstehest du dich, meinem schwachen Leib (welcher für sich selbst der Ruhe begierig ist) aufzubürden?

vermeinest du mich zu nötigen, länger in diesem Jammertal zu leben? Ach nein, mein Sohn, laß mich fahren, sintemal du mich ohne das weder mit Heulen noch Weinen, und noch viel weniger mit meinem Willen, länger in diesem Elend zu verharren, wirst zwingen können, indem ich durch Gottes ausdrücklichen Willen daraus gefordert werde; folge anstatt deines unnützen Geschreis meinen letzten Worten, welche sind, daß du dich je länger je mehr selbst erkennen sollest, und wenn du gleich so alt als Methusalem würdest, so laß solche Übung nicht aus dem Herzen, denn daß die meisten Menschen verdammt werden, ist die Ursach, daß sie nicht gewußt haben, was sie gewesen, und was sie werden können oder werden müssen." Weiters riet er mir getreulich, ich sollte mich jederzeit vor böser Gesellschaft hüten, denn derselben Schädlichkeit wäre unaussprechlich. Er gab mir dessen ein Exempel und sagte: „Wenn du einen Tropfen Malvasier* in ein Geschirr voll Essig schüttest, so wird er alsobald zu Essig; wirst du aber soviel Essig in Malvasier gießen, so wird er auch unter dem Malvasier hingehen. Liebster Sohn", sagte er, „vor allen Dingen bleibe standhaftig, denn wer verharret bis ans End, der wird selig; geschiehet aber wider mein Verhoffen, daß du aus menschlicher Schwachheit fällst, so stehe durch ein rechtschaffene Buß geschwind wieder auf."

Dieser sorgfältige fromme Mann hielt mir allein dies wenige vor, nicht zwar, als hätte er nichts mehrers gewußt, sondern darum, dieweil ich ihn erstlich meiner Jugend wegen nicht fähig genug zu sein bedünkte, ein mehrers in solchem Zustand zu fassen, und dann weil wenig Wort besser, als ein langes Geplauder, im Gedächtnis zu behalten sind, und wenn sie anders Saft und Nachdruck haben, durch das Nachdenken größern Nutzen schaffen als ein langer Sermon, den man ausdrücklich verstanden hat und bald wieder zu vergessen pflegt.

Diese drei Stück, sich selbst erkennen, böse Gesellschaft meiden und beständig verbleiben, hat dieser fromme Mann ohne Zweifel deswegen für gut und nötig geachtet, weil er solches selbsten praktiziert, und daß es ihm dabei nicht mißlungen ist; denn nachdem er sich selbst erkannt, hat er nicht allein böse Gesellschaften, sondern auch die ganze Welt geflohen, ist auch in solchem Vorsatz bis an das Ende verharret, an welchem ohn Zweifel die Seligkeit hängt, welchergestalt aber, folgt hernach.

Nachdem er mir nun obige Stück vorgehalten, hat er mit seiner Reuthaue* angefangen sein eigenes Grab zu machen, ich half so gut ich konnte, wie er mir befahl, und bildete mir doch dasjenige nicht ein, worauf es angesehen war, indessen sagte er: „Mein lieber und wahrer einziger Sohn (denn ich habe sonsten kein Kreatur als dich zu Ehren unsers Schöpfers erzeuget) wenn meine Seele an ihren Ort gangen ist, so leiste meinem Leib deine Schuldigkeit und die letzte Ehre, scharre mich mit derjenigen Erden wieder zu, die wir anjetzo aus dieser Gruben gegraben haben." Darauf nahm er mich in seine Arm und drückte mich küssend viel härter an seine Brust, als einem Mann, wie er zu sein schien, hätte möglich sein können: „Liebes Kind", sagte er, „ich befehle dich in Gottes Schutz, und sterbe um so viel desto fröhlicher, weil ich hoffe, er werde dich darin aufnehmen." Ich hingegen konnte nichts anders, als klagen und heulen, ich hängete mich an seine Ketten, die er am Hals trug, und vermeinte ihn damit zu halten, damit er mir nicht entgehen sollte. Er aber sagte: „Mein Sohn lasse mich, daß ich sehe, ob mir das Grab lang genug sei", legte demnach die Ketten ab samt dem Oberrock, und begab sich in das Grab, gleichsam wie einer, der sich sonst schlafen legen will, sprechend: „Ach großer Gott, nun nimm wieder hin die Seele, die du mir gegeben, Herr, in deine Hände befehl ich meine Geist" etc. Hierauf beschloß er seine Lippen und Augen sänftiglich, ich aber stund da wie ein Stockfisch und meinte nicht, daß seine liebe Seel den Leib gar verlassen haben sollte, dieweil ich ihn öfters in dergleichen Verzückungen gesehen hatte.

Ich verharrete, wie mein Gewohnheit in dergleichen Begebenheiten war, etlich Stund neben dem Grab im Gebet, als sich aber mein allerliebster Einsiedel nicht mehr aufrichten wollte, stieg ich zu ihm ins Grab hinunter, und fing an ihn zu schüttlen, zu küssen und zu liebeln, aber da war kein Leben mehr, weil der grimmige ohnerbittliche Tod den armen Simplicium seiner holden Beiwohnung beraubt hatte; ich begoß, oder besser zu sagen, ich balsamierte den entseelten Körper mit meinen Zähren, und nachdem ich lang mit jämmerlichem Geschrei hin und her gelaufen, fing ich an, ihn mit mehr Seufzern als Schaufeln voller Grund zuzuscharren, und wenn ich kaum sein Angesicht bedeckt hatte, stieg ich wieder hinunter, entblößte es wieder, damit ichs noch einmal sehen und küssen möchte, solches trieb ich den ganzen Tag, bis ich fertig worden, und auf diese Weise die funeralia, exequias und luctus gladiatorios* allein geendet, weil ohnedas weder Bahr, Sarg, Decke, Lichter, Totenträger noch Geleitsleut, und auch keine Klerisei* vorhanden gewesen, die den Toten besungen hätte.

Das 13. Kapitel

Simplicius läßt sich wie ein Rohr im Weiher umtreiben

Über etlich Tag nach des Einsiedels Ableiben verfügte ich mich zu obgemeldtem Pfarrern, und offenbarte ihm meines Herrn Tod, begehrte benebens Rat von ihm, wie ich mich bei so gestalter Sache verhalten sollte? Unangesehen er mir nun stark widerraten, länger im Wald zu verbleiben, so bin ich jedoch tapfer in meines Vorgängers Fußstapfen getreten, maßen ich den ganzen Sommer hindurch tat, was ein frommer Monachus* tun soll. Aber gleich wie die Zeit alles ändert, also ringert' sich auch nach und nach das Leid, so ich um meinen Einsiedel trug, und die äußerliche scharfe Winterskält löschte die innerliche Hitz meines steifen Vorsatzes zugleich aus; je mehr ich anfing zu wanken, je träger wurde ich in meinem Gebet, weil ich anstatt göttliche und himmlische Ding zu betrachten, mich die Begierde, die Welt auch zu beschauen, überherrschen ließ, und als ich dergestalt nichts nutz wurde, im Wald länger gut zu tun, gedachte ich wieder zu gedachtem Pfarrer zu gehen, zu vernehmen, ob er mir noch wie zuvor aus dem Wald raten wollte? Zu solchem End machte ich mich seinem Dorf zu, und als ich hinkam, fand ichs in voller Flamm stehen, denn es eben ein Partei Reuter ausgeplündert, angezündet, teils Bauren niedergemacht, viel verjagt, und etliche gefangen hatten, darunter auch der Pfarrer selbst war. Ach Gott! wie ist das menschliche Leben so voll Mühe und Widerwärtigkeit, kaum hat ein Unglück aufgehört, so stecken wir schon in einem andern, mich verwundert nicht, daß der heidnische Philosophus Timon zu Athen viel Galgen aufrichtete, daran sich die Menschen selber aufknüpfen, und also ihrem elenden Leben durch ein kurze Grausamkeit ein Ende machen sollten. Die Reuter waren eben wegfertig, und führten den Pfarrer an einem Strick daher, unterschiedliche schrien: „Schieß den Schelmen nieder!" andere aber wollten Geld von ihm haben, er aber hub die Hand auf, und bat um des Jüngsten Gerichts willen um Verschonung und christliche Barmherzigkeit, aber umsonst, denn einer ritt ihn übern Haufen, und versetzte ihm zugleich eins an Kopf, davon er alle vier von sich streckte, und Gott seine Seele befahl, den andern noch übrigen gefangenen Bauren gings gar nicht besser.

Da es nun sah, als ob diese Reuter in ihrer tyrannischen Grausamkeit ganz unsinnig worden wären, kam ein solcher Schwarm bewehrter Bauren aus dem Wald, als wenn man in ein Wespennest gestochen hätte; die fingen an so greulich zu schreien, so grimmig dareinzusetzen und daraufzuschießen, daß mir alle Haar gen Berg stunden, weil ich noch niemals bei dergleichen Kürben gewesen, denn die Spessarter und Vogelsberger Bauren lassen sich fürwahr so wenig als die Hessen, Sauerländer und Schwarzwälder auf ihrem Mist foppen; davon rissen die Reuter aus, und ließen nicht allein das eroberte Rindvieh zurück, sondern warfen auch Sack und Pack von sich, schlugen also ihre ganze Beut in Wind, damit sie nicht selbst den Bauren zur Beut würden, doch kamen ihnen teils in die Händ.

Diese Kurzweil benahm mir beinahe die Lust, die Welt zu beschauen, denn ich gedachte, wenn es so darinnen hergehet, so ist die Wildnis weit anmutiger, doch wollte ich auch hören, was der Pfarrer dazu sagte; derselbe war wegen empfangener Wunden und Stöß ganz matt, schwach und kraftlos, doch hielt er mir vor, daß er mir weder zu helfen noch zu raten wisse, weil er dermalen selbst in einen solchen Stand geraten worden wäre, in welchem er besorglich das Brot am Bettelstab suchen müßte, und wenn ich gleich noch länger im Wald verbleiben würde, so hätte ich mich seiner Hilfleistung nichts zu getrösten, weil, wie ich vor Augen sehe, beides sein Kirch und Pfarrhof im Feuer stünde. Hierauf verfügte ich mich ganz traurig gegen den Wald zu meiner Wohnung, und demnach ich auf dieser Reis sehr wenig getröst, hingegen aber um viel andächtiger worden, beschloß ich bei mir, die Wildnis nimmermehr zu verlassen; maßen ich schon nachgedachte, ob nicht möglich wäre, daß ich ohne Salz (so mir bisher der Pfarrer mitgeteilt hatte) leben, und also aller Menschen entbehren könnte?

Das 14. Kapitel

Ist ein seltsame Comoedia, von fünf Bauern

Damit ich aber diesem meinem Entschluß nachkommen, und ein rechter Waldbruder sein möchte, zog ich meines Einsiedlers hinterlassen hären Hemd an, und gürtet seine Kette darüber; nicht zwar, als hätt ich sie bedurft, mein unbändig Fleisch zu mortifizieren, sondern damit ich meinem Vorfahren sowohl im Leben als im Habit gleichen, mich auch durch solche Kleidung desto besser vor der rauhen Winterskält beschützen möchte.

Den zweiten Tag, nachdem obgemeldtes Dorf geplündert und verbrannt worden, als ich eben in meiner Hütten saß, und zugleich neben dem Gebet gelbe Rüben, zu meinem Aufenthalt, im Feuer briet, umringten mich bei vierzig oder fünfzig Musketier; diese, ob sie zwar ob meiner Person Seltsamkeit erstauneten, so durchstürmten sie doch meine Hütten und suchten, was da nicht zu finden war, denn nichts als Bücher hatte ich, die sie mir durcheinander geworfen, weil sie ihnen nichts taugten. Endlich, als sie mich besser betrachteten, und an meinen Federn sahen, was für einen schlechten Vogel sie gefangen hätten, konnten sie leicht die Rechnung machen, daß bei mir eine schlechte Beut zu hoffen; demnach verwunderten sie sich über mein hartes Leben, und hatten mit meiner zarten Jugend ein großes Mitleiden, sonderlich der Offizier, so sie kommandierte; ja er ehrte mich, und begehrte gleichsam bittend, ich wollte ihm und den Seinigen den Weg wieder aus dem Wald weisen, in welchem sie schon lang in der Irre herumgangen wären. Ich widerte* mich ganz nicht, sondern führte sie den nächsten Weg gegen das Dorf zu, allwo der obgemeldte Pfarrer so übel traktiert worden, dieweil ich sonst keinen andern Weg wußte: Ehe wir aber vor den Wald kamen, sahen wir ohngefähr einen Bauren oder zehen*, deren ein Teil mit Feuerrohren bewehrt, die übrigen aber geschäftig waren, etwas einzugraben; die Musketierer gingen auf sie los und schrien: „Halt! halt!" jene aber antworteten mit Rohren: Und wie sie sahen, daß sie von den Soldaten übermannet waren, gingen sie schnell durch, also daß die müden Musketierer keinen von ihnen ereilen konnten; derowegen wollten sie wieder herausgraben, was die Bauren eingescharrt, das schickte sich um so viel desto besser, weil sie die Hauen und Schaufeln, so sie gebraucht, liegen ließen. Sie hatten aber wenig Streich getan, da höreten sie eine Stimm von unten herauf, die sagte: „O ihr leichtfertigen Schelmen! O ihr Erz-Böswichter, vermeint ihr wohl, daß der Himmel euer unchristliche Grausamkeit und Bubenstück ungestraft hingehen lassen werde? Nein, es lebt noch manch redlicher Kerl, durch welche eure Unmenschlichkeit dermaßen vergolten werden soll, daß euch keiner von euren Nebenmenschen mehr den Hintern lecken dürfe." Hierüber sahen die Soldaten einander an, weil sie nicht wußten, was sie tun sollten: Etliche vermeinten, sie hätten ein Gespenst, ich aber gedachte, es träume mir; ihr Offizier hieß tapfer zugraben: Sie kamen gleich auf ein Faß, schlugens auf, und fanden einen Kerl darinnen, der weder Nasen noch Ohren mehr hatte, und gleichwohl noch lebte: Sobald sich derselbe ein wenig ermunterte, und vom Haufen etliche kennete, erzählet' er, was maßen die Bauren den vorigen Tag, als einige seines Regiments auf Fütterung gewesen, ihrer sechs gefangen bekommen, davon sie allererst vor einer Stund fünfe, so hintereinander stehen müssen, totgeschossen; und weil die Kugel ihn, weil er der sechste und letzte gewesen, nicht erlangt, indem sie schon zuvor durch fünf Körper gedrungen, hätten sie ihm Nasen und Ohren abgeschnitten, zuvor aber gezwungen, daß er ihrer fünfen (s. v.) den Hintern lecken müssen: Als er sich nun von den ehr- und gottsvergessenen Schelmen so gar geschmähet gesehen, hätte er ihnen, wiewohl sie ihn mit dem Leben davonlassen wollten, die allerunnützsten Wort gegeben, die er erdenken mögen, und sie alle bei ihrem rechten Namen genennet, der Hoffnung, es würde ihm etwa einer aus Ungeduld eine Kugel schenken, aber vergebens; sondern nachdem er sie verbittert gemacht, hätten sie ihn in gegenwärtig Faß gesteckt, und also lebendig begraben, sprechend: Weil er des Tods so eifrig begehr, wollten sie ihm zum Possen hierin nicht willfahren.

Indem dieser seinen überstandenen Jammer also klaget', kam ein andere Partei Soldaten zu Fuß überzwerchs* den Wald herauf; die hatten obgedachte Bauren angetroffen, fünf davon gefangen bekommen, und die übrigen totgeschossen; unter den Gefangenen waren vier, denen der übel zugerichte Reuter kurz zuvor so schändlich zu Willen sein müssen. Als nun beide Parteien aus dem Anschreien einander erkenneten, einerlei Volk zu sein, traten sie zusammen, und vernahmen wiederum vom Reuter selbst, was sich mit ihm und seinen Kameraden zugetragen; da sollte man sein blaues Wunder gesehen haben, wie die Bauren gedrillt wurden, etliche wollten sie gleich in der ersten Furi* totschießen, andere aber sagten: „Nein, man muß die leichtfertigen Vögel zuvor rechtschaffen quälen, und ihnen eintränken, was sie an diesem Reuter verdient haben." Indessen bekamen sie mit den Musketen so treffliche Rippstöß, daß sie hätten Blut speien mögen; zuletzt trat ein Soldat hervor, und sagte: „Ihr Herren, dieweil es der ganzen

Soldateska ein Schand ist, daß diesen Schurken (deutet damit auf den Reuter) fünf Bauren so greulich gedrillt haben, so ist billig, daß wir solchen Schandflecken wieder auslöschen, und diese Schelmen den Reuter wieder hundertmal lecken lassen." Hingegen sagte ein anderer: „Dieser Kerl ist nicht wert, daß ihm solche Ehr widerfahre, denn wäre er kein Bärnhäuter* gewesen, so hätte er allen redlichen Soldaten zu Spott diese schändliche Arbeit nicht verrichtet, sondern wäre tausendmal lieber gestorben." Endlich wurde einhellig beschlossen, daß ein jeder von den saubergemachten Bauren solches an zehen Soldaten also wettmachen, und zu jedem Mal sagen sollte: „Hiermit lösche ich wieder aus, und wische ab die Schand, die sich die Soldaten einbilden empfangen zu haben, als uns ein Bärnhäuter hinten leckte." Nachgehends wollten sie sich erst resolvieren, was sie mit den Bauren weiters anfangen wollten, wenn sie diese saubere Arbeit verrichtet haben würden: Hierauf schritten sie zur Sach, aber die Baurn waren so halsstarrig, daß sie weder durch Verheißung, sie mit dem Leben davonzulassen, noch durch einigerlei Marter hierzu gezwungen werden konnten. Einer führte den fünften Bauren, der nicht geleckt war worden, etwas beiseits, und sagte zu ihm: „Wenn du Gott und alle seine Heiligen verleugnen willst, so werde ich dich laufen lassen, wohin du begehrest;" hierauf antwortet' der Baur, er hätte sein Lebtag nichts auf die Heiligen gehalten, und auch bisher noch geringe Kundschaft mit Gott selbst gehabt, schwur auch darauf solenniter*, daß er Gott nicht kenne, und kein Teil an seinem Reich zu haben begehre; hierauf jagte ihm der Soldat ein Kugel an die Stirn, welche aber so viel effektuiert', als wenn sie an einen stählernen Berg gangen wäre, darauf zückte er seine Plaute*, und sagte: „Holla, bist du der Haar*? ich hab versprochen, dich laufen zu lassen, wohin du begehrest, siehe, so schicke ich dich nun ins höllische Reich, weil du nicht in Himmel willst", und spaltete ihm damit den Kopf bis auf die Zähn voneinander, als er dorthin fiel, sagte der Soldat: „So muß man sich rächen, und diese losen Schelmen zeitlich und ewig strafen."

Indessen hatten die andern Soldaten die übrigen vier Bauren, so geleckt waren worden, auch unterhanden*, die banden sie über einen umgefallenen Baum, mit Händen und Füßen zusammen, so artlich, daß sie (s. v.) den Hintern gerad in die Höhe kehrten, und nachdem sie ihnen die Hosen abgezogen, nahmen sie etliche Klafter Lunten, machten Knöpf daran, und fiedelten ihnen so unsäuberlich durch solchen hindurch, daß der rote Saft hernach ging. „Also", sagten sie, „muß man euch Schelmen den gereinigten Hintern austrocknen." Die Bauren schrien zwar jämmerlich, aber es war den Soldaten nur ein Kurzweil, denn sie höreten nicht auf zu sägen, bis Haut und Fleisch ganz auf das Bein hinweg war; mich aber ließen sie wieder nach meiner Hütten gehen, weil die letztgemeldte Partei den Weg wohl wußte, also kann ich nicht wissen, was sie endlich mit den Bauren vollends angestellt haben.

Das 15. Kapitel

Simplicius wird spoliert, und läßt sich von den Baurn wunderlich träumen, wie es zu Kriegszeiten hergehet

Als ich wieder heimkam, befand ich, daß mein Feurzeug und ganzer Hausrat, samt allem Vorrat an meinen armseligen Essenspeisen, die ich den Sommer hindurch in meinem Garten erzogen, und auf künftigen Winter vorm Maul erspart hatte, miteinander fort war: Wo nun hinaus? gedachte ich, damals lernete mich die Not erst recht beten; ich gebot allem meinem wenigen Witz zusammen, zu beratschlagen, was mir zu tun oder zu lassen sein möchte? Gleichwie aber meine Erfahrenheit schlecht und gering war, also konnte ich auch nichts Rechtschaffenes schließen, das beste war, daß ich mich Gott befahl, und mein Vertrauen allein auf ihn zu setzen wußte, sonst hätte ich ohn Zweifel desperieren und zu Grund gehen müssen. Überdas lagen mir die Sachen, so ich denselben Tag gehöret und gesehen, ohn Unterlaß im Sinn, ich dachte nicht so viel um Essenspeis und meiner Erhaltung nach, als derjenigen Antipathia, die sich zwischen Soldaten und Bauren enthält, doch konnte meine Alberkeit nichts ersinnen, als daß ich schloß, es müßten ohnfehlbar zweierlei Menschen in der Welt sein, so nicht einerlei Geschlechts von Adam her, sondern wilde und zahme wären, wie andere unvernünftige Tier, weil sie einander so grausam verfolgen.

In solchen Gedanken* entschlief ich vor Unmut und Kälte, mit einem hungerigen Magen, da dünkte mich, gleichwie in einem Traum, als wenn sich alle Bäum, die um meine Wohnung stunden, jähling veränderten, und ein ganz ander Ansehen gewönnen, auf jedem Gipfel saß ein Kavalier, und alle Äst wurden anstatt der Blätter mit allerhand Kerlen geziert; von solchen hatten etliche lange Spieß, andere Musketen, kurze Gewehr, Partisanen*, Fähnlein, auch Trommeln und Pfeifen. Dies war lustig anzusehen, weil alles so ordentlich und fein gradweis sich auseinanderteilete; die Wurzel aber war von ungültigen Leuten, als Handwerkern, Taglöhnern, mehrenteils Bauren und dergleichen, welche nichtsdestoweniger dem Baum seine Kraft verliehen, und wieder von neuem mitteilten, wenn er solche zuzeiten verlor; ja sie ersetzten den Mangel der abgefallenen Blätter aus den ihrigen, zu ihrem eigenen noch größeren Verderben; benebens seufzeten sie über diejenigen, so auf dem Baum saßen, und zwar nicht unbillig, denn die ganze Last des Baums lag auf ihnen, und drückte sie dermaßen, daß ihnen alles Geld aus den Beuteln, ja hinter sieben Schlössern hervorging; wenn es aber nicht hervor wollte, so striegelten sie die Commissarii mit Besen, die man militärische Exekution nennete, daß ihnen die Seufzer aus dem Herzen, die Tränen aus den Augen, das Blut aus den Nägeln, und das Mark aus den Beinen herausging; noch dannoch waren Leut unter ihnen, die man Fatzvögel* nennete, diese bekümmerten sich wenig, nahmen alles auf die leichte Achsel, und hatten in ihrem Kreuz anstatt des Trosts allerhand Gespei*.

Das 16. Kapitel

Heutiger Soldaten Tun und Lassen, und wie schwerlich ein gemeiner Kriegsmann befördert werde

Also mußten sich die Wurzeln dieser Bäume in lauter Mühseligkeit und Lamentieren, diejenigen aber auf den untersten Ästen in viel größerer Müh, Arbeit und Ungemach gedulden und durchbringen; doch waren diese jeweils lustiger als jene, daneben aber auch trotzig, tyrannisch, mehrenteils gottlos, und der Wurzel jederzeit ein schwere unerträgliche Last, um sie stund dieser Reim:

Hunger und Durst, auch Hitz und Kält,
Arbeit und Armut, wie es fällt,
Gewalttat, Ungerechtigkeit,
Treiben wir Landsknecht allezeit.

Diese Reimen waren um so viel desto weniger erlogen, weil sie mit ihren Werken übereinstimmten, denn fressen und saufen, Hunger und Durst leiden, huren und buben, raßlen und spielen, schlemmen und demmen*, morden und wieder ermordet werden, totschlagen und wieder zu Tod geschlagen werden, tribulieren und wieder gedrillt werden, jagen und wieder gejaget werden, ängstigen und wieder geängstiget werden, rauben und wieder beraubt werden, plündern und wieder geplündert werden, sich fürchten und wieder gefürchtet werden, Jammer anstellen und wieder jämmerlich leiden, schlagen und wieder geschlagen werden; und in Summa nur verderben und beschädigen und hingegen wieder verderbt und beschädigt werden, war ihr ganzes Tun und Wesen; woran sie sich weder Winter noch Sommer, weder Schnee noch Eis, weder Hitz noch Kält, weder Regen noch Wind, weder Berg noch Tal, weder Felder noch Morast, weder Gräben, Päß, Meer, Mauren, Wasser, Feuer, noch Wälle, weder Vater noch Mutter, Brüder und Schwestern, weder Gefahr ihrer eigenen Leiber, Seelen und Gewissen, ja weder Verlust des Lebens, noch des Himmels, oder sonst einzig anderer Ding, wie das Namen haben mag, verhindern ließen: sondern sie weberten* in ihren Werken immer emsig fort, bis sie endlich nach und nach in Schlachten, Belagerungen, Stürmen, Feldzügen, und in den Quartieren selbsten (so doch der Soldaten irdische Paradeis sind, sonderlich wenn sie fette Bauren antreffen), umkamen, starben, verdarben, und krepierten; bis auf etlich wenige, die in ihrem Alter, wenn sie nicht wacker geschunden und gestohlen hatten, die allerbesten Bettler und Landstörzer* abgaben. Zu nächst über diesen mühseligen Leuten saßen so alte Hühnerfänger, die sich etlich Jahr mit höchster Gefahr auf den untersten Ästen beholfen, durchgebissen, und das Glück gehabt hatten, dem Tod bis dahin zu entlaufen, diese sahen ernstlich und etwas reputierlicher aus als die untersten, weil sie um einen gradum hinaufgestiegen waren; aber über ihnen befanden sich noch höhere, welche auch höhere Einbildungen hatten, weil sie die untersten zu kommandieren, diese nennte man Wamsklopfer, weil sie den Pikenierern* mit ihren Prügeln und Hellenpotzmarter* den Rücken sowohl als den Kopf abzufegen, und den Musketierern Baumöl zu geben* pflegten, ihr Gewehr damit zu schmieren. Über diesen hatte des Baumes Stamm einen Absatz oder Unterscheid, welches ein glattes Stück war, ohne Äst, mit wunderbarlichen Materialien und seltsamer Seifen der Mißgunst geschmieret, also daß kein Kerl, er sei denn vom Adel, weder durch Mannheit, Geschicklichkeit noch Wissenschaft hinaufsteigen konnte, Gott geb wie er auch klettern könnte; denn es war glätter poliert, als eine marmorsteinerne Säul oder stählerner Spiegel; über demselben Ort saßen die mit den Fähnlein, deren waren teils jung und teils bei ziemlichen Jahren, die Jungen hatten ihre Vettern hinaufgehoben, die Alten aber waren zum Teil von sich selbst hinaufgestiegen, entweder auf einer silbernen Leiter, die man Schmiralia* nennet', oder sonst auf einem Steg, den ihnen das Glück aus Mangel anderer gelegt hatte. Besser oben saßen noch höhere, die auch ihre Mühe, Sorg und Anfechtung hatten, sie genossen aber diesen Vorteil, daß sie ihre Beutel mit demjenigen Speck am besten spicken können, welchen sie mit einem Messer, das sie Kontribution nenneten, aus der Wurzel schnitten; am tunlichsten und geschicktesten fiel es ihnen, wenn ein Commissarius daherkam, und ein Wanne voll Geld über den Baum abschüttete, solchen zu erquicken, daß sie das Beste von oben herab auffingen, und den untersten soviel als nichts zukommen ließen; dahero pflegten von den untersten mehr Hungers zu sterben, als ihrer vom Feind umkamen, welcher Gefahr miteinander die höchsten entübriget zu sein schienen. Dahero war ein unaufhörliches Gekrabbel und Aufkletterns an diesem Baum, weil jeder gerne an den obristen glückseligen Orten sitzen wollte, doch waren etliche faule liederliche Schlingel, die das Kommißbrot zu fressen nicht wert waren, welche sich wenig um ein Oberstell bemüheten, und ein Weg als den andern tun mußten, was ihr Schuldigkeit erfordert'; die Untersten, was ehrgeizig war, hoffeten auf der Obern Fall, damit sie an ihren Ort sitzen möchten, und wann es unter Zehentausenden einem geriet, daß er so weit gelangte, so geschah solches erst in ihrem verdrießlichen Alter, da sie besser hintern Ofen taugten Äpfel zu braten, als im Feld vorm Feind zu liegen, und wenn schon einer wohl stund, und seine Sach rechtschaffen verrichtete, so wurde er von andern geneidet, oder sonst durch einen ohnversehenlichen unglücklichen Dunst* beides der Charge und des Lebens beraubt, nirgends hielt es härter, als an obgemeldtem glatten Ort, denn welcher einen guten Feldweibel oder Sergeanten hatte, verlor ihn ungern, welches aber geschehen mußte, wenn man ein Fähnrich aus ihm gemacht hätte. Man nahm dahero, anstatt der alten Soldaten, viel lieber Blackscheißer, Kammerdiener, erwachsene Pagen, arme Edelleut, irgends Vettern und sonst Schmarotzer und Hungerleider, die denen, so etwas meritiert, das Brot vorm Maul abschnitten, und Fähnrich wurden.

Das 17. Kapitel

Obschon im Krieg der Adel, wie billig, dem gemeinen Mann vorgezogen wird, so kommen doch viel aus verächtlichem Stand zu hohen Ehren

Dieses verdroß einen Feldweibel so sehr, daß er trefflich anfing zu schmälen, aber Adelhold sagte: „Weißt du nicht, daß man je und allwegen die Kriegsämter mit adeligen Personen besetzt hat? als welche hierzu am tauglichsten sind; graue Bärt schlagen den Feind nicht, man könnte sonst ein Herd Böck zu solchem Geschäft dingen, es heißt:

Ein junger Stier wird vorgestellt
Dem Haufen, als erfahren,
Den er auch hübsch beisammen hält,
Trutz dem von vielen Jahren;
Der Hirt darf ihm vertrauen auch,
Ohn Ansehn seiner Jugend,
Man judiziert nach bösem Brauch,
Aus Altertum die Tugend.

Sag mir, du alter Krachwadel*, ob nicht edelgeborne Offizier von der Soldateska besser respektieret werden, als diejenigen, so zuvor gemeine Knecht gewesen? und was ist für Kriegsdisziplin zu halten, wo kein rechter Respekt ist? darf nicht der Feldherr einem Kavalier mehr vertrauen, als einem Baurenbuben, der seinem Vater vom Pflug entlaufen, und seinen eigenen Eltern kein gut tun wollen? Ein rechtschaffener Edelmann, ehe er seinem Geschlecht durch Untreu, Feldflucht, oder sonst etwas dergleichen einen Schandflecken anhängte, ehe würde er ehrlich sterben: zudem gebührt dem Adel der Vorzug in allwege, wie solches leg. Honor. dig. de honor. zu sehen. Johannes de Platea* will ausdrücklich, daß man in Bestallung der Ämter dem Adel den Vorzug lassen, und die Edelleut den Plebejis schlecht* soll vorziehen; ja solches ist in allen Rechten bräuchlich, und wird in Hl. Schrift bestätigt, denn Beata terra, cujus Rex nobilis est*, sagt Sirach cap. 10, welches ein herrlich Zeugnis ist des Vorzugs, so dem Adel gebührt. Und wenn schon einer von euch ein guter Soldat ist, der Pulver riechen, und in allen Begebenheiten treffliche Anschläg geben kann, so ist er darum nicht gleich tüchtig, andere zu kommandieren; dahingegen diese Tugend dem Adel angeborn, oder von Jugend auf angewöhnet wird. Seneca sagt: Habet hoc proprium generosus animus, quod concitatur ad honesta, et neminem excelsi ingenii virum humilia delectant et sordida*. Welches auch Faustus Poeta* in diesem Disticho exprimiert hat:

Si te rusticitas vilem genuisset agrestis,
Nobilitas animi non foret ista tui.*

Überdas hat der Adel mehr Mittel, ihren Untergehörigen mit Geld, und den schwachen Kompagnien mit Volk zu helfen, als ein Bauer: So stünde es auch nach dem gemeinen Sprichwort nicht fein, wenn man den Bauren über den Edelmann setzte; auch würden die Bauren viel zu hoffärtig, wenn man sie also strack zu Herren machte, denn man sagt:

Es ist kein Schwert das schärfer schiert,
Als wenn ein Baur zum Herren wird.

Hätten die Bauren durch lang-hergebrachte löbliche Gewohnheit die Kriegs- und anderen Ämter in Possession*, wie der Adel, so würden sie gewißlich sobald keinen Edelmann einkommen lassen; zudem, ob man euch Soldaten von Fortun* (wie ihr genennet werdet) schon oft gerne helfen wollte, daß ihr zu höhern Ehren erhaben würdet, so seid ihr aber alsdann gemeiniglich schon so abgelebt, wenn man euch probiert hat und eines Bessern würdig schätzet, daß man Bedenkens haben muß, euch zu befördern; denn da ist die Hitz der Jugend verloschen, und gedenket ihr nur schlechts dahin, wie ihr euren kranken Leibern, die durch viel erstandene Widerwärtigkeit ausgemergelt und zu Kriegsdiensten wenig mehr nutz sein, gütlich tun und wohl pflegen möget, Gott geb, wer fechte und Ehr einlege; hingegen aber ist ein junger Hund zum Jagen viel freudiger als ein alter Löw."

Der Feldweibel antwortet': „Welcher Narr wollte denn dienen, wenn er nicht hoffen darf, durch sein Wohlverhalten befördert, und also um seine getreuen Dienst belohnt zu werden: Der Teufel hol solchen Krieg! Auf diese Weis gilts gleich, ob sich einer wohl hält oder nicht. Ich hab von unserm alten Obristen vielmals gehört, daß er keinen Soldaten unter sein Regiment begehre, der sich nicht festiglich einbilde, durch Wohlverhalten ein General zu werden. So muß auch alle Welt bekennen, daß diejenigen Nationen, so gemeinen aber doch rechtschaffenen Soldaten forthelfen und ihre Tapferkeit bedenken, gemeiniglich victorisieren, welches man an den Persern und Türken wohl siehet. Es heißt:

Die Lampe leucht dir fein, doch mußt du sie auch laben
Mit fett Oliven-Saft, die Flamm sonst bald verlischt:
Getreuer Dienst durch Lohn gemehrt wird und erfrischt;
Soldaten Tapferkeit will Unterhaltung* haben."

Adelhold antwortet': „Wenn man eines redlichen Manns rechtschaffene Qualitäten siehet, so wird er freilich nicht übersehen, maßen man heutigen Tags viel findet, welche vom Pflug, von der Nadel, von dem Schusterleist und vom Schäferstecken zum Schwert gegriffen, sich wohl gehalten, und durch solche ihre Tapferkeit, weit über den gemeinen Adel, in Grafen- und Freiherrenstand geschwungen. Wer war der Kaiserliche Johann von Werd*? wer der Schwedische Stallhans*? wer der Hessische kleine Jacob* und S. Andreas*? Ihresgleichen sind noch viel bekannt, die ich Kürze halber nicht alle nennen mag. Ist also gegenwärtiger Zeit nichts Neues, wird auch bei der Posterität nicht abgehen, daß geringe doch redliche Leut durch Krieg zu hohen Ehren gelangen, welches auch bei den Alten geschehen: Tamerlanes ist ein mächtiger König und schreckliche Furcht der ganzen Welt worden, der doch zuvor nur ein Säuhirt war; Agathokles König in Sizilien, ist eines Hafners Sohn gewesen; Thelephas ein Wagner, wurde König in Lydien; des Kaisers Valentiniani Vater war ein Seiler; Mauritius Cappadox, ein leibeigener Knecht, ward nach Tiberio Kaiser; Johannes Zemisces kam aus der Schulen zum Kaisertum. So bezeuget Flavius Vobiscus, daß Bonosus Imperator eines armen Schulmeisters Sohn gewesen sei; Hyperbolus, Chermidis Sohn, war erstlich ein Laternenmacher und nachgehends Fürst zu Athen; Justinus, so vor Justiniano regierte, war vor seinem Kaisertum ein Säuhirt; Hugo Capetus eines Metzgers Sohn, hernach König in Frankreich; Pizarrus gleichfalls ein Schweinhirt, und hernach Markgraf in den Westindianischen Ländern, welcher das Gold mit Zentnern auszuwägen hatte."

Der Feldweibel antwort: „Dies alles lautet zwar wohl auf meinen Schrot*, indessen sehe ich aber wohl, daß uns die Türen, zu ein und anderer Würde zu gelangen, durch den Adel verschlossen gehalten werden. Man setzt den Adel, wenn er nur aus der Schalen gekrochen, gleich an solche Ort, da wir uns nimmermehr keine Gedanken hin machen dürfen, wenn wir gleich mehr getan haben als mancher Nobilist, den man jetzt für einen Obristen vorstellet. Und gleich wie unter den Bauren manch edel Ingenium verdirbt, weil es aus Mangel der Mittel nicht zu den Studiis angehalten wird: also veraltet mancher wackere Soldat unter seiner Musket, der billiger ein Regiment meritierte, und dem Feldherrn große Dienste zu leisten wüßte."

Das 18. Kapitel

Simplicius tut den ersten Sprung in die Welt, mit schlechtem Glück

Ich mochte dem alten Esel nicht mehr zuhören, sondern gönnete ihm, was er klagte, weil er oft die armen Soldaten prügelte wie die Hund: Ich wendet mich wieder gegen die Bäume, deren das ganze Land voll stund, und sah, wie sie sich bewegten, und zusammenstießen, da prasselten die Kerl haufenweis herunter, Knall und Fall war eins; augenblicklich frisch und tot, in einem Hui verlor einer ein Arm, der ander ein Bein, der dritte den Kopf gar. Als ich so zusah, bedeuchte mich, alle diejenigen Bäum, die ich sah, wären nur ein Baum, auf dessen Gipfel saß der Kriegsgott Mars, und bedeckte mit des Baums Ästen ganz Europam; wie ich dafürhielt, so hätte dieser Baum die ganze Welt überschatten können, weil er aber durch Neid und Haß, durch Argwohn und Mißgunst, durch Hoffart, Hochmut und Geiz und andere dergleichen schöne Tugenden gleichwie von scharfen Nordwinden angewehet wurde, schien er gar dünn und durchsichtig, dahero einer folgende Reimen an den Stamm geschrieben hat:

Die Stein-Eich durch den Wind getrieben und verletzet,
Ihr eigen Äst' abbricht, sich ins Verderben setzet:
  Durch innerliche Krieg' und brüderlichen Streit,
  Wird alles umgekehrt, und folget lauter Leid.

Von dem gewaltigen Gerassel dieser schädlichen Wind, und Zerstümmlung des Baums selbsten, ward ich aus dem Schlaf erweckt, und sah mich nur allein in meiner Hütten. Dahero fing ich wieder an zu gedenken, was ich doch immermehr anfangen sollte? Im Wald zu bleiben war mir unmöglich, weil mir alles so gar hinweggenommen worden, daß ich mich nicht mehr aufhalten konnte, nichts war mehr übrig als noch etliche Bücher, welche hin und her zerstreut und durcheinandergeworfen lagen: Als ich solche mit weinenden Augen wieder auflas, und zugleich Gott inniglich anrief, er wollte mich doch leiten und führen, wohin ich sollte, da fand ich ohngefähr ein Brieflein, das mein Einsiedel bei seinem Leben noch geschrieben hatte, das lautet also: „Lieber Simplici, wenn du dies Brieflein findest, so gehe alsbald aus dem Wald, und errette dich und den Pfarrer aus gegenwärtigen Nöten, denn er hat mir viel Guts getan: Gott, den du allweg vor Augen haben, und fleißig beten sollest, wird dich an ein Ort bringen, der dir am bequemsten ist. Allein habe denselbigen stets vor Augen, und befleißige dich, ihm jederzeit dergestalt zu dienen, als wenn du noch in meiner Gegenwart im Wald wärest, bedenke und tue ohne Unterlaß meine letzte Rede, so wirst du bestehen mögen: Vale.“

Ich küßte dies Brieflein und des Einsiedlers Grab zu viel tausendmalen, und machte mich auf den Weg, Menschen zu suchen, bis ich deren finden möchte, ging also zween Tag einen geraden Weg fort, und wie mich die Nacht begriff, suchte ich ein hohlen Baum zu meiner Herberg, mein Zehrung war nichts anders als Buchen, die ich unterwegs auflas, den dritten Tag aber kam ich ohnweit Gelnhausen auf ein ziemlich eben Feld, da genoß ich gleichsam eines hochzeitlichen Mahls, denn es lag überall voller Garben auf dem Feld, welche die Bauren, weil sie nach der namhaften Schlacht vor Nördlingen* verjagt worden, zu meinem Glück nicht einführen können, in deren einer macht ich mein Nachtlager, weil es grausam kalt war, und sättigte mich mit ausgeriebenen Weizen, dergleichen ich lang nicht genossen.

Das 19. Kapitel

Wie Hanau von Simplicio, und Simplicius von Hanau eingenommen wird

Da es taget', füttert ich mich wieder mit Weizen, begab mich zum nächsten auf Gelnhausen, und fand daselbst die Tor' offen, welche zum Teil verbrennet, und jedoch noch halber mit Mist verschanzt waren: Ich ging hinein, konnte aber keines lebendigen Menschen gewahr werden, hingegen lagen die Gassen hin und her mit Toten überstreut, deren etliche ganz, etliche aber bis aufs Hemd ausgezogen waren. Dieser jämmerliche Anblick war mir ein erschrecklich Spektakul, maßen sich jedermann selbsten wohl einbilden kann, meine Einfalt konnte nicht ersinnen, was für ein Unglück den Ort in einen solchen Stand gesetzt haben müßte. Ich erfuhr aber ohnlängst hernach, daß die kaiserlichen Völker etliche Weimarischen daselbst überrumpelt*. Kaum zween

Steinwürf weit kam ich in die Stadt, als ich mich derselben schon satt gesehen hatte, derowegen kehrete ich wieder um, ging durch die Au nebenhin und kam auf ein gänge Landstraß, die mich vor die herrliche Festung Hanau trug: Sobald ich deren erste Wacht ersah, wollte ich durchgehen, aber mir kamen gleich zween Musketier auf den Leib, die mich anpackten, und in ihre Corps de Garde* führten.

Ich muß dem Leser nur auch zuvor meinen damaligen visierlichen Aufzug erzählen, ehe daß ich ihm sage, wie mirs weiter ging, denn meine Kleidung und Gebärden waren durchaus seltsam, verwunderlich und widerwärtig, so, daß mich auch der Gouverneur abmalen lassen: Erstlich waren meine Haar in dritthalb Jahren weder auf griechisch, teutsch noch französisch abgeschnitten, gekampelt* noch gekräuselt oder gebüfft* worden, sondern sie stunden in ihrer natürlichen Verwirrung noch, mit mehr als jährigem Staub anstatt des Haarplunders, Puders oder Pulvers (wie man das Narren- oder Närrinwerk nennet) durchstreuet, so zierlich auf meinem Kopf, daß ich darunter hervorsah mit meinem bleichen Angesicht, wie ein Schleiereul die knappen* will oder sonst auf eine Maus spannet. Und weil ich allzeit barhäuptig zu gehen pflegte, meine Haar aber von Natur kraus waren, hatte es das Ansehen, als wenn ich ein türkischen Bund* aufgehabt hätte; das übrige Habit stimmte mit der Hauptzierd überein, denn ich hatte meines Einsiedlers Rock an, wenn ich denselben anders noch einen Rock nennen darf, dieweil das erste Gewand, daraus er geschnitten worden, gänzlich verschwunden, und nichts mehr davon übrig gewesen als die bloße Form, welche mehr als tausend Stücklein allerhandfarbiges, zusammengesetztes oder durch vielfältiges Flicken aneinandergenähetes Tuch noch vor Augen stellte. Über diesem abgangenen und doch zu vielmalen verbesserten Rock trug ich das hären Hemd, anstatt eines Schulterkleids (weil ich die Ärmel anstatt eines Paar Strümpfs brauchte, und dieselben zu solchem Ende herabgetrennet hatte), der ganze Leib aber war mit eisernen Ketten, hinten und vorn fein kreuzweis, wie man Sanctum Wilhelmum* zu malen pflegt, umgürtet, so daß es fast eine Gattung abgab wie mit denen, so vom Türken gefangen und für ihre Freunde zu betteln im Land umziehen; meine Schuh waren aus Holz geschnitten, und die Schuhbändel aus Rinden von Lindenbäumen gewebt, die Füß selbst aber sahen so krebsrot aus, als wenn ich ein Paar Strümpf von spanisch Leibfarb angehabt, oder sonst die Haut mit Fernambuk* gefärbt hätte: Ich glaube, wenn mich damals ein Gaukler, Marktschreier oder Landfahrer gehabt, und für einen Samojeden oder Grönländer dargeben, daß er manchen Narren angetroffen, der ein Kreuzer an mir versehen hätte. Ob nun zwar ein jeder Verständige aus meinem magern und ausgehungerten Anblick und hinlässiger Aufziehung ohnschwer schließen können, daß ich aus keiner Garküchen, oder aus dem Frauenzimmer, weniger von irgendeines großen Herrn Hofhaltung entlaufen, so wurde ich jedoch unter der Wacht streng examiniert, und gleichwie sich die Soldaten an mir vergafften, also betrachtet ich hingegen ihres Offiziers tollen Aufzug, dem ich Red und Antwort geben mußte. Ich wußte nicht, ob er sie oder er wäre, denn er trug Haar und Bart auf französisch, zu beiden Seiten hatte er lange Zöpf herunterhangen wie Pferdsschwänz, und sein Bart war so elend zugerichtet und verstümpelt, daß zwischen Maul und Nasen nur noch etlich wenig Haar so kurz davonkommen, daß man sie kaum sehen konnte: Nicht weniger setzten mich seine weiten Hosen seines Geschlechts halber in nicht geringen Zweifel, als welche mir vielmehr einen Weiberrock, als ein Paar Mannshosen vorstelleten. Ich gedachte bei mir selbst, ist dies ein Mann? so sollte er auch einen rechtschaffenen Bart haben, weil der Geck nicht mehr so jung ist, wie er sich stellet; ists aber ein Weib, warum hat die alte Hur dann so viel Stupfeln* ums Maul? Gewißlich ists ein Weib, gedacht ich, denn ein ehrlicher Mann wird seinen Bart wohl nimmermehr so jämmerlich verketzern lassen; maßen die Böcke aus großer Schamhaftigkeit keinen Tritt unter fremde Herden gehen, wenn man ihnen die Bärt stutzet. Und demnach ich also im Zweifel stund, und nicht wußte, was die jetzige Mode war, hielt ich ihn endlich für Mann und Weib zugleich.

Dieses männische Weib, oder dieser weibische Mann, wie er mir vorkam, ließ mich überall besuchen*, fand aber nichts bei mir, als ein Büchlein von Birkenrinden, darin ich meine täglichen Gebet geschrieben, und auch dasjenige Zettelein liegen hatte, das mir mein frommer Einsiedel, wie in vorigem Kapitel gemeldet worden, zum Valete hinterlassen, solches nahm er mir; weil ichs aber ungern verlieren wollte, fiel ich vor ihm nieder, faßte ihn um beide Knie, und sagte: „Ach mein lieber Hermaphrodit*, laßt mir doch mein Gebetbüchlein!“ „Du Narr“, antwortet' er, „wer Teufel hat dir gesagt, daß ich Hermann heiße?“ Befahl darauf zweien Soldaten, mich zum Gubernator* zu führen, welchem er besagtes Buch mitgab, weil der Phantast ohnedas, wie ich gleich merkte, selbst weder lesen noch schreiben konnte.

Also führete man mich in die Stadt, und jedermann lief zu, als wenn ein Meerwunder auf die Schau geführt würde; und gleichwie mich jedweder sehen wollte, also machte auch jeder etwas Besonders aus mir, etliche hielten mich für einen Spionen, andere für ein Unsinnigen, andere für ein wilden Menschen, und aber andere für ein Geist, Gespenst oder sonst für ein Wunder, welches etwas Besonders bedeuten würde: Auch waren etliche, die hielten mich für ein Narren, welche wohl am nächsten zum Zweck geschossen haben möchten, wenn ich den lieben Gott nicht gekennet hätte.

Das 20. Kapitel

Wasgestalten er von dem Gefängnis und der Folter errettet worden

Als ich vor den Gubernator gebracht wurde, fragte er mich, wo ich herkäme? Ich aber antwortet, ich wüßte es nicht. Er fragt' weiter: „Wo willst du denn hin?“ Ich antwortet abermal: „Ich weiß nicht.“ „Was Teufel weißt du denn“, fragte er ferner, „was ist denn dein Hantierung?“

Ich antwortet noch wie vor, ich wüßte es nicht. Er fragte: „Wo bist du zu Haus?“ und als ich wiederum antwortet, ich wüßte es nicht, verändert' er sich im Gesicht, nicht weiß ich, obs aus Zorn oder Verwunderung geschah? Dieweil aber jedermann das Böse zu argwöhnen pflegt, zumalen der Feind in der Nähe war, als welcher allererst, wie gemeldt, die vorige Nacht Gelnhausen eingenommen und ein Regiment Dragoner darin zuschanden gemacht hatte, fiel er denen bei, die mich für einen Verräter oder Kundschafter hielten, befahl darauf, man sollte mich besuchen; als er aber von den Soldaten von der Wacht, so mich zu ihm geführet hatten, vernahm, daß solches schon beschehen, und anders nichts bei mir gefunden worden wär als gegenwärtiges Büchlein, welches sie ihm zugleich überreichten, las er ein paar Zeilen danach, und fragte mich, wer mir das Büchlein geben hätte? Ich antwortet, es wäre von Anfang mein eigen gewesen, denn ich hätte es selbst gemacht und überschrieben. Er fragte: „Warum eben auf birkenen Rinden?“ Ich antwortet: „Weil sich die Rinden von andern Bäumen nicht dazu schicken.“ „Du Flegel“, sagte er, „ich frage, warum du nicht auf Papier geschrieben hast?“ „Ei“, antwortet ich, „wir haben keins mehr im Wald gehabt.“ Der Gubernator fragte: „Wo? in welchem Wald?“ Ich antwortet wieder auf meinen alten Schrot*, ich wüßte es nicht.

Da wandte sich der Gubernator zu etlichen von seinen Offiziern, die ihm eben aufwarteten, und sagte: „Entweder ist dieser ein Erzschelm, oder gar ein Narr! zwar kann er kein Narr sein, weil er so schreibt“; und indem als er so redet', blättert' er in meinem Büchlein so stark herum, ihnen mein schöne Handschrift zu weisen, daß des Einsiedlers Brieflein herausfallen mußte, solches ließ er aufheben, ich aber entfärbte mich darüber, weil ich solches für meinen höchsten Schatz und Heiligtum hielt; welches der Gubernator wohl in acht nahm, und daher noch ein größern Argwohn der Verräterei schöpfte, vornehmlich als er das Brieflein aufgemacht und gelesen hatte, denn er sagte: „Ich kenne einmal diese Hand, und weiß, daß sie von einem mir wohlbekannten Kriegsoffizier geschrieben worden ist, ich kann mich aber nicht erinnern, von welchem?“ so kam ihm auch der Inhalt selbst gar seltsam und ohnverständlich vor, denn er sagte: „Dies ist ohne Zweifel eine abgeredte Sprach, die sonst niemand verstehet, als derjenig, mit dem sie abgeredt worden.“ Mich aber fragte er, wie ich hieße? und als ich antwortet: „Simplicius“, sagte er: „Ja ja, du bist eben des rechten Krauts! fort, fort, daß man ihn alsobald an Hand und Fuß in Eisen schließe.“ Also wanderten beide obgemeldten Soldaten mit mir nach meiner bestimmten neuen Herberg, nämlich dem Stockhaus zu, und überantworteten mich dem Gewaltiger*, welcher mich seinem Befehl gemäß, mit eisernen Banden und Ketten an Händen und Füßen, noch ein mehrers zierte, gleichsam als hätte ich nicht genug an denen zu tragen gehabt, die ich bereits um den Leib herum gebunden hatte.

Dieser Anfang mich zu bewillkommen, war der Welt noch nicht genug, sondern es kamen Henker und Steckenknecht, mit grausamen Folterungs-Instrumenten, welche mir, ohnangesehen ich mich meiner Unschuld zu getrösten hatte, meinen elenden Zustand allererst grausam machten: „Ach Gott!“ sagte ich zu mir selber, „wie geschieht mir so recht, Simplicius ist darum aus dem Dienst Gottes in die Welt gelaufen, damit ein solche Mißgeburt des Christentums den billigen Lohn empfange, den ich mit meiner Leichtfertigkeit verdienet habe. O du unglückseliger Simplici! wohin bringt dich deine Undankbarkeit? Siehe, Gott hatte dich kaum zu seiner Erkenntnis und in seine Dienst gebracht, so läufst du hingegen aus seinen Diensten, und kehrest ihm den Rücken! Hättest du nicht mehr Eicheln und Bohnen essen können wie zuvor, deinem Schöpfer ohnverhindert zu dienen? Hast du nicht gewußt, daß dein getreuer Einsiedel und Lehrmeister die Welt geflohen, und sich die Wildnis auserwählt? O blindes Bloch*, du hast dieselbe verlassen, in Hoffnung, deinen schändlichen Begierden (die Welt zu sehen) genug zu tun. Aber nun schaue, indem du vermeinest, deine Augen zu weiden, mußt du in diesem gefährlichen Irrgarten untergehen und verderben. Hast du unweiser Tropf dir nicht zuvor können einbilden, daß dein seliger Vorgänger der Welt Freude um sein hartes Leben, das er in der Einöde geführt, nicht vertauscht haben würde, wenn er in der Welt den wahren Frieden, eine rechte Ruhe und die ewige Seligkeit zu erlangen getraut hätte? Du armer Simplici, jetzt fahr hin, und empfange den Lohn deiner gehabten eitelen Gedanken und vermessenen Torheit. Du hast dich keines Unrechts zu beklagen, auch keiner Unschuld zu getrösten, weil du selber deiner Marter und darauf folgendem Tod entgegen bist geeilet.“ Also klagte ich mich selber an, bat Gott um Vergebung, und befahl ihm meine Seel: Indessen näherten wir dem Diebsturm, und als die Not am größten, da war die Hilf Gottes am nächsten; denn als ich mit den Schergen umgeben war, und samt einer großen Menge Volks vorm Gefängnis stund, zu warten bis es aufgemacht und ich hineingetan würde, wollte mein Pfarrherr, dem neulich sein Dorf geplündert und verbrannt worden, auch sehen, was da vorhanden wäre (denn er lag zunächst dabei auch im Arrest). Als dieser zum Fenster aussah und mich erblickte, rief er überlaut: „O Simplici bist dus?“ Als ich ihn hörte und sah, konnte ich nichts anders, als daß ich beide Händ gegen ihn aufhub, und schrie: „O Vater! o Vater! o Vater!“ Er aber fragte, was ich getan hätte? Ich antwortet, ich wüßte es nicht, man hätte gewißlich mich darum daher geführt, weil ich aus dem Wald entlaufen wäre: Als er aber vom Umstand vernahm, daß man mich für einen Verräter hielt, bat er, man wollte mit mir einhalten, bis er meine Beschaffenheit dem Herrn Gouverneur berichtet hätte, denn solches würde beides zu meiner und seiner Erledigung taugen, und verhüten, daß sich der Herr Gouverneur an uns beiden nicht vergreifen würde, sintemal er mich besser kenne, als sonst kein Mensch.

Das 21. Kapitel

Das betrügliche Glück gibt Simplicio einen freundlichen Blick

Ihm wurde erlaubt, zum Gubernator zu gehen, und über ein halbe Stund hernach wurd ich auch geholt, und in die Gesindstube gesetzt, allwo sich schon zween Schneider, ein Schuster mit Schuhen, ein Kaufmann mit Hüten und Strümpfen, und ein anderer mit allerhand Gewand eingestellt, damit ich ehest gekleidet würde; da zog man mir den Rock ab, samt der Ketten und dem härenen Hemd, auf daß die Schneider das Maß recht nehmen könnten; folgends erschien ein Feldscherer, mit scharfer Laugen und wohlriechender Seifen, und eben als dieser seine Kunst an mir üben wollte, kam ein anderer Befehl, welcher mich greulich erschreckte, weil er lautet', ich sollte mein Habit wieder anziehen; solches war nicht so bös gemeint, wie ich wohl besorgte, denn es kam gleich ein Maler mit seinem Werkzeug daher, nämlich mit Minien* und Zinnober zu meinen Auglidern, mit Lack, Endig und Lasur zu meinen korallenroten Lippen, mit Auripigmentum, Rausch-schütt und Bleigelb zu meinen weißen Zähnen, die ich vor Hunger bleckte, mit Kienruß, Kohlschwärz und Umbra zu meinen gelben Haaren, mit Bleiweiß zu meinen gräßlichen Augen, und mit sonst vielerlei Farben zu meinem wetterfarbigen Rock, auch hatte er eine ganze Hand voll Pinsel. Dieser fing an mich zu beschauen, abzureißen, zu untermalen, den Kopf über eine Seite zu hängen, um seine Arbeit gegen meine Gestalt genau zu betrachten; bald ändert' er die Augen, bald die Haar, geschwind die Naslöcher, und in Summa alles, was er im Anfang nicht recht gemacht, bis er endlich ein natürliches Muster entworfen hatte, wie Simplicius eins war: Alsdann durfte allererst der Feldscherer auch über mich herwischen, derselbe zwagte* mir den Kopf und richtet' wohl anderthalbe Stund an meinen Haaren, folgends schnitt er sie ab auf die damalige Mode, denn ich hatte Haar übrig. Nachgehends setzt' er mich in ein Badstüblein, und säubert' meinen mageren ausgehungerten Leib von mehr als drei- oder vierjähriger Unlust*: Kaum war er fertig, da bracht man mir ein weißes Hemd, Schuhe und Strümpf, samt einem Überschlag oder Kragen, auch Hut und Feder, so waren die Hosen auch schön ausgemacht, und überall mit Galaunen* verbrämt, allein manglets noch am Wams, daran die Schneider zwar auf die Eil arbeiteten; der Koch stellet' sich mit einem kräftigen Süpplein ein, und die Kellerin mit einem Trank: Da saß mein Herr Simplicius wie ein junger Graf, zum besten akkommodiert. Ich zehrte tapfer zu, ohnangesehen ich nicht wußte, was man mit mir machen wollte, denn ich wußte noch von keinem Henkermahl nichts, dahero tat mir die Erkostung dieses herrlichen Anfangs so trefflich kirr und sanft, daß ichs keinem Menschen genugsam sagen, rühmen und aussprechen kann; ja ich glaube schwerlich, daß ich mein Lebtag einzigesmal eine größere Wollust empfunden, als eben damals. Als nun das Wams fertig war, zog ichs auch an, und stellte in diesem neuen Kleid ein solch ungeschickte Postur* vor Augen, daß es sah wie ein Trophaeum*, oder als wenn man ein Zaunstecken geziert hätte, weil mir die Schneider die Kleider mit Fleiß zu weit machen mußten, um der Hoffnung willen die man hatte, ich würde in kurzer Zeit zulegen, welches auch bei so gutem Futter augenscheinlich geschah. Mein Waldkleid, samt der Ketten und allem Zugehör, wurde hingegen in die Kunstkammer zu andern raren Sachen und Antiquitäten getan, und mein Bildnis in Lebensgröß danebengestellt.

Nach dem Nachtessen wurde mein Herr* in ein Bett gelegt, dergleichen mir niemals weder bei meinem Knan noch Einsiedel zuteil worden; aber mein Bauch kurret' und murret' die ganze Nacht hindurch, daß ich nicht schlafen konnte, vielleicht keiner andern Ursach halber, als weil er entweder noch nicht wußte was gut war, oder weil er sich über die anmutigen neuen Speisen, die ihm zuteil worden, verwunderte; ich blieb aber ein Weg als den andern liegen, bis die liebe Sonn wieder leuchtet' (denn es war kalt) und betrachtet, was für seltsame Anständ ich nun etliche Tag gehabt, und wie mir der liebe Gott so treulich durchgeholfen, und mich an ein so guten Ort geführet hätte.

Das 22. Kapitel

Wer der Einsiedel gewesen, dessen Simplicius genossen

Denselben Morgen befahl mir des Gouverneurs Hofmeister, ich sollte zu obgemeldtem Pfarrern gehen, und vernehmen, was sein Herr meinetwegen mit ihm geredt hätte: Er gab mir einen Leibschützen mit, der mich zu ihm brachte, der Pfarrer aber führet' mich in sein Museum*, setzt' sich, hieß mich auch sitzen, und sagte: „Lieber Simplici, der Einsiedel, bei dem du dich im Wald aufgehalten, ist nicht allein des hiesigen Gouverneurs Schwager, sondern auch im Krieg sein Beförderer und wertester Freund gewesen; wie dem Gubernator mir zu erzählen beliebt', so ist demselben von Jugend auf weder an Tapferkeit eines heroischen Soldaten, noch an Gottseligkeit und Andacht, die sonst einem Religioso* zuständig, niemal nichts abgangen, welche beiden Tugenden man zwar selten beieinander zu finden pflegt. Sein geistlicher Sinn und widerwärtige Begegnisse hemmeten endlich den Lauf seiner weltlichen Glückseligkeit, so daß er seinen Adel und ansehnliche Güter in Schotten*, da er gebürtig, verschmähet' und hintan setzet', weil ihm alle Welthändel abgeschmack, eitel und verwerflich vorkamen: Er verhoffte, mit einem Wort, seine gegenwärtige Hoheit um ein künftige bessere Glori zu verwechseln, weil sein hoher Geist einen Ekel an aller zeitlichen Pracht hatte, und sein Dichten und Trachten war nur nach einem solchen erbärmlichen Leben gerichtet, darin du ihn im Wald angetroffen, und bis in seinen Tod Gesellschaft geleistet hast: Meines Erachtens ist er durch Lesung vieler papistischen Bücher von dem Leben der alten Eremiten hierzu verleitet worden.

Ich will dir aber auch nicht verhalten, wie er in den Spessart und seinem Wunsch nach zu solchem armseligen Einsiedlerleben kommen sei, damit du inskünftig auch andern Leuten etwas davon zu erzählen weißt: Die zweite Nacht hernach, als die blutige Schlacht vor Höchst* verloren worden, kam er einzig und allein vor meinen Pfarrhof, als ich eben mit meinem Weib und Kindern gegen den Morgen entschlafen war, weil wir wegen des Lärmens im Land, den beides die Flüchtigen und Nachjagenden in dergleichen Fällen zu erregen pflegen, die vorige ganze und auch selbige halbe Nacht durch und durch gewacht hatten: Er klopfte erstlich sittig an, und folgends ungestüm genug, bis er mich und mein schlaftrunken Gesind erweckte, und nachdem ich auf sein Anhalten und wenig Wortwechseln, welches beiderseits gar bescheiden fiel, die Tür geöffnet, sah ich den Kavalier von seinem mutigen Pferd steigen, sein kostbarlich Kleid war ebensosehr mit seiner Feinde Blut besprengt, als mit Gold und Silber verbrämt; und weil er seinen bloßen Degen noch in der Faust hielt, so kam mich Furcht und Schrecken an, nachdem er ihn aber einsteckte, und nichts als lauter Höflichkeit vorbrachte, hatte ich Ursach mich zu verwundern, daß ein so braver Herr einen schlechten Dorfpfarrer so freundlich um Herberg anredet': Ich sprach ihn wegen seiner schönen Person und seines herrlichen Ansehens halber für den Mansfelder* selbst an. Er aber sagte, er sei demselben für diesmal nur in der Unglückseligkeit nicht allein zu vergleichen, sondern auch vorzuziehen; drei Ding beklagte er, nämlich sein verlorne hochschwangere Gemahlin, die verlorne Schlacht, und daß er nicht gleich andern redlichen Soldaten in derselben für das Evangelium sein Leben zu lassen das Glück gehabt hätte. Ich wollte ihm trösten, sah aber bald, daß seine Großmütigkeit keines Trostes bedurfte, demnach teilte ich mit, was das Haus vermochte, und ließ ihm ein Soldatenbett von frischem Stroh machen, weil er in kein anders liegen wollte, wiewohl er der Ruhe sehr bedürftig war. Das erste, das er den folgenden Morgen tat, war, daß er mir sein Pferd schenkte, und sein Geld (so er an Gold in keiner kleinen Zahl bei sich hatte) samt etlich köstlichen Ringen unter meine Frau, Kinder und Gesind austeilete. Ich wußte nicht, wie ich mit ihm dran war, weil die Soldaten viel eher zu nehmen als zu geben pflegen; trug derowegen Bedenkens, so große Verehrungen anzunehmen, und wandte vor, daß ich solches um ihn nicht meritiert, noch hinwiederum zu ver-

pag: 18.

Humana Fe-
ritas
Luporum Ra
pacitas.
Schau die gemenschte
Wölff allhier
Wie sie der Simplex stellet für
Als Wölffs-verwildte Men
schen-Thier.

dienen wisse; zudem sagte ich, wenn man solchen Reichtum, und sonderlich das köstliche Pferd, welches sich nicht verbergen ließe, bei mir und den Meinigen sehe, so würde männiglich schließen, ich hätte ihn berauben oder gar ermorden helfen. Er aber sagte, ich sollte diesfalls ohne Sorg leben, er wollte mich vor solcher Gefahr mit seiner eigenen Handschrift versichern, ja er begehre sogar sein Hemd, geschweige seine Kleider aus dem Pfarrhof nicht zu tragen, und mit dem öffnet' er mir seinen Vorsatz, ein Einsiedel zu werden: Ich wehrete mit Händen und Füßen was ich konnte, weil mich bedünkte, daß solch Vorhaben zumal nach dem Papsttum schmeckte, mit Erinnerung, daß er dem Evangelio mehr mit seinem Degen würde dienen können; aber vergeblich, denn er machte so lang und viel mit mir, bis ich alles einging, und ihn mit denjenigen Büchern, Bildern und Hausrat montierte, die du bei ihm gefunden, wiewohl er nur der wollenen Decke, darunter er dieselbige Nacht auf dem Stroh geschlafen, für all dasjenige begehrte, das er mir verehrt hatte, daraus ließ er sich einen Rock machen; so mußte ich auch meine Wagenketten, die er stetig getragen, mit ihm um eine güldene, daran er seiner Liebsten Conterfait trug, vertauschen, also daß er weder Geld noch Geldswert behielt, mein Knecht führte ihn an den einödesten Ort des Walds, und half ihm daselbst seine Hütten aufrichten. Wasgestalt er nun sein Leben daselbst zugebracht, und womit ich ihm zuzeiten an die Hand gangen und ausgeholfen, weißt du so wohl, ja zum Teil besser als ich.

Nachdem nun neulich die Schlacht vor Nördlingen verloren, und ich, wie du weißt, rein ausgeplündert und zugleich übel beschädiget worden, hab ich mich hieher in Sicherheit geflehnet, weil ich ohndas schon meine besten Sachen hier hatte: Und als mir die baren Geldmittel ausgehen wollten, nahm ich drei Ring und obgemeldte güldene Ketten, mitsamt dem anhangenden Conterfait, so ich von deinem Einsiedel hatte, maßen sein Petschier-Ring auch darunter war, und trugs zu einem Juden, solches zu versilbern, der hat es aber der Köstlichkeit und schönen Arbeit wegen dem Gubernator käuflich angetragen, welcher das

Wappen und Conterfait stracks gekennet, nach mir geschickt, und gefragt, woher ich solche Kleinodien bekommen? Ich sagte ihm die Wahrheit, wies des Einsiedlers Handschrift oder Übergabsbrief auf, und erzählet allen Verlauf, auch wie er im Wald gelebt und gestorben: Er wollte solches aber nicht glauben, sondern kündet' mir den Arrest an, bis er die Wahrheit besser erführe, und indem er im Werk begriffen war, eine Partei auszuschicken, den Augenschein seiner Wohnung einzunehmen und dich hieherholen zu lassen, so sehe ich dich in Turm führen. Weil denn der Gubernator nunmehr an meinem Vorgeben nicht zu zweifeln Ursach hat, indem ich mich auf den Ort, da der Einsiedel gewohnet, item auf dich und andere lebendige Zeugen mehr, insonderheit aber auf meinen Mesner berufen, der dich und ihn oft vor Tags in die Kirch gelassen, zumalen auch das Brieflein, so er in deinem Gebetbüchlein gefunden, nicht allein der Wahrheit, sondern auch des seligen Einsiedlers Heiligkeit ein treffliches Zeugnis gibt; also will er dir und mir wegen seines Schwagers sel. Gutes tun, du darfst dich jetzt nur resolviern, was du willst, daß er dir tun soll? willst du studiern, so will er die Unkosten dazu geben; hast du Lust ein Handwerk zu lernen, so will er dich eins lernen lassen; willst du aber bei ihm verbleiben, so will er dich wie sein eigen Kind halten, denn er sagte, wenn auch ein Hund von seinem Schwager sel. zu ihm käme, so wolle er ihn aufnehmen": Ich antwortet, es gelte mir gleich, was der Herr Gubernator mit mir machte.

Das 23. Kapitel

Simplicius wird ein Page, item, wie des Einsiedlers Weib verloren worden

Der Pfarrer zögerte mich auf* in seinem Losament bis zehn Uhr, ehe er mit mir zum Gouverneur ging, ihm meinen Entschluß zu sagen, damit er bei demselben, weil er ein freie Tafel hielt, zu Mittags ein Gast sein könne; denn es war damals Hanau blockiert und ein solche klemme* Zeit bei dem gemeinen Mann, bevorab den geflehnten Leuten in selbiger Festung, daß auch etliche, die sich etwas einbildeten, die angefrornen Rübschalen auf der Gassen, so die Reichen etwa hinwarfen, aufzuheben nit verschmäheten: Es glückte ihm auch so wohl, daß er neben den Gouverneur selbst über der Tafel zu sitzen kam, ich aber wartete auf mit einem Teller in der Hand, wie mich der Hofmeister anwies; in welches ich mich zu schicken wußte, wie ein Esel ins Schachspiel: Aber der Pfarrer ersetzte allein mit seiner Zung, was die Ungeschicklichkeit meines Leibs nicht vermochte. Er sagte, daß ich in der Wildnis erzogen, niemals bei Leuten gewesen, und dahero wohl für entschuldigt zu halten, weil ich noch nicht wissen könnte, wie ich mich halten sollte; meine Treu, die ich dem Einsiedel erwiesen, und das harte Leben, so ich bei demselben überstanden, wären verwundernswürdig, und allein wert, nicht allein meine Ungeschicklichkeit zu gedulden, sondern auch mich dem feinsten Edelknaben vorzuziehen. Weiters erzählte er, daß der Einsiedel alle seine Freud an mir gehabt, weil ich, wie er öfters gesagt, seiner Liebsten von Angesicht so ähnlich sei, und daß er sich oft über meine Beständigkeit und ohnveränderlichen Willen, bei ihm zu bleiben, und sonst noch über viel Tugenden, die er an mir gerühmt, verwundert hätte. In Summa, er konnte nicht genugsam aussprechen, wie mit ernstlicher Inbrünstigkeit er kurz vor seinem Tod mich ihm, Pfarrern, rekommendiert, und bekannt hätte, daß er mich so sehr als sein eigen Kind liebe.

Dieses kitzelt' mich dermaßen in Ohren, daß mich bedünkte, ich hätte schon Ergötzlichkeit genug für alles dasjenige empfangen, das ich je bei dem Einsiedel ausgestanden. Der Gouverneur fragte, ob sein sel. Schwager nicht gewußt hätte, daß er der Zeit in Hanau kommandiere? „Freilich", antwortet' der Pfarrer, „ich habs ihm selbst gesagt; er hat es aber (zwar mit einem fröhlichen Gesicht und kleinem Lächlen) so kaltsinnig angehört, als ob er niemals keinen Ramsay gekennt hätte, also daß ich mich noch, wenn ich der Sach nachdenke, über dieses Manns Beständigkeit und festen Vorsatz verwundern muß, wie er nämlich übers Herz bringen können, nicht allein der Welt abzusagen, sondern auch seinen besten Freund, den er doch in der Nähe hatte, so gar aus dem Sinn zu schlagen!" Dem Gouverneur, der sonst kein weichherzig Weibergemüt hatte, sondern ein tapferer heroischer Soldat war, stunden die Augen voll Wasser. Er sagte: „Hätte ich gewußt, daß er noch im Leben, und wo er anzutreffen gewesen wäre, so wollte ich ihn auch wider seinen Willen haben zu mir holen lassen, damit ich ihm seine Guttaten hätte erwidern können, weil mirs aber das Glück mißgönnet, also will ich an seiner Statt seinen Simplicium versorgen: Ach!" sagte er weiters, „der redliche Kavalier hat wohl Ursach gehabt, seine schwangere Gemahlin zu beklagen, denn sie ist von einer Partei kaiserlicher Reuter im Nachhauen*, und zwar auch im Spessart gefangen worden. Als ich solches erfahren, und nichts anders gewußt, als mein Schwager sei bei Höchst tot geblieben, habe ich gleich einen Trompeter zum Gegenteil geschickt, meiner Schwester nachzufragen und dieselbe zu ranzionieren*, hab aber nichts anders damit ausgerichtet, als daß ich erfahren, gemeldte Partei Reuter sei im Spessart von etlichen Bauren zertrennt, und in solchem Gefecht meine Schwester von ihnen wieder verloren worden, also daß ich noch bis auf diese Stund nicht weiß, wo sie hinkommen."

Dieses und dergleichen war des Gouverneurs und Pfarrern Tischgespräch, von meinem Einsiedel und seiner Liebsten, welches Paar Ehevolk um so viel desto mehr bedauret wurde, weil sie einander nur ein Jahr gehabt hatten. Aber ich wurde also des Gubernators Page, und ein solcher Kerl, den die Leut, sonderlich die Bauren, wenn ich sie bei meinem Herrn anmelden sollte, bereits Herr Jung nenneten, wiewohl man selten einen Jungen siehet, der ein Herr gewesen, aber wohl Herren, die zuvor Jungen waren.

Das 24. Kapitel

Simplicius tadelt die Leut, und siehet viel Abgötter in der Welt

Damals war bei mir nichts Schätzbarliches als ein reines Gewissen und aufrichtig frommes Gemüt zu finden, welches mit der edlen Unschuld und Einfalt begleitet und umgeben war; ich wußte von den Lastern nichts anders, als daß ich sie etwa hören nennen, oder davon gelesen hatte, und wenn ich deren eins wirklich begehen sah, war mirs ein erschreckliche und seltene Sach, weil ich erzogen und gewöhnet worden, die Gegenwart Gottes allezeit vor Augen zu haben, und aufs ernstlichst nach seinem heiligen Willen zu leben, und weil ich denselben wußte, pflegte ich der Menschen Tun und Wesen gegen denselben abzuwägen, in solcher Übung bedünkte mich, ich sehe nichts als lauter Greuel: Herr Gott! wie verwundert ich mich anfänglich, wenn ich das Gesetz und Evangelium samt den getreuen Warnungen Christi betrachtete, und hingegen derjenigen Werk ansah, die sich für seine Jünger und Nachfolger ausgaben; anstatt der aufrichtigen Meinung, die ein jedweder rechtschaffene Christ haben soll, fand ich eitel Heuchelei, und sonst so unzählbare Torheiten bei allen Weltmenschen, daß ich auch zweifelte, ob ich Christen vor mir hätte oder nicht? denn ich konnte leichtlich merken, daß männiglich den ernstlichen Willen Gottes wüßte, ich merkte aber hingegen keinen Ernst, denselben zu vollbringen.

Also hatte ich wohl tausenderlei Grillen und seltsame Gedanken in meinem Gemüt, und geriet in schwere Anfechtung, wegen des Befehls Christi, da er spricht: Richtet nicht, so werdet ihr auch nicht gerichtet. Nichtsdestoweniger kamen mir die Wort Pauli zu Gedächtnis, die er zun Gal.* am 5. Kap. schreibt: „Offenbar sind alle Werke des Fleisches, als da sind Ehebruch, Hurerei, Unreinigkeit, Unzucht, Abgötterei, Zauberei, Feindschaft, Hader, Neid, Zorn, Zank, Zwietracht, Rotten, Haß, Mord, Saufen, Fressen und dergleichen, von welchen ich euch habe zuvor gesagt, und sage es noch wie zuvor, daß die solches tun, werden das Reich Gottes nicht ererben!" Da gedachte ich: das tut ja fast jedermann öffentlich, warum sollte ich denn nicht auch aus des Apostels Wort offenherzig schließen dürfen, daß auch nicht jedermann selig werde.

Nächst der Hoffart und dem Geiz, samt deren ehrbaren Anhängen, waren Fressen und Saufen, Huren und Buben bei den Vermöglichen ein tägliche Übung; was mir aber am aller-erschrecklichsten vorkam, war dieser Greuel, daß etliche, sonderlich Soldatenbursch, bei welchen man die Laster nicht am ernstlichsten zu strafen pflegt, beides aus ihrer Gottlosigkeit und dem heiligen Willen Gottes selbsten nur einen Scherz machten. Zum Exempel, ich hörete einsmals einen Ehebrecher, welcher wegen vollbrachter Tat noch gerühmt sein wollte, diese gottlosen Wort sagen: „Es tuts dem geduldigen Hahnrei genug, daß er meinetwegen ein paar Hörner trägt, und wenn ich die Wahrheit bekennen soll, so hab ichs mehr dem Mann zuleid, als der Frauen zulieb getan, damit ich mich an ihm rächen möge." „O kahle Rach!" antwortet' ein ehrbar Gemüt, so dabeistund, „dadurch man sein eigen Gewissen beflecket und den schändlichen Namen eines Ehebrechers überkommt!" „Was Ehebrecher?" antwortet' er ihm mit einem höhnischen Gelächter, „ich bin darum kein Ehebrecher, wenn ich schon diese Ehe ein wenig gebogen habe; dies sind Ehebrecher, wovon das sechste Gebot sagt, allwo es verbeut, daß keiner einem andern in Garten steigen und die Kirschen ehe brechen solle als der Eigentumsherr!" Und daß solches also zu verstehen sei, erklärte er gleich darauf, nach seinem Teufels-Catechismo, das siebente Gebot, welches diese Meinung deutlicher vorbringe, indem es sagt: ‚Du sollst nicht stehlen', usw. Solcher Wort trieb er viel, also daß ich bei mir selbst seufzt und gedachte: gottslästerlicher Sünder! du nennest dich selbst einen Ehebieger, und den gütigen Gott einen Ehebrecher, weil er Mann und Weib durch den Tod voneinander trennet. „Meinest du nicht“, sagt ich aus übrigem Eifer und Verdruß zu ihm, wiewohl er ein Offizier war, „daß du dich mit diesen gottlosen Worten mehr versündigest, als mit dem Ehebruch selbsten?“ Er aber antwortet' mir: „Du Mauskopf, soll ich dir ein paar Ohrfeigen geben?“ Ich glaub auch, daß ich solche dicht bekommen hätte, wenn der Kerl meinen Herrn nicht hätte fürchten müssen: Ich aber schwieg still, und sah nachgehends, daß es gar kein seltene Sach war, wenn sich Ledige nach Verehelichten, und Verehelichte nach Ledigen umsahen.

Als ich noch bei meinem Einsiedel den Weg zum ewigen Leben studierte, verwundert ich mich, warum doch Gott seinem Volk die Abgötterei so hochsträflich verboten? denn ich bildete mir ein, wer einmal den wahren ewigen Gott erkennet hätte, der würde wohl nimmermehr keinen andern ehren und anbeten; schloß also in meinem dummen Sinn, dies Gebot sei ohnnötig, und vergeblich gegeben worden: Aber ach! ich Narr wußte nicht was ich gedachte, denn sobald ich in die Welt kam, vermerkte ich, daß (dies Gebot ohnangesehen) beinahe jeder Weltmensch einen besondern Nebengott hatte, ja etliche hatten wohl mehr, als die alten und neuen Heiden selbsten, etliche hatten den ihrigen in der Kisten, auf welchen sie allen Trost und Zuversicht setzten; mancher hatte den seinen bei Hof, zu welchem er alle Zuflucht gestellt, der doch nur ein Favorit und oft ein liederlicher Bärnhäuter war als sein Anbeter selbst, weil sein luftige Gottheit nur aus des Prinzen aprilenwetterischer Gunst bestund; andere hatten den ihrigen in der Reputation, und bildeten sich ein, wenn sie nur dieselbige erhielten, so wären sie selbst auch halbe Götter; noch andere hatten den ihrigen im Kopf, nämlich diejenigen, denen der wahre Gott ein gesund Hirn verliehen, also daß sie einige Künste und Wissenschaften zu fassen geschickt waren, dieselben setzten den gütigen Geber auf ein Seit, und verließen sich auf die Gab, in Hoffnung, sie würde ihnen alle Wohlfahrt verleihen; auch waren viel, deren Gott ihr eigener Bauch war, welchem sie täglich die Opfer reichten, wie vorzeiten die Heiden dem Baccho und der Cerere* getan, und wenn solcher sich unwillig erzeigte, oder sonst die menschlichen Gebrechen sich anmeldeten, so machten die elenden Menschen einen Gott aus dem Medico, und suchten ihres Lebens Aufenthalt in der Apothek, aus welcher sie zwar öfters zum Tod befördert wurden. Manche Narren machten sich Göttinnen aus glatten Metzen*, dieselben nenneten sie mit andern Namen, beteten sie Tag und Nacht an mit viel tausend Seufzern und machten ihnen Lieder, welche nichts anders als ihr Lob in sich hielten, benebens einem demütigen Bitten, daß solche mit ihrer Torheit ein barmherziges Mitleiden tragen und auch zu Närrinnen werden wollten, gleichwie sie selbst Narren seien. Hingegen waren Weibsbilder, die hatten ihre eigene Schönheit für ihren Gott aufgeworfen; diese, gedachten sie, wird mich wohl vermannen*, Gott im Himmel sage dazu, was er will; dieser Abgott ward anstatt anderer Opfer täglich mit allerhand Schminke, Salben, Wassern, Pulvern und sonst Schmirsel unterhalten und verehrt. Ich sah Leut, die wohlgelegene Häuser für Götter hielten, denn sie sagten, solang sie darin gewohnet, wäre ihnen Glück und Heil zugestanden und das Geld gleichsam zum Fenster hineingefallen; welcher Torheit ich mich höchstens verwundert, weil ich die Ursach sah, warum die Inwohner so guten Zuschlag* gehabt. Ich kannte einen Kerl, der konnte in etlich Jahren vor dem Tobakhandel nicht recht schlafen, weil er demselben sein Herz, Sinn und Gedanken, das allein Gott gewidmet sein sollte, geschenkt hatte, er schickte demselben so tags als nachts so viel tausend Seufzer, weil er dadurch prosperierte; aber was geschah? der Phantast starb, und fuhr dahin wie der Tobakrauch selbst. Da gedacht ich: „O du elender Mensch! wäre dir deiner Seelen Seligkeit und des wahren Gottes Ehr so hoch angelegen gewesen als der Abgott, der in Gestalt eines Brasilianers mit einer Roll Tobak unterm Arm und einer Pfeifen im Maul auf deinem Gaden* stehet, so lebte ich der ohnzweiflichen Zuversicht, du hättest ein herrliches Ehrenkränzlein in jener Welt zu tragen erworben." Ein anderer gEsell* hatte noch wohl liederlichere Götter, denn als bei einer Gesellschaft von jedem erzählt wurde, auf was Weis er sich in dem greulichen Hunger und teurer Zeit ernähret und durchgebracht, sagte dieser mit teutschen Worten: Die Schnecken und Frösch seien sein Herr Gott gewesen, er hätte sonst in Mangel ihrer müssen Hungers sterben. Ich fragte ihn, was ihm denn damals Gott selbst gewesen wäre, der ihm solche Insecta zu seinem Aufenthalt beschert hätte? Der Tropf aber wußte nichts zu antworten, und ich mußte mich um so viel desto mehr verwundern, weil ich noch nirgends gelesen, daß die alten abgöttischen Ägypter noch die neulichsten Amerikaner jemals dergleichen Ungeziefer für Gott ausgeschrien, wie dieser Geck tat.

Ich kam einsmals mit einem vornehmen Herrn in eine Kunstkammer, darinnen schöne Raritäten waren, unter den Gemälden gefiel mir nichts besser als ein Ecce Homo*! wegen seiner erbärmlichen Darstellung, mit welcher es die Anschauer gleichsam zum Mitleiden verzückte; daneben hing eine papierne Karte in China gemalt, darauf stunden der Chinesen Abgötter in ihrer Majestät sitzend, deren teils wie die Teufel gestaltet waren; der Herr im Haus fragte mich, welches Stück in seiner Kunstkammer mir am besten gefiele? Ich deutet auf besagtes Ecce Homo, er aber sagte, ich irre mich, das Chineser Gemäld wäre rarer und dahero auch köstlicher, er wolle es nicht um zehen solcher Ecce Homo mangeln. Ich antwortet: „Herr, ist euer Herz wie euer Mund?" Er sagte: „Ich versehe michs*." Darauf sagte ich: „So ist auch euers Herzens Gott derjenige, dessen Conterfait ihr mit dem Mund bekennet, das köstlichste zu sein." „Phantast", sagt' jener, „ich ästimiere die Rarität!" Ich antwortet: „Was ist seltener und verwunderswürdiger, als daß Gottes Sohn selbst unsertwegen gelitten, wie uns dies Bildnis vorstellt?"

Das 25. Kapitel

Dem seltsamen Simplicio kommt in der Welt alles seltsam vor, und er hingegen der Welt auch

So sehr wurden nun diese und noch eine größere Menge anderer Art Abgötter geehrt, so sehr wurde hingegen die wahre göttliche Majestät verachtet, denn gleichwie ich niemand sah, der sein Wort und Gebot zu halten begehrte, also sah ich hingegen viel, die ihm in allem widerstrebten, und die Zöllner (welche zu den Zeiten, als Christus noch auf Erden wandelt', offene Sünder waren) mit Bosheit übertrafen. Christus spricht: „Liebet eure Feinde, segnet die euch fluchen, tut wohl denen die euch hassen, bittet für die so euch beleidigen und verfolgen, auf daß ihr Kinder seid euers Vaters im Himmel; denn so ihr liebet, die euch lieben, was werdet ihr für Lohn haben? tun solches nicht auch die Zöllner? und so ihr euch nur zu euren Brüdern freundlich tut, was tut ihr Sonderliches? tun nicht die Zöllner auch also?" Aber ich fand nicht allein niemand, der diesem Befehl Christi nachzukommen begehrte, sondern jedermann tat gerad das Widerspiel, es hieß, ‚viel Schwäger, viel Knebelspieß'*, und nirgends fand sich mehr Neid, Haß, Mißgunst, Hader und Zank als zwischen Brüdern, Schwestern und andern angebornen Freunden, sonderlich wenn ihnen ein Erb zuteilen zugefallen war; auch sonst haßte das Handwerk aller Orten einander, also daß ich handgreiflich sehen und schließen mußte, daß vor diesem die offenen Sünder, Publikanen* und Zöllner, welche wegen ihrer Bosheit und Gottlosigkeit bei männiglich verhaßt waren, uns heutigen Christen mit Übung brüderlicher Liebe weit überlegen gewesen; maßen ihnen Christus selbsten das Zeugnis gibt, daß sie sich untereinander geliebet haben. Dahero betrachtete ich, wenn wir keinen Lohn haben, so wir die Feinde nicht lieben, was für große Strafen wir dann gewärtig sein müssen, wenn wir auch unsere Freund hassen; wo die größte Lieb und Treu sein sollte, fand ich die höchste Untreu und den gewaltigsten Haß. Mancher Herr schund seine getreuen Diener und Untertanen, hingegen wurden etliche Untertanen an ihren frommen Herren zu Schelmen. Den kontinuierlichen Zank vermerket ich zwischen vielen Eheleuten, mancher Tyrann hielt sein ehrlich Weib ärger als einen Hund, und manche lose Vettel ihren frommen Mann für einen Narrn und Esel. Viel hündische Herrn und Meister betrogen ihre fleißigen Dienstboten um ihren gebührenden Lohn, und schmälerten beides Speis und Trank, hingegen sah ich auch viel untreu Gesind, die ihre frommen Herren entweder durch Diebstahl oder Fahrlässigkeit ins Verderben setzten. Die Handelsleut und Handwerker renneten mit dem Judenspieß gleichsam um die Wett*, und sogen durch allerhand Fünde und Vorteil dem Bauersmann seinen sauren Schweiß ab; hingegen waren teils Bauren so gar gottlos, daß sie sich auch darum bekümmerten, wenn sie nicht rechtschaffen genug mit Bosheit durchtrieben waren, andere Leut, oder auch wohl ihre Herren selbst, unterm Schein der Einfalt zu berufen. Ich sah einsmals einen Soldaten einem andern eine dichte Maulschelle geben, und bildete mir ein, der Geschlagene würde den andern Backen auch darbieten (weil ich noch niemal bei keiner Schlägerei gewesen). Aber ich irrete, denn der Beleidigte zog von Leder*, und versetzte dem Täter eine Wunde dafür an Kopf. Ich schrie ihm überlaut zu, und sagte: „Ach Freund, was machst du?" „Da wär einer ein Bärnhäuter", antwort jener, „ich will mich der Teufel hol etc. selbst rächen, oder das Leben nicht haben! Hei, müßte doch einer ein Schelm sein, der sich so kujonieren ließe." Der Lärmen zwischen diesen zweien Duellanten ergrößert' sich, weilen beiderseits Beiständer, samt dem Umstand und Zulauf, einander auch in die Haar kamen; da hörte ich schwören bei Gott und ihren Seelen so leichtfertig, daß ich nicht glauben konnte, daß sie diese für ihr edelst Kleinod hielten. Aber das war nur Kinderspiel, denn es blieb bei so geringen Kinderschwüren nicht, sondern es folgte gleich hernach: „Schlag mich der Donner, der Blitz, der Hagel, zerreiß und hol mich der etc. ja nicht einer allein, sondern hunderttausend, und führen mich in die Lüft' hinweg!" Die H. Sacramenta mußten nicht nur siebenfältig, sondern auch mit hunderttausenden, ja so viel Tonnen, Galeeren und Stadtgräben voll heraus, also daß mir abermal alle Haar gen Berg stunden. Ich gedachte wiederum an den Befehl Christi, da er sagt: „Ihr sollt allerdings nicht schwören, weder bei dem Himmel, denn er ist Gottes Stuhl, noch bei der Erden, denn sie ist seiner Füße Schemel, noch bei Jerusalem, denn sie ist eines großen Königs Stadt, auch sollst du nicht bei deinem Haupt schwören, denn du vermagst nicht ein einziges Haar weiß und schwarz zu machen, euer Rede aber sei ja ja, nein nein, was drüber ist, das ist vom Übel." Dieses alles, und was ich sah und hörete, erwog ich, und schloß festiglich, daß diese Balger keine Christen seien, suchte derowegen eine andere Gesellschaft.

Zum aller-erschrecklichsten kam mirs vor, wenn ich etliche Großsprecher sich ihrer Bosheit, Sünd, Schand und Laster rühmen hörete, denn ich vernahm zu unterschiedlichen Zeiten, und zwar täglich, daß sie sagten: „Potz Blut*, wie haben wir gestern gesoffen! Ich hab mich in einem Tag wohl dreimal voll gesoffen, und ebenso vielmal gekotzt. Potz Stern, wie haben wir die Bauren, die Schelmen, tribuliert. Potz Strahl, wie haben wir Beuten gemacht. Potz hundert Gift, wie haben wir ein Spaß mit den Weibern und Mägden gehabt." Item: „Ich hab ihn daniedergehauen, als wenn ihn der Hagel hätte niedergeschlagen. Ich hab ihn geschossen, daß er das Weiß über sich kehrte*. Ich hab ihn so artlich über den Dölpel geworfen*, daß ihn der Teufel hätte holen mögen. Ich hab ihm den Stein gestoßen*, daß er den Hals hätt brechen mögen." Solche und dergleichen unchristliche Reden erfüllten mir alle Tag die Ohren, und überdas, so hörte und sah ich auch in Gottes Namen sündigen, welches wohl zu erbarmen ist; von den Kriegern wurde es am meisten praktiziert, wenn sie nämlich sagten: „Wir wollen in Gottes Namen auf Partei, Plündern, Mitnehmen, Totschießen, Niedermachen, Angreifen, Gefangennehmen, in Brand stecken", und was ihrer schrecklichen Arbeiten und Verrichtungen mehr sein mögen. Also wagens auch die Wucherer mit dem Verkauf in Gottes Namen, damit sie ihrem teuflischen Geiz nach schinden und schaben mögen.

Ich habe zween Mausköpf sehen henken, die wollten einsmals bei Nacht stehlen, und als sie die Leiter angestellt, und der eine in Gottes Namen einsteigen wollte, warf ihn der wachtsame Hausvater ins Teufels Namen wieder herunter, davon er ein Bein zerbrach, und also gefangen und über etliche Tag hernach samt seinem Kamerad aufgeknüpfet ward. Wenn ich nun so etwas höret, sah und beredet, und wie meine Gewohnheit war mit der H. Schrift hervorwischte, oder sonst treuherzig abmahnete, so hielten mich die Leut für einen Narren, ja ich wurde meiner guten Meinung halber so oft ausgelacht, daß ich endlich auch unwillig wurde und mir vorsetzte gar zu schweigen, welches ich doch aus christlicher Liebe nicht halten konnte. Ich wünschte, daß jedermann bei meinem Einsiedel auferzogen worden wäre, der Meinung, es würde alsdann auch männiglich der Welt Wesen mit Simplicii Augen ansehen, wie ichs damals beschauet'. Ich war nicht so witzig, wenn lauter Simplici in der Welt wären, daß man alsdann auch nicht so viel Laster sehen werde. Indessen ists doch gewiß, daß ein Weltmensch, welcher aller Untugenden und Torheiten gewohnt und selbsten mitmacht, im wenigsten nicht empfinden kann, auf was für einer bösen Straßen* er mit seinen Gefährten wandelt.

Das 26. Kapitel

Ein sonderbarer neuer Brauch, einander Glück zu wünschen und zu bewillkommen

Als ich nun vermeinte, ich hätte Ursach zu zweifeln, ob ich unter Christen wäre oder nicht? ging ich zu dem Pfarrer, und erzählte alles, was ich gehöret und gesehen, auch was ich für Gedanken hatte, nämlich daß ich die Leut nur für Spötter Christi und seines Worts und für keine Christen hielte, mit Bitt, er wollte mir doch aus dem Traum helfen, damit ich wisse, wofür ich meine Nebenmenschen halten sollte. Der Pfarrer antwortet': „Freilich sind sie Christen, und wollt ich dir nicht raten, daß du sie anders nennen solltest."

„Mein Gott!" sagte ich, „wie kanns sein? denn wenn ich einem oder dem andern seinen Fehler, den er wider Gott begehet, verweise, so werde ich verspottet und ausgelacht." „Dessen verwundere dich nicht", antwortet' der Pfarrer, „ich glaube, wenn unsere ersten frommen Christen, die zu Christi Zeiten gelebt, ja die Apostel selbst, anjetzo auferstehen und in die Welt kommen sollten, daß sie mit dir ein gleiche Frag tun, und endlich auch so wohl als du von jedermänniglich für Narren gehalten würden; das, was du bisher siehest und hörest, ist ein gemeine Sach, und nur Kinderspiel gegen dasjenige, das sonsten so heimlich als öffentlich und mit Gewalt wider Gott und die Menschen vorgehet und in der Welt verübet wird, aber laß dich das nicht ärgern, du wirst wenig Christen finden, wie Herr Samuel sel. einer gewesen ist."

Indem als wir so miteinander redeten, führet' man etliche, so vom Gegenteil gefangen worden waren, übern Platz, welches unsern Diskurs zerstöret', weil wir die Gefangenen auch beschauten. Da vernahm ich eine Unsinnigkeit, dergleichen ich mir nicht hätte träumen dürfen lassen: Es war aber ein neue Mode einander zu grüßen und zu bewillkommen, denn einer von unserer Garnison, welcher hiebevor dem Kaiser auch gedient hatte, kannte einen von den Gefangenen, zu dem ging er, gab ihm die Hand, drückt' jenem die seinige vor lauter Freud und Treuherzigkeit, und sagte: „Daß dich der Hagel erschlag (altteutsch), lebst du auch noch Bruder? Potz Fickerment*, wie führt uns der Teufel hier zusammen! ich hab schlag mich der Donner vorlängst gemeint, du wärst gehenkt worden!" Darauf antwortet' der ander: „Potz Blitz Bruder, bist dus, oder bist dus nicht? daß dich der Teufel hol, wie bist du hieher kommen? ich hätte mein Lebtag nicht gemeint, daß ich dich wieder antreffen würde, sondern hab gedacht, der Teufel hab dich vorlängst hingeführt." Und als sie wieder voneinandergingen, sagt' einer zum andern, anstatt ‚Behüt dich Gott': „Strick zu, Strick zu*, morgen kommen wir vielleicht zusammen, dann wollen wir brav miteinander saufen."

„Ist das nicht ein schöner gottseliger Willkomm?“ sagt ich zum Pfarrer, „sind das nicht herrliche christliche Wünsch? haben diese nicht einen heiligen Vorsatz auf den morgenden Tag? wer wollte sie für Christen erkennen, oder ihnen ohne Erstaunen zuhören? wenn sie einander aus christlicher Liebe so zusprechen, wie wirds dann hergehen, wenn sie miteinander zanken? Herr Pfarrer, wenn dies Schäflein Christi sind, Ihr aber dessen bestellter Hirt, so will Euch gebühren, sie auf eine bessere Weid zu führen.“ „Ja“, antwort der Pfarrer, „liebes Kind, es gehet bei den gottlosen Soldaten nicht anders her, Gott erbarms! wenn ich gleich etwas sagte, so wäre es so viel, als wenn ich den Tauben predigte, und ich hätte nichts anders davon, als dieser gottlosen Bursch gefährlichen Haß.“ Ich verwundert mich, schwätzte noch ein Weil mit dem Pfarrer, und ging dem Gubernator aufzuwarten, denn ich hatte gewisse Zeiten Erlaubnis, die Stadt zu beschauen und zum Pfarrer zu gehen, weil mein Herr von meiner Einfalt Wind hatte und gedachte, solche würde sich legen, wenn ich herumterminierte, etwas sähe, hörte, und von andern geschulet, oder wie man sagt, gehobelt und gerülpt* würde.

Das 27. Kapitel

Dem Secretario wird ein starker Geruch in die Kanzlei geräuchert

Meines Herrn Gunst vermehrte sich täglich, und wurde je länger je größer gegen mich, weil ich nicht allein seiner Schwester, die den Einsiedel gehabt hatte, sondern auch ihm selbsten je länger je gleicher sah, indem die guten Speisen und faulen Tag mich in Kürze glatthaarig machten. Diese Gunst genoß ich bei jedermänniglich, denn wer etwas mit dem Gubernator zu tun hatte, der erzeigte sich mir auch günstig, und sonderlich mochte mich der Secretarius wohl leiden; indem mich derselbe rechnen lernen mußte, hatte er manche Kurzweil von meiner Einfalt und Unwissenheit; er war erst von den Studien kommen und stak dahero noch voller Schulpossen, die ihm zuzeiten ein Ansehen gaben, als wenn er einen Sparren zu viel oder zu wenig gehabt hätte, er überredete mich oft, schwarz sei weiß und weiß sei schwarz, dahero kam es, daß ich ihm in der erste alles und aufs letzte gar nichts mehr glaubte: Ich tadelt ihm einsmals sein schmierig Tintenfaß, er aber antwortet', solches sei sein bestes Stück in der ganzen Kanzlei, denn aus demselben lange er heraus was er begehre, die schönsten Dukaten, Kleider, und in Summa was er vermöchte, hätte er nach und nach herausgefischt: Ich wollte nicht glauben, daß aus einem so kleinen verächtlichen Ding so herrliche Sachen zu bekommen wären; hingegen sagt' er, solches vermög der Spiritus Papyri (also nennet er die Tinten) und das Tintenfaß würde darum ein Faß genennet, weil es große Sachen fasse: Ich fragte, wie mans denn herausbringen könnte, sintemal man kaum zween Finger hineinstecken möchte? Er antwortet', er hätte einen Arm im Kopf, der solche Arbeit verrichten müsse, er verhoffe sich bald auch ein schöne reiche Jungfrau herauszulangen, und wenn er das Glück hätte, so getraute er auch eigen Land und Leut herauszubringen, welches wohl ehemals geschehen wäre: Ich mußte mich über diese künstlichen Griff verwundern, und fragte, ob noch mehr Leute solche Kunst könnten? „Freilich", antwortet' er, „alle Kanzler, Doktorn, Secretarii, Prokuratorn oder Advokaten, Commissarii, Notarii, Kauf- und Handelsherren, und sonst unzählig viel andere mehr, welche gemeiniglich, wenn sie nur fleißig fischen, zu reichen Herren daraus werden." Ich sagte: „So sind die Bauren und andere arbeitsame Leut nicht witzig, daß sie im Schweiß ihres Angesichts ihr Brot essen und diese Kunst nicht auch lernen." Er antwortet': „Etliche wissen der Kunst Nutzen nicht, dahero begehren sie solche auch nicht zu lernen; etliche wollens gerne lernen, manglen aber des Arms im Kopf oder anderer Mittel; etliche lernen die Kunst und haben Arms genug, wissen aber die Griff nicht, so die Kunst erfordert, wenn man dadurch will reich werden; andere wissen und können alles was dazu gehört, sie wohnen aber an der

Fehlhalden*, und haben keine Gelegenheit wie ich, die Kunst rechtschaffen zu üben."

Als wir dergestalt vom Tintenfaß (welches mich allerdings an des Fortunati Säckel* gemahnet') diskurrierten, kam mir das Titular-Buch* ohngefähr in die Händ, darinnen fand ich, meines damaligen Dafürhaltens, mehr Torheiten, als mir bishero noch nie vor Augen kommen; ich sagte zum Secretario: „Dieses alles sind ja Adamskinder, und eines Gemächts miteinander, und zwar nur von Staub und Aschen! Wo kommt dann ein so großer Unterschied her? Allerheiligst, Unüberwindlichst, Durchlauchtigst! Sind das nicht göttliche Eigenschaften? hier ist einer Gnädig, dort ist der ander Gestreng; und was muß allzeit das Geborn dabei tun? man weiß ja wohl, daß keiner vom Himmel fällt, auch keiner aus dem Wasser entstehet, und daß keiner aus der Erden wächst, wie ein Krautskopf; warum stehen nur Hoch-Wohl-Vor- und Großgeachte da, und keine Geneunte*? oder wo bleiben die Gefünfte, Gesechste und Gesiebente? was ist das für ein närrisch Wort: Vorsichtig? welchem stehen denn die Augen hinten im Kopf?" Der Secretarius mußte meiner lachen, und nahm die Mühe, mir eines und des andern Titel und alle Wort insonderheit auszulegen, ich aber beharrete darauf, daß die Titel nicht recht geben würden, es wäre einem viel rühmlicher, wenn er Freundlich tituliert würde, als Gestreng; item, wenn das Wort Edel an sich selbsten nichts anders als hochschätzbarliche Tugenden bedeute, warum es dann, wenn es zwischen Hochgeborn (welches Wort einen Fürsten oder Grafen anzeige) gesetzt werde, solchen fürstlichen Titel verringere? das Wort Wohlgeborn sei eine ganze Unwahrheit, solches würde eines jeden Barons Mutter bezeugen, wenn man sie fraget', wie es ihr bei ihres Sohns Geburt ergangen wäre?

Indem ich nun dieses also belachte, entrann mir ohnversehens ein solcher grausamer Leibsdunst, daß beides ich und der Secretarius darüber erschraken; dieser meldet' sich augenblicklich sowohl in unsern Nasen als in der ganzen Schreibstuben so kräftig an, gleichsam als wenn man ihn zuvor nicht genug gehöret hätte. „Troll dich du Sau", sagt' der Secretarius zu mir, „zu andern Säuen in Stall, mit denen du Rülp besser zustimmen, als mit ehrlichen Leuten konversieren kannst!“ Er mußte aber sowohl als ich den Ort räumen, und dem greulichen Gestank den Platz allein lassen. Und also habe ich meinen guten Handel, den ich in der Schreibstub hatte, dem gemeinen Sprichwort nach auf einmal verkerbt*.

Das 28. Kapitel

Einer lehret den Simplicium aus Neid wahrsagen, ja noch wohl ein andere zierliche Kunst

Ich kam aber sehr unschuldig in dies Unglück, denn die ungewöhnlichen Speisen und Arzneien, die man mir täglich gab, meinen zusammengeschrumpelten Magen und eingeschnorrtes Gedärm wieder zurechtzubringen, erregten in meinem Bauch viel gewaltige Wetter und starke Sturmwind, welche mich trefflich quälten, wenn sie ihren ungestümen Ausbruch suchten; und demnach ich mir nicht einbildete, daß es übel getan sei, wenn man dies Orts der Natur willfahre, maßen einer solchen innerlichen Gewalt in die Läng zu widerstehen ohnedas unmöglich, mich auch weder mein Einsiedel (weil solche Gäst gar dünn bei uns gesäet wurden) niemal nichts davon unterrichtet, noch mein Knan verboten, solche Kerl ihres Wegs nicht ziehen zu lassen, also ließ ich ihnen Luft und alles passiern, was nur fort wollte, bis ich erzähltermaßen mein Kredit beim Secretario verloren: Zwar wäre dessen Gunst noch wohl zu entbehren gewesen, wenn ich in keinen größern Unfall kommen wäre, denn mir gings, wie einem frommen Menschen der nach Hof kommt, da sich die Schlang wider den Nasicam, Goliath wider den David, Minotaurus wider Theseum, Medusa wider Perseum, Circe wider Ulyssem, Aegisthus wider Menelaum, Paludes wider Coraebum, Medea wider den Peliam, Nessus wider Herculem, und was mehr ist, Althea wider ihren eigenen Sohn Meleagrum rüstet*.

Mein Herr hatte einen ausgestochenen Essig* zum Pagen

neben mir, welcher schon ein paar Jahr bei ihm gewesen, demselben schenkt ich mein Herz, weil er mit mir gleichen Alters war: Ich gedachte, dieser ist Jonathan und du bist David; aber er eifert' mit mir wegen der großen Gunst, die mein Herr zu mir trug und täglich vermehrte; er besorgt', ich möchte ihm vielleicht die Schuh gar austreten, sah mich derowegen heimlich mit mißgünstigen neidigen Augen an, und gedachte auf Mittel, wie er mir den Stein stoßen und durch meinen Unfall dem seinigen vorkommen möchte: Ich aber hatte Taubenaugen, und auch einen andern Sinn als er, ja ich vertraute ihm alle meine Heimlichkeiten, die zwar aus nichts anderm als aus kindischer Einfalt und Frommkeit bestunden, dahero er mir auch nirgends zukommen konnte. Einsmals schwätzten wir im Bett lang miteinander, ehe wir entschliefen, und indem wir vom Wahrsagen redeten, versprach er mich solches auch umsonst zu lehren; hieß mich darauf den Kopf unter die Decke tun, denn er überredet' mich, auf solche Weis müßte er mir die Kunst beibringen; Ich gehorchte fleißig, und gab auf die Ankunft des Wahrsagergeistes genaue Achtung, potz Glück! derselbe nahm seinen Einzug in meiner Nasen, und zwar so stark, daß ich den ganzen Kopf wieder unter der Decken hervortun mußte. „Was ists?" sagt' mein Lehrmeister. Ich anwortet: „Du hast einen streichen lassen." „Und du", antwortet' er, „hast wahrgesagt, und kannst also die Kunst am besten." Dieses empfand ich für keinen Schimpf, denn ich hatte damals noch keine Gall, sondern begehrte allein von ihm zu wissen, durch was für einen Vorteil man diese Kerl so stillschweigend abschaffen könnte? Mein Kamerad antwortet': „Diese Kunst ist gering, du darfst nur das linke Bein aufheben, wie ein Hund der an ein Eck brunzt, daneben heimlich sagen: je pète, je pète, je pète, und mithin so stark gedrückt, als du kannst, so spazieren sie so stillschweigend dahin, als wenn sie gestohlen hätten." „Es ist gut", sagte ich, „und wenns hernach schon stinkt, so wird man vermeinen, die Hund haben die Luft verfälscht, sonderlich wenn ich das linke Bein fein hoch aufgehoben werde haben." Ach, dachte ich, hätte ich doch diese Kunst heute in der Schreibstuben gewußt.

Das 29. Kapitel

Simplicio werden zwei Augen aus einem Kalbskopf zuteil

Des andern Tags hatte mein Herr seinen Offiziern und andern guten Freunden eine fürstliche Gasterei angestellt, weil er die angenehme Zeitung bekommen, daß die Seinigen das feste Haus Braunfels ohne Verlust einzigen Manns eingenommen*; da mußte ich, wie denn mein Amt war, wie ein anderer Tischdiener helfen Speisen auftragen, einschenken und mit einem Teller in der Hand aufwarten: Den ersten Tag wurde mir ein großer fetter Kalbskopf (von welchen man zu sagen pflegt, daß sie kein Armer fressen dürfe) aufzutragen eingehändigt; weil nun derselbig ziemlich mürb gesotten war, ließ er das eine Aug mit zugehöriger ganzer Substanz ziemlich weit herauslappen, welches mir ein anmutiger und verführerischer Anblick war: Und weil mich der frische Geruch von der Speckbrühe und aufgestreutem Ingwer zugleich anreizete, empfand ich einen solchen Appetit, daß mir das Maul ganz voll Wasser wurde: In Summa, das Aug lachte meine Augen, meine Nasen und meinen Mund zugleich an, und bat mich gleichsam, ich wollte es doch meinem heißhungerigen Magen einverleiben: Ich ließ mir nicht lang den Rock zerreißen*, sondern folgte meinen Begierden, im Gang hub ich das Aug mit meinem Löffel, den ich erst denselben Tag bekommen hatte, so meisterlich heraus, und schickte es ohne Anstoß so geschwind an seinen Ort, daß es auch kein Mensch inne ward, bis das Schüppen-Essen* auf den Tisch kam, und mich und sich selbst verriet; denn als man ihn zerlegen wollte, und eins von seinen allerbesten Gliedmaßen mangelte, sah mein Herr gleich, warum der Vorschneider stutzte; er wollte fürwahr den Spott nicht haben, daß man ihm einen einäugigen Kalbskopf aufzustellen das Herz haben sollte! Der Koch mußte vor die Tafel, und die so aufgetragen hatten, wurden mit ihm examiniert; zuletzt kam das Fazit über den armen Simplicium heraus, daß nämlich ihm der Kopf mit beiden Augen aufzutragen gegeben worden wäre, wie es aber weiter gangen, davon wußte niemand zu sagen. Mein Herr fragte, meines Bedünkens mit einer schrecklichen Miene, wohin ich mit dem Kalbsaug kommen wäre? geschwind wischte ich mit meinem Löffel wieder aus dem Sack, gab dem Kalbskopf den andern Fang*, und wies kurz und gut, was man von mir wissen wollte, maßen ich das ander Aug gleich wie das erste in einem Hui verschlang. „Par Dieu“, sagte mein Herr, „dieser Akt schmeckt besser als zehen Kälber!“ Die anwesenden Herren lobten diesen Ausspruch, und nenneten meine Tat, die ich aus Einfalt begangen, eine wunderkluge Erfindung, und Vorbedeutung künftiger Tapferkeit und unerschrockenen Resolution. Also daß ich für diesmal meiner Straf, durch Wiederholung eben desjenigen, damit ich solche verdient hatte, nicht allein glücklich entging, sondern auch von etlichen kurzweiligen Possenreißern, Fuchsschwänzern* und Tischräten* dies Lob erlangte, ich hätte weislich gehandelt, daß ich beide Augen zusammen logiert, damit sie gleich wie in dieser, also auch in jener Welt einander Hilf und Gesellschaft leisten könnten, wozu sie denn anfänglich von der Natur gewidmet wären. Mein Herr aber sagte, ich sollte ihm ein andermal nicht wieder so kommen.

Das 30. Kapitel

Wie man nach und nach einen Rausch bekommt, und endlich ohnvermerkt blind-voll wird

Bei dieser Mahlzeit (ich schätze, es geschieht bei andern auch) trat man ganz christlich zur Tafel, man sprach das Tischgebet sehr still, und allem Ansehen nach auch sehr andächtig: Solche stille Andacht kontinuierte so lang, als man mit der Supp und den ersten Speisen zu tun hatte, gleichsam als wenn man in einem Kapuziner-Konvent gessen hätte; aber kaum hatte jeder drei oder viermal ‚Gesegne Gott‘ gesagt, da wurde schon alles viel lauter: Ich kann nicht beschreiben, wie sich nach und nach eines jeden

Stimm je länger je höher erhob, ich wollte denn die ganze Gesellschaft einem Orator vergleichen, der erstlich sachte anfänget und endlich herausdonnert: Man brachte Gerichte, deswegen Vor-Essen genannt, weil sie gewürzt und vor dem Trunk zu genießen verordnet waren, damit derselbe desto besser ginge: item Bei-Essen, weil sie bei dem Trunk nicht übel schmecken sollten, allerhand französischer Potagen* und spanischer Olla Potriden* zu geschweigen; welche durch tausendfältige künstliche Zubereitungen und ohnzählbare Zusätze dermaßen verpfeffert, überdummelt, vermummet, mixtiert und zum Trunk gerüstet waren, daß sie durch solche zufällige Sachen und Gewürz mit ihrer Substanz sich weit anders verändert hatten, als sie die Natur anfänglich hervorgebracht, also daß sie Cnaeus Manlius* selbsten, wenn er schon erst aus Asia kommen wäre und die besten Köch bei sich gehabt hätte, dennoch nicht gekennet hätte. Ich gedachte: Warum wollten diese einem Menschen, der sich solche und den Trunk dabei schmecken läßt (wozu sie denn vornehmlich bereitet sind), nicht auch seine Sinne zerstören und ihn verändern, oder gar zu einer Bestia machen können? Wer weiß, ob Circe andere Mittel gebraucht hat als eben diese, da sie des Ulyssis Gefährten in Schwein verändert? Ich sah einmal, daß diese Gäst die Trachten* fraßen wie die Säu, darauf soffen wie die Kühe, sich dabei stellten wie die Esel, und alle endlich kotzten wie die Gerberhund! Den edlen Hochheimer, Bacharacher und Klingenberger gossen sie mit kübelmäßigen Gläsern in Magen hinunter, welche ihre Wirkungen gleich oben im Kopf verspüren ließen. Darauf sah ich mein Wunder, wie sich alles veränderte; nämlich verständige Leut, die kurz zuvor ihre fünf Sinn noch gesund beieinander gehabt, wie sie jetzt urplötzlich anfingen närrisch zu tun und die albersten Ding von der Welt vorzubringen; die großen Torheiten die sie begingen, und die großen Trünk, die sie einander zubrachten, wurden je länger je größer, also daß es schien, als ob diese beiden um die Wett miteinander stritten, welches unter ihnen am größten wäre, zuletzt verkehrte sich ihr Kampf in eine unflätige Sauerei. Nichts Artlichers war, als daß ich nicht wußte, woher ihnen der Dürmel* kam, sintemal mir die Wirkung des Weins oder die Trunkenheit selbst noch allerdings unbekannt gewesen, welches denn lustige Grillen und Phantasten-Gedanken in meinem werklichen Nachsinnen setzte, ich sah wohl ihre seltsamen Minas*, ich wußte aber den Ursprung ihres Zustands nicht. Bis dahin hatte jeder mit gutem Appetit das Geschirr geleert, als aber die Mägen gefüllt waren, hielt es härter als bei einem Fuhrmann, der mit geruhtem Gespann auf der Ebne wohl fortkommt, am Berg aber nicht hotten* kann. Nachdem aber die Köpf auch toll wurden, ersetzte ihre Unmöglichkeit entweder des einen Courage, die er im Wein eingesoffen; oder beim andern die Treuherzigkeit, seinem Freund eins zu bringen; oder beim dritten die teutsche Redlichkeit, ritterlich Bescheid zu tun: Nachdem aber solches die Länge auch nicht bestehen konnte, beschwor je einer den andern bei großer Herren und sonst lieber Freund oder bei seiner Liebsten Gesundheit, den Wein maßweis in sich zu schütten, worüber manchem die Augen übergingen und der Angstschweiß ausbrach; doch mußte es gesoffen sein: Ja man machte zuletzt mit Trommeln, Pfeifen und Saitenspiel Lärmen, und schoß mit Stücken dazu, ohn Zweifel darum, dieweil der Wein die Mägen mit Gewalt einnehmen mußte. Mich verwundert', wohin sie ihn doch alle schütten könnten, weil ich noch nicht wußte, daß sie solchen, ehe er recht warm bei ihnen ward, wiederum mit großem Schmerzen aus ebendem Ort hervorgaben, wohinein sie ihn kurz zuvor mit höchster Gefahr ihrer Gesundheit gegossen hatten.

Mein Pfarrer war auch bei dieser Gasterei, ihm beliebte sowohl als andern, weil er auch so wohl als andere ein Mensch war, ein Abtritt zu nehmen. Ich ging ihm nach, und sagte: „Mein Herr Pfarrer, warum tun doch die Leut so seltsam? woher kommt es doch, daß sie so hin und her torkeln? mich dünkt schier, sie seien nicht mehr recht witzig, sie haben sich alle satt gessen und getrunken, und schwören bei Teufelholen, wenn sie mehr saufen können, und dennoch hören sie nicht auf, sich auszuschoppen*! müssen sie es tun, oder verschwenden sie Gott zu Trutz aus freiem Willen so unnützlich?" „Liebes Kind", antwortet' der Pfarrer, „Wein ein, Witz aus! Das ist noch nichts gegen das, das künftig ist. Morgen gegen Tag ists noch schwerlich Zeit bei ihnen voneinander zu gehen, denn wenn schon ihre Mägen gedrungen voll stecken, so sind sie jedoch noch nicht recht lustig gewesen." „Zerbersten denn", sagte ich, „ihre Bäuch nicht, wenn sie immer so unmäßig einschieben? können denn ihre Seelen, die Gottes Ebenbild sind, in solchen Mastschweinkörpern verharren? in welchen sie doch, gleichsam wie in finstern Gefängnissen und ungeziefermäßigen Diebstürmen, ohn alle gottseligen Regungen gefangen liegen? Ihre edlen Seelen, sage ich, wie mögen sich solche so martern lassen? sind nicht ihre Sinne, welcher sich ihre Seelen bedienen sollten, wie in dem Eingeweid der unvernünftigen Tier begraben?" „Halts Maul", antwortet' der Pfarrer, „du dürftest sonst greulich Pumpes* kriegen, hier ist kein Zeit zu predigen, ich wollts sonst besser als du verrichten." Als ich dieses hörte, sah ich ferner stillschweigend zu, wie man Speis und Trank mutwillig verderbte, unangesehen der arme Lazarus, den man damit hätte laben können, in Gestalt vieler hundert vertriebener Wetterauer*, denen der Hunger zu den Augen herausguckte, vor unsern Türen verschmachtete, weil naut im Schank* war.

Das 31. Kapitel

Wie übel dem Simplicio die Kunst mißlingt, und wie man ihm die klopfende Passion singt

Als ich dergestalt mit einem Teller in der Hand vor der Tafel aufwartete, und in meinem Gemüt von allerhand Tauben* und werklichen Gedanken geplagt wurde, ließ mich mein Bauch auch nicht zufrieden, er kurret und murret ohn Unterlaß, und gab dadurch zu verstehen, daß Bursch in ihm vorhanden wären, die in freie Luft begehrten; ich gedacht, mir von dem ungeheuren Gerümpel abzuhelfen, den Paß zu öffnen, und mich dabei meiner Kunst zu bedienen, die mich erst die vorig Nacht mein Kamerad gelehret hatte; solchem Unterricht zufolg hub ich das linke Bein samt dem Schenkel in alle Höhe auf, drückte von allen Kräften was ich konnte, und wollte meinen Spruch ‚Je pète' zugleich dreimal heimlich sagen; als aber der ungeheure Gespan*, der zum Hintern hinauswischte, wider mein Verhoffen so greulich tönete, wußte ich vor Schrecken nit mehr was ich täte, mir wurde einsmals so bang, als wenn ich auf der Leiter am Galgen gestanden wäre, und mir der Henker bereits den Strick hätte anlegen wollen; und in solcher jählingen Angst so verwirret, daß ich auch meinen eigenen Gliedern nicht mehr befehlen konnte, maßen mein Maul in diesem urplötzlichen Lärmen auch rebellisch wurde, und dem Hintern nichts bevorgeben noch gestatten wollte, daß er allein das Wort haben, es aber, das zum Reden und Schreien erschaffen, seine Reden heimlich brummeln sollte, derowegen ließ solches dasjenige, so ich heimlich zu reden im Sinn hatte, dem Hintern zu Trutz überlaut hören, und zwar so schrecklich, als wenn man mir die Kehl hätte abstechen wollen: Je greulicher der Unterwind knallete, je grausamer das ‚Je pète' oben herausfuhr, gleichsam als ob meines Magens Ein- und Ausgang einen Wettstreit miteinander gehalten hätten, welcher unter ihnen beiden die schrecklichste Stimm von sich zu donnern vermöchte. Hierdurch bekam ich wohl Linderung in meinem Eingeweid, dagegen aber einen ungnädigen Herrn an meinem Gouverneur; seine Gäst wurden über diesem unversehenen Knall fast wieder alle nüchtern, ich aber, weil ich mit aller meiner angewandten Mühe und Arbeit keinen Wind bannen können, in eine Futterwanne gespannet und also zerkarbeitscht*, daß ich noch bis auf diese Stund daran gedenke. Solches waren die erste Bastonaden* die ich kriegte, seit ich das erstemal Luft geschöpft, weil ich dieselbe so abscheulich verderbt hatte, in welcher wir doch gemeinschaftlicher Weis leben müssen, da brachte man Rauchtäfelein und Kerzen, und die Gäst suchten ihre Bisemknöpf* und Balsambüchslein, auch sogar ihren

Schnupftobak hervor, aber die besten aromata wollten schier nichts erklecken. Also hatte ich von diesem Actu, den ich besser als der beste Komödiant in der Welt spielte, Friede in meinem Bauch, hingegen Schläg auf den Buckel, die Gäst aber ihre Nasen voller Gestank, und die Aufwärter ihre Mühe, wieder einen guten Geruch ins Zimmer zu machen.

Das 32. Kapitel

Handelt abermal von nichts anderm als der Säuferei, und wie man die Pfaffen davon soll abschaffen

Wie dies vorüber, mußte ich wieder aufwarten wie zuvor, mein Pfarrer war noch vorhanden, und wurde sowohl als andere zum Trunk genötiget, er aber wollte nicht recht daran, sondern sagte: Er möchte so bestialisch nicht saufen; hingegen erwies ihm ein guter Zechbruder, daß er, Pfarrer, wie eine Bestia, er, der Säufer, und andere Anwesende aber wie Menschen söffen. „Denn", sagte er, „ein Vieh säuft nur so viel als ihm wohl schmecket und den Durst löscht, weil sie nicht wissen was gut ist, noch den Wein trinken mögen; uns Menschen aber beliebt, daß wir uns den Trunk zunutz machen, und den edlen Rebensaft einschleichen lassen, wie unser Voreltern auch getan haben." „So wohl", sagt' der Pfarrer, „es gebührt mir aber rechte Maß zu halten." „Wohl", antwort jener, „ein ehrlicher Mann hält sein Wort", und ließ ihm darauf einen mäßigen* Becher einschenken, denselben dem Pfarrer zuzuzotteln*; er hingegen ging durch und ließ den Säufer mit seinem Eimer stehen.

Als dieser abgeschafft war, ging es drunter und drüber, und ließ sich ansehen, als wenn diese Gasterei ein bestimmte Zeit und Gelegenheit sein sollte, sich gegeneinander mit Vollsaufen zu rächen, einander in Schand zu bringen oder sonst ein Possen zu reißen; denn wenn einer expediert wurde, daß er weder sitzen, gehen oder stehen mehr konnte, so hieß es: ‚Nun ists wett! Du hast mirs hiebefür auch so gekocht, jetzt ist dirs eingetränkt', und so fortan etc. Welcher aber ausdauren und am besten saufen konnte, wußte sich dessen groß zu machen, und dünkte sich kein geringer Kerl zu sein; zuletzt dürmelten sie alle herum, als wenn sie Bilsensamen* genossen hätten. Es war eben ein wunderliches Faßnachtspiel an ihnen zu sehen, und war doch niemand, der sich darüber verwundert' als ich; einer sang, der ander weinet', einer lachte, der ander traurete, einer fluchte, der ander betete, einer schrie überlaut Courage, der ander konnte nicht mehr reden, einer war stille und friedlich, der ander wollte den Teufel mit Raufhändeln bannen, einer schlief und schwieg still, der ander plaudert', daß sonst keiner vor ihm zukommen konnte; einer erzählte seine liebliche Buhlerei, der ander seine erschrecklichen Kriegstaten, etliche redeten von der Kirch und geistlichen Sachen, andere von Ratione Status, der Politik, Welt- und Reichshändeln; teils liefen hin und wider und konnten an keiner Stelle bleiben, andere lagen und vermochten nicht, den kleinesten Finger zu regen, geschweige aufrecht zu gehen oder zu stehen, etliche fraßen wie die Drescher und als ob sie acht Tage Hunger gelitten hätten, andere kotzten wieder, was sie denselbigen ganzen Tag eingeschlucket hatten. Einmal, ihr ganzes Tun und Lassen war dermaßen possierlich, närrisch, seltsam, und dabei so sündhaftig und gottlos, daß der mir entwischte üble Geruch, darum ich gleichwohl so greulich zerschlagen worden, nur ein Scherz dagegen zu rechnen. Endlich setzt' es unten an der Tafel ernstliche Streithändel, da warf man einander Gläser, Becher, Schüsseln und Teller an die Köpf, und schlug nicht allein mit Fäusten, sondern auch mit Stühlen, Stuhlbeinen, Degen und allerhand Siebensachen drein, daß etlich der rote Saft über die Ohren lief, aber mein Herr stillete den Handel gleich wiederum.

Das 33. Kapitel

Wie der Herr Gubernator ein abscheulichen Fuchs geschossen

Da es nun wieder Fried worden, nahmen die Meistersäufer die Spielleut samt dem Frauenzimmer, und wanderten in ein ander Haus, dessen Saal auch zu einer andern Torheit erkoren und gewidmet war; mein Herr aber setzte sich auf sein Lotterbett, weil ihm entweder vom Zorn oder der Überfüllung wehe war, ich ließ ihn liegen, wo er lag, damit er ruhen und schlafen könnte, war aber kaum unter die Tür des Zimmers kommen, als er mir pfeifen wollte und solches doch nicht konnte. Er rief, aber nicht anders als ‚Simpls'. Ich sprang zu ihm und fand ihn die Augen verkehren wie ein Vieh, das man absticht; ich stund da vor ihm wie ein Stockfisch und wußte nicht was zu tun war: er aber deutet' aufs Tresor* und lallete: „Br-bra-bring da das; du Schuft, la-la-lang-langs Lavor*, ich m-mu-muß e-ein Fu-Fuchs schießen*!" Ich eilete und brachte das Lavorbecken, und als ich zu ihm kam, hatte er ein Paar Backen wie ein Trompeter; er erwischte mich geschwind bei dem Arm und akkommodierte mich zu stehen, daß ich ihm das Lavor gerad vors Maul halten mußte, solches brach ihm mit schmerzlichen Herzstößen ohnversehens auf, und goß eine solche wüste Materi in bemeldtes Lavor, daß mir vor unleidentlichem Gestank schier ohnmächtig wurde, sonderlich weil mir etliche Brocken (sal. ven.) ins Gesicht spritzten: Ich hätte beinahe auch mitgemacht, aber als ich sah, wie er verbleichte, ließ ichs aus Furcht unterwegen, und besorgte, die Seel würde ihm samt dem Unflat durchgehen, weil ihm der kalte Schweiß ausbrach, und sein Angesicht einem Sterbenden ähnlich sah: Als er sich aber gleich wieder erholte, hieß er mich frisch Wasser holen, damit er seinen Weinschlauch wieder ausspülete.

Demnach befahl er mir den Fuchs hinwegzutragen, welcher mich, weil er in einem silbern Lavor lag, nichts Verächtliches, sondern ein Schüssel voller Vor-Essen für vier Mann zu sein bedünkt', das sich beileib nicht hinwegzuschütten gebührte; zudem wußte ich wohl, daß mein Herr nichts Schlimmes in seinen Magen gesammlet, sondern herrliche und delikate Pastetlein, wie auch von allerhand Gebackens, Geflügel, Wildpret und zahmem Vieh, welches man alles noch artlich unterscheiden und kennen konnte, ich schummelte* mich damit, wußte aber nicht wohin, oder was ich draus machen sollte, durfte auch meinen Herrn nicht fragen. Ich ging zum Hofmeister, dem wies ich dieses schöne Traktament, und fragte, was ich mit dem Fuchs machen sollte? Er antwortet': „Narr gehe, und bring ihn dem Kürschner, daß er den Balg bereite." Ich fragte, wo der Kürschner sei? „Nein", antwortet' er, da er mein Einfalt sah, „bring ihn dem Doktor, damit er daran sehe, was für ein Zustand unser Herr habe." Solchen Aprilengang hätte ich getan, wenn der Hofmeister nicht was anders gefürcht hätte, er hieß mich derowegen den Bettel in die Küche tragen, mit Befehl, die Mägd solltens aufheben und ein Pfeffer drüber machen, welches ich ernstlich ausrichtet, und deswegen von den Schleppsäcken mächtig agiert* worden.

Das 34. Kapitel

Wie Simplicius den Tanz verdorben

Mein Herr ging eben aus, als ich meines Lavors los worden, ich trat ihm nach gegen ein großes Haus zu, allwo ich im Saal Männer, Weiber und ledige Personen so schnell untereinander herumhaspeln sah, daß es frei wimmelte; die hatten ein solch Getrippel und Gejohl, daß ich vermeinte, sie wären alle rasend worden, denn ich konnte nicht ersinnen, was sie doch mit diesem Wüten und Toben vorhaben möchten? ja ihr Anblick kam mir so grausam, fürchterlich und schrecklich vor, daß mir alle Berg gen Haar stunden, und konnte nichts anders glauben, als sie müßten aller ihrer Vernunft beraubt sein: Da wir näher hinzukamen, sah ich, daß es unsere Gäst waren, welche den Vormittag noch witzig gewesen. „Mein Gott!" gedacht ich, „was haben doch diese armen Leut vor? Ach, es hat sie gewißlich eine Unsinnigkeit überfallen." Bald fiel mir ein, es möchten vielleicht höllische Geister sein, welche in dieser angenommenen Weis dem ganzen menschlichen Geschlecht durch solch leichtfertig Geläuf und Affenspiel spotteten, denn ich gedachte, hätten sie menschliche Seelen und Gottes Ebenbild in sich, so täten sie auch wohl nicht so unmenschlich. Als mein Herr in Hausöhrn* kam und zum Saal eingehen wollte, hörete die Wut eben auf, ohne daß sie noch ein Bückens und Duckens mit den Köpfen, und ein Kratzens und Schuhschleifens mit den Füßen auf dem Boden machten, daß mich deuchte, sie wollten die Fußstapfen wieder austilgen, die sie in währender Raserei getreten; am Schweiß, der ihnen über die Gesichter floß, und an ihrem Geschnauf konnte ich abnehmen, daß sie sich stark zerarbeitet hatten; aber ihre fröhlichen Angesichter gaben zu verstehen, daß sie solche Bemühungen nicht sauer ankommen.

Ich hätte trefflich gern gewußt, wohin doch das närrisch Wesen gemeint sein möchte? fragte derowegen meinen Kameraden und vertrauten Herzbruder, der mich erst kürzlich das Wahrsagen gelehret, was solche Wut bedeute? oder wozu dieses rasende Trippen und Trappen angesehen sei? Der berichtet' mir für eine gründliche Wahrheit, daß sich die Anwesenden vereinbart hätten, dem Saal den Boden mit Gewalt einzutreten. „Warum vermeinst du wohl", sagt' er, „daß sie sich sonst so tapfer tummlen sollten? hast du nicht gesehen, wie sie die Fenster vor Kurzweil schon ausgeschlagen? eben also wird es auch diesem Boden gehen." „Herr Gott", antwortet ich, „so müssen wir ja mit zugrund gehen, und im Hinunterfallen samt ihnen Hals und Bein brechen?" „Ja", sagt' mein Kamerad, „darauf ists angesehen, und da geheien sie sich den Teufel darum, du wirst sehen, wenn sie sich also in Todsgefahr begeben, daß jeder ein hübsche Frau oder Jungfer erwischt, denn man sagt, es pflege den Paaren, so also zusammenhaltend fallen, nicht bald wehe zu geschehen." Indem ich dieses alles glaubte, überfiel mich eine solche Angst und Todessorg, daß ich nicht mehr wußte, wo ich bleiben sollte, und als die Musikanten, deren ich bisher noch nicht wahrgenommen, noch dazu sich hören ließen, auch die Kerl den Damen zuliefen wie die Soldaten ihrem Gewehr und Posten, wenn sie die Trommel Lärmen rühren hören, und jeder eine bei der Hand ertappte, wurde mir nicht anders, als wenn ich allbereit den Boden eingehen, und mich und viel andere mehr die Häls abstürzen sähe: Da sie aber anfingen zu gumpen*, daß der ganze Bau zitterte, weil man eben ein drollichten Gassenhauer aufmachte, gedachte ich, „nun ists um dein Leben geschehen!“ Ich vermeinte nicht anders, als der ganze Bau würde urplötzlich einfallen; derowegen erwischte ich in der allerhöchsten Angst eine Dame von hohem Adel und vortrefflichen Tugenden, mit welcher mein Herr eben konversierte, unversehens beim Arm wie ein Bär, und hielt sie wie eine Klett; da sie aber zuckte, und nicht wußte, was für närrische Grillen in meinem Kopf steckten, spielte ich das Desperat, und fing aus Verzweiflung an zu schreien, als wenn man mich hätte ermorden wollen: Das war aber noch nicht genug, sondern es entwischte mir auch ohngefähr etwas in die Hosen, so einen über alle Maßen üblen Geruch von sich gab, dergleichen meine Nase lange Zeit nicht empfunden. Die Musikanten wurden jähling still, die Tänzer und Tänzerinnen höreten auf, und die ehrliche Dam, der ich am Arm hing, befand sich offendiert, weil sie sich einbildet', mein Herr hätte ihr solches zum Schimpf tun lassen: Darauf befahl mein Herr, mich zu prügeln und hernach irgendhin einzusperren, weil ich ihm denselben Tag schon mehr Possen gerissen hatte: Die Furierschützen, so exequieren sollten, hatten nicht allein Mitleiden mit mir, sondern konnten auch vor Gestank nicht bei mir bleiben; entübrigten mich derohalben der Stöß, und sperreten mich unter eine Stiege in Gänsstall. Seithero hab ich der Sach vielmals nachgedacht, und bin der Meinung worden, daß solche Excrementa, die einem aus Angst und Schrecken entgehen, viel üblern Geruch von sich geben, als wenn einer ein starke Purgation* eingenommen.

ENDE DES ERSTEN BUCHS

Humana timiditas et in divinis Stupiditas
Schaü was die zage Furcht nicht thüt
Die in uns blöden Menschen rüht
Wie kombt uns offt das Creutz so güt!

DAS ZWEITE BUCH

Das 1. Kapitel

Wie sich ein Ganser und eine Gänsin gepaart

In meinem Gänsstall konzipierte ich, was beides vom Tanzen und Saufen ich im ersten Teil meines ‚Schwarz und Weiß'* hiebevor geschrieben, ist derowegen ohnnötig, dies Orts etwas Ferners davon zu melden: Doch kann ich nicht verschweigen, daß ich damals noch zweifelte, ob die Tänzer den Boden einzutreten so gewütet oder ob ich nur so überredet worden? Jetzt will ich ferner erzählen, wie ich wieder aus dem Gänskerker kam: Drei ganzer Stund, nämlich bis sich das Praeludium Veneris* (der ehrlich Tanz sollt ich gesagt haben) geendet hatte, mußte ich in meiner eigenen Unlust sitzen bleiben, ehe einer herzuschlich, und an dem Riegel anfing zu rappeln; ich lausterte* wie ein Sau, die ins Wasser harnt, der Kerl aber, so an der Tür war, machte solche nicht allein auf, sondern wischte auch ebenso geschwind herein, als gern ich heraußen gewesen wäre, und schleppte noch dazu ein Weibsbild an der Hand mit sich daher, gleichwie ich beim Tanz hatte tun sehen: Ich konnte nicht wissen, was es abgeben sollte, weil ich aber vieler seltsamer Abenteuren, die meinem närrischen Sinn denselben Tag begegnet, schier gewohnt war, und ich mich drein ergeben hatte, fürderhin alles mit Geduld und Stillschweigen zu ertragen, was mir mein Verhängnis zuschicken würde; also schmiegt ich mich zu der Tür mit Furcht und Zittern das End erwartend; gleich darauf erhub sich zwischen diesen beiden ein Gelispel, daraus ich zwar nichts anders verstund, als daß sich das eine Teil über den bösen Geruch desselben Orts beklagte, und hingegen der ander Teil das erste hinwiederum tröstete: „Gewißlich schönste Dame", sagt' er, „mir ist versichert von Herzen leid, daß uns die Früchte der Lieb zu genießen vom mißgünstigen Glück kein ehrlicher Ort gegönnet wird; aber ich kann daneben beteuren, daß mir Ihre holdselige Gegenwart diesen verächtlichen Winkel anmutiger macht als das lieblichste Paradeis selbsten.“ Hierauf hörte ich küssen, und vermerkte seltsame Posturen, ich wußte aber nicht was es war oder bedeuten sollte, schwieg derowegen noch fürders so still als ein Maus. Wie sich aber auch sonst ein possierlich Geräusch erhub, und der Gänsstall, so nur von Brettern unter die Stiege getäfelt war, zu krachen anfing, zumaln das Weibsbild sich anstellte, als ob ihr gar wehe bei der Sach geschehe, da gedachte ich, das sind zwei von den wütenden Leuten, die den Boden helfen eintreten und sich jetzt hieher begeben haben, da gleicherweis zu hausen und dich ums Leben zu bringen. Sobald diese Gedanken mich einnahmen, sobald nahm ich hingegen die Tür ein, dem Tod zu entfliehen, dadurch ich mit einem solchen Mordio-Geschrei hinauswischte, das natürlich lautet' wie dasjenige, das mich an denselben Ort gebracht hatte, doch war ich so gescheit, daß ich die Tür hinter mir wieder zuriegelte und hingegen die offene Haustür suchte. Dieses nun war die erste Hochzeit, bei der ich mich mein Lebtag befunden, unangesehen ich nicht dazu geladen worden, hingegen durfte ich aber auch nichts schenken, wiewohl mir hernach der Hochzeiter die Zech desto teurer rechnete, die ich auch redlich bezahlte. Günstiger Leser, ich erzähle diese Geschicht nicht darum, damit er viel darüber lachen solle, sondern damit meine Histori ganz sei, und der Leser zu Gemüt führe, was für ehrbare Früchte von dem Tanzen zu gewarten seien. Dies halte ich einmal für gewiß, daß bei den Tänzen mancher Kauf gemacht wird, dessen sich hernach eine ganze Freundschaft zu schämen hat.

Das 2. Kapitel

Wann trefflich gut zu baden sei

Ob ich nun zwar dergestalt aus dem Gänsstall glücklich entronnen, so wurde ich jedoch erst meines Unglücks recht gewahr, denn meine Hosen waren voll, und ich wußte nicht wohin damit; in meines Herrn Quartier war alles still und schlafend, dahero durfte ich mich zur Schildwacht, die vorm Haus stund, nicht nähern, in der Hauptwach Corps de Garde wollte man mich nicht leiden, weil ich viel zu übel stank, auf der Gassen zu bleiben war mirs gar zu kalt und unmöglich, also daß ich nicht wußte wo aus noch ein. Es war schon weit nach Mitternacht, als mir einfiel, ich sollte mein Zuflucht zu dem vielgemeldten Pfarrer nehmen. Ich folgete meinem Gutbefinden, vor der Tür anzuklopfen, damit war ich so importun*, daß mich endlich die Magd mit Unwillen einließ. Als sie aber roch was ich mitbrachte (denn ihre lange Nas verriet gleich meine Heimlichkeit), wurde sie noch schelliger*; derowegen fing sie an mit mir zu keifen, welches ihr Herr, so nunmehr fast ausgeschlafen hatte, bald hörete: Er rufte uns beide vor sich ans Bett, sobald er aber merkte, wo der Has im Pfeffer lag, und die Nas ein wenig gerümpft hatte, sagte er: Es sei niemals, ohnangesehen was die Kalender schreiben, besser baden, als in solchem Stand, darin ich mich befände, er befahl auch seiner Magd, sie sollte bis es vollends Tag würde, meine Hosen waschen und vor den Stubenofen hängen, mich selbst aber in ein Bett legen, denn er sah wohl, daß ich vor Frost ganz erstarrt war. Ich war kaum erwärmt, da es anfing zu tagen, so stund der Pfarrer schon vorm Bett, zu vernehmen wie mirs gangen und wie meine Händel beschaffen wären, weil ich meines nassen Hemds und der Hosen halber noch nicht aufstehen konnte, zu ihm zu gehen: Ich erzählte ihm alles, und machte den Anfang an der Kunst, die mich mein Kamerad gelehret, und wie übel sie geraten. Folgends meldet ich, daß die Gäst, nachdem er der Pfarrer hinweg gewesen, ganz unsinnig worden wären, und (maßen mich mein Kamerad also berichtet) sich vorgenommen hätten, dem Haus den Boden einzutreten; item in was für ein schreckliche Angst ich darüber geraten, und auf was Weis ich mich vorm Untergang konservieren wollen, darüber aber in Gänsstall gesperret worden, auch was ich in demselben von den zweien, so mich wieder erlöst, für Wort und Werk vernommen, und welchergestalt ich sie beide an meine Statt eingesperret hätte. „Simplici", sagt' der Pfarrer, „deine Sachen stehen lausig, du hattest einen guten Handel, aber ich sorg! ich sorg! es sei verscherzt; pack dich nur geschwind aus dem Bett und troll dich aus dem Haus, damit ich nicht samt dir in deines Herrn Ungnad komme, wenn man dich bei mir findet." Also mußte ich mit meinem feuchten Gewand hinziehen, und zum erstenmal erfahren, wie wohl einer bei männiglich daran ist, wenn er seines Herrn Gunst hat, und wie scheel einer hingegen angesehen wird, wenn solche hinket.

Ich ging in meines Herrn Quartier, darin noch alles steinhart schlief, bis auf den Koch und ein paar Mägd, diese putzten das Zimmer, darinnen man gestern gezecht, jener aber rüstete aus den Abschrötlin* wieder ein Frühstück oder vielmehr ein Imbiß zu. Am ersten kam ich zu den Mägden, bei denen lag es hin und wider voller zerbrochener so Trinkals Fenstergläser, an teils Orten war es voll von dem, so unten und oben weggangen, und an andern Orten waren große Lachen von verschüttetem Wein und Bier, also daß der Boden einer Landkarten gleichsah, darinnen man unterschiedliche Meer, Inseln und trockene oder fußfeste Länder hätte abbilden und vor Augen stellen wollen. Es stank im ganzen Zimmer viel übler, als in meinem Gänsstall; derowegen war auch meines Bleibens nicht lang daselbsten, sondern ich machte mich in die Küchen, und ließ meine Kleider beim Feur am Leib vollends trocknen, mit Furcht und Zittern erwartend, was das Glück, wenn mein Herr ausgeschlafen hätte, ferners in mir wirken wollte; daneben betrachtet ich der Welt Torheit und Unsinnigkeit, und zog alles zu Gemüt, was mir verwichenen Tag und selbige Nacht begegnet war, auch was ich sonst gesehen, gehört und erfahren hatte. Solche Gedanken verursachten, daß ich damals meines Einsiedlers geführtes dürftig und elend Leben für glückselig schätzte, und ihn und mich wieder in vorigen Stand wünschete.

Das 3. Kapitel

Der ander Page bekommt sein Lehrgeld, und Simplicius wird zum Narren erwählt

Als mein Herr aufgestanden, schickt' er seinen Leibschützen hin, mich aus dem Gänsstall zu holen, der brachte Zeitung, daß er die Tür offen, und ein Loch hinter dem Riegel mit einem Messer geschnitten gefunden, vermittelst dessen der Gefangene sich selbst erledigt hätte: Ehe aber solche Nachricht einkam, verstund* mein Herr von andern, daß ich vorlängst in der Küchen gewesen. Indessen mußten die Diener hin und wieder laufen, die gestrigen Gäst zum Frühestück einzuholen, unter welchen der Pfarrer auch war, welcher zeitlicher als andere erscheinen mußte, weil mein Herr meinetwegen mit ihm reden wollte, ehe man zur Tafel säße. Er fragte ihn erstlich, ob er mich für witzig oder für närrisch hielte? oder ob ich so einfältig oder so boshaftig sei? und erzählet' ihm damit alles, wie unehrbarlich ich mich den vorigen Tag und Abend gehalten, welches teils von seinen Gästen übel empfunden und aufgenommen werde, als wäre es ihnen zum Despekt* mit Fleiß so angestellt worden, item daß er mich hätte in einen Gänsstall versperren lassen, sich vor dergleichen Spott, so ich ihm noch hätte zufügen können, zu versichern, aus welchem ich aber gebrochen und nun in der Küchen umgehe, wie ein Junker, der ihm nicht mehr aufwarten dürfe; sein Lebtag sei ihm kein solcher Poß widerfahren, als ich ihm in Gegenwart so vieler ehrlicher Leut gerissen, er wisse nichts anders mit mir anzufangen, als daß er mich lasse abprügeln, und weil ich mich so dumm anließe, wieder für den Teufel hinjage.

Inzwischen als mein Herr so über mich klagte, sammleten sich die Gäst nach und nach, da er aber ausgeredet hatte, antwort der Pfarrer: Wenn ihm der Herr Gouverneur ein kleine Zeit mit ein wenig Geduld zuzuhören beliebte, so wollte er von Simplicio der Sachen halber eines und anders erzählen, daraus nicht allein seine Unschuld zu vernehmen sein, sondern auch denen, so sich seines Verhaltens halber disgustiert* befinden wollten, alle ungleichen Gedanken benommen würden.

Als man dergestalt oben in der Stuben von mir redete, akkordierte der tolle Fähnrich, den ich an meine Stell selbander eingesperrt hatte, unten mit mir in der Küchen, und brachte mich durch Drohwort und einen Taler, den er mir zusteckte, dahin, daß ich ihm versprach, von seinen Händeln reinen Mund zu halten.

Die Tafeln wurden gedeckt, und wie den vorigen Tag mit Speisen und Leuten besetzt, Wermut-, Salbei-, Alant-, Quitten- und Zitronenwein mußte neben dem Hippokras* den Säufern ihre Köpf und Mägen wieder begütigen, denn sie waren schier alle des Teufels Märtyrer. Ihr erstes Gespräch war von ihnen selbsten, nämlich wie sie gestern einander so brav vollgesoffen hätten, und war doch keiner unter ihnen, der gründlich gestehen wollte, daß er voll gewesen, wiewohl den Abend zuvor teils bei Teufelholen geschworen, sie könnten nicht mehr saufen, auch ‚Wein mein Herr!' geschrien und geschrien hatten. Etliche zwar sagten, sie hätten gute Räusch gehabt, andere aber bekenneten, daß sich keiner mehr vollsöffe, seit die Räusch aufkommen. Als sie aber von ihren eigenen Torheiten beides zu reden und zu hören müd waren, mußte sich der arme Simplicius leiden: Der Gouverneur selbst erinnerte den Pfarrer, die lustigen Sachen zu eröffnen, wie er versprochen hätte.

Dieser bat zuvörderst, man wollte ihm nichts für ungut halten, dafern er etwa Wörter reden müßte, die seiner geistlichen Person übel anständig zu sein vermerkt würden; fing darauf an zu erzählen, erstlich aus was für natürlichen Ursachen mich die Leibesdünste zu plagen pflegten, was ich durch solche dem Secretario für eine Unlust in die Kanzlei angerichtet; was ich neben dem Wahrsagen für ein Kunst dawider gelernet, und wie schlimm solche in der Prob bestanden; item wie seltsam mir das Tanzen vorkommen, weil ich dergleichen niemalen gesehen, was ich für Bericht deshalber von meinem Kameraden eingenommen, welcher Ursachen halber ich dann die vornehme Dame ergriffen, und darüber in Gänsstall kommen. Solches aber brachte er mit einer wohlanständigen Art zu reden vor, daß sie sich trefflich zerlachen mußten, entschuldigt' dabei meine Einfalt und Unwissenheit so bescheidentlich, daß ich wieder in meines Herrn Gnad kam und vor der Tafel aufwarten durfte, aber von dem was mir im Gänsstall begegnet, und wie ich wieder daraus erlöst worden, wollte er nichts sagen, weil ihn bedünkte, es hätten sich an seiner Person etliche saturnische Holzböck geärgert, die da vermeinten, Geistliche sollten nur immer sauer sehen; hingegen fragte mich mein Herr, seinen Gästen ein Spaß zu machen, was ich meinem Kameraden geben hätte, daß er mich so saubere Künste gelehret? und als ich antwortet „nichts!" sagte er: „So will ich ihm das Lehrgeld für dich bezahlen", wie er ihn denn hierauf in ein Futterwanne spannen und allerdings karbeitschen ließ, wie man mirs den vorigen Tag gemacht, als ich die Kunst probiert und falsch befunden hatte.

Mein Herr hatte nunmehr genug Nachricht von meiner Einfalt, wollte mich derowegen stimmen, ihm und seinen Gästen mehr Lust zu machen, er sah wohl, daß die Musikanten nichts galten, solang man mich unterhanden haben würde, denn ich bedünkte mit meinen närrischen Einfällen jedermann, über siebzehn Lauten* zu sein. Er fragte, warum ich die Tür an dem Gänsstall zerschnitten hätte? Ich antwortet: „Das mag jemand anders getan haben." Er fragte: „Wer denn?" Ich sagte: „Vielleicht der, so zu mir kommen." „Wer ist denn zu dir kommen?" Ich antwortet: „Das darf ich niemand sagen." Mein Herr war ein geschwinder Kopf, und sah wohl, wie man mir lausen* mußte, derowegen übereilt' er mich, und fragte, wer mir solches denn verboten hätte? Ich antwortet gleich: „Der tolle Fähnrich"; und demnach ich an jedermanns Gelächter merkete, daß ich mich gewaltig verhauen haben müßte, der tolle Fähnrich, so mit am Tisch saß, auch so rot wurde wie ein glühende Kohl; also wollte ich nichts mehr schwätzen, es würde mir denn von demselben erlaubt. Es war aber nur um einen Wink zu tun, den mein Herr dem tollen Fähnrich anstatt eines Befehls gab, da durft ich reden was ich wußte. Darauf fragte mich mein Herr, was der tolle Fähnrich bei mir im Gänsstall zu tun gehabt? Ich antwortet: „Er brachte eine Jungfer zu mir hinein." „Was tat er aber weiters?" sagte mein Herr. Ich antwortet: „Mich deuchte, er wollte im Stall sein Wasser abgeschlagen haben." Mein Herr fragte: „Was tat aber die Jungfer dabei, schämte sie sich nicht?" „Ja wohl nein Herr!" sagte ich, „sie hub den Rock auf, und wollte dazu (mein hochgeehrter, zucht-, ehr- und tugendliebender Leser verzeihe meiner unhöflichen Feder, daß sie alles so grob schreibt, als ichs damals vorbrachte) scheißen." Hierüber erhub sich bei allen Anwesenden ein solch Gelächter, daß mich mein Herr nicht mehr hören, geschweige etwas weiters fragen konnte, und zwar war es auch nicht weiters vonnöten, man hätte denn die ehrliche fromme Jungfer (scil.) auch in Spott bringen wollen.

Hierauf erzählte der Hofmeister vor der Tafel, daß ich neulich vom Bollwerk oder Wall heimkommen und gesagt: Ich wüßte wo der Donner und Blitz herkäme, ich hätte große Blöcher* auf halben Wagen gesehen, die inwendig hohl gewesen, in dieselben hätte man Zwiebelsamen samt einer eisernen weißen Rüben, der der Schwanz abgeschnitten, gestopft, hernach die Blöcher hintenher ein wenig mit einem zinkigen Spieß gekitzelt, davon wäre vornenheraus Dampf, Donner und höllisch Feuer geschlagen. Sie brachten noch mehr dergleichen Possen auf die Bahn, also daß man schier denselben ganzen Imbiß von sonst nichts als nur von mir zu reden und zu lachen hatte. Solches verursachte einen allgemeinen Schluß zu meinem Untergang, welcher war, daß man mich tapfer agieren sollte, so würde ich mit der Zeit einen raren Tischrat abgeben, mit dem man auch den größten Potentaten von der Welt verehren, und die Sterbenden zu lachen machen könnte.

Das 4. Kapitel

Vom Mann der Geld gibt, und was für Kriegsdienste Simplicius der Kron Schweden geleistet, wodurch er den Namen Simplicissimus bekommen

Wie man nun also schlampamte* und wieder wie gestern gut Geschirr machen wollte*, meldet' die Wacht mit Einhändigung eines Schreibens an den Gouverneur einen Commissarium an, der vor dem Tor sei, welcher von der Kron Schweden Kriegsräten abgeordnet war, die Garnison zu mustern und die Festung zu visitieren. Solches versalzte allen Spaß, und alles Freudengelach verlummerte* wie ein Sackpfeifen-Zipfel, dem der Blast* entgangen: Die Musikanten und die Gäst zerstoben wie Tobakrauch verschwindet, der nur den Geruch hinter sich läßt; mein Herr trollte selbst mit dem Adjutanten, der die Schlüssel trug, samt einem Ausschuß von der Hauptwacht und vielen Windlichtern dem Tor zu, den Blackschmeißer, wie er ihn nennete, selbst einzulassen: Er wünschte, daß ihm der Teufel den Hals in tausend Stück breche, ehe er in die Festung käme! Sobald er ihn aber eingelassen und auf der innern Fallbrücken bewillkommte, fehlte wenig oder gar nichts, daß er ihm nicht selbst an Stegreif* griff, seine Devotion gegen ihn zu bezeugen, ja die Ehrerbietung wurde augenblicklich zwischen beiden so groß, daß der Commissarius abstieg, und zu Fuß mit meinem Herrn gegen sein Losament fortwanderte, da wollte jeder die linke Hand haben, etc. „Ach!“ gedachte ich, „was für ein wunderfalscher Geist regiert doch die Menschen, indem er je den einen durch den andern zum Narren macht.“ Wir näherten also der Hauptwacht, und die Schildwacht rief ihr ‚Wer da?‘ wiewohl sie sah, daß es mein Herr war; dieser wollte nicht antworten, sondern jenem die Ehr lassen, daher stellte sich die Schildwacht mit Wiederholung ihres Geschreis desto heftiger. Endlich antwortet' er auf das letztere ‚Wer da?‘: „Der Mann ders Geld gibt!“ Wie wir nun bei der Schildwacht vorbeipassierten und ich so hinten nach zog, hörete ich ermeldte Schildwacht, die ein neugeworbener

Soldat, und zuvor ihres Handwerks ein wohlhäbiger junger Bauresmann auf dem Vogelsberg gewesen war, diese Wort brummlen: „Du magst wohl ein verlogener Kund sein; ‚ein Mann ders Geld gibt!' Ein Schindhund ders Geld nimmt! das bist du; so viel Gelds hast du mir abgeschweißt*, daß ich wollte, der Hagel erschlüg dich, ehe du wieder aus der Stadt kämest." Von dieser Stund an faßte ich die Gedanken, dieser fremde Herr im sammeten Mutzen* müsse ein heiliger Mann sein, weil nicht allein keine Flüch an ihm hafteten, sondern dieweil ihm auch seine Hasser alle Ehr, alles Liebs und alles Gutes erwiesen, er wurde noch dieselbe Nacht fürstlich traktiert, blind voll gesoffen und noch dazu in ein herrlich Bett gelegt.

Folgende Tage gings bei der Musterung bunt über Eck her, ich einfältiger Tropf war selbst geschickt genug, den klugen Commissarium (zu welchen Ämtern und Verrichtungen man wahrlich keine Kinder nimmt) zu betrügen, welches ich eher als in einer Stund lernete, weil die ganze Kunst nur in fünf und neun bestand, selbige auf einer Trommel zu schlagen, weil ich noch zu klein war, einen Musketierer zu präsentieren. Man staffierte mich zu solchem End mit einem entlehnten Kleid und auch mit einer entlehnten Trommel (denn meine geschürzten Pagehosen taugten nichts zum Handel), ohne Zweifel darum, weil ich selbst entlehnt war, damit passierte ich glücklich durch die Musterung. Demnach man aber meiner Einfalt nicht zugetraute, ein fremden Namen im Sinn zu behalten, auf welchen ich antworten und hervortreten sollte, mußte ich der Simplicius verbleiben, den Zunamen ersetzte der Gouverneur selbsten, und ließ mich Simplicius Simplicissimus in die Roll schreiben, mich also wie ein Hurenkind zum ersten meines Geschlechts zu machen, wiewohl ich seiner eigenen Schwester, seinem Selbstbekenntnis nach, ähnlich sah. Ich behielt auch nachgehends diesen Namen und Zunamen, bis ich den rechten erfuhr, und spielte unter solchem meine Person* zu Nutz des Gouverneurs und geringen Schaden der Kron Schweden ziemlich wohl, welches denn alle meine Kriegsdienste sind, die ich derselben mein Lebtag geleistet, derowegen denn ihre Feinde mich deswegen zu neiden kein Ursach haben.

Das 5. Kapitel

Simplicius wird von vier Teufeln in die Höll geführt und mit spanischem Wein traktiert

Als der Commissarius wieder hinweg war, ließ vielgemeldter Pfarrer mich heimlich zu sich in sein Losament kommen, und sagte: „O Simplici, deine Jugend dauret mich, und deine künftige Unglückseligkeit bewegt mich zum Mitleiden. Höre mein Kind, und wisse gewiß, daß dein Herr dich aller Vernunft zu berauben und zum Narren zu machen entschlossen, maßen er zu solchem End bereits ein Kleid für dich verfertigen läßt, morgen mußt du in diejenige Schul, darin du deine Vernunft verlernen sollst; in derselben wird man dich ohne Zweifel so greulich drillen, daß du, wenn anders Gott und natürliche Mittel solches nicht verhindern, ohne Zweifel zu einem Phantasten werden mußt. Weil aber solches ein mißlich und sorglich Handwerk ist, also hab ich um deines Einsiedlers Frommkeit und um deiner eigenen Unschuld willen aus getreuer christlicher Liebe dir mit Rat und notwendigen guten Mitteln beispringen und gegenwärtige Arznei zustellen wollen; darum folge nun meiner Lehr und nimm dieses Pulver ein, welches dir das Hirn und Gedächtnis dermaßen stärken wird, daß du unverletzt deines Verstands alles leicht überwinden magst: auch hast du hierbei einen Balsam, damit schmiere die Schläf, den Wirbel und das Genick samt den Naslöchern, und diese beiden Stück brauche auf den Abend, wenn du schlafen gehest, sintemal du keine Stund sicher sein wirst, daß du nicht aus dem Bett abgeholet werdest, aber sieh zu, daß niemand dieser meiner Warnung und mitgeteilten Arznei gewahr werde, es möchte sonst dir und mir übel ausschlagen, und wenn man dich in dieser verfluchten Kur haben wird, so achte und glaube nicht alles, was man dich überreden will, und stelle dich doch, als wenn du alles glaubtest, rede wenig, damit deine Zugeordneten nicht an dir merken, daß sie leer Stroh dreschen, sonsten werden sich deine Plagen verändern, wiewohl ich nit wissen kann, auf was Weis sie mit dir umgehen werden; wenn du aber den Strauß und das Narrenkleid anhaben wirst, so komm wieder zu mir, damit ich deiner mit fernerm Rat pflegen möge. Indessen will ich Gott für dich bitten, daß er deinen Verstand und Gesundheit erhalten wolle." Hierauf stellt' er mir gemeldtes Pulver und Sälblein zu, und wandert' damit wieder nach Haus.

Wie der Pfarrer gesagt hatte, also gings. Im ersten Schlaf kamen vier Kerl in schrecklichen Teufelslarven vermummt zu mir ins Zimmer vors Bett, die sprangen herum wie Gaukler und Fastnachtsnarren, einer hatte einen glühenden Hacken, und der ander eine Fackel in Händen, die anderen zween aber wischten über mich her, zogen mich aus dem Bett, tanzten ein Weil mit mir hin und her, und zwangen mir meine Kleider an Leib, ich aber stellte mich, als wenn ich sie für rechte natürliche Teufel gehalten hätte, verführte ein jämmerliches Zetergeschrei und ließ die allerfurchtsamsten Gebärden erscheinen; aber sie verkündigten mir, daß ich mit ihnen fort müßte, hierauf verbanden sie mir den Kopf mit einer Handzwell*, daß ich weder hören, sehen noch schreien konnte: Sie führten mich unterschiedliche Umweg, viel Stiegen auf und ab und endlich in einen Keller, darin ein großes Feuer brannte, und nachdem sie mir die Handzwell wieder abgebunden, fingen sie an mir in spanischem Wein und Malvasier zuzutrinken. Sie hatten mich gut überreden, ich wäre gestorben und nunmehr im Abgrund der Höllen, weil ich mich mit Fleiß also stellete, als wenn ich alles glaubte, was sie mir vorlogen: „Saufe nur tapfer zu", sagten sie, „weil du doch ewig bei uns bleiben mußt, willst aber nicht ein gut Gesell sein und mitmachen, so mußt du in gegenwärtiges Feur." Die armen Teufel wollten ihre Sprach und Stimm verquanten*, damit ich sie nicht kennen sollte, ich merkte aber gleich, daß es meines Herrn Furierschützen waren, doch ließ ichs mich nicht merken, sondern lachte in die Faust, daß diese, so mich zum Narren machen sollten, meine Narren sein mußten. Ich trank meinen Teil mit vom spanischen Wein, sie aber soffen mehr als ich, weil solcher himmlischer Nektar selten an solche Gesellen kommt, maßen ich noch schwören dürfte, daß sie eher voll worden als ich; da michs aber Zeit zu sein bedünkte, stellte ich mich mit Hin- und Hertorkeln, wie ichs neulich an meines Herrn Gästen gesehen hatte; und wollte endlich gar nicht mehr saufen, sondern schlafen, hingegen jagten und stießen sie mich mit ihrem Hacken, den sie allezeit im Feuer liegen hatten, in allen Ecken des Kellers herum, daß es sah, als ob sie selbst närrisch worden wären, entweder daß ich mehr trinken oder aufs wenigste nicht schlafen sollte, und wenn ich in solcher Hatz niederfiel, wie ich denn oft mit Fleiß tat, so packten sie mich wieder auf und stellten sich, als wenn sie mich ins Feuer werfen wollten: also ging mirs wie einem Falken dem man wacht*, welches mein großes Kreuz war. Ich hätte sie zwar Trunkenheit und Schlafs halber wohl ausgedauret, aber sie verblieben nicht allweg beieinander, sondern lösten sich untereinander ab, darum hätte ich zuletzt den kürzern ziehen müssen: Drei Tag und zwo Nächt hab ich in diesem raucherichten Keller zubracht, welcher kein ander Licht hatte, als was das Feur von sich gab, der Kopf fing mir dahero an zu brausen und zu wüten, als ob er zerreißen wollte, daß ich endlich einen Fund ersinnen mußte, mich meiner Qual samt den Peinigern zu entledigen, ich machte es wie der Fuchs, welcher den Hunden ins Gesicht harnt, wenn er ihnen nicht mehr zu entrinnen getraut, denn weil mich eben die Natur trieb, meine Notdurft (s. v.) zu tun, bewegte ich mich zugleich mit einem Finger im Hals zum Unwillen*, dergestalt daß ich mit einem unleidenlichen Gestank die Zech bezahlte, also daß auch meine Teufel selbst schier nicht mehr bei mir bleiben konnten; damals legten sie mich in ein Leilach*, und zerplotzten* mich so unbarmherzig, daß mir alle innerlichen Glieder samt der Seelen heraus hätten fahren mögen. Wovon ich dermaßen aus mir selber kam und des Gebrauchs meiner Sinnen beraubt wurde, daß ich gleichsam wie tot dalag, ich weiß auch nicht was sie ferners mit mir gemacht haben, so gar war ich allerdings dahin.

Das 6. Kapitel

Simplicius kommt in Himmel, und wird in ein Kalb verwandelt

Als ich wieder zu mir selber kam, befand ich mich nicht mehr in dem öden Keller bei den Teufeln, sondern in einem schönen Saal, unter den Händen dreier der allergarstigsten alten Weiber, so der Erdboden je getragen; ich hielt sie anfänglich, als ich die Augen ein wenig öffnete, für natürliche höllische Geister, hätte ich aber die alten heidnischen Poeten schon gelesen gehabt, so hätte ich sie für die Eumenides* oder wenigst die eine eigentlich für die Tisiphone* gehalten, welche mich wie den Athamantem* meiner Sinn zu berauben aus der Höllen ankommen wäre, weil ich zuvor wohl wußte, daß ich darum da war, zum Narren zu werden: Diese hatte ein paar Augen wie zween Irrwisch, und zwischen denselben eine lange magere Habichtsnas, deren Ende oder Spitz die untere Lefzen* allerdings erreichte, nur zween Zähn sah ich in ihrem Maul, sie waren aber so vollkommen, lang, rund und dick, daß sich jeder beinahe der Gestalt nach mit dem Goldfinger, der Farb nach aber sich mit dem Gold selbst hätte vergleichen lassen; in Summa, es war Gebeins genug vorhanden zu einem ganzen Maul voll Zähn, es war aber gar übel ausgeteilt, ihr Angesicht sah wie spanisch Leder, und ihre weißen Haar hingen ihr seltsam zerstrobelt um den Kopf herum, weil man sie erst aus dem Bett geholt hatte; ihre langen Brüst weiß ich nichts anderm zu vergleichen als zweien lummerichten Kuhblasen, denen zwei Drittel vom Blast entgangen, unten hing an jeder ein schwarzbrauner Zapf halb Fingers lang; wahrhaftig ein erschrecklicher Anblick, der zu nichts anderm als für eine treffliche Arznei wider die unsinnige Liebe der geilen Böck hätte dienen mögen, die anderen zwo waren gar nicht schöner, ohne daß dieselben stumpfe Affennäslein, und ihre Kleider etwas ordentlicher angetan hatten: Als ich mich besser erkoberte*, sah ich, daß die eine unser Schüsselwäscherin, die anderen zwo aber zweier Furierschützen Weiber waren. Ich stellte mich, als wenn ich mich nicht zu regen vermochte, wie mich denn in Wahrheit auch nicht tanzerte*, als diese ehrlichen alten Mütterlein mich splitternackend auszogen und von allem Unrat wie ein junges Kind säuberten. Doch tat mir solches trefflich sanft, sie bezeugten unter währender Arbeit ein große Geduld und treffliches Mitleiden, also daß ich ihnen beinahe offenbart hätte, wie wohl mein Handel noch stünde; doch gedacht ich: „Nein Simplici! vertraue keinem alten Weib, sondern gedenke, du habest Victori genug, wenn du in deiner Jugend drei abgefeimte alte Vetteln, mit denen man den Teufel im weiten Feld fangen möchte, betrügen kannst; du kannst aus dieser Occasion Hoffnung schöpfen, im Alter mehrers zu leisten.“ Da sie nun mit mir fertig waren, legten sie mich in ein köstlich Bett, darinnen ich ohngewieget entschlief, sie aber gingen und nahmen ihre Kübel und anderen Sachen, damit sie mich gewaschen hatten, samt meinen Kleidern und allem Unflat mit sich hinweg. Meines Dafürhaltens schlief ich diesen Satz länger als vierundzwanzig Stund, und da ich wieder erwachte, stunden zween schöne geflügelte Knaben vorm Bett, welche mit weißen Hemden, taffeten Binden, Perlen, Kleinodien, güldenen Ketten und andern scheinbarlichen Sachen köstlich gezieret waren: einer hatte ein vergüldtes Lavor voller Hippen*, Zuckerbrot, Marzipan und ander Konfekt, der ander aber einen vergüldten Becher in Händen; diese als Engel, dafür sie sich ausgaben, wollten mich bereden, daß ich nunmehr im Himmel sei, weil ich das Fegfeur so glücklich überstanden und dem Teufel samt seiner Mutter entgangen, derohalben sollte ich nur begehren, was mein Herz wünschte, sintemal alles, was mir nur beliebte, genug vorhanden wäre, oder doch sonst herbeizuschaffen in ihrer Macht stünde. Mich quälte der Durst, und weil ich den Becher vor mir sah, verlangte ich nur den Trunk, der mir auch mehr als gutwillig gereicht wurde; solches war aber kein Wein, sondern ein lieblicher Schlaftrunk, welchen ich ohnabgesetzt zu mir nahm und davon wieder entschlief, sobald er bei mir erwarmt.

Den andern Tag erwachte ich wiederum (denn sonst

schlief ich noch), befand mich aber nicht mehr im Bett noch in vorigem Saal, sondern in meinem alten Gänskerker, da war abermal eine greuliche Finsternis wie in vorigem Keller, und überdas hatte ich ein Kleid an von Kalbfellen, daran der rauhe Teil auch auswendig gekehrt war, die Hosen waren auf polnisch oder schwäbisch und das Wams noch wohl auf ein närrischere Manier gemacht, oben am Hals stund eine Kappe wie ein Mönchsgugel*, die war mir über den Kopf gestreift und mit einem schönen Paar großer Eselsohren geziert. Ich mußte meines Unsterns selbst lachen, weil ich beides am Nest und den Federn sah, was ich für ein Vogel sein sollte: Damals fing ich erst an, in mich selbst zu gehen und auf mein Bestes zu gedenken. Ich setzte mir vor, mich auf das Närrischste zu stellen, als mir immer möglich sein möchte, und daneben mit Geduld zu erharren, wie sich mein Verhängnis weiters anlassen würde.

Das 7. Kapitel

Wie sich Simplicius in diesen bestialischen Stand geschickt

Vermittelst des Lochs, so der tolle Fähnrich hiebevor in die Tür geschnitten, hätte ich mich wohl erledigen können, weil ich aber ein Narr sein sollte, ließ ichs bleiben, und tat nicht allein wie ein Narr, der nicht so witzig ist, von sich selbst herauszugehen, sondern stellte mich gar wie ein hungerig Kalb, das sich nach seiner Mutter sehnet, mein Geplärr wurde auch bald von denjenigen gehört, die dazu bestellt waren; maßen zween Soldaten vor den Gänsstall kamen und fragten, wer darinnen wäre? Ich antwortet: „Ihr Narren, hört ihr denn nicht, daß ein Kalb da ist!" Sie machten den Stall auf, nahmen mich heraus und verwunderten sich, daß ein Kalb sollte reden können! Welches ihnen anstund wie die gezwungenen Aktionen eines neugeworbenen ungeschickten Komödianten, der die Person, die er vertreten soll, nicht wohl agieren kann, also daß ich oft meinte, ich müßte ihnen selbst zum Possen helfen. Sie beratschlagten sich, was sie mit mir machen wollten, und wurden eins, mich dem Gubernator zu verehren, als welcher ihnen, weil ich reden könnte, mehr schenken würde, als ihnen der Metzger für mich bezahlte. Sie fragten mich, wie mein Handel stünde? Ich antwortet: „Liederlich genug." Sie fragten: „Warum?" Ich sagte: „Darum, dieweil hier der Brauch ist, redliche Kälber in Gänsstall zu sperren. Ihr Kerl müßt wissen, dafern man will, daß ein rechtschaffener Ochs aus mir werden soll, daß man mich auch aufziehen muß, wie einem ehrlichen Stier zustehet." Nach solchem kurzen Diskurs führeten sie mich über die Gaß gegen des Gouverneurs Quartier zu, uns folgte eine große Schar Buben nach, und weil dieselbe ebensowohl als ich das Kälbergeschrei schrien, hätte ein Blinder aus dem Gehör urteilen mögen, man triebe ein Herd Kälber daher, aber dem Gesicht nach sah es einem Haufen so junger als alter Narren gleich.

Also wurde ich von den beiden Soldaten dem Gouverneur präsentiert, gleichsam als ob sie mich erst auf Partei erbeutet hätten, dieselben beschenkte er mit einem Trinkgeld, mir selbst aber versprach er die beste Sach, so ich bei ihm haben sollte. Ich gedachte wie des Goldschmieds Jung* und sagte: „Wohl Herr, man muß mich aber in keinen Gänsstall sperren, denn wir Kälber können solches nicht erdulden, wenn wir anders wachsen und zu einem Stück Hauptvieh werden sollen." Der Gouverneur vertröstete mich eines Bessern, und dünkte sich gar gescheit sein, daß er einen solchen visierlichen Narren aus mir gemacht hätte; hingegen gedacht ich: „Harre mein lieber Herr, ich hab die Prob des Feuers überstanden und bin darin gehärtet worden; jetzt wollen wir probieren, welcher den andern am besten agieren wird können." Indem trieb ein geflehnter Baur sein Vieh zur Tränke, sobald ich das sah, verließ ich den Gouverneur und eilete mit einem Kälbergeplärr den Kühen zu, gleichsam als ob ich an ihnen saugen wollte, diese, als ich zu ihnen kam, entsetzten sich ärger vor mir als vor einem Wolf, wiewohl ich ihrer Art Haar trug, ja sie wurden so schellig und zerstoben dermaßen voneinander, als wenn im Augusto ein Nest voll Hornissen unter sie gelassen worden wäre; also daß sie ihr Herr an selbigem Ort nicht mehr zusammenbringen konnte, welches ein artlichen Spaß abgab. In einem Hui war ein Haufen Volk beieinander, das der Gaukelfuhr zusah, und als mein Herr lachte, daß er hätte zerbersten mögen, sagte er endlich: „Ein Narr macht ihrer hundert." Ich aber gedachte: „Und eben du bist derjenige, dem du jetzt wahrsagest."

Gleichwie mich nun jedermann von selbiger Zeit an das Kalb nennete, also nennete ich hingegen auch einen jeden mit einem besonders spöttischen Nachnamen, dieselben fielen mehrenteils der Leut und sonderlich meines Herrn Bedünken nach gar sinnreich, denn ich taufte jedweden nachdem seine Qualitäten erforderten. Summariter davon zu reden, so schätzte mich männiglich für einen ohnweisen Toren, und ich hielt jeglichen für einen gescheiten Narrn. Dieser Gebrauch ist meines Erachtens in der Welt noch üblich, maßen ein jeder mit seinem Witz zufrieden, und sich einbildet, er sei der Gescheiteste unter allen.

Obige Kurzweil, die ich mit des Bauren Rindern anstellete, machte uns den kurzen Vormittag noch kürzer, denn es war damals eben um die winterliche Sonnenwende: Bei der Mittagsmahlzeit wartete ich auf wie zuvor, brachte aber benebens seltsame Sachen auf die Bahn, und als ich essen sollte, konnte niemand einzige menschliche Speis oder Trank in mich bringen, ich wollte kurzum nur Gras haben, so damals zu bekommen ohnmöglich war. Mein Herr ließ ein paar frische Kalbfell von den Metzgern holen und solche zweien kleinen Knaben über die Köpf streifen: Diese setzte er zu mir an den Tisch, traktierte uns in der ersten Tracht mit Wintersalat und hieß uns wacker zuhauen, auch ließ er ein lebendig Kalb hinbringen und mit Salz zum Salat anfrischen. Ich sah so starr darein, als wenn ich mich darüber verwunderte, aber der Umstand vermahnete mich mitzumachen. „Jawohl", sagten sie, wie sie mich so kaltsinnig sahen, „es ist nichts Neues, wenn Kälber Fleisch, Fisch, Käs, Butter und anders fressen: Was? sie saufen auch zu Zeiten ein guten Rausch! die Bestien wissen nunmehr wohl, was gut ist; ja", sagten sie ferner, „es ist heutigen Tags soweit kommen, daß sich nunmehr ein geringer Unterscheid zwischen ihnen und den Menschen befindet, wolltest du denn allein nicht mitmachen?“

Dieses ließ ich mich um so viel desto ehender überreden, weil mich hungerte, und nicht darum, daß ich hiebevor schon selbst gesehen, wie teils Menschen säuischer als Schwein, grimmiger als Löwen, geiler als Böck, neidiger als Hund, unbändiger als Pferd, gröber als Esel, versoffener als Rinder, listiger als Füchs, gefräßiger als Wölf, närrischer als Affen, und giftiger als Schlangen und Kröten waren, welche dennoch allesamt menschlicher Nahrung genossen und nur durch die Gestalt von den Tieren unterschieden waren, zumalen auch die Unschuld eines Kalbs bei weitem nicht hatten. Ich fütterte mit meinen Mitkälbern, wie solches mein Appetit erforderte, und wenn ein Fremder uns ohnversehens also beieinander zu Tisch hätte sitzen sehen, so hätte er sich ohne Zweifel eingebildet, die alte Circe wäre wieder auferstanden, aus Menschen Tier' zu machen, welche Kunst damals mein Herr konnte und praktizierte. Eben auf den Schlag, wie ich die Mittagsmahlzeit vollbrachte, also wurde ich auch auf den Nachimbiß traktiert; und gleichwie meine Mitesser oder Schmarotzer mit mir zehrten, damit ich auch zehren sollte, also mußten sie auch mit mir zu Bett, wenn mein Herr anders nicht zugeben wollte, daß ich im Kühestall über Nacht schlief; und das tat ich darum, damit ich diejenigen auch genug narrete, die mich zum Narren zu haben vermeinten: Und machte diesen festen Schluß, daß der grundgütige Gott einem jeden Menschen in seinem Stand zu welchem er ihn berufen, so viel Witz gebe und verleihe, als er zu seiner Selbsterhaltung vonnöten, auch daß sich dannenhero, Doktor hin oder Doktor her, viel vergeblich einbilden, sie seien allein witzig und Hans in allen Gassen, denn hinter den Bergen wohnen auch Leut*.

Das 8. Kapitel

Redet von Etlicher wunderbarlichem Gedächtnis, und von Anderer Vergessenheit

Am Morgen als ich erwachte, waren meine beiden verkälberten Schlafgesellen schon fort, derowegen stund ich auch auf, und schlich, als der Adjutant die Schlüssel holete, die Stadt zu öffnen, aus dem Haus zu meinem Pfarrer, demselben erzählte ich alles, wie mirs sowohl im Himmel als in der Höll ergangen. Und wie er sah, daß ich mir ein Gewissen machte, weil ich so viel Leut und sonderlich meinen Herrn betröge, wenn ich mich närrisch stellete, sagte er: „Hierum darfst du dich nicht bekümmern, die närrische Welt will betrogen sein, hat man dir deinen Witz noch übrig gelassen, so gebrauche dich desselben zu deinem Vorteil, bilde dir ein, als ob du gleich dem Phönix vom Unverstand zum Verstand durchs Feuer und also zu einem neuen menschlichen Leben auch neu geboren worden seiest: Doch wisse dabei, daß du noch nicht über den Graben, sondern mit Gefahr deiner Vernunft in diese Narrenkappe geschloffen* bist, die Zeiten sind so wunderlich, daß niemand wissen kann, ob du ohne Verlust deines Lebens wieder herauskommest, man kann geschwind in die Hölle rennen, aber wieder herauszuentrinnen wirds Schnaufens und Bartwischens brauchen, du bist bei weitem noch nicht so gemannet, deiner bevorstehenden Gefahr zu entgehen, wie du dir wohl einbilden möchtest, darum wird dir mehr Vorsichtigkeit und Verstand vonnöten sein, als zu der Zeit, da du noch nicht wußtest, was Verstand oder Unverstand war, bleibe demütig und erwarte in Geduld der künftigen Veränderung."

Sein Diskurs war vorsetzlich so variabel, denn ich bilde mir ein, er habe mir an der Stirn gelesen, daß ich mich groß zu sein bedünkte, weil ich mit so meisterlichem Betrug und feiner Kunst durchgeschloffen; und ich mutmaßete hingegen aus seinem Angesicht, daß er unwillig und meiner überdrüssig worden, denn seine Mienen gabens, und was hatte er von mir? Derowegen verändert ich auch meine Reden, und wußte ihm großen Dank für die herrlichen Mittel, die er mir zu Erhaltung meines Verstands mitgeteilt hatte, ja ich tat unmögliche Promessen, alles, wie meine Schuldigkeit erfordere, wieder dankbarlich zu verschulden: Solches kitzelte ihn, und brachte ihn auch wieder auf eine andre Laun, denn er rühmte gleich darauf seine Arznei trefflich, und erzählte mir, daß Simonides Melicus* eine Kunst aufgebracht, die Metrodorus Sceptius* nicht ohne große Mühe perfektioniert hätte, vermittelst deren er die Menschen lehren können, daß sie alles, was sie einmal gehöret oder gelesen bei einem Wort nachreden mögen, und solches wäre, sagte er, ohne hauptstärkende Arzneien, deren er mir mitgeteilt, nicht zugangen! „Ja", gedachte ich, „mein lieber Herr Pfarrer, ich habe in deinen eigenen Büchern bei meinem Einsiedel viel anders gelesen, worinnen Sceptii Gedächtnis-Gunst bestehet." Doch war ich so schlau, daß ich nichts sagte, denn wenn ich die Wahrheit bekennen soll, so bin ich, als ich zum Narren werden sollte, allererst witzig und in meinen Reden behutsamer worden. Er der Pfarrer fuhr fort, und sagte mir*, wie Cyrus einen jeden von seinen 30000 Soldaten mit seinem rechten Namen hätte rufen, Lucius Scipio alle Bürger zu Rom bei den ihrigen nennen, und Cyneas Pyrrhi Gesandter, gleich den andern Tag hernach als er gen Rom kommen, aller Ratsherren und Edelleute Namen daselbst ordentlich hersagen können. „Mithridates, der König in Ponto und Bithynia", sagte er, „hatte Völker von zweiundzwanzig Sprachen unter sich, denen er allen in ihrer Zungen Recht sprechen, und mit einem jeden insonderheit, wie Sabell. lib. 10 cap. 9 schreibet, reden konnte. Der gelehrte Griech Charmides sagte einem auswendig, was einer aus den Büchern wissen wollte, die in der ganzen Liberei* lagen, wenn er sie schon nur einmal überlesen hatte. Lucius Seneca konnte zweitausend Namen herwieder sagen, wie sie ihm vorgesprochen worden, und wie Ravisius meldet, zweihundert Vers von zweihundert Schülern geredet vom letzten an bis zum ersten hinwiederum erzählen. Esdras, wie Euseb. lib. temp. fulg. lib. 8

cap. 7 schreibet, konnte die fünf Bücher Mosis auswendig, und selbige von Wort zu Wort den Schreibern in die Feder diktieren. Themistocles lernete die persische Sprach in einem Jahr. Crassus konnte in Asia die fünf unterschiedlichen Dialectos der griechischen Sprach ausreden, und seinen Untergebenen darin Recht sprechen. Julius Cäsar las, diktierte und gab zugleich Audienz. Von Aelio Hadriano, Portio Latrone, den Römern und andern will ich nichts melden, sondern nur von dem heiligen Hieronymo sagen, daß er Hebräisch, Chaldäisch, Griechisch, Persisch, Medisch, Arabisch und Lateinisch gekonnt. Der Einsiedel Antonius konnte die ganze Bibel nur vom Hörenlesen auswendig. So schreibt auch Colerus lib. 18 cap. 21 aus Marco Antonio Mureto von einem Korsikaner, welcher 6000 Menschen-Namen angehöret, und dieselbigen hernach in richtiger Ordnung schnell herwieder gesagt."

„Dieses erzähle ich alles darum", sagte er ferner, „damit du nicht für unmöglich haltest, daß durch Medizin einem Menschen sein Gedächtnis trefflich gestärket und erhalten werden könne, gleichwie es hingegen auch auf mancherlei Weis geschwächt und gar ausgetilgt wird, maßen Plinius lib. 7 cap. 24 schreibet, daß am Menschen nichts so blöd sei, als eben das Gedächtnis, und daß es durch Krankheit, Schrecken, Furcht, Sorg und Bekümmernis entweder ganz verschwinde oder doch einen großen Teil seiner Kraft verliere. Von einem Gelehrten zu Athen wird gelesen, daß er alles was er je studiert gehabt, sogar auch das ABC vergessen, nachdem ein Stein von oben herab auf ihn gefallen. Ein anderer kam durch eine Krankheit dahin, daß er seines Dieners Namen vergaß, und Messala Corvinus wußte seinen eigenen Namen nicht mehr, der doch vorhin ein gut Gedächtnis gehabt. Schramhans schreibet in fasciculo Historiarum fol. 60 (welches aber so aufschneiderisch klinget, als ob es Plinius selbst geschrieben), daß ein Priester aus seiner eigenen Ader Blut getrunken und dadurch schreiben und lesen vergessen, sonst aber sein Gedächtnis unverrückt behalten, und als er übers Jahr hernach eben an selbigem Ort und damaliger Zeit abermal desselbigen Bluts getrunken, hätte er wieder wie zuvor schreiben und lesen können. Zwar ists glaublicher, was Jo. Wierus de praestigiis daemon. lib. 3 cap. 18 schreibet, wenn man Bärenhirn einfresse, daß man dadurch in solche Phantasei und starke Imagination gerate, als ob man selbst zu einem Bären worden wäre, wie er denn solches mit dem Exempel eines spanischen Edelmanns beweiset, der, nachdem er dessen genossen, in den Wildnissen umgelaufen und sich nicht anders eingebildet, als er sei ein Bär. Lieber Simplici, hätte dein Herr diese Kunst gewußt, so dürftest du wohl ehender in einen Bärn, wie die Callisto, als in einen Stier, wie Jupiter, verwandelt worden sein."

Der Pfarrer erzählte mir des Dings noch viel, gab mir wieder etwas von Arznei und instruierte mich wegen meines fernern Verhalts, damit machte ich mich wieder nach Haus und brachte mehr als hundert Buben mit, die mir nachliefen und abermals alle wie Kälber schrien, derowegen lief mein Herr, der eben aufgestanden war, ans Fenster, sah soviel Narren auf einmal und ließ sich belieben, darüber herzlich zu lachen.

Das 9. Kapitel

Ein überzwerches Lob einer schönen Dame

Sobald ich ins Haus kam, mußte ich auch in die Stub, weil adelig Frauenzimmer bei meinem Herrn war, welches seinen neuen Narrn auch gerne hätte sehen und hören mögen. Ich erschien, und stund da wie ein Stumm, dahero diejenige, so ich hiebevor beim Tanz ertappet hatte, Ursach nahm zu sagen: Sie hätte sich sagen lassen, dieses Kalb könne reden, so verspüre sie aber nunmehr, daß es nicht wahr sei. Ich antwortet: „So hab ich hingegen vermeinet, die Affen können nicht reden, höre aber wohl, daß dem auch nicht also sei." „Wie", sagte mein Herr, „vermeinst du denn, diese Damen seien Affen?" Ich antwortet: „Sind sie es nicht, so werden sie es doch bald werden, wer weiß wie es fällt, ich habe mich auch nicht versehen ein Kalb zu werden, und bins doch!" Mein Herr fragte, woran ich sehe, daß diese Affen werden sollen? Ich antwortet: „Unser Aff trägt seinen Hintern bloß, diese Damen aber allbereit ihre Brüst, denn andere Mägdlein pflegten ja sonst solche zu bedecken." „Schlimmer Vogel", sagte mein Herr, „du bist ein närrisch Kalb, und wie du bist, so redest du, diese lassen billig sehen was sehenswert ist, der Aff aber gehet aus Armut nackend, geschwind bringe wieder ein, was du gesündiget hast, oder man wird dich karbeitschen und mit Hunden in Gänsstall hetzen, wie man Kälbern tut, die sich nicht zu schicken wissen, laß hören, weißt du auch eine Dam zu loben, wie sichs gebührt?" Hierauf betrachtete ich die Dame von Füßen an bis oben aus, und hinwieder von oben bis unten, sah sie auch so steif und lieblich an, als hätte ich sie heiraten wollen. Endlich sagte ich: „Herr, ich sehe wohl wo der Fehler steckt, der Diebsschneider ist an allem schuldig, er hat das Gewand, das oben um den Hals gehört und die Brüst bedecken sollte, unten an dem Rock stehen lassen, darum schleift er so weit hinten hernach, man sollte dem Hudler die Händ abhauen, wenn er nicht besser schneidern kann. Jungfer", sagte ich zu ihr selbst, „schafft ihn ab, wenn er Euch nicht so verschänden soll, und sehet, daß Ihr meines Knans Schneider bekommt, der hieß Meister Paulchen, er hat meiner Meuder, unserer Ann und unserm Ursele so schöne gebrittelte* Röck machen können, die unten herum ganz eben gewesen sind, sie haben wohl nicht so im Dreck geschlappt wie Eurer, ja Ihr glaubt nicht, wie er den Huren so schöne Kleider machen können." Mein Herr fragte, ob denn meines Knans Ann und Ursele schöner gewesen, als diese Jungfer? „Ach wohl nein, Herr", sagte ich, „diese Jungfrau hat ja Haar, das ist so gelb wie kleiner Kinderdreck, und ihre Scheitel sind so weiß und so gerad gemacht, als wenn man Säubürsten auf die Haut gekappt hätte, ja ihre Haar sind so hübsch zusammengerollt, daß es siehet, wie hohle Pfeifen, oder als wenn sie auf jeder Seiten ein paar Pfund Lichter oder ein Dutzend Bratwürst hangen hätte: Ach sehet nur, wie hat sie so eine schöne glatte Stirn; ist sie nicht feiner gewölbet als ein fetter Arsbacken und

weißer als ein Totenkopf, der viel Jahr lang im Wetter gehangen? Immer Schad ists, daß ihre zarte Haut durch das Haarpuder so schlimm bemakelt wird, denn wenns Leut sehen, die es nicht verstehen, dürften sie wohl vermeinen, die Jungfer habe den Erbgrind, der solche Schuppen von sich werfe; welches noch größerer Schad wäre für die funklenden Augen, die von Schwärze klarer zwitzern* als der Ruß vor meines Knans Ofenloch, welcher so schrecklich glänzete, wenn unser Ann mit einem Strohwisch davorstund, die Stub zu hitzen, als wenn lauter Feuer darin steckte, die ganze Welt anzuzünden: Ihre Backen sind so hübsch rötlich, doch nicht gar so rot als neulich die neuen Nestel* waren, damit die schwäbischen Fuhrleut von Ulm ihre Lätz gezieret hatten: Aber die hohe Röte, die sie an den Lefzen hat, übertrifft solche Farb weit, und wenn sie lacht oder redt (ich bitte, der Herr geb nur Achtung darauf) so siehet man zwei Reihen Zähn in ihrem Maul stehen, so schön zeilweis und zuckerähnlich, als wenn sie aus einem Stück von einer weißen Rüben geschnitzelt worden wären: O Wunderbild, ich glaub nicht, daß es einem wehe tut, wenn du einen damit beißest. So ist ihr Hals ja schier so weiß, als eine gestandene Saurmilch, und ihre Brüstlein, die darunter liegen, sind von gleicher Farb und ohn Zweifel so hart anzugreifen wie ein Geißmämm*, die von übriger Milch strotzt: Sie sind wohl nicht so schlapp, wie die alten Weiber hatten, die mir neulich den Hintern putzten, da ich in Himmel kam. Ach Herr, sehet doch ihre Händ und Finger an, sie sind ja so subtil, so lang, so gelenk, so geschmeidig, und so schicklich gemacht, natürlich wie die Zigeunerinnen neulich hatten, damit sie einem in Schubsack* greifen, wenn sie fischen* wollen. Aber was soll dieses gegen ihren ganzen Leib selbst zu rechnen sein, den ich zwar nicht bloß sehen kann; ist er nicht so zart, schmal und anmutig, als wenn sie acht ganzer Wochen die schnelle Katharina* gehabt hätte?"
Hierüber erhob sich ein solch Gelächter, daß man mich nicht mehr hören noch ich mehr reden konnte, ging hiemit durch wie ein Holländer, und ließ mich, so lang mirs gefiel, von andern vexiern.

Das 10. Kapitel

Redet von lauter Helden und namhaften Künstlern

Hierauf erfolgte die Mittagsmahlzeit, bei welcher ich mich wieder tapfer gebrauchen ließ, denn ich hatte mir vorgesetzt, alle Torheiten zu bereden und alle Eitelkeiten zu strafen, wozu sich denn mein damaliger Stand trefflich schickte; kein Tischgenoß war mir zu gut, ihm sein Laster zu verweisen und aufzurupfen, und wenn sich einer fand, der sichs nicht gefallen ließ, so wurde er entweder noch dazu von andern ausgelacht oder ihm von meinem Herrn vorgehalten, daß sich kein Weiser über einen Narrn zu erzürnen pflege: Den tollen Fähnrich, welcher mein ärgster Feind war, setzte ich gleich auf den Esel*. Der erste aber, der mir auf meines Herrn Winken mit Vernunft begegnete, war der Secretarius, denn als ich denselben einen Titel-Schmied* nannte, ihn wegen der eiteln Titel auslachte und fragte, wie man der Menschen ersten Vater tituliert hätte? antwortet' er: „Du redest wie ein unvernünftig Kalb, weil du nicht weißt, daß nach unsern ersten Eltern unterschiedliche Leut gelebt, die durch seltene Tugenden, als Weisheit, mannliche Heldentaten und Erfindung guter Künste sich und ihr Geschlecht dermaßen geadelt haben, daß sie auch von andern über alle irdischen Ding, ja gar übers Gestirn zu Göttern erhoben worden; wärest du ein Mensch, oder hättest aufs wenigst wie ein Mensch die Historien gelesen, so verstündest du auch den Unterschied, der sich zwischen den Menschen enthält, und würdest dannenhero einem jeden seinen Ehrentitel gern gönnen, sintemal du aber ein Kalb und keiner menschlichen Ehr würdig noch fähig bist, so redest du auch von der Sach wie ein dummes Kalb und mißgönnest dem edlen menschlichen Geschlecht dasjenige, dessen es sich zu erfreuen hat." Ich antwortet: „Ich bin so wohl ein Mensch gewesen als du, hab auch ziemlich viel gelesen, kann dahero urteilen, daß du den Handel entweder nicht recht verstehest oder durch dein Interesse abgehalten wirst, anderst zu reden als du weißt: Sag mir, was sind für herrliche Taten begangen und für löbliche Künste erfunden worden, die genugsam seien, ein ganz Geschlechte etlich hundert Jahr nacheinander, auf Absterben der Helden und Künstler selbst, zu adlen? Ist nicht beides der Helden Stärk, und der Künstler Weisheit und hoher Verstand mit hinweggestorben? Wenn du dies nicht verstehest, und der Eltern Qualitäten auf die Kinder erben, so muß ich dafürhalten, dein Vater sei ein Stockfisch und dein Mutter ein Platteis* gewesen." „Ha!" antwort der Secretarius, „wenn es damit wohl ausgericht sein wird, wenn wir einander schänden wollen, so könnte ich dir vorwerfen, daß dein Knan ein grober Spessarter Baur gewesen, und ob es zwar in deiner Heimat und Geschlecht die größten Knollfinken* abgibt, daß du dich annoch noch mehr verringert habest, indem du zu einem unvernünftigen Kalb worden bist." „Da recht", antwortet ich, „das ists was ich behaupten will, daß nämlich der Eltern Tugenden nicht allweg auf die Kinder erben, und daß dahero die Kinder ihrer Eltern Tugendtitel auch nicht allweg würdig seien; mir zwar ists kein Schand, daß ich ein Kalb bin worden, dieweil ich in solchem Fall dem großmächtigen König Nabuchodonosor* nachzufolgen die Ehr habe, wer weiß, ob es nicht Gott gefällt, daß ich auch wieder wie dieser zu einem Menschen, und zwar noch größer werde als mein Knan gewesen? Ich rühme einmal diejenigen, die sich durch eigene Tugenden edel machen." „Nun gesetzt, aber nicht gestanden", sagt' der Secretarius, „daß die Kinder ihrer Eltern Ehrentitel nicht allweg erben sollen, so mußt du doch gestehen, daß diejenigen alles Lobs wert seien, die sich selbst durch Wohlverhalten edel machen; wenn denn dem also, so folget, daß man die Kinder wegen ihrer Eltern billig ehret, denn der Apfel fällt nicht weit vom Stamm: Wer wollte in Alexandri M(agni) Nachkömmlingen, wenn anders noch einige vorhanden wären, ihres alten Ur-Ahnherrn herzhafte Tapferkeit im Krieg nicht rühmen. Dieser erwies seine Begierde zu fechten in seiner Jugend mit Weinen, als er noch zu keinen Waffen tüchtig war, besorgend, sein Vater möchte alles gewinnen, und ihm nichts zu bezwingen übrig lassen; hat er nicht noch vor dem dreißigsten Jahr seines Alters die Welt bezwungen und noch ein andere zu bestreiten gewünscht? hat er nicht in einer Schlacht, die er mit den Indianern gehalten, da er von den Seinigen verlassen war, aus Zorn Blut geschwitzet? War er nicht anzusehen, als ob er mit lauter Feurflammen umgeben war, so, daß ihn auch die Barbaren vor Furcht streitend verlassen mußten? Wer wollte ihn nicht höher und edler als andere Menschen schätzen, da doch Quintus Curtius von ihm bezeuget, daß sein Atem wie Balsam, der Schweiß nach Bisem und sein toter Leib nach köstlicher Spezerei gerochen: Hier könnte ich auch einführen den Julium Caesarem und den Pompejum, deren der eine über und neben den Victorien, die er in den bürgerlichen Kriegen behauptet, fünfzigmal in offenen Feldschlachten gestritten und 1152000 Mann erlegt und totgeschlagen hat, der ander hat neben 940 den Meerräubern abgenommenen Schiffen vom Alpgebirg an bis in das äußerste Hispanien 876 Städt und Flecken eingenommen und überwunden. Den Ruhm Marci Sergii will ich verschweigen und nur ein wenig von dem Lucio Sucio Dentato sagen, welcher Zunftmeister zu Rom war, als Spurius Turpejus und Aulus Eternius Bürgermeister gewesen, dieser ist in 110 Feldschlachten gestanden und hat achtmal diejenigen überwunden, so ihn herausgefordert, er konnte 45 Wundmäler an seinem Leib zeigen, die er alle vor dem Mann und keine rückwärts empfangen, mit neun Obrist Feldherren ist er in ihren Triumphen (die sie vornehmlich durch ihre Mannheit erlangt) eingezogen. Des Manlii Capitolini Kriegsehr wäre nicht geringer, wenn er sie im Beschluß seines Lebens nicht selbst verkleinert, denn er konnte auch 33 Wundmäler zeigen, ohn daß er einsmals das Capitolium mit allen Schätzen allein vor den Franzosen erhalten. Wo bleibt der starke Herkules, Theseus und andere, die beinahe beides zu erzählen und ihr unsterbliches Lob zu beschreiben unmöglich! Sollten diese in ihren Nachkömmlingen nicht zu ehren sein?

Ich will aber Wehr und Waffen fahren lassen und mich zu den Künsten wenden, welche zwar etwas geringer zu sein scheinen, nichts desto weniger aber ihre Meister ganz ruhmreich machen. Was findet sich nur für ein Geschicklichkeit am Zeuxe, welcher durch seinen kunstreichen Kopf und geschickte Hand die Vögel in der Luft betrog; item am Apelle, der eine Venus so natürlich, so schön, so ausbündig und mit allen Lineamenten so subtil und zart dahermalet', daß sich auch die Junggesellen darein verliebten. Plutarchus schreibet, daß Archimedes ein groß Schiff mit Kaufmannswaren beladen mitten über den Markt zu Syracusis nur mit einer Hand an einem einzigen Seil dahergezogen, gleich als ob er ein Saumtier an einem Zaum geführt, welches zwanzig Ochsen, geschweige zweihundert deinesgleichen Kälber nicht hätten zu tun vermocht. Sollte nun dieser rechtschaffene Meister nicht mit einem besondern Ehrentitel, seiner Kunst gemäß, zu begaben sein? Wer wollte nicht vor andern Menschen preisen denjenigen, der dem persischen König Sapor ein gläsernes Werk machte, welches so weit und groß war, daß er mitten in demselben auf dessen Centro sitzen und unter seinen Füßen das Gestirn auf- und niedergehen sehen konnte? Archimedes machte einen Spiegel, damit er der Feinde Kriegsschiff mitten im Meer anzündet': So gedenket auch Ptolemaeus eine wunderliche Art Spiegel, die so viel Angesichter zeigten, als Stund im Tag waren. Welcher wollte den nicht preisen, der die Buchstaben zuerst erfunden? ja wer wollte nicht vielmehr den über alle Künstler erheben, welcher die edle und der ganzen Welt höchst nutzbare Kunst der Buchdruckerei erfunden? Ist Ceres, weil sie den Ackerbau und das Mühlwerk erfunden haben soll, für eine Göttin gehalten worden, warum sollte dann unbillig sein, wenn man andern, ihren Qualitäten gemäß, ihr Lob mit Ehrentiteln berühmt? Zwar ist wenig daran gelegen, ob du grobes Kalb solches in deinem unvernünftigen Ochsenhirn fassest oder nicht: Es gehet dir eben wie jenem Hund*, der auf einem Haufen Heu lag und solches dem Ochsen auch nicht gönnete, weil er es selbst nicht genießen konnte; du bist keiner Ehr fähig, und eben dieser Ursachen halber mißgönnest du solche denjenigen, die solcher wert sind."

Da ich mich so gehetzt sah, antwortet ich: „Die herrlichen

Heldentaten wären höchlich zu rühmen, wenn sie nicht mit anderer Menschen Untergang und Schaden vollbracht worden wären. Was ist das aber für ein Lob, welches mit so vielem unschuldig-vergossenem Menschenblut besudelt: und was ist das für ein Adel, der mit so vieler tausend anderer Menschen Verderben erobert und zuwegen gebracht worden ist? Die Künste betreffend, was sinds anders als lauter Vanitäten* und Torheiten? Ja sie sind ebenso leer, eitel und unnütz als die Titel selbst, die einem von denselbigen zustehen möchten; denn entweder dienen sie zum Geiz oder zur Wollust oder zur Üppigkeit oder zum Verderben anderer Leut, wie denn die schrecklichen Dinger auch sind, die ich neulich auf den halben Wagen* sah; so könnte man der Druckerei und Schriften auch wohl entbehren, nach Ausspruch und Meinung jenes heiligen Manns, welcher dafür hielt, die ganze weite Welt sei ihm Buchs genug, die Wunder seines Schöpfers zu betrachten und die göttliche Allmacht daraus zu erkennen."

Das 11. Kapitel

Von dem müheseligen und gefährlichen Stand eines Regenten

Mein Herr wollte auch mit mir scherzen, und sagte: „Ich merke wohl, weil du nicht edel zu werden getrauest, so verachtest du des Adels Ehrentitel." Ich antwortet: „Herr, wenn ich schon in dieser Stund an deine Ehrenstell treten sollte, so wollte ich sie doch nicht annehmen!" Mein Herr lachte, und sagte: „Das glaube ich, denn dem Ochsen gehöret Haberstroh; wenn du aber einen hohen Sinn hättest, wie adelige Gemüter haben sollen, so würdest du mit Fleiß nach hohen Ehren und Dignitäten* trachten. Ich meinesteils achte es für kein Geringes, wenn mich das Glück über andere erhebt." Ich seufzete und sagte: „Ach, arbeitselige* Glückseligkeit! Herr, ich versichere dich, daß du der allerelendste Mensch in ganz Hanau bist." „Wie so? wie so? Kalb", sagte mein Herr, „sag mir doch die Ursach, denn

Pia instructio, et Simplex Attentio
Schau deß Simplex Dölpeley
Führt doch diesen Nutz darbey
Daß er Lehr=begierig sey.

ich befinde solches bei mir nicht.“ Ich antwortet: „Wenn du nicht weißt und empfindest, daß du Gubernator in Hanau, und mit wie viel Sorgen und Unruhe du deswegen beladen bist, so verblendet dich die allzugroße Begierd der Ehr, deren du genießest, oder du bist eisern und ganz unempfindlich, du hast zwar zu befehlen, und wer dir unter Augen kommt, muß dir gehorsamen; tun sie es aber umsonst? bist du nicht ihrer aller Knecht? mußt du nicht für einen jedweden insonderheit sorgen? Schaue, du bist jetzt rund umher mit Feinden umgeben, und die Konservation dieser Festung liegt dir allein auf dem Hals, du mußt trachten, wie du deinem Gegenteil einen Abbruch tun mögest, und mußt daneben sorgen, daß deine Anschläg nicht verkundschaftet werden; bedürfte es nicht öfters, daß du selber, wie ein gemeiner Knecht, Schildwacht stündest? Überdas mußt du bedacht sein, daß kein Mangel an Geld, Munition, Proviant und Volk im Posten* erscheine, deswegen du denn das ganze Land durch stetiges Exequieren und Tribulieren in der Kontribution erhalten mußt; schickest du die Deinigen zu solchem End hinaus, so ist rauben, plündern, stehlen, brennen und morden ihre beste Arbeit, sie haben erst neulich Orb geplündert, Braunfels eingenommen und Staden* in die Asche gelegt, davon haben sie zwar sich Beuten, du aber eine schwere Verantwortung bei Gott gemachet: Ich lasse sein, daß dir vielleicht der Genuß neben der Ehr auch wohltut, weißt du aber auch, wer solche Schätz, die du etwa sammlest, genießen wird? Und gesetzt, daß dir solcher Reichtum verbleibt (so doch mißlich stehet), so mußt du ihn doch in der Welt lassen, und nimmst nichts davon mit dir als die Sünde, dadurch du selbigen erworben hast: Hast du denn das Glück, daß du dir deine Beuten zu nutz machen kannst, so verschwendest du der Armen Schweiß und Blut, die jetzt im Elend Mangel leiden oder gar verderben und Hungers sterben. O wie oft sehe ich, daß deine Gedanken wegen Schwere deines Amts hin und wieder zerstreut sind, und daß hingegen ich und andere Kälber ohn alle Bekümmernis ruhig schlafen; tust du solches nicht, so kostet es deinen Kopf, dafern anders etwas verabsäumet wird, das zu Konservation deiner untergebenen Völker und der Festung hätte observiert werden sollen; schaue, solcher Sorgen bin ich überhoben! Und weil ich weiß, daß ich der Natur einen Tod zu leisten schuldig bin, sorge ich nicht, daß jemand meinen Stall stürmet oder daß ich mit Arbeit um mein Leben scharmützeln müsse, sterbe ich jung, so bin ich der Mühseligkeit eines Zugochsen überhoben, dir aber stellt man ohne Zweifel auf tausendfältige Weis nach, deswegen ist dein ganzes Leben nichts anders als ein immerwährende Sorg und Schlafbrechens, denn du mußt Freund und Feind fürchten, die dich ohn Zweifel, wie du auch andern zu tun gedenkest, entweder um dein Leben oder um dein Geld oder um deine Reputation oder um dein Kommando oder um sonsten etwas zu bringen nachsinnen, der Feind setzt dir öffentlich zu und deine vermeinten Freund beneiden heimlich dein Glück; vor deinen Untergebenen aber bist du auch nicht allerdings versichert. Ich geschweige hier, wie dich täglich deine brennenden Begierden quälen und hin- und widertreiben, wenn du gedenkest, wie du dir einen noch größern Namen und Ruhm zu machen, höher in Kriegsämtern zu steigen, größern Reichtum zu sammeln, dem Feind eine Tück zu beweisen, ein oder ander Ort zu überrumpeln, und in Summa fast alles zu tun, was andere Leut geheiet und deiner Seelen schädlich, der göttlichen Majestät aber mißfällig ist! Und was das Allerärgste ist, so bist du von deinen Fuchsschwänzern so verwöhnt, daß du dich selbsten nicht kennest, und von ihnen so eingenommen und vergiftet, daß du den gefährlichen Weg, den du gehest, nicht sehen kannst, denn alles was du tust, heißen sie recht, und alle deine Laster werden von ihnen zu lauter Tugenden gemacht und ausgerufen; dein Grimmigkeit ist ihnen eine Gerechtigkeit, und wenn du Land und Leut verderben läßt, so sagen sie, du seist ein braver Soldat, hetzen dich also zu ander Leut Schaden, damit sie deine Gunst behalten und ihre Beutel dabei spicken mögen."

„Du Bärnhäuter", sagte mein Herr, „wer lehret' dich so predigen?" Ich antwortet: „Liebster Herr, sage ich nicht wahr, daß du von deinen Ohrenbläsern und Daumendrehern* dergestalt verderbet seiest, daß dir bereits nicht mehr zu helfen; hingegen sehen andere Leut deine Laster gar bald, und urteilen dich nicht allein in hohen und wichtigen Sachen, sondern finden auch genug in geringen Dingen, daran wenig gelegen, an dir zu tadlen: Hast du nicht Exempel genug an hohen Personen, so vor der Zeit gelebt? Die Athenienser murmelten wider ihren Simonidem, nur darum daß er zu laut redete; die Thebaner klagten über ihren Paniculum, dieweil er auswarf*; die Lakedämonier schalten an ihrem Lycurgo, daß er allezeit mit niedergeneigtem Haupt daherging; die Römer vermeinten, es stünde dem Scipione gar übel an, daß er im Schlaf so laut schnarchte; es dünkte sie häßlich zu sein, daß sich Pompejus nur mit einem Finger kratzte; des Julii Caesaris spotteten sie, weil er seinen Gürtel nicht artig und lustig antrug; die Uticenser verleumdeten ihren guten Catonem, weil er, wie sie bedünkte, allzu-geizig auf beiden Backen aß; und die Karthaginenser redeten dem Hannibali übel nach, weil er immerzu mit der Brust aufgedeckt und bloß daherging. Wie dünkt dich nun, mein lieber Herr? vermeinest du wohl noch, daß ich mit einem tauschen sollte, der vielleicht neben zwölf oder dreizehen Tischfreunden, Fuchsschwänzern und Schmarotzern mehr als hundert oder vermutlicher mehr als zehntausend so heimliche als öffentliche Feind, Verleumder und mißgünstige Neider hat? zudem, was für Glückseligkeit, was für Lust und was für Freud sollte doch ein solch Haupt haben können, unter welches Pfleg, Schutz und Schirm so viel Menschen leben? Ists nicht vonnöten, daß du für alle die Deinigen wachest, für sie sorgest, und eines jeden Klag und Beschwerden anhörest? Wäre solches allein nicht mühselig genug, wenn du schon weder Feinde noch Mißgönner hättest? Ich sehe wohl, wie sauer du dirs mußt werden lassen, und wieviel Beschwerden du doch erträgst; Liebster Herr, was wird doch endlich dein Lohn sein, sage mir, was hast du davon? Wenn du es nicht weißt, so lasse dirs den griechischen Demosthenem sagen, welcher, nachdem er den gemeinen Nutzen und das Recht der Athenienser tapfer und getreulich befördert und beschützt, wider alles Recht und Billigkeit, als einer so ein greuliche Missetat begangen, des Lands verwiesen und in das Elend verjaget ward; dem Socrati ward mit Gift vergeben; dem Hannibal ward von den Seinen so übel gelohnet, daß er elendiglich in der Welt landflüchtig herumschweifen mußte; also geschah dem römischen Camillo; und dergestalt bezahlten die Griechen den Lycurgum und Solonem, deren der eine gesteiniget ward, dem andern aber, nachdem ihm ein Aug ausgestochen, wurde als einem Mörder endlich das Land verwiesen. Darum behalte dein Kommando samt dem Lohn, den du davon haben wirst, du darfst deren keins mit mir teilen, denn wenn alles wohl mit dir abgehet, so hast du aufs wenigste sonst nichts, das du davonbringest, als ein bös Gewissen; wirst du aber dein Gewissen in acht nehmen wollen, so wirst du als ein Untüchtiger beizeiten von deinem Kommando verstoßen werden, nicht anders, als wenn du auch, wie ich, zu einem dummen Kalb worden wärest.“

Das 12. Kapitel

Vom Verstand und Wissenschaft etlicher unvernünftiger Tier’

Unter währendem meinem Diskurs sah mich jedermann an, und verwunderten sich alle Gegenwärtigen, daß ich solche Reden sollte vorbringen können, welche wie sie vorgaben auch einem verständigen Mann genug wären, wenn er solche so gar ohne allen Vorbedacht hätte vortragen sollen; ich aber machte den Schluß meiner Red, und sagte: „Darum denn nun, mein liebster Herr, will ich nicht mit dir tauschen; zwar ich bedarfs auch im geringsten nit, denn die Quellen geben mir einen gesunden Trank anstatt deiner köstlichen Wein’, und derjenige, der mich zum Kalb werden zu lassen beliebet, wird mir auch die Gewächs des Erdbodens dergestalt zu segnen wissen, daß sie mir wie dem Nabuchodonosore zur Speis und Aufenthalt meines Lebens auch nicht unbequem sein werden; so hat mich die Natur auch mit einem guten Pelz versehen, da dir hingegen oft vor dem Besten ekelt, der Wein deinen Kopf zerreißt, und dich bald in diese oder jene Krankheit wirft."

Mein Herr antwortet': „Ich weiß nicht was ich an dir habe? du bedünkest mich für ein Kalb viel zu verständig zu sein, ich vermeine schier, du seiest unter deiner Kalbshaut mit einer Schalkshaut überzogen?" Ich stellte mich zornig, und sagte: „Vermeinet ihr Menschen denn wohl, wir Tiere seien gar Narren? Das dürft ihr euch wohl nicht einbilden! Ich halte dafür, wenn ältere Tier als ich so wohl als ich reden könnten, sie würden euch wohl anders aufschneiden*: Wenn ihr vermeint, wir seien so gar dumm, so sagt mir doch, wer die wilden Bloch-Tauben*, Häher, Amseln und Rebhühner gelehret hat, wie sie sich mit Lorbeerblättern purgieren sollen? und die Tauben, Turteltäublein und Hühner mit S. Peters Kraut? Wer lehret Hund und Katzen, daß sie das betaute Gras fressen sollen, wenn sie ihren vollen Bauch reinigen wollen? Wer die Schildkröt, wie sie die Biß mit Schirling heilen? und den Hirsch, wenn er geschossen, wie er seine Zuflucht zu dem Dictamno oder wilden Polei nehmen solle? Wer hat das Wieselin unterrichtet, daß es Rauten gebrauchen solle, wenn es mit der Fledermaus oder irgendeiner Schlang kämpfen will? Wer gibt den wilden Schweinen den Efeu, und den Bären den Alraun zu erkennen, und sagt ihnen, daß es gut sei zu ihrer Arznei? Wer hat dem Adler geraten, daß er den Adlerstein suchen und gebrauchen soll, wenn er seine Eier schwerlich legen kann? Und welcher gibt es der Schwalbe zu verstehen, daß sie ihrer Jungen blöde Augen mit dem Chelidonio arzneien solle? Wer hat die Schlang instruiert, daß sie soll Fenchel essen, wenn sie ihre Haut abstreifen und ihren dunkeln Augen helfen will? Wer lehret den Storch, sich zu klistieren? den Pelikan, sich Ader zu lassen? und den Bären, wie er sich von den Bienen solle schröpfen lassen? Was, ich dürfte schier sagen, daß ihr Menschen eure Künste und Wissenschaften von uns Tieren erlernet habt! Ihr freßt und sauft euch krank und tot, das tun wir Tier aber nicht! Ein

Löw oder Wolf, wenn er zu fett werden will, so fastet er, bis er wieder mager, frisch und gesund wird. Welches Teil handelt nun am weislichsten? Über dieses alles betrachtet das Geflügel unter dem Himmel! betrachtet die unterschiedlichen Gebäue ihrer artlichen Nester, und weil ihnen ihre Arbeit niemand nachmachen kann, so müßt ihr ja bekennen, daß sie beides verständiger und künstlicher sind, als ihr Menschen selbst: Wer sagt den Sommervögeln, wann sie gegen den Frühling zu uns kommen und Junge hecken? und gegen den Herbst, wann sie sich wieder von dannen in die warmen Länder verfügen sollen? Wer unterrichtet sie, daß sie zu solchem End einen Sammelplatz bestimmen müssen? Wer führet sie oder wer weiset ihnen den Weg, oder leihet ihr Menschen vielleicht ihnen euren Seekompaß, damit sie unterwegs nicht irrfahren? Nein, ihr lieben Leut, sie wissen den Weg ohne euch und wie lang sie darauf müssen wandern, auch wann sie von einem und dem andern Ort aufbrechen müssen; bedürfen also weder eures Kompasses noch eures Kalenders. Ferners beschauet die mühsame* Spinn, deren Geweb beinahe ein Wunderwerk ist! Sehet, ob ihr auch einen einzigen Knopf* in aller ihrer Arbeit finden möget? Welcher Jäger oder Fischer hat sie gelehret, wie sie ihr Netz ausspannen, und sich, je nachdem sie sich eines Netzes gebraucht, ihr Wildpret zu belaustern* entweder in den hintersten Winkel oder gar in das Zentrum ihres Gewebs setzen solle? Ihr Menschen verwundert euch über den Raben, von welchem Plutarchus bezeugt, daß er so viel Stein in ein Geschirr, so halb voll Wasser gewesen, geworfen, bis das Wasser so weit oben gestanden, daß er bequemlich hab trinken mögen: Was würdet ihr erst tun, wenn ihr bei und unter den Tieren wohnen und ihre übrigen Handlungen, Tun und Lassen ansehen und betrachten würdet; alsdann würdet ihr erst bekennen, daß es sich ansehen lasse, als hätten alle Tier etwas besonderer eigener natürlicher Kräfte und Tugenden in allen ihren Affectionibus und Gemütsneigungen, in der Vorsichtigkeit, Stärk, Mildigkeit, Furchtsamkeit, Rauheit, Lehr und Unterrichtung; es kennet je eines das ander, sie unterscheiden sich vor einander, sie stellen dem nach, so ihnen nützlich, fliehen das schädlich, meiden die Gefahr, sammlen zusammen, was ihnen zu ihrer Nahrung notwendig ist, und betrügen auch bisweilen euch Menschen selbst. Dahero viel alte Philosophi solches ernstlich erwogen, und sich nicht geschämet haben zu fragen und zu disputieren, ob die unvernünftigen Tier nicht auch Verstand hätten? Ich mag aber nichts mehr von diesen Sachen reden, gehet hin zu den Immen, und sehet, wie sie Wachs und Honig machen, und alsdann sagt mir euer Meinung wieder."*

Das 13. Kapitel

Hält allerlei Sachen in sich, wer sie wissen will, muß es nur selbst lesen oder sich lesen lassen

Hierauf fielen unterschiedliche Urteil über mich, die meines Herrn Tischgenossen gaben, der Secretarius hielt dafür, ich sei für närrisch zu halten, weil ich mich selbst für ein vernünftig Tier schätzte und dargebe, maßen diejenigen, so ein Sparren zu viel oder zu wenig hätten und sich jedoch weis zu sein dünkten, die allerartlichsten oder visierlichsten Narren wären: Andere sagten, wenn man mir die Imagination benehme, daß ich ein Kalb sei, oder mich überreden könnte, daß ich wieder zu einem Menschen worden wäre, so würde ich für vernünftig oder witzig genug zu halten sein. Mein Herr selbst sagte: „Ich halte ihn für einen Narrn, weil er jedem die Wahrheit so ungescheut sagt, hingegen sind seine Diskurse so beschaffen, daß solche keinem Narrn zustehen." Und solches alles redeten sie auf Latein, damit ichs nicht verstehen sollte. Er fragte mich, ob ich studiert hätte, als ich noch ein Mensch gewesen? Ich wüßte nicht, was Studieren sei, war mein Antwort, „aber lieber Herr", sagte ich weiters, „sag mir, was Studen für Dinger sind, damit man studieret? Nennest du vielleicht die Kegel so, damit man keglet?" Hierauf antwortet' der tolle Fähnrich: „Wat wolts met deesem Kerl sin, hei hett den Tüfel in

Liff, hei ist beseeten, de Tüfel der kühret ut jehme."* Dahero nahm mein Herr Ursach, mich zu fragen, sintemal ich denn nunmehr zu einem Kalb worden wäre, ob ich noch wie vor diesem, gleich andern Menschen, zu beten pflege, und in Himmel zu kommen getraue? „Freilich", antwortet ich, „ich habe ja meine unsterbliche menschliche Seel noch, die wird ja, wie du leichtlich gedenken kannst, nicht in die Höll begehren, vornehmlich weil mirs schon einmal so übel darinnen ergangen; ich bin nur verändert wie vor diesem Nabuchodonosor, und dürfte ich noch wohl zu seiner Zeit wieder zu einem Menschen werden." „Das wünsche ich dir", sagte mein Herr mit einem ziemlichen Seufzer: daraus ich leichtlich schließen konnte, daß ihn eine Reu ankommen, weil er mich zu einem Narren zu machen unterstanden. „Aber laß hören", fuhr er weiter fort, „wie pflegst du zu beten?" darauf kniet ich nieder, hub Augen und Hände auf gut einsiedlerisch gen Himmel, und weilen meines Herrn Reu, die ich gemerkt hatte, mir das Herz mit trefflichem Trost berührte, konnte ich auch die Tränen nicht enthalten, bat also dem äußerlichen Ansehen nach mit höchster Andacht, nach gesprochenem Vaterunser, für alles Anliegen der Christenheit, für meine Freund und Feind, und daß mir Gott in dieser Zeitlichkeit also zu leben verleihen wolle, daß ich würdig werden möchte, ihn in ewiger Seligkeit zu loben; maßen mich mein Einsiedel ein solches Gebet mit andächtigen konzipierten Worten gelehret hat. Hiervon fingen etliche weichherzige Zuseher auch beinahe an zu weinen, weil sie ein trefflich Mitleiden mit mir trugen, ja meinem Herrn selbst stunden die Augen voller Wasser.

Nach der Mahlzeit schickte mein Herr nach obgemeldtem Pfarrherrn, dem erzählte er alles, was ich vorgebracht hatte, und gab damit zu verstehen, daß er besorge, es gehe nicht recht mit mir zu, und daß vielleicht der Teufel mit unter der Decken läge, dieweil ich vor diesem ganz einfältig und unwissend mich erzeigt, nunmehr aber Sachen vorzubringen wisse, daß sich darüber zu verwundern! Der Pfarrer, dem meine Beschaffenheit am besten bekannt war, antwortet':

Man sollte solches bedacht haben, ehe man mich zum Narren zu machen unterstanden hätte, Menschen seien Ebenbilder Gottes, mit welchen, und bevorab mit so zarter Jugend, nicht wie mit Bestien zu scherzen sei; doch wolle er nimmermehr glauben, daß dem bösen Geist zugelassen worden, sich mit in das Spiel zu mischen, dieweil ich mich jederzeit durch inbrünstiges Gebet Gott befohlen gehabt, sollte ihm aber wider Verhoffen solches verhängt und zugelassen worden sein, so hätte mans bei Gott schwerlich zu verantworten, maßen ohne das beinahe keine größere Sünd sei, als wenn ein Mensch den andern seiner Vernunft berauben und also dem Lob und Dienst Gottes, dazu er vornehmlich erschaffen worden, entziehen wollte: „Ich habe hiebefür Versicherung getan, daß er Witz genug gehabt; daß er sich aber in die Welt nicht schicken können, war die Ursach, daß er bei seinem Vater, einem groben Bauren, und bei eurem Schwager in der Wildnis in aller Einfalt erzogen worden; hätte man sich anfänglich ein wenig mit ihm geduldet, so würde er sich mit der Zeit schon besser angelassen haben, es war eben ein fromm einfältig Kind, das die boshaftige Welt noch nicht kennete, doch zweifle ich gar nicht, daß er nicht wiederum zurechtzubringen sei, wenn man ihm nur die Einbildung benehmen kann und ihn dahin bringt, daß er nicht mehr glaubt, er sei zum Kalb worden: Man lieset* von einem, der hat festiglich geglaubt, er sei zu einem irdenen Krug worden, bat dahero die Seinigen, sie sollten ihn wohl in die Höhe stellen, damit er nicht zerstoßen würde; ein anderer bildete sich nicht anders ein, als er sei ein Hahn, dieser krähete in seiner Krankheit Tag und Nacht; noch ein anderer vermeinte nicht anders, als er sei bereits gestorben und wandere als ein Geist herum, wollte derowegen weder Arznei, noch Speis und Trank mehr zu sich nehmen, bis endlich ein kluger Arzt zween Kerl anstellete, die sich auch für Geister ausgaben, daneben aber tapfer zechten, sich zu jenem geselleten und ihn überredeten, daß jetziger Zeit die Geister auch zu essen und zu trinken pflegten, wodurch er denn wieder zurechtgebracht worden. Ich habe selbsten einen kranken Bauren in meiner

Pfarr gehabt, als ich denselben besuchte, klagte er mir, daß er auf drei oder vier Ohm Wasser im Leib hätte, wenn solches von ihm wäre, so getraute er wohl wieder gesund zu werden, mit Bitt, ich wollte ihn entweder aufschneiden lassen, damit solches von ihm laufen könnte, oder ihn in Rauch hängen lassen, damit dasselbe austrockne: Darauf sprach ich ihm zu, und überredet ihn, ich könnte das Wasser auf eine andere Manier wohl von ihm bringen, nahm demnach einen Hahn, wie man zu den Wein- oder Bierfässern braucht, band einen Darm daran, und das ander End band ich an den Zapfen eines Bauchzubers, den ich zu solchem End voll Wasser tragen lassen, stellete mich darauf, als wenn ich ihm den Hahn in Bauch steckte, welchen er überall mit Lumpen umwinden lassen, damit er nicht zerspringen sollte: Hierauf ließ ich das Wasser aus dem Zuber durch den Hahn hinweglaufen, darüber sich der Tropf herzlich erfreuet', nach solcher Verrichtung die Lumpen von sich tat und in wenig Tagen wieder allerdings zurechtkam. Auf solche Weis ist einem andern geholfen worden, der sich eingebildet, er habe allerhand Pferdgezeug, Zäum und sonst Sachen im Leib, demnach gab sein Doktor eine Purgation ein und legte dergleichen Ding untern Nachtstuhl, also daß der Kerl glauben mußte, solches sei durch den Stuhlgang von ihm kommen. So sagt man auch von einem Phantasten, der geglaubt habe, seine Nas sei so lang, daß sie ihm bis auf den Boden reiche, dem habe man eine Wurst an die Nas gehängt, dieselbe nach und nach bis an die Nas selbst hinweggeschnitten, und als er das Messer an der Nas empfunden, hätte er geschrien, seine Nas sei jetzt wieder in rechter Form; kann also, wie diesen Personen, dem guten Simplicio wohl auch wieder geholfen werden."

„Dieses alles glaubte ich wohl", antwortet' mein Herr, „allein liegt mir an, daß er zuvor so unwissend gewesen, nunmehr aber von Sachen zu sagen weiß, solche auch so perfekt dahererzählet, dergleichen man bei älteren, erfahrneren und belesneren Leuten, als er ist, nicht leichtlich finden wird; er hat mir viel Eigenschaften der Tier erzählt, und mein eigene Person so artlich beschrieben, als wenn er sein

Lebtag in der Welt gewesen, also daß ich mich darüber verwundern und seine Reden beinahe für ein Orakel oder Warnung Gottes halten muß."

„Herr", antwortet' der Pfarrer, „dieses kann natürlicher Weis wohl sein, ich weiß, daß er wohl belesen ist, maßen er sowohl als sein Einsiedel gleichsam alle meine Bücher, die ich gehabt und deren zwar nicht wenig gewesen, durchgangen, und weil der Knab ein gut Gedächtnis hat, jetzo aber in seinem Gemüt müßig ist und seiner eigenen Person vergißt, kann er gleich hervorbringen, was er hiebevor ins Hirn gefaßt; ich versehe mich auch, daß er mit der Zeit wieder zurechtzubringen sei." Also setzt' der Pfarrer den Gubernator zwischen Furcht und Hoffnung, er verantwortet' mich und mein Sach auf das beste und bracht mir gute Tag, sich selbst aber ein Zutritt bei meinem Herrn zuwege. Ihr endlicher Schluß war, man sollte noch ein Zeitlang mit mir zusehen; und solches tat der Pfarrer mehr um seines als meines Nutzens wegen, denn mit diesem, daß er so ab- und zuging und sich stellet', als wenn er meinethalben sich bemühet' und große Sorg trug, überkam er des Gubernators Gunst, dahero gab ihm derselbige Dienst und machte ihn bei der Garnison zum Kaplan, welches in so schwerer Zeit kein Geringes war und ich ihm herzlich wohl gönnete.

Das 14. Kapitel

Was Simplicius ferner für ein edel Leben geführt, und wie ihn dessen die Kroaten beraubt, als sie ihn selbst raubten

Von dieser Zeit an besaß ich meines Herrn Gnad, Gunst und Lieb vollkommenlich, dessen ich mich wohl mit Wahrheit rühmen kann; nichts mangelt' mir zu meinem bessern Glück, als daß ich an meinem Kalbskleid zu viel und an Jahren noch zu wenig hatte, wiewohl ich solches selbst nicht wußte; so wollte mich der Pfarrer auch noch nicht witzig haben, weil ihn solches noch nicht Zeit und seinem Nutzen vorträglich zu sein bedünkte. Und demnach mein

Herr sah, daß ich Lust zur Musik hatte, ließ er mich solche lernen und verdinget' mich zugleich einem vortrefflichen Lautenisten, dessen Kunst ich in Bälde ziemlich begriff, und ihn um soviel übertraf, weil ich besser als er darein singen konnte: Also dienete ich meinem Herrn zur Lust, Kurzweil, Ergötzung und Verwunderung. Alle Offizier erzeigten mir ihren geneigten Willen, die reichsten Bürger verehrten mich, und das Hausgesind neben den Soldaten wollten mir wohl, weil sie sahen, wie mir mein Herr gewogen war; einer schenkte mir hier, der ander dort, denn sie wußten, daß Schalksnarren oft bei ihren Herren mehr vermögen, als etwas Rechtschaffenes, und dahin hatten auch ihre Geschenk das Absehen, weil mir etliche darum gaben, daß ich sie nicht verfuchsschwänzen sollte, andere aber eben deswegen, daß ich ihretwegen solches tun sollte; auf welche Weis ich ziemlich Geld zuwegen brachte, welches ich mehrenteils dem Pfarrer wieder zusteckte, weil ich noch nicht wußte, wozu es nutzete. Und gleich wie mich niemand scheel ansehen durfte, also hatte ich auch von nirgends her keine Anfechtung, Sorg oder Bekümmernis; alle meine Gedanken legte ich auf die Musik, und wie ich dem einen und dem andern seine Mängel artlich verweisen möchte; daher wuchs ich auf wie ein Narr im Zwiebelland*, und meine Leibskräfte nahmen handgreiflich zu; man sah mir in Bälde an, daß ich mich nicht mehr im Wald mit Wasser, Eicheln, Buchen, Wurzeln und Kräutern mortifizierte, sondern daß mir bei guten Bißlein der rheinische Wein und das hanauische Doppelbier wohl zuschlug, welches in so elender Zeit für ein große Gnad von Gott zu schätzen war, denn damals stand ganz Teutschland in völligen Kriegsflammen, Hunger und Pestilenz, und Hanau selbst war mit Feinden umlagert, welches alles mich im geringsten nicht kränken konnte. Nach aufgeschlagener* Belagerung nahm sich mein Herr vor, mich entweder dem Kardinal Richelieu oder Herzog Bernhard von Weimar zu schenken, denn ohne daß er hoffte einen großen Dank mit mir zu verdienen, gab er auch vor, daß ihm schier ohnmöglich wäre, länger zu ertragen, weil ich ihm seiner verlornen Schwester Gestalt, der ich je länger je ähnlicher würde, in so närrischem Habit täglich vor Augen stellte; solches widerriet ihm der Pfarrer, denn er hielt dafür, die Zeit wäre kommen, in welcher er ein Mirakel tun und mich wieder zu einem vernünftigen Menschen machen wollte; gab demnach dem Gubernator den Rat, er sollte ein paar Kalbfell bereiten und solche andern Knaben antun lassen, hernach ein dritte Person bestellen, die in Gestalt eines Arzts, Propheten oder Landfahrers* mich und bemeldte zween Knaben mit seltsamen Zeremonien ausziehe, und vorwenden, daß er aus Tieren Menschen und aus Menschen Tiere machen könnte, auf solche Weis könnte ich wohl wieder zurechtgebracht und mir ohne sonderliche große Mühe eingebildet werden, ich sei wie andere mehr wieder zu einem Menschen worden: Als sich der Gubernator solchen Vorschlag belieben ließ, kommuniziert' mir der Pfarrer, was er mit meinem Herrn abgeredt hätte, und überredet' mich leicht, daß ich meinen Willen darein gab. Aber das neidige Glück wollte mich so leichtlich aus meinem Narrnkleid nicht schliefen, noch mich das herrliche gute Leben länger genießen lassen; denn indem als Gerber und Schneider mit den Kleidern umgingen, die zu dieser Comœdia gehörten, terminierte ich mit etlich andern Knaben vor der Festung auf dem Eis herum; da führt', ich weiß nicht wer, ohnversehens eine Partei Kroaten* daher, die uns miteinander anpackten, auf etliche leere Baurenpferd setzten, die sie erst gestohlen hatten, und miteinander davonführten. Zwar stunden sie erstlich im Zweifel, ob sie mich mitnehmen wollten oder nicht? bis endlich einer auf böhmisch sagte: „Mih weme doho blasna sebao, bo wedeme ho gbabo Obersto vi." Dem antwort ein anderer: „Prschis ambambo ano, mi ho nagonie possadeime, wan rosumi niemezki, won bude mit kratock ville sebao*." Also mußte ich zu Pferd, und innewerden, daß einen ein einzig unglückliches Stündlein aller Wohlfahrt entsetzen und von allem Glück und Heil dermaßen entfernen kann, daß es einem sein Lebtag nachgehet.

Das 15. Kapitel

Simplicii Reiterleben, und was er bei den Kroaten gesehen und erfahren

Ob nun zwar die Hanauer gleich Lärmen hatten, sich zu Pferd herausließen und die Kroaten mit einem Scharmützel etwas aufhielten und bekümmerten, so mochten sie ihnen jedoch nichts abgewinnen, denn diese leichte War ging sehr vorteilhaftig durch und nahm ihren Weg auf Büdingen* zu, allwo sie fütterten und den Bürgern daselbst die gefangenen hanauischen reichen Söhnlein wieder zu lösen gaben, auch ihre gestohlenen Pferd und andere War verkauften, von dannen brachen sie wieder auf, schier ehe es recht Nacht, geschweige wieder Tag worden, gingen schnell durch den Büdinger Wald dem Stift Fulda zu und nahmen unterwegs mit, was sie fortbringen konnten, das Rauben und Plündern hinderte sie an ihrem schleunigen Fortzug im geringsten nichts, denn sie konntens machen wie der Teufel, von welchem man zu sagen pflegt, daß er zugleich laufe und (s. v.) hofiere*, und doch nichts am Wege versäume; maßen wir noch denselben Abend im Stift Hirschfeld*, allwo sie ihr Quartier hatten, mit einer großen Beut ankamen, das wurde alles partiert, ich aber wurde dem Obrist Corpes* zuteil.

Bei diesem Herrn kam mir alles widerwärtig und fast spanisch vor, die hanauischen Schleckerbißlein hatten sich in schwarzes grobes Brot und mager Rindfleisch, oder wenns wohl abging, in ein Stück gestohlnen Speck verändert; Wein und Bier war mir zu Wasser worden, und ich mußte anstatt des Betts bei den Pferden in der Streu vorliebnehmen; für das Lautenschlagen, das sonst jedermann belustiget, mußte ich zuzeiten, gleich andern Jungen, untern Tisch kriechen, wie ein Hund heulen und mich mit Sporen stechen lassen, welches mir ein schlechter Spaß war; für das hanauische Spazierengehen durfte ich mit auf Fourage reiten, Pferd striegeln und denselben ausmisten; das Fouragiern aber ist nichts anders, als daß man mit großer Mühe und Arbeit, auch oft nicht ohne Leib- und Lebensgefahr hinaus auf die Dörfer schweifet, drischt, mahlt, backt, stiehlt und nimmt was man findt, trillt und verdirbt die Bauren, ja schändet wohl gar ihre Mägd, Weiber und Töchter! Und wenn den armen Baurn das Ding nicht gefallen will, oder sie sich etwa erkühnen dürfen, einen oder den andern Fouragierer über solcher Arbeit auf die Finger zu klopfen, wie es denn damals dergleichen Gäst in Hessen viel gab, so hauet man sie nieder, wenn man sie hat, oder schicket aufs wenigste ihre Häuser im Rauch gen Himmel. Mein Herr hatte kein Weib (wie denn diese Art Krieger keine Weiber mitzuführen pflegen), keinen Pagen, keinen Kammerdiener, keinen Koch, hingegen aber einen Haufen Reitknecht und Jungen, welche ihm und den Pferden zugleich abwarteten, und schämte er sich selbst nicht, ein Roß zu satteln oder demselben Futter vorzuschütten; er schlief allezeit auf Stroh oder auf der bloßen Erd, und bedeckte sich mit seinem Pelzrock, daher sah man oft die Müllerflöhe* auf seinen Kleidern herumwandern, deren er sich im geringsten nicht schämet', sondern noch dazu lachte, wenn ihm jemand eine herablas; er trug kurze Haupthaar und einen breiten Schweizerbart, welches ihm wohl zu statten kam, weil er sich selbst in Baurenkleider zu verstellen und darin auf Kundschaft auszugehen pflegte. Wiewohl er nun, wie gehöret, keine Grandezza speiset'*, so wurde er jedoch von den Seinen und andern die ihn kenneten, geehrt, geliebt und gefürchtet; wir waren niemals ruhig, sondern bald hier bald dort; bald fielen wir ein und bald wurde uns eingefallen, so gar war keine Ruhe da, der Hessen Macht zu ringern, hingegen feiret'* uns Melander* auch nicht, als welcher uns manchen Reuter abjagte und nach Kassel schickte.

Dieses unruhige Leben schmeckte mir ganz nicht, dahero wünscht ich mich oft vergeblich wieder nach Hanau; mein größtes Kreuz war, daß ich mit den Burschen nicht reden konnte, und mich gleichsam von jedwedem hin und wieder stoßen, plagen, schlagen und jagen lassen mußte; die größte Kurzweil, die mein Obrister mit mir hatte, war, daß ich ihm auf teutsch singen und wie andere Reuterjungen aufblasen mußte, so zwar selten geschah, doch kriegte ich alsdann solche dichte Ohrfeigen, daß der rote Saft hernachging, und ich lang genug daran hatte; zuletzt fing ich an, mich des Kochens zu unterwinden und meinem Herrn das Gewehr, darauf er viel hielt, sauber zu halten, weil ich ohne das auf Fourage zu reiten noch nichts nutz war; das schlug mir so trefflich zu, daß ich endlich meines Herrn Gunst erwarb, maßen er mir wieder aus Kalbfellen ein neu Narrenkleid machen lassen, mit viel größern Eselsohren, als ich zuvor getragen; und weil meines Herrn Mund nicht ekelicht war, bedurft ich zu meiner Kochkunst desto weniger Geschicklichkeit; demnach mirs aber zum öftern an Salz, Schmalz und Gewürz mangelte, wurde ich meines Handwerks auch müd, trachtet derowegen Tag und Nacht, wie ich mit guter Manier ausreißen möchte, vornehmlich weil ich den Frühling wieder erlangt hatte. Als ich nun solches ins Werk setzen wollte, nahm ich mich an, die Schaf- und Kuhkutteln, deren es voll um unser Quartier lag, ferne hinwegzuschleifen, damit solche kein so üblen Geruch mehr machten; solches ließ sich der Obriste gefallen, als ich nun damit umging, blieb ich, da es dunkel ward, zuletzt gar aus und entwischt in den nächsten Wald.

Das 16. Kapitel

Simplicius erschnappet ein gute Beut, und wird darauf ein diebischer Waldbruder

Mein Handel und Wesen wurde aber allem Ansehen nach je länger je ärger, ja so schlimm, daß ich mir einbildete, ich sei nur zum Unglück geboren, denn ich war wenig Stunden von den Kroaten hinweg, da erhascheten mich etliche Schnapphahnen*; diese vermeinten ohn Zweifel, etwas Rechts an mir gefangen zu haben, weil sie bei finsterer Nacht mein närrisch Kleid nicht sahen und mich gleich durch zween aus ihnen an einen gewissen Ort in Wald hineinführen lassen; als mich diese dahin brachten und es zugleich stockfinster wurde, wollte der Kerl kurzum Geld von mir haben, zu solchem End legte er seine Handschuh samt dem Feurrohr nieder und fing an mich zu visitieren, fragend: „Wer bist du? hast du Geld?“ Sobald er aber mein haarig Kleid und die langen Eselsohren an meiner Kappe (die er für Hörner gehalten) begriff und zugleich die hellscheinenden Funken (welche gemeiniglich der Tiere Häut sehen lassen, wenn man sie in der Finstere streichet) gewahr wurde, erschrak er, daß er ineinander fuhr; solches merkete ich gleich, derowegen striegelt ich, ehe er sich wieder erholen oder etwas besinnen konnte, mein Kleid mit beiden Händen dermaßen, daß es schimmerte, als wenn ich inwendig voller brennendem Schwefel gesteckt wäre, und antwortet ihm mit erschrecklicher Stimm: „Der Teufel bin ich, und will dir und deinem Gesellen die Häls umdrehen!“ Welches diese zween also erschreckte, daß sie sich alle beide durch Stöck und Stauden so geschwind davontrolleten, als wenn sie das höllisch Feuer gejagt hätte. Die finstere Nacht konnte ihren schnellen Lauf nicht hindern, und ob sie gleich oft an Stöck, Stein, Stämm und Bäum liefen und noch öfter zuhaufen fielen, rafften sie sich doch geschwind wieder auf, solches trieben sie, bis ich keinen mehr hören konnte; ich aber lachte unterdessen so schrecklich, daß es im ganzen Wald erschallete, welches ohne Zweifel in einer solchen finstern Einöde fürchterlich anzuhören war.

Als ich mich nun abwegs machen wollte, strauchelt ich über das Feuerrohr, das nahm ich zu mir, weil ich bereits mit dem Geschoß umzugehen bei den Kroaten gelernet hatte; da ich weiterschritt, stieß ich auch an einen Knappsack*, welcher gleich meinem Kleid von Kalbfellen gemacht war, ich hob ihn ebenmäßig auf und fand, daß eine Patrontasche mit Pulver, Blei und aller Zugehör wohl versehen unten daran hing. Ich hängte alles an mich, nahm das Rohr auf die Achsel wie ein Soldat und verbarg mich ohnweit davon in einen dicken Busch, der Meinung, daselbst ein Weil zu schlafen: Aber sobald der Tag anbrach, kam die ganze Partei auf vorbenannten Platz und suchten das verlorne Feurrohr samt dem Knappsack, ich spitzte die Ohren wie ein Fuchs und hielt mich stiller als eine Maus, wie sie aber nichts fanden, verlachten sie die zween, so von mir entflohen waren: „Pfui ihr feigen Tropfen", sagten sie, „schämt euch ins Herz hinein, daß ihr euch von einem einzigen Kerl erschrecken, verjagen und das Gewehr nehmen laßt!" Aber der eine schwur, der Teufel sollt ihn holen, wenns nicht der Teufel selbst gewesen sei, er hätte ja die Hörner und seine rauhe Haut wohl begriffen; der ander aber gehob sich gar übel, und sagte: „Es mag der Teufel oder sein Mutter gewesen sein, wenn ich nur meinen Ranzen wieder hätte." Einer von ihnen, welchen ich für den Vornehmsten hielt, antwortet' diesem und sagte: „Was meinst du wohl, daß der Teufel mit deinem Ranzen und dem Feuerrohr machen wollte, ich dürfte mein Hals verwetten, wo nicht der Kerl, den ihr so schändlich entlaufen lassen, beide Stück mit sich genommen." Diesem hielt ein anderer Widerpart und sagte, es könne auch wohl sein, daß seither etliche Bauren da gewesen wären, welche die Sachen gefunden und aufgehoben hätten, solchem wurde endlich von allen Beifall gegeben, und von der ganzen Partei festiglich geglaubt, daß sie den Teufel selbst unter Händen gehabt hätten, vornehmlich weil derjenige, so mich in der Finstere visitieren wollen, nicht allein solches mit grausamen Flüchen bekräftiget', sondern auch die rauhe funkelnde Haut und beide Hörner, als gewisse Wahrzeichen einer teuflischen Eigenschaft, gewaltig zu beschreiben und herauszustreichen wußte. Ich vermeine auch, wenn ich mich unversehens hätte wiederum sehen lassen, daß die ganze Partei entlaufen wäre.

Zuletzt, als sie lang genug gesucht und doch nichts funden hatten, nahmen sie ihren Weg weiters, ich aber machte den Ranzen auf zu frühestücken, und langte im ersten Griff einen Säckel heraus, in welchem dreihundert und etlich sechzig Dukaten waren. Ob ich nun hierüber erfreuet worden, bedarf zwar keines Fragens: Aber der Leser sei versichert, daß mich der Knappsack viel mehr erfreute, weil ich ihn mit Proviant so wohl versehen sah, als diese schöne

Summa Golds selbst. Und demnach dergleichen Gesellen bei den gemeinen Soldaten viel zu dünn gesäet zu sein pflegen, daß sie solche mit sich auf Partei schleppen sollten, also machte ich mir die Gedanken, der Kerl müsse dies Geld auf eben derselbigen Partei erst heimlich erschnappt und geschwind zu sich in Ranzen geschoben haben, damit er solches mit den andern nicht partiern dürfe.

Hierauf zehrte ich fröhlich zu Morgen, fand auch bald ein lustig Brünnlein, bei welchem ich mich erquickte, und meine schönen Dukaten zählete. Wenn mirs allbereit das Leben gälte, ich sollte anzeigen, in welchem Land oder Gegend ich mich damals befunden, so könnte ichs nicht; ich blieb anfangs so lang im Wald, als mein Proviant währte, mit welchem ich sparsam Haus hielt, als aber mein Ranzen leer worden, jagte mich der Hunger in die Baurenhäuser, da kroch ich bei Nacht in Keller und Küchen und nahm von Essenspeis, was ich fand und tragen mochte, das schleppte ich mit mir in Wald, wo er am allerwildesten war, darinnen führte ich wieder überall ein einsiedlerisch Leben wie hiebevor, ohne daß ich sehr viel stahl und desto weniger betete, auch keine stetige Wohnung hatte, sondern bald hie bald dorthin schweifte. Es kam mir trefflich wohl zustatten, daß es im Anfang des Sommers war, doch konnte ich auch mit meinem Rohr Feuer machen, wenn ich wollte.

Das 17. Kapitel

*Wie Simplicius zu den Hexen auf den Tanz gefahren**

Unter währendem diesem meinem Umschweifen haben mich hin und wieder in den Wäldern unterschiedliche Baursleut angetroffen, sie sind aber allezeit vor mir geflohen, nicht weiß ich, wars die Ursach, daß sie ohnedas durch den Krieg scheu gemacht, verjagt und niemals recht beständig zu Haus waren; oder ob die Schnapphahnen dasjenige Abenteuer, so ihnen mit mir begegnet', in dem Land ausgesprengt haben? Also daß hernach diese, so mich nachgehends gesehen, ingleichem geglaubt, der böse Feind wandere wahrhaftig in selbiger Gegend umher, derowegen mußte ich sorgen, das Proviant möchte mir ausgehen, und ich dadurch endlich ins äußerste Verderben kommen, ich wollte denn wieder Wurzeln und Kräuter essen, deren ich nicht mehr gewohnt war. In solchen Gedanken hörte ich zween Holzhauer, so mich höchlich erfreute, ich ging dem Schlag nach, und als ich sie sah, nahm ich ein Hand voll Dukaten aus meinem Säckel, schlich nahe zu ihnen, zeigte ihnen das anziehende Gold, und sagte: „Ihr Herrn, wenn ihr meiner wartet, so will ich euch die Hand voll Gold schenken." Aber sobald sie mich und mein Gold sahen, ebensobald gaben sie auch Fersengeld und ließen Schlegel und Keil samt ihrem Käs und Brotsack liegen, mit solchem versah ich meinen Ranzen wieder, verschlug mich in den Wald und verzweifelte schier, mein Lebtag wieder einmal zu Menschen zu kommen.

Nach langem Hin- und Hersinnen gedacht ich: Wer weiß wie dirs noch gehet, hast du doch Geld, und wenn du solches zu guten Leuten in Sicherheit bringest, so kannst du ziemlich lang wohl darum leben; also fiel mir ein, ich sollt's einnähen, derowegen machte ich mir aus meinen Eselsohren, welche die Leut so flüchtig machten, zwei Armbänder, gesellet meine hanauischen zu den schnapphahnischen Dukaten, tat solche in besagte Armbänder wohl arrestieren und oberhalb der Ellenbogen um meine Arm binden. Wie ich nun meinen Schatz dergestalt versichert hatte, fuhr ich den Bauren wieder ein* und holte von ihrem Vorrat was ich bedurfte und erschnappen konnte, und wiewohl ich noch einfältig gewesen, so war ich jedoch so schlau, daß ich niemals, wo ich einst einen Particul* geholt, wieder an denselbig Ort kam, dahero war ich sehr glückselig im Stehlen und wurde niemals auf der Mauserei ertappt.

Einsmals zu End des Mai, als ich abermal durch mein gewöhnlich, obzwar verbotenes Mittel meine Nahrung holen wollte und zu dem Ende zu einem Baurnhof gestrichen war, kam ich in die Küchen, merkte aber bald, daß noch Leut auf waren (Nota, wo sich Hund befanden, da kam ich wohl nicht hin), derowegen sperrete ich die eine Küchentür, die in Hof ging, angelweit auf, damit wenn es etwa Gefahr setzte, ich stracks ausreißen könnte; blieb also mausstill sitzen, bis ich erwarten mochte, daß sich die Leut niedergelegt hätten: Unterdessen nahm ich eines Spalts gewahr, den das Küchenschälterlein hatte, welches in die Stuben ging; ich schlich hinzu, zu sehen, ob die Leut nicht bald schlafen gehen wollten? aber meine Hoffnung war nichts, denn sie hatten sich erst angezogen und anstatt des Lichts eine schweflichte blaue Flamm auf der Bank stehen, bei welcher sie Stecken, Besen, Gabeln, Stühl und Bänk schmierten und nacheinander damit zum Fenster hinaus flogen. Ich verwundert mich schrecklich und empfand ein großes Grausen; weil ich aber größerer Erschrecklichkeiten gewohnt war, zumal mein Lebtag von den Unholden weder gelesen noch gehört hatte, achtet ichs nicht sonderlich, vornehmlich weil alles so still herging, sondern verfügte mich, nachdem alles davongefahren war, auch in die Stub, bedachte was ich mitnehmen und wo ich solches suchen wollte, und setzte mich in solchen Gedanken auf eine Bank schrittlings nieder; ich war aber kaum aufgesessen, da fuhr ich samt der Bank gleichsam augenblicklich zum Fenster hinaus, und ließ mein Ranzen und Feurrohr, so ich von mir gelegt hatte, für den Schmierberlohn* und so künstliche Salbe dahinten. Das Aufsitzen, Davonfahren und Absteigen geschah gleichsam in einem Nu! denn ich kam, wie mich bedünkte, augenblicklich zu einer großen Schar Volks, es sei denn, daß ich aus Schrecken nicht geacht hab, wie lang ich auf dieser weiten Reis zugebracht; diese tanzten einen wunderlichen Tanz, dergleichen ich mein Lebtag nie gesehen, denn sie hatten sich bei den Händen gefaßt und viel Ring ineinander gemacht, mit zusammengekehrten Rücken, wie man die drei Grazien abmalet, also daß sie die Angesichter herauswärts kehrten; der inner Ring bestund etwa in sieben oder acht Personen, der ander hatte wohl noch so viel, der dritte mehr als diese beiden und so fortan, also daß sich in dem äußern Ring über zweihundert Personen befanden; und weil ein Ring oder Kreis um den andern links und die anderen rechts herum tanzten, konnte ich nicht sehen, wieviel sie solcher Ring gemacht, noch was sie in der Mitten, darum sie tanzten, stehen hatten. Es sah eben greulich seltsam aus, weil die Köpf so possierlich durcheinander haspelten. Und gleichwie der Tanz seltsam war, also war auch ihre Musik, auch sang, wie ich vermeinte, ein jeder am Tanz selber drein, welches ein wunderliche Harmoniam abgab; meine Bank die mich hintrug, ließ sich bei den Spielleuten nieder, die außerhalb der Ringe um den Tanz herum stunden, deren etliche hatten anstatt der Flöten, Zwerchpfeifen* und Schalmeien nichts anders als Nattern, Vipern und Blindschleichen, darauf sie lustig daherpfiffen: etliche hatten Katzen, denen sie in Hintern bliesen und auf dem Schwanz fingerten, das lautet' den Sackpfeifen gleich: andere geigeten auf Roßköpfen wie auf dem besten Diskant*, und aber andere schlugen die Harfe auf einem Kuhgerippe, wie solche auf dem Wasen* liegen; so war auch einer vorhanden, der hatte eine Hündin unterm Arm, der leiert' er am Schwanz und fingert' ihr an den Dütten*, darunter trompeteten die Teufel durch die Nase, daß es im ganzen Wald erschallete, und wie dieser Tanz bald aus war, fing die ganze höllische Gesellschaft an zu rasen, zu rufen, zu rauschen, zu brausen, zu heulen, zu wüten und zu toben, als ob sie alle toll und töricht gewesen wären. Da kann jeder gedenken, in was Schrecken und Furcht ich gesteckt.

In diesem Lärmen kam ein Kerl auf mich dar, der hatte ein ungeheure Krott unterm Arm, gern so groß als eine Heerpauke, der waren die Därm aus dem Hintern gezogen und wieder zum Maul hineingeschoppt, welches so garstig aussah, daß mich darob kotzerte: „Sieh hin Simplici“, sagte er, „ich weiß, daß du ein guter Lautenist bist, laß uns doch ein fein Stückchen hören.“ Ich erschrak, daß ich schier umfiel, weil mich der Kerl mit Namen nennete, und in solchem Schrecken verstummte ich gar und bildete mir ein, ich läge in einem so schweren Traum, bat derowegen innerlich im Herzen, daß ich doch erwachen möchte, der mit der Krott aber, den ich steif ansah, zog seine Nasen aus und ein wie ein kalekutscher Hahn*, und stieß mich endlich auf die Brust, daß ich bald davon erstickte; derowegen fing ich an überlaut zu Gott zu rufen, da verschwand das ganze Heer. In einem Hui wurde es stockfinster und mir so fürchterlich ums Herz, daß ich zu Boden fiel und wohl hundert Kreuz vor mich machte.

Das 18. Kapitel

Warum man Simplicio nicht zutrauen soll, daß er sich des großen Messers bediene

Demnach es etliche und zwar auch vornehme gelehrte Leut darunter gibt, die nicht glauben, daß Hexen oder Unholde seien, geschweige daß sie in der Luft hin und wider fahren sollten; also zweifele ich nicht, es werden sich etliche finden, die sagen werden, Simplicius schneide hier mit dem großen Messer auf: Mit denselben begehre ich nun nicht zu fechten, denn weil Aufschneiden keine Kunst, sondern jetziger Zeit fast das gemeineste Handwerk ist, also kann ich nicht leugnen, daß ichs nicht auch könnte, denn ich müßte ja sonst wohl ein schlechter Tropf sein. Welche aber der Hexen Ausfahren verneinen, die stellen sich nur Simonem* den Zauberer vor, welcher vom bösen Geist in die Luft erhaben wurde und auf S. Petri Gebet wieder herunter gefallen. Nicolaus Remigius*, welcher ein tapferer, gelehrter und verständiger Mann gewesen und im Herzogtum Lothringen nicht nur ein halb Dutzend Hexen verbrennen lassen, erzählet von Johanne von Hembach, daß ihn seine Mutter, die eine Hex war, im sechzehnten Jahr seines Alters mit sich auf ihre Versammlung genommen, daß er ihnen, weil er hatte lernen pfeifen, beim Tanz aufspielen sollte; zu solchem End stieg er auf einen Baum, pfiff daher und siehet dem Tanz mit Fleiß zu (vielleicht weil ihm alles so wunderlich vorkam). Endlich spricht er: „Behüt lieber Gott, woher kommt so viel närrisch und unsinniges Gesind?“ Er hatte aber kaum diese Wort ausgesagt, so fiel er vom Baum herab, verrenkt' eine Schulter und ruft' ihnen um Hilf zu, aber da war niemand als er; wie er dieses nachmals ruchbar machte, hieltens die meisten für ein Fabel, bis man kurz hernach Catharinam Praevotiam Zauberei halber fing, welche auch bei selbigem Tanz gewesen, die bekannte alles wie es hergangen, wiewohl sie von dem gemeinen Geschrei* nichts wußte, das Hembach ausgesprengt hatte. Majolus* setzet zwei Exempel, von einem Knecht, so sich an sein Frau gehängt, und von einem Ehebrecher, so der Ehebrecherin Büchsen genommen, sich mit deren Salben geschmiert und also beide zu der Zauberer Zusammenkunft kommen sind. So sagt man auch von einem Knecht, der frühe aufgestanden und den Wagen geschmiert, weil er aber die unrechte Büchs in der Finstere ertappt, hat sich der Wagen in die Luft erhoben, also daß man ihn wieder herabziehen müssen. Olaus Magnus* erzählet in lib. 3 Hist. de gentibus Septentrional. 1. cap. 19, daß Hadingus König in Dänemark wieder in sein Königreich, woraus er durch etliche Aufrührer vertrieben worden, fern über das Meer auf des Othini Geist* durch die Luft gefahren, welcher sich in ein Pferd verstellt hätte. So ist auch mehr als genugsam bekannt, wasgestalt teils Weiber und ledige Dirnen in Böhmen ihre Beischläfer des Nachts einen weiten Weg auf Böcken zu sich holen lassen. Was Torquemadius* in seinem Hexamerone von seinem Schulgesellen erzählt, mag bei ihm gelesen werden. Ghirlandus* schreibet auch von einem vornehmen Mann, welcher als er gemerkt, daß sich sein Weib salbe, und darauf aus dem Haus fahre, habe er sie einsmals gezwungen, ihn mit sich auf der Zauberer Zusammenkunft zu nehmen; als sie daselbst aßen und kein Salz vorhanden war*, habe er dessen begehrt, mit großer Mühe auch erhalten, und darauf gesagt: ‚Gott sei gelobt, jetzt kommt das Salz!' Darauf die Lichter erloschen und alles verschwunden. Als es nun Tag worden, hat er von den Hirten verstanden, daß er nahend der Stadt Benevento, im Königreich Neapolis, und also wohl hundert Meil von seiner Heimat sei; derowegen ob er wohl reich gewesen, habe er doch nach Haus bettlen müssen, und als er heimkam, gab er alsbald sein

Weib für eine Zauberin bei der Obrigkeit an, welche auch verbrennt worden. Wie Doktor Faust neben noch andern mehr, die gleichwohl keine Zauberer waren, durch die Luft von einem Ort zum andern gefahren, ist aus seiner Histori genugsam bekannt. So hab ich selbst auch eine Frau und eine Magd gekannt, sind aber, als ich dieses schreibe, beide tot, wiewohl der Magd Vater noch im Leben; diese Magd schmierte einsmals auf dem Herd beim Feuer ihrer Frauen die Schuh, und als sie mit einem fertig war und solchen beiseit setzte, den andern auch zu schmieren, fuhr der geschmierte ohnversehens zum Kamin hinaus; diese Geschicht ist aber vertuscht geblieben. Solches alles melde ich nur darum, damit man eigentlich dafürhalte, daß die Zauberinnen und Hexenmeister zu Zeiten leibhaftig auf ihre Versammlungen fahren, und nicht deswegen, daß man mir eben glauben müsse, ich sei wie ich gemeldt hab, auch so dahin gefahren, denn es gilt mir gleich, es mags einer glauben oder nicht, und wers nicht glauben will, der mag einen andern Weg ersinnen, auf welchem ich aus dem Stift Hirschfeld oder Fulda (denn ich weiß selbst nicht, wo ich in den Wäldern herumgeschweift hatte) in so kurzer Zeit ins Erzstift Magdeburg marschiert sei.

Das 19. Kapitel

Simplicius wird wieder ein Narr, wie er zuvor einer gewesen

Ich fang meine Histori wieder an und versichere den Leser, daß ich auf dem Bauch liegen blieb, bis es allerdings heller Tag war, weil ich nicht das Herz hatte mich aufzurichten; zudem zweifelt ich noch, ob mir die erzählten Sachen geträumt hätten oder nicht? und ob ich zwar in ziemlichen Ängsten stak, so war ich doch so kühn zu entschlafen, weil ich gedachte, ich könnte an keinem ärgern Ort als in einem wilden Wald liegen, in welchem ich die meiste Zeit, seit ich von meinem Knan war, zubracht und dahero derselben ziemlich gewohnt hatte. Ungefähr um neun Uhr vormittag war es, als etliche Fouragier kamen, die mich aufweckten, da sah ich erst, daß ich mitten im freien Feld war; diese nahmen mich mit sich zu etlichen Windmühlen, und nachdem sie ihre Früchte allda gemahlen hatten folgends in das Lager vor Magdeburg, allda ich einem Obristen zu Fuß zuteil ward, der fragte mich, wo ich herkäme, und was für einem Herrn ich zugehörig wäre? Ich erzählte alles haarklein, und weil ich die Kroaten nicht nennen konnte, beschrieb ich ihre Kleidungen und gab Gleichnisse* von ihrer Sprach, auch daß ich von denselben Leuten gelaufen wäre; von meinen Dukaten schwieg ich still, und was ich von meiner Luftfahrt und dem Hexentanz erzählete, das hielt man für Einfäll und Narrenteidungen, vornehmlich weil ich auch sonst in meinem Diskurs das Tausend ins Hunderte warf: Indessen sammlete sich ein Haufen Volks um mich her (denn ein Narr machet tausend Narren), unter denselben war einer, so das vorig Jahr in Hanau gefangen gewesen und allda Dienst angenommen hatte, folgends aber wieder unter die Kaiserlichen kommen war; dieser kannte mich und sagte gleich: „Hoho, dies ist des Kommandanten Kalb zu Hanau!" Der Obrist fragte ihn meinetwegen mehrere Umständ, der Kerl wußte aber nichts weiters von mir, als daß ich wohl auf der Lauten schlagen könnte, item daß mich die Kroaten von des Obrist Corpes Regiment zu Hanau vor der Festung hinweggenommen hätten, sodann, daß mich besagter Kommandant ungern verloren, weil ich gar ein artlicher Narr wäre. Hierauf schickte die Obristin zu einer andern Obristin, die ziemlich wohl auf der Lauten konnte und deswegen stetig eine nachführte, die ließ sie um ihre Lauten bitten, solche kam und wurde mir präsentiert mit Befehl, ich sollte eins hören lassen; aber meine Meinung war, man sollte mir zuvor etwas zu essen geben, weil ein leerer und ein dicker Bauch, wie die Laut einen hatte, nicht wohl zusammenstimmen würden; solches geschah, und demnach ich mich ziemlich bekröpft und zugleich einen guten Trunk Zerbster Bier verschlucket hatte, ließ ich beides mit der Lauten und meiner Stimme hören was ich konnte, daneben redete ich allerlei untereinander, wie mirs einfiel, so daß ich mit geringer Mühe die Leut dahin brachte, daß sie glaubten, ich wäre von derjenigen Qualität, die meine Kleidung vorstellte. Der Obriste fragte mich, wo ich weiters hin wollte? und da ich antwortet, daß es mir gleich gelte, wurden wir des Handels eins, daß ich bei ihm bleiben und sein Hofjunker sein sollte. Er wollte auch wissen, wo meine Eselsohren hinkommen wären? „Ja“, sagte ich, „wenn du wüßtest, wo sie wären, so würden sie dir nicht übel anstehen.“ Aber ich konnte wohl verschweigen, was sie vermochten, weil all mein Reichtum darin lagen.

Ich wurde in kurzer Zeit bei den meisten hohen Offiziern sowohl im kursächsischen als kaiserlichen Lager bekannt, sonderlich bei dem Frauenzimmer, welches meine Kappe, Ärmel und abgestutzten Ohren überall mit seidenen Banden zierte, von allerhand Farben, so daß ich schier glaube, daß etliche Stutzer die jetzige Mode davon abgesehen. Was mir aber von den Offizierern an Geld geschenkt wurde, das teilte ich wieder mildiglich mit, denn ich verspendierte alles bei einem Heller, indem ichs mit guten Gesellen in Hamburger und Zerbster Bier, welche Gattungen mir trefflich wohl zuschlugen, versoff; unangesehen ich an allen Orten, wo ich nur hinkam, genug zu schmarotzen hatte.

Als mein Obrister aber ein eigene Lauten für mich überkam, denn er gedachte ewig an mir zu haben, da durft ich nicht mehr in den beiden Lagern so hin und wieder schwärmen, sondern er stellete mir einen Hofmeister dar, der mich beobachten und dem ich hingegen gehorsamen sollte: Dieser war ein Mann nach meinem Herzen, denn er war still, verständig, wohlgelehrt, von guter, aber nicht überflüssiger Konversation, und was das Größte gewesen, überaus gottsfürchtig, wohl belesen und voll allerhand Wissenschaften und Künsten; bei ihm mußte ich des Nachts in seinem Zelt schlafen und bei Tag durft ich ihm auch nicht aus den Augen, er war eines vornehmen Fürsten Rat und Beamter, zumal auch sehr reich gewesen, weil er aber von den Schwedischen bis in Grund ruiniert worden, zumaln auch sein Weib mit Tod abgangen und sein einziger Sohn Armut halber nicht mehr studieren konnte, sondern unter der kursächsischen Armee für einen Musterschreiber dienete, hielt er sich bei diesem Obristen auf und ließ sich für einen Stallmeister gebrauchen, um zu verharren, bis die gefährlichen Kriegsläufte am Elbstrom sich änderten und ihm alsdann die Sonne seines vorigen Glücks wieder scheinen möchte.

Das 20. Kapitel

Ist ziemlich lang, und handelt vom Spielen mit Würfeln, und was dem anhängig

Weil mein Hofmeister mehr alt als jung war, also konnte er auch die ganze Nacht nicht durchgehend schlafen, solches war ein Ursach, daß er mir in der ersten Wochen hinter die Brief kam* und ausdrücklich vernahm, daß ich kein solcher Narr war, wie ich mich stellete: wie er denn zuvor auch etwas gemerkt und von mir aus meinem Angesicht ein anders geurteilet hatte, weil er sich wohl auf die Physiognomiam verstund. Ich erwachte einsmals um Mitternacht und machte über mein eigen Leben und seltsame Begegnisse allerlei Gedanken, stund auch auf und erzählte danksagungsweis alle Guttaten, die mir mein lieber Gott erwiesen, und alle Gefahren, aus welchen er mich errettet; legte mich hernach wieder nieder mit schweren Seufzern und schlief vollends aus.

Mein Hofmeister hörete alles, tat aber, als wenn er hart schlief, und solches geschah etliche Nächt nacheinander, also daß er sich genugsam versichert hielt, daß ich mehr Verstand hätte als mancher Betagte, der sich viel einbilde; doch redet' er nichts mit mir im Zelt hiervon, weil es zu dünne Wänd hatte und er gewisser Ursachen halber nicht haben wollte, daß noch zur Zeit und ehe er meiner Unschuld versichert wäre, jemand anders dieses Geheimnis wüßte. Einsmals ging ich hinter das Lager spazieren, welches er gern geschehen ließ, damit er Ursach hätte mich zu suchen und also die Gelegenheit bekäme, allein mit mir zu reden: Er fand mich nach Wunsch an einem einsamen Ort, da ich meinen Gedanken Audienz gab, und sagte: „Lieber guter Freund, weil ich dein Bestes zu suchen unterstehe, erfreue ich mich, daß ich hier allein mit dir reden kann; ich weiß, daß du kein Narr bist, wie du dich stellest, zumalen auch in diesem elenden und verächtlichen Stand nicht zu leben begehrest. Wenn dir nun deine Wohlfahrt lieb ist, auch zu mir als einem ehrlichen Mann dein Vertrauen setzen willst, so kannst du mir deiner Sachen Bewandtnis erzählen, so will ich hingegen, wo möglich, mit Rat und Tat bedacht sein, wie dir etwa zu helfen sein möchte, damit du aus deinem Narrnkleid kommest."

Hierauf fiel ich ihm um den Hals und erzeigte mich vor übriger Freud nicht anders, als wenn er ein Prophet gewesen wäre, mich von meiner Narrnkapp zu erlösen; und nachdem wir uns auf die Erde gesetzt hatten, erzählte ich ihm mein ganzes Leben, er beschaute meine Händ und verwundert' sich beides über die verwichenen und künftigen seltsamen Zufälle; wollte mir aber durchaus nicht raten, daß ich in Bälde mein Narrnkleid ablegen sollte, weil er, wie er sagte, vermittelst der Chiromantia sah, daß mir mein fatum ein Gefängnis androhe, das Leib- und Lebensgefahr mit sich brächte. Ich bedankte mich seiner guten Neigung und mitgeteilten Rats, und bat Gott, daß er ihm seine Treuherzigkeit belohnen, ihn selber aber, daß er (weil ich von aller Welt verlassen wäre) mein getreuer Freund und Vater sein und bleiben wollte.

Demnach stunden wir auf und kamen auf den Spielplatz, da man mit Würfeln turnieret' und alle Schwür mit hunderttausend mal tausend Galleen*, Rennschifflein, Tonnen und Stadtgräben voll usw. herausfluchte; der Platz war ungefähr so groß als der Alte Markt zu Köln, überall mit Mänteln überstreut und mit Tischen bestellt, die alle mit Spielern umgeben waren; jede Gesellschaft hatte drei viereckigte Schelmenbeiner*, denen sie ihr Glück vertrauten, weil sie ihr Geld teilen, und solches dem einen geben, dem andern aber nehmen mußten: So hatte auch jeder Mantel oder Tisch einen Schunderer* (Scholderer* wollte ich sagen und hätte doch schier Schinder gesagt), dieses Amt war, daß sie Richter sein und zusehen sollten, daß keinem Unrecht geschehe; sie liehen auch Mäntel, Tisch und Würfel her, und wußten deswegen ihr Gebühr so wohl vom Gewinn einzunehmen, daß sie gewöhnlich das meiste Geld erschnappten, doch faselt'* es nicht, denn sie verspieltens gemeiniglich wieder, oder wenns gar wohl angelegt wurde, so bekams der Marketender oder der Feldscherer, weil ihnen die Köpf oft gewaltig geflickt wurden.

An diesen närrischen Leuten sah man sein blaues Wunder, weil sie alle zu gewinnen vermeinten, welches doch unmöglich, sie hätten denn aus einer fremden Taschen gesetzt, und ob sie zwar alle diese Hoffnung hatten, so hieß es doch: Viel Köpf, viel Sinn, weil sich jeder Kopf nach seinem Glück sann, denn etliche trafen, etliche fehlten; etliche gewannen, etliche verspielten: derowegen auch etliche fluchten, etliche donnerten; etliche betrogen und andere wurden besäbelt. Dahero lachten die Gewinner, und die Verspieler bissen die Zähn aufeinander; teils verkauften Kleider und was sie sonst lieb hatten, andere aber gewinneten ihnen das Geld wieder ab; etliche begehrten redliche Würfel*, andere hingegen wünschten falsche auf den Platz und führten solche unvermerkt ein, die aber andere wieder hinwegwarfen, zerschlugen, mit Zähnen zerbissen und den Scholderern die Mäntel zerrissen. Unter den falschen Würfeln befanden sich Niederländer, welche man schleifend hineinrollen mußte, diese hatten so spitzige Rücken, darauf sie die Fünfer und Sechser trugen, als wie die mageren Esel darauf man die Soldaten setzt. Andere waren oberländisch, denselben mußte man die bayrische Höhe geben, wenn man werfen wollte: etliche waren von Hirschhorn, leicht oben und schwer unten gemacht: andere waren mit Quecksilber oder Blei und aber andere mit zerschnittenen Haaren, Schwämmen, Spreu und Kohlen gefüttert; etliche hatten spitzige Eck, an andern waren solche gar hinweggeschliffen; teils waren lange Kolben, und teils sahen aus wie breite Schildkrotten. Und alle diese Gattungen waren auf nichts anders als auf Betrug verfertigt, sie taten dasjenige, wozu sie gemacht waren, man mochte sie gleich wippen oder sanft schleichen lassen, da half kein Knüpfens, geschweige jetzt derer, die entweder zween Fünfer oder zween Sechser und im Gegenteil entweder zwei Eß* oder zwei Daus* hatten: Mit diesen Schelmenbeinern zwackten, laureten und stahlen sie einander ihr Geld ab, welches sie vielleicht auch geraubt oder wenigst mit Leib- und Lebensgefahr oder sonst saurer Mühe und Arbeit erobert hatten.

Als ich nun so dastund und den Spielplatz samt den Spielern in ihrer Torheit betrachtet, sagte mein Hofmeister, wie mir das Wesen gefalle? Ich antwortet: „Daß man so greulich Gott lästert, gefällt mir nicht, im übrigen aber lasse ichs in seinem Wert und Unwert beruhen, als eine Sach die mir unbekannt ist und auf welche ich mich noch nichts verstehe." Hierauf sagte mein Hofmeister ferner: „So wisse, daß dieses der allerärgste und abscheulichste Ort im ganzen Lager ist, denn hier sucht man eines andern Geld und verlieret das seinige darüber: Wenn einer nur einen Fuß hiehersetzt, in Meinung zu spielen, so hat er das zehente Gebot schon übertreten, welches will ‚Du sollst deines Nächsten Gut nicht begehren!' Spielest du und gewinnest, sonderlich durch Betrug und falsche Würfel, so übertrittest du das siebent und achte Gebot: Ja es kann kommen, daß du auch zu einem Mörder an demjenigen wirst, dem du sein Geld abgewonnen hast, wenn nämlich dessen Verlust so groß ist, daß er darüber in Armut, in die äußerste Not und Desperation oder sonst in andere abscheuliche Laster gerät, dafür die Ausred nichts hilft, wenn du sagst: Ich hab das Meinig darangesetzt, und redlich gewonnen; denn du Schalk bist auf den Spielplatz gangen, der Meinung, mit eines andern Schaden reich zu werden: Verspielest du denn, so ists mit der Buß darum nicht ausgericht, daß du des Deinigen entbehren mußt, sondern du hasts, wie der reiche Mann, bei Gott schwerlich zu verantworten, daß du dasjenige so unnütz verschwendet, welches er dir zu dein und der Deinigen Lebensaufenthalt verliehen gehabt! Wer sich auf den Spielplatz begibt zu spielen, derselbe begibt sich in eine Gefahr, darinnen er nicht allein sein Geld, sondern auch sein Leib, Leben, ja was das allerschrecklichste ist, sogar seiner Seelen Seligkeit verlieren kann. Ich sage dir dieses zur Nachricht, liebster Simplici, weil du vorgibst, das Spielen sei dir unbekannt, damit du dich all dein Lebenlang davor hüten sollest."

Ich antwortet: „Liebster Herr, wenn denn das Spielen ein so schrecklich und gefährlich Ding ist, warum lassens dann die Vorgesetzten zu?" Mein Hofmeister antwortet' mir: „Ich will nicht sagen darum, dieweil teils Offizier selbst mitmachen; sondern es geschieht deswegen, weil es die Soldaten nicht mehr lassen wollen, ja auch nicht lassen können, denn wer sich dem Spielen einmal ergeben oder welchen die Gewohnheit oder vielmehr der Spielteufel eingenommen, der wird nach und nach (er gewinne oder verspiele) so verpicht darauf, daß ers weniger lassen kann als den natürlichen Schlaf; wie man denn siehet, daß etliche die ganze Nacht durch und durch raßlen, und für das beste Essen und Trinken hinein spielen, und sollten sie auch ohne Hemd davongehen: Das Spielen ist bereits zu unterschiedlichen Malen bei Leib- und Lebensstraf verboten und aus Befehl der Generalität durch Rumormeister*, Profosen, Henker und Steckenknecht* mit gewaffneter Hand öffentlich und mit Gewalt verwehret worden; aber das half alles nichts, denn die Spieler kamen anderwärts in heimlichen Winkeln und hinter den Hecken zusammen, gewannen einander das Geld ab, entzweiten sich und brachen einander die Häls darüber: also daß man solcher Mord- und Todschläg halber und vornehmlich auch, weil mancher sein Gewehr und Pferd, ja sogar sein weniges Kommißbrot verspielte, das Spielen nicht allein wieder öffentlich erlauben, sondern sogar diesen eigenen Platz dazu widmen mußte, damit die Hauptwacht bei der Hand wäre, die allem Unheil, so sich etwa ereignen möchte, vorkäme, welche doch nicht allezeit verhüten kann, daß nicht einer oder der ander auf dem Platz bleibt. Und weil das Spielen des leidigen Teufels eigene Invention ist und ihm nicht wenig einträgt, also hat er auch absonderliche Spielteufel geordnet und in der Welt herumschwärmen, die sonst nichts zu tun haben, als die

pag: 53.

Schau Simplex Ein-
falt-Löschungs-Trieb,
Belehrt uns hie, die Näch-
sten-Lieb
Die Sterb-Bereitung nicht
aufschieb.

Menschen zum Spielen anzureizen; diesen ergeben sich unterschiedliche leichtfertige Gesellen durch gewisse Pakte und Bündniss', daß er sie gewinnen lasse; und wird man doch unter zehentausend Spielern selten einen reichen finden, sondern sie sind gewöhnlich im Gegenteil arm und dürftig, weil ihr Gewinn leicht geschätzet und dahero gleich entweder wieder verspielet oder sonst liederlich verschwendet wird. Hiervon ist das allzuwahre, aber sehr erbärmliche Sprichwort entsprungen: Der Teufel verlasse keinen Spieler, er lasse sie aber blutarm werden; denn er raubet ihnen Gut, Mut und Ehr und verläßt sie alsdann nicht mehr, bis er sie endlich auch gar (Gottes unendliche Barmherzigkeit komme ihm denn zuvor) um ihrer Seelen Seligkeit bringt. Ist aber ein Spieler von Natur eines so lustigen Humors und so großmütig, daß er durch kein Unglück oder Verlust zur Melancholei, Unmut und anderen hieraus entspringenden schädlichen Lastern gebracht werden mag, so läßt ihn der arglistige böse Feind deswegen tapfer gewinnen, damit er ihn durch Verschwendung, Hoffart, Fressen, Saufen, Huren und Buben endlich ins Netz bringe."

Ich verkreuzigte und versegnete mich, daß man unter einem christlichen Heer solche Sachen üben ließ, die der Teufel erfunden sollt haben, sonderlich weil augenscheinlich und handgreiflich so viel zeitliche und ewige Schäden und Nachteil daraus folgeten; aber mein Hofmeister sagte, das sei noch nichts was er mir erzählt hätte; wer alles Unheil beschreiben wollte, das aus dem Spielen entstünde, der nehme sich eine ohnmögliche Sach vor, weil man sagt, der Wurf, wenn er aus der Hand gangen, sei des Teufels, so sollte ich mir nichts anders einbilden, als daß mit jedem Würfel (wenn er aus des Spielers Hand auf dem Mantel oder Tisch daherrolle) ein kleines Teufelchen daherlaufe, welches ihn regiere und Augen geben lasse, wie es seiner Prinzipalen Interesse erfordere. Dabei sollte ich bedenken, daß sich der Teufel freilich nicht umsonst des Spielens so eifrig annehme, sondern ohne Zweifel seinen trefflichen Gewinn dabei zu schöpfen wisse. „Dabei merke ferner, daß gleichwie neben dem Spielplatz auch einige Schacherer und

Juden zu stehen pflegen, die von den Spielern wohlfeil aufkaufen, was sie etwa an Ringen, Kleidern oder Kleinodien gewonnen oder noch zu verspielen versilbern wollen, daß eben also auch allhier die Teufel aufpassen, damit sie bei den abgefertigten Spielern, sie haben gleich gewonnen oder verloren, andere seelenverderbliche Gedanken erregen und hegen; bei den Gewinnern zwar bauet er schreckliche Schlösser in die Luft, bei denen aber so verspielt haben, deren Gemüt ohnedas ganz verwirrt und desto bequemer ist, seine schädlichen Eingebungen anzunehmen, setzet er ohne Zweifel lauter solche Gedanken und Anschläg, die auf nichts anders als das endliche Verderben zielen. Ich versichere dich, Simplici, daß ich willens bin, von dieser Materi ein ganz Buch zu schreiben, sobald ich wieder bei den Meinigen zu Ruhe komme, da will ich den Verlust der edlen Zeit beschreiben, die man mit dem Spielen unnütz hinbringet; nicht weniger die grausamen Flüch, mit welchen man Gott bei dem Spielen lästert; ich will die Scheltwort erzählen, mit welchen man einander antastet, und viel schreckliche Exempel und Historien mit einbringen, die sich bei, mit und in dem Spielen zutragen; dabei ich denn die Duell und Totschläg, so Spielens wegen entstanden, nicht vergessen will; ja ich will den Geiz, den Zorn, den Neid, den Eifer, die Falschheit, den Betrug, die Vorteilsucht, den Diebstahl und mit einem Wort alle unsinnigen Torheiten beides der Würfel- und Kartenspieler mit ihren lebendigen Farben dermaßen abmalen und vor Augen stellen, daß diejenigen, die solches Buch nur einmal lesen, ein solch Abscheuen vor dem Spielen gewinnen sollen, als wenn sie Saumilch (welche man den Spielsüchtigen wider solche ihre Krankheit ohnwissend eingibt) gesoffen hätten. Und also damit der ganzen Christenheit dartun, daß der liebe Gott von einer einzigen Compagnia Spieler mehr gelästert, als sonst von einer ganzen Armee bedienet werde.“ Ich lobte seinen Vorsatz und wünschte ihm Gelegenheit, daß er solchen ins Werk setzen möchte.

Das 21. Kapitel

Ist etwas kürzer, und kurzweiliger als das vorige

Mein Hofmeister wurde mir je länger je holder und ich ihm hingegen wiederum, doch hielten wir unsere Vertraulichkeit sehr geheim, ich agierte zwar einen Narrn, brachte aber keine groben Zoten noch Büffelspossen vor, so daß meine Gaben und Aufzüg zwar einfältig genug, aber jedoch mehr sinnreich als närrisch fielen. Mein Obrister, der ein treffliche Lust zum Waidwerk trug, nahm mich einsmals mit, als er ausspazierte Feldhühner zu fangen mit dem Tyras*, welche Invention mir trefflich wohl gefiel; dieweil aber der vorstehende Hund* so hitzig war, daß er einzufallen pflegte, ehe man tyrassieren konnte, deswegen wir denn wenig fangen konnten, da gab ich dem Obristen den Rat, er sollte die Hündin mit einem Falken oder Steinadler belegen lassen, wie man mit Pferden und Eseln zu tun pflege, wenn man gerne Maultier hätte, damit die jungen Hund Flügel bekämen, so könnte man alsdann mit denselbigen die Hühner in der Luft fangen. Auch gab ich den Vorschlag, weil es mit Eroberung der Stadt Magdeburg, die wir belagert hielten, so schläferig herging, man sollte ein mächtig langes Seil, so dick als ein halbfüderiges Faß verfertigen, solches um die Stadt ziehen und alle Menschen samt dem Vieh in beiden Lagern daranspannen und dergestalt die Stadt in einem Tag übern Haufen schleifen lassen*. Solcher närrischen Tauben und Grillen ersann ich täglich einen Überfluß, weil es meines Handwerks war, so daß man meine Werkstatt nie leer fand: So gab mir auch meines Herrn Schreiber, der ein arger Gast und durchtriebener Schalk war, viel Materi an die Hand, dadurch ich auf dem Weg unterhalten wurde, den die Narren zu wandeln pflegen, denn was mich dieser Speivogel* überredete, das glaubte ich nicht allein für mich selbsten, sondern teilte es auch andern mit, wenn ich etwa diskurrierte und sich die Sach dahin schickte.

Als ich ihn einsmals fragte, was unser Regimentskaplan für einer sei, weil er mit Kleidungen von andern unterschieden? sagte er: „Es ist der Herr Dicis et non facis*, das ist auf teutsch so viel geredt, als ein Kerl, der andern Leuten Weiber gibt und selbst keine nimmt. Dieser ist den Dieben spinnenfeind, weil sie nicht sagen was sie tun, er aber hingegen sagt, was er nicht tut; so können ihm hingegen die Dieb auch nicht so gar hold sein, weil sie gemeiniglich gehenkt werden, wenn sie die beste Kundschaft mit diesen Leuten haben." Da ich nun nachgehends den guten ehrlichen Pater so nennete, wurde er ausgelacht, ich aber für einen bösen schalkhaftigen Narrn gehalten, und seinetwegen gebaumölt*. Ferners überredet' er mich, man hätte die öffentlichen gemeinen Häuser zu Prag hinter der Mauer abgebrochen und verbrennet, davon die Funken und der Staub, wie der Samen eines Unkrauts, in alle Welt zerstoben wäre. Item, es kämen von den Soldaten keine tapferen Helden und herzhaften Kerl in Himmel, sondern lauter einfältige Tropfen, Bärnhäuter und dergleichen, die sich an ihrem Sold genügen ließen; sodann keine politische Alamode-Cavalliers und galante Dames, sondern nur geduldige Job*, Siemänner*, langweilige Mönche, melancholische Pfaffen, Betschwestern, arme Bettelhuren, allerhand Auswürfling, die in der Welt weder zu sieden noch zu braten taugen, und junge Kinder, welche die Bänk überall vollhofierten. Auch log er mir vor, man nenne die Gastgeber nur darum Wirt', weil sie in ihrer Hantierung unter allen Menschen am fleißigsten betrachteten, daß sie entweder Gott oder dem Teufel zuteil würden. Vom Kriegswesen überredte er mich, daß man auch zuzeiten mit güldenen Kuglen schieße, und je kostbarer solche wären, je größeren Schaden pflegten sie zu tun; ja, sagte er, man führet' wohl ehe ganze Kriegsheer mitsamt der Artollerei, Munition und Bagage an güldenen Ketten gefangen daher! Weiters überredet' er mich von den Weibern, daß mehr als der halbe Teil Hosen trügen, ob man sie schon nicht sehe, und daß viel ihren Männern, wenn sie schon nicht zaubern könnten, noch Göttinnen wären, als Diana gewesen, größere Hörner auf die Köpf gaukelten, als Aktäon* getragen; welches ich ihm alles glaubte, so ein dummer Narr war ich.

Hingegen unterhielt mich mein Hofmeister, wenn er allein bei mir war, mit viel einem andern Diskurs; er brachte mich auch in seines Sohns Kundschaft, welcher wie hiebevor gemeldet worden bei der kursächsischen Armee ein Musterschreiber* war und weit andere Qualitäten an sich hatte, als meines Obristen Schreiber; dahero mochte ihn mein Obrister nicht allein gerne leiden, sondern er war auch bedacht, ihn von seinem Kapitän loszuhandlen und zu seinem Regiments-Secretario zu machen, auf welche Stell obgemeldter sein Schreiber sich auch spitzete.

Mit diesem Musterschreiber, welcher auch wie sein Vater Ulrich Herzbruder hieß, machte ich ein solche Freundschaft, daß wir ewige Brüderschaft zusammen schwuren, kraft deren wir einander in Glück und Unglück, in Lieb und Leid nimmermehr verlassen wollten: und weil dieses mit Wissen seines Vaters geschah, hielten wir den Bund desto fester und steifer, demnach lag uns nichts härter an, als wie wir meines Narrenkleids mit Ehren loswerden und einander rechtschaffen dienen möchten; welches aber der alte Herzbruder, den ich als meinen Vater ehrete und vor Augen hatte, nicht guthieß, sondern ausdrücklich sagte: Wenn ich in kurzer Zeit meinen Stand änderte, daß mir solches ein schweres Gefängnis und große Leib- und Lebensgefahr gebären würde. Und weil er auch sich selbst und seinem Sohn einen großen bevorstehenden Spott prognostizierte und dahero Ursach zu haben vermeinte, desto vorsichtiger und behutsamer zu leben, also wollte er sich um so viel desto weniger in einer Person Sachen mischen, deren künftige große Gefahr er vor Augen sehen konnte, denn er besorgte, er möchte meines künftigen Unglücks teilhaftig werden, wenn ich mich offenbarte, weil er bereits vorlängst meine Heimlichkeit gewußt und mich gleichsam in- und auswendig gekannt, meine Beschaffenheit aber dem Obristen nicht kundgetan hatte.

Kurz hernach merkte ich noch besser, daß meines Obristen Schreiber meinen neuen Bruder schrecklich neidete, weil er besorgte, er möchte vor ihm zu der Sekretariatstell erhoben werden, denn ich sah wohl, wie er zuzeiten griesgramete, wie ihm die Mißgunst so gedrang tat und daß er in schweren Gedanken allezeit seufzete, wenn er entweder den alten oder den jungen Herzbruder ansah; daraus urteilte ich und glaubte ohn allen Zweifel, daß er Kalender machte, wie er ihm ein Bein vorsetzen und zu Fall bringen möchte. Ich kommunizierte meinem Bruder, beides aus getreuer Affektion und tragender Schuldigkeit, dasjenige, was ich argwöhnete, damit er sich vor diesem Judasbruder* ein wenig vorsehen sollte; er aber nahm es auf die leichte Achsel, Ursach*, weil er dem Schreiber sowohl mit der Feder als mit dem Degen mehr als genug überlegen war und dazu noch des Obristen große Gunst und Gnad hinweg hatte.

Das 22. Kapitel

Ein schelmische Diebskunst, einander die Schuh auszutreten

Weil der Gebrauch im Krieg ist, daß man gemeiniglich alte versuchte Soldaten zu Profosen macht, also hatten wir auch einen dergleichen bei unserm Regiment, und zwar einen solchen abgefeimten Erzvogel und Kernböswicht, daß man wohl von ihm sagen konnte, er sei vielmehr als vonnöten erfahren gewesen; denn er war ein rechter Schwarzkünstler, Siebdreher* und Teufelsbanner, und von sich selbsten nicht allein so fest als Stahl, sondern auch überdas ein solcher Gesell, der andere festmachen und noch dazu ganze Eskadronen Reuter ins Feld stellen konnte: sein Bildnis* sah natürlich aus, wie uns die Maler und Poeten den Saturnum* vorstellen, außer daß er weder Stelzen noch Sensen trug. Ob nun zwar die armen gefangenen Soldaten, so ihm in seine unbarmherzigen Hände kamen, wegen dieser seiner Beschaffenheit und stetigen Gegenwart sich desto unglückseliger schätzten, so waren doch Leute, die gern mit diesem Wenddenschimpf* umgingen, sonderlich Olivier unser Schreiber, und je mehr sich sein Neid wider den jungen Herzbruder (der eines sehr fröhlichen Humors war) vermehrte, je fester wuchs die große Vertraulichkeit zwischen ihm und dem Profosen; dahero konnte ich mir gar leichtlich die Rechnung machen, daß die Konjunktion Saturni und Mercurii* dem redlichen Herzbruder nichts Guts bedeuten würde.

Eben damals wurde meine Obristin mit einem jungen Sohn erfreuet und die Taufsuppe fast fürstlich dargereicht, bei welcher der junge Herzbruder aufzuwarten ersucht ward, und weil er sich aus Höflichkeit gern einstellete, war solches dem Olivier ein erwünschte Gelegenheit, sein Schelmenstück, mit welchem er lang schwanger gangen, auf die Welt zu bringen: Denn als nun alles vorüber war, manglete meines Obristen großer vergoldter Tischbecher, welchen er so leichtlich nicht verloren haben wollte, weil er noch vorhanden gewesen, da alle fremden Gäst schon hinwegwaren; der Page sagte zwar, daß er ihn das letzte Mal bei dem Olivier gesehen, er war dessen aber nicht geständig; hierauf wurde der Profos geholet, der Sache Rat zu schaffen, und wurde ihm benebens anbefohlen, wenn er durch seine Kunst den Diebstahl wieder herzu könnte bringen, daß er das Werk so einrichten sollte, damit der Dieb sonst niemand als dem Obristen kund würde, weil noch Offizier von seinem Regiment vorhanden waren, welche er, wenn sich vielleicht einer davon übersehen hätte, nicht gerne zuschanden machen wollte.

Weil sich nun jeder unschuldig wußte, so kamen wir auch alle lustig in des Obristen großes Zelt, da der Zauberer die Sach vornahm; da sah je einer den andern an und verlangte zu vernehmen, was es endlich abgeben und wo der verlorne Becher doch herkommen würde: Als er nun etliche Wort gemurmelt hatte, sprangen einem hier, dem andern dort ein zwei drei auch mehr junge Hündlein aus den Hosensäcken, Ärmeln, Stiefeln, Hosenschlitzen und wo sonst die Kleidungen offen waren: Diese wuselten behend in dem Zelt hin und wieder herum, waren alle überaus schön, von mancherlei Farben und jeder auf ein sonderbare Manier gezeichnet, also daß es ein recht lustig Spektakel war, mir aber wurden meine engen kroatischen Kälberhosen so voll junger Hund gegaukelt, daß ich solche abziehen und weil mein Hemd im Wald vorlängst am Leib verfaulet war, nackend dastehen mußte; zuletzt sprang eins dem jungen Herzbruder aus dem Schlitz, welches das allerhurtigste war und ein gülden Halsband anhatte, dieses verschlang alle anderen Hündlein, deren es doch so voll im Zelt herumgrabbelte, daß man vor ihnen keinen Fuß weiters setzen konnte: Wie es nun alle aufgerieben hatte, wurde es selbsten je länger je kleiner, das Halsband aber nur desto größer, bis es sich endlich gar in des Obristen Tischbecher verwandelte.

Da mußte nun nicht allein der Obriste, sondern auch alle anderen Gegenwärtigen dafürhalten, daß sonst niemand als der junge Herzbruder den Becher gestohlen, derowegen sagte der Obriste zu ihm: „Siehe da, du undankbarer Gast, hab ich dieses Diebsstück, das ich dir nimmermehr zugetraut hätte, mit meinen Guttaten um dich verdienet? Schaue, ich habe dich zu meinem Secretario des morgenden Tags wollen machen, aber nun hast du verdienet, daß ich dich noch heut aufhenken ließe! welches auch ohnfehlbar geschehen sollte, wenn ich deines ehrlichen alten Vaters nicht verschonete; geschwind packe dich aus meinem Lager und lasse dich die Tag deines Lebens vor meinen Augen nicht mehr sehen!“ Er wollte sich entschuldigen, wurde aber nicht gehört, dieweil seine Tat so sonnenklar am Tag lag; und indem er fortging, wurde dem guten alten Herzbruder ganz ohnmächtig, also daß man genug an ihm zu laben und der Obrist selbst an ihm zu trösten hatte, welcher sagte: Daß ein frommer Vater seines ungeratenen Kinds gar nicht zu entgelten hätte. Also erlangte Olivier durch Hilf des Teufels dasjenige, wonach er vorlängst gerungen, auf einem ehrlichen Weg aber nicht ereilen mögen.

Das 23. Kapitel

Ulrich Herzbruder verkauft sich um hundert Dukaten

Sobald des jungen Herzbruders Kapitän diese Geschicht erfuhr, nahm er ihm auch die Musterschreiberstell und lud ihm eine Pike auf, von welcher Zeit an er bei männiglich so veracht wurde, daß ihn die Hund hätten anpissen mögen, darum er sich dann oft den Tod wünschete! Sein Vater aber bekümmerte sich dergestalt darüber, daß er in eine schwere Krankheit fiel und sich auf das Sterben gefaßt machte. Und demnach er aber sich ohnedas hiebevor selbst prognostiziert hatte, daß er den 26. Julii Leib- und Lebensgefahr ausstehen müßte (welcher Tag denn nächst vor der Tür war): also erlangte er bei dem Obristen, daß sein Sohn noch einmal zu ihm kommen durfte, damit er wegen seiner Verlassenschaft mit ihm reden und seinen letzten Willen eröffnen möchte. Ich wurde bei ihrer Zusammenkunft nicht ausgeschlossen, sondern war der dritte Mitgesell ihres Leids. Da sah ich, daß der Sohn keiner Entschuldigung bedürft gegen seinen Vater, weil er seine Art und gute Auferziehung wohl wußte und dahero seiner Unschuld genugsam versichert war: er als ein weiser, verständiger und tiefsinniger Mann ermaß ohnschwer aus den Umständen, daß Olivier seinem Sohn dies Bad durch den Profosen hatte zurichten lassen, was vermochte er aber wider einen Zauberer? von dem er noch Ärgers zu besorgen hatte, wenn er sich anders einiger Rach hatte unterfangen wollen; überdies versah er sich seines Tods und wußte doch nicht geruhiglich zu sterben, weil er seinen Sohn in solcher Schand hinter sich lassen sollte: in welchem Stand der Sohn desto weniger zu leben getraute, um wieviel mehr er ohnedas wünschte, vor dem Vater zu sterben. Es war versichert dieser beiden Jammer so erbärmlich anzuschauen, daß ich von Herzen weinen mußte! zuletzt war ihr gemeiner einhelliger Schluß, Gott ihre Sach in Geduld heimzustellen, und der Sohn sollte auf Mittel und Weg gedenken, wie er sich von seiner Compagnia loswirken und anderwärts sein Glück suchen könnte; als sie aber die Sach bei dem Licht besahen, da manglets am Geld, mit welchem er sich bei seinem Kapitän loskaufen sollte, und indem sie betrachteten und bejammerten, in was für einem Elend sie die Armut gefangen hielt und alle Hoffnung abschnitt, ihren gegenwärtigen Stand zu verbessern, erinnerte ich mich erst meiner Dukaten, die ich noch in meinen Eselsohren vernähet hatte; fragte derowegen, wieviel sie denn Gelds zu dieser ihrer Notdurft haben müßten? Der junge Herzbruder antwortet': „Wenn einer käme und uns hundert Taler brächte, so getraute ich aus allen meinen Nöten zu kommen." Ich antwortet: „Bruder, wenn dir damit geholfen wird, so hab ein gut Herz, denn ich will dir hundert Dukaten geben." „Ach Bruder", antwortet' er mir hinwiederum, „was ist das? bist du denn ein rechter Narr? oder so leichtfertig, daß du uns in unserer äußersten Trübseligkeit noch scherzest?" „Nein, nein", sagte ich, „ich will dir das Geld herschießen"; streifte darauf mein Wams ab und tat das eine Eselsohr von meinem Arm, öffnete es, und ließ ihn selbst hundert Dukaten daraus zählen und zu sich nehmen, das übrige behielt ich, und sagte: „Hiermit will ich deinem kranken Vater auswarten, wenn er dessen bedarf." Hierauf fielen sie mir um den Hals, küßten mich und wußten vor Freude nicht was sie taten, wollten mir auch eine Handschrift zustellen und mich darinnen versichern, daß ich an dem alten Herzbruder neben seinem Sohn ein Miterb sein sollte; oder daß sie mich, wenn ihnen Gott wieder zu dem Ihrigen hülfe, um diese Summam samt dem Interesse wiederum mit großem Dank befriedigen wollten: deren ich aber keines annahm, sondern allein mich in ihre beständige Freundschaft befahl. Hierauf wollte der junge Herzbruder verschwören, sich an dem Olivier zu rächen oder darum zu sterben! Aber sein Vater verbot ihm solches und versichert' ihn, daß derjenige, der den Olivier totschlüg, wieder von mir dem Simplicio den Rest kriegen werde; „doch", sagte er, „bin ich dessen wohl vergewissert, daß ihr beide einander nicht umbringen werdet, weil keiner von euch durch Waffen umkommen soll." Demnach hielt er uns an, daß wir eidlich zusammen schwuren, einander bis in den Tod zu lieben und in allen Nöten beizustehen. Der junge Herzbruder aber entledigte* sich mit dreißig Reichstalern, dafür ihm sein Kapitän einen ehrlichen Abschied gab, verfügte sich mit dem übrigen Geld und guter Gelegenheit nach Hamburg, montierte sich allda mit zweien Pferden und ließ sich unter der schwedischen Armee für einen Freireuter gebrauchen, mir indessen unsern Vater befehlend.

Das 24. Kapitel

Zwo Wahrsagungen werden auf einmal erfüllt

Keiner von meines Obristen Leuten schickte sich besser, dem alten Herzbruder in seiner Krankheit abzuwarten als ich, und weil der Kranke auch mehr als wohl mit mir zufrieden war, so wurde mir auch solches Amt von der Obristin aufgetragen, welche ihm viel Guts erwies, und demnach er neben so guter Pfleg auch wegen seines Sohns sattsam erquickt worden, besserte es sich von Tag zu Tag mit ihm, also daß er noch vor dem 26. Julii fast wieder überall zu völliger Gesundheit gelangte, doch wollt er sich noch inhalten und krank stellen, bis bemeldter Tag, vor welchem er sich merklich entsetzte, vorbei wäre: Indessen besuchten ihn allerhand Offizier von beiden Armeen, die ihr künftig Glück und Unglück von ihm wissen wollten, denn weil er ein guter Mathematicus und Nativitäten-Steller*, benebens auch ein vortrefflicher Physiognomist* und Chiromanticus* war, fehlte ihm seine Aussag selten; ja er nennete sogar den Tag, an welchem die Schlacht vor Wittstock nachgehends geschah, sintemal ihm viel zukamen, denen um dieselbige Zeit einen gewalttätigen Tod zu leiden angedrohet war. Die Obristin versichert' er, daß sie ihr Kindbett noch im Lager aushalten würde, weil vor Ausgang der sechs Wochen Magdeburg an die Unserigen nicht übergehen würde. Dem falschen Olivier, der sich gar zutäppisch bei ihm zu machen wußte, sagte er ausdrücklich, daß er eines gewalttätigen Todes sterben müßte, und daß ich seinen Tod, er geschehe wann er wolle, rächen und seinen Mörder wieder umbringen würde, weswegen mich Olivier folgender Zeit hoch hielt; mir selbsten aber erzählet' er meinen künftigen ganzen Lebenslauf so umständlich, als wenn er schon vollendet und er allezeit bei mir gewesen wäre, welches ich aber wenig achtet und mich jedoch nachgehends vielen Dings erinnert, das er mir zuvor gesagt, nachdem es schon geschehen oder wahr worden, vornehmlich aber warnet' er mich vorm Wasser, weil er besorgte, ich würde meinen Untergang darin leiden.

Als nun der 26. Julii eingetreten war, vermahnet' er mich und einen Fourierschützen (den mir der Obriste auf sein Begehren denselben Tag zugegeben hatte) ganz treulich, wir sollten niemand zu ihm ins Zelt lassen. Er lag also allein darinnen und betet' ohn Unterlaß; da es aber um den Nachmittag wurde, kam ein Leutnant aus dem Reuterlager dahergeritten, welcher nach des Obristen Stallmeister fragte; er wurde zu uns und gleich darauf wieder von uns abgewiesen, er wollte sich aber nicht abweisen lassen, sondern bat den Fourierschützen mit untergemischten Verheißungen, ihn vor den Stallmeister zu lassen, als mit welchem er noch diesen Abend notwendig reden müßte, weil aber solches auch nicht helfen wollte, fing er an zu fluchen, mit Donner und Hagel drein zu kollern und zu sagen, er sei schon so vielmal dem Stallmeister zu Gefallen geritten und hätte ihn noch niemals daheim angetroffen, so er nun jetzt einmal vorhanden sei, sollte er abermal die Ehr nicht haben, nur ein einzig Wort mit ihm zu reden; stieg darauf ab und ließ sich nicht verwehren, das Zelt selbst aufzuknüpfen, worüber ich ihn in die Hand biß, aber ein dichte Maulschelle dafür bekam. Sobald er meinen Alten sah, sagte er: „Der Herr sei gebeten, mir zu verzeihen, daß ich die Frechheit brauche, ein Wort mit ihm zu reden.“ „Wohl“, antwort der Stallmeister, „was beliebt denn dem Herrn?“ „Nichts anders“, sagte der Leutnant, „als daß ich den Herrn bitten wollte, ob er sich ließe belieben, mir meine Nativität zu stellen?“ Der Stallmeister antwortet': „Ich will verhoffen, mein hochgeehrter Herr werde mir vergeben, daß ich demselben für diesmal meiner Krankheit halber nicht willfahren kann, denn weil diese Arbeit viel Rechnens braucht, wirds mein blöder Kopf jetzo nicht verrichten können, wenn Er sich aber bis morgen zu gedulden beliebt, will ich Ihm verhoffentlich genugsame Satisfaktion tun." „Herr", sagte hierauf der Leutnant, „Er sage mir nur etwas dieweil aus der Hand." „Mein Herr", antwort der alte Herzbruder, „dieselbe Kunst ist gar mißlich und betrüglich, derowegen bitte ich, der Herr wolle mich damit soweit verschonen, ich will morgen hergegen alles gerne tun, was der Herr an mich begehret." Der Leutnant wollte sich doch nicht abweisen lassen, sondern trat meinem Vater vors Bett, streckt' ihm die Hand dar, und sagte: „Herr, ich bitt nur um ein paar Wort, meines Lebens End betreffend, mit Versicherung, wenn solches etwas Böses sein sollte, daß ich des Herrn Red als ein Warnung von Gott annehmen will, um mich desto besser vorzusehen, darum bitte ich um Gottes willen, der Herr wolle mir die Wahrheit nicht verschweigen!" Der redliche Alte antwortet' ihm hierauf kurz, und sagte: „Nun wohlan, so sehe sich der Herr denn wohl vor, damit er nicht in dieser Stunde noch aufgehenkt werde." „Was, du alter Schelm", sagte der Leutnant, der eben einen rechten Hundssoff hatte, „sollest du einem Kavalier solche Worte vorhalten dürfen?" zog damit von Leder, und stach meinen lieben alten Herzbruder im Bett zu Tod! Ich und der Fourierschütz ruften alsbald Lärmen und Mordio, also daß alles dem Gewehr zulief, der Leutnant aber machte sich unverweilt auf seinen Schnellfuß, wäre auch ohne Zweifel entritten, wenn nicht eben der Kurfürst in Sachsen mit vielen Pferden persönlich vorbeigeritten wäre und ihn hätte einholen lassen: Als derselbe den Handel vernahm, wendet' er sich zu dem von Hatzfeld*, als unserm General, und sagte nichts anders als dieses: „Das wäre eine schlechte Disziplin in einem kaiserlichen Lager, wenn auch ein Kranker im Bett vor den Mördern seines Lebens nicht sicher sein sollte!" Das war ein scharfe Sentenz, und genugsam, den Leutnant um das Leben zu bringen; gestalt ihn unser General alsbald an seinen allerbesten Hals aufhenken ließ.

Das 25. Kapitel

Simplicius wird aus einem Jüngling in ein Jungfrau verwandelt, und bekommt unterschiedliche Buhlschaften

Aus dieser wahrhaftigen Histori ist zu sehen, daß nicht sogleich alle Wahrsagungen zu verwerfen seien, wie etliche Gecken tun, die gar nichts glauben können. So kann man auch hieraus abnehmen, daß der Mensch sein aufgesetztes Ziel schwerlich überschreiten mag, wenn ihm gleich sein Unglück lang oder kurz zuvor durch dergleichen Weissagungen angedeutet worden. Auf die Frag, die sich ereignen möchte, obs einem Menschen nötig, nützlich und gut sei, daß er sich wahrsagen und die Nativität stellen lasse? antworte ich allein dieses, daß mir der alte Herzbruder soviel gesagt habe, daß ich oft gewünschet und noch wünsche, daß er geschwiegen hätte, denn die unglücklichen Fäll, die er mir angezeigt, hab ich niemals umgehen können, und diejenigen die mir noch bevorstehen, machen mir nur vergeblich graue Haar, weil mir besorglich dieselbigen auch wie die vorigen zuhanden gehen werden, ich sehe mich gleich vor denselben vor oder nicht: Was aber die Glücksfälle anbelangt, von denen einem geweissaget wird, davon halte ich, daß sie öfter betrügen oder aufs wenigste den Menschen nicht so wohl gedeihen als die unglückseligen Prophezeihungen: Was half michs, daß mir der alte Herzbruder hoch und teur schwur, ich wäre von edlen Eltern geboren und erzogen worden, da ich doch von niemand anders wußte als von meinem Knan und meiner Meuder, die grobe Baursleut im Spessart waren. Item was halfs den von Wallenstein, Herzogen in Friedland, daß ihm prophezeit wurde, er werde gleichsam mit Saitenspiel zum König gekrönet werden? weiß man nicht, wie er zu Eger eingewieget worden*? Mögen derowegen andere ihre Köpf über dieser Frag zerbrechen, ich komme wieder auf meine Histori.

Als ich erzähltermaßen meine beiden Herzbrüder verloren hatte, verleidet' mir das ganze Lager vor Magdeburg, welches ich ohnedas nur eine leinene und stroherne Stadt* mit irdenen Mauren zu nennen pflegte. Ich wurde meines Stands so müd und satt, als wenn ichs mit lauter eisernen Kochlöffeln gefressen hätte, einmal, ich gedachte mich nicht mehr von jedermann so foppen zu lassen, sondern meines Narrnkleids loszuwerden und sollte ich gleich Leib und Leben darüber verlieren. Das setzte ich folgendergestalt sehr liederlich ins Werk, weil mir sonst keine bessere Gelegenheit anstehen wollte.

Olivier der Secretarius, welcher nach des alten Herzbruders Tod mein Hofmeister worden war, erlaubte mir oft mit den Knechten auf Fourage zu reiten; als wir nun einsmals in ein groß Dorf kamen, darinnen etliche den Reutern zuständige Bagage logierte, und jeder hin und wieder in die Häuser ging, zu suchen was etwa mitzunehmen wäre, stahl ich mich auch hinweg und suchte, ob ich nicht ein altes Baurenkleid finden möchte, um welches ich meine Narrnkappe vertauschen könnte; aber ich fand nicht was ich wollte, sondern mußte mit einem Weiberkleid vorlieb nehmen; ich zog selbiges an, weil ich mich allein sah, und warf das meinig in ein Secret*, mir nicht anders einbildend, als daß ich nunmehr aus allen meinen Nöten errettet worden. In diesem Aufzug ging ich über die Gaß gegen etliche Offiziersweiber und macht so enge Schrittlein, als etwa Achilles getan, da ihn seine Mutter dem Lycomedi* rekommendierte, ich war aber kaum außer Dach hervorkommen, da mich etliche Fouragierer sahen und besser springen lehrten, denn als sie schrien: „Halt, halt!" lief ich nur desto stärker und kam ehender als sie zu obgemeldten Offizierinnen, vor denselben fiel ich auf die Knie nieder und bat um aller Weiber Ehr und Tugend willen, sie wollten meine Jungferschaft vor diesen geilen Buben beschützen! Allda meine Bitt nicht allein stattfand, sondern ich wurde auch von einer Rittmeisterin für eine Magd angenommen, bei welcher ich mich beholfen bis Magdeburg, item die Werberschanz, auch Havelberg und Perleberg von den Unsern eingenommen worden*.

Diese Rittmeisterin war kein Kind mehr, wiewohl sie noch jung war, und vernarrete sich dermaßen in meinen glatten Spiegel und geraden Leib, daß sie mir endlich nach langgehabter Mühe und vergeblicher umschweifender Weitläufigkeit nur allzu teutsch zu verstehen gab, wo sie der Schuh am meisten drücke; ich aber war damals noch viel zu gewissenhaft, tat als wenn ichs nicht merkte und ließ keine anderen Anzeigungen scheinen, als solche, daraus man nichts anders als eine fromme Jungfrau urteilen mochte: Der Rittmeister und sein Knecht lagen in gleichem Spital krank*, derowegen befahl er seinem Weib, sie sollte mich besser kleiden lassen, damit sie sich meines garstigen Baurenkittels nicht schämen dürfte. Sie tat mehr als ihr befohlen war und putzte mich heraus wie ein französische Pupp, welches das Feuer bei allen dreien noch mehr schürete, ja es wurde endlich bei ihnen so groß, daß Herr und Knecht eiferigst von mir begehrten, was ich ihnen nit leisten konnte, und der Frauen selbst mit einer schönen Manier verweigerte. Zuletzt setzte sich der Rittmeister vor, eine Gelegenheit zu ergreifen, bei der er mit Gewalt von mir haben könnte, was ihm doch zu bekommen unmöglich war, solches merkete sein Weib, und weil sie mich noch endlich zu überwinden verhoffte, verlegte sie ihm alle Päß und lief ihm alle Ränk ab, also daß er vermeinte, er müsse toll und töricht darüber werden. Einsmals als Herr und Frau schlafen war, stund der Knecht vor dem Wagen, in welchem ich alle Nacht schlafen mußte, klagte mir seine Lieb mit heißen Tränen und bat ebenso andächtig um Gnad und Barmherzigkeit! Ich aber erzeigte mich härter als ein Stein und gab ihm zu verstehen, daß ich meine Keuschheit bis in Ehestand bewahren wollte; da er mir nun die Ehe wohl tausendmal anbot und doch nichts anders dagegen vernahm, als daß ich ihn versicherte, daß es unmöglich sei, mich mit ihm zu verehelichen, verzweifelt' er endlich gar oder stellte sich doch aufs wenigst nur so, denn er zog seinen Degen aus, setzte die Spitz an die Brust und den Knopf an Wagen und tat nicht anders, als wenn er sich jetzt erstechen wollte: Ich gedachte, der Teufel ist ein Schelm, sprach ihm derowegen zu und gab ihm Vertröstung, am Morgen frühe einen endlichen Bescheid zu erteilen, davon wurde er content und ging schlafen, ich aber wachte desto länger, dieweil ich meinen seltsamen Stand betrachtete: Ich befand wohl, daß mein Sach in die Länge kein gut tun würde, denn die Rittmeisterin wurde je länger je importuner mit ihren Reizungen, der Rittmeister verwegener mit seinen Zumutungen und der Knecht verzweifelter in seiner beständigen Liebe, ich wußte mir aber darum nicht aus solchem Labyrinth zu helfen. Ich mußte oft meiner Frau bei hellem Tag Flöh fangen, nur darum, damit ich ihre alabasterweißen Brüst sehen und ihren zarten Leib genug betasten sollte, welches mir, weil ich auch Fleisch und Blut hatte, in die Läng zu ertragen schwer fallen wollte; ließ mich dann die Frau zufrieden, so quälte mich der Rittmeister, und wenn ich vor diesen beiden bei Nacht Ruhe haben sollte, so peinigte mich der Knecht, also daß mich das Weiberkleid viel saurer zu tragen ankam als meine Narrnkapp; damal (aber viel zu spät) gedachte ich fleißig an meines seligen Herzbruders Weissagung und Warnung und bildete mir nichts anders ein, als daß ich schon wirklich in demjenigen Gefängnis, auch Leib- und Lebensgefahr steckte, davon er mir gesagt hatte, denn das Weiberkleid hielt mich gefangen, weil ich darin nicht ausreißen konnte, und der Rittmeister würde übel mit mir gespielet haben, wenn er mich erkannt und einmal bei seiner schönen Frauen über dem Flöhfangen ertappt hätte. Was sollt ich tun? Ich beschloß endlich dieselbe Nacht, mich dem Knecht zu offenbaren, sobald es Tag würde, denn ich gedachte, „seine Liebsregungen werden sich alsdann legen, und wenn du ihm von deinen Dukaten spendierest, so wird er dir wieder zu einem Mannskleid und also in demselbigen aus allen deinen Nöten helfen." Es wäre wohl ausgesonnen gewesen, wenn nur das Glück gewollt hätte, aber es war mir zuwider.

Mein Hans ließ sich gleich nach Mitternacht tagen*, das Jawort zu holen, und fing an am Wagen zu rapplen, als ich eben anfing am allerstärksten zu schlafen; er rief etwas zu laut: „Sabina, Sabina, ach mein Schatz steht auf und halt mir Euer Versprechen!" also daß er den Rittmeister eher als mich damit erweckte, weil er sein Zelt am Wagen stehen hatte; diesem wurde ohne Zweifel grün und gelb vor den Augen, weil ihn die Eifersucht ohnedas zuvor eingenommen, doch kam er nicht heraus unser Tun zu zerstören, sondern stand nur auf, zu sehen wie der Handel ablaufen wollte; zuletzt weckte mich der Knecht mit seiner Importunität und nötigte mich, entweder aus dem Wagen zu ihm zu kommen oder ihn zu mir einzulassen, ich aber schalt ihn aus und fragte, ob er mich denn für eine Hur ansehe? meine gestrige Zusag sei auf den Ehestand gegründet, außer dessen er meiner nicht teilhaftig werden könnte; er antwort, so sollte ich jedennoch aufstehen, weil es anfing' zu tagen, damit ich dem Gesind das Essen beizeiten verfertigen könnte, er wollte Holz und Wasser holen und mir das Feuer zugleich anmachen; ich antwortet: „Wenn du das tun willst, so kann ich desto länger schlafen, gehe nur hin, ich will bald folgen.“ Weil aber der Narr nicht ablassen wollte, stund ich auf, mehr meine Arbeit zu verrichten, als ihm viel zu hofieren, sintemal wie mich deuchte ihn die gestrige verzweifelte Torheit wieder verlassen hatte. Ich konnte sonst ziemlich wohl für eine Magd im Feld passiern, denn Kochen, Backen und Waschen hatte ich bei den Kroaten gelernet, so pflegen die Soldatenweiber ohnedas im Feld nicht zu spinnen, was ich aber sonst für Frauenzimmerarbeit nicht konnte, als wenn ich etwa die Frau bürsten und Zöpf machen sollte, das übersah mir meine Rittmeisterin gern, denn sie wußte wohl, daß ichs nicht gelernet.

Wie ich nun mit meinem hinter sich gestreiften Ärmeln vom Wagen herabstieg, wurde mein Hans durch meine weißen Arm so heftig inflammiert, daß er sich nicht abbrechen konnte mich zu küssen, und weil ich mich nicht sonderlich wehrte, vermochte es der Rittmeister, vor dessen Augen es geschah, nicht zu erdulden, sondern sprang mit bloßem Degen aus dem Zelt, meinem armen Liebhaber einen Fang zu geben, aber er ging durch und vergaß das Wiederkommen; der Rittmeister aber sagte zu mir: „Du Bluthur, ich will dich lehren“ etc. mehrers konnte er vor

Zorn nicht sagen, sondern schlug auf mich zu, als wenn er unsinnig gewesen wäre; ich fing an zu schreien, darum mußte er aufhören, damit er keinen Alarm erregte, denn beide Armeen, die sächsische und kaiserliche, lagen damals beieinander, weil sich die schwedische unter dem Banier* näherte.

Das 26. Kapitel

Wie er für einen Verräter und Zauberer gefangen gehalten wird

Als es nun Tag worden, gab mich mein Herr den Reuterjungen preis, eben als beide Armeen völlig aufbrachen; das war nun ein Schwarm von Lumpengesind und dahero die Hatz desto größer und erschrecklicher, die ich auszustehen hatte; sie eileten mit mir einem Busch zu, ihre viehischen Begierden desto besser zu sättigen, wie denn diese Teufelskinder im Brauch haben, wenn ihnen ein Weibsbild dergestalt übergeben wird: so folgeten ihnen auch sonst viel Bursch nach, die dem elenden Spaß zusahen, unter welchen mein Hans auch war, dieser ließ mich nicht aus den Augen und als er sah, daß es mir gelten sollte, wollte er mich mit Gewalt erretten und sollte es seinen Kopf kosten; er bekam Beiständer, weil er sagte, daß ich sein versprochene Braut wäre, diese trugen ein Mitleiden mit mir und ihm und begehrten ihm Hilf zu leisten; solches war aber den Jungen, die besser Recht zu mir zu haben vermeinten und ein so gute Beut nicht aus Händen lassen wollten, allerdings ungelegen, derowegen gedachten sie Gewalt mit Gewalt abzutreiben, da fing man an Stöß auszuteilen von beiden Seiten her, der Zulauf und der Lärmen wurde je länger je größer, also daß es schier einem Turnier gleichsah, in welchem jeder um einer schönen Damen willen das Beste tut. Ihr schrecklich Geschrei lockte den Rumormeister herzu, welcher eben ankam, als sie mir die Kleider vom Leib gerissen und gesehen hatten, daß ich kein Weibsbild war; seine Gegenwart machte alles stockstill, weil er vielmehr gefürcht wurde als der Teufel selbst, auch verstoben alle diejenigen, die widereinander Hand angelegt hatten, er informiert' sich der Sach kurz, und indem ich hoffte, er wüdre mich erretten, nahm er mich dagegen gefangen, weil es ungewöhnlich und fast argwöhnische Sach war, daß sich ein Mannsbild bei einer Armee in Weiberkleidern sollte finden lassen, dergestalt wanderten er und seine Bursch mit mir neben den Regimentern daher (welche alle im Feld stunden und marschieren wollten) der Meinung, mich dem Generalauditor oder Generalgewaltiger zu überliefern; da wir aber bei meines Obristen Regiment vorbei wollten, wurde ich erkannt, angesprochen, schlechthin durch meinen Obristen bekleidet und unserm alten Profosen gefänglich überliefert, welcher mich an Händen und Füß in die Eisen schloß.

Es kam mich gewaltig sauer an, so in Ketten und Banden zu marschiern, so hätt mich auch der Schmalhans trefflich gequält, wenn mir der Secretarius Olivier nicht spendiert hätte, denn ich durfte meine Dukaten, die ich noch bisher davongebracht hatte, nicht an des Tages Licht kommen lassen, ich hätte denn solche miteinander verlieren und mich noch dazu in größere Gefahr stecken wollen. Gedachter Olivier kommunizierte mir noch denselbigen Abend, warum ich so hart gefangen gehalten wurde, und unser Regimentsschultheiß bekam gleich Befehl, mich zu examinieren, damit meine Aussag dem Generalauditor desto eher zugestellt werden möchte, denn man hielt mich nicht allein für einen Kundschafter und Spionen, sondern auch gar für einen der hexen könnte, dieweil man kurz hernach, als ich von meinem Obristen ausgetreten, einige Zauberinnen verbrennt die bekannt hatten und darauf gestorben wären, daß sie mich auch bei ihrer Generalzusammenkunft gesehen hätten, da sie beieinander gewesen, die Elb auszutrocknen, damit Magdeburg desto eher eingenommen werden könnte. Die Punkte, darauf ich Antwort geben sollte, waren diese:

Erstlich, ob ich nicht studiert hätte oder aufs wenigste Schreibens und Lesens erfahren wäre?

Zweitens, warum ich mich in Gestalt eines Narrn dem

Lager vor Magdeburg genähert, da ich doch in des Rittmeisters Diensten sowohl als jetzt witzig genug sei?

Drittens, aus was Ursachen ich mich in Weiberkleider verstellet?

Viertens, ob ich mich nicht auch neben andern Unholden auf dem Hexentanz befunden?

Wo fünftens mein Vaterland, und wer meine Eltern gewesen seien?

Sechstens, wo ich mich aufgehalten, ehe ich in das Lager vor Magdeburg kommen?

Wo und zu was End ich siebentens die Weiberarbeit, als waschen, backen, kochen etc. gelernet? Item das Lautenschlagen?

Hierauf wollte ich mein ganzes Leben erzählen, damit die Umständ meiner seltsamen Begegnisse alles recht erläutern und diese Fragen mit der Wahrheit fein verständlich unterscheiden könnten; der Regimentsschultheiß war aber nicht so kurios*, sondern vom Marschieren müd und verdrossen, derowegen begehrte er nur eine kurze runde Antwort auf das, was gefragt würde. Demnach antwortet ich folgendergestalt, daraus man aber nichts Eigentliches und Gründliches fassen konnte, und zwar

Auf die erste Frag, ich hätte zwar nicht studiert, könnte aber doch Teutsch lesen und schreiben.

Auf die zweite, weil ich kein ander Kleid gehabt, hätte ich wohl im Narrnkleid aufziehen müssen.

Auf die dritte, weil ich meines Narrnkleids müd gewesen und keine Mannskleider haben können.

Auf die vierte, ja, ich sei aber wider meinen Willen hingefahren, könnte aber gleichwohl nicht zaubern.

Auf die fünfte, mein Vaterland sei der Spessart und meine Eltern Bauersleut.

Auf die sechste, zu Hanau bei dem Gubernator, und bei einem Kroaten-Obrist Corpes genannt.

Auf die siebente, bei den Kroaten hab ich waschen, backen und kochen wider meinen Willen müssen lernen, zu Hanau aber das Lautenschlagen, weil ich Lust dazu hatte.

Wie diese meine Aussag geschrieben war, sagte er: „Wie kannst du leugnen und sagen, daß du nicht studiert habest, da du doch, als man dich noch für einen Narrn hielt, einem Priester unter währender Meß auf die Wort ‚Domine, non sum dignus' auch in Latein geantwort, er dürfte solches nicht sagen, man wisse es zuvor wohl?" „Herr", antwortet ich, „das haben mich damals andere Leut gelehret und mich überredet, es sei ein Gebet, das man bei der Meß sprechen müsse, wenn unser Kaplan den Gottesdienst verrichte." „Ja, ja", sagte der Regimentsschultheiß, „ich sehe dich für den Rechten an, dem man die Zung mit der Folter lösen muß." Ich gedachte: „So helf Gott! wenns deinem närrischen Kopf nach gehet."

Am andern Morgen früh kam Befehl vom Generalauditor an unsern Profosen, daß er mich wohl in acht nehmen sollte, denn er war gesinnt, sobald die Armeen still lägen, mich selbst zu examinieren, auf welchen Fall ich ohne Zweifel an die Folter gemußt hätte, wenn es Gott nicht anders gefügt. In dieser Gefangenschaft dachte ich stetigs an meinen Pfarrer zu Hanau und den verstorbenen alten Herzbruder, weil sie beide wahr gesagt, wie mirs ergehen würde, wenn ich wieder aus meinem Narrnkleid käme.

Das 27. Kapitel

Wie es dem Profosen in der Schlacht bei Wittstock ergangen*

Denselben Abend, als wir uns kaum gelagert hatten, wurde ich zum Generalauditor geführt, der hatte meine Aussag samt einem Schreibzeug vor sich und fing an mich besser zu examinieren; ich hingegen erzählte meine Händel, wie sie an sich selbst waren, es wurde mir aber nicht geglaubt und konnte der Generalauditor nicht wissen, ob er einen Narrn oder ausgestochenen Böswicht vor sich hatte, weil Frag und Antwort so artlich fiel und der Handel an sich selbst seltsam war; er hieß mich eine Feder nehmen und schreiben, zu sehen was ich könnte, und ob etwa meine Handschrift bekannt oder doch so beschaffen wäre, daß man etwas daraus abnehmen möchte? Ich ergriff Feder und Papier so geschicklich, als einer der sich täglich damit übte, und fragte, was ich schreiben sollte? Der Generalauditor (welcher vielleicht unwillig war, weil sich mein Examen tief in die Nacht hinein verzog) antwortet': „Hei schreib: deine Mutter die Hur!" Ich setzte ihm diese Wort dahin, und da sie gelesen wurden, machten sie meinen Handel nur desto schlimmer, denn der Generalauditor sagte, jetzt glaube er erst, daß ich ein rechter Vogel sei; er fragte den Profosen, ob man mich visitiert und ob man nichts von Schriften bei mir funden hätte? Der Profos antwortet': „Nein, was sollt man an ihm visitiern, weil ihn der Rumormeister gleichsam nackend zu uns gebracht." Aber ach! das half nichts, der Profos mußte mich in Gegenwart ihrer aller besuchen, und indem er solches mit Fleiß verrichtet, findet er, o Unglück! meine beiden Eselsohren mit den Dukaten, um meine Arm herumgebracht. Da hieß es: „Was dürfen wir ferner Zeugnis? Dieser Verräter hat ohne Zweifel ein groß Schelmstück zu verrichten auf sich genommen, denn warum sollte sich sonst ein Gescheiter in ein Narrnkleid stecken? oder ein Mannsbild in ein Weiberkleid verstellen? warum vermeint man wohl, zu was End er sonst mit einem so ansehenlichen Stück Geld versehen sei, als etwas Großes zu verrichten? Sagt er nicht selbst, er habe bei dem Gubernator zu Hanau, dem allerverschlagensten Soldaten in der Welt, lernen auf der Lauten schlagen? Was vermeint ihr Herren wohl, was er sonst bei denselben Spitzköpfen* für listige Praktiken ins Werk zu setzen begriffen habe? Der nächste Weg ist, daß man morgen mit ihm auf die Folter, und wie ers verdient haben wird, dem Feur zueile, maßen er sich ohnedas bei den Zauberern befunden und nichts Bessers wert ist." Wie mir damals zumut gewesen, kann sich jeder leicht einbilden, ich wußte mich zwar unschuldig und hatte ein starkes Vertrauen zu Gott; aber dennoch sah ich meine Gefahr und bejammerte den Verlust meiner schönen Dukaten, welche der Generalauditor zu sich steckte.

Aber ehe man diesen strengen Prozeß mit mir ins Werk setzte, gerieten die Banierischen den Unserigen in die Haar, gleich anfänglich kämpften die Armeen um den Vorteil und gleich darauf um das schwere Geschütz, dessen die Unserigen stracks verlustigt wurden: Unser Profos hielt zwar ziemlich weit mit seinen Leuten und den Gefangenen hinter der Battalia*, gleichwohl aber waren wir unser Brigade so nahe, daß wir jeden von hinterwärts an den Kleidern erkennen konnten; und als eine schwedische Eskadron auf die unserige traf, waren wir sowohl als die Fechtenden selbst in Todsgefahr, denn in einem Augenblick flog die Luft so häufig voller singender Kugeln über uns her, daß es das Ansehen hatte, als ob die Salve uns zu Gefallen gegeben worden wäre, davon duckten sich die Furchtsamen, als ob sie sich in sich selbst hätten verbergen wollen; diejenigen aber, so Courage hatten und mehr bei dergleichen Scherz gewesen, ließen solche ohnverblichen* über sich hinstreichen. Im Treffen selbst aber suchte ein jeder seinem Tod mit Niedermachung des Nächsten, der ihm aufstieß, vorzukommen, das greuliche Schießen, das Geklapper der Harnisch, das Krachen der Piken und das Geschrei beides der Verwundten und Angreifenden machten neben den Trompeten, Trommeln und Pfeifen ein erschreckliche Musik! da sah man nichts als einen dicken Rauch und Staub, welcher schien, als wollte er die Abscheulichkeit der Verwundten und Toten bedecken, in demselbigen hörete man ein jämmerliches Weheklagen der Sterbenden und ein lustiges Geschrei derjenigen, die noch voller Mut staken, die Pferd selbst hatten das Ansehen, als wenn sie zu Verteidigung ihrer Herrn je länger je frischer würden, so hitzig erzeigten sie sich in dieser Schuldigkeit, welche sie zu leisten genötiget waren, deren sah man etliche unter ihren Herrn tot daniederfallen, voller Wunden, welche sie unverschuldter Weis zu Vergeltung ihrer getreuen Dienste empfangen hatten; andere fielen um gleicher Ursach willen auf ihre Reuter und hatten also in ihrem Tod die Ehr, daß sie von denjenigen getragen wurden, welche sie in währendem Leben tragen müssen; wiederum andere, nachdem sie ihrer herzhaften

Last, die sie kommandiert hatte, entladen worden, verließen die Menschen in ihrer Wut und Raserei, rissen aus und suchten im weiten Feld ihr erste Freiheit: Die Erde, deren Gewohnheit ist, die Toten zu bedecken, war damals an selbigem Ort selbst mit Toten überstreut, welche auf unterschiedliche Manier gezeichnet waren, Köpf lagen dorten, welche ihre natürlichen Herren verloren hatten, und hingegen Leiber, die ihrer Köpf mangleten; etliche hatten grausam- und jämmerlicher Weis das Ingeweid heraus, und andern war der Kopf zerschmettert und das Hirn zerspritzt; da sah man, wie die entseelten Leiber ihres eigenen Geblüts beraubet und hingegen die lebendigen mit fremdem Blut beflossen waren, da lagen abgeschossene Arm, an welchen sich die Finger noch regten, gleichsam als ob sie wieder mit in das Gedräng wollten, hingegen rissen Kerles aus, die noch keinen Tropfen Blut vergossen hatten, dort lagen abgelöste Schenkel, welche ob sie wohl der Bürde ihres Körpers entladen, dennoch viel schwerer worden waren als sie zuvor gewesen; da sah man zerstümmelte Soldaten um Beförderung ihres Tods, hingegen andere um Quartier und Verschonung ihres Lebens bitten. Summa Summarum, da war nichts anders als ein elender jämmerlicher Anblick! Die schwedischen Sieger trieben unsere Überwundenen von der Stell, darauf sie so unglücklich gefochten, nachdem sie solche zuvor zertrennt hatten, sie mit ihrer schnellen Verfolgung vollends zerstreuend. Bei welcher Bewandtnis mein Herr Profos mit seinen Gefangenen auch nach der Flucht griff, wiewohl wir mit einziger Gegenwehr um die Überwinder keine Feindseligkeit verdient hatten; und indem er Profos uns mit dem Tod bedrohete und also nötigte samt ihm durchzugehen, jagte der junge Herzbruder daher mit noch fünf Pferden und grüßte ihn mit einer Pistoln: „Sehe da, du alter Hund", sagte er, „ists noch Zeit, junge Hündlein zu machen? Ich will dir deine Mühe bezahlen!" Aber der Schuß beschädigt' den Profosen so wenig als einen stählernen Amboß; „Oho bist du der Haar'?" sagt' Herzbruder, „ich will dir nicht vergeblich zu Gefallen herkommen sein, du mußt sterben, und wäre dir gleich die Seel angewachsen!“ nötigt’ darauf einen Musketierer von des Profosen bei sich gehabter Wacht, daß er ihn, dafern er anderst selbst Quartier haben wollte, mit einer Axt zu Tod schlug. Also bekam der Profos seinen Lohn, ich aber wurde von Herzbruder erkannt, welcher mich meiner Ketten und Band entledigen, auf ein Pferd setzen und durch seinen Knecht in Sicherheit führen ließ.

Das 28. Kapitel

*Von einer großen Schlacht, in welcher der Triumphator über dem Obsiegen gefangen wird**

Gleichwie mich nun meines Erretters Knecht aus fernerer Gefahr führete, also ließ sich sein Herr hingegen erst durch Begierd der Ehr und Beut recht hineintreiben, allermaßen er sich so weit verhauen, daß er gefangen wurde. Demnach die sieghaften Überwinder die Beuten teilten und ihre Toten begruben, mein Herzbruder aber manglete, erbte dessen Rittmeister mich mitsamt seinem Knecht und Pferden, bei welchem ich mich für einen Reuterjungen mußte gebrauchen lassen, wofür ich nichts hatte als diese Promessen, wenn ich mich wohlhielte und ein wenig besser meiner Jugend entginge*, daß er mich alsdann aufsetzen, das ist, zu einem Reuter machen wollte, womit ich mich denn also dahin gedulden mußte.

Gleich hernach wurde mein Rittmeister zum Obristleutnant vorgestellt*, ich aber bekam das Amt bei ihm, welches David vor alten Zeiten bei dem König Saul vertreten, denn in den Quartieren schlug ich auf der Lauten und im Marschieren mußte ich ihm seinen Küraß nachführen, welches mir ein beschwerliche Sach war; und ob zwar diese Waffen ihren Träger vor feindlichen Püffen zu beschützen erfunden worden, so befand ich jedoch allerdings das Widerspiel, weil mich meine eigenen Jungen, die ich ausheckte, unter ihrem Schutz desto sicherer verfolgten, darunter hatten sie ihren freien Paß, Spaß und Tummelplatz, so daß es das Ansehen hatte, als ob ich den Harnisch ihnen und nicht mir zur Beschützung antrüge, sintemal ich mit meinen Armen nicht darunterkommen und keinen Streif unter sie tun konnte. Ich war auf allerhand Strategemata* bedacht, wie ich diese Armada* vertilgen möchte, aber ich hatte weder Zeit noch Gelegenheit sie durchs Feuer (wie in den Backöfen geschieht) noch durchs Wasser oder durch Gift (maßen ich wohl wußte, was das Quecksilber vermochte) auszurotten; viel weniger vermochte ich die Mittel, sie durch ein ander Kleid oder weiße Hemden abzuschaffen, sondern mußte mich mit ihnen schleppen und Leib und Blut zum besten geben; wenn sie mich dann so unter dem Harnisch plagten und nagten, so wischte ich mit einer Pistoln heraus, als ob ich hätte Kuglen mit ihnen wechseln wollen, nahm aber nur den Ladstecken* und stieß sie damit von der Kost; endlich erfand ich die Kunst, daß ich einen Pelzfleck darum wickelte und ein artlich Klebgarn für sie zurichtete, wenn ich dann mit dieser Lausangel unter den Harnisch fuhr, fischte ich sie dutzendweis aus ihrem Vorteil, welchen ich miteinander die Häls über das Pferd abstürzte*, es mochte aber wenig erklecken.

Einsmals wurde mein Obristleutnant kommandiert, eine Cavalcada* mit einer starken Partei nach Westfalen zu tun, und wäre er damals so stark an Reutern gewesen als ich an Läusen, so hätte er die ganze Welt erschreckt; weil solches aber nicht war, mußte er behutsam gehen, auch solcher Ursachen halber sich in der Gemmer Mark (das ist ein so genannter Wald zwischen Hamm und Soest) heimlich halten; damals wars mit den Meinigen aufs höchste kommen, sie quälten mich so hart mit Minieren, daß ich sorgte, sie möchten sich gar zwischen Fell und Fleisch hineinlogieren. Kein Wunder ists, daß die Brasilianer ihre Läus aus Zorn und Rachgier fressen, weil sie einen so drängen! Einmal, ich getraute meine Pein nicht länger zu gedulden, sondern ging als teils Reuter fütterten, teils schliefen und teils Schildwacht hielten ein wenig beiseits unter einen Baum, meinen Feinden eine Schlacht zu liefern; zu solchem End zog ich den Harnisch aus, unangesehen andere denselben anziehen, wenn sie fechten wollen, und fing ein solches Würgen und Morden an, daß mir gleich beide Schwerter an den Daumen von Blut trieften und voller toter Körper oder vielmehr Bälg hingen; welche ich aber nicht umbringen mochte, die verwies ich ins Elend* und ließ sie unter dem Baum herumspazieren. So oft mir diese Rencontre* zu Gedächtnis kommt, beißt mich die Haut noch allenthalben natürlich als ob ich noch mitten in der Schlacht begriffen wäre. Ich dachte zwar, ich sollte nicht so wider mein eigen Geblüt wüten, vornehmlich wider so getreue Diener, die sich mit einem henken und radbrechen ließen und auf deren Menge ich oft im freien Feld auf harter Erde sanft gelegen wäre; aber ich fuhr doch in meiner Tyrannei so unbarmherzig fort, daß ich auch nicht gewahr wurde, wie die Kaiserlichen meinen Obristleutnant chargierten, bis sie endlich auch an mich kamen, die armen Läus entsetzten* und mich selbst gefangen nahmen; denn diese scheuten meine Mannheit* gar nicht, vermittelst deren ich kurz zuvor viel tausend erlegt und den Titel eines Schneiders (sieben auf einen Streich*) überstiegen hatte. Mich kriegte ein Dragoner, und die beste Beut die er von mir hatte war meines Obristleutnants Küraß, welchen er zu Soest, da er im Quartier lag, dem Kommandanten ziemlich wohl verkaufte. Also wurde er im Krieg mein sechster Herr, weil ich sein Jung sein mußte.

Das 29. Kapitel

Wie es einem frommen Soldaten im Paradeis so wohl erging, ehe er starb, und wie nach dessen Tod der Jäger an seine Stell getreten*

Unsere Wirtin, wollte sie nicht, daß ich sie und ihr ganzes Haus mit meinen Völkern besetzte, so mußte sie mich auch davon entledigen; sie machte ihnen den Prozeß kurz und gut, steckt' meine Lumpen in Backofen und brennet' sie so sauber aus wie eine alte Tabakpfeife, also daß ich wieder dies

Unziefers halber wie in einem Rosengarten lebte, ja es kann niemand glauben, wie mir so wohl war, da ich aus dieser Qual war, in welcher ich etlich Monat wie in einem Ameishaufen gesessen; hingegen hatte ich gleich ein ander Kreuz auf dem Hals, weil mein Herr einer von denjenigen Soldaten war, die in Himmel zu kommen getrauen, er ließ sich glatt an seinem Sold genügen und betrübte im übrigen kein Kind, sein ganze Prosperität bestund in dem was er mit Wachen verdienet' und von seiner wöchentlichen Löhnung erkargte, solches wiewohl es wenig war hub er höher auf als mancher die orientalischen Perlen, einen jeden Blomeiser* nähete er in seine Kleider, und damit er deren einige in Vorrat kriegen möchte, mußte ich und sein armes Pferd dran sparen helfen, davon kams, daß ich den treugen* Pumpernickel gewaltig beißen und mich mit Wasser oder wenns wohl ging mit dünn Bier behelfen mußte, welches mir ein abgeschmackte Sach war, maßen mir meine Kehl von dem schwarzen trockenen Brot ganz rauh und mein ganzer Leib ganz mager wurde; wollt ich aber besser fressen, so mochte ich stehlen, aber mit ausdrücklicher Bescheidenheit, daß er nichts davon inne würde: Seinethalben hätte man weder Galgen, Esel, Henker, Steckenknecht noch Feldscherer bedurft, auch keine Marketender noch Trommelschläger, die den Zapfenstreich getan hätten, denn sein ganzes Tun war fern von Fressen, Saufen, Spielen und allen Duellen, wenn er aber irgends hin auf Convoi, Partei oder sonst einen Anschlag kommandiert wurde, so schlendert' er mit dahin wie ein alt Weib am Stecken. Ich glaube auch gänzlich, wenn dieser gute Dragoner solche heroischen Soldatentugenden nicht an sich gehabt, daß er mich auch nicht gefangen bekommen hätte, denn er wäre meinem Obristleutnant nachgerennt. Ich hatte mich keines Kleids bei ihm zu getrösten*, weil er selbst über und über zerflickt daherging, gleichsam wie mein Einsiedel; so war sein Sattel und Zeug auch kaum drei Batzen wert und das Pferd von Hunger so hinfällig, daß sich weder Schwed noch Heß vor seinem dauerhaften Nachjagen zu fürchten hatte.

Solches alles bewegte seinen Hauptmann, ihn ins Paradeis, ein so genanntes Frauenkloster, auf Salvaguardi* zu legen, nicht zwar, als wäre er viel nutz dazu gewesen, sondern damit er sich begrasen* und wieder montieren sollte, vornehmlich aber auch, weil die Nonnen um einen frommen, gewissenhaften und stillen Kerl gebeten hatten. Also ritt er dahin, und ich ging mit, weil er leider nur ein Pferd hatte: „Potz Glück Simbrecht", (denn er konnte den Namen Simplicius nicht behalten) sagte er unterwegs, „kommen wir in das Paradeis, wie wollen wir fressen!" Ich antwortet: „Der Nam ist ein gut Omen, Gott geb daß der Ort auch so beschaffen sei." „Freilich", sagte er (denn er verstund mich nicht recht), „wenn wir alle Tag zwei Ohmen* von dem besten Bier saufen könnten, so wirds uns nicht abgeschlagen, halt dich nur wohl, ich will mir jetzt bald ein braven neuen Mantel machen lassen, alsdann hast du den alten, das gibt dir noch einen guten Rock." Er nennet' ihn recht den alten, denn ich glaub, daß ihm die Schlacht vor Pavia noch gedachte*, so gar wetterfarbig und abgeschabt sah er aus, also daß er mich wenig damit erfreute.

Das Paradeis fanden wir, wie wirs begehrten, und noch darüber anstatt der Engel schöne Jungfrauen darinnen, welche uns mit Speis und Trank also traktierten, daß ich in Kürze wieder einen glatten Balg bekam, denn da setzte es das fetteste Bier, die besten westfälischen Schinken und Knackwürst, wohlgeschmack und sehr delikat Rindfleisch, das man aus dem Salzwasser kochte und kalt zu essen pflegte; da lernete ich das schwarze Brot fingerdick mit gesalzener Butter schmieren und mit Käs belegen, damit es desto besser rutschte, und wenn ich so über einen Hammelskolben* kam, der mit Knoblauch gespickt war und ein gute Kanne Bier daneben stahn hatte, so erquickte ich Leib und Seel und vergaß all meines ausgestandenen Leids. In Summa, dies Paradeis schlug mir so wohl zu, als ob es das rechte gewesen wäre; kein ander Anliegen hatte ich, als daß ich wußte, daß es nicht ewig währen würde, und daß ich so zerlumpt dahergehen mußte.

Aber gleichwie mich das Unglück haufenweis überfiel, da es anfing mich hiebevor zu reiten, also bedünkte mich auch jetzt, das Glück wollte es wieder wett spielen: Denn als mich mein Herr nach Soest schickte, seine Bagage vollends zu holen, fand ich unterwegs einen Pack und in demselben etliche Ellen Scharlach zu einem Mantel, samt rotem Sammet zum Futter, das nahm ich mit und vertauschte es zu Soest mit einem Tuchhändler um gemein grün wollen Tuch zu einem Kleid samt der Ausstaffierung, mit dem Geding, daß er mir solches Kleid auch machen lassen und noch dazu einen neuen Hut aufgeben sollte; und demnach mir nur noch ein Paar neuer Schuh und ein Hemd abging, gab ich dem Krämer die silbernen Knöpf und Galaunen* auch, die zu dem Mantel gehörten, wofür er mir dann schaffte, was ich noch brauchte, und mich also nagelneu herausputzte. Also kehrte ich wieder ins Paradeis zu meinem Herrn, welcher gewaltig kollerte, daß ich ihm den Fund nicht gebracht hatte, ja er sagte mir vom Prügeln und hätte ein geringes genommen (wenn er sich nicht geschämt und ihm das Kleid gerecht gewesen wäre) mich auszuziehen und das Kleid selbst zu tragen, wiewohl ich mir eingebildet, gar wohl gehandelt zu haben.

Indessen mußte sich der karge Filz schämen, daß sein Jung besser gekleidet war als er selbsten, derowegen ritt er nach Soest, borgte Geld von seinem Hauptmann und montierte sich damit aufs beste, mit Versprechen, solches von seinen wöchentlichen Salvaguardi-Geldern wieder zu erstatten, welches er auch fleißig tat, er hätte zwar selbsten noch wohl soviel Mittel gehabt, er war aber viel zu schlau sich anzugreifen, denn hätte ers getan, so wäre ihm die Bärnhaut entgangen, auf welcher er denselbigen Winter im Paradeis liegen konnte, und wäre ein anderer nackender Kerl an seine Statt gesetzt worden, mit der Weis aber mußte ihn der Hauptmann wohl liegen lassen, wollte er anders sein ausgeliehen Geld wieder haben. Von dieser Zeit an hatten wir das allerfaulste Leben von der Welt, in welchem Keglen unser allergrößte Arbeit war, wenn ich meines Dragoners Klepper gestriegelt, gefüttert und getränkt hatte, so trieb ich das Junkernhandwerk und ging spazieren; das Kloster war auch von den Hessen, unserm Gegenteil, von der Lippstadt* aus mit einem Musketier salvaguardiert, derselbe war seines Handwerks ein Kürschner und dahero nicht allein ein Meistersänger, sondern auch ein trefflicher Fechter, und damit er seine Kunst nicht vergäße, übte er sich täglich mit mir für die lange Weil in allen Gewehren, wovon ich so fix wurde, daß ich mich nicht scheute ihm Bescheid zu tun, wenn er wollte; mein Dragoner aber kegelte anstatt des Fechtens mit ihm, und zwar um nichts anders, als wer über Tisch das meiste Bier aussaufen mußte, damit ging eines jeden Verlust übers Kloster.

Das Stift vermochte ein eigene Wildbahn und hielt dahero auch einen eigenen Jäger, und weil ich auch grün gekleidet war, gesellete ich mich zu ihm und lernete ihm denselben Herbst und Winter alle seine Künste ab, sonderlich was das kleine Waidwerk anbelangt. Solcher Ursachen halber und weil der Nam Simplicius etwas ungewöhnlich und den gemeinen Leuten vergeßlich oder sonst schwer auszusprechen war, nennete mich jedermann ‚dat Jäjerken'; dabei wurden mir alle Weg und Steg bekannt, welches ich mir hernach trefflich zunutz machte; wenn ich aber wegen üblen Wetters in Wäldern und Feldern nicht herum konnte schwärmen, so las ich allerhand Bücher, die mir des Klosters Verwalter leihete. Sobald aber die adeligen Klosterfrauen gewahr wurden, daß ich neben meiner guten Stimm auch auf der Lauten und etwas wenigs auf dem Instrument* schlagen konnte, ermaßen sie auch mein Tun desto genauer, und weil eine ziemliche Leibsproportion und schönes Angesicht dazukam, hielten sie alle mein Sitten, Wesen, Tun und Lassen für adelig, dergestalt nun mußte ich ohnversehens ein sehr beliebter Junker sein, über welchem man sich verwundert', daß er sich bei einem so liederlichen Dragoner behülfe.

Als ich nun solchergestalt denselben Winter in aller Wollust hingebracht hatte, wurde mein Herr abgelöst, welches ihm auf das gute Leben so and* tat, daß er darüber erkrankte, und weil auch ein starkes Fieber dazuschlug, zumalen auch die alten Mucken*, die er sein Lebtag im Krieg aufgefangen, dazukamen, machte ers kurz, aller-

pag: 65.

Militum depraedatio, et Rusticorum compensatio.
Schaü, wie der Solda-
ten-Müth
Hier der frische Baüren
Müth
Wider Gleich-Vergel-
tüng thüt.

maßen ich in drei Wochen hernach etwas zu begraben hatte; ich machte ihm diese Grabschrift:

Der Schmalhans lieget hier, ein tapferer Soldat,
Der all sein Lebetag kein Blut vergossen hat.

Von Rechts und Gewohnheit wegen hätte der Hauptmann Pferd und Gewehr, der Führer* aber die übrige Verlassenschaft zu sich nehmen und erben sollen; weil ich aber damals ein frischer aufgeschossener Jüngling war und Hoffnung gab, ich würde mit der Zeit meinen Mann nicht fürchten, wurde mir alles zu überlassen angeboten, wenn ich mich an meines verstorbenen Herrn Statt unterhalten lassen wollte; ich nahms um so viel desto lieber an, weil mir bekannt, daß mein Herr in seinen alten Hosen ein ziemliche Anzahl Dukaten eingenähet verlassen, an welchen er sein Lebtag zusammengekratzt hatte, und als ich zu solchem End meinen Namen, nämlich Simplicius Simplicissimus angab, der Musterschreiber (welcher Cyriacus genannt war) solchen aber nicht orthographice schreiben konnte, sagte er: „Es ist kein Teufel in der Höll, der also heißt"; und weil ich ihn hierauf geschwind fragte, ob denn einer in der Höll wäre, der Cyriacus hieße? er aber nichts zu antworten wußte, ob er sich schon klug zu sein dünkte, gefiel solches meinem Hauptmann so wohl, daß er gleich im Anfang viel von mir hielt.

Das 30. Kapitel

Wie sich der Jäger angelassen, als er anfing das Soldatenhandwerk zu treiben, daraus ein junger Soldat etwas zu lernen

Weil dem Kommandanten in Soest ein Kerl im Stall mangelte, wie ich ihn einer zu sein gedünkte, sah er nicht gern, daß ich ein Soldat worden war, sondern unterstund sich, mich noch zu bekommen, maßen er meine Jugend vorwandte und mich für keinen Mann passieren lassen wollte; und als er solches meinem Herrn vorhielt, schickte er auch nach mir und sagte: „Hör Jägerchen, du sollst mein Diener werden.“ Ich fragte, was denn meine Verrichtungen sein sollten? Er antwort: „Du sollst meiner Pferd helfen warten.“ „Herr“, sagte ich, „wir sind nicht füreinander, ich hätte lieber einen Herrn, in dessen Diensten die Pferd auf mich warten, weil ich aber keinen solchen werde haben können, will ich ein Soldat bleiben.“ Er sagte: „Dein Bart ist noch viel zu klein!“ „O nein“, sagte ich, „ich getraue einen Mann zu bestehen der achtzig Jahr alt ist; der Bart schlägt keinen Mann, sonst würden die Böck hoch ästimiert werden.“ Er sagte: „Wenn die Courage so gut ist als das Maulleder*, so will ich dich noch passiern lassen.“ Ich antwortet: „Das kann in der nächsten Occasion probiert werden“, und gab damit zu verstehen, daß ich mich für keinen Stallknecht wollte gebrauchen lassen. Also ließ er mich bleiben der ich war, und sagte, das Werk würde den Meister loben.

Hierauf wischte ich hinter meines Dragoners alten Hosen her, und nachdem ich dieselben anatomiert hatte, schaffte ich mir aus deren Ingeweid noch ein gut Soldatenpferd und das beste Gewehr so ich kriegen konnte, das mußte mir alles glänzen wie ein Spiegel. Ich ließ mich wieder von neuem grün kleiden, weil mir der Nam ‚Jäger‘ sehr beliebte, mein altes Kleid aber gab ich meinem Jungen, weil mirs zu klein worden, also ritt ich selbander daher wie ein junger Edelmann und dünkte mich fürwahr keine Sau zu sein; ich war so kühn, meinen Hut mit einem tollen Federbusch zu zieren wie ein Offizier, dahero bekam ich bald Neider und Mißgönner, zwischen denselben und mir setzte es ziemlich empfindliche Wort, und endlich gar Ohrfeigen: Ich hatte aber kaum einem oder drei gewiesen, was ich im Paradeis vom Kürschner gelernet hatte, da ließ mich nicht allein jedermann zufrieden, sondern es suchte auch ein jeglicher meine Freundschaft. Daneben ließ ich mich beides zu Roß und Fuß aufs Parteigehen gebrauchen, denn ich war wohl beritten und schneller auf den Füßen als einer meinesgleichen, und wenn es etwas mit dem Feind zu tun gab, warf ich mich hervor wie das Bös in einer Wannen* und wollte allzeit vorn dran sein, davon wurde ich in kurzer

Zeit bei Freunden und Feinden bekannt und so berühmt, daß beide Teil viel von mir hielten, allermaßen mir die gefährlichsten Anschläg zu verrichten und zu solchem End ganze Parteien zu kommandieren anvertraut wurden; da fing ich an zuzugreifen wie ein Böhm, und wenn ich etwas Namhaftes erschnappte, gab ich meinen Offiziern so reiche Part davon, daß ich selbig Handwerk auch an verbotenen Orten treiben durfte, weil mir überall durchgeholfen wurde. Der General Graf von Götz* hatte in Westfalen drei feindliche Garnisonen übriggelassen, nämlich zu Dorsten, Lippstadt und Coesfeld, denen war ich gewaltig molest*, denn ich lag ihnen mit geringen Parteien bald hier bald dort schier täglich vor den Toren und erhaschte manche gute Beut, und weil ich überall glücklich durchkam, hielten die Leut von mir, ich könnte mich unsichtbar machen und wäre so fest wie Eisen und Stahl, davon wurde ich gefürcht wie die Pest und schämten sich dreißig Mann vom Gegenteil nicht, vor mir durchzugehen, wenn sie mich nur mit fünfzehn in der Nähe wußten. Zuletzt kam es dahin, wo nur ein Ort in Kontribution zu setzen war, daß ich solches alles verrichten mußte, davon wurde mein Beutel so groß als mein Nam, meine Offizier und Kameraden liebten ihren Jäger, die vornehmsten Parteigänger vom Gegenteil entsetzten sich und den Landmann hielt ich durch Furcht und Liebe auf meiner Seiten, denn ich wußte meine Widerwärtigen* zu strafen, und die so mir nur den geringsten Dienst taten reichlich zu belohnen, allermaßen ich beinahe die Hälfte meiner Beuten wieder verspendierte und auf Kundschaften auslegte*. Solcher Ursachen halber ging keine Partei, kein Convoi noch keine Reis aus des Gegenteils Posten, deren Ausfahrt mir nicht zu wissen ward getan, alsdann konjekturiert* ich ihr Vorhaben und macht meine Anschläg darauf, und weil ich solche mehrenteils durch Beistand des Glücks wohl ins Werk setzte, verwunderte sich jedweder über meine Jugend, so gar, daß mich auch viel Offizier und brave Soldaten vom Gegenteil nur zu sehen wünschten; daneben erzeigte ich mich gegen meine Gefangenen überaus diskret, also daß sie mich oft mehr kosteten als meine Beuten wert waren, und wenn ich einem vom Gegenteil, sonderlich den Offiziern, ob ich sie schon nicht kannte, ohne Verletzung meiner Pflicht und Herrndienst eine Courtoisie tun konnte, unterließ ichs nicht.

Durch solch mein Verhalten wäre ich zeitlich zu Offizien* befördert worden, wenns meine Jugend nicht verhindert hätte; denn welcher in solchem Alter, als ich trug, ein Fähnlein haben wollte, mußte ein guter von Adel sein, zudem konnte mich mein Hauptmann nicht befördern, weil keine ledigen Stellen bei seiner Kompagnie waren, und keinem andern mochte er mich gönnen, weil er an mir mehr als eine melkende Kuh verloren hätte, doch wurde ich ein Gefreiter. Diese Ehr, daß ich alten Soldaten vorgezogen wurde, wiewohl es ein geringe Sach war, und das Lob, das man mir täglich verlieh, waren gleichsam wie Sporn, die mich zu höhern Dingen antrieben: Ich spekulierte Tag und Nacht, wie ich etwas anstellen möchte, mich noch größer zu machen, ja ich konnte vor solchem närrischen Nachsinnen oft nicht schlafen: und weil ich sah, daß es mir an Gelegenheit manglete, im Werk zu erweisen was ich für einen Mut trüge, bekümmerte ich mich, daß ich nicht täglich Gelegenheit haben sollte, mich mit dem Gegenteil in Waffen zu üben, ich wünschte mir oft den Trojanischen Krieg* oder eine Belagerung wie zu Ostende*, und ich Narr gedachte nicht, daß der Krug so lang zum Brunnen gehet, bis er einmal zerbricht. Es gehet aber nicht anders, wenn ein junger unbesonnener Soldat Geld, Glück und Courage hat, denn da folget Übermut und Hoffart, und aus solcher Hoffart hielt ich anstatt eines Jungen zween Knecht, die ich trefflich herausstaffierte und beritten machte, womit ich mir aller Offizierer Neid aufbürdete.

Das 31. Kapitel

Wie der Teufel dem Pfaffen seinen Speck gestohlen und sich der Jäger selbst fängt

Ich muß ein Stücklein oder etliche erzählen, die mir hin und wieder begegnet, ehe ich wieder von meinen Dragonern kam; und ob sie schon nicht von Importanz* sein, sind sie doch lustig zu hören, denn ich nahm nicht allein große Ding vor, sondern verschmähet auch die geringen nicht, wenn ich nur mutmaßete, daß ich Ruhm bei den Leuten dadurch erwecken möchte. Mein Hauptmann wurde mit etlich und fünfzig Mann zu Fuß in das Vest von Recklinghausen* kommandiert, einen Anschlag daselbst zu verrichten, und weil wir gedachten, wir würden, ehe wir solchen ins Werk setzen könnten, einen Tag oder etlich uns in den Büschen heimlich halten müssen, nahm jeder auf acht Tag Proviant zu sich; demnach aber die reiche Caravana, der wir aufpaßten, die bestimmte Zeit nicht ankam, ging uns das Brot aus, welches wir nicht rauben durften, wir hätten uns denn selbst verraten und unser Vorhaben zu nichts werden lassen wollen, dahero uns der Hunger gewaltig preßte; so hatte ich auch dies Orts keine Kunden wie anderswo, die mir und den Meinigen etwas heimlich zutrugen, derowegen mußten wir, Fütterung zu bekommen, auf andere Mittel bedacht sein, wenn wir anders nicht wieder leer heim wollten. Mein Kamerad, ein lateinischer Handwerksgesell*, der erst kürzlich aus der Schul entlaufen und sich unterhalten lassen, seufzete vergeblich nach den Gerstensuppen, die ihm hiebevor seine Eltern zum Besten verordnet, er aber verschmähet und verlassen hatte, und als er so an seine vorigen Speisen gedachte, erinnert' er sich auch seines Schulsacks, bei welchem er solche genossen: „Ach Bruder", sagte er zu mir, „ists nicht eine Schand, daß ich nicht so viel Künste erstudiert haben soll, vermittelst deren ich mich jetzund füttern könnte, Bruder, ich weiß re vera*, wenn ich nur zum Pfaffen in jenes Dorf gehen dürfte, daß es ein trefflich Convivium* bei ihm setzen sollte!" Ich überlief diese Wort ein wenig und ermaß unsern Zustand, und weil diejenigen so Weg und Steg wußten, nicht hinausdurften, denn sie wären sonst erkannt worden, die Unbekannten aber keine Gelegenheit wußten, etwas heimlich zu stehlen oder zu kaufen, also machte ich meinen Anschlag auf unsern Studenten und hielt die Sach dem Hauptmann vor, wiewohl nun dasselbige Gefahr auf sich hatte, so war doch sein Vertrauen so gut zu mir und unsere Sach so schlecht bestellt, daß er darein konsentierte.

Ich verwechselte meine Kleider mit einem andern und zottelt mit meinem Studenten besagtem Dorf zu durch einen weiten Umschweif, wiewohl es nur eine halbe Stund von uns lag, in demselben erkannten wir das nächste Haus bei der Kirch für des Pfarrers Wohnung, weil es auf städtisch gebaut war und an einer Mauer stund, die um den ganzen Pfarrhof ging: Ich hatte meinen Kameraden schon instruiert, was er reden sollte, denn er hatte sein abgeschabt Studentenkleidlein noch an, ich aber gab mich für einen Malergesellen aus, denn ich gedachte, ich würde dieselbe Kunst im Dorf nicht üben dürfen, weil die Bauren nicht bald gemalte Häuser haben. Der geistliche Herr war höflich, als ihm mein Gesell ein tiefe lateinische Reverenz gemacht und einen Haufen dahergelogen hatte, wasgestalt ihn die Soldaten auf der Reis geplündert und aller seiner Zehrung beraubt hätten, bot er ihm selbst ein Stück Butter und Brot neben einem Trunk Bier an, ich aber stellte mich, als ob ich nicht zu ihm gehörte, und sagte, ich wollte im Wirtshaus etwas essen und ihm alsdann rufen, damit wir noch denselben Tag ein Stück Wegs hinter uns legen könnten: Also ging ich dem Wirtshaus zu, mehr auszuspähen was ich dieselbe Nacht holen wollte als meinen Hunger zu stillen, hatte auch das Glück, daß ich unterwegs einen Bauren antraf, der seinen Backofen zukleibte, welcher große Pumpernickel darinnen hatte, die vierundzwanzig Stund da sitzen und ausbacken sollten. Ich machts beim Wirt kurz, weil ich schon wußte wo Brot zu bekommen war, kaufte etliche Stuten (das ist ein so genanntes weiß Brot), solche meinem Hauptmann zu bringen, und da ich in Pfarrhof kam, meinen

Kameraden zu mahnen, daß er gehen sollte, hatte er sich auch schon gekröpft und dem Pfarrer gesagt, daß ich ein Maler sei und nach Holland zu wandern vorhabens wäre, meine Kunst daselbsten vollends zu perfektionieren; der Pfarrherr hieß mich sehr willkomm sein und bat mich, mit ihm in die Kirch zu gehen, da er mir etliche Stück weisen wollte, die zu reparieren wären. Damit ich nun das Spiel nicht verderbte, mußte ich folgen: Er führte uns durch die Küchen, und als er das Nachtschloß an der starken eichenen Tür aufmachte, die auf den Kirchhof ging, o mirum*! da sah ich, daß der schwarze Himmel auch schwarz voller Lauten, Flöten und Geigen hing, ich vermeine aber die Schinken, Knackwürst und Speckseiten, die sich im Kamin befanden; diese blickte ich trostmütig an, weil mich bedünkte, als ob sie mit mir lachten, und wünschte sie, aber vergeblich, meinen Kameraden in Wald, denn sie waren so hartnäckig, daß sie mir zu Trotz hangen blieben, da gedachte ich auf Mittel, wie ich sie obgedachtem Backofen voll Brot zugesellen möchte, konnte aber so leicht keines ersinnen, weil, wie obgemeldt, der Pfarrhof ummauret und alle Fenster mit eisernen Gittern genugsam verwahret waren, so lagen auch zween ungeheure große Hund im Hof, welche, wie ich sorgte, bei Nacht gewißlich nicht schlafen würden, wenn man dasjenige hätte stehlen wollen, daran ihnen auch zu Belohnung ihrer getreuen Hut zu nagen gebührte.

Wie wir nun in die Kirch kamen, von den Gemälden allerhand diskurrierten und mir der Pfarrer etliche Stück auszubessern verdingen wollte, ich aber allerhand Ausflücht suchte und meine Wanderschaft vorwandte, sagte der Mesner oder Glöckner: „Du Kerl, ich sehe dich ehe für einen verlaufenen Soldatenjungen an als für einen Malergesellen." Ich war solcher Reden nicht mehr gewohnet und sollte sie doch verschmerzen, doch schüttelt ich nur den Kopf ein wenig, und antwortet ihm: „O du Kerl, gib mir nur geschwind Pinsel und Farben her, so will ich dir im Hui einen Narrn dahergemalt haben wie du einer bist." Der Pfarrer machte ein Gelächter daraus und sagte zu uns beiden, es gezieme sich nicht an einem so heiligen Ort einander wahrzusagen; gab damit zu verstehen, daß er uns beiden glaubte, ließ uns noch einen Trunk langen und also dahinziehen. Ich aber ließ mein Herz bei den Knackwürsten.

Wir kamen noch vor Nacht zu unsern Gesellen*, da ich meine Kleider und Gewehr wieder nahm, dem Hauptmann meine Verrichtung erzählet und sechs gute Kerl auslas, die das Brot heimtragen sollten helfen; wir kamen um Mitternacht ins Dorf und huben in aller Stille das Brot aus dem Ofen, weil wir einen bei uns hatten, der die Hund bannen konnte, und da wir bei dem Pfarrhof vorüber wollten, konnte ichs nicht übers Herz bringen, ohne Speck weiters zu passieren; Ich stand einsmals still und betrachtete mit Fleiß, ob nicht in des Pfaffen Küchen zu kommen sein möchte? sah aber keinen andern Eingang als den Kamin, welcher für diesmal meine Tür sein mußte; Wir trugen Brot und Gewehr auf den Kirchhof ins Beinhaus und brachten ein Leiter und Seil aus einer Scheur zuwegen, und weil ich so gut als ein Schornsteinfeger in den Kaminen auf- und absteigen konnte (als welches ich von Jugend auf in den hohlen Bäumen gelernet hatte), stieg ich selbander aufs Dach, welches von hohlen Ziegeln doppelt belegt und zu meinem Vorhaben sehr bequem gebaut war: Ich wickelt meine langen Haar über dem Kopf auf einen Büschel zusammen, ließ mich mit einem End des Seils hinunter zu meinem geliebten Speck, und band einen Schinken nach dem andern und eine Speckseite nach der andern an das Seil, welches der auf dem Dach fein ordentlich zum Dach hinausfischte und den andern in das Beinhäuslein zu tragen gab: Aber potz Unstern! da ich allerdings Feirabend gemacht hatte und wieder übersich wollte, brach eine Stange mit mir, also daß der arme Simplicius herunterfiel und der elende Jäger sich selbst wie in einer Mausfallen gefangen befand: Meine Kameraden auf dem Dach ließen das Seil herunter, mich wieder hinaufzuziehen, aber es zerbrach, ehe sie mich vom Boden brachten. Ich gedachte: ‚Nun Jäger, jetzt mußt du eine Hatz ausstehen, in welcher dir selbst, wie dem Aktaeon, das Fell gewaltig zerrissen wird werden', denn der Pfarrer war von meinem Fall erwacht und befahl seiner

Köchin, alsbald ein Licht anzuzünden: Sie kam im Hemd zu mir in die Küchen, hatte den Rock über der Achsel hangen und stund so nahe neben mich, daß sie mich damit rührte; sie griff nach einem Brand, hielt das Licht daran und fing an zu blasen; ich aber blies viel stärker zu als sie selbsten, davon das gute Mensch so erschrak, daß sie Feur und Licht fallen ließ und sich zu ihrem Herrn retirierte; also bekam ich Luft, mich zu bedenken, durch was Mittel ich mir davonhelfen möchte, es wollte mir aber nichts einfallen: Meine Kameraden gaben mir durchs Kamin herunter zu verstehen, daß sie das Haus aufstoßen und mich mit Gewalt herausnehmen wollten, ich gabs ihnen aber nicht zu, sondern befahl, sie sollten ihr Gewehr in acht nehmen und allein den Spring-ins-Feld* oben bei dem Kamin lassen und erwarten, ob ich ohne Lärmen und Rumor davonkommen könnte, damit unser Anschlag nicht zu Wasser würde, wofern aber solches nicht sein möchte, sollten sie alsdann ihr Bestes tun; interim schlug der Geistliche selbst ein Licht an, seine Köchin aber erzählte ihm, daß ein greulich Gespenst in der Küchen wäre, welches zween Köpf hätte (denn sie hatte vielleicht meinen Büschel Haar auf dem Kopf gesehen und auch für einen Kopf gehalten), das hörete ich alles, machte mich derowegen mit meinen schmutzigen Händen, darin ich Aschen, Ruß und Kohlen rieb, im Angesicht und an Händen so abscheulich, daß ich ohn Zweifel keinem Engel mehr (wie hiebevor die Klosterfrauen im Paradeis sagten) gleichsah; und der Mesner, wenn ers gesehen, mich wohl für einen geschwinden Maler hätte passieren lassen. Ich fing an in der Küchen schrecklich zu poltern und allerlei Küchengeschirr untereinander zu werfen, der Kesselring geriet mir in die Händ, den hängte ich an den Hals, den Feuerhaken aber behielt ich in den Händen, mich damit auf den Notfall zu wehren; solches ließ sich aber der fromme Pfaff nicht irren, denn er kam mit seiner Köchin prozessionsweis daher, welche zwei Wachslichter in den Händen und einen Weihwasserkessel am Arm trug, er selbsten aber war mit dem Chorrock bewaffnet samt den Stolen* und hatte den Sprengel* in der einen und ein Buch in der andern Hand, aus demselben fing er an mich zu exorzieren*, fragend: Wer ich sei, und was ich da zu schaffen hätte? Weil er mich denn nun für den Teufel selbst hielt, so gedachte ich, es wäre billig, daß ich auch wie der Teufel täte, daß ich mich mit Lügen behülfe, antwortet derowegen: „Ich bin der Teufel, und will dir und deiner Köchin die Häls umdrehen!" Er fuhr mit seinem Exorcismo weiter fort und hielt mir vor, daß ich weder mit ihm noch seiner Köchin nichts zu schaffen hätte, hieß mich auch mit der allerhöchsten Beschwörung wieder hinfahren, wo ich herkommen wäre; ich aber antwortet mit ganz fürchterlicher Stimm, daß solches unmöglich sei, wenn ich schon gern wollte. Indessen hatte Spring-ins-Feld, der ein abgefeimter Erzvogel war und kein Latein verstand, seine seltsamen Tausendhändel* auf dem Dach, denn da er hörete, um welche Zeit es in der Küchen war*, daß ich mich nämlich für den Teufel ausgab, mich auch der Geistliche also hielt, wixte er wie eine Eul, bellete wie ein Hund, wieherte wie ein Pferd, blökte wie ein Geißbock, schrie wie ein Esel und ließ sich bald durch den Kamin herunter hören wie ein Haufen Katzen, die im Hornung* rammeln, bald wie eine Henne die legen wollte, denn dieser Kerl konnte aller Tier Stimme nachmachen, und wenn er wollte, so natürlich heulen, als ob ein ganzer Haufen Wölf beieinander gewesen wäre. Solches ängstigte den Pfarrer und seine Köchin auf das höchste, ich aber machte mir ein Gewissen, daß ich mich für den Teufel beschwören ließ, für welchen er mich eigentlich hielt, weil er etwa gelesen oder gehöret hatte, daß sich der Teufel gern in grünen Kleidern sehen lasse.

Mitten in solchen Ängsten, die uns beiderseits umgeben hatten, wurde ich zu allem Glück gewahr, daß das Nachtschloß an der Tür, die auf den Kirchhof ging, nicht eingeschlagen, sondern der Riegel nur vorgeschoben war: Ich schob denselben geschwind zurück, wischte zur Tür hinaus auf den Kirchhof (da ich denn meine Gesellen mit aufgezogenen Hahnen stehen fand) und ließ den Pfaffen Teufel beschwören, so lang er immer wollte. Und demnach Spring-ins-feld mir meinen Hut von dem Dach gebracht, wir auch unser Proviant aufgesackt hatten, gingen wir zu unserer Bursch, weil wir im Dorf nichts mehr zu verrichten hatten, als daß wir die entlehnte Leiter samt dem Seil wieder hätten heimliefern sollen.

Die ganze Partei erquickte sich mit demjenigen das wir gestohlen hatten, und bekam doch kein einziger den Klucksen* davon, so gesegnete Leut waren wir! Auch hatten alle über diese meine Fahrt genugsam zu lachen, nur dem Studenten wollte es nicht gefallen, daß ich den Pfaffen bestohlen, der ihm das Münkelspiel so grandig besteckt hatte*, ja er schwur auch hoch und teur, daß er ihm seinen Speck gern bezahlen wollte, wenn er die Mittel nur bei der Hand hätte, und fraß doch nichtsdestoweniger mit, als ob ers verdingt hätte. Also lagen wir noch zween Tag an selbigem Ort und erwarteten diejenigen, denen wir schon so lang aufgepaßt hatten, wir verloren keinen einzigen Mann im Angriff und bekamen doch über dreißig Gefangene und so herrliche Beuten, als ich jemals teilen helfen: Ich hatte doppelt Part, weil ich das Beste getan, das waren drei schöne friesländische Hengst mit Kaufmannswaren beladen, was sie in Eil forttragen möchten, und wenn wir Zeit gehabt, die Beuten recht zu suchen und solche in Salvo* zu bringen, so wäre jeder für sein Teil reich genug worden, maßen wir mehr stehen lassen als wir davonbrachten, weil wir mit dem was wir fortbringen konnten, uns in schnellster Eil tummeln mußten, und zwar so retirierten wir uns mehrer Sicherheit halber auf Rehnen*, da wir fütterten und die Beuten teilten, weil unsers Volks da lag. Daselbst gedachte ich wieder an den Pfaffen, dem ich den Speck gestohlen hatte; der Leser mag denken, was ich für einen verwegenen, freveln und ehrgeizigen Kopf hatte, indem mirs nicht genug war, daß ich den frommen Geistlichen bestohlen und so schrecklich geängstiget, sondern ich wollte noch Ehr davon haben; derowegen nahm ich einen Saphir in einen güldenen Ring gefaßt, den ich auf selbiger Partei erschnappt hatte, und schickte ihn von Rehnen aus durch einen gewissen Boten meinem Pfarrer, mit folgendem Brieflein:

Wohl-Ehrwürdiger, etc. Wenn ich dieser Tagen im Wald noch etwas von Speisen zu leben gehabt hätte, so hätte ich nicht Ursach gehabt, E. Wohl-Ehrw. ihren Speck zu stehlen, wobei Sie vermutlich sehr erschreckt worden. Ich bezeuge beim Höchsten, daß Sie solche Angst wider meinen Willen eingenommen, hoffe derowegen die Vergebung desto ehender: Was aber den Speck selbst anbelangt, so ists billig, daß selbiger bezahlt werde, schicke derohalben anstatt der Bezahlung gegenwärtigen Ring, den diejenigen hergeben, um welcher willen die War ausgenommen werden müssen, mit Bitt, E. Wohl-Ehrw. belieben damit vorlieb zu nehmen; versichere daneben, daß Dieselbe im übrigen auf alle Begebenheit einen dienstfertigen und getreuen Diener hat an dem, den Dero Mesner für keinen Maler hält, welcher sonst genannt wird

Der Jäger.

Dem Bauren aber, welchem sie den Backofen ausgeleert hatten, schickte die Partei aus gemeiner Beut sechzehn Reichstaler, denn ich hatte sie gelehret, daß sie solchergestalt den Landmann auf ihre Seite bringen müssen, als welche einer Partei oft aus allen Nöten helfen oder hingegen eine andere verraten, verkaufen und um die Häls bringen könnten. Von Rehnen gingen wir auf Münster und von da auf Hamm und heim nach Soest in unser Quartier, allwo ich nach wenig Tagen ein Antwort von dem Pfaffen empfing, die also lautet':

Edler Jäger, etc. Wenn derjenige, dem Ihr den Speck gestohlen, hätte gewußt, daß Ihr ihm in teuflischer Gestalt erscheinen würdet, hätte er sich nicht so oft gewünscht, den landberufenen* Jäger auch zu sehen: Gleichwie aber das geborgte Fleisch und Brot viel zu teuer bezahlt worden, also ist auch der eingenommene Schrecken desto leichter zu verschmerzen, vornehmlich weil er von einer so berühmten Person wider ihren Willen verursacht worden, deren hiemit allerdings verziehen wird, mit Bitt, dieselbe wolle ein andermal ohne Scheu zusprechen, bei dem der sich nicht scheuet, den Teufel zu beschwören. Vale.

Also machte ichs aller Orten und überkam dadurch einen großen Ruf, und je mehr ich ausgab und verspendierte, je mehr flossen mir Beuten zu, und bildet ich mir ein, daß ich diesen Ring, wiewohl er bei hundert Reichstaler wert war, gar wohl angelegt hätte. Aber hiemit hat dieses zweite Buch ein Ende.

ENDE DES ZWEITEN BUCHS

DAS DRITTE BUCH

Das 1. Kapitel

Wie der Jäger zu weit auf die linke Hand gehet

Der günstige Leser wird in vorhergehendem Buch verstanden haben, wie ehrgeizig ich in Soest worden, und daß ich Ehr, Ruhm und Gunst in Handlungen suchte und auch gefunden, die sonst bei andern wären strafwürdig gewesen: Jetzt will ich erzählen, wie ich mich meine Torheit weiter verleiten lassen und dadurch in stetiger Leib- und Lebensgefahr gelebt. Ich war, wie ich bereits erwähnet hab, so beflissen Ehr und Ruhm zu erjagen, daß ich auch nicht davor schlafen konnte, und wenn ich so Grillen hatte und manche Nacht lag, neue Fünd und List zu ersinnen, hatte ich wunderliche Einfäll; dahero erfand ich ein Gattung Schuh, die man das Hinterst zuvorderst anziehen konnte, also daß die Absätz unter den Zehen standen, deren ließ ich auf meine Kosten bei dreißig unterschiedliche Paar machen, und wenn ich solche unter meine Bursch austeilete und damit auf Partei ging, wars unmöglich uns auszuspüren, denn wir trugen bald diese und bald unsere rechten Schuh an den Füßen und hingegen die übrigen im Ranzen, und wenn jemand an einen Ort kam, da ich die Schuh verwechseln lassen, sah es nicht anders in der Spur, als wenn zwo Partei allda zusammenkommen und miteinander auch wieder verschwunden wären; behielt ich aber meine letzten Schuh an, so sah es, als ob ich erst hingangen wäre, wo ich schon gewesen, oder als ob ich von dem Ort herkäme, dahin ich erst ging: So waren ohnedas meine Gäng, wenn es eine Spur hatte, viel verwirrter als in einem Irrgarten, also daß es denjenigen, die mich vermittelst der Spur hätten auskundigen oder sonst nachjagen sollen, unmöglich gefallen wäre, mich zu kriegen. Ich war oft allernächst bei denen vom Gegenteil, die mich in der Ferne sollten suchen, und noch öfters etliche Meil Wegs von demjenigen Busch, den sie jetzt umstellten und durchstreiften, mich darin zu fangen, und gleichwie ichs machte mit den Parteien zu Fuß, also tat ich ihm auch, wenn ich zu Pferd drauß war, denn das war mir nichts Seltsams, daß ich an Scheid- und Kreuzwegen ohnversehens absteigen und den Pferden die Eisen das hinterst zuvorderst aufschlagen ließ; die gemeinen Vorteil aber, die man brauchet, wenn man schwach auf Partei ist und doch für stark aus der Spur judiziert*, oder wenn man stark ist und doch für schwach gehalten werden will, waren mir so gemein und ich achte sie so gering, daß ich selbige zu erzählen nicht wert achte. Daneben erdachte ich ein Instrument, mit welchem ich bei Nacht, wenn es windstill war, ein Trompet auf drei Stund Wegs von mir blasen, ein Pferd auf zwo Stund schreien oder Hunde bellen und auf eine Stund weit die Menschen reden hören konnte, welche Kunst ich sehr geheim hielt und mir damit ein Ansehen machte, weil es bei jedermann ohnmöglich zu sein schien; bei Tag aber war mir besagtes Instrument (welches ich gemeiniglich neben einem Perspektiv im Hosensack trug) nit soviel nutz, es wäre denn an einem einsamen stillen Ort gewesen, denn man mußte von den Pferden und dem Rindvieh an bis auf den geringsten Vogel in der Luft oder Frosch im Wasser alles hören, was sich in der ganzen Gegend nur regte und ein Stimm von sich gab, welches denn nicht anderst lautet', als ob man sich (wie mitten auf einem Markt) unter viel Menschen und Tieren befände, deren jedes sich hören läßt, da man vor des einen Geschrei den andern nicht verstehen kann.

Ich weiß zwar wohl, daß auf diese Stund Leut sind, die mir dieses nicht glauben, aber sie mögen es glauben oder nicht, so ists doch die Wahrheit: Ich will einen Menschen bei Nacht, der nur so laut redet als seine Gewohnheit ist, an der Stimm durch ein solches Instrument erkennen, er sei gleich so weit von mir als ihn einer durch ein gut Perspektiv bei Tag an den Kleidern erkennen mag. Ich kann aber keinen verdenken, wenn er mir nicht glaubt, was ich jetzund schreibe, denn es wollte mir keiner glauben von denjenigen, die mit ihren Augen sahen, als ich mehrbedeut Instrument gebrauchte, und ihnen sagte: Ich höre Reuter reiten, denn die Pferd sind beschlagen; ich höre Baurn kommen, denn die Pferd gehen barfuß; ich höre Fuhrleut, aber es sind nur Baurn, ich kenne sie an der Sprach; es kommen Musketier, ungefähr so viel, denn ich höre es am Geklapper ihrer Bandelier*; es ist ein Dorf um diese oder jene Gegend, ich höre die Hahnen krähen, Hund bellen etc., dort geht eine Herd Vieh, ich höre Schaf blöken, Kühe schreien, Schwein grunzen, und so fortan: Meine eigenen Kameraden hielten anfangs diese Reden für Aufschneiderei, und als sie im Werk* befanden, daß ich jederzeit wahr sagte, mußte alles Zauberei und mir, was ich ihnen gesagt, vom Teufel und seiner Mutter offenbart worden sein: Also, glaub ich, wird der günstige Leser auch gedenken. Nichtsdestoweniger bin ich dem Gegenteil hierdurch oftmals wunderlich entronnen, wenn er Nachricht von mir kriegte und mich aufzuheben kam; halt auch dafür, wenn ich diese Wissenschaft offenbart hätte, daß sie seither sehr gemein worden wäre, weil sie denen im Krieg trefflich zustatten käme, sonderlich in Belagerungen: Ich schreite aber zu meiner Histori.

Wenn ich nicht auf Partei durfte, so ging ich sonst aus zu stehlen, und dann waren weder Pferd, Kühe, Schwein noch Schaf in den Ställen vor mir sicher, welche ich auf etliche Meil Wegs holete; Rindvieh und Pferden wußte ich Stiefel oder Schuh anzulegen, bis ich sie auf eine gänge Straß brachte, damit man sie nicht spüren konnte, alsdann schlug ich den Pferden die Eisen hinterst zuvorderst auf, oder wenns Küh und Ochsen warn, tat ich ihnen Schuh an die ich dazu gemacht hatte, und brachte sie also in Sicherheit; die großen fetten Schweinspersonen, die Faulheit halber bei Nacht nicht reisen mögen, wußte ich auch meisterlich fortzubringen, wenn sie schon grunzten und nicht dran wollten; ich machte ihnen mit Mehl und Wasser einen wohlgesalzenen Brei, ließ solchen einen Baderschwamm in sich saufen, an welchen ich ein starken Bindfaden gebunden hatte, ließ nachgehends diejenigen um welche ich löffelte, den Schwamm voll Mus fressen, und behielt die Schnur in der Hand, worauf sie ohne ferneren Wortwechsel geduldig mitgingen und mir die Zech mit Schinken und Würsten bezahlten; und wenn ich so was heimbrachte, teilte ich sowohl den Offiziern als meinen Kameraden getreulich mit, dahero durfte ich ein andermal wieder hinaus, und da mein Diebstahl verraten oder ausgekundschaftet wurde, halfen sie mir hübsch durch; im übrigen dünkte ich mich viel zu gut dazu sein, daß ich die Armen bestehlen oder Hühner fangen und andere geringe Sachen hätte mausen sollen. Dabei fing ich an, nach und nach mit Fressen und Saufen ein epikurisch Leben zu führen, weil ich meines Einsiedlers Lehr vergessen und niemand hatte, der meine Jugend regierte oder auf den ich sehen durfte; denn meine Offizier machten selbst mit, wenn sie bei mir schmarotzten, und die mich hätten strafen und abmahnen sollen, reizten mich vielmehr zu allen Lastern, davon wurde ich endlich so gottlos und verrucht, daß mir kein Schelmstück, solches zu begehen, zu groß war. Zuletzt wurde ich auch heimlich geneidet, zumal von meinen Kameraden, daß ich ein glücklichere Hand zu stehlen hatte als ein anderer; von meinen Offiziern aber, daß ich mich so toll hielt, glücklich auf Parteien handelte und mir ein größern Namen und Ansehen machte als sie selbst hatten. Ich halte auch gänzlich dafür, daß mich ein oder ander Teil zeitlich aufgeopfert hätte, wenn ich nicht so spendiert hätte.

Das 2. Kapitel

Der Jäger von Soest schafft den Jäger von Werl ab

Als ich nun so fort hausete und im Werk begriffen war, mir einige Teufelslarven und dazu gehörige schreckliche Kleidungen mit Roß- und Ochsenfüßen machen zu lassen, vermittelst derer ich die Feind erschrecken, zumal auch den Freunden als unerkannt das Ihrige zu nehmen, dazu mir denn die Begebenheit mit dem Speckstehlen Anlaß gab, bekam ich Zeitung, daß ein Kerl sich in Werl* aufhielte, welcher ein trefflicher Parteigänger sei, sich grün kleiden lassen und hin und her auf dem Land, sonderlich aber bei unsern Kontribuenten, unter meinem Namen mit Weiberschänden und Plünderungen allerhand Exorbitantien* verübte, maßen dahero greuliche Klagen auf mich einkamen, dergestalt, daß ich übel eingebüßt hätte, da ich nicht ausdrücklich dargetan, daß ich in denjenigen Zeiten, da er ein und ander Stücklein auf mich verrichtet, mich anderswo befunden. Solches gedacht ich ihm nicht zu schenken, viel weniger zu leiden, daß er sich länger meines Namens bedienen, unter meiner Gestalt Beuten machen und mich dadurch so schänden sollte. Ich ließ ihn mit Wissen des Kommandanten in Soest auf einen Degen oder Paar Pistoln ins freie Feld zu Gast laden, nachdem er aber das Herz nicht hatte zu erscheinen, ließ ich mich vernehmen, daß ich mich an ihm revanchieren wollte, und sollt es zu Werl in desselbigen Kommandanten Schoß geschehen, als der ihn nicht drum strafte: Ja ich sagte öffentlich, daß, so ich ihn auf Partei ertappte, er als ein Feind von mir traktiert werden sollte! Das machte, daß ich meine Larven liegen ließ, mit denen ich ein Großes anzustellen vorhatte, sondern auch mein ganz grünes Kleid in kleine Stück zerhackte und in Soest vor meinem Quartier öffentlich verbrennet, unangesehen allein meine Kleider, ohne Federn und Pferdgezeug, über die hundert Dukaten wert waren; ja ich fluchte in solcher Wut noch drüber hin, daß der nächste, der mich mehr einen Jäger nenne, entweder mich ermorden oder von meinen Händen sterben müsse, und sollte es auch meinen Hals kosten! Wollt auch keine Partei mehr führen (so ich ohnedas nicht schuldig, weil ich noch kein Offizier war), ich hätte mich denn zuvor an meinem Widerpart zu Werl gerochen. Also hielt ich mich ein und tat nichts Soldatisch mehr, als daß ich meine Wacht versah, ich wäre denn absonderlich irgendshin kommandiert worden, welches ich jedoch alles wie ein anderer Bärnhäuter sehr schläferig verrichtet. Dies erscholl gar bald in der Nachbarschaft, und wurden die Parteien vom Gegenteil so kühn und sicher davon, daß sie schier täglich vor unsern Schlagbäumen lagen, so ich in die Läng auch nicht ertragen konnte. Was mir aber gar zu unleidlich fiel, war dies, daß der Jäger von Werl noch immerzu fortfuhr, sich für mich auszugeben und ziemliche Beuten zu machen.

Indessen nun, als jedermann vermeinte, ich hätte mich auf eine Bärnhaut schlafen gelegt, von der ich so bald nicht wieder aufstehen würde, kundigte ich meines Gegenteils von Werl Tun und Lassen aus und befand, daß er mir nicht nur mit dem Namen und in den Kleidern nachäffte, sondern auch bei Nacht heimlich zu stehlen pflegte, wenn er etwas erhaschen konnte, derhalben erwachte ich wieder ohnversehens und machte meinen Anschlag darauf: Mein beiden Knecht hatte ich nach und nach abgericht wie die Wachtelhund, so waren sie mir auch dermaßen getreu, daß jeder auf den Notfall für mich durch ein Feur gelaufen wäre, weil sie ihr gut Fressen und Saufen bei mir hatten und treffliche Beuten machten: Derer schickte ich einen nach Werl zu meinem Gegenteil, der wandte vor, weil ich als sein gewesener Herr nunmehr anfinge zu leben wie ein ander Kujon und verschworen hätte, nimmermehr auf Partei zu gehen, so hätte er nicht mehr bei mir bleiben mögen, sondern sei kommen ihm zu dienen, weil er an seines Herrn Statt ein Jägerkleid angenommen und sich wie ein rechtschaffener Soldat gebrauchen lasse; er wisse alle Weg und Steg im Land und könnte ihm manchen Anschlag geben, gute Beuten zu machen, etc. Mein guter einfältiger Narr glaubte meinem Knecht und ließ sich bereden, daß er ihn annahm und auf eine bestimmte Nacht mit seinem Kameraden und ihm auf eine Schäferei ging, etliche fette Hämmel zu holen, da ich und Springinsfeld mit meinem andern Knecht schon aufpaßten und den Schäfer bestochen hatten, daß er seine Hund anbinden und die Ankömmling in die Scheur unverhindert minieren lassen sollte, so wollte ich ihnen das Hammelfleisch schon gesegnen. Da sie nun ein Loch durch die Wand gemacht hatten, wollte der Jäger von Werl haben, mein Knecht sollte gleich zum ersten hineinschliefen; er aber sagte: „Nein, es möchte jemand drin aufpassen und mir eins vorn Kopf geben, ich sehe wohl, daß ihr nicht recht mausen könnt, man muß zuvor visitieren"; zog darauf seinen Degen aus und hängte seinen

Hut an die Spitz, stieß ihn also etlichmal durchs Loch und sagte: „So muß man zuvor sehen, ob Bläsi zu Haus sei* oder nicht?“ Als solches geschehen, war der Jäger von Werl selbst der erste so hineinkroch; aber Springinsfeld erwischte ihn gleich beim Arm, darin er seinen Degen hatte, und fragte ihn, ob er Quartier wollte? Das höret' sein Gesell und wollt durchgehen; weil ich aber nicht wußte, welches der Jäger, und geschwinder als dieser auf den Füßen war, eilet ich ihm nach und ertappt ihn in wenig Sprüngen; Ich fragte: „Was Volks?“ Er antwortet': „Kaiserisch.“ Ich fragte: „Was Regiments? Ich bin auch kaiserisch, ein Schelm der seinen Herrn verleugnet!“ Jener antwort: „Wir sind von den Dragonern aus Soest und kommen ein paar Hämmel zu holen, Bruder ich hoffe, wenn ihr auch kaiserisch seid, ihr werdet uns passieren lassen.“ Ich antwortet: „Wer seid ihr denn aus Soest?“ Jener antwort: „Mein Kamerad im Stall ist der Jäger.“ „Schelmen seid ihr!“ sagte ich, „warum plündert ihr denn euer eigen Quartier? der Jäger von Soest ist so kein Narr, daß er sich in einem Schafstall fangen läßt!“ „Ach von Werl wollt ich sagen“, antwort mir jener wiederum; und indem ich so disputierte, kam mein Knecht und Springinsfeld mit meinem Gegenteil auch daher. „Siehe da, du ehrlicher Vogel, kommen wir hier zusammen? wenn ich die kaiserlichen Waffen, die du wider den Feind zu tragen aufgenommen hast, nicht respektierte, so wollt ich dir gleich eine Kugel durch den Kopf jagen! Ich bin der Jäger von Soest bishero gewesen, und dich halt ich für einen Schelmen, bis du einen von gegenwärtigen Degen zu dir nimmst und den andern auf Soldaten-Manier mit mir missest!“ Indem legte mein Knecht (der sowohl als Springinsfeld ein abscheuliches Teufelskleid mit großen Bockshörnern anhatte) uns zween gleiche Degen vor die Füß, die ich mit aus Soest genommen hatte, und gab dem Jäger von Werl die Wahl, einen davon zu nehmen welchen er wollte; davon der arme Jäger so erschrak, daß es ihm ging wie mir zu Hanau, da ich den Tanz verderbte, denn er hofierte die Hosen so voll, daß schier niemand bei ihm bleiben konnte; er und sein Kamerad zitterten wie nasse

Hund, sie fielen nieder auf die Knie und baten um Gnad! Aber Springinsfeld kollerte wie aus einem hohlen Hafen heraus, und sagte zum Jäger: „Du mußt einmal raufen oder ich will dir den Hals brechen!“ „Ach hochgeehrter Herr Teufel, ich bin nicht Raufens halber herkommen, der Herr Teufel überhebe mich dessen, so will ich hingegen tun was du willst.“ In solchen verwirrten Reden gab ihm mein Knecht den einen Degen in die Hand und mir den andern, er zitterte aber so sehr, daß er ihn nicht halten konnte: Der Mond schien sehr hell, so daß der Schäfer und sein Gesind alles aus ihrer Hütten sehen und hören konnten. Ich rufte demselben herbeizukommen, damit ich einen Zeugen dieses Handels hätte, dieser als er kam, stellte sich, als ob er die zween in den Teufelskleidern nicht sehe, und sagte, was ich mit diesen Kerlen lang in seiner Schäferei zu zanken, wenn ich etwas mit ihnen hätte, sollte ichs an einem andern Ort ausmachen, unsere Händel gingen ihn nichts an, er gebe monatlich sein Konterbission*, hoffte darum bei seiner Schäferei in Ruhe zu leben. Zu jenen zweien aber sagte er, warum sie sich nur so von mir geheien ließen und mich nicht niederschlügen? Ich sagte: „Du Flegel, sie haben dir deine Schaf wollen stehlen.“ Der Baur antwortet': „So wollt ich, daß sie mich und meine Schaf müßten im Hintern lecken“; und ging damit hinweg. Hierauf drang ich wieder auf das Fechten, mein armer Jäger aber konnte schier nicht mehr vor Furcht auf den Füßen stehen, also daß er mich daurete, ja er und sein Kamerad brachten so bewegliche Wort vor, daß ich ihm endlich alles verzieh und vergab: Aber Springinsfeld war damit nicht zufrieden, sondern zwang den Jäger, daß er drei Schaf (denn soviel hatten sie stehlen wollen) mußte im Hintern küssen, und zerkratzte ihn noch dazu so abscheulich im Gesicht, daß er aussah, als ob er mit den Katzen gefressen hätte, mit welcher schlechten Rach ich zufrieden war. Aber der Jäger verschwand bald aus Werl, weil er sich viel zu sehr schämte, denn sein Kamerad sprengte aller Orten aus und beteuret's mit heftigen Flüchen, daß ich wahrhaftig zween leibhaftiger Teufel hätte, die mir auf den Dienst warteten, darum ich noch mehr gefürchtet, hingegen aber desto weniger geliebt wurde.

Das 3. Kapitel

Der große Gott Jupiter wird gefangen, und eröffnet der Götter Ratschläg

Solches wurde ich bald gewahr, derhalben stellte ich mein vorig gottlos Leben allerdings ab und befliß mich allein der Tugend und Frömmigkeit; ich ging zwar wie zuvor wieder auf Partei, erzeigte mich aber gegen Freunde und Feinde so leutselig und diskret, daß all diejenigen, so mir unter die Händ kamen, ein anders glaubten als sie von mir gehört hatten; überdas hielt ich auch mit den überflüssigen Verschwendungen inne und sammlete mir viel schöne Dukaten und Kleinodien, welche ich hin und wieder in der Soestischen Börde auf dem Land in hohle Bäum verbarg, weil mir solches die bekannte Wahrsagerin zu Soest riet und mich versicherte, daß ich mehr Feind in derselben Stadt und unter meinem Regiment als außerhalb und in den feindlichen Garnisonen hätte, die mir und meinem Geld nachstellten. Und indem man hin und her Zeitung hatte, daß der Jäger ausgerissen wäre, saß ich denen, die sich damit kitzelten, wieder ohnversehens auf der Hauben, und ehe ein Ort recht erfuhr, daß ich an einem andern Schaden getan, empfand derselbige schon, daß ich noch vorhanden war; denn ich fuhr herum wie ein Windsbraut, war bald hie bald dort, also daß man mehr von mir zu sagen wußte als zuvor, da sich noch einer für mich ausgab.

Ich saß einsmals mit fünfundzwanzig Feurröhren nicht weit von Dorsten und paßte einem Convoi mit etlichen Fuhrleuten auf, der nach Dorsten kommen sollte; ich hielt meiner Gewohnheit nach selbst Schildwacht, weil wir dem Feind nahe waren; da kam ein einziger Mann daher, fein ehrbar gekleidet, der redte mit sich selbst und hatte mit seinem Meerrohr*, das er in Händen trug, ein seltsam Gefecht; ich konnte nichts anders verstehen, als daß er sagte: „Ich will einmal die Welt strafen, es wolle mirs denn das große Numen* nicht zugeben!“ Woraus ich mutmaßete, es möchte etwa ein mächtiger Fürst sein, der so verkleidterweis herumginge, seiner Untertanen Leben und Sitten zu erkundigen und sich nun vorgenommen hätte, solche (weil er sie vielleicht nicht nach seinem Willen gefunden) gebührend zu strafen. Ich gedachte: ‚Ist dieser Mann vom Feind, so setzts ein gute Ranzion*, wo nicht, so willst du ihn so höflich traktieren und ihm dadurch das Herz dermaßen abstehlen, daß es dir künftig dein Lebtag wohl bekommen soll', sprang derhalben hervor, präsentiert mein Gewehr mit aufgezogenem Hahnen, und sagte: „Der Herr wird sich belieben lassen, vor mir hin in Busch zu gehen, wofern er nicht als Feind traktiert sein will." Er antwortet' sehr ernsthaftig: „Solcher Tractation* ist meinesgleichen nit gewohnt." Ich aber tummelt ihn höflich fort, und sagte: „Der Herr wird sich nicht zuwider sein lassen, sich für diesmal in die Zeit zu schicken", und als ich ihn in den Busch zu meinen Leuten gebracht und die Schildwachten wieder besetzt hatte, fragte ich ihn, wer er sei? Er antwortet' gar großmütig, es würde mir wenig daran gelegen sein, wenn ichs schon wüßte, er sei auch ein großer Gott! Ich gedachte, er möchte mich vielleicht kennen und etwa ein Edelmann von Soest sein und so sagen mich zu hetzen*, weil man die Soester mit dem großen Gott* und seinem güldenen Vortuch zu vexieren pflegt, wurde aber bald inne, daß ich anstatt eines Fürsten einen Phantasten gefangen hätte, der sich überstudiert und in der Poeterei gewaltig verstiegen, denn da er bei mir ein wenig erwarmte, gab er sich für den Gott Jupiter aus.

Ich wünschte zwar, daß ich diesen Fang nicht getan, weil ich den Narrn aber hatte, mußte ich ihn wohl behalten, bis wir von dannen rückten, und demnach mir die Zeit ohnedas ziemlich lang wurde, gedachte ich, diesen Kerl zu stimmen und mir seine Gaben zunutz zu machen, sagte derowegen zu ihm: „Nun denn meiner lieber Jove*, wie kommts doch, daß deine hohe Gottheit ihren himmlischen Thron verläßt und zu uns auf Erden steigt? Vergib mir, o Jupiter, meine Frag, die du für vorwitzig halten möchtest, denn wir sind den himmlischen Göttern auch verwandt und eitel Silvani*, von den Faunis und Nymphis geboren,

denen diese Heimlichkeit billig ohnverborgen sein soll."
„Ich schwöre dir beim Styx*", antwortet' Jupiter, „daß du hiervon nichts erfahren solltest, wenn du meinem Mundschenken Ganymede* nicht so ähnlich sähest, und wenn du schon Pans eigener Sohn wärest, aber von seinetwegen kommuniziere ich dir, daß ein groß Geschrei über der Welt Laster zu mir durch die Wolken gedrungen, darüber in aller Götter Rat beschlossen worden, ich könnte mit Billigkeit, wie zu Lykaons* Zeiten, den Erdboden wieder mit Wasser austilgen; weil ich aber dem menschlichen Geschlecht mit sonderbarer Gunst gewogen bin und ohnedas allezeit lieber die Güte als eine strenge Verfahrung brauche, vagiere ich jetzt herum, der Menschen Tun und Lassen selbst zu erkundigen, und obwohl ich alles ärger finde, als mirs vorkommen, so bin ich doch nicht gesinnt, alle Menschen zugleich und ohne Unterscheid auszureuten, sondern nur diejenigen zu strafen, die zu strafen sind, und hernach die übrigen nach meinem Willen zu ziehen."

Ich mußte zwar lachen, verbiß es doch so gut ich konnte, und sagte: „Ach Jupiter, deine Mühe und Arbeit wird besorglich allerdings umsonst sein, wenn du nicht wieder, wie vor diesem, die Welt mit Wasser oder gar mit Feur heimsuchest; denn schickest du einen Krieg, so laufen alle bösen verwegenen Buben mit, welche die friedliebenden frommen Menschen nur quälen werden; schickest du eine Teuerung, so ists ein erwünschte Sach für die Wucherer, weil alsdann denselben ihr Korn viel gilt; schickst du aber ein Sterben, so haben die Geizhäls und alle übrigen Menschen ein gewonnen Spiel, indem sie hernach viel erben; wirst derhalben die ganze Welt mit Butzen und Stiel* ausrotten müssen, wenn du anders strafen willst."

Das 4. Kapitel

Von dem Teutschen Helden, der die ganze Welt bezwingen, und zwischen allen Völkern Fried stiften wird

Jupiter antwortet': „Du redest von der Sach wie ein natürlicher Mensch, als ob du nicht wüßtest, daß uns Göttern möglich sei, etwas anzustellen, daß nur die Bösen gestraft und die Guten erhalten werden; ich will einen Teutschen Helden erwecken, der soll alles mit der Schärfe des Schwerts vollenden, er wird alle verruchten Menschen umbringen und die frommen erhalten und erhöhen." Ich sagte: „So muß ja ein solcher Held auch Soldaten haben, und wo man Soldaten braucht, da ist auch Krieg, und wo Krieg ist, da muß der Unschuldig sowohl als der Schuldig herhalten!" „Seid ihr irdischen Götter denn auch gesinnt wie die irdischen Menschen", sagte Jupiter hierauf, „daß ihr so gar nichts verstehen könnet? Ich will einen solchen Helden schicken, der keiner Soldaten bedarf, und doch die ganze Welt reformieren soll; in seiner Geburtstund will ich ihm verleihen einen wohlgestalten und stärkern Leib als Herkules einen hatte, mit Fürsichtigkeit, Weisheit und Verstand überflüssig geziert, hierzu soll ihm Venus geben ein schön Angesicht, also daß er auch Narcissum*, Adonidem* und meinen Ganymedem selbst übertreffen solle, sie soll ihm zu allen seinen Tugenden ein sonderbare Zierlichkeit, Aufsehen und Anmutigkeit vorstrecken und dahero ihn bei aller Welt beliebt machen, weil ich sie eben der Ursachen halber in seiner Nativität desto freundlicher anblicken werde; Mercurius aber soll ihn mit unvergleichlichsinnreicher Vernunft begaben, und der unbeständige Mond soll ihm nicht schädlich sondern nützlich sein, weil er ihm eine unglaubliche Geschwindigkeit einpflanzen wird; die Pallas soll ihn auf dem Parnasso auferziehen, und Vulcanus soll ihm in Hora Martis* seine Waffen, sonderlich aber ein Schwert schmieden, mit welchem er die ganze Welt bezwingen und alle Gottlosen niedermachen wird, ohne fernere Hilf eines einzigen Menschen, der ihm etwa als ein Soldat beistehen möchte, er soll keines Beistands bedürfen, ein jede große Stadt soll von seiner Gegenwart erzittern, und ein jede Festung, die sonst unüberwindlich ist, wird er in der ersten Viertelstund in seinem Gehorsam haben, zuletzt wird er den größten Potentaten in der Welt befehlen und die Regierung über Meer und Erden so löblich anstellen, daß beides Götter und Menschen ein Wohlgefallen darob haben sollen."

Ich sagte: „Wie kann die Niedermachung aller Gottlosen ohne Blutvergießen und das Kommando über die ganze weite Welt ohne sonderbare große Gewalt und starken Arm geschehen und zuwegen gebracht werden? o Jupiter, ich bekenne dir unverhohlen, daß ich diese Ding weniger als ein sterblicher Mensch begreifen kann!" Jupiter antwortet': „Das gibt mich nicht Wunder, weil du nicht weißt, was meines Helden Schwert für ein seltene Kraft an sich haben wird, Vulcanus wirds aus den Materialien verfertigen, daraus er mir meine Donnerkeil macht, und dessen Tugenden dahin richten, daß mein Held, wenn er solches entblößet und nur einen Streich damit in die Luft tut, einer ganzen Armada, wenn sie gleich hinter einem Berg eine ganze Schweizermeil Wegs weit von ihm stünde, auf einmal die Köpf herunterhauen kann, also daß die armen Teufel ohne Köpf daliegen müssen, ehe sie einmal wissen wie ihnen geschehen! Wenn er dann nun seinem Lauf den Anfang macht und vor eine Stadt oder Festung kommt, so wird er des Tamerlani* Manier brauchen, und zum Zeichen, daß er Friedens halber und zu Beförderung aller Wohlfahrt vorhanden sei, ein weißes Fähnlein aufstecken, kommen sie dann zu ihm heraus und bequemen sich, wohl gut; wo nicht, so wird er von Leder ziehen und durch Kraft mehrgedachten Schwerts allen Zauberern und Zauberinnen, so in der ganzen Stadt sind, die Köpf herunterhauen und ein rotes Fähnlein aufstecken; wird sich aber dennoch niemand einstellen, so wird er alle Mörder, Wucherer, Dieb, Schelmen, Ehebrecher, Huren und Buben auf die vorige Manier umbringen und ein schwarzes Fähnlein sehen lassen, wofern aber nicht so bald diejenigen, so noch in der

Stadt übrig blieben, zu ihm kommen und sich demütig einstellen, so wird er die ganze Stadt und ihre Inwohner als ein halsstarrig und ungehorsam Volk ausrotten wollen, wird aber nur diejenigen hinrichten, die den andern abgewehrt haben und ein Ursach gewesen, daß sich das Volk nicht ehe ergeben. Also wird er von einer Stadt zur andern ziehen, einer jeden Stadt ihr Teil Lands um sie her gelegen im Frieden zu regieren übergeben und von jeder Stadt durch ganz Teutschland zween von den klügsten und gelehrtesten Männern zu sich nehmen, aus denselben ein Parlament machen, die Städt miteinander auf ewig vereinigen, die Leibeigenschaften samt allen Zöllen, Akzisen, Zinsen, Gülten und Umgelten durch ganz Teutschland aufheben und solche Anstalten machen, daß man von keinem Fronen, Wachen, Kontribuieren, Geldgeben, Kriegen noch einziger Beschwerung beim Volk mehr wissen, sondern viel seliger als in den Elysischen Feldern* leben wird: Alsdann (sagt' Jupiter ferner) werde ich oftmals den ganzen Chorum Deorum* nehmen und herunter zu den Teutschen steigen, mich unter ihren Weinstöcken und Feigenbäumen zu ergötzen, da werde ich den Helikon* mitten in ihre Grenzen setzen und die Musen von neuem darauf pflanzen, ich werde Teutschland höher segnen mit allem Überfluß als das glückselige Arabiam, Mesopotamiam und die Gegend um Damasco; die griechische Sprach werde ich alsdann verschwören und nur Teutsch reden und mit einem Wort mich so gut teutsch erzeigen, daß ich ihnen auch endlich, wie vor diesem den Römern, die Beherrschung über die ganze Welt zukommen lassen werde.“ Ich sagte: „Höchster Jupiter, was werden aber Fürsten und Herren dazu sagen, wenn sich der künftige Held unterstehet, ihnen das Ihrig so unrechtmäßiger Weis abzunehmen und den Städten zu unterwerfen? werden sie sich nicht mit Gewalt widersetzen oder wenigst vor Göttern oder Menschen dawider protestieren?“ Jupiter antwortet': „Hierum wird sich der Held wenig bekümmern, er wird alle Großen in drei Teil unterscheiden und diejenigen, so ohnexemplarisch und verrucht leben, gleich den Gemeinen strafen, weil seinem Schwert kein irdische Gewalt widerstehen mag, den übrigen aber wird er die Wahl geben, im Land zu bleiben oder nicht; was bleibt und sein Vaterland liebet, die werden leben müssen wie andere gemeine Leut, aber das Privatleben der Teutschen wird alsdann viel vergnügsamer und glückseliger sein als jetzund das Leben und der Stand eines Königs und die Teutschen werden alsdann lauter Fabricii* sein, welcher mit dem König Pyrrho sein Königreich nicht teilen wollte, weil er sein Vaterland neben Ehr und Tugend so hoch liebte, und das sind die zweiten; die dritten aber, die ja Herrn bleiben und immerzu herrschen wollen, wird er durch Ungarn und Italia in die Moldau, Walachei, in Macedoniam, Thraciam, Graeciam, ja über den Hellespontum nach Asiam hinein führen, ihnen dieselben Länder gewinnen, alle Kriegsgurgeln* in ganz Teutschland mitgeben und sie alldort zu lauter Königen machen; alsdann wird er Konstantinopel in einem Tag einnehmen und allen Türken, die sich nicht bekehren oder gehorsamen, die Köpf vor den Hintern legen, daselbst wird er das römisch Kaisertum wieder aufrichten und sich wieder nach Teutschland begeben und mit seinen Parlamentsherren (welche er, wie ich schon gesagt habe, aus allen teutschen Städten paarweis sammlen und die Vorsteher und Väter seines teutschen Vaterlands nennen wird) eine Stadt mitten in Teutschland bauen, welche viel größer sein wird, als Manoah in Amerika* und goldreicher als Jerusalem zu Salomons Zeiten gewesen, deren Wäll sich dem tirolischen Gebirg und ihre Wassergräben der Breite des Meers zwischen Hispania und Afrika vergleichen sollen, er wird einen Tempel hinein bauen von lauter Diamanten, Rubinen, Smaragden und Saphiren; und in der Kunstkammer die er aufrichten wird, werden sich alle Raritäten in der ganzen Welt versammlen, von den reichen Geschenken, die ihm die Könige in China, in Persia, der große Mogol in den orientalischen Indien, der große Tatar-Chan, Priester Johann in Afrika* und der Große Zar in der Moskau schicken; der türkische Kaiser würde sich noch fleißiger einstellen, wofern ihm bemeldter Held sein Kaisertum nicht genommen und solches dem römischen Kaiser zu Lehen gegeben hätte."

Ich fragte meinen Jovem, was denn die christlichen Könige bei der Sach tun würden? Er antwortet': „Der in Engeland, Schweden und Dänemark werden, weil sie teutschen Geblüts und Herkommens, der in Hispania, Frankreich und Portugal aber, weil die alten Teutschen selbige Länder hiebevor auch eingenommen und regiert haben, ihre Kronen, Königreich und inkorporierten Länder von der teutschen Nation aus freien Stücken zu Lehen empfangen, und alsdann wird, wie zu Augusti Zeiten, ein ewiger beständiger Fried zwischen allen Völkern in der ganzen Welt sein."

Das 5. Kapitel

Wie er die Religionen miteinander vereinigen, und in einen Model gießen wird

Springinsfeld, der uns auch zuhörete, hätte den Jupiter schier unwillig gemacht und den Handel beinahe verderbt, weil er sagte: „Und alsdann wirds in Teutschland hergehen wie im Schlaraffenland, da es lauter Muskateller regnet und die Kreuzerpastetlein über Nacht wie die Pfifferling wachsen! da werde ich mit beiden Backen fressen müssen wie ein Drescher und Malvasier saufen, daß mir die Augen übergehen." „Ja freilich", antwortet' Jupiter, „vornehmlich wenn ich dir die Plag Erysichthonis* anhängen würde, weil du, wie mich dünken will, meine Hoheit verspottest." Zu mir aber sagte er: „Ich habe vermeint, ich sei bei lauter Silvanis, so sehe ich aber wohl, daß ich den neidigen Momum* oder Zoilum* angetroffen habe; ja man sollte solchen Verrätern das was der Himmel beschlossen offenbaren, und so edle Perlen vor die Säu werfen, ja freilich, auf den Buckel geschissen für ein Brusttuch!" Ich gedachte: „Dies ist mir wohl ein visierlicher und unflätiger Abgott, weil er neben so hohen Dingen auch mit so weicher Materi umgehet." Ich sah wohl, daß er nicht gern hatte, daß man lachte, verbiß es derowegen so gut als ich immer konnte, und sagte

pag: 75.

Constitution.
Regionum querela et tutela
Der schöne Länder-
Baum gedrücket
Wird so von Raupen ab=
gepflücket
Und also wider Krafft=
erquicket.

zu ihm: „Allergütigster Jove, du wirst ja eines groben Waldgotts Unbescheidenheit halber deinem andern Ganymede nicht verhalten, wie es weiter in Teutschland hergehen wird?" „O nein", antwortet' er, „aber befehle zuvor diesem Theoni*, daß er seine Hipponacis-Zunge* fürderhin im Zaum halten solle, ehe ich ihn (wie Mercurius den Battum*) in einen Stein verwandele; du selbst aber gestehe mir, daß du mein Ganymedes seiest, und ob dich nicht mein eifersüchtige Juno* in meiner Abwesenheit aus dem himmlischen Reich gejaget habe?" Ich versprach ihm alles zu erzählen, da ich zuvor gehört haben würde, was ich zu wissen verlangte. Darauf sagte er: „Lieber Ganymede, (leugne nur nicht mehr, denn ich sehe wohl daß du es bist) es wird alsdann in Teutschland das Goldmachen so gewiß und so gemein werden als das Hafnerhandwerk, also daß schier ein jeder Roßbub den Lapidem Philosophorum* wird umschleppen!" Ich fragte: „Wie wird aber Teutschland bei so unterschiedlichen Religionen ein so langwierigen Frieden haben können? werden so unterschiedliche Pfaffen nicht die Ihrigen hetzen und wegen ihres Glaubens wiederum einen Krieg anspinnen?" „O nein!" sagt' Jupiter, „mein Held wird dieser Sorg weislich vorkommen und vor allen Dingen alle christliche Religionen in der ganzen Welt miteinander vereinigen." Ich sagte: „O Wunder, das wäre ein groß Werk! wie müßte das zugehen?" Jupiter antwortet': „Das will ich dir herzlich gern offenbaren: Nachdem mein Held den Universal-Frieden der ganzen Welt verschafft, wird er die geist- und weltlichen Vorsteher und Häupter der christlichen Völker und unterschiedlichen Kirchen mit einem sehr beweglichen Sermon anreden und ihnen die bisherigen hochschädlichen Spaltungen in den Glaubenssachen trefflich zu Gemüt fahren, sie auch durch hochvernünftige Gründe und unwidertreibliche Argumenta dahin bringen, daß sie von sich selbst eine allgemeine Vereinigung wünschen und ihm das ganze Werk seiner hohen Vernunft nach zu dirigiern übergeben werden: alsdann wird er die allergeistreichsten, gelehrtesten und frömmigsten Theologos von allen Orten und Enden her aus allen Religionen zusammenbringen und ihnen einen Ort, wie vor diesem Ptolemäus Philadelphus den zweiundsiebzig Dolmetschen* getan, in einer lustigen doch stillen Gegend, da man wichtigen Sachen ungehindert nachsinnen kann, zurichten lassen, sie daselbst mit Speis und Trank, auch aller anderen Notwendigkeit versehen und ihnen auflegen, daß sie so bald immer möglich und jedoch mit der allerreifsten und fleißigsten Wohlerwägung die Strittigkeiten, so sich zwischen ihren Religionen enthalten, erstlich beilegen und nachgehends mit rechter Einhelligkeit die rechte, wahre, heilige und christliche Religion der Hl. Schrift, der uralten Tradition und der probierten* Hl. Väter Meinung gemäß schriftlich verfassen sollen: Um dieselbige Zeit wird sich Pluto* gewaltig hintern Ohren kratzen, weil er alsdann die Schmälerung seines Reichs besorgen wird, ja er wird allerlei Fünd und List erdenken, ein Que* darein zu machen, und die Sach wo nicht gar zu hintertreiben, jedoch solche ad infinitum oder indefinitum* zu bringen sich gewaltig bemühen; er wird sich unterstehen, einem jeden Theologo sein Interesse, seinen Stand, sein geruhig Leben, sein Weib und Kind, sein Ansehen und je so etwas, das ihm seine Opinion* zu behaupten einraten möchte, vorzumalen: Aber mein tapferer Held wird auch nicht feiren, er wird, so lang dieses Concilium währet, in der ganzen Christenheit alle Glocken läuten und damit das christlich Volk zum Gebet an das höchste Numen ohnablässig anmahnen und um Sendung des Geistes der Wahrheit bitten lassen: Wenn er aber merken würde, daß sich einer oder ander von Plutone einnehmen läßt, so wird er die ganze Kongregation* wie in einer Konklave* mit Hunger quälen, und wenn sie noch nicht dran wollen, ein so hohes Werk zu befördern, so wird er ihnen allen vom Henken predigen oder ihnen sein wunderbarlich Schwert weisen, und sie also erstlich mit Güte, endlich mit Ernst und Bedrohungen dahin bringen, daß sie ad rem* schreiten und mit ihren halsstarrigen falschen Meinungen die Welt nicht mehr wie vor alters foppen: Nach erlangter Einigkeit wird er ein groß Jubelfest anstellen und der ganzen Welt diese geläuterte Religion publizieren, und welcher alsdann dawider glaubt, den wird er mit Schwefel und Pech martyrisieren oder einen solchen Ketzer mit Buxbaum bestecken und dem Plutone zum Neuen Jahr schenken. Jetzt weißt du, lieber Ganymede, alles was du zu wissen begehrt hast, nun sage mir aber auch, was die Ursach ist, daß du den Himmel verlassen, in welchem du mir so manchen Trunk Nektar eingeschenkt hast?"

Das 6. Kapitel

Was die Legation der Flöh beim Jove verrichtet

Ich gedachte bei mir selbst, der Kerl dürfte vielleicht kein Narr sein wie er sich stellte, sondern mirs kochen, wie ichs zu Hanau gemacht, um desto besser von uns durchzukommen; gedacht ihn derowegen mit dem Zorn zu probieren, weil man einen Narrn am besten bei solchem erkennet, und sagte: „Die Ursach, daß ich aus dem Himmel kommen, ist, daß ich dich selbst darin manglete, nahm derowegen des Daedali Flügel* und flog auf Erden dich zu suchen, wo ich aber nach dir fragte, fand ich, daß man dir aller Orten und Enden ein schlechtes Lob verlieh, denn Zoilus und Momus haben dich und alle anderen Götter in der ganzen weiten Welt für so verrucht, leichtfertig und stinkend ausgeschrien, daß ihr bei den Menschen allen Kredit verloren; du selbst, sagen sie, seiest ein filzlausiger, ehebrecherischer Hurenhengst, mit was für Billigkeit* du denn die Welt wegen solcher Laster strafen mögest? Vulcanus sei ein geduldiger Hahnrei und habe den Ehebruch Martis* ohne sonderbare namhafte Rach müssen hingehen lassen, was der hinkende Gauch denn für Waffen werde schmieden können? Venus sei selbsten die verhaßteste Vettel von der Welt wegen ihrer Unkeuschheit, was sie denn für Gnad und Gunst einem andern werde mitteilen können? Mars sei ein Mörder und Räuber; Apollo ein unverschämter Hurenjäger; Mercurius ein unnützer Plauderer, Dieb und Kuppler, Priapus* ein Unflat; Herkules ein hirnschelliger Wüterich und in Summa die ganze Schar der Götter sei so verrucht, daß man sie sonst nirgendshin als in des Augiae Stall* logieren sollte, welcher ohnedas durch die ganze Welt stinkt." „Ach!" sagte Jupiter, „wäre es ein Wunder, wenn ich meine Güte beiseit setzte und diese heillosen Ehrendieb und gottsschändenden Verleumder mit Donner und Blitz verfolgte? Was dünkt dich mein getreuer und allerliebster Ganymede? Soll ich diese Schwätzer mit ewigem Durst plagen wie den Tantalum*? oder soll ich sie neben den mutwilligen Plauderer Daphitas* auf dem Berg Thorace aufhenken lassen? oder sie mit Anaxarcho* in einem Mörser zerstoßen? oder soll ich sie zu Agrigento in Phalaris glühenden Ochsen* stecken? Nein, nein Ganymede! diese Strafen und Plagen sind alle miteinander viel zu gering; ich will der Pandora Büchse* von neuem füllen und selbe den Schelmen auf die Köpf ausleeren lassen, die Nemesis soll die Alecto, Megaera und Thesiphone* erwecken und ihnen über den Hals schicken, und Herkules soll den Cerberum* vom Pluto entlehnen und diese bösen Buben damit hetzen wie die Wölf, wenn ich sie dann dergestalt genug gejagt und geplagt haben werde, so will ich sie erst neben den Hesiodum und Homerum in das höllisch Haus an ein Säule binden und sie durch die Eumenides ohn einzige Erbarmung ewiglich abstrafen lassen." Indem Jupiter so drohete, zog er in Gegenwart meiner und der ganzen Partei die Hosen herunter ohn einzige Scham und stöbert' die Flöh daraus, welche ihn, wie man an seiner sprenklichten Haut wohl sah, schrecklich tribuliert hatten: Ich konnte mir nicht einbilden, was es abgeben sollte, bis er sagte: „Schert euch fort ihr kleinen Schinder, ich schwöre euch beim Styx, daß ihr in Ewigkeit nicht erhalten sollt, was ihr so sorgfältig sollizitiert*!" Ich fragte ihn, was er mit solchen Worten meine? Er antwortet', daß das Geschlecht der Flöhe, als sie vernommen, daß er auf Erden kommen sei, ihre Gesandten zu ihm geschickt hätten, ihn zu komplimentieren. Diese hätten ihm daneben angebracht, ob er zwar ihnen die Hundshäut zu bewohnen assigniert, daß dennoch zu Zeiten wegen etlicher Eigenschaften, welche die Weiber* an sich hätten, teils aus ihnen sich verirreten und den Weibern in die Pelz gerieten; solche verirrten armen Tropfen aber würden von den Weibern übel traktiert, gefangen und nicht allein ermordt, sondern auch zuvor zwischen ihren Fingern so elendiglich gemartert und zerrieben, daß es einen Stein erbarmen möchte: „Ja (sagte Jupiter ferner), sie brachten mir die Sach so beweglich und erbärmlich vor, daß ich Mitleiden mit ihnen haben mußte und also ihnen Hilf zusagte, jedoch mit Vorbehalt, daß ich die Weiber zuvor auch hören möchte; sie aber wandten vor, wenn den Weibern erlaubt würde, Widerpart zu halten und ihnen zu widersprechen, so wüßten sie wohl, daß sie mit ihren giftigen Hundszungen entweder meine Frömmigkeit und Güte betäuben, die Flöh selbsten aber überschreien oder aber durch ihre lieblichen Wort und Schönheiten mich betören und zu einem falschen Urteil verleiten würden; mit fernerer Bitt, ich wollte sie ihrer untertänigen Treu genießen lassen, welche sie mir allezeit erzeigt und ferner zu leisten gedächten, indem sie allezeit am nächsten dabeigewesen und am besten gewußt hätten, was zwischen mir und der Jo, Callisto, Europa* und andern mehr vorgangen, hätten aber niemal nichts aus der Schul geschwätzt, noch der Juno, wiewohl sie sich auch bei ihr pflegten aufzuhalten, einziges Wort gesagt, maßen sie sich noch solcher Verschwiegenheit beflissen, wie denn kein Mensch bis dato (ohnangesehen sie sich gar nahe bei allen Buhlschaften finden ließen) von ihnen wie Apollo von den Raben* etwas dergleichen erfahren hätte: Wenn ich aber je zulassen wollte, daß die Weiber sie in ihrem Bann* jagen, fangen und nach Waidmannsrecht metzeln dürften, so wäre ihr Bitt, zu verschaffen, daß sie hinfort mit einem heroischen Tod hingerichtet und entweder mit einer Axt wie Ochsen niedergeschlagen oder wie Wildpret gefället würden, und nicht mehr so schimpflich zwischen ihren Fingern zerquetschen und radbrechen sollten, wodurch sie ohnedas ihre eigenen Glieder, damit sie oft was anders berührten, zu Henkersinstrumenten machten, welches allen ehrlichen Mannsbildern ein Schand wäre! Ich sagte: ‚Ihr Herren müßt sie greulich quälen, weil sie euch so schrecklich tyrannisieren?‘ ‚Jawohl‘, gaben sie mir zur Antwort, ‚sie sind uns sonst so neidig und vielleicht darum, daß sie sorgen, wir sehen, hören und empfinden zu viel, eben als ob sie unserer Verschwiegenheit nicht genugsam versichert wären. Was wollts sein? können sie uns doch in unserm eigenen Territorio nit leiden, gestalt manche ihr Schoßhündlein mit Bürsten, Kämmen, Seifen, Laugen und andern Dingen dermaßen durchstreift, daß wir unser Vaterland notdringlich quittieren und andere Wohnungen suchen müssen, ohnangesehen sie solche Zeit besser anlegen und etwa ihre eigenen Kinder von den Läusen säubern könnten.‘ Darauf erlaubte ich ihnen, bei mir einzukehren und meinen menschlichen Leib ihre Beiwohnung, Tun und Lassen empfinden zu machen, damit ich ein Urteil danach fassen könnte; da fing das Lumpengesind an, mich zu geheien, daß ich sie, wie ihr gesehen habt, wieder abschaffen müssen: Ich will ihnen ein Privilegium auf die Nas hofieren, daß sie die Weiber verrieblen und vertrieblen* mögen, wie sie wollen, ja wenn ich selbst so ein schlimmen Kunden ertappe, will ichs ihm nicht besser machen.“

Das 7. Kapitel

Der Jäger erjaget abermals Ehre und Beuten

Wir durften nicht rechtschaffen lachen, beides weil wir uns still halten mußten und weils der Phantast nicht gern hatte, wovon Springinsfeld hätte zerspringen mögen. Eben damals zeigte unsere Hohewacht an, die wir auf einem Baum hatten, daß er in der Ferne etwas kommen sehe; ich stieg auch hinauf und sah durch mein Perspektiv, daß es zwar die Fuhrleute sein müßten, denen wir aufpaßten, sie hatten aber niemand zu Fuß, sondern ohngefähr etlich und dreißig Reuter zum Convoi bei sich, dahero konnte ich mir die Rechnung leicht machen, daß sie nicht oben durch den Wald, darin wir lagen, gehen, sondern sich im freien Feld behelfen würden, da wir ihnen nichts hätten abgewinnen mögen, wiewohl es daselbst einen bösen Weg hatte, der ungefähr sechshundert Schritt von uns und etwa dreihundert Schritt vom End des Walds oder Bergs durch die Ebne vorbeiging. Ich wollte ungern so lang daselbst umsonst gelegen oder nur einen Narrn erbeutet haben, machte derhalben geschwind einen andern Anschlag, der mir auch anging.

Von unserer Lagerstatt ging ein Wasserrunze* in einer Klammen* hinunter (die bequem zu reiten war) gegen das Feld wärts, deren Ausgang besetzte ich mit zwanzig Mann, nahm auch selbst meinen Stand bei ihnen und ließ den Springinsfeld schier an dem Ort, wo wir zuvor gelegen warn, sich in seinem Vorteil halten, befahl auch meiner Bursch, wenn der Convoi hinkomme, daß jeder seinen Mann gewiß nehmen sollte, sagte auch jedem, wer Feuer geben und welcher seinen Schuß im Rohr zum Vorrat behalten sollte. Etliche alte Kerl sagten, was ich gedächte? und ob ich wohl vermeinte, daß der Convoi an diesen Ort kommen würde, da sie nichts zu tun hätten und dahin wohl in hundert Jahren kein Bauer kommen sei? Andere aber, die da glaubten, ich könne zaubern, (maßen ich damals deswegen in einem großen Ruf war) gedachten, ich würde den Feind in unsere Händ bannen. Aber ich brauchte hierzu keine Teufelskunst, sondern nur den Springinsfeld, denn als der Convoi, welcher ziemlich Truppen hielt, recta gegen uns über vorbeipassieren wollte, fing Springinsfeld aus meinem Befehl so schrecklich an zu brüllen wie ein Ochs und zu wiehern wie ein Pferd, daß der ganze Wald einen Widerhall davon gab und einer hoch geschworen hätte, es wären Roß und Rinder vorhanden: Sobald der Convoi das hörte, gedachten sie Beuten zu machen und an diesem Ort etwas zu erschnappen, das doch in derselben ganzen Gegend nicht anzutreffen, weil das ganze Land ziemlich erödet war; sie ritten sämtlich so geschwind und unordentlich in unsern Halt, als wenn ein jeder der erste hätte sein wollen, die beste Schlappe zu holen, welche es denn so dichte setzt', daß gleich im ersten Willkomm, den wir ihnen gaben, dreizehn Sättel geleert und sonst noch etliche aus ihnen gequetscht wurden; hierauf lief Springinsfeld gegen sie die Klamme herunter und schrie: „Jäger, hieher!" davon die Kerl noch mehr erschreckt und so irr wurden, daß sie weder hinter sich, vor sich, noch nebenaus reiten konnten, absprangen und sich zu Fuß davonmachen wollten: Aber ich bekam sie alle siebenzehn, samt dem Leutnant der sie kommandiert hatte, gefangen und ging damit auf die Wagen los, spannete vierundzwanzig Pferd aus und bekam nur etliche wenige Seidenwar und holländisch Tuch, denn ich durfte nicht so viel Zeit nehmen, die Toten zu plündern, geschweig die Wagen recht zu durchsuchen, weil sich die Fuhrleut zu Pferd bald aus dem Staub gemacht, als die Aktion anging, durch welche ich zu Dorsten hätte verraten und unterwegs wieder aufgehoben werden können. Da wir nun aufgepackt hatten, lief Jupiter auch aus dem Wald und schrie uns nach, ob ihn denn Ganymedes verlassen wollte? Ich antwortet ihm: Ja, wenn er den Flöhen das begehrte Privilegium nicht mitteilen wollte. „Ich wollte lieber (antwortet' er wieder), daß sie miteinander im Cocyto* lägen!" Ich mußte lachen, und weil ich ohnedas noch leere Pferd hatte, ließ ich ihn aufsitzen, demnach er aber nicht besser reiten konnte als eine Nuß mußte ich ihn aufs Pferd binden lassen, da sagte er, daß ihn unser Scharmützel an diejenige Schlacht gemahnt hätte, welche die Lapithae hiebevor mit den Centauris bei des Pirithoi Hochzeit* angefangen hätten.

Wie nun alles vorüber war und wir mit unsern Gefangenen davonpostierten, als ob uns jemand jagte, bedachte erst der gefangene Leutnant, was er für ein groben Fehler begangen, daß er nämlich ein so schönen Truppen Reuter dem Feind so ohnvorsichtig in die Händ geführt und dreizehn so brave Kerl auf die Fleischbank geliefert hätte, fing derowegen an zu desperieren und kündete mir das Quartier wieder auf, das ich ihm selbsten gegeben hatte, ja er wollte mich gleichsam zwingen, ich sollte ihn totschießen lassen, denn er gedachte nicht allein, daß dieses Übersehen ihm eine große Schand sein und unverantwortlich fallen, sondern auch an seiner künftigen Beförderung verhinderlich sein würde, wofern es anders nicht gar dazu käme, daß er den Schaden mit seinem Kopf bezahlen müßte: Ich aber sprach ihm zu und hielt ihm vor, daß manchem rechtschaffenen Soldaten das unbeständige Glück seine Tück bewiesen, ich hätte aber darum noch keinen gesehen, der deswegen verzagt, oder gar verzweifelt sei, sein Beginnen sei ein Zeichen der Kleinmütigkeit, tapfere Soldaten aber gedächten, die empfangenen Schäden ein andermal wieder einzubringen; mich würde er nimmermehr dahin bringen, daß ich das Kartell* verletzte oder ein so schändliche Tat wider alle Billigkeit und löblicher Soldaten Gewohnheit und Herkommen beginge. Da er nun sah, daß ich nicht dran wollte, fing er an mich zu schmähen, in Meinung, mich zum Zorn zu bewegen, und sagte: Ich hätte nicht aufrecht und redlich mit ihm gefochten, sondern wie ein Schelm und Strauchmörder gehandelt und seinen bei sich gehabten Soldaten das Leben als ein Dieb abgestohlen; worüber seine eigenen Bursch, die wir gefangen hatten, mächtig erschraken, die meinigen aber ebensosehr ergrimmten, also daß sie ihn wie ein Sieb durchlöchert hätten, wenn ichs nur zugelassen, maßen ich genug abzuwehren bekam. Ich aber bewegte mich nicht einmal über seine Reden, sondern nahm beides Freund und Feind zum Zeugen dessen, was da geschah, und ließ ihn Leutnant binden und als einen Unsinnigen verwahren; versprach auch, ihn Leutnant, sobald wir in unsern Posten kämen und es meine Offizier zulassen wollten, mit meinen eigenen Pferden und Gewehr, worunter er dann die Wahl haben sollte, auszustaffieren und ihm öffentlich mit Pistolen und Degen zu weisen, daß Betrug im Krieg wider seinen Gegenteil zu üben in Rechten erlaubt sei, warum er nicht bei seinen Wagen geblieben, darauf er bestellt gewesen; oder da er ja hätte sehen wollen, was im Wald stecke, warum er dann zuvor nicht rechtschaffen hätte rekognoszieren lassen, welches ihm besser angestanden wäre, als daß er jetzund so unsinnige Narrenpossen anfing, daran sich doch niemand kehren würde. Hierüber gaben mir beides Freund und Feind recht, und sagten: Sie hätten unter hundert Parteigängern nicht einen angetroffen, der auf solche Schmähewort nicht nur den Leutnant totgeschossen, sondern auch alle Gefangenen mit der Leich geschickt hätte.

Also brachte ich meine Beuten und Gefangenen den andern Morgen glücklich nach Soest und bekam mehr Ehr und Ruhm von dieser Partei als zuvor nimmer, jeder sagte: „Dies gibt wieder ein jungen Johann de Werd*!" Welches mich trefflich kitzelte; aber mit dem Leutnant Kugeln zu wechseln oder zu raufen wollte der Kommandant nicht zugeben, denn er sagte, ich hätte ihn schon zweimal überwunden. Je mehr sich nun dergestalt mein Lob wieder vermehrte, je mehr nahm der Neid bei denen zu, die mir ohnedas mein Glück nicht gönneten.

Das 8. Kapitel

Wie er den Teufel im Trog gefunden, Springinsfeld aber schöne Pferd erwischt

Meines Jupiters konnte ich nicht loswerden, denn der Kommandant begehrte ihn nicht, weil nichts an ihm zu rupfen war, sondern sagte, er wollte mir ihn schenken; also bekam ich einen eigenen Narrn und durfte keinen kaufen, wiewohl ich das Jahr zuvor selbst für einen mich hatte gebrauchen lassen müssen. So wunderlich ist das Glück, und so veränderlich ist die Zeit! Kurz zuvor tribulierten mich die Läus, und jetzt habe ich den Flöhe-Gott in meiner Gewalt; vor einem halben Jahr dienete ich einem schlechten Dragoner für einen Jungen; nunmehro aber vermochte ich zween Knecht, die mich Herr hießen; es war noch kein Jahr vergangen, daß mir die Buben nachliefen, mich zur Hur zu machen, jetzt wars an dem, daß die Mägdlein selbst aus Liebe sich gegen mich vernarrten: Also wurde ich beizeiten gewahr, daß nichts Beständigers in der Welt ist, als die Unbeständigkeit selbsten. Dahero mußte ich sorgen, wenn das Glück einmal seine Mucken gegen mich auslasse, daß es mir meine jetzige Wohlfahrt gewaltig eintränken würde.

Damals zog der Graf von der Wahl*, als Obrister Gubernator des Westfälischen Kreises, aus allen Garnisonen einige Völker zusammen, eine Cavalcada durchs Stift Münster gegen die Vecht*, Meppen, Lingen* und der Orten zu tun, vornehmlich aber zwo Kompagnien hessische Reuter im Stift Paderborn auszuheben, welche zwo Meilen von Paderborn lagen und den Unserigen daselbsten viel Dampfs antaten; ich wurde unter unsern Dragonern mitkommandiert, und als sich einige Truppen zu Hamm gesammelt, gingen wir schnell fort und berenneten bemeldter Reuter Quartier, welches ein schlechtverwahrtes Städtlein war, bis die Unserigen hernachkamen. Sie unterstunden durchzugehen, wir jagten sie aber wieder zurück in ihr Nest, es wurde ihnen angeboten, sie ohne Pferd und Gewehr, jedoch mit dem was der Gürtel beschließe, passieren zu lassen; aber sie wollten sich nicht dazu verstehen, sondern mit ihren Karbinern wie Musketierer wehren: also kams dazu, daß ich noch dieselbe Nacht probieren mußte, was ich für Glück in Stürmen hätte, weil die Dragoner vornan gingen, da gelang es mir so wohl, daß ich samt dem Springinsfeld gleichsam mit den ersten ganz ohnbeschädigt in das Städtlein kam, wir leerten die Gassen bald, weil niedergemacht wurde, was sich im Gewehr befand, und sich die Bürger nicht hatten wehren wollen, also ging es mit uns in die Häuser, Springinsfeld sagte: wir müßten ein Haus vornehmen, vor welchem ein großer Haufen Mist läge, denn in denselben pflegten die reichsten Kauze zu sitzen, denen man gemeiniglich die Offizier einlogierte; darauf griffen wir ein solches an, in welchem Springinsfeld den Stall, ich aber das Haus zu visitieren vornahm, mit dieser Abred, daß jeder dasjenige was er bekam, mit dem andern parten sollte; also zündet' jeder seinen Wachsstock an, ich rufte nach dem Vater im Haus, kriegte aber kein Antwort, weil sich jedermann versteckt hatte, geriet indessen in eine Kammer, fand aber nichts als ein leer Bett darinnen und einen beschlossenen Trog, den hämmert ich auf in Hoffnung etwas Kostbares zu finden, aber da ich den Deckel auftat, richtet' sich ein kohlschwarzes Ding gegen mich auf, welches ich für den Luzifer selbst ansah: ich kann schwören, daß ich mein Lebtag nie so erschrocken bin als eben damals, da ich diesen schwarzen Teufel so unversehens erblickte: „Daß dich dieser und jener erschlag!"

sagte ich gleichwohl in solchem Schrecken und zuckte mein Äxtlein, damit ich den Trog aufgemacht, und hatte doch das Herz nicht, ihm solches in Kopf zu hauen; er aber kniete nieder, hub die Händ auf, und sagte: „Min leve Heer, ich bitte ju doer Gott, schinkt mi min Levent*!“ Da hörte ich erst, daß es kein Teufel war, weil er von Gott redet' und um sein Leben bat; sagte demnach, er sollte sich aus dem Trog geheien, das tat er und ging mit mir so nackend, wie ihn Gott erschaffen hatte. Ich schnitt ein Stück von meinem Wachs und gabs ihm mir zu leuchten, das tat er gehorsamlich und führet' mich in ein Stüblein, da ich den Hausvater fand, der samt seinem Gesind dies lustige Spektakel ansah und mit Zittern um Gnad bat! Diese erhielt er leicht, weil wir den Bürgern ohnedas nichts tun durften und er mir des Rittmeisters Bagage, darunter ein ziemlich wohlgespickt verschlossen Felleisen war, einhändigte, mit Bericht, daß der Rittmeister und seine Leut, bis auf einen Knecht und gegenwärtigen Mohren, sich zu wehren auf ihre Posten gangen wären; indessen hatte der Springinsfeld besagten Knecht auch mit sechs gesattelten schönen Pferden im Stall erwischt, die stellten wir ins Haus, verriegelten solches und ließen den Mohren sich anziehen, den Wirt aber auftragen, was er für seinen Rittmeister zurichten müssen. Als aber die Tor geöffnet, die Posten besetzt und unser General-Feldzeugmeister Herr Graf von der Wahl eingelassen wurde, nahm er sein Logiment in eben demselben Haus darin wir uns befanden, darum mußten wir bei finsterer Nacht wieder ein ander Quartier suchen. Das fanden wir bei unsern Kameraden, die auch mit Sturm ins Städtlein kommen waren, bei denselbigen ließen wir uns wohl sein und brachten den übrigen Teil der Nacht mit Fressen und Saufen zu, nachdem ich und Springinsfeld miteinander unsere Beuten geteilt hatten; ich bekam für mein Teil den Mohren und die zwei besten Pferd, darunter ein spanisches war, auf welchem ein Soldat sich gegen seinen Gegenteil durfte sehen lassen, mit dem ich nachgehends nicht wenig prangte, aus dem Felleisen aber kriegte ich unterschiedliche köstliche Ring und in einer güldenen Kapsel mit Rubinen besetzt des Prinzen von Oranien Conterfait, weil ich dem Springinsfeld das übrige alles ließ, kam also, wenn ich alles halber hinweg hätte schenken wollen, mit Pferden und allem über die zweihundert Dukaten, für den Mohren aber, der mich am allersaursten ankommen war, wurde mir vom General-Feldzeugmeister, als welchem ich ihn präsentierte, nicht mehr als zwei Dutzend Taler verehrt. Von dannen gingen wir schnell an die Ems, richteten aber wenig aus, und weil sichs eben traf, daß wir auch gegen Recklinghausen zu kamen, nahm ich Erlaubnis, mit Springinsfeld meinem Pfaffen zuzusprechen, dem ich hiebevor den Speck gestohlen hatte, mit demselben machte ich mich lustig und erzählte ihm, daß mir der Mohr den Schrecken, den er und seine Köchin neulich empfunden, wieder eingetränkt hätte, verehrte ihm auch eine schöne schlagende Halsuhr zum freundlichen Valete, so ich aus des Rittmeisters Felleisen bekommen hatte, pflegte also aller Orten diejenigen zu Freunden zu machen, so sonsten Ursach gehabt hätten, mich zu hassen.

Das 9. Kapitel

Ein ungleicher Kampf, in welchem der Schwächste obsieget, und der Überwinder gefangen wird

Meine Hoffart vermehrte sich mit meinem Glück, daraus endlich nichts anders als mein Fall erfolgen konnte. Ungefähr ein halbe Stund von Rehnen kampierten wir, als ich mit meinem besten Kameraden Erlaubnis begehrte, in dasselbe Städtlein zu gehen, etwas an unserm Gewehr flicken zu lassen, so wir auch erhielten. Weil aber unser Meinung war, uns einmal rechtschaffen miteinander lustig zu machen, kehrten wir im besten Wirtshaus ein und ließen Spielleut kommen, die uns Wein und Bier hinuntergeigen mußten: da gings in floribus* her und blieb nichts unterwegen, was nur dem Geld wehe tun möchte, ja ich hielt Bursch von andern Regimentern zu Gast und stellte mich nicht anders als wie ein junger Prinz, der Land und Leut vermag und alle Jahr ein groß Geld zu verzehren hat. Dahero wurde uns auch besser als einer Gesellschaft Reuter, die gleichfalls dort zehrte, aufgewartet, weils jene nicht so toll hergehen ließen, das verdroß sie und fingen an mit uns zu kippeln*. „Woher kommts", sagten sie untereinander, „daß diese Stiegelhupfer* (denn sie hielten uns für Musketierer, maßen kein Tier in der Welt ist, das einem Musketierer gleicher siehet als ein Dragoner, und wenn ein Dragoner vom Pferd fällt, so stehet ein Musketierer wieder auf) ihre Heller so weisen?" Ein anderer antwortet': „Jener Säugling ist gewiß ein Strohjunker*, dem seine Mutter etliche Milchpfennig* geschickt, die er jetzo seinen Kameraden spendiert, damit sie ihn künftig irgendswo aus dem Dreck oder etwa durch ein Graben tragen sollen." Mit diesen Worten zieleten sie auf mich, denn ich wurde für einen jungen Edelmann bei ihnen angesehen. Solches wurd mir durch die Kellerin hinterbracht, weil ichs aber nicht selbst gehört, konnte ich anders nichts dazu tun, als daß ich ein groß Bierglas mit Wein einschenken und solches auf Gesundheit aller rechtschaffenen Musketierer herumgehen, auch jedesmal solchen Alarm dazu machen ließ, daß keiner sein eigen Wort hören konnte; das verdroß sie noch mehr, derowegen sagten sie öffentlich: „Was Teufels haben doch die Stiegelhüpfer für ein Leben?" Springinsfeld antwortet': „Was gehts die Stiefelschmierer* an?" Das ging ihm hin, denn er sah so gräßlich drein und machte so grausame und bedrohliche Mienen, daß sich keiner an ihn reiben durfte. Doch stieß es ihnen wieder auf, und zwar einem ansehnlichen Kerl, der sagte: „Und wenn sich die Maurenscheißer* auch auf ihrem Mist (er vermeinte, wir lägen da in der Garnison, weil unsere Kleidungen nicht so wetterfarbig aussahen wie derjenigen Musketierer, die Tag und Nacht im Feld liegen) nicht so breit machen dürften, wo wollten sie sich dann sehen lassen? man weiß ja wohl, daß jeder von ihnen in offenen Feldschlachten unser Raub sein muß gleichwie die Taub eines jeden Stoßfalken!" Ich antwortet ihm: „Wir müssen Städt und Festungen einnehmen, und solche werden uns auch zu verwahren vertrauet, dahingegen ihr Reuter auch vor dem geringsten Rattennest keinen Hund aus dem Ofen locken könnet; warum wollten wir uns dann in dem, was mehr unser als euer ist, nicht dürfen lustig machen?“ Der Reuter antwortet’: „Wer Meister im Feld ist, dem folgen die Festungen, daß wir aber die Feldschlachten gewinnen müssen, folget aus dem, daß ich so drei Kinder, wie du eins bist, mit samt ihren Musketen nicht allein nicht fürchten, sondern ein Paar davon auf den Hut stecken und den dritten erst fragen wollte, wo deiner noch mehr wären? und säße ich nur bei dir“, sagte er gar höhnisch, „so wollte ich dem Junkern zu Bestätigung der Wahrheit ein paar Dachteln* geben!“ Ich antwortet ihm: „Ob ich zwar vermeine, ein so gut Paar Pistolen zu haben als du, wiewohl ich kein Reuter, sondern nur ein Zwitter* zwischen ihnen und den Musketierern bin, schau! so hat doch ein Kind das Herz mit seiner Musketen allein einem solchen Prahler zu Pferd, wie du einer bist, gegen all sein Gewehr im freien Feld nur zu Fuß zu erscheinen.“ „Ach du Kujon“, sagte der Kerl, „ich halte dich für einen Schelmen, wenn du nicht wie ein redlicher von Adel alsbald deinen Worten eine Kraft gibst.“ Hierauf warf ich ihm einen Handschuh zu, und sagte: „Siehe da, wenn ich diesen im freien Feld durch meine Muskete nicht zu Fuß wieder von dir bekomme, so habe genugsame Macht und Gewalt, mich für denjenigen zu halten und auszuschreien, wie mich deine Vermessenheit gescholten hat.“ Hierauf zahlten wir den Wirt, und der Reuter machte seinen Karabiner und Pistolen, ich aber meine Muskete fertig, und da er mit seinen Kameraden von uns an den bestimmten Ort ritt, sagte er zu meinem Springinsfeld: er sollte mir nur allgemach das Grab bestellen; dieser aber antwortet’ ihm, er möchte solches auf ein Vorsorg seinen eigenen Kameraden für sich selbst zu bestellen anbefehlen; mir aber verwies er meine Frechheit und sagte unverhohlen, er besorge, ich werde aus dem letzten Loch pfeifen. Ich lachte hingegen, weil ich mich schon vorlängst besonnen hatte, wie ich einem wohlmontierten Reuter begegnen müsse, wenn mich einmal einer zu Fuß mit meiner Muskete im weiten Feld feindlich angreifen sollte. Da wir nun an den Ort kamen, wo der Betteltanz angehen sollte, hatte ich meine Musket bereits mit zweien Kugeln geladen, frisch Zündkraut aufgerührt und den Deckel auf der Zündpfannen mit Unschlitt* verschmiert, wie vorsichtige Musketierer zu tun pflegen, wenn sie das Zündloch und Pulver auf der Pfannen im Regenwetter vor Wasser verwahren wollen.

Ehe wir nun aufeinandergingen, bedingten beiderseits Kameraden miteinander, daß wir uns im freien Feld angreifen und zu solchem End der eine von Ost, der ander aber von West in ein umzäuntes Feld eintreten sollten, und alsdann möge ein jeder sein Bestes gegen den andern tun, wie ein Soldat tun soll, welcher dergestalt seinen Feind vor Augen kriegt; es sollte sich auch weder vor, in, noch nach dem Kampf keiner von beiden Parteien unterstehen, seinem Kameraden zu helfen, noch dessen Tod oder Beschädigung zu rächen. Als sie solches einander mit Mund und Hand versprochen hatten, gaben ich und mein Gegner einander auch die Händ und verzieh je einer dem andern seinen Tod: in welcher allerunsinnigsten Torheit, welche je ein vernünftiger Mensch begehen kann, ein jeder hoffte, seiner Gattung Soldaten das Prae* zu erhalten, gleichsam als ob des einen oder andern Teils Ehr und Reputation an dem Ausgang unseres teuflischen Beginnens gelegen gewesen wäre. Da ich nun an meinem bestimmten Ende mit doppeltbrennendem Lunten in angeregtes Feld trat und meinen Gegenteil vor Augen sah, stellte ich mich, als ob ich das alte Zündkraut im Gang abschüttete, ich tats aber nicht, sondern rührte Zündpulver nur auf den Deckel meiner Zündpfannen, blies ab und paßte mit zween Fingern auf der Pfann auf, wie bräuchlich ist, und ehe ich meinem Gegenteil, der mich auch wohl im Gesicht hielt, das Weiße in Augen sehen konnte, schlug ich auf ihn an und brennte mein falsch Zündkraut auf dem Deckel der Pfannen vergeblich hinweg; mein Gegner vermeinte, die Musket hätte mir versagt und das Zündloch wäre mir verstopft, sprengte derowegen mit einer Pistol in der Hand gar zu begierig recta auf mich dar, in Meinung, mir meinen Frevel zu bezahlen; aber ehe er sichs versah, hatte ich die

Pfann offen und wieder angeschlagen, hieß ihn auch dergestalt willkomm sein, daß Knall und Fall eins war.

Ich retirierte mich hierauf zu meinen Kameraden, die mich gleichsam küssend empfingen, die seinigen aber entledigten ihn aus seinem Stegreif und taten gegen ihn und uns wie redliche Kerl, maßen sie mir auch meinen Handschuh mit großem Lob wiederschickten. Aber da ich meine Ehr am größten zu sein schätzte, kamen fünfundzwanzig Musketier aus Rehnen, welche mich und meine Kameraden gefangen nahmen: Ich zwar wurde alsbald in Ketten und Band geschlossen und der Generalität überschickt, weil alle Duell bei Leib- und Lebensstraf verboten waren.

Das 10. Kapitel

Der General-Feldzeugmeister schenket dem Jäger das Leben, und macht ihm sonst gute Hoffnung

Demnach unser General-Feldzeugmeister strenge Kriegsdisziplin zu halten pflegte, besorgte ich die Verlierung meines Kopfs; hingegen hatte ich noch Hoffnung davonzukommen, weil ich bereits in so blühender Jugend jederzeit mich gegen den Feind wohl gehalten und einen großen Ruf und Namen der Tapferkeit erworben. Doch war solche Hoffnung ungewiß, weil dergleichen täglicher Händel halber die Notdurft erfordert', ein Exempel zu statuieren. Die Unserigen hatten eben damals ein festes Rattennest berennet und auffordern lassen, aber ein abschlägige Antwort bekommen, weil der Feind wußte, daß wir kein grob Geschütz führten. Derowegen rückte unser Graf von der Wahl mit dem ganzen Corpo vor besagten Ort, begehrte durch einen Trompeter abermal die Übergab und drohete zu stürmen, es erfolgte aber nicht anders als dieses nachgesetzte Schreiben:

Hoch-Wohlgeborner Graf, etc. Aus E. Gräfl. Excell. an mich Abgelassenem habe vernommen, was Dieselbe im

Namen der Röm. Kais. Maj. an mich gesinnen: Nun wissen aber Euer Hoch-Gräfl. Excell. Dero hohen Vernunft nach, wie übel-anständig, ja unverantwortlich einem Soldaten fallen würde, wann er einen solchen Ort, wie dieser ist, dem Gegenteil ohne sonderbare Not einhändigte: Wessentwegen Dieselbe mir dann verhoffentlich nicht verdenken werden, wann ich mich befleißige zu verharren, bis die Waffen Euer Excell. dem Ort zusprechen. Kann aber E. Excell. meine Wenigkeit außerhalb Herren-Diensten in ichtwas* zu gehorsamen die Gelegenheit haben, so werde ich sein

E. Excell.

Aller-dienstwilligster Diener

N. N.

Hierauf wurde in unserm Lager unterschiedlich von dem Ort diskurriert, denn solches liegen zu lassen war gar nicht ratsam, zu stürmen ohn eine Presse* hätte viel Blut gekostet, und wäre doch noch mißlich gestanden, ob mans übermeistert hätte oder nicht? hätte man aber erst die Stück* und alle Zugehör von Münster oder Hamm her holen sollen, so wäre gar viel Mühe, Zeit und Unkosten darauf gelaufen. Indem man nun bei Großen und Kleinen ratschlagte, fiel mir ein, ich sollte mir diese Occasion zunutz machen, um mich zu erledigen*; also gebot ich meinem Witz zusammen und bedachte mich, wie man den Feind betrügen möchte, weils nur an den Stücken mangelte. Und weil mir gleich zufiel, wie die Sach zu tun sein möchte, ließ ich meinen Obristleutnant wissen, daß ich Anschläg hätte, durch welche der Ort ohne Mühe und Unkosten zu bekommen wäre, wenn ich nur Pardon erlangen und wieder auf freien Fuß gestellt werden könnte. Etliche alte und versuchte Soldaten lachten darüber, und sagten: „Wer hangt, der langt; der gut Gesell gedenkt sich loszuschwätzen!“ Aber der Obristleutnant selbst und andere die mich kannten, nahmen meine Reden an wie einen Glaubensartikel: Weswegen er selbsten zum General-Feldzeugmeister ging und demselben mein Vorgeben anbrachte, mit Erzählung vieles Dings, das er von mir zu sagen wußte: Weil denn nun der Graf hiebevor auch vom Jäger gehört hatte, ließ er mich vor sich bringen und so lange meiner Band entledigen; Der Graf hielt eben Tafel, als ich hinkam, und mein Obristleutnant erzählte ihm, als ich verwichenen Frühling mein erste Stund unter S. Jakobs Pforten zu Soest Schildwacht gestanden, sei unversehens ein starker Platzregen mit großem Donner und Sturmwind kommen, deswegen sich jedermann aus dem Feld und den Gärten in die Stadt salviert, und weil das Gedräng beides von Laufenden und Reitenden ziemlich dick worden, hätte ich schon damals den Verstand gehabt, der Wacht ins Gewehr zu rufen, weil in solchem Gelauf eine Stadt am besten einzunehmen sei; „zuletzt“ (sagte der Obristleutnant ferner) „kam ein altes Weib ganz tropfnaß daher, die sagte, eben als sie beim Jäger vorbeipassierte: ‚Ja, ich hab dies Wetter schon wohl vierzehn Tag in meinem Rücken stecken gehabt!‘ Als der Jäger solches höret' und eben einen Stecken in Händen hatte, schlug er sie damit übern Buckel, und sagte: ‚Du alte Hex, hast dus denn nicht ehe herauslassen können? hast du eben müssen warten, bis ich anfange Schildwacht zu stehen?‘ Da ihm aber sein Offizier abwehrte, antwortet' er: ‚Es geschieht ihr recht, das alte Rabenaas hat schon vor vier Wochen gehört, daß jedermann nach einem guten Regen geschrien, warum hat sie ihn den ehrlichen Leuten nicht ehe gegönnet? so wäre vielleicht Gerst und Hopfen besser geraten.‘“ Worüber der General-Feldzeugmeister, wiewohl er sonst ein ernsthafter Herr war, trefflich lachte. Ich aber gedachte: „Erzählt der Obristleutnant dem Grafen solche Narrnpossen, so hat er ihm gewißlich auch nicht verschwiegen, was ich sonst angestellt habe.“ Ich aber wurde vorgelassen.

Als mich nun der General-Feldzeugmeister fragte, was mein Anbringen wäre? antwortet ich: „Gnädiger Herr, etc. Obzwar mein Verbrechen und E. Excell. rechtmäßig Gebot und Verbot mir beide das Leben absprechen, so heißet mich jedoch meine alleruntertänigste Treu (die ich Dero Röm. Kais. Maj. meinem Allergnädigsten Herrn bis in Tod zu leisten schuldig bin) ein Weg als den andern meines wenigen

Orts dem Feind einen Abbruch tun und erst-Allerhöchstgedachter Röm. Kais. Maj. Nutzen und Kriegswaffen befördern." Der Graf fiel mir in die Red, und sagte: „Hast du mir nicht neulich den Mohren gebracht?" Ich antwortet: „Ja gnädiger Herr." Da sagte er: „Wohl, dein Fleiß und Treu möchte vielleicht meritiern, dir das Leben zu schenken, was hast du aber für ein Anschlag, den Feind aus gegenwärtigem Ort zu bringen ohne sonderbaren Verlust der Zeit und Mannschaft?" Ich antwortet: „Weil der Ort vor grobem Geschütz nicht bestehen kann, so hält meine Wenigkeit dafür, der Feind würde bald akkordiern, wenn er nur eigentlich glaubt', daß wir Stück bei uns haben." „Das hätte mir wohl ein Narr gesagt", antwortet' der Graf, „wer wird sie aber überreden, solches zu glauben?" Ich antwortet: „Ihre eigenen Augen. Ich habe ihre hohe Wacht mit meinem Perspektiv gesehen, die kann man betrügen, wenn man nur etliche Blöcke, den Brunnenteichlen* gleich, auf Wagen ladet und dieselben mit einem starken Gespann in das Feld führet, so werden sie schon glauben, es seien grobe Stück, vornehmlich wenn E. Gräfl. Excell. irgendswo im Feld etwas aufwerfen läßt, als ob man Stücke dahin pflanzen wollte." „Mein liebes Bürschlein", antwortet' der Graf, „es sind keine Kinder drinnen, sie werden diesem Spiegelfechten nicht glauben, sondern die Stück auch hören wollen, und wenn der Poß dann nicht angehet", sagte er zu den umstehenden Offiziern, „so werden wir von aller Welt verspottet!" Ich antwortet: „Gnäd. Herr, ich will schon Stücke in ihren Ohren lassen klingen, wenn man nur ein paar Doppelhaken* und ein ziemlich groß Faß haben kann, allein wird ohne den Knall sonst kein Effekt vorhanden sein; sollte man aber ja wider Verhoffen nur Spott damit erlangen, so werde ich der Inventor*, weil ich ohnedas sterben muß, solchen Spott mit mir dahinnehmen und denselben mit meinem Leben aufheben." Ob nun zwar der Graf nicht daran wollte, so persuadierte ihn jedoch mein Obristleutnant dahin, denn er sagte, daß ich in dergleichen Sachen so glückselig sei, daß er im wenigsten zweifele, daß dieser Poß nicht auch angehen werde. Derowegen befahl ihm der

Graf die Sach anzustellen, wie er vermeinte, daß sichs tun ließe, und sagte im Scherz zu ihm: Die Ehr, so er damit erwürbe, sollte ihm allein zustehen.

Also wurden drei solcher Blöcke zuwege gebracht und vor jedes vierundzwanzig Pferd gespannt, wiewohl nur zwei genug gewesen wären; diese führten wir gegen Abend dem Feind ins Gesicht, indessen aber hatte ich auch drei Doppelhaken und ein Stückfaß*, so wir von einem Schloß bekamen, unterhanden und richtete ein und anders zu, wie ichs haben wollte, das wurde bei Nacht zu unserer visierlichen Artollerei verschafft: den Doppelhaken gab ich doppelte Ladung und ließ sie durch berührtes Faß (dem der vordere Boden genommen war) losgehen, gleich ob es drei Losungschüsse hätten sein sollen, das donnerte dermaßen, daß jedermann Stein und Bein verschworen hätte, es wären Quartierschlangen oder halbe Kartaunen* gewesen; unser General-Feldzeugmeister mußte der Gaukelfuhr lachen und ließ dem Feind abermal einen Akkord anbieten, mit dem Anhang, wenn sie sich nicht noch diesen Abend bequemen würden, daß es ihnen morgen nicht mehr so gut werden sollte: Darauf wurden alsbald beiderseits Geiseln geschickt, der Akkord geschlossen und uns noch dieselbige Nacht ein Tor der Stadt eingegeben. Welches mir trefflich zugut kam, denn der Graf schenkte mir nicht allein das Leben, das ich Kraft seines Verbots verwirkt hatte, sondern ließ mich noch selbige Nacht auf freien Fuß stellen und befahl dem Obristleutnant in meiner Gegenwart, daß er mir das erste Fähnlein, so ledig würde, geben sollte: Welches ihm aber ungelegen war, denn er hatte der Vettern und Schwäger so viel, die aufpaßten, daß ich vor denselben nicht zugelassen werden konnte.

Das 11. Kapitel

Hält allerhand Sachen in sich von geringer Wichtigkeit und großer Einbildung

Es begegnete mir auf demselbigen Marsch nichts Merkwürdiges mehr; da ich aber wieder nach Soest kam, hatten mir die lippstädtischen Hessen meinen Knecht, den ich bei meiner Bagage im Quartier gelassen, samt einem Pferd auf der Weid hinweggefangen, von demselben erkundigte der Gegenteil mein Tun und Lassen, dahero hielten sie mehr von mir als zuvor, weil sie hiebevor durch das gemeine Geschrei beredt worden, zu glauben, daß ich zaubern könnte. Er erzählte ihnen auch, daß er einer von den Teufeln gewesen sei, die den Jäger von Werl auf der Schäferei so erschreckt hätten; da solches erstbesagter Jäger erfuhr, schämte er sich so sehr, daß er abermal das Reißaus spielete und von Lippstadt zu den Holländern lief: Aber es war mein größtes Glück, daß mir dieser Knecht gefangen worden, maßen aus der Folge meiner Histori zu vernehmen sein wird.

Ich fing an mich etwas reputierlicher zu halten als zuvor, weil ich so stattliche Hoffnung hatte, in Bälde ein Fähnlein zu haben; ich gesellete mich allgemach zu den Offiziern und jungen Edelleuten, die eben auf dasjenige spanneten, was ich in Bälde zu kriegen mir einbildete; diese waren deswegen meine ärgsten Feinde und stellten sich doch gegen mich als meine besten Freunde, so war mir der Obristleutnant auch nicht so gar grün, weil er Befehl hatte, mich vor seinen Verwandten zu befördern; mein Hauptmann war mir darum abhold, weil ich mich an Pferden, Kleidern und Gewehr viel braver hielt als er und dem alten Geizhals nicht mehr wie hiebevor spendierte, er hätte lieber gesehen, daß mir neulich der Kopf hinweggeschlagen als ein Fähnlein versprochen worden wäre, denn er gedachte meine schönen Pferd zu erben; so haßte mich mein Leutnant eines einzigen Worts halber, das ich neulich unbedachtsam laufen lassen, das fügte sich also: Wir waren miteinander in letzter Cavalcada kommandiert, eine gleichsam verlorne Wacht zu halten; als nun das Schildwachthalten an mir war, (welches liegend geschehen mußte, unangesehen es stockfinster Nacht war) kroch er Leutnant auch auf dem Bauch zu mir wie ein Schlang, und sagte: „Schildwacht merkst du was?“ Ich antwortet: „Ja Herr Leutnant.“ „Was da? Was da?“ sagte er. Ich antwortet: „Ich merke, daß sich der Herr fürchtet.“ Von dieser Zeit an hatte ich kein Gunst mehr bei ihm, und wo es am ungeheursten war, wurde ich zum ersten hin kommandiert, ja er suchte an allen Orten und Enden Gelegenheit und Ursach, mir noch ehe ich Fähnrich würde das Wams auszuklopfen, weil ich mich gegen ihn nicht wehren dürfte. Nicht weniger feindeten mich auch alle Feldweibel an, weil ich ihnen allen vorgezogen wurde. Was aber gemeine Knecht waren, die fingen auch an, in ihrer Liebe und Freundschaft zu wanken, weil es das Ansehen hatte, als ob ich sie verachtete, indem ich mich nicht sonderlich mehr zu ihnen sondern wie obgemeldt zu größern Hansen gesellete, die mich drum nicht desto lieber sahen. Das Allerärgste war, daß mir kein einziger Mensch sagte, wie jedermann gegen mich gesinnet, so konnte ichs auch nicht merken, weil mir mancher die besten Wort unter Augen gab, der mich doch lieber tot gesehen hätte! Ich lebte eben dahin wie ein Blinder in aller Sicherheit und wurde je länger je hoffärtiger, und wenn ich schon wußte, daß es ein oder andern verdroß, so ichs etwa denen von Adel und vornehmen Offiziern mit Pracht bevortat, so ließ ichs drum nicht unterwegen; ich scheute mich nicht, nachdem ich Gefreiter worden, ein Koller von sechzig Reichstalern, rote scharlachne Hosen und weiße atlassene Ärmel überall mit Gold und Silber verbrämt zu tragen, welches damals eine Tracht der höchsten Offizier war, darum stachs ein jeden in die Augen; ich war aber ein schrecklich junger Narr, daß ich den Hasen so laufen ließ*, denn hätte ich mich anders gehalten und das Geld, das ich so unnützlich an den Leib hängte, an gehörige Ort und End verschmieret*, so hätte ich nicht allein das Fähnlein bald bekommen, sondern mir auch nicht so viel zu Feinden gemacht. Ich ließ es aber hierbei noch nicht bleiben, sondern putzte mein bestes Pferd, das Springinsfeld vom hessischen Rittmeister bekommen hatte, mit Sattel, Zeug und Gewehr dergestalt heraus, daß man mich, wenn ich darauf saß, gar wohl für einen andern Ritter St. Georgen hätte ansehen mögen. Nichts vexierte mich mehr, als daß ich mich keinen Edelmann zu sein wußte, damit ich meinen Knecht und Jungen auch in meine Liberei hätte kleiden mögen: Ich gedachte, all Ding hat seinen Anfang, wenn du ein Wappen hast, so hast du schon ein eigene Liberei, und wenn du Fähnrich wirst, so mußt du ja ein Petschier* haben, wenn du schon kein Junker bist. Ich war nicht lang mit solchen Gedanken schwanger gangen, als ich mir durch einen Comitem Palatinum* ein Wappen geben ließ, das waren drei rote Larven in einem weißen Feld und auf dem Helm ein Brustbild eines jungen Narrn in kälbernem Habit, mit einem Paar Hasenohren, vorne mit Schellen geziert; denn ich dachte, dies schicke sich am besten zu meinem Namen, weil ich Simplicius hieße; so wollte ich mich auch des Narrn gebrauchen, mich in meinem künftigen hohen Stand dabei zu erinnern, was ich zu Hanau für ein Gesell gewesen, damit ich nicht gar zu hoffärtig würde, weil ich mich schon jetzt keine Sau zu sein bedünken ließ: Also wurde ich erst rechtschaffen der erste meines Namens, Stammes und Wappens, und wenn mich jemand damit hätte foppen wollen, so hätte ich ihm ohne Zweifel einen Degen oder Paar Pistoln anpräsentiert*.

Wiewohl ich damals noch nichts nach dem Weibervolk fragte, so ging ich doch gleichwohl mit denen von Adel, wenn sie irgends Jungfrauen besuchten, deren es denn viel in der Stadt gab, mich sehen zu lassen und mit meinen schönen Haaren, Kleidern und Federbüschen zu prangen. Ich muß bekennen, daß ich meiner Gestalt halber allen andern vorgezogen wurde, mußte aber daneben hören, daß mich die verwöhnten Schleppsäck einem schönen und wohlgeschnitzten hölzernen Bild verglichen, an welchem außer der Schönheit sonst weder Kraft noch Saft wäre, denn es war sonst nichts an mir das ihnen gefiel; so konnte ich auch ohne das Lautenschlagen sonst noch nichts machen oder vorbringen, das ihnen angenehm gewesen wäre, weil ich noch nichts von Lieben wußte. Als mich aber auch diejenigen, die sich um das Frauenzimmer umtun konnten, meiner holzböckischen Art und Ungeschicklichkeit halber anstachen*, um sich selbst dadurch beliebter zu machen und ihre Wohlredenheit zu rühmen: Ich aber hingegen sagte, daß mirs genug sei, wenn ich noch zur Zeit meine Freud an einem blanken Degen und einer guten Musketen hätte; nachdem auch das Frauenzimmer diese meine Rede billigte, verdroß es sie so sehr, daß sie mir heimlich den Tod schwuren, ohnangesehen keiner war, der das Herz hatte, mich herauszufordern oder Ursach zu geben, daß ich einen von ihnen gefordert hätte, dazu ein paar Ohrfeigen oder sonst ziemlich empfindliche Wort genug wären gewesen, zudem ich mich auch ziemlich breitmachte. Woraus das Frauenzimmer mutmaßete, daß ich ein resoluter Jüngling sein müßte; sagten auch unverhohlen, daß bloß meine Gestalt und rühmlicher Sinn bei einer Jungfer das Wort besser tun könne als alle anderen Komplimente, die Amor je erfunden; welches die Anwesenden noch mehr verbitterte.

Das 12. Kapitel

Das Glück tut dem Jäger unversehens eine adelige Verehrung

Ich hatte zwei schöne Pferd, die waren alle meine Freud, die ich selbiger Zeit in der Welt genoß; alle Tag ritt ich mit denselben auf die Reitschul oder sonst spazieren, wenn ich sonst nichts zu tun hatte; nicht zwar, als hätten die Pferd noch etwas bedurft zu lernen, sondern ich tats darum, damit die Leut sehen sollten, daß die schönen Kreaturen mir zugehörten. Wenn ich dann so durch eine Gasse daherprangte, oder vielmehr das Pferd mit mir dahintanzte, und das alberne Volk zusah und zueinander sagte: „Sehet, das ist der Jäger! Ach welch ein schön Pferd! Ach wie ein schöner Federbusch!“ oder: „Min God, wat vor en prave Kerl is mi dat!“ so spitzte ich die Ohren gewaltig und ließ mirs so sanft tun, als ob mich die Königin Nicaula* dem weisen Salomon in seiner höchsten Majestät sitzend verglichen hätte: Aber ich Narr hörete nicht, was vielleicht damals verständige Leut von mir hielten oder meine Mißgönner von mir sagten; diese letzteren wünschten mir ohn Zweifel, daß ich Hals und Bein brechen sollte, weil sie mirs nicht gleichtun konnten; andere aber gedachten gewißlich, wenn jedermann das Seinig hätte, daß ich nicht so toll daherziehen würde; in Summa, die Allerklügsten müssen mich ohn allen Zweifel für einen jungen Lappen gehalten haben, dessen Hoffart notwendig nicht lang dauren würde, weil sie auf einem schlechten Fundament bestünde und nur aus ungewissen Beuten unterhalten werden müßte. Und wenn ich selber die Wahrheit bekennen soll, muß ich gestehen, daß diese letzteren nicht unrecht urteilten, wiewohl ichs damals nicht verstund, denn es war nicht anders mit mir, als daß ich meinem Mann oder Gegenteil das Hemd hätte rechtschaffen heißmachen können, wenn einer mit mir zu tun hätte bekommen, also daß ich wohl für einen einfachen guten Soldaten hätte passieren können, wiewohl ich gleichsam noch ein Kind war. Aber diese Ursach macht' mich so groß, daß jetziger Zeit der geringste Roßbub den allertapfersten Helden von der Welt totschießen kann, wäre aber das Pulver noch nit erfunden gewesen, so hätt ich die Pfeife wohl im Sack müssen stecken lassen*.

Meine Gewohnheit war, wenn ich so herumterminierte, daß ich alle Weg und Steg, alle Gräben, Moräst, Büsch, Bühel* und Wasser beritten, dieselbigen mir bekannt machte und ins Gedächtnis faßte, damit wenns etwa an ein oder anderm Ort künftig eine Occasion setzte, mit dem Feind zu scharmützeln, ich mir des Orts Gelegenheit beides offensive und defensive zunutz machen könnte. Zu solchem End ritt ich einsmals ohnweit der Stadt bei einem alten Gemäur vorüber, darauf vor Zeiten ein Haus gestanden; im ersten Anblick gedachte ich, dies wäre ein gelegener Ort darin aufzupassen oder sich dahin zu retiriern, sonderlich für uns Dragoner, wenn wir von Reutern übermannt und gejagt werden sollten. Ich ritt in den Hof, dessen Gemäur ziemlich verfallen war, zu sehen, ob man sich auch auf den Notfall zu Pferd dahin salviern und wie man sich zu Fuß daraus wehren könnte. Als ich nun zu solchem End alles genau besichtigen und bei dem Keller, dessen Gemäur noch rund umher aufrechtstund, vorüberreiten wollte, konnte ich mein Pferd, welches sonst im geringsten nichts scheuete, weder mit Lieb noch Leid nicht hinbringen, wo ichs hin wollte, ich sporte es, daß michs daurte, aber es half nichts! ich stieg ab und führt es an der Hand die verfallene Kellerstegen hinunter, wovon es doch scheuete, damit ich mich ein andermal danach richten könnte; aber es hupfte zurück, so sehr es immer mochte; doch brachte ichs endlich mit guten Worten und Streichen hinunter, und indem ichs strich und ihm liebkoste, wurde ich gewahr, daß es vor Angst schwitzte und die Augen stets in ein Eck des Kellers richtete, dahin es am allerwenigsten wollte und ich auch das Geringste nicht sah, darob der schlimmste Kollerer* hätte wetterlaunisch werden mögen. Als ich nun so mit Verwunderung dastund und dem Pferd zusah, wie es vor Furcht zitterte, kam mich auch ein solches Grausen an, daß mir nicht anderst wurde, als ob man mich bei den Haaren über sich zöge und einen Kübel voll kalt Wasser über mich abgösse, doch konnte ich nichts sehen, aber das Pferd stellte sich viel seltsamer, also daß ich mir nichts anders einbilden konnte, als ich müßte vielleicht mit samt dem Pferd verzaubert sein und in demselben Keller mein Ende nehmen; derowegen wollte ich wieder zurück, aber mein Pferd tat mir nicht folgen, dahero wurde ich noch ängstiger und so verwirrt, daß ich schier nicht wußte, was ich tat. Zuletzt nahm ich eine Pistol auf den Arm und band das Pferd an einen starken Holderstock* (der im Keller aufgewachsen war) der Meinung, aus dem Keller zu gehen und Leut in der Nähe zu suchen, die meinem Pferd wieder heraufhülfen, und indem ich hiermit umgehe, fällt mir ein, ob nicht vielleicht in diesem alten Gemäur ein Schatz verborgen läge, dahero es so ungeheur sein möchte? Ich glaubte meinem Einfall und sah mich genauer um, und sonderlich in dem Eck, dahin mein Pferd so gar nicht wollte, wurde ich eines

Stück Gemäurs gewahr, ohngefähr so groß als ein gemeiner Kammerladen*, welches dem andern alten Gemäur beides an der Farb und Arbeit nicht allerdings glich; da ich aber hinzugehen wollte, wurde mir abermal wie zuvor, nämlich als ob mir alle Haar gen Berg stünden, welches mich in meiner Meinung stärkte, daß nämlich ein Schatz daselbst verborgen sein müßte.

Zehen-, ja hundertmal lieber hätte ich Kugeln gewechselt, als mich in solcher Angst befunden. Ich wurde gequält und wußte doch nicht von wem, denn ich sah oder hörte nichts; ich nahm das ander Pistol auch von meinem Pferd und wollte damit durchgehen und das Pferd stehen lassen, vermochte aber die Stegen nicht hinaufzukommen, weil mich, wie mich deuchte, ein starke Luft aufhielt; da lief mir erst die Katz den Buckel hinauf*! Zuletzt fiel mir ein, ich sollte meine Pistoln lösen, damit die Bauren, so in der Nähe im Feld arbeiteten, mir zuliefen, und mit Rat und Tat zu Hilf kämen; das tat ich, weil ich sonst kein Mittel, Rat noch Hoffnung hatte oder wußte aus diesem ungeheuren Wunderort zu kommen, ich war auch so erzürnt oder vielmehr so desperat, (denn ich weiß selber nicht mehr wie mir gewesen ist) daß ich im Losschießen meine Pistol gerad an den Ort kehret, allwo ich vermeinte, daß die Ursach meiner seltsamen Begegnis steckte, und traf obangeregtes Stück Gemäur mit zweien Kuglen so hart, daß es ein Loch gab, darein man zwo Fäust hätte stecken mögen. Als der Schuß geschehen, wieherte mein Pferd und spitzt' die Ohren, welches mich herzlich erquickte, nicht weiß ich, ist damals das Ungeheur oder Gespenst verschwunden oder hat sich das arme Tier über das Schießen erfreut? Einmal, ich faßte wieder ein frisch Herz und ging ganz unverhindert und ohn alle Furcht zu dem Loch, das ich erst durch den Schuß geöffnet hatte, da fing ich an die Maur vollends einzubrechen und fand von Silber, Gold und Edelgesteinen einen solchen reichen Schatz, der mir noch bis auf diese Stund wohl bekäme, wenn ich ihn nur recht zu verwahren und anzulegen gewußt hätte: Es waren aber sechs Dutzend altfränkische silberne Tischbecher, ein groß gülden Pokal, etliche Duplet*, vier silberne und ein güldenes Salzfaß, ein altfränkische güldne Kette, unterschiedliche Demant, Rubin, Saphir und Smaragd, beides in Ringen und andern Kleinodien gefaßt, item ein ganz Lädlein voll großer Perlen, aber alle verdorben oder abgestanden, und dann in einem versporten* ledernen Sack achtzig von den ältsten Joachimstalern aus feinem Silber, sodann 893 Goldstücke mit dem französischen Wappen und einem Adler, welche Münz niemand kennen wollte, weil man, wie sie sagten, die Schrift nicht lesen konnte. Diese Münz, die Ring und Kleinodien steckte ich in meine Hosensäck, Stiefeln, Hosen und Pistolhalfter, und weil ich keinen Sack bei mir hatte, sintemal ich nur spazierengeritten war, schnitt ich meine Schabrack* vom Sattel und packte in dieselbige (weil sie gefüttert war und mir gar wohl für einen Sack dienen konnte) das übrig Silbergeschirr, hängte die güldene Kette an den Hals, saß fröhlich zu Pferd und ritt meinem Quartier zu. Wie ich aber aus dem Hof kam, wurde ich zweier Bauren gewahr, welche davonlaufen wollten, sobald sie mich sahen, ich ereilte sie leichtlich, weil ich sechs Füße und ein eben Feld hatte, und fragte sie, warum sie hätten wollen ausreißen? und warum sie sich so schrecklich fürchteten? Da erzählten sie mir, daß sie vermeint hätten, ich wäre das Gespenst, das in gegenwärtigem öden Edelhof wohne, welches die Leute, wenn man ihm zu nahe käme, elendiglich zu traktieren pflege; und als ich ferner um dessen Beschaffenheit fragte, gaben sie mir zur Antwort, daß aus Furcht des Ungeheuers oft in vielen Jahren kein Mensch an denselben Ort komme, es sei denn jemand Fremder, der verirre und ungefähr dahin gerate: Die gemeine Sag ginge im Land, es wäre ein eiserner Trog voller Gelds darinnen, den ein schwarzer Hund hüte, zusamt einer verfluchten Jungfrauen, und wie die alt Sag ginge, sie auch selbsten von ihren Großeltern gehört hätten, so sollte ein fremder Edelmann, der weder seinen Vater noch Mutter kenne, ins Land kommen, dieselbe Jungfrau erlösen, den eisernen Trog mit einem feurigen Schlüssel aufschließen* und das verborgen Geld davonbringen. Dergleichen alberne Fabeln erzählten sie mir noch viel, weil sie aber gar zu schlecht klingen, will ich geliebter Kürze halber abbrechen. Hernach fragte ich sie, was sie beide denn da gewollt hätten, da sie doch ohndas nicht in das Gemäur gehen dürften? Sie antworteten, sie hätten einen Schuß samt einem lauten Schrei gehöret, da seien sie zugelaufen, zu sehen, was da zu tun sein möchte? Als ich ihnen aber sagte, daß ich zwar geschossen hätte, der Hoffnung, es würden Leut zu mir ins Gemäur kommen, weil mir auch ziemlich angst worden, wüßte aber von keinem Geschrei nichts: Da antworteten sie, man möchte in diesem Schloß lang hören schießen, bis jemand hineinläuft aus unserer Nachbarschaft, denn es ist in Wahrheit so abenteurlich damit beschaffen, daß wir dem Junkern nicht glauben würden, wenn er sagte, er wäre darinnen gewesen, dafern wir ihn nicht selbst wieder heraus hätten sehen reiten. Hierauf wollten sie viel Dings von mir wissen, vornehmlich wie es darin beschaffen wäre und ob ich die Jungfrau samt dem schwarzen Hund auf dem eisernen Trog nicht gesehen hätte? Also daß ich ihnen, wenn ich nur aufschneiden wollen, seltsame Bären hätte anbinden können, aber ich sagte ihnen im geringsten nichts, auch nicht einmal, daß ich den köstlichen Schatz ausgehoben, sondern ritt meines Wegs in mein Quartier und beschaute meinen Fund, der mich herzlich erfreute.

Das 13. Kapitel

Simplicii seltsame Grillen und Luftgebäu, auch wie er seinen Schatz verwahrt

Diejenigen, die wissen was das Geld gilt, und dahero solches für ihren Gott halten, haben dessen nicht geringe Ursach; denn ist jemand in der Welt, der dessen Kräfte und beinahe göttlichen Tugenden erfahren hat, so bin ichs: Ich weiß, wie einem zumut ist, der dessen einen ziemlichen Vorrat hat, so hab ich auch nicht nur einmal erfahren, wie derjenige gesinnet sei, der keinen einzigen Heller vermag. Ja ich dürfte mich vermessen zu erweisen, daß es alle Tugend und

Wirkungen viel kräftiger hat und vermag als alle Edelgestein*, denn es vertreibt alle Melancholei wie der Demant; es macht Lust und Beliebung zu den Studiis wie der Smaragd, darum werden gemeiniglich mehr reicher als armer Leut Kinder Studenten; es nimmt hinweg Furchtsamkeit, macht den Menschen fröhlich und glückselig wie der Rubin; es ist dem Schlaf oft hinderlich wie die Granaten, hingegen hat es auch eine große Kraft, die Ruhe und den Schlaf zu befördern wie der Hyacinth; es stärket das Herz und machet den Menschen freudig, sittsam, frisch und mild, wie der Saphir und Amethyst; es vertreibet böse Träum, machet fröhlich, schärfet den Verstand, und so man mit jemand zankt, macht es daß man siegt, wie der Sardus, vornehmlich wenn man alsdann den Richter brav damit schmiert; es löscht aus die geilen und unkeuschen Begierden, sonderlich weil man schöne Weiber ums Geld kriegen kann. In Summa, es ist nicht auszusprechen, was das liebe Geld vermag, wie ich denn hiebevor in meinem ‚Schwarz und Weiß*' etwas davon geschrieben, wenn mans nur recht zu brauchen und anzulegen weiß.

Was das meinige anbelangt, das ich damals beides mit Rauben und Findung dieses Schatzes zuwegen gebracht, so hatte dasselbe ein seltsame Natur an sich, denn erstlich machte es mich hoffärtiger als ich zuvor war, so gar, daß mich auch im Herzen darin verdroß, daß ich nur Simplicius heißen sollte; es hindert' mir den Schlaf wie der Amethyst, denn ich lag manche Nacht und spekulierte, wie ich solches anlegen und noch mehr dazu bekommen möchte. Es machte mich zu einem perfekten Rechenmeister, denn ich überschlug, was mein ungemünztes Silber und Gold wert sein möchte, summierte solches zu demjenigen, das ich hin und wieder verborgen und noch bei mir im Säckel hatte, und befand ohne die Edelgestein ein namhaftes Fazit! Es gab mir auch seine eigene angeborne Schalkheit und böse Natur zu versuchen, indem es mir das Sprichwort (wo viel ist, begehrt man immer mehr) rechtschaffen auslegte, und mich so geizig machte, daß mir jedermann hätte feind werden mögen. Ich bekam von ihm wohl närrische Anschläg und seltsame Grillen ins Hirn und folgte doch keinem einzigen Einfall, den ich kriegte: Einmal kam mirs in Sinn, ich sollte den Krieg quittieren, mich irgends hinsetzen und mit einem schmutzigen Maul* zum Fenster naussehen; aber geschwind reute michs wieder, vornehmlich da ich bedachte, was für ein freies Leben ich führte und was für Hoffnung ich hatte, ein großer Hans zu werden; da gedachte ich dann: Hui Simplici, laß dich adeln und wirb dem Kaiser ein eigene Kompagnie Dragoner aus deinem Säckel, so bist du schon ein ausgemachter junger Herr, der mit der Zeit noch hoch steigen kann. Sobald ich aber zu Gemüt führte, daß meine Hoheit durch ein einzig unglücklich Treffen fallen oder sonst durch einen Friedenschluß samt dem Krieg in Bälde ein End nehmen könnte, ließ ich mir diesen Anschlag auch nicht mehr belieben. Alsdann fing ich an, mir mein vollkommen männlich Alter zu wünschen, denn wenn ich solches hätte, sagte ich zu mir selber, so nähmest du ein schöne junge reiche Frau, alsdann kauftest du irgends einen adeligen Sitz und führtest ein geruhiges Leben; ich wollte mich auf die Viehzucht legen und mein ehrlich Auskommen reichlich haben können, da ich aber wußte, daß ich noch viel zu jung hierzu war, mußte ich diesen Anschlag auch fahren lassen. Solcher und dergleichen Einfäll hatte ich viel, bis ich endlich resolvierte, meine besten Sachen irgendhin in einer wohlverwahrten Stadt einem begüterten Mann in Verwahrung zu geben und zu verharren, was das Glück ferner mit mir machen würde. Damals hatte ich meinen Jupiter noch bei mir, denn ich konnte seiner nicht los werden; derselbe redte zu Zeiten sehr subtil und tat etliche Wochen gar klug sein, hatte mich auch über alle Maßen lieb, weil ich ihm viel Guts tat, und demnach er mich immer in tiefen Gedanken gehen sah, sagte er zu mir: „Liebster Sohn, schenket Euer Schindgeld, Gold und Silber weg.“ Ich sagte: „Warum mein lieber Jove?“ „Darum“, antwortet' er, „damit Ihr Euch Freunde dadurch machet und Eurer unnützen Sorgen los werdet.“ Ich sagte, daß ich lieber gern mehr hätte. Darauf sagte er: „So sehet, wo Ihr mehr bekommt; aber auf solche Weis werdet Ihr

pag: 87.

Schau hier deß Lander
Baumes Leichte
Die Simplex so bestürtzlich
deuchte
Und wie sich seine Flucht
erzeigte.

Euch Euer Lebtag weder Ruhe noch Freunde schaffen, laßt die alten Schabhäls geizig sein, Ihr aber haltet Euch, wie es einem jungen braven Kerl zustehet, Ihr sollt noch viel eher Mangel an guten Freunden als Geld erfahren." Ich dachte der Sach nach und befand zwar, daß Jupiter wohl von der Sach redte, der Geiz aber hatte mich schon dergestalt eingenommen, daß ich gar nit gedachte etwas hinzuschenken, doch verehrte ich zuletzt dem Kommandanten ein paar silberne und übergoldte Duplet, meinem Hauptmann aber ein paar silberne Salzfässer, damit ich aber nichts anders ausrichtete, als daß ich ihnen nur das Maul auch nach dem übrigen wässerig machte, weil es rare Antiquitäten waren; meinem getreuesten Kameraden Springinsfeld schenkte ich zwölf Reichstaler, der riet mir dagegen, ich sollte mein Reichtum von mir tun oder gewärtig sein, daß ich dadurch in Unglück käme, denn die Offizier sähen nicht gern, daß ein gemeiner Soldat mehr Geld hätte als sie; so hätte er auch wohl ehemals gesehen, daß ein Kamerad den andern ums Gelds halber heimlich ermordet; bisher hätte ich wohl heimlich halten können, was ich an Beuten erschnappt, denn jedermann glaubte, ich hätte alles wieder an Kleider, Pferd und Gewehr gehängt, nunmehr aber würde ich niemand kein Ding mehr verkleiben* oder weis machen können, daß ich kein übrig Geld hätte, denn jeder machte den gefundenen Schatz jetzt größer als er an sich selbst sei, und ich ohnedas nicht mehr wie hiebevor spendiere; er müsse oft hören, was unter der Bursch für ein Gemurmel gehe, sollte er an meiner Statt sein, so ließe er den Krieg Krieg sein, setzte sich irgend hin in Sicherheit und ließ den lieben Gott walten. Ich antwortet: „Hör Bruder, wie kann ich die Hoffnung, die ich zu einem Fähnlein habe, so leichtlich in Wind schlagen?" „Ja ja", sagte Springinsfeld, „hol mich dieser und jener, wenn du ein Fähnlein bekommst, die anderen, so auch darauf hoffen, sollten dir ehe tausendmal den Hals brechen helfen, wenn sie sehen, daß eins ledig und du bekommen solltest, lehre mich nur keine Karpfen kennen, denn mein Vater ist ein Fischer gewesen. Halt mirs zugut Bruder, denn ich habe länger zugesehen, wie es im Krieg hergehet, als du; siehest du nicht, wie mancher Feldweibel bei seinem kurzen Gewehr grau wird, der vor vielen eine Kompagnie zu haben meritierte, vermeinest du, sie seien nicht auch Kerl, die etwas haben hoffen dürfen? zudem so gebühret ihnen von Rechts wegen mehr als dir solche Beförderung, wie du selber erkennest." Ich mußte schweigen, weil Springinsfeld aus einem teutschen aufrichtigen Herzen mir die Wahrheit so getreulich sagte und nicht heuchelte, jedoch biß ich die Zähne heimlich übereinander, denn ich bildete mir damals trefflich viel ein.

Doch erwog ich diese und meines Jupiters Reden sehr fleißig und bedachte, daß ich keinen einzigen angebornen Freund hätte, der sich meiner in Nöten annehmen oder meinen Tod, er geschehe heimlich oder öffentlich, rächen würde; auch konnte ich mir leicht einbilden, wie die Sach an sich selbsten war, dennoch aber ließ weder mein Ehr- noch Geldgeiz zu, viel weniger die Hoffnung groß zu werden, den Krieg zu quittiern und mir Ruhe zu schaffen, sondern ich verblieb bei meinem ersten Vorsatz, und indem sich eben eine Gelegenheit auf Köln präsentierte, (indem ich neben hundert Dragonern etliche Kaufleut und Güterwagen von Münster dorthin konvoyiern helfen mußte), packte ich meinen gefundenen Schatz zusammen, nahm ihn mit und gab ihn einem von den vornehmsten Kaufleuten daselbst gegen Aushändigung einer spezifizierten Handschrift aufzuheben, das waren vierundsiebenzig Mark ungemünzt fein Silber, fünfzehen Mark Gold, achtzig Joachimstaler und in einem verpetschierten Kästlein unterschiedliche Ringe und Kleinodien, so mit Gold und Edelgesteinen achthalb Pfund in allem gewogen, samt 893 antikischen gemünzten Goldstück, deren jedes anderthalbe Goldgulden schwer war. Meinen Jupiter bracht ich auch dahin, weil ers begehrte und in Köln ansehenliche Verwandte hatte, gegen dieselben rühmte er die Guttaten, die er von mir empfangen, und machte, daß sie mir viel Ehr erwiesen. Mir aber riet er noch allezeit, ich sollte mein Geld besser anlegen und mir Freunde dafür kaufen, die mir mehr als das Gold in der Kisten nutzen würden.

Das 14. Kapitel

Wie der Jäger vom Gegenteil gefangen wird

Auf dem Zurückweg machte ich mir allerhand Gedanken, wie ich mich inskünftig halten wollte, damit ich doch jedermanns Gunst erlangen möchte, denn Springinsfeld hatte mir einen unruhigen Floh ins Ohr gesetzt und mich zu glauben persuadiert, als ob mich jedermann neidete, wie es denn in der Wahrheit auch nicht anders war. So erinnerte ich mich auch dessen, was mir die berühmte Wahrsagerin zu Soest ehemals gesagt, und belud mich deshalber mit noch größern Sorgen. Mit diesen Gedanken schärfte ich meinen Verstand trefflich und nahm gewahr, daß ein Mensch, der ohne Sorgen dahin lebt, fast wie ein Vieh sei. Ich sann aus, welcher Ursach halber mich ein oder ander hassen möchte, und erwog, wie ich einem jeden begegnen müßte, damit ich dessen Gunst wieder erlangte, verwundert mich daneben zum höchsten, daß die Kerl so falsch sein und mir lauter gute Wort geben sollten, da sie mich nicht liebten! Derowegen gedachte ich mich anzustellen wie die anderen und zu reden was jedem gefiel, auch jedem mit Ehrerbietung zu begegnen, ob mirs schon nicht ums Herz wäre; vornehmlich aber merkte ich klar, daß meine eigene Hoffart mich mit den meisten Feinden beladen hatte, deswegen hielt ich für nötig, mich wieder demütig zu stellen, ob ichs schon nicht sei, mit den gemeinen Kerlen wieder unten und oben zu liegen, vor den Höhern aber den Hut in Händen zu tragen und mich der Kleiderpracht in etwas abzutun, bis sich etwa mein Stand änderte. Ich hatte mir von dem Kaufherrn in Köln hundert Taler geben lassen, solche samt Interesse wieder zu erlegen, wenn er mir meinen Schatz aushändigte, dieselben gedachte ich unterwegs dem Convoi halb zu verspendieren, weil ich nunmehr erkennete, daß der Geiz keine Freunde macht. Solchergestalt war ich resolviert, mich zu ändern und noch auf diesem Weg den Anfang zu machen: Ich machte aber die Zech ohn den Wirt. Denn da wir durch das Bergische Land passiern wollten, paßten uns an einem sehr vorteilhaften Ort achtzig Feurröhr'* und fünfzig Reuter auf, eben als ich selbfünft mit einem Korporal geschickt wurde voranzureiten und die Straße zu partiern: Der Feind hielt sich still, als wir in ihren Halt kamen, ließ uns auch passiern, damit wenn sie uns angegriffen hätten, der Convoi nicht gewarnet würde bis er auch zu ihnen in die Enge käme; schickte uns aber einen Kornett mit acht Reutern nach, die uns im Gesicht behielten, bis die Ihrigen unsern Convoi selbst angriffen und wir umkehrten, uns auch zu'n Wagen zu tun; da gingen sie auf uns los und fragten, ob wir Quartier wollten? Ich für meine Person war wohl beritten, denn ich hatte mein bestes Pferd unter mir, ich wollte aber gleichwohl nicht ausreißen, schwang mich herum auf eine kleine Ebne zu sehen, ob da Ehr einzulegen sein möchte. Indessen hörte ich stracks an der Salve, welche die Unserigen empfingen, was die Glock geschlagen, trachtete derowegen nach der Flucht, aber der Kornett hatte alles vorbedacht und uns den Paß schon abgeschnitten, und indem ich durchzuhauen bedacht war, bot er mir, weil er mich für einen Offizier ansah, nochmals Quartier an; ich gedachte, das Leben eigentlich davonzubringen ist besser als ein ungewisses Hasard*, sagte derowegen: Ob er mir Quartier halten wollte, als ein redlicher Soldat? Er antwortet': Ja rechtschaffen! Also präsentierte ich ihm meinen Degen und gab mich dergestalt gefangen. Er fragte mich gleich, was ich für einer sei, denn er sehe mich für einen Edelmann und also auch für einen Offizier an? Da ich ihm aber antwortet, ich würde der Jäger von Soest genannt, antwortet' er: „So hat Er gut Glück, daß Er uns vor vier Wochen nicht in die Händ geraten, denn zu selbiger Zeit hätte ich Ihm kein Quartier geben noch halten dürfen, dieweil man Ihn damal bei uns für einen öffentlichen Zauberer gehalten hat."

Dieser Kornett war ein tapferer junger Kavalier und nicht über zwei Jahr älter als ich, er erfreute sich trefflich, daß er die Ehr hatte, den berühmten Jäger gefangen zu haben, deswegen hielt er auch das versprochen Quartier sehr ehrlich und auf holländisch, deren Gebrauch ist, ihren gefangenen spanischen Feinden von demjenigen, was der Gürtel beschließt, nichts zu nehmen; ja er ließ mich nicht einmal visitieren, ich aber war selbst der Bescheidenheit, das Geld aus meinen Schubsäcken zu tun und ihnen solches zuzustellen, da es an ein Partens ging; sagte auch dem Kornett heimlich, er sollte sehen, daß ihm mein Pferd, Sattel und Zeug zuteil würde, denn er im Sattel dreißig Dukaten finden würde und das Pferd ohnedas seinesgleichen schwerlich hätte. Von deswegen wurde mir der Kornett so hold, als ob ich sein leiblicher Bruder wäre, er saß auch gleich auf mein Pferd und ließ mich auf dem seinigen reiten, von dem Convoi aber blieben nicht mehr als sechs tot und dreizehn wurden gefangen, darunter acht beschädigt, die übrigen gingen durch und hatten das Herz nicht, dem Feind im freien Feld die Beut wieder abzujagen, das sie fein hätten tun können, weil sie alle zu Pferd waren.

Nachdem die Beuten und Gefangenen geteilet worden, gingen die Schweden und Hessen (denn sie waren aus unterschiedlichen Garnisonen) noch selbigen Abend voneinander, mich und den Korporal samt noch dreien Dragonern behielt der Kornett, weil er uns gefangen bekommen, dahero wurden wir in eine Festung* geführt, die nicht gar zwei Meilen von unserer Garnison lag. Und weil ich hiebevor demselben Ort viel Dampfs angetan, war mein Nam daselbst wohl bekannt, ich selber aber mehr gefürcht als geliebt. Da wir die Stadt vor Augen hatten, schickte der Kornett einen Reuter voran, seine Ankunft dem Kommandanten zu verkünden, auch anzuzeigen, wie es abgelaufen und wer die Gefangenen seien; davon es ein Geläuf in der Stadt gab, daß nit auszusagen, weil jeder den Jäger gern sehen wollte; da sagte einer dies, der ander jenes von mir, und war nicht anders anzusehen, als ob ein großer Potentat seinen Einzug gehalten hätte.

Wir Gefangenen wurden strack zum Kommandanten geführt, welcher sich sehr über meine Jugend verwundert'; er fragte mich, ob ich nie auf schwedischer Seiten gedient hätte und was ich für ein Landsmann wäre? Als ich ihm nun die Wahrheit sagte, wollte er wissen, ob ich nicht Lust hätte, wieder auf ihrer Seiten zu bleiben? Ich antwortet ihm, daß es mir sonst gleich gülte, allein weil ich dem römischen Kaiser einen Eid geschworen hätte, so dünkte mich, es gebühre mir solchen zu halten. Darauf befahl er uns zum Gewaltiger zu führen und erlaubte doch dem Kornett auf sein Anhalten uns zu gastiern, weil ich hiebevor meine Gefangenen (darunter sein Bruder sich befunden) auch solchergestalt traktiert hätte. Da nun der Abend kam, fanden sich unterschiedliche Offizier, sowohl Soldaten von Fortun als geborne Kavalier, beim Kornett ein, der mich und den Korporal auch holen ließ; da wurde ich, die Wahrheit zu bekennen, von ihnen überaus höflich traktiert: Ich machte mich so lustig, als ob ich nichts verloren gehabt, und ließ mich so vertraulich und offenherzig vernehmen, als ob ich bei keinem Feind gefangen, sondern bei meinen allerbesten Freunden wäre, dabei befliß ich mich der Bescheidenheit soviel mir immer möglich war, denn ich konnte mir leicht einbilden, daß dem Kommandanten mein Verhalten wieder notifiziert würde, so auch geschehen, maßen ich nachmals erfahren.

Den andern Tag wurden wir Gefangenen und zwar einer nach dem andern vor den Regiments-Schulzen geführt, welcher uns examinierte; der Korporal war der erste und ich der ander. Sobald ich in den Saal trat, verwundert' er sich auch über meine Jugend und sagte, mir solche vorzurücken: „Mein Kind, was hat dir der Schwed getan, daß du wider ihn kriegest?" Das verdroß mich, vornehmlich da ich ebenso junge Soldaten bei ihnen gesehen als ich war, antwortet derhalben: „Die schwedischen Krieger haben mir meine Schnellkugeln oder Klicker* genommen, die wollte ich gern wieder holen." Da ich ihn nun dergestalt bezahlte, schämten sich seine beisitzenden Offizier, maßen einer anfing auf Latein zu sagen: Er sollte von ernstlichen Sachen mit mir reden, er hörte wohl, daß er kein Kind vor sich hätte. Da merkte ich, daß er Eusebius hieße, weil ihn derselbige Offizier so nannte; darauf fragte er mich um meinen Namen, und nachdem ich ihm denselben genennet, sagte er: „Es ist kein Teufel in der Höll, der Simplicissimus heißet." Da antwortet ich: „So ist auch vermutlich keiner in der Höll, der Eusebius heißt!" Bezahlte ihn also wie unsern Musterschreiber Cyriacum, so aber von den Offiziern nicht am besten aufgenommen wurde, maßen sie mir sagten, ich sollte mich erinnern, daß ich ihr Gefangener sei und nicht Scherzens halber hergeholt worden wäre. Ich wurde dieses Verweises wegen drum nicht rot, bat auch nicht um Verzeihung, sondern antwortete: Weil sie mich für einen Soldaten gefangen hielten und nicht für ein Kind wieder laufen lassen würden, so hätte ich mich versehen, daß man mich auch nicht als ein Kind gefoppt hätte; wie man mich gefragt, so hätte ich geantwortet, hoffte auch, ich würde nicht unrecht daran getan haben. Darauf fragten sie mich um mein Vaterland, Herkommen und Geburt, und vornehmlich, ob ich nit auch auf schwedischer Seiten gedient hätte? item, wie es in Soest beschaffen? wie stark selbige Garnison sei und was des Dings mehr ist etc. Ich antwortet auf alles behend, kurz und gut, und zwar wegen Soest und selbiger Garnison soviel als ich zu verantworten getraute, konnte aber wohl verschweigen, daß ich das Narrnhandwerk getrieben, weil ich mich dessen schämte.

Das 15. Kapitel

Mit welchen Conditionibus der Jäger wieder los worden

Indessen erfuhr man zu Soest, wie es mit dem Convoi abgelaufen, und daß ich mit dem Korporal und andern mehr gefangen, auch wo wir hingeführt worden, derhalben kam gleich den andern Tag ein Trommelschläger uns abzuholen, dem wurde der Korporal und die drei anderen gefolgt* und ein Schreiben mitgegeben folgenden Inhalts, das mir der Kommandant zu lesen überschickte:

Monsieur, etc. Durch Wiederbringern diesen Tambour ist mir dessen Schreiben eingehändigt worden, schicke darauf hiermit gegen empfangene Ranzion den Korporal samt den übrigen dreien Gefangenen. Was aber Simplicium den Jäger anbelangt, kann selbiger, weil er hiebevor auf dieser Seiten gedient, nicht wieder hinüber gelassen werden. Kann ich aber dem Herrn im übrigen außerhalb Herrn-Pflichten in etwas bedient sein, so hat derselbe an mir einen willigen Diener, als der ich so weit bin und verbleibe

Des Herrn

Dienst-bereitwilliger

N. de S. A.*

Dieses Schreiben gefiel mir nicht halb, und mußte mich doch für diese Kommunikation bedanken. Ich begehrte mit dem Kommandanten zu reden, bekam aber die Antwort, daß er schon selbst nach mir schicken würde, wenn er zuvor den Trommelschläger abgefertigt hätte, so morgen früh geschehen sollte, bis dahin ich mich zu gedulden.

Da ich nun die bestimmte Zeit überwartet hatte, schickte der Kommandant nach mir, als es eben Essenszeit war; da widerfuhr mir das erstemal die Ehr, zu ihm an seine Tafel zu sitzen; solang man aß, ließ er mir mit dem Trunk zusprechen und gedachte weder Klein noch Großes von demjenigen, was er mit mir vorhatte, und mir wollte es auch nicht anstehen, etwas davon anzufangen. Demnach man aber abgesessen und ich einen ziemlichen Dummel* hatte, sagte er: „Lieber Jäger, Ihr habt aus meinem Schreiben verstanden, unter was für einem Prätext* ich Euch hier behalte; und zwar so hab ich gar kein unrechtmäßige Sach oder etwas vor, das wider Räson oder Kriegsgebrauch wäre, denn Ihr habt mir und dem Regiments-Schultheiß selbst gestanden, daß Ihr hiebevor auf unserer Seiten bei der Hauptarmee gedienet, werdet Euch derhalben resolvieren müssen, unter meinem Regiment Dienst anzunehmen, so will ich Euch mit der Zeit und wenn Ihr Euch wohl verhaltet dergestalt akkommodieren, dergleichen Ihr bei den Kaiserlichen nimmer hättet hoffen dürfen: Widrigenfalls werdet Ihr mich nicht verdenken, wenn ich Euch wiederum demjenigen Obristleutnant überschicke, welchem Euch die Dragoner hiebevor abgefangen haben." Ich antwortet: „Hochgeehrter Herr Obrist, (denn damals war noch nicht der Brauch, daß man Soldaten von Fortun ‚Ihr Gnaden' titulierte, ob sie gleich Obriste waren) ich hoffe, weil ich der Kron Schweden noch deren Konföderierten, viel weniger dem Obristleutnant niemalen mit Eid verpflichtet, sondern nur ein Pferdjung gewesen, daß dannenher ich nicht verbunden sei, schwedische Dienst anzunehmen und dadurch den Eid zu brechen, den ich dem römischen Kaiser geschworen, derowegen meinen hochgeehrten Herrn Obristen allergehorsamst bittend, Er beliebe mich dieser Zumutung zu überheben." „Was", sagt' der Obriste, „verachtet Ihr denn die schwedischen Dienste? Ihr müßt wissen, daß Ihr mein Gefangener seid, und ehe ich Euch wieder nach Soest lasse, dem Gegenteil zu dienen, ehe will ich Euch einen andern Prozeß weisen oder im Gefängnis verderben lassen", danach wisse ich mich zu richten. Ich erschrak zwar über diese Wort, gab mich aber drum noch nicht, sondern antwortete: Gott wolle mich vor solcher Verachtung sowohl als vorm Meineid behüten; im übrigen stünde ich in untertäniger Hoffnung, der Herr Obriste würde mich seiner weitberühmten Diskretion nach wie einen Soldaten traktiern. „Ja", sagte er, „ich wüßte wohl wie ich Euch traktieren könnte, da ich der Strenge nach prozedieren wollte; aber bedenkt Euch besser, damit ich nicht Ursachen ergreife, Euch etwas anders zu weisen." Darauf wurde ich wieder ins Stockhaus geführt.

Jedermann kann unschwer erachten, daß ich dieselbe Nacht nicht viel geschlafen, sondern allerhand Gedanken gehabt habe; den Morgen aber kamen etliche Offizier mit dem Kornett so mich gefangen bekommen zu mir, unterm Schein, mir die Zeit zu kürzen, in Wahrheit aber mir weis zu machen, als ob der Obriste gesinnt wäre, mir als einem Zauberer den Prozeß machen zu lassen, da ich mich nicht anders bequemen würde. Wollten mich also erschrecken und sehen was hinter mir steckte; weil ich mich aber meines guten Gewissens tröstete, nahm ich alles gar kaltsinnig an und redete nicht viel, merkte dabei, daß es dem Obristen um nichts anders zu tun war, als daß er mich ungern in

Soest sah, so konnte er sich auch leicht einbilden, daß ich selbigen Ort, wenn er mich ledig ließe, wohl nicht verlassen würde, weil ich meine Beförderung dort hoffte und noch zwei schöne Pferd und sonst köstliche Sachen allda hatte. Den folgenden Tag ließ er mich wieder zu sich kommen, und fragte, ob ich mich auf ein und anders resolviert hätte? Ich antwortet: „Dies, Herr Obrister, ist mein Entschluß, daß ich ehe sterben als meineidig werden will! Wenn aber mein hochgeehrter Herr Obrist mich auf freien Fuß zu stellen und mit keinen Kriegsdiensten zu belegen belieben wird, so will ich dem Herrn Obristen mit Herz, Mund und Hand versprechen, in sechs Monaten keine Waffen wider die Schwed- und Hessischen zu tragen oder zu gebrauchen." Solches ließ sich der Obrist stracks gefallen, bot mir darauf die Hand und schenkte mir zugleich die Ranzion, befahl auch dem Secretario, daß er deswegen einen Revers in duplo aufsetzte, den wir beide unterschrieben, darin er mir Schutz, Schirm und alle Freiheit solang ich in der ihm anvertrauten Festung verbliebe versprach: Ich hingegen reservierte mich über obige zwei Punkte, daß ich, solang ich mich in derselben Festung aufhalten würde, nichts Nachteiliges wider dieselbige Garnison und ihren Kommandanten praktizieren noch etwas das ihr zu Nachteil und Schaden vorgenommen würde verhehlen, sondern vielmehr deren Nutzen und Frommen fördern und ihren Schaden nach Möglichkeit wenden, ja wenn der Ort feindlich attackiert würde, denselben defendieren helfen sollte und wollte.

Hierauf behielt er mich wieder bei dem Mittagimbiß und tat mir mehr Ehr an, als ich von den Kaiserlichen mein Lebtag hätte hoffen dürfen; dadurch gewann er mich dergestalt nach und nach, daß ich nit wieder nach Soest gangen wäre, wenn er mich schon dahin lassen und meines Versprechens ledig zählen wollen.

Das 16. Kapitel

Wie Simplicius ein Freiherr wird

Wann ein Ding sein soll, so schickt sich alles dazu, ich vermeinte, das Glück hätte mich zur Ehe genommen oder wenigst sich so eng zu mir verbunden, daß mir die allerwiderwärtigsten Begegnisse zum Besten gedeihen müßten, da ich über des Kommandanten Tafel saß und vernahm, daß mein Knecht mit meinen zwei schönen Pferden von Soest zu mir kommen wäre; ich wußte aber nicht (wie ichs hernach im Auskehren befand) daß das tückische Glück der Sirenen Art an sich hat, die denjenigen am übelsten wollen, denen sie sich am geneigtesten erzeigen, und einen der Ursach halber desto höher hebt, damit es ihn hernach desto tiefer stürze.

Dieser Knecht (den ich hiebevor von den Schweden gefangen bekommen hatte) war mir über alle Maßen getreu, weil ich ihm viel Guts tat, dahero sattelt' er alle Tag meine Pferd und ritt dem Trommelschläger, der mich abholen sollte, ein gut Stück Wegs von Soest aus entgegen, solang er aus war, damit ich nicht allein nicht so weit gehen, sondern auch nit nackend oder zerlumpt (denn er vermeinte, ich wäre ausgezogen worden) nach Soest kommen dürfte. Also begegnet' er dem Trommelschläger und seinen Gefangenen und hatte mein bestes Kleid aufgepackt. Da er mich aber nicht sah, sondern vernahm, daß ich bei dem Gegenteil Dienst anzunehmen aufgehalten werde, gab er den Pferden die Sporn, und sagte: „Adieu Tambour und Ihr Korporal, wo mein Herr ist, da will ich auch sein.“ Ging also durch und kam zu mir, eben als mich der Kommandant ledig gesprochen hatte und mir große Ehr antat. Er verschaffte darauf meine Pferd in ein Wirtshaus, bis ich mir selbsten ein Logiment nach meinem Willen bestellen möchte, und pries mich glückselig wegen meines Knechts Treu, verwundert' sich auch, daß ich als ein gemeiner Dragoner und noch so junger Kerl so schöne Pferd vermögen und so wohl montiert sein sollte, lobte auch das eine Pferd, als ich

Valet nahm und in besagtes Wirtshaus ging, so trefflich, daß ich gleich merkte, daß er mirs gern abgekauft hätte, weil er mirs aber aus Diskretion nicht feil machte, sagte ich, wenn ich die Ehr begehren dürfte, daß ers von meinetwegen behalten wollte, so stünde es zu seinen Diensten; er schlugs aber anzunehmen rund ab, mehr darum, dieweil ich ein ziemlichen Rausch hatte, und er die Nachred nicht haben wollte, daß er einem Trunkenen etwas abgeschwätzt, so ihn vielleicht nüchtern reuen möchte, als daß er des edlen Pferds gern gemangelt.

Dieselbige Nacht bedachte ich, wie ich künftig mein Leben anstellen wollte: Entschloß mich derohalben, die sechs Monat über zu verbleiben wo ich wäre, und also den Winter, der nunmehr vor der Tür war, in Ruhe dahinzubringen, wozu ich denn Gelds genug wußte hinauszulangen, wenn ich meinen Schatz zu Köln schon nicht angriffe: In solcher Zeit, gedachte ich, wächst du vollends aus und erlangst deine völlige Stärke und kannst dich danach auf den künftigen Frühling wieder desto tapferer unter die kaiserliche Armee ins Feld begeben.

Des Morgens frühe anatomiert ich meinen Sattel, welcher weit besser gespickt war, als derjenige, den der Kornett von mir bekommen, nachgehends ließ ich mein bestes Pferd vor des Obristen Quartier bringen, und sagte zu ihm: Demnach ich mich resolviert, die sechs Monat, in welchen ich nicht kriegen dürfte, unter des Herrn Obristen Schutz allhier ruhig zuzubringen, also seien mir meine Pferd nichts nutz, um welche es schad wäre, wenn sie verderben sollten, bitte ihn derowegen, er wollte belieben, gegenwärtigem Soldatenklepper einen Platz unter den seinigen zu gönnen und solches von mir als ein Zeichen dankbarer Erkenntnis für empfangene Gnaden unschwer annehmen: Der Obriste bedankte sich mit großer Höflichkeit und sehr courtoisen Offerten, schickte mir auch denselben Nachmittag seinen Hofmeister mit einem gemästen lebendigen Ochsen, zwei fetten Schweinen, einer Tonne Wein, vier Tonnen Bier, zwölf Fuder Brennholz, welches alles er mir für mein neu Losament, das ich eben auf ein halb Jahr bestellt hatte, bringen, und sagen ließ: Weil er sehe, daß ich bei ihm hausen wollte, und sich leicht einbilden könnte, daß es im Anfang mit Viktualien schlecht bestellt sei, so schicke er mir zur Haussteur* neben einem Trunk ein Stück Fleisch mitsamt dem Holz, solches dabei kochen zu lassen, mit fernerm Anhang, dafern er mir in etwas behilflich sein könnte, daß ers nicht unterlassen wollte: Ich bedankte mich so höflich als ich konnte, verehrte dem Hofmeister zwo Dukaten und bat ihn, mich seinem Herrn bestens zu rekommendieren.

Da ich sah, daß ich meiner Freigebigkeit halber bei dem Obristen so hoch geehrt wurde, gedachte ich mir auch bei dem gemeinen Mann ein gutes Lob zu machen, damit man mich für keinen kahlen Bärnhäuter hielte; ließ derowegen in Gegenwart meines Hauswirts meinen Knecht vor mich kommen, zu demselben sagte ich: „Lieber Niklas, du hast mir mehr Treu erwiesen, als ein Herr seinem Knecht zumuten darf, nun aber da ichs um dich nicht zu verschulden weiß, weil ich dieser Zeit keinen Herrn und also auch keinen Krieg habe, daß ich etwas erobern könnte, dich zu belohnen, wie mirs wohl anstünde; zumal auch wegen meines stillen Lebens, das ich hinfort zu führen gedenke, keinen Knecht mehr zu halten bedacht, also gebe ich dir hiemit für deinen Lohn das ander Pferd, samt Sattel, Zeug und Pistolen, mit Bitt, du wollest damit vorliebnehmen und dir für diesmal einen andern Herrn suchen; kann ich dir inskünftig in etwas bedient sein, so magst du jederzeit mich drum ersuchen." Hierauf küßte er mir die Händ und konnte vor Weinen schier nicht reden, wollte auch durchaus das Pferd nicht nehmen, sondern hielt für besser, ich sollte es versilbern und zu meinem Unterhalt gebrauchen, zuletzt überredt ich ihn doch, daß ers annahm, nachdem ich ihm versprochen, ihn wieder in Dienst zu nehmen, sobald ich jemand brauchte. Über diesem Abscheid wurde mein Hausvater so mitleidig, daß ihm auch die Augen übergingen, und gleichwie mich mein Knecht bei der Soldateska, also erhub mich mein Hausvater bei der Bürgerschaft wegen dieser Tat mit großem Lob über alle schwangeren Baurn*; der Kommandant hielt mich für einen so resoluten Kerl, daß er auch getraute Schlösser auf meine Paroln zu bauen, weil ich meinen Eid, dem Kaiser geschworen, nicht allein treulich, sondern auch dasjenig das ich mich gegen ihn verschrieben, desto steifer zu halten, mich selbst meiner herrlichen Pferd, Gewehr und des getreuen Knechts entblößte.

Das 17. Kapitel

Womit der Jäger die sechs Monat hinzubringen gedenkt, auch etwas von der Wahrsagerin

Ich glaube, es sei kein Mensch in der Welt, der nicht einen Hasen im Busen habe*, denn wir sind ja alle einerlei Gemächts, und kann ich bei meinen Birn wohl merken, wenn andere zeitig sind. „Hui Geck", möchte mir einer antworten, „wenn du ein Narr bist, meinst du darum, andere seiens auch?" Nein, das sag ich nicht, denn es wäre zuviel geredt; aber dies halte ich dafür, daß einer den Narrn besser verbirgt als der ander: Es ist einer drum kein Narr, wenn er schon närrische Einfäll hat, denn wir haben in der Jugend gemeiniglich alle dergleichen, welcher aber solche herausläßt, wird für einen gehalten, weil teils ihn gar nicht, andere aber nur halb sehen lassen: Welche ihren gar unterdrücken, sind rechte Saurtöpf; die aber den ihrigen nach Gelegenheit der Zeit bisweilen ein wenig mit den Ohren hervorgucken und Atem schöpfen lassen, damit er nicht gar bei ihnen ersticke, dieselbigen halte ich für die besten und verständigsten Leut. Ich ließ den meinen nur zu weit heraus, da ich mich in einem so freien Stand sah und noch Geld wußte, maßen ich einen Jungen annahm, den ich als einen Edelpagen kleidete und zwar in die närrischsten Farben, nämlich veielbraun und gelb ausgemacht, so meine Liberei sein mußte, weil mirs so gefiel; derselbe mußte mir aufwarten, als wenn ich ein Freiherr und kurz zuvor kein Dragoner oder vor einem halben Jahr ein armer Roßbub gewesen wäre.

Dies war die erste Torheit, so ich in dieser Stadt beging,

welche, ob sie gleich ziemlich groß war, wurde sie doch von niemand gemerkt, viel weniger getadelt: Aber was machts? die Welt ist der so voll, daß sie keiner mehr acht noch selbige verlacht oder sich drüber verwundert, weil sie deren gewohnt ist; so hatte ich auch den Ruf eines klugen und guten Soldaten und nicht eines Narrn, der die Kinderschuh noch trägt. Ich dingte mich und meinen Jungen meinem Hausvater in die Kost und gab ihm an Bezahlung auf Abschlag, was mir der Kommandant wegen meines Pferds an Fleisch und Holz verehrt hatte; zum Getränk aber mußte mein Jung den Schlüssel haben, weil ich denen die mich besuchten, gern davon mitteilte, denn sintemal ich weder Bürger noch Soldat war und also keinen meinesgleichen hatte, der mir Gesellschaft leisten mögen, hielt ich mich zu beiden Teilen und bekam dahero täglich Kameraden genug, die ich ungetränkt nicht bei mir ließ. Zum Organisten allda machte ich aus den Bürgern die beste Kundschaft, weil ich die Musik liebte und (ohne Ruhm zu melden) ein trefflich gute Stimm hatte, die ich bei mir nicht verschimmlen lassen wollte; dieser lehrte mich, wie ich komponiern sollte, item auf dem Instrument besser schlagen sowohl als auch auf der Harfen, so war ich ohnedas auf der Lauten ein Meister, schaffte mir dahero eine eigene und hatte schier täglich meinen Spaß damit: Wenn ich dann satt war zu musizieren, ließ ich den Kürschner kommen, der mich im Paradeis in allen Gewehren unterwiesen, mit demselben exerzierte ich mich, um noch perfekter zu werden. So erlangte ich auch beim Kommandanten, daß mich einer von seinen Konstablen* die Büchsenmeistereikunst und etwas mit dem Feurwerk umzugehen um die Gebühr lehrete. Im übrigen hielt ich mich sehr still und eingezogen, also daß sich die Leut verwunderten, wenn sie sahen, daß ich stets über den Büchern saß wie ein Student, da ich doch Raubens und Blutvergießens gewohnt gewesen.

Mein Hausvater war des Kommandanten Spürhund und mein Hüter, maßen ich merkte, daß er all mein Tun und Lassen demselben hinterbracht', ich konnte mich aber artlich darein schicken, denn ich gedachte des Kriegswesens kein einzig Mal, und wenn man davon redte, tat ich, als ob ich niemals kein Soldat gewesen und nur darum da wäre, meinen täglichen Exerzitien, deren ich erst gedacht, abzuwarten. Ich wünschte zwar, daß meine sechs Monat bald herum wären, es konnte aber niemand abnehmen, welchem Teil ich alsdann dienen wollte. Sooft ich dem Obristen aufwartete, behielt er mich auch an seiner Tafel, da setzt' es denn je zuweiln solche Diskurs, dadurch mein Vorsatz ausgeholt werden sollte, ich antwortet aber jederzeit so vorsichtig, daß man nicht wissen konnte, was Sinns ich sei. Einsmals sagte er zu mir: „Wie stehts Jäger, wollt Ihr noch nicht schwedisch werden, gestern ist mir ein Fähnrich gestorben?“ Ich antwortet: „Hochgeehrter Herr Obrist, stehet doch einem Weib wohl an, wenn sie nach ihres Manns Tod nicht gleich wieder heirat, warum sollte ich mich denn nicht sechs Monat patientieren.“ Dergestalt entging ich jederzeit und kriegte doch des Obristen Gunst je länger je mehr, so gar, daß er mir sowohl in- als außerhalb der Festung herumzuspazieren vergönnte, ja ich durfte endlich den Hasen, Feldhühnern und Vögeln nachstellen, welches seinen eigenen Soldaten nicht gegönnet war: So fischte ich auch in der Lipp' und war so glücklich damit, daß es das Ansehen hatte, als ob ich beides Fisch und Krebs aus dem Wasser bannen könnte. Darum ließ ich mir nur ein schlechtes Jägerkleid machen, in demselbigen strich ich bei Nacht (denn ich wußte alle Weg und Steg) in die Soestische Börde und holte meine verborgenen Schätz hin und wider zusammen, schleppte solche in gedachte Festung und ließ mich an, als ob ich ewig bei den Schweden wohnen wollte.

Auf demselbigen Weg kam die Wahrsagerin von Soest zu mir, die sagte: „Schau mein Sohn, hab ich dir hiebevor nicht wohl geraten, daß du dein Geld außerhalb der Stadt Soest verbergen solltest? Ich versichere dich, daß es dein größtes Glück gewesen, daß du gefangen worden, denn wärest du heimkommen, so hätten dich einige Kerl, welche dir den Tod geschworen, weil du ihnen beim Frauenzimmer bist vorgezogen worden, auf der Jagd erwürgt.“ Ich antwortet: „Wie kann jemand mit mir eifern, da ich doch dem

Frauenzimmer nichts nachfrage?“ „Versichert“, sagte sie, „wirst du des Sinns nicht verbleiben wie du jetzt bist, so wird dich das Frauenzimmer mit Spott und Schand zum Land hinausjagen, du hast mich jederzeit verlacht, wenn ich dir etwas zuvorgesagt habe, wolltest du mir abermal nicht glauben, wenn ich dir mehr sagte? Findest du an dem Ort, wo du jetzt bist, nicht geneigtere Leut als in Soest? Ich schwöre dir, daß sie dich nur gar zu lieb haben und daß dir solche übermachte Lieb zum Schaden gereichen wird, wenn du dich nicht nach derselbigen akkommodierest.“ Ich antwortet ihr, wenn sie ja so viel wüßte, als sie sich dafür ausgebe, so sollte sie mir dafür sagen, wie es mit meinen Eltern stünde und ob ich mein Lebtag wieder zu denselben kommen würde? sie sollte aber nicht so dunkel, sondern fein teutsch mit der Sprach heraus. Darauf sagte sie, ich sollte alsdann nach meinen Eltern fragen, wenn mir mein Pflegvater unversehens begegne und führe meiner Säugammen Tochter am Strick daher; lachte darauf überlaut, und hängte dran, daß sie mir von sich selbst mehr gesagt, als andern die sie drum gebeten hätten: hernach machte sie sich, weil ich sie nur anfing zu foppen, geschwind von mir, als ich ihr zuvor etliche Taler verehrt, weil ich doch schwer am Silbergeld zu tragen hatte. Ich hatte damals ein schön Stück Geld und viel köstliche Ring und Kleinodien beieinander, denn wo ich hiebevor unter den Soldaten etwas von Edelgesteinen wußte oder auf Partei und sonst antraf, brachte ichs an mich und dazu nicht einmal ums halbe Geld, was es gültig war. Solches schrie mich immerzu an, es wollte gern wieder unter die Leut; ich folgte auch gar gern, denn weil ich ziemlich hoffärtig war, prangte ich mit meinem Gut und ließ solches meinen Wirt ohne Scheu sehen, der bei den Leuten mehr daraus machte als es war: Dieselbigen aber verwunderten sich, wo ich doch alles hergebracht haben müßte, denn es war genugsam erschollen, daß ich meinen gefundenen Schatz zu Köln liegen hatte, weil der Kornett des Kaufmanns Handschrift gelesen, da er mich gefangen bekommen.

Das 18. Kapitel

Wie der Jäger anfängt zu buhlen, und ein Handwerk daraus macht

Mein Vorsatz, die Büchsenmeisterei- und Fechtkunst in diesen sechs Monaten vollkommen zu lernen, war gut, und ich begriffs auch: aber es war nit genug, mich vorm Müßiggang, der ein Ursprung vieles Übels ist, allerdings zu behüten, vornehmlich weil niemand war, der mir zu gebieten hatte. Ich saß zwar emsig über allerhand Büchern, aus denen ich viel Guts lernete, es kamen mir aber auch teils unter die Händ, die mir wie dem Hund das Gras gesegnet wurden*. Die unvergleichliche ‚Arcadia'*, aus der ich die Wohlredenheit lernen wollte, war das erste Stück, das mich von den rechten Historien zu den Liebesbüchern und von den wahrhaften Geschichten zu Heldengedichten zog: Solcherlei Gattungen brachte ich zuwegen wo ich konnte, und wenn mir eins zuteil wurde, hörte ich nit auf bis ichs durchgelesen, und sollte ich Tag und Nacht darüber gesessen sein; diese lehreten mich für das Wohlreden* mit der Leimstangen laufen*. Doch wurde dieser Mangel damals bei mir nicht so heftig und stark, daß man ihn mit Seneca ein göttliches Rasen, oder wie er in Thomae Thomai Welt-Gärtlein* beschrieben wird, eine beschwerliche Krankheit hätte nennen können; denn wo meine Lieb hinfiel, da erhielt ich leichtlich und ohne sonderbare Mühe, was ich begehrte, also daß ich keine Ursach zu klagen bekam wie andere Buhler und Leimstängler, die voller phantastischer Gedanken, Mühe, Begierden, heimlich Leiden, Zorn, Eifer, Rachgier, Rasen, Weinen, Protzen, Drohen und dergleichen tausendfältigen Torheiten stecken und sich vor Ungeduld den Tod wünschen. Ich hatte Geld und ließ mich dasselbe nit dauren und überdas ein gute Stimm, übte mich stetig auf allerhand Instrumenten; anstatt des Tanzens, dem ich nie bin hold worden, wies ich die Gerade meines Leibs, wenn ich mit meinem Kürschner focht; überdas hatte ich einen trefflich glatten Spiegel und gewöhnte mich zu einer freundlichen

Lieblichkeit, also daß mir das Frauenzimmer, wenn ich mich dessen schon nicht sonderlich annahm, wie Aurora dem Clito, Cephalo und Tithoni, Venus dem Anchise, Atidi und Adoni, Ceres dem Glauco, Ulysse und Jasioni, und die keusche Diana selbst ihrem Endymione von sich selbst nachlief, mehr als ich dessen begehrte.

Um dieselbige Zeit fiel Martini* ein, da fängt bei uns Teutschen das Fressen und Saufen an und währet bei teils bis in die Fasnacht, da wurde ich an unterschiedliche Ort sowohl bei Offiziern als Bürgern die Martinsgans verzehren zu helfen eingeladen; da setzt' es denn zuzeiten so etwas, weil ich bei solchen Gelegenheiten mit dem Frauenzimmer in Kundschaft kam; meine Laute und Gesang die zwangen ein jede mich anzuschauen, und wenn sie mich also betrachteten, wußte ich zu meinen neuen Buhlenliedern, die ich selber machte, so anmutige Blick und Gebärden hervorzubringen, daß sich manches hübsche Mägdlein darüber vernarrte und mir unversehens hold ward. Und damit ich nit für einen Hungerleider gehalten würde, stellte ich auch zwo Gastereien, die eine zwar für die Offizier und die ander für die vornehmsten Bürger an, dadurch ich mir bei beiden Teilen Gunst und einen Zutritt vermittelte, weil ich kostbar auftragen ließ. Es war mir aber alles nur um die lieben Jungfrauen zu tun, und ob ich gleich bei einer oder der andern nit fand, was ich suchte (denn es gab auch noch etliche, die es verhalten konnten), so ging ich doch ein Weg als den andern zu ihnen, damit sie diejenigen, die mir mehr Gunst erzeigten als ehrlichen Jungfrauen gebührt, in keinen bösen Verdacht bringen, sondern glauben sollten, daß ich mich bei denselbigen auch nur Diskurs halber aufhielte. Und das überredet ich ein jede insonderheit, daß sie es von den andern glaubte, und nit anders meinte, als wäre sie allein diejenige, die sich meiner erfreute.

Ich hatte gerad sechs die mich liebten und ich sie hinwiederum, doch hatt keine mein Herz gar oder mich allein; an der einen gefielen mir nur die schwarzen Augen, an der andern die goldgelben Haar, an der dritten die liebliche Holdseligkeit und an den übrigen auch so etwas, das die andere nicht hatte. Wenn ich aber ohne* diese andere besuchte, so geschah es nur entweder aus obgesagter Ursach oder weilen es fremd und neu war und ich ohnedas nichts ausschlug oder verachtete, indem ich nit immer an demselben Ort zu bleiben gedachte. Mein Jung, der ein Erzschelm war, hatte genug zu tun mit Kupplen und Buhlenbrieflein hin und wieder zu tragen, und wußte reinen Mund und meine losen Händel gegen eine und die ander so geheimzuhalten, daß nichts drüber war; davon bekam er von den Schleppsäcken ein Haufen Favor*, so mich aber am meisten kosteten, maßen ich hierdurch ein Ansehnliches verschwendete und wohl sagen konnte: ‚Was mit Trommeln gewonnen wird, gehet mit Pfeifen wieder dahin.' Dabei hielt ich meine Sachen so geheim, daß mich der Hundertste für keinen Buhler halten konnte, ohn der Pfarrer, bei welchem ich nicht mehr so viel geistliche Bücher entlehnte als zuvor.

Das 19. Kapitel

Durch was Mittel sich der Jäger Freund' gemacht, und was für Andacht er bei einer Predigt hatte

Wenn das Glück einen stürzen will, so hebt es ihn zuvor in alle Höhe, und der gütige Gott lässet auch einen jeden vor seinem Fall so treulich warnen. Das widerfuhr mir auch, ich nahms aber nicht an! Ich hielt in meinem Sinn gänzlich dafür, daß mein damaliger Stand so fest gegründet wäre, daß mich kein Unglück davon stürzen könnte, weil mir jedermann, insonderheit aber der Kommandant selbst so wohl wollte; diejenigen, auf welche er viel hielt, gewann ich mit allerhand Ehrerbietungen, seine getreuen Diener brachte ich durch Geschenk auf meine Seiten, und mit denen, so etwas mehr als meinesgleichen warn, soff ich Brüderschaft und schwur ihnen ohnverbrüchliche Treue und Freundschaft; die gemeinen Bürger und Soldaten waren mir deswegen hold, weil ich jedem freundlich zusprach. „Ach was für ein freundlicher Mensch", sagten sie oft zusammen, „ist doch der Jäger, er redt ja mit dem Kind auf der Gassen und erzürnt keinen Menschen!" Wenn ich ein Häschen oder etliche Feldhühner fing, so schickte ichs denen in die Küchen, deren Freundschaft ich suchte, lud mich dabei zu Gast und ließ etwa ein Trunk Wein, welcher der Orten teuer war, dazuholen, ja ich stellte es so an, daß schier aller Kosten* über mich ging. Wenn ich dann mit jemand bei solchen Gelagen in ein Gespräch kam, lobte ich jedermann ohne mich selbst nicht und wußte mich so demütig zu stellen, als ob ich die Hoffart nie gekannt hätte. Weil ich denn nun hierdurch eines jeden Gunst kriegte und jedermann viel von mir hielt, gedachte ich nicht, daß mir etwas Unglücklichs widerfahren könnte, vornehmlich weil mein Säckel noch ziemlich gespickt war.

Ich ging oft zum ältesten Pfarrer derselbigen Stadt, als der mir aus seiner Bibliothek viel Bücher lehnete, und wenn ich ihm eins wiederbrachte, so diskurrierte er von allerhand Sachen mit mir, denn wir akkommodierten uns so miteinander, daß einer den andern gern leiden mochte: Als nun nicht nur die Martinsgäns und Metzelsuppen hin und wieder, sondern auch die heiligen Weihnachtsfeiertage vorbei waren, verehrte ich ihm eine Flaschen voll Straßburger Branntewein zum neuen Jahr, welchen er, der Westfälinger Gebrauch nach, mit Kandelzucker gern einläpperte, und kam daraufhin ihn zu besuchen, als er eben in meinem ‚Joseph'* las, welchen ihm mein Wirt ohne mein Wissen geliehen hatte: Ich entfärbte mich, daß einem solchen gelehrten Mann meine Arbeit in die Hände kommen sollte, sonderlich weil man dafürhält, daß einer am besten aus seinen Schriften erkannt werde; er aber machte mich zu sich setzen, und lobte zwar meine Invention, schalt aber, daß ich mich so lang in der Seliche (die Potiphars Weib gewesen) Liebeshändeln hätte aufgehalten; „Wessen das Herz voll ist, gehet der Mund über", sagte er ferners; „wenn der Herr nicht selbsten wüßte wie einem Buhler ums Herz ist, so hätte er dieses Weibs Passiones nicht so wohl ausführen oder vor Augen stellen können." Ich antwortet, was ich geschrieben hätte, das wäre mein eigene Erfindung nicht, sondern hätte es aus andern Büchern extrahiert, mich um etwas im Schreiben zu üben. „Ja ja", antwortet' er, „das glaube ich gern (scil.), aber Er versichere sich, daß ich mehr von Ihm weiß, als Er sich einbildet!" Ich erschrak, da ich diese Worte hörte, und gedachte: „Hat dirs denn St. Velten* gesagt?" Und weil er sah, daß ich meine Farb änderte, fuhr er ferner fort, und sagte: „Der Herr ist frisch und jung, Er ist müßig und schön, Er lebt ohn Sorg und wie ich vernehme in allem Überfluß; darum bitte und ermahne ich Ihn im Herrn, daß Er bedenken wolle, in was für einem gefährlichen Stand Er sich befindet, Er hüte sich vor dem Tier das Zöpf hat, will Er anders sein Glück und Heil beobachten; der Herr möchte zwar gedenken: ‚Was gehts den Pfaffen an, was ich tu und lasse (ich gedachte: Du hasts erraten!), oder was hat er mir zu befehlen?' Es ist wahr, ich bin ein Seelsorger! Aber, Herr seid versichert, daß mir Eure, als meines Guttäters, zeitliche Wohlfahrt aus christlicher Lieb so hoch angelegen ist, als ob Ihr mein eigener Sohn wäret; immer schad ists und Ihr könnts bei Eurem himmlischen Vater in Ewigkeit nicht verantworten, wenn Ihr Euer Talent, das er Euch verliehen, vergrabt und Euer edel Ingenium, das ich aus gegenwärtiger Schrift erkenne, verderben lasset; mein getreuer und väterlicher Rat wäre, Ihr legtet Eure Jugend und Eure Mittel, die Ihr hier so unnützlich verschwendet, zum Studieren an, damit Ihr heut oder morgen beides Gott und den Menschen und Euch selbst bedient sein könnet, und ließet das Kriegswesen, zu welchem Ihr, wie ich höre, so große Lust traget, sein wie es ist, ehe Ihr eine Schlappe davontraget, und dasjenige Sprichwort wahr zu sein an Euch befindet, welches heißt: Junge Soldaten, alte Bettler." Ich hörte diese Sentenz mit großer Ungeduld, weil ich dergleichen zu vernehmen nicht gewohnt war, jedoch stellte ich mich viel anders als mirs ums Herz war, damit ich mein Lob, daß ich ein feiner Mensch wäre, nicht verliere; bedankte mich zumal auch sehr für seine erwiesene Treuherzigkeit und versprach, mich auf sein Einraten zu bedenken, gedachte aber bei mir selbst wie des Goldschmieds Jung* und was es den Pfaffen geheie, wie ich mein Leben anstelle, weil es damals mit mir aufs höchste kommen war und ich die nunmehr gekosten Liebswollüste nicht mehr entbehren wollte; es gehet aber mit solchen Warnungen nicht anders her, wenn die Jugend schon Zaum und Sporn entwöhnet hat und in vollen Sprüngen ihrem Verderben zurennt.

Das 20. Kapitel

Wie er dem treuherzigen Pfarrer ander Werg an die Kunkel legte, damit er sein epikurisch Leben zu korrigieren vergesse

Ich war in den Wollüsten doch nicht so gar ersoffen oder so dumm, daß ich nicht gedacht hätte, jedermanns Freundschaft zu behalten, solang ich noch in derselbigen Festung zu verbleiben (nämlich bis der Winter vorüber) willens war; so erkannte ich auch wohl, was es einem für Unrat bringen könnte, wenn er der Geistlichen Haß hätte, als welche Leut bei allen Völkern, sie seien gleich was Religion sie wollen, einen großen Kredit haben; derowegen nahm ich meinen Kopf zwischen die Ohren und trat gleich den andern Tag wieder auf frischem Fuß zu obgedachtem Pfarrer und log ihm mit gelehrten Worten ein solchen zierlichen Haufen daher, wasgestalten ich mich resolviert hätte ihm zu folgen, daß er sich, wie ich aus seinen Gebärden sehen konnte, herzlich darüber erfreute. „Ja", sagte ich, „es hat mir seithero, auch schon in Soest, nichts anders als ein solcher englischer Ratgeber gemangelt, wie ich einen an meinem hochgeehrten Herrn angetroffen habe; wenn nur der Winter bald vorüber oder sonst das Wetter bequem wäre, daß ich fortreisen könnte!" Bat ihn daneben, er wollte mir doch ferner mit gutem Rat beförderlich sein, auf welche Academiam ich mich begeben sollte? Er antwortet', was ihn anbelangt, so hätte er zu Leiden studiert, mir aber wollte er nach Genf geraten haben, weil ich, der Aussprach nach, ein Hochteutscher wäre! „Jesus Maria!" antwortet ich, „Genf ist weiter von meiner Heimat als Leiden!" „Was vernehme ich?" sagte er hierauf mit großer Bestürzung, „ich höre wohl, der Herr ist ein Papist! O mein Gott, wie finde ich mich betrogen!" „Wieso, wieso Herr Pfarrer?" sagte ich, „muß ich darum ein Papist sein, weil ich nicht nach Genf will?" „O nein", sagte er, „sondern daran höre ichs, weil Ihr die Mariam anrufet." Ich sagte: „Sollte denn einem Christen nit gebühren, die Mutter seines Erlösers zu nennen?" „Das wohl", antwortet' er, „aber ich ermahne und bitte Ihn so hoch als ich kann, Er wolle Gott die Ehr geben und mir gestehen, welcher Religion Er beigetan sei? denn ich zweifle sehr, daß Er dem Evangelio glaube (ob ich Ihn zwar alle Sonntag in meiner Kirchen gesehen), weil Er das verwichene Fest der Geburt Christi weder bei uns noch den Lutherischen zum Tisch des Herrn gangen!" Ich antwortet: „Der Herr Pfarrer hört ja wohl, daß ich ein Christ bin, und wenn ich keiner wäre, so würde ich mich nicht so oft in der Predigt haben eingefunden, im übrigen aber gestehe ich, daß ich weder petrisch noch paulisch* bin, sondern allein simpliciter glaube, was die zwölf Artikel des allgemeinen hl. christlichen Glaubens in sich halten, werde mich auch zu keinem Teil vollkommen verpflichten, bis mich ein oder ander durch genugsame Erweisungen persuadiert zu glauben, daß er vor den andern die rechte wahre und allein seligmachende Religion habe." „Jetzt", sagte er, „glaube ich erst recht, daß Er ein kühnes Soldatenherz habe, sein Leben tapfer dran zu wagen, weil Er gleichsam ohne Religion und Gottesdienst auf den alten Kaiser hinein dahinleben* und so frevelhaftig seine Seligkeit in die Schanz schlagen darf! Mein Gott, wie kann aber ein sterblicher Mensch, der entweder verdammt oder selig werden muß, immermehr so keck sein? Ist der Herr in Hanau erzogen und nit anders im Christentum unterrichtet worden? Er sage mir doch, warum Er seiner Eltern Fußstapfen in der reinen christlichen Religion nicht nachfolget? Oder warum Er sich ebensowenig zu dieser als zu einer andern begeben will, deren Fundamenta sowohl in der Natur als Hl. Schrift doch so sonnenklar am Tag liegen, daß sie auch in Ewigkeit weder

Papist noch Lutheraner nimmermehr wird umstoßen können?" Ich antwortet: „Herr Pfarrer, das sagen auch alle anderen von ihrer Religion, welchem soll ich aber glauben? vermeint der Herr wohl, es sei so ein Geringes, wenn ich einem Teil, den die andern zwei lästern und einer falschen Lehr bezichtigen, meiner Seelen Seligkeit vertraue? Er sehe doch (aber mit meinen unparteiischen Augen) was Conrad Vetter* und Johannes Naß* wider Lutherum und hingegen Luther und die Seinigen wider den Papst, sonderlich aber Spangenberg wider Franciscum, der etlich hundert Jahr für einen heiligen und gottseligen Mann gehalten worden, in offenen Druck ausgehen lassen; zu welchem Teil soll ich mich denn tun, wenn je eins das ander ausschreiet, es sei kein gut Haar an ihm! vermeint der Herr Pfarrer, ich tue unrecht, wenn ich einhalte, bis ich meinen Verstand völliger bekomme und weiß was schwarz oder weiß ist? Sollte mir wohl jemand raten hineinzuplumpen, wie die Fliege in ein heißen Brei? O nein, das wird der Herr Pfarrer verhoffentlich mit gutem Gewissen nicht tun können. Es muß ohnumgänglich eine Religion recht haben, und die andern beiden unrecht; sollte ich mich nun zu einer ohne reiflichen Vorbedacht bekennen, so könnte ich ebensobald ein unrechte als die rechte erwischen, so mich hernach in Ewigkeit reuen würde, ich will lieber gar von der Straß bleiben, als nur irr laufen; zudem sind noch mehr Religionen, denn nur die in Europa, als die Armenier, Abessinier, Griechen, Georgianer und dergleichen, und Gott geb was ich für eine davon annehme, so muß ich mit meinen Religionsgenossen den andern allen widersprechen. Wird nun der Herr Pfarrer mein Ananias* sein, so will ich ihm mit großer Dankbarkeit folgen und die Religion annehmen, die er selbst bekennt."

Darauf sagte er: „Der Herr steckt in großem Irrtum, aber ich hoffe zu Gott, er werde Ihn erleuchten und aus dem Schlamm helfen; zu welchem End ich Ihm denn unsere Konfession inskünftig dergestalt aus Hl. Schrift bewähren will, daß sie auch wider die Pforten der Höllen bestehen solle." Ich antwortet, dessen würde ich mit großem Verlangen gewärtig sein, gedachte aber bei mir selber, wenn du mir nur nichts mehr von meinen Liebchen vorhältst, so bin ich mit deinem Glauben wohl zufrieden. Hierbei kann der Leser abnehmen, was ich damals für ein gottloser böser Bub gewesen, denn ich machte dem guten Pfarrer deswegen vergebliche Mühe, damit er mich in meinem ruchlosen Leben ungehindert ließe, und gedachte: Bis du mit deinen Beweistümern fertig bist, so bin ich vielleicht wo der Pfeffer wächst.

Das 21. Kapitel

Wie der Jäger unversehens zum Ehmann wird

Gegen meinem Quartier über wohnet' ein reformierter* Obristleutnant, der hatte ein überaus schöne Tochter, die sich ganz adelig trug; ich hätte längst gern Kundschaft zu ihr gemacht, unangesehen sie mir anfänglich nicht beschaffen zu sein deuchte, daß ich sie allein lieben und auf ewig haben möchte, doch schenkte ich ihr manchen Gang und noch viel mehr liebreicher Blick, sie wurde mir aber so fleißig verhütet, daß ich kein einzig Mal, als ich mir wünschete, mit ihr zu reden kommen konnte, so durfte ich auch so unverschämt nit hineinplatzen, weil ich mit ihren Eltern keine Kundschaft hatte und mir der Ort für einen Kerl von so geringem Herkommen als mir das meinige bewußt war, viel zu hoch vorkam; am allernächsten gelangte ich zu ihr, wenn wir etwa in oder aus der Kirch gingen, da nahm ich denn die Zeit so fleißig in acht, mich ihr zu nähern, daß ich oft ein paar Seufzer anbrachte, das ich meisterlich konnte, ob sie zwar alle aus falschem Herzen gingen: Hingegen nahm sie solche auch so kaltsinnig an, daß ich mir einbilden mußte, daß sie sich nicht so leicht wie eines schlechten Bürgers Tochter verführen lassen würde, und indem ich gedachte, sie würde mir schwerlich zuteil, wurden meine Begierden nach ihr desto heftiger.

Mein Stern, der mich das erstemal zu ihr vermittelte, war derjenige, den die Schüler zu immerwährendem Gedächtnis um selbige Zeit des Jahrs herumtragen, damit anzuzeigen, daß die drei Weisen durch einen solchen nach Bethlehem begleitet worden, so ich anfänglich für ein gut Omen hielt, weil mir dergleichen einer in ihre Wohnung leuchtete, da ihr Vater selbst nach mir schickte: „Monsieur“, sagte er zu mir, „seine Neutralität, die er zwischen Bürgern und Soldaten hält, ist eine Ursach, daß ich ihn zu mir bitten lassen, weil ich wegen einer Sach, die ich zwischen beiden Teilen ins Werk zu richten vorhabe, einen unparteiischen Zeugen bedarf.“ Ich vermeinte, er hätte was Wundergroßes im Sinn, weil Schreibzeug und Papier auf dem Tisch war, bot ihm derowegen zu allen ehrlichen Geschäften meine bereitfertigsten Dienst an, mit sondern Komplimenten, daß ich mirs nämlich für eine große Ehr halten würde, wenn ich so glückselig sei, ihm beliebige Dienst zu leisten. Es war aber nichts anders, als (wie an vielen Orten der Gebrauch ist) ein Königreich zu machen, maßen es eben an der Hl. Drei König Abend war, dabei sollte ich zusehen, daß es recht zuginge und die Ämter ohne Ansehung der Personen durch das Los ausgeteilt würden. Zu diesem Geschäft, bei welchem des Obristen Secretarius auch war, ließ der Obristleutnant Wein und Konfekt langen, weil er ein trefflicher Zechbruder und es ohnedas nach dem Nachtessen war; der Secretarius schrieb, ich las die Namen, und die Jungfer zog die Zettel, ihre Eltern aber sahen zu; und ich mag eben nicht ausführlich erzählen, wie es hergangen, dann ich die erste Kundschaft an diesem Ort machte. Sie beklagten sich über die langen Winternächt und gaben mir damit zu verstehen, daß ich, solche desto leichter zu passieren, wohl zu ihnen zu Licht kommen* dürfte, indem sie ohnedas keine besonders großen Geschäfte hätten. Dies war nun eben das, was ich vorlängsten gewünscht.

Von diesem Abend an (da ich mich zwar nur ein wenig bei der Jungfer zutäppisch machte) fing ich wieder auf ein neues an mit der Leimstangen zu laufen und am Narrenseil zu ziehen; also daß sich beides die Jungfer und ihre Eltern einbilden mußten, ich hätte die Angel geschluckt, wiewohl mirs nicht halber Ernst war; ich putzte mich als nur gegen die Nacht, wenn ich zu ihr wollte, wie die Hexen, und den

Tag über hatte ich mit den Liebesbüchern zu tun, daraus stellte ich Buhlenbrieflein an meine Liebste, eben als ob ich hundert Meil Wegs von ihr gewohnt hätte oder in viel Jahren nicht zu ihr käme; zuletzt machte ich mich gar gemein*, weil mir meine Löffelei nicht sonderlich von den Eltern gewehrt, sondern zugemutet ward, ich sollte ihre Tochter auf der Lauten lernen schlagen. Da hatte ich nun einen freien Zutritt, bei Tag sowohl als hiebevor des Abends, also daß ich meinen gewöhnlichen Reimen

Ich und eine Fledermaus
Fliegen nur bei Nachte aus

änderte und ein Liedlein machte, in welchem ich mein Glück lobte, weil es mir auf so manchen guten Abend auch so freudenreiche Tag verliehe, an denen ich in meiner Liebsten Gegenwart meine Augen weiden und mein Herz um etwas erquicken könnte, hingegen klagte ich auch in eben demselbigen Lied über mein Unglück und bezichtigte dasselbige, daß es mir die Nächt verbittere und mir nicht gönnete, solche auch wie die Tag mit liebreicher Ergötzung hinzubringen; und ob es zwar um etwas zu frei kam, so sang ichs doch meiner Liebsten mit andächtigen Seufzern und einer lustreizenden Melodei, dabei die Laute das ihrig trefflich tat und gleichsam die Jungfer mit mir bat, sie wollte doch kooperieren*, daß mir die Nächte so glücklich als die Tage bekommen möchten; aber ich bekam ziemlich abschlägige Antwort, denn sie war trefflich klug und konnte mich auf meine Erfindungen, die ich bisweilen artlich anbrachte, gar höflich beschlagen*. Ich nahm mich gar wohl in acht, von der Verehelichung zu schweigen, ja wenn schon diskursweis davon geredt wurde, stellete ich doch alle meine Wort auf Schrauben; welches meiner Jungfer Schwester, die schon verheirat war, bald merkte, und dahero mir und meinem lieben Mägdlein alle Päß verlegte, damit wir nicht so oft wie zuvor allein beisammensein sollten, denn sie sah wohl, daß mich ihre Schwester von Herzen liebte, und daß die Sach in die Läng kein gut tun würde.

Es ist ohnnötig, alle Torheiten meiner Löffelei umständlich zu erzählen, weil dergleichen Possen ohnedas alle Liebesschriften voll sind. Genug ists, wenn der günstige Leser weiß, daß es zuletzt dahin kam, daß ich erstlich mein liebes Dingelchen zu küssen und endlich auch andere Narrnpossen zu tun mich erkühnen durfte, solchen erwünschten Fortgang verfolgte ich mit allerhand Reizungen, bis ich bei Nacht von meiner Liebsten eingelassen wurde und mich so hübsch zu ihr ins Bett fügte, als wenn ich zu ihr gehört hätte. Weil jedermann weiß, wie es bei dergleichen Kürben pfleget gemeiniglich herzugehen, so dürfte sich wohl der Leser einbilden, ich hätte etwas Ungebührliches begangen: Jawohl nein! denn alle meine Gedanken waren umsonst, ich fand einen solchen Widerstand, dergleichen ich mir nimmermehr bei keinem Weibsbild anzutreffen gedenken können, weil ihr Absehen einzig und allein auf Ehr und den Ehestand gegründet war, und wenn ich ihr solchen gleich mit den allergrausamsten Flüchen versprach, so wollte sie jedoch vor der ehelichen Kopulation* kurzum nichts geschehen lassen, doch gönnete sie mir, auf ihrem Bett neben ihr liegen zu bleiben, auf welchem ich auch ganz ermüdet vor Unmut sanft einschlummerte. Ich wurde aber gar ungestüm aufgeweckt, denn morgens um vier Uhr stand der Obristleutnant vorm Bett mit einer Pistol in der einen und einer Fackel in der andern Hand: „Krabat*“, schrie er überlaut seinem Diener zu, der auch mit einem bloßen Säbel neben ihm stand, „geschwind Krabat, hole den Pfaffen!“ Wovon ich denn erwachte und sah, in was für einer Gefahr ich mich befand. „O wehe“, gedacht ich, „du sollest gewiß zuvor beichten, ehe er dir den Rest gibt!“ Es wurde mir ganz grün und gelb vor den Augen, und wußte nicht, ob ich sie recht auftun sollte oder nit? „Du leichtfertiger Gesell“, sagte er zu mir, „soll ich dich finden, daß du mein Haus schändest? tät ich dir Unrecht, wenn ich dir und dieser Vettel, die deine Hur worden ist, den Hals bräche? Ach du Bestia, wie kann ich mich doch nur enthalten, daß ich dir nit das Herz aus dem Leib herausreiße und zu kleinen Stücken zerhackt den Hunden darwerfe?“ Damit biß er die Zähn übereinander und verkehrte die Augen als ein unsinnig Tier. Ich wußte nicht was ich sollte, und meine Beischläferin konnte nichts als weinen; endlich da ich mich ein wenig erholete, wollte ich etwas von unserer Unschuld vorbringen, er aber hieß mich das Maul halten, indem er wieder auf ein neues anfing mir aufzurücken, daß er mir viel ein anders vertraut, ich aber hingegen ihn mit der allergrößten Untreu von der Welt gemeint hätte*. Indessen kam seine Frau auch dazu, die fing eine nagelneue Predigt an, also daß ich wünschte, ich läge irgends in einer Dornhecken; ich glaub auch, sie hätte in zweien Stunden nicht aufgehört, wenn der Krabat mit dem Pfarrer nicht kommen wäre.

Ehe dieser ankam, unterstund ich etlichmal aufzustehen, aber der Obristleutnant machte mich mit bedrohlichen Mienen liegen bleibend, also daß ich erfahren mußte, wie gar keine Courage ein Kerl hat, der auf einer bösen Tat ertappt wird, und wie einem Dieb ums Herz ist, den man erwischt, wenn er eingebrochen, ob er gleich noch nichts gestohlen hat; ich gedenk der lieben Zeit, wenn mir der Obristleutnant samt zwei solchen Kroaten aufgestoßen wäre, daß ich sie alle drei zu jagen unterstanden, aber jetzt lag ich da wie ein ander Bärnhäuter und hatte nicht das Herz, nur das Maul, geschweig die Fäust recht aufzutun. „Seht Herr Pfarrer", sagte er, „das schöne Spektakul, zu welchem ich Euch zum Zeugen meiner Schand berufen muß!" und kaum hatte er diese Wort ordentlich vorgebracht, da fing er wieder an zu wüten und das Tausend ins Hundert zu werfen, daß ich nichts anders als vom Halsbrechen und Händ in Blut waschen verstehen konnte; er schäumte ums Maul wie ein Eber und stellte sich nicht anders, als ob er gar von Sinnen kommen wollte, also daß ich alle Augenblick gedachte, jetzt jagt er dir eine Kugel durch den Kopf! Der Pfarrer aber wehrte mit Händen und Füßen, daß nichts Tödliches geschehe, so ihn hernach reuen möchte. „Was?" sagte er, „Herr Obristleutnant, braucht Euer hohe Vernunft und bedenkt das Sprichwort, daß man zu geschehenen Dingen das Beste reden soll; dies schöne junge Paar, das seinesgleichen schwerlich im Land hat, ist nicht das erste und auch nicht das letzte, so sich von den unüberwindlichen Kräften der Liebe meistern lassen; dieser Fehler, den sie beide begangen, kann auch durch sie, da es anders ein Fehler zu nennen, wieder leichtlich gebessert werden; zwar lobe ichs nit, sich auf diese Art zu verehelichen, aber gleichwohl hat dieses junge Paar hierdurch weder Galgen noch Rad verdient, der Herr Obristleutnant auch keine Schand davon zu gewarten, wenn er nur diesen Fehler (der ohnedas noch niemand bewußt) heimlich halten und verzeihen, seinen Konsens zu beider Verehelichung geben und diese Ehe durch den gewöhnlichen Kirchgang öffentlich bestätigen lassen wird." „Was?" antwortet' er, „sollte ich ihnen anstatt billiger Straf erst noch hofieren und große Ehr antun? ich wollte sie ehe morgenden Tags beide zusammenbinden und in der Lipp' ertränken lassen! Ihr müßt mir sie in diesem Augenblick kopuliern, maßen ich Euch deswegen holen lassen, oder ich will sie alle beide wie die Hühner erwürgen."

Ich gedachte: „Was willst du tun, es heißt: ‚Vogel friß oder stirb'; zudem so ist es eine solche Jungfer, deren du dich nicht schämen darfst, ja wenn du dein Herkommen bedenkest, so bist du kaum wert, hinzusitzen wo sie ihre Schuh hinstellt"; doch schwur ich und bezeugte hoch und teur, daß wir nichts Unehrlichs miteinander zu schaffen gehabt hätten; aber mir wurde geantwortet, wir sollten uns gehalten haben, daß man nichts Böses von uns argwöhnen können, diesen Weg* aber würden wir den einmal gefaßten Verdacht niemand benehmen. Hierauf wurden wir von gemeldtem Pfarrer im Bett sitzend zusammgegeben, und nachdem solches geschehen, aufzustehen und miteinander aus dem Haus zu gehen gemüßiget. Unter der Tür sagte der Obristleutnant zu mir und seiner Tochter, wir sollten uns in Ewigkeit vor seinen Augen nicht mehr sehen lassen. Ich aber, als ich mich wieder erholt und den Degen auch an der Seiten hatte, antwortet gleichsam im Scherz: „Ich weiß nicht, Herr Schwährvater, warum Er alles so widersinns anstellt, wenn andere neue Eheleut kopuliert werden, so führen sie die nächsten Verwandten schlafen, Er aber jagt mich nach der Kopulation nit allein aus dem Bett, sondern auch gar aus dem Haus, und anstatt des Glücks, das er mir in Ehestand wünschen sollte, will er mich nicht so glückselig wissen, meines Schwähers Angesicht zu sehen und ihm zu dienen; wahrlich, wenn dieser Brauch aufkommen sollte, so würden die Verehelichungen wenig Freundschaft mehr in der Welt stiften."

Das 22. Kapitel

Wie es bei der Hochzeit ablief, und was er weiter anzufangen sich vorgestellt

Die Leut in meinem Losament verwunderten sich alle, da ich diese Jungfer mit mir heimbrachte, und noch vielmehr, da sie sahen, daß sie so ungescheut mit mir schlafen ging; denn ob mir zwar dieser Poß, so mir widerfahren, grandige Grillen in Kopf brachte, so war ich doch so närrisch nit, meine Braut zu verschmähen; ich hatte zwar die Liebste im Arm, hingegen aber tausenderlei Gedanken im Kopf, wie ich mein Sach heben und legen wollte; bald gedacht ich, es ist dir recht geschehen, und bald vermeint ich, es wäre mir der allergrößte Schimpf von der Welt widerfahren, welchen ich ohne billige Rach mit Ehren nicht verschmerzen könnte: Wenn ich aber besann, daß solche Rach wider meinen Schwährvater und also auch wider meine unschuldige fromme Liebste laufen müßte, fielen alle meine Anschläg. Ich schämte mich so sehr, daß ich mir vornahm, mich einzuhalten und vor keinem Menschen mehr sehen zu lassen, befand aber, daß ich alsdann erst die allergrößte Narrheit begehen würde. Endlich war mein Schluß, ich wollte vor allen Dingen meines Schwährvaters Freundschaft wieder gewinnen und mich im übrigen gegen jedermann anlassen, als ob mir nichts Übels widerfahren und wegen meiner Hochzeit alles wohl ausgerichtet hätte. Ich sagte zu mir selber: „Weil alles auf eine seltsame ungewöhnliche Weis sich geschickt und seinen Anfang genommen, so mußt du es auch auf solche Gattung ausmachen, sollten die Leut

pag. 102.

Schaüdre Politsche Ei-
telkeit,
Simplex legt ab das Ordens
Kleid.
Bekommt Hofdienst wird
Conte:feyt.

erfahren, daß du Verdruß an deiner Heirat hättest, und wider deinen Willen kopuliert worden wärest, wie ein arme Jungfer an einen alten reichen Ehekrüppel, so hättest du nur Spott davon."

In solchen Gedanken ließ ich mir früh tagen, wiewohl ich lieber länger im Bett verblieben wäre; ich schickte am allerersten nach meinem Schwager, der meines Weibs Schwester hatte, und hielt ihm kurz vor, wie nahe ich ihm verwandt worden, ersuchte ihn daneben, er wollte seine Liebste kommen lassen, um etwas zurichten zu helfen, damit ich den Leuten auch bei meiner Hochzeit zu essen geben könnte; er aber wollte belieben, unsern Schwähr und Schwieger* meinetwegen zu begütigen, so wollte ich indessen ausgehen, Gäste zu bitten, die den Frieden zwischen mir und ihm vollends machten. Solches nahm er zu verrichten auf sich, und ich verfügte mich zum Kommandanten, dem erzählte ich mit einer kurzweiligen und artlichen Manier, was ich und mein Schwährvater für eine neue Mode angefangen hätten, Hochzeit zu machen, welche Gattung so geschwind zugehe, daß ich in einer Stund die Heirats-Abred*, den Kirchgang und die Hochzeit auf einmal vollzogen; allein weil mein Schwährvater die Morgensupp gesparet hätte, wäre ich bedacht, an deren Statt ehrlichen Leuten von der Specksuppen mitzuteilen, zu der ich ihn untertänig eingeladen haben wollte. Der Kommandant wollte sich meines lustigen Vortrags schier zu Stücken lachen, und weil ich sah, daß sein Kopf recht stund, ließ ich mich noch freier heraus und entschuldigte mich deswegen, daß ich notwendig jetzt nit wohl klug sein müßte, weil andere Hochzeiter vier Wochen vor und nach der Hochzeit nit recht bei Sinnen seien; andere Hochzeiter zwar hätten vier Wochen Zeit, in welchen sie allgemach ihre Torheiten unvermerkt herauslassen und also ihren Mangel an dem Witz ziemlich verbergen könnten; weil mich aber die ganze Bräuterei vollkommen überfallen, so müßte ich auch die Narrnpossen häufig fliegen lassen, damit ich mich hernach desto vernünftiger im Ehestand anlassen könnte. Er fragte mich, wie es mit der Heirats-Notul* beschaffen wäre und wieviel mir mein Schwährvater Füchse*, deren der alte Schabhals viel hätte, zum Heiratgut gebe? Ich antwortet, daß unser Heirats-Abred nur in einem Punkte bestünde, der laute, daß ich und seine Tochter uns in Ewigkeit vor seinen Augen nicht mehr sollten sehen lassen, dieweil aber weder Notarien noch Zeugen dabeigewesen, hoffe ich, er sollte wieder revoziert werden, vornehmlich weil alle Heirat' zu Fortpflanzung guter Freundschaft gestiftet würden, es wäre denn Sach, daß er mir seine Tochter wie Pythagoras* die seinige verheiratet hätte, so ich aber nimmermehr glauben könnte, weil ich ihn meines Wissens niemal beleidigt.

Mit solchen Schwänken, deren man an mir dies Orts sonst nicht gewohnt war, erhielt ich, daß der Kommandant samt meinem Schwährvater, welchen er hierzu wohl persuadieren wollte, bei meiner Specksuppen zu erscheinen versprach: Er schickt' auch gleich ein Faß Wein und einen Hirsch in meine Küchen, ich aber ließ dergestalt zurichten, als ob ich Fürsten hätte traktieren wollen, brachte auch eine ansehenliche Gesellschaft zuwegen, die sich nit allein brav miteinander lustig machten, sondern auch vor allen Dingen meinen Schwährvater und Schwieger dergestalt mit mir und meinem Weib versöhneten, daß sie uns mehr Glücks wünschten, als sie uns die vorige Nacht fluchten. In der ganzen Stadt aber wurde ausgesprengt, daß unsere Kopulation mit Fleiß auf so ein fremde Gattung angestellt worden wäre, damit uns beiden kein Poß von bösen Leuten widerfahre; mir aber war diese schnelle Hochzeit trefflich gesund, denn wenn ich doch verehelicht und gemeinem Gebrauch nach über die Kanzel hätte abgeworfen* werden sollen, so hätten sich besorglich Schleppsäck gefunden, die mir ein verhinderliches Gewirr drein zu machen unterstanden, denn ich hatte solcher unter den Bürgerstöchtern ein ganz halb Dutzend, die mich mehr als allzuwohl kannten.

Den andern Tag traktierte mein Schwährvater meine Hochzeitgäst, aber bei weitem nit so wohl als ich, denn er war karg; da wurde erst mit mir geredt, was ich für eine Hantierung treiben und wie ich die Haushaltung anstellen wollte, da merkte ich erst, daß ich meine edle Freiheit verloren hatte und unter einer Botmäßigkeit leben sollte. Ich ließ mich gar gehorsamlich an und begehrte zuvor meines lieben Schwährvaters als eines verständigen Kavaliers getreuen Rat zu vernehmen und dem zu folgen, welche Antwort der Kommandant lobte, und sagte: „Dieweil er ein junger frischer Soldat ist, so wäre es ein große Torheit, wenn er mitten in jetzigen Kriegsläuften ein anders als das Soldatenhandwerk zu treiben vor die Hand nähme, es ist weit besser, sein Pferd in eines andern Stall zu stellen, als eines andern in dem seinigen zu füttern; was mich anbelangt, so will ich ihm ein Fähnlein geben, wenn er will." Mein Schwähr und ich bedankten uns, und ich schlugs nit mehr aus wie zuvor, wies doch dem Kommandanten des Kaufmanns Handschrift, der meinen Schatz zu Köln in Verwahrung hat. „Dieses", sagte ich, „muß ich zuvor holen, ehe ich schwedische Dienst annehme; denn sollte man gewahr werden, daß ich ihrem Gegenteil dienete, so werden sie mir zu Köln die Feige weisen* und das Meinige behalten, welches sich so leichtlich nicht im Weg finden läßt." Sie gaben mir beide recht, und wurde also zwischen uns dreien abgeredt, zugesagt und beschlossen, daß ich in wenig Tagen mich nach Köln begeben, meinen Schatz dort erheben, mich nachgehends wieder damit in der Festung einstellen und ein Fähnlein annehmen sollte; dabei wurde auch ein Tag ernennet, an welchem meinem Schwährvater eine Kompagnie samt der Obristleutnant-Stelle bei des Kommandanten Regiment übergeben werden sollte; denn sintemal der Graf von Götz damals mit vielen kaiserlichen Völkern in Westfalen lag und sein Quartier zu Dortmund hatte, versah sich der Kommandant auf den künftigen Frühling einer Belagerung und bewarb sich dahero um gute Soldaten, wiewohl diese Sorg vergeblich war, dieweil ermeldter Graf von Götz, weil Johann de Werd im Breisgau geschlagen worden*, selbigen Frühling Westfalen quittieren und am Ober-Rheinstrom wegen Breisach wider den Fürsten von Weimar agieren mußte.

Das 23. Kapitel

Simplicius kommt in eine Stadt, die er zwar nur pro forma Köln nennet, seinen Schatz abzuholen

Es schickt sich ein Ding auf mancherlei Weis, des einen Unstern kommt staffelweis und allgemach, und einen andern überfällt das seinige mit Haufen; das meinige aber hatte einen so süßen und angenehmen Anfang, daß ich mirs wohl für kein Unglück, sondern für das höchste Glück rechnete. Kaum über acht Tag hatte ich mit meinem lieben Weib im Ehestand zugebracht, da ich in meinem Jägerkleid, mit einem Feurrohr auf der Achsel, von ihr und ihren Freunden meinen Abschied nahm; ich schlich mich glücklich durch, weil mir alle Weg bekannt, also daß mir keine Gefahr unterwegs aufstieß, ja ich wurde von keinem Menschen gesehen, bis ich nach Deutz, so gegen Köln über diesseits Rhein liegt, vor den Schlagbaum kam. Ich aber sah viel Leut, sonderlich einen Bauren im Bergischen Land, der mich allerdings an meinen Knan im Spessart gemahnte, sein Sohn aber dessen Simplicio sich am besten verglich. Dieser Baurenbub hütete der Schwein, als ich bei ihm vorüber passieren wollte, und weil die Säu mich spürten, fingen sie an zu grunzen, der Knab aber über sie zu fluchen: daß sie der Donner und Hagel erschlagen und ‚de Tüfel dartoo halen solte'; das hörte die Magd und schrie dem Jungen zu, er sollte aufhören zu fluchen, oder sie wollts dem Vater sagen. Der antwortet' der Knabe, sie sollte ihn im Hintern lecken und ihre ‚Mour dartoo brühen*'; der Baur hörte seinem Sohn gleichfalls zu, lief derowegen mit seinem Prügel aus dem Haus, und schrie: „Halt du hundert tausend etc. Schelm, ick sall di lehren sweren, de Hagel schla di dan, dat di der Tüfel int Liff* fahr", erwischt' ihn damit bei der Kartausen*, prügelt' ihn wie einen Tanzbären und sagte zu jedem Streich: „Du böse Bof, ick sall di leeren floeken, de Tüfel hal di dan, ick sall di im Arse lecken, ick sall di lehren dine Mour brühen, etc." Diese Zucht erinnert' mich natürlich an mich und meinen Knan, und ich war doch nicht so ehrlich oder gottselig, daß ich Gott gedankt hätte, weil er mich aus solcher Finsternis und Ignoranz gezogen und zu einer bessern Wissenschaft und Erkenntnis gebracht; warum wollte denn mein Glück, das er mir täglich zuschickt', in die Länge haben harren können? Da ich nun nach Köln kam, kehrte ich bei meinem Jupiter ein, so damals ganz klug war; als ich ihm nun vertraute, warum ich da wäre, sagte er mir gleich, daß ich besorglich leer Stroh dreschen würde, weil der Kaufmann, dem ich das Meinige aufzuheben geben, Bankerott gespielt und ausgerissen wäre; zwar seien meine Sachen obrigkeitlich petschiert, er selbst aber, sich wieder einzustellen, zitiert worden, aber man zweifle sehr an seiner Wiederkunft, weil er das Beste so fortzubringen gewesen, mit sich genommen; bis nun die Sach erörtert würde, könnte viel Wasser den Rhein hinunterlaufen. Wie angenehm mir diese Botschaft war, kann ein jeder leicht ermessen; ich fluchte ärger als ein Fuhrmann, aber was halfs, ich hatte drum meine Sachen nit wieder und überdas keine Hoffnung, solche zu bekommen; so hatte ich auch über zehn Taler Zehrgeld nit zu mir genommen, daß ich also mich nit so lang aufhalten konnte, als es die Zeit erforderte. Überdas hatte es auch Gefahr auf sich, so lange dazubleiben, denn ich mußte sorgen, daß, weil ich einer feindlichen Garnison zugetan wäre, ich verkundschaft würde und also nicht allein gar um das Meinige, sondern noch dazu in größere Ungelegenheit kommen; sollte ich denn unverrichter Sach wieder zurück, das Meinige mutwillig dahinten lassen und den Hingang für den Hergang haben*, das dünkte mich auch nicht ratsam sein. Zuletzt wurde ich mit mir selber eins, ich wollte mich in Köln aufhalten, bis die Sach erörtert würde, und die Ursach meines Ausbleibens meiner Liebsten berichten; verfügte mich demnach zu einem Prokurator der ein Notarius war, und erzählte ihm mein Tun, bat ihn, mir um die Gebühr mit Rat und Tat beizuspringen, ich wollte ihm neben der Tax, wenn er meine Sach beschleunigte, mit einer guten Verehrung begegnen. Weil er denn hoffte, es würde an mir etwas zu fischen sein, nahm er mich gutwillig an und dingte mich auch in die Kost, darauf ging er andern Tags mit mir zu denjenigen Herren, welche die Fallimentssachen zu erörtern haben, gab vidimierte* Kopie von des Kaufmanns Handschrift ein und legte das Original vor, worauf wir zur Antwort bekamen, daß wir uns bis zu gänzlicher Erörterung der Sach patientieren müßten, weil die Sachen, davon die Handschrift sage, nicht alle vorhanden wären.

Also versah ich mich des Müßiggangs wieder auf ein Zeitlang, bis ich sehen wollte, wie es in großen Städten hergehet; mein Kostherr war, wie gehört, ein Notarius und Prokurator, daneben hatte er etwa ein halb Dutzend Kostgänger und hielt stets acht Pferd auf der Streu, welche er den Reisenden ums Geld hinzuleihen pflegte; dabei hatte er einen teutschen und einen welschen Knecht, die sich beides zum Fahren und Reiten gebrauchen ließen und der Pferd warteten, mit welcher drei- oder vierthalbfachen Hantierung er nicht allein seine Nahrung reichlich gewann, sondern auch ohn Zweifel trefflich vorschlug, denn weil keine Juden in selbige Stadt kommen dürfen, konnte er mit allerlei Sachen desto besser wuchern.

Ich lernete viel in der Zeit die ich bei ihm war, vornehmlich aber alle Krankheiten kennen, so die größte Kunst an einem Doctor Medicinae ist, denn man sagt, wenn man eine Krankheit recht erkenne, so sei dem Patienten schon halb geholfen. Daß ich nun solche Wissenschaft begriff, daran war mein Wirt Ursach, denn von seiner Person fing ich an, auch auf andere und deren Komplexion* zu sehen. Da fand ich manchen todkrank, der seine Krankheit oft selbst nit wußte und auch von andern Menschen, ja von den Doctoribus selbst für einen Gesunden gehalten wurde. Ich fand Leut, die waren vor Zorn krank, und wenn sie diese Krankheit anstieß, so verstellten sie die Gesichter wie die Teufel, brülleten wie die Löwen, kratzten wie die Katzen, schlugen um sich wie die Bären, bissen drein wie die Hund, und damit sie sich ärger stellen möchten als die rasenden Tier, warfen sie auch mit allem das sie in die Hände kriegten um sich wie die Narren. Man sagt, diese Krankheit komme von der Gall her, aber ich glaube, daß sie ihren Ursprung daher habe, wenn ein Narr hoffärtig sei, derhalben wenn du einen Zornigen rasen hörest, sonderlich über ein gering Ding, so halt kecklich dafür, daß er mehr stolz als klug sei. Aus dieser Krankheit folget unzählig viel Unglück, sowohl dem Kranken selbst als andern; dem Kranken zwar endlich die Lähme, Gicht und ein frühzeitiger, wo nicht gar ewiger Tod! und kann man diese Kranken, ob sie schon gefährlich krank sind, mit gutem Gewissen keine Patienten nennen, weil ihnen die Patienz am allermeisten mangelt. Etliche sah ich am Neid daniederliegen, von welchen man sagt, daß sie ihr eigen Herz fressen, weil sie immer so bleich und traurig dahertreten. Diese Krankheit halte ich für die allergefährlichste, weil sie vom Teufel ihren Ursprung hat, wiewohl sie von lauter Glück herrühret, das des Kranken Feind hat; und welcher einen solchen von Grund aus kuriert, der dürfte sich beinahe rühmen, er hätte einen Verlornen zum christlichen Glauben bekehrt, weil diese Krankheit keinen rechtschaffenen Christen anstößt, als die da nur die Sünd und Laster neiden*. Die Spielsucht halte ich auch für eine Krankheit, nicht allein weil es der Nam mit sich bringt, sondern weil diejenigen so damit behaftet, ganz giftig darauf verpicht sind. Diese hat ihren Ursprung vom Müßiggang und nicht vom Geiz, wie etliche vermeinen, und wenn du Wollust und Müßiggang hinwegnimmest, vergehet diese Krankheit von sich selbst. So befand ich, daß Fressen und Saufen auch ein Krankheit ist, und daß solche aus der Gewohnheit und nicht aus dem Überfluß herkommt, Armut ist zwar gut dafür, aber sie wird dadurch nicht von Grund aus geheilet, denn ich sah Bettler im Luder* und reiche Filz Hunger leiden; sie bringt ihre Arznei auf dem Rücken mit sich, der heißt Mangel, wo nit am Gut, doch an der übrigen Gesundheit des Leibs, also daß endlich diese Kranken gemeiniglich von sich selbst gesund werden müssen, wenn sie nämlich entweder aus Armut oder anderer Krankheit halber nit mehr zehren können. Die Hoffart hielt ich für eine Art der Phantasterei, welche ihren Ursprung aus der Unwissenheit habe, denn wenn sich einer selbst kennet und weiß wo er her ist und endlich hinkommt, so ist unmöglich, daß er mehr so ein hoffärtiger Narr sein kann. Wenn ich einen Pfauen oder welschen Hahn sehe, der sich ausspreitet und so etwas daherkollert, muß ich mich vernarren*, daß diese unvernünftigen Tier dem armen Menschen in seiner großen Krankheit so artlich spotten können; ich hab kein sonderliche Arznei dawider finden können, weil diese, so daran krank liegen, ohne die Demut ebensowenig als andere Narren zu kurieren sind. Ich fand auch, daß Lachen eine Krankheit ist, denn Philemon* ist ja dran gestorben, und Democritus* ist bis an sein End damit infiziert gewesen. So sagen auch noch auf den heutigen Tag unsere Weiber, sie möchten sich zu Tod lachen! Man sagt, es habe seinen Ursprung von der Leber, aber ich glaube ehender, es komme aus übriger Torheit her, sintemal viel Lachen kein Anzeichen eines vernünftigen Manns ist. Es ist unvonnöten, eine Arznei dawider zu verordnen, weil es nicht allein eine lustige Krankheit ist, sondern auch manchem vergehet, ehe ers gern hat. Nicht weniger merkte ich, daß der Vorwitz auch eine Krankheit und sonderlich dem weiblichen Geschlecht schier angeboren sei; ist zwar gering anzusehen, aber in Wahrheit sehr gefährlich, maßen wir noch alle an unsrer ersten Mutter Kuriosität* zu däuen* haben. Von den übrigen, als Faulheit, Rachgier, Eifer, Frevel, Gebrechen der Lieb und andern dergleichen Krankheiten und Lastern will ich für diesmal schweigen, weil ich mir niemals vorgenommen, etwas davon zu schreiben, sondern wieder auf meinen Kostherrn kommen, der mir Ursach gab, dergleichen Gebrechen nachzusinnen, weil er vom Geiz bis aufs äußerste Haar eingenommen und besessen war.

Das 24. Kapitel

Der Jäger fängt einen Hasen mitten in einer Stadt

Dieser hatte, wie obgemeldet, unterschiedliche Hantierungen, dadurch er Geld zusammenkratzte, er zehrte mit seinen Kostgängern und seine Kostgänger nit mit ihm, und er hätte sich und sein Hausgesind mit demjenigen was sie ihm eintrugen, gar reichlich ernähren können, wenns der Schindhund nur dazu hätte angewendet, aber er mästete uns auf schwäbisch* und hielt gewaltig zurück; ich aß anfangs nit mit seinen Kostgängern, sondern mit seinen Kindern und Gesind, weil ich nit viel Geld bei mir hatte; da setzte es schmale Bißlein, so meinem Magen, der nunmehr zu den westfälischen Traktamenten gewöhnet war, ganz spanisch vorkam; kein gut Stück Fleisch kriegten wir auf den Tisch, sondern nur dasjenige, so acht Tag zuvor von der Studenten Tafel getragen, von denselben zuvor überall wohl benagt und nunmehr vor Alter so grau als Methusalem worden war; darüber machte dann die Kostfrau (welche die Küche selbst versehen mußte, denn er dingte ihr keine Magd) ein schwarze saure Brüh und überteufelts mit Pfeffer, da wurden dann die Beiner* so sauber abgeschleckt, daß man alsbald Schachstein daraus hätte drehen können, und doch waren sie alsdann noch nit recht ausgenutzt, sondern sie kamen in einen hierzu verordneten Behälter, und wenn unser Geizhals deren ein Quantität beisammen hatte, mußten sie erst klein zerhackt und das übrige Fett bis auf das alleräußerste herausgesotten werden, nicht weiß ich, wurden die Suppen daraus geschmälzt oder die Schuh damit geschmiert. An den Fasttagen, deren mehr als genug einfielen und alle solenniter* gehalten wurden, weil der Hausvater diesfalls gar gewissenhaft war, mußten wir uns mit stinkenden Bücklingen, versalznen Bolchen*, faulen Stock- und andern abgestandenen Fischen herumbeißen, denn er kaufte alles der Wohlfeile nach und ließ sich die Mühe nicht dauren, zu solchem Ende selbst auf den Fischmarkt zu gehen und anzupacken, was jetzt die Fischer auszuschmeißen im Sinn hatten. Unser Brot war gemeiniglich schwarz und altbacken, der Trank aber ein dünn saur Bier, das mir die Därm hätte zerschneiden mögen, und mußte doch gut abgelegen Märzenbier heißen. Überdas vernahm ich von seinem teutschen Knecht, daß es Sommerszeit noch schlimmer hergehe, denn da sei das Brot schimmlig, das Fleisch voller Würm und ihre beste Speisen wäre irgends zu Mittag ein paar Rettig und auf den Abend eine Handvoll Salat. Ich fragte, warum er denn bei dem Filz bleibe? da antwort er mir, daß er die meiste Zeit auf der Reis sei und derhalben mehr auf der Reisenden Trinkgelder, als seinen Schimmeljuden bedacht sein müßte; er getraute seinem Weib und Kindern nicht in Keller, weil er sich selbsten den Tropfwein kaum gönnete, und sei in Summa ein solcher Geldwolf, dergleichen kaum noch einer zu finden; das so ich bisher gesehen, sei noch nichts, wenn ich noch ein Weil da verbliebe, würde ich gewahr nehmen, daß er sich nicht schäme, einen Esel um ein Fettmönch* zu schinden. Einsmals brachte er sechs Pfund Sülzen oder Rinderkuttlen* heim, das setzte er in seinen Speiskeller, und weil zu seiner Kinder großem Glück das Tagfenster offenstund, banden sie ein Eßgabel an einen Stecken und angelten damit alle Kuttelfleck heraus, welche sie alsobald und halbgekocht in großer Eil verschlangen und vorgaben, die Katz hätte es getan. Aber der Erbsenzähler wollt es nit glauben, fing derhalben die Katz, wog sie und befand, daß sie mit Haut und Haar nicht so schwer war, als seine Kuttlen gewesen. Weil er denn so gar unverschämt handlete, also begehrte ich nit mehr an seiner Leute, sondern an gemeldter Studenten Tafel, es koste auch was es wolle, zu essen, wobei es zwar etwas herrlicher herging, wurde mir aber wenig damit geholfen, denn alle Speisen die man uns vorsetzte, waren nur halb gar, so unserm Kostherrn an zwei Orten zupaß kam, erstlich am Holz, so er gespart, und daß wir nit soviel verdauen konnten; überdas so dünkte mich, er zählte uns alle Mundvoll in Hals hinein und kratzte sich hintern Ohren, wenn wir recht fütterten; sein Wein war ziemlich gewässert und nit der Art, die Däuung zu befördern; der Käs, den man am End jeder

Mahlzeit aufstellte, war gemeinlich steinhart, die holländische Butter aber dermaßen versalzen, daß keiner über ein Lot davon auf einen Imbiß genießen konnte; das Obst mußte man wohl so lang auf- und abtragen, bis es mürb und zu essen tauglich war, wenn dann etwa ein oder ander darauf stichelte, so fing er einen erbärmlichen Hader mit seinem Weib an, daß wirs hörten, heimlich aber befahl er ihr, sie sollte nur bei ihrer alten Geigen* bleiben. Einsmals brachte ihm einer von seinen Klienten einen Hasen zur Verehrung, den sah ich in der Speiskammer hangen und gedachte, wir würden einmal Wildbret essen dürfen, aber der teutsche Knecht sagte mir, daß er uns nicht an die Zähn brennen würde, denn sein Herr hätte den Kostgängern ausgedingt, daß er so keine Schnabelweid speisen* dürfte, ich sollte nur nachmittag auf den Alten Markt gehen und sehen, ob ich ihn nit dorten zu verkaufen finden würde: Darauf schnitt ich dem Hasen ein Stücklein vom Ohr, und als wir über dem Mittagimbiß saßen und unser Kostherr nicht bei uns war, erzählte ich, daß unser Geizhals ein Hasen zu verkaufen hätte, um den ich ihn zu betrügen gedächte, wenn mir einer aus ihnen folgen wollte, also daß wir nicht allein Kurzweil anrichten, sondern den Hasen selbst kriegen wollen; jeder sagte ja, denn sie hätten unserm Wirt gern vorlängst ein Schabernack angetan, dessen er sich nit beklagen dürfte. Also verfügten wir uns den Nachmittag an denjenigen Ort, den ich vom Knecht erlernt hatte, da unser Kostherr zu stehen pflegte, wenn er so etwas zu verkaufen hingab, um aufzupassen, was der Verkäufer lösete, damit er nicht etwa um ein Fettmönch betrogen würde. Wir sahen ihn bei vornehmen Leuten, mit denen er diskurrierte; ich hatte einen Kerl angestellt, der ging zu dem Hocken*, der den Hasen verkaufen sollte, und sagte: „Landsmann, der Has ist mein, und ich nehm ihn als ein gestohlen Gut auf Recht hinweg, er ist mir heut nacht von meinem Fenster hinweggefischt worden, und läßt du ihn nicht gutwillig folgen, so gehe ich auf deine Gefahr und Unrechtskosten mit dir hin, wo du willst." Der Unterkäufer antwort, er sollte sehen, was er zu tun hätte, dort stünde ein vornehmer

Herr, der ihm den Hasen zu verkaufen geben hätte, welcher ihn ohn Zweifel nicht gestohlen haben würde: Als nun diese zween so wortwechselten, bekamen sie gleich einen Umstand, so unser Geizhals stracks in acht nahm und hörte, wieviel die Glock schlug, winkte derowegen dem Unterkäufer, daß er den Hasen folgen lassen sollte, weil er wegen der vielen Kostgänger noch mehr Schimpf besorgte. Mein Kerl aber, den ich hierzu angestellt hatte, wußte dem Umstand gar artlich das Stück vom Ohr zu weisen und dasselbe in dem Ritz zu messen, daß ihm also jedermann recht gab und den Hasen zusprach: Indessen näherte ich mich auch mit meiner Gesellschaft, als ob wir ungefähr daherkämen, stund an dem Kerl der den Hasen hatte, und fing an mit ihm darum zu marken; und nachdem wir des Kaufs eins wurden, stellt ich den Hasen meinem Kostherrn zu, mit Bitt, solchen mit sich heimzunehmen und auf unsern Tisch zurichten zu lassen, dem Kerl aber, den ich hierzu bestellt, gab ich anstatt der Bezahlung für den Hasen ein Trinkgeld zu zwei Kannen Bier. Also mußte uns unser Geizhals den Hasen wider seinen Willen zukommen lassen und durfte noch dazu nichts sagen, dessen wir genug zu lachen hatten, und wenn ich länger in seinem Haus hätte verbleiben sollen, wollte ich ihm noch viel dergleichen Stücklein bewiesen haben.

ENDE DES DRITTEN BUCHS

DAS VIERTE BUCH

Das 1. Kapitel

Wie und aus was Ursachen der Jäger nach Frankreich praktiziert worden

Allzuscharf macht schartig, und wenn man den Bogen überspannet, so muß er endlich zerbrechen; der Poß, den ich meinem Kostherrn mit dem Hasen riß, war mir nicht genug, sondern ich unterstund noch mehr seinen unersättlichen Geiz zu strafen, ich lehrete seine Kostgänger, wie sie die versalzene Butter wässern und dadurch das überflüssige Salz herausziehen, die harten Käs aber, wie die Parmesaner, schaben und mit Wein anfeuchten sollten, welches dem Geizhals lauter Stich ins Herz waren; ich zog durch meine Kunststück über Tisch das Wasser aus dem Wein und machte ein Lied, in welchem ich den Geizigen einer Sau verglich, von welcher man nichts Guts zu hoffen, bis sie der Metzger tot auf dem Schragen liegen hätte. Damit verursachte ich, daß er mich mit folgender Untreu wieder brav bezahlte, weil ich solche Sachen in seinem Haus zu üben nicht bestellt war.

Die zween Jungen von Adel bekamen einen Wechsel, und Befehl von ihren Eltern, sich nach Frankreich zu begeben und die Sprach zu lernen, eben als unsers Kostherrn teutscher Knecht anderwärts auf der Reis war, und dem welschen (sagt' unser Kostherr) dürfte er die Pferd in Frankreich nicht vertrauen, weil er ihn noch nit recht kennete, denn er besorgte, wie er vorgab, er möchte das Wiederkommen vergessen und ihn um die Pferd bringen; bat mich derowegen, ob ich ihm nicht den großen Dienst tun und beide Edelleut mit seinen Pferden, weil ohnedas meine Sach in vier Wochen noch nicht erörtert werden könnte, nach Paris führen wollte? Er hingegen wollte indessen meine Geschäfte, wenn ich ihm deswegen vollkommene Gewalt geben würde, so getreulich befördern, als ob ich persönlich gegenwärtig wäre. Die von Adel ersuchten mich deswegen auch, und mein eigener Vorwitz, Frankreich zu besehen, riet mir solches gleichfalls, weil ichs jetzt ohne sondern Unkosten tun konnte und ich ohnedas die vier Wochen auf der faulen Bärnhaut daliegen und noch Geld dazu verzehren müßte: Also machte ich mich mit diesen Edelleuten anstatt eines Postillions auf den Weg, auf welchem mir nichts Merkwürdiges zuhanden stieß: Da wir aber nach Paris kamen und bei unsers Kostherrn Korrespondenten, bei dem die Edelleut auch ihren Wechsel empfingen, einkehrten, wurde ich den andern Tag nit allein mit den Pferden arrestiert, sondern derjenige, so vorgab, mein Kostherr wäre ihm ein Summa Gelds zu tun schuldig, griff mit Gutheißung desselben Viertel-Commissarii* zu und versilberte die Pferd, Gott geb, was ich dazu sagte; also saß ich da, wie Matz von Dresden*, und wußte mir selbst nicht zu helfen, viel weniger zu raten, wie ich einen so weiten und damals sehr unsichern Weg wieder zurückkommen sollte. Die von Adel bezeugten ein groß Mitleiden mit mir und verehrten mich desto ehrlicher mit einem guten Trinkgeld, wollten mich auch nicht ehender von sich lassen, bis ich entweder einen guten Herrn oder eine gute Gelegenheit hätte, wieder nach Teutschland zu kommen: Sie dingten sich ein Losament, und ich hielt mich etlich Tag bei ihnen auf, damit ich dem einen, so wegen der fernen Reis, deren er nicht gewohnt, etwas unpäßlich worden, aufwartete. Und demnach ich mich so fein anließ, schenkt' er mir sein Kleid, so er ablegte, dann er sich auf die neue Mode kleiden ließ. Ihr Rat war, ich sollte nur immer ein paar Jahr in Paris bleiben und die Sprach lernen; das ich zu Köln zu holen hätte, würde mir nicht entlaufen. Da ich nun so in der Wahl stund und noch zweifelte, was ich tun wollte, hörte mich einsmals der Medicus, so meinen kranken Junker zu kurieren alle Tag zu uns kam, auf der Lauten schlagen und ein teutsch Liedlein darein singen, das ihm so wohl gefiel, daß er mir ein gute Bestallung anbot samt seinem Tisch, da ich mich zu ihm begeben und seine zween Söhn unterrichten wollte, denn er wußte schon besser wie mein Handel stund als ich selbst und daß ich einen guten Herrn nit ausschlagen würde: Also wurden wir des Handels miteinander bald eins, weil beide Edelleute das Beste dazu redeten und mich trefflich rekommendierten, ich verdingte mich aber nit länger als von einem Vierteljahr zum andern.

Dieser Doktor redte so gut teutsch als ich und das Italienisch wie seine Muttersprach, derhalben versprach ich mich desto lieber zu ihm. Als ich nun die Letze* zehrte mit meinen Edelleuten, war er auch dabei, und mir gingen üble Grillen im Kopf herum, denn da lag mir mein frischgenommen Weib, mein versprochen Fähnlein und mein Schatz zu Köln im Sinn, von welchem allen ich mich so leichtfertig hinwegzubegeben bereden lassen, und da wir von unsers gewesenen Kostherrn Geiz zu reden kamen, fiel mir zu, und ich sagte auch über Tisch: „Wer weiß, ob vielleicht unser Kostherr mich nicht mit Fleiß hieher praktiziert, damit er das Meinig zu Köln erheben und behalten möge.“ Der Doktor antwort, das könne wohl sein, vornehmlich wenn er glaube, daß ich ein Kerl von geringem Herkommen sei. „Nein“, antwort der eine Edelmann, „wenn er zu solchem End hiehergeschickt worden ist, daß er hier bleiben sollte, so ists darum geschehen, weil er ihm seines Geizes wegen so viel Drangsal antat.“ Der Kranke fing an: „Ich glaub aber ein andere Ursach; Als ich neulich in meiner Kammer stund und unser Kostherr mit seinem Welschen ein laut Gespräch hielt, horchte ich, warums doch zu tun sein möchte? und vernahm endlich aus des Welschen geradbrechten Worten: Der Jäger verfuchsschwänzte ihn bei der Frauen und sage, er warte der Pferd nicht recht! Welches aber der eifersüchtige Gauch wegen seiner üblen Redkunst unrecht und auf etwas Unehrlichs verstund und derowegen dem Welschen zusprach, er sollte nur bleiben, der Jäger müsse bald hinweg. Er hat auch seither sein Weib scheel angesehen und mit ihr viel ernstlicher gekollert als zuvor, so ich an dem Narrn mit Fleiß in acht genommen.“

Der Doktor sagte: „Es sei geschehen aus was für einer Ursach es wolle, so laß ich wohl gelten, daß die Sach so angestellt worden, daß Er hier bleiben muß; Er lasse sich aber das nicht irren, ich will Ihm schon wieder mit guter Gelegenheit nach Teutschland verhelfen, Er schreibe ihm nur, daß er den Schatz wohl beobachte, sonst werde er scharfe Rechenschaft darum geben müssen. Dies gibt mir einen Argwohn, daß es ein angestellter Handel sei, weil derjenige, so sich für den Kreditor* dargeben, Euers Kostherrn und seines hiesigen Korrespondenten sehr guter Freund ist, und ich will glauben, daß Ihr die Obligation*, kraft deren er die Pferd angepackt und verkauft hat, jetzt erst mit Euch gebracht habt."

Das 2. Kapitel

Simplicius bekommt einen bessern Kostherrn als er zuvor einen gehabt

Monsigneur Canard, so hieß mein neuer Herr, erbot sich, mir mit Rat und Tat beholfen zu sein, damit ich des Meinigen zu Köln nicht verlustigt würde, denn er sah wohl, daß ich traurig war. Sobald er mich in seine Wohnung brachte, begehrte er, ich wollte ihm erzählen, wie meine Sachen beschaffen wären, damit er sich drein finden und Ratschläg ersinnen könnte, wie mir am besten zu helfen sei. Ich gedachte wohl, daß ich nicht viel gülte, wenn ich mein Herkommen öffnen sollte, gab mich derhalben für einen armen teutschen Edelmann aus, der weder Vater noch Mutter, sondern nur noch etliche Verwandte in einer Festung hätte, darin schwedische Garnison läge. Welches ich aber vor meinem Kostherrn und beiden von Adel, als welche kaiserliche Partei hielten, verborgen halten müssen, damit sie das Meinige, als ein Gut so dem Feind zuständig, nit an sich zögen: Meine Meinung wäre, ich wollte an den Kommandanten bemeldter Festung schreiben, als unter dessen Regiment ich die Stell eines Fähnrichs hätte, und ihn nicht allein berichten, wasgestalten ich hieher praktiziert worden, sondern ihn auch bitten, daß er belieben wollte, sich des Meinigen habhaft zu machen, und solches bis ich wieder Gelegenheit kriege, zum Regiment zu kommen, indessen meinen Freunden zuzustellen. Canard befand mein Vorhaben ratsam und versprach mir, die Schreiben an ihren Ort zu bestellen, und sollten sie gleich nach Mexico oder in China lauten. Demnach verfertigte ich Schreiben an meine Liebste, an meinen Schwährvater und an den Obristen de S. A. Kommandanten in L.*, an welchen ich auch das Copert* richtete und ihm die übrigen beiden beischloß: Der Inhalt war, daß ich mit ehestem mich wieder einstellen wollte, da ich nur Mittel an die Hand kriegte, ein so weite Reis zu vollenden, und bat beides meinen Schwäher und den Obristen, daß sie vermittels der Militiae das Meinige zu bekommen unterstehen wollten, ehe Gras darüber wachse, berichtete daneben, wieviel es an Gold, Silber und Kleinodien sei. Solche Brief verfertigte ich in duplo, ein Teil bestellt' Mons. Canard, das ander gab ich auf die Post, damit wenn irgend das eine nicht überkäme, jedoch das ander einliefe. Also wurde ich wieder fröhlich und instruierte meines Herrn zween Söhn desto leichter, die als junge Prinzen erzogen wurden, denn weil Mons. Canard sehr reich, also war er auch überaus hoffärtig und wollte sich sehen lassen; welche Krankheit er von großen Herren an sich genommen, weil er gleichsam täglich mit Fürsten umging und ihnen alles nachäffte; sein Haus war wie eines Grafen Hofhaltung, in welcher kein anderer Mangel erschien, als daß man ihn nit auch einen gnädigen Herrn nennete, und seine Imagination* war so groß, daß er auch einem Marquis, da ihn etwa einer zu besuchen kam, nicht höher als seinesgleichen traktierte; er teilte zwar geringen Leuten auch von seinen Mitteln mit, er nahm aber kein gering Geld, sondern schenkte ihnen eher ihre Schuldigkeit, damit er einen großen Namen haben möchte. Weil ich ziemlich kurios war und wußte, daß er mit meiner Person prangte, wenn ich neben andern Dienern hinter ihm hertrat und er Kranke besuchte, also half ich ihm auch stets in seinem Laboratorio arzneien, davon wurde ich ziemlich gemein mit ihm, wie er denn ohnedas die teutsche Sprach gern redete, sagte derowegen einsmals zu ihm: Warum er sich nit von seinem adeligen Sitz schreibe, den er neulich nahend Paris um 20000 Kronen gekauft hätte? item, warum er lauter Doctores aus seinen Söhnen zu machen gedenke und sie so streng studieren lasse, ob nicht besser wäre, daß er ihnen (indem er doch den Adel schon hätte) wie andere Kavalier irgends Ämter kaufe und sie also vollkommen in den adeligen Stand treten lasse? „Nein“, antwortet' er, „wenn ich zu einem Fürsten komme, so heißts: ‚Herr Doktor, Er setze sich nieder‘; zum Edelmann aber wird gesagt: ‚Wart auf!‘ “ Ich sagte: „Weiß aber der Herr Doktor nicht, daß ein Arzt dreierlei Angesichter hat, das erste eines Engels, wenn ihn der Kranke ansichtig wird, das ander eines Gottes, wenn er hilft, das dritte eines Teufels, wenn man gesund ist und ihn wieder abschafft: Also währt solche Ehr nicht länger, als solang dem Kranken der Wind im Leib herumgehet, wenn er aber hinaus ist und das Rumpeln aufhöret, so hat die Ehr ein End und heißts alsdann auch: ‚Doktor, vor der Tür ists dein!‘ Hat demnach der Edelmann mehr Ehr von seinem Stehen als ein Doktor von seinem Sitzen, weil er nämlich seinem Prinzen beständig aufwartet und die Ehr hat, niemals von seiner Seiten zu kommen; der Herr Doktor hat neulich etwas von einem Fürsten in Mund genommen und demselben seinen Geschmack abgewinnen müssen, ich wollte lieber zehen Jahr stehen und aufwarten, ehe ich eines andern Kot versuchen wollte, und wenn man mich gleich auf lauter Rosen setzen wollte.“ Er antwortet': „Das mußte ich nicht tun, sondern tats gern, damit, wenn der Fürst sähe, wie sauer michs ankäme, seinen Zustand recht zu erkundigen, meine Verehrung desto größer würde; und warum wollte ich dessen Kot nit versuchen, der mir etlich hundert Pistoln dafür zu Lohn gibt, ich aber hingegen ihm nichts gebe, wenn er noch gar was anders von mir muß fressen? Ihr redet von der Sach wie ein Teutscher, wenn Ihr aber einer andern Nation wäret, so wollte ich sagen, Ihr hättet davon geredt wie ein Narr!“ Mit dieser Sentenz nahm ich vorlieb, weil ich sah, daß er sich erzürnen wollte, und damit ich ihn wieder auf ein gute Laun brächte, bat ich, er wollte meiner Einfalt etwas zugut halten, und brachte etwas Annehmlichers auf die Bahn.

Das 3. Kapitel

Wie er sich für einen Komödianten gebrauchen läßt, und einen neuen Namen bekommt

Gleichwie Mons. Canard mehr Wildbret hinwegzuwerfen, als mancher zu fressen hat, der ein eigene Wildbahn vermag, und ihm mehr Zahmes verehrt wurde, als er und die Seinigen verzehren konnten; also hatte er täglich viel Schmarotzer, so daß es ihm gleichsah, als ob er ein freie Tafel gehalten hätte: Einsmals besuchten ihn des Königs Zeremonienmeister und andere vornehme Personen vom Hof, denen er ein fürstliche Kollation* darstellete, weil er wohl wußte, wen er zum Freund behalten sollte, nämlich diejenigen, so stets um den König waren oder sonst bei demselben wohl stunden; damit er nun denselben den allergeneigtesten Willen erzeige und ihnen alle Lust machen möchte, begehrte er, ich wollte ihm zu Ehren und der ansehenlichen Gesellschaft zu Gefallen ein teutsch Liedlein in meine Laute hören lassen; ich folgte gern, weil ich eben in Laun war, wie denn die Musici gemeiniglich seltsame Grillenfänger sind; befliß mich derhalben das beste Geschirr zu machen*, und contentierte demnach die Anwesenden so wohl, daß der Zeremonienmeister sagte: Es wäre immer schad, daß ich nit die französische Sprach könnte, er wollte mich sonst trefflich wohl beim König und der Königin anbringen; mein Herr aber, so besorgte, ich möchte ihm aus seinen Diensten entzuckt* werden, antwortet' ihm, daß ich einer von Adel sei und nit lang in Frankreich zu verbleiben gedächte, würde mich demnach schwerlich für einen Musikanten gebrauchen lassen. Darauf sagte der Zeremonienmeister, daß er sein Tag nit ein so seltene Schönheit, ein so klare Stimm und ein so künstlichen Lautenisten an einer Person gefunden, es sollte ehest vorm König im Louvre eine Comoedia gespielt werden, wenn er mich dazu gebrauchen könnte, so verhoffte er große Ehr mit mir einzulegen; das hielt mir Mons. Canard vor, ich antwortet ihm: „Wenn man mir sagt', was für eine Person ich präsentieren und was für Lieder ich in meine Lauten singen sollte, so könnte ich ja beides die Melodeien und Lieder auswendig lernen und solche in meine Laute singen, wenn sie schon in französischer Sprach wären, es möchte ja leicht mein Verstand so gut sein als eines Schülerknaben, die man hierzu auch zu gebrauchen pflege, unangesehen sie erst beides Wort und Gebärden lernen müßten." Als mich der Zeremonienmeister so willig sah, mußte ich ihm versprechen, den andern Tag ins Louvre zu kommen, um zu probiern, ob ich mich dazu schickte; also stellte ich mich auf die bestimmte Zeit ein, die Melodeien der unterschiedlichen Lieder, so ich zu singen hatte, schlug ich gleich perfekt auf dem Instrument, weil ich das Tabulaturbuch* vor mir hatte, empfing demnach die französischen Lieder, solche auswendig und die Aussprach recht zu lernen, welche mir zugleich verteutscht wurden, damit ich mich mit den Gebärden danach richten könnte; solches kam mich gar nicht schwer an, also daß ichs eher konnte, als sichs jemand versah, und zwar dergestalt, wenn man mich singen hörte (maßen mir Monsig. Canard das Lob gab), daß der Tausendste geschworen hätte, ich wäre ein geborner Franzos. Und da wir die Comoedia zu probieren das erstemal zusammenkamen, wußte ich mich so kläglich mit meinen Liedern, Melodeien und Gebärden zu stellen, daß sie alle glaubten, ich hätte des Orphei* Person mehr agiert, als den ich damals präsentieren und mich um meine Eurydike so übel gehaben mußte. Ich hab die Tag meines Lebens keinen so angenehmen Tag gehabt, als mir derjenige war, an welchem diese Comoedia gespielt wurde: Mons. Canard gab mir etwas ein, meine Stimm desto klarer zu machen, und da er meine Schönheit mit Oleo Talci* erhöhern und meine halbkrausen Haar, die von Schwärze glitzerten, verpudern wollte, fand er, daß er mich nur damit verstellte, ich wurde mit einem Lorbeerkranz bekrönet und in ein antikisch meergrün Kleid angetan, in welchem man mir den ganzen Hals, das Oberteil der Brust, die Arm bis hinter die Ellenbogen und die Knie von den halben Schenkeln an bis auf die halben Waden nackend und bloß sehen konnte, um solches schlug ich einen leibfarbenen taffeten Mantel, der sich mehr einem Feldzeichen verglich: in solchem Kleid löffelt ich um meine Eurydike, rief die Venus mit einem schönen Liedlein um Beistand an und brachte endlich meine Liebste davon, in welchem Actu ich mich trefflich zu stellen und meine Liebste mit Seufzern und spielenden Augen anzublicken wußte. Nachdem ich aber meine Eurydiken verloren, zog ich ein ganz schwarzes Habit an auf die vorige Mode gemacht, aus welchem meine weiße Haut hervorschien wie der Schnee; in solchem beklagte ich meine verlorne Gemahlin und bildete mir die Sach so erbärmlich ein, daß mir mitten in meinen traurigen Liedern und Melodeien die Tränen herausrücken und das Weinen dem Singen den Paß verlegen wollte; doch langte ich mit einer schönen Manier hinaus bis ich vor Plutonem und Proserpinam in die Hölle kam, denselben stellte ich in einem sehr beweglichen Lied ihre Lieb, die sie beide zusammen trügen, vor Augen, und bat sie, dabei abzunehmen mit was großem Schmerzen ich und Eurydike voneinander geschieden worden wären, bat demnach mit den allerandächtigsten Gebärden, und zwar alles in meine Harfe singend, sie wollten mir solche wieder zukommen lassen, und nachdem ich das Jawort erhalten, bedankte ich mich mit einem fröhlichen Lied gegen sie und wußte das Angesicht samt Gebärden und Stimme so fröhlich zu verkehren, daß sich alle anwesenden Zuseher darüber verwunderten. Da ich aber meine Eurydike wieder ohnversehens verlor, bildet ich mir die größte Gefahr ein, darein je ein Mensch geraten könnte, und wurde davon so bleich, als ob mir ohnmächtig werden wollen, denn weil ich damals allein auf der Schaubühne war und alle Spectatores auf mich sahen, befliß ich mich meiner Sachen desto eiferiger, und bekam die Ehr davon, daß ich am besten agiert hätte. Nachgehends setzte ich mich auf einen Felsen und fing an, den Verlust meiner Liebsten mit erbärmlichen Worten und einer traurigen Melodei zu beklagen und alle Kreaturen um Mitleiden anzurufen, darauf stellten sich allerhand zahme und wilde Tier, Berg, Bäum und dergleichen bei mir ein, also daß es in Wahrheit ein

Ansehen hatte, als ob alles mit Zauberei übernatürlicher Weis wäre zugericht worden. Keinen andern Fehler beging ich, als zuletzt, da ich allen Weibern abgesagt, von den Bacchis erwürgt und ins Wasser geworfen war (welches zugericht gewesen, daß man nur meinen Kopf sah, denn mein übriger Leib stand unter der Schaubühne in guter Sicherheit), da mich der Drach benagen sollte, der Kerl aber, so im Drachen stak denselben zu regieren, meinen Kopf nicht sehen konnte und dahero des Drachen Kopf neben dem meinigen grasen ließ, das kam mir so lächerlich vor, daß ich mir nit abbrechen konnte darüber zu schmollen, welches die Dames, so mich gar wohl betrachteten, in acht nahmen.

Von dieser Comoedia bekam ich neben dem Lob, das mir männiglich gab, nicht allein eine treffliche Verehrung, sondern ich kriegte auch einen andern Namen, indem mich forthin die Franzosen nicht anders als Beau Alman* nenneten. Es wurden noch mehr dergleichen Spiel und Ballett gehalten, dieweil man die Fasnacht zelebrierte, in welchen ich mich gleichfalls gebrauchen ließ, befand aber zuletzt, daß ich von andern geneidet wurde, weil ich die Spectatores und sonderlich die Weiber gewaltig zog, ihre Augen auf mich zu wenden, tat michs derowegen ab, sonderlich als ich einsmals ziemlich Stöß kriegte, da ich als ein Herkules, gleichsam nackend in einer Löwenhaut, mit Acheloo um die Dejaniram kämpfte*, da man mirs gröber machte, als in einem Spiel der Gebrauch ist.

Das 4. Kapitel

Beau Alman wird wider seinen Willen in den Venusberg geführt

Hierdurch wurde ich bei hohen Personen bekannt, und es schien, als ob mir das Glück wieder auf ein neues hätte leuchten wollen, denn mir wurden gar des Königs Dienste angeboten, welches manchem großen Hansen nicht widerfährt. Einsmals kam ein Lakai, der sprach meinen Monsig.

Canard an und bracht ihm meinetwegen ein Brieflein, eben als ich bei ihm in seinem Laboratorio saß und reverberierte* (denn ich hatte aus Lust bei meinem Doktor schon perlutiern, resolviern, sublimiern, coaguliern, digeriern, calciniern, filtriern und dergleichen unzählig viel alkühmistische* Arbeit gelernet, dadurch er seine Arzneien zuzurichten pflegte). „Monsieur Beau Alman", sagte er zu mir, „dies Schreiben betrifft Euch: Es schicket ein vornehmer Herr nach Euch, der begehrt, Ihr wollet gleich zu ihm kommen, er wolle Euch ansprechen und vernehmen, ob Euch nicht beliebe, seinen Sohn auf der Lauten zu informieren? Er bitt mich, Euch zuzusprechen, daß Ihr ihm diesen Gang nit abschlagen wollet, mit sehr courtoisem Versprechen, Euch diese Mühe mit freundlicher Dankbarkeit zu belohnen." Ich antwortet, wenn ich seinet (verstehe Mons. Canards) wegen jemand dienen könne, so würde ich meinen Fleiß nit sparen. Darauf sagte er, ich sollte mich nur anders anziehen, mit diesem Lakaien zu gehen, indessen bis ich fertig, wollte er mir etwas zu essen fertig machen lassen, denn ich hätte ein ziemlich weiten Weg zu gehen, daß ich kaum vor Abend an den bestimmten Ort kommen würde: Also putzte ich mich ziemlich und verschluckte in Eil etwas von der Kollation, sonderlich aber ein paar kleiner delikater Würstlein, welche, als mich deuchte, ziemlich stark apothekerten*; ging demnach mit gedachtem Lakaien durch seltsame Umweg einer Stund lang, bis wir gegen Abend vor eine Gartentür kamen, die nur zugelehnt war, dieselbe stieß der Lakai vollends auf, und demnach ich hinter ihm hineingetreten, schlug er selbige wieder zu, führte mich nachgehends in das Lusthaus, so in einem Eck des Gartens stund, und demnach wir einen ziemlich langen Gang passierten, klopfte er vor einer Tür, so von einer alten adeligen Dame stracks aufgemacht wurde; diese hieß mich in teutscher Sprach sehr höflich willkomm sein und zu ihr vollends hineintreten, der Lakai aber, so kein Teutsch konnte, nahm mit tiefer Reverenz seinen Abschied. Die Alte nahm mich bei der Hand und führte mich vollend ins Zimmer, das rund umher mit den köstlichsten Tapeten behängt, zumal sonsten auch schön geziert war; sie hieß mich niedersitzen, damit ich verschnauben und zugleich vernehmen könnte, aus was Ursachen ich an diesen Ort geholet; ich folgte gern und setzte mich auf einen Sessel, den sie mir zu einem Feuer stellte, so in demselben Saal wegen ziemlicher Kält brannte; sie aber setzte sich neben mich auf einen andern, und sagte: „Monsieur, wenn Er etwas von den Kräften der Liebe weiß, daß nämlich solche die allertapfersten, stärksten und klügsten Männer überwältige und zu beherrschen pflege, so wird Er sich um so viel desto weniger verwundern, wenn dieselbe auch ein schwaches Weibsbild meistert; Er ist nicht seiner Lauten halber, wie man Ihn und Mons. Canard überredt gehabt, von einem Herrn, aber wohl seiner übertrefflichen Schönheit halber von der allervortrefflichsten Dame in Paris hieher berufen worden, die sich allbereit des Tods versiehet, da sie nit bald des Herrn überirdische Gestalt zu beschauen und sich damit zu erquicken das Glück haben sollte: Derowegen hat sie mir befohlen, dem Herrn, als meinem Landsmann, solches anzuzeigen, und ihn höher zu bitten als Venus ihren Adonidem, daß Er diesen Abend sich bei ihr einfinden und seine Schönheit genugsam von ihr betrachten lasse, welches Er ihr verhoffentlich als einer vornehmen Dame nit abschlagen wird.“ Ich antwortet: „Madame, ich weiß nicht was ich gedenken, viel weniger hierauf sagen solle! Ich erkenne mich nicht danach beschaffen zu sein, daß eine Dame von so hoher Qualität nach meiner Wenigkeit verlangen sollte; überdas kommt mir in Sinn, wenn die Dam, so mich zu sehen begehrt, so vortrefflich und vornehm sei, als mir mein hochgeehrte Frau Landsmännin vorbracht, daß sie wohl bei früherer Tagszeit nach mir schicken dürfen und mich nicht erst hieher an diesen einsamen Ort, bei so spätem Abend, hätte berufen lassen; warum hat sie nicht befohlen, ich solle stracks Wegs zu ihr kommen? Was hab ich in diesem Garten zu tun? Mein hochg. Frau Landsmännin vergebe mir, wenn ich als ein verlassener Fremder in die Furcht gerate, man wolle mich sonst hintergehen, sintemal man mir gesagt, ich sollte zu einem Herrn kommen, so sich schon im Werk anders befindet; sollte ich aber merken, daß man mir so verräterisch mit bösen Tücken an Leib wollte kommen, würde ich vor meinem Tod meinen Degen noch zu gebrauchen wissen!" „Sachte, sachte, mein hochgeehrter Herr Landsmann, Er lasse diese unnötigen Gedanken aus dem Sinn" (antwortet' sie mir), „die Weibsbilder sind seltsam und vorsichtig in ihren Anschlägen, daß man sich nit gleich anfangs so leicht darein schicken kann; wenn diejenige, die Ihn über alles liebet, gern hätte, daß Er Wissenschaft von ihrer Person haben sollte, so hätte sie Ihn freilich nit erst hieher, sondern den geraden Weg zu sich kommen lassen; dort liegt eine Kappe, (wies damit auf den Tisch) die muß der Herr ohnedas aufsetzen, wenn Er von hier aus zu ihr geführt wird, weil sie auch so gar nit will, daß Er den Ort, geschweig bei wem Er gesteckt, wissen solle; bitte und ermahne demnach den Herrn so hoch als ich immer kann, Er erzeige sich gegen diese Dame sowohl wie es ihre Hoheit als ihre gegen Ihn tragende unaussprechliche Liebe meritiert, da Er anders gewärtig sein will zu erfahren, daß sie mächtig genug sei, seinen Hochmut und Verachtung, auch in diesem Augenblick, zu strafen: Wird Er sich aber der Gebühr nach gegen sie einstellen, so sei Er versichert, daß Ihm auch der geringste Tritt, den Er ihretwegen getan, nicht ohnbelohnt verbleiben wird."

Es wurde allgemach finster, und ich hatte allerhand Sorgen und furchtsame Gedanken, also daß ich da saß wie ein geschnitzt Bild, konnte mir auch wohl einbilden, daß ich von diesem Ort so leicht nicht wieder entrinnen könnte, ich willigte denn in alles, so man mir zumutete; sagte derhalben zu der Alten: „Nun denn, mein hochgeehrte Frau Landsmännin, wenn ihm denn so ist, wie Sie mir vorgebracht, so vertraue ich meine Person Ihrer angebornen teutschen Redlichkeit, der Hoffnung, Sie werde nicht zulassen, viel weniger selbst vermittlen, daß einem unschuldigen Teutschen eine Untreu widerfahre, Sie vollbringe, was Ihr meinetwegen befohlen ist, die Dame, von der Sie mir gesagt, wird verhoffentlich keine Basiliskenaugen* haben, mir den Hals abzusehen." „Ei behüt Gott", sagte sie, „es wäre schad, wenn ein solcher Leib, mit welchem unsere ganze Nation prangen kann, jetzt schon sterben sollte, Er wird mehr Ergötzung finden, als Er sich sein Tag niemals einbilden dürfen." Wie sie meine Einwilligung hatte, rufte sie Jean und Pierre, diese traten alsobald, jeder in vollem blanken Küraß, von dem Scheitel bis auf die Fußsohlen gewaffnet, mit einer Hellebarden und Pistol in der Hand hinter einer Tapezerei hervor, davon ich dergestalt erschrack, daß ich mich ganz entfärbte; die Alte nahm solches wahr und sagte lächlend: „Man muß sich so nit fürchten, wenn man zum Frauenzimmer gehet", befahl darauf ihnen beiden, sie sollten ihren Harnisch ablegen, die Latern nehmen und nur mit ihren Pistolen mitgehen; demnach streifte sie mir die Kappe, die von schwarzem Sammet war, übern Kopf, trug meinen Hut unterm Arm und führet' mich durch seltsame Weg an der Hand: Ich spürte wohl, daß ich durch viel Türen und auch über einen gepflasterten Weg passierte, endlich mußte ich etwa nach einer halben Viertelstund eine kleine steinerne Stiegen steigen, da tat sich ein klein Türlein auf, von dannen kam ich über einen besetzten Gang und mußte eine Windelstiegen hinauf, folgends etliche Staffeln wieder hinab, allda sich etwa sechs Schritt weiters eine Tür öffnet', als ich endlich durch solche kam, zog mir die Alte die Kappe wieder herunter, da befand ich mich in einem Saal, der da überaus zierlich aufgeputzet war, die Wände waren mit schönen Gemälden, das Tresor mit Silbergeschirr und das Bett so darinnen stund, mit Umhängen von güldenen Stücken geziert; in der Mitten stand der Tisch prächtig gedeckt, und bei dem Feur befand sich eine Badwanne, die wohl hübsch war, aber meinem Bedünken nach schändet' sie den ganzen Saal; die Alte sagte zu mir: „Nun willkomm Herr Landsmann, kann Er noch sagen, daß man Ihn mit Verräterei hintergehe? Er lege nur allen Unmut ab und erzeige sich wie neulich auf dem Theatro, da Er seine Eurydiken wieder vom Plutone erhielt, ich versichere Ihn, Er wird hier eine schönere antreffen, als Er dort eine verloren."

Das 5. Kapitel

Wie es ihm darinnen erging, und wie er wieder herauskam

Ich hörte schon an diesen Worten, daß ich mich nicht nur an diesem Ort beschauen lassen, sondern noch gar was anders tun sollte; sagte derowegen zu meiner alten Landsmännin: Es wäre einem Durstigen wenig damit geholfen, wenn er bei einem verbotenen Brunnen säße; sie aber sagte, man sei in Frankreich nit so mißgünstig, daß man einem das Wasser verbiete, sonderlich wo dessen ein Überfluß sei. „Ja", sagte ich, „Madame, Sie sagt mir wohl davon, wenn ich nicht schon verheiratet wäre!" „Das sind Possen" (antwortet' das gottlose Weib), „man wird Euch solches heut nacht nit glauben, denn die verehelichten Kavalier ziehen selten nach Frankreich, und ob gleich dem so wäre, kann ich doch nit glauben, daß der Herr so albern sei, eher Durst zu sterben, als aus einem fremden Brunnen zu trinken, sonderlich wenn er vielleicht lustiger ist und besser Wasser hat als sein eigener." Dies war unser Diskurs, dieweil mir eine adelige Jungfer, so dem Feuer pflegte, Schuh und Strümpf auszog, die ich überall im Finstern besudelt hatte, wie denn Paris ohnedas eine sehr kotige Stadt ist. Gleich hierauf kam Befehl, daß man mich noch vor dem Essen baden sollte, denn bemeldtes Jungfräulein gang ab und zu und brachte das Badgezeug, so alles nach Bisam und wohlriechender Seifen roch, das Leinengerät war vom reinesten Cammertuch* und mit teuren holländischen Spitzen besetzt; ich wollte mich schämen und vor der Alten nicht nackend sehen lassen, aber es half nichts, ich mußte dran und mich von ihr ausreiben lassen, das Jungferchen aber mußte ein Weil abtreten; nach dem Bad wurde mir ein zartes Hemd gegeben und ein köstlicher Schlafpelz von veielblauem Taffet angelegt, samt einem Paar seidener Strümpfe von gleicher Farb, so war die Schlafhaub samt den Pantoffeln mit Gold und Perlen gestickt, also daß ich nach dem Bad dort saß zu protzen wie der Herz-König. Indessen mir nun meine Alte das Haar trocknet' und kämpelt', denn sie pflegte meiner wie einem Fürsten oder kleinen Kinde, trug mehrgemeldtes Jungfräulein die Speisen auf, und nachdem der Tisch überstellt war, traten drei heroische* junge Damen in den Saal, welche ihre alabasterweißen Brüste zwar ziemlich weit entblößt trugen, vor den Angesichtern aber ganz vermaskiert; sie dünkten mich alle drei vortrefflich schön zu sein, aber doch war eine viel schöner als die anderen; ich machte ihnen ganz stillschweigend einen tiefen Bückling, und sie bedankten sich gegen mich mit gleichen Zeremonien, welches natürlich sah, als ob etliche Stummen beieinander gewesen, so die Redenden agiert hätten, sie setzten sich alle drei zugleich nieder, daß ich also nit erraten konnte, welche die vornehmste unter ihnen gewesen, viel weniger welcher ich zu dienen da war; Die erste Red war, ob ich nit Französisch könnte? Meine Landsmännin sagte: „Nein.“ Hierauf versetzte die ander, sie sollte mir sagen, ich wollte belieben niederzusitzen, als solches geschehen, befahl die dritte meiner Dolmetscherin, sie sollte sich auch setzen: Woraus ich abermal nicht abnehmen mögen, welche die vornehmste unter ihnen war. Ich saß neben der Alten gerad gegen diesen dreien Damen über, und ist demnach meine Schönheit ohn Zweifel neben einem so alten Geripp desto besser hervorgeschienen. Sie blickten mich alle drei sehr andächtig an, und ich dürfte schwören, daß sie viel hundert Seufzer gehen ließen: Ihre Augen konnte ich nit sehen funklen wegen der Masken, die sie vor sich hatten. Meine Alte fragte mich (sonst konnte niemand mit mir reden), welche ich unter diesen dreien für die schönste hielte? Ich antwortet, daß ich keine Wahl darunter sehen könnte. Hierüber fing sie an zu lachen, daß man ihr alle vier Zähn sah, die sie noch im Maul hatte, und fragte, warum das? Ich antwortet, weil ich sie nit recht sehen könnte, doch so viel ich sähe, wären sie alle drei nit häßlich. Dieses, was die Alte gefragt, und ich geantwort, wollten die Damen wissen; mein Alte verdolmetschte es und log noch dazu, ich hätte gesagt, einer jeden Mund wäre hunderttausendmal Küssens wert! denn ich konnte ihnen die Mäuler unter den Masken wohl sehen, sonderlich derer, so gerad mir gegenüber saß. Mit diesem Fuchsschwanz* machte die Alte, daß ich dieselbe für die vornehmste hielt und sie auch desto eiferiger betrachtete. Dies war all unser Diskurs über Tisch, und ich stellte mich, als ob ich kein französisch Wort verstünde. Weil es denn so still herging, machten wir desto ehe Feirabend: Darauf wünschten mir die Damen eine gute Nacht und gingen ihres Wegs, denen ich das Geleite nit weiter als bis an die Tür geben durfte, so die Alte gleich nach ihnen zuriegelte. Da ich das sah, fragte ich, wo ich denn schlafen müßte? Sie antwortet', ich müßte bei ihr in gegenwärtigem Bett vorlieb nehmen; ich sagte, das Bett wäre gut genug, wenn nur auch eine von jenen dreien darin läge! „Ja", sagte die Alte, „es wird Euch fürwahr heunt* keine von ihnen zuteil." Indem wir so plauderten, zog eine schöne Dam, die im Bett lag, den Umhang etwas zurück und sagte zu der Alten, sie sollte aufhören zu schwätzen und schlafengehen! Darauf nahm ich ihr das Licht und wollte sehen, wer im Bett läge? Sie aber löschte solches aus und sagte: „Herr, wenn Ihm Sein Kopf lieb ist, so unterstehe Er sich dessen nit, was Er im Sinn hat; Er lege sich und sei versichert, da Er mit Ernst sich bemühen wird, diese Dame wider ihren Willen zu sehen, daß Er nimmermehr lebendig von hinnen kommt!" Damit ging sie durch und beschloß die Tür, die Jungfer aber, so dem Feur gewartet, löscht' das auch vollends aus und ging hinter einer Tapezerei durch ein verborgene Tür auch hinweg. Hierauf sagte die Dame, so im Bett lag: „Allez Mons. Beau Alman, gee schlaff mein Herz, gom, rick su mir!" So viel hatte sie die Alte Teutsch gelehret; ich begab mich zum Bett zu sehen, wie denn dem Ding zu tun sein möchte? und sobald ich hinzukam, fiel sie mir um den Hals, bewillkommte mich mit vielem Küssen und biß mir vor hitziger Begierde schier die unter Lefzen herab; ja sie fing an, meinen Schlafpelz aufzuknöpfeln und das Hemd gleichsam zu zerreißen, zog mich also zu sich und stellte sich vor unsinniger Liebe also an, daß nicht auszusagen. Sie konnte nichts anders Teutsch, als ‚Rick su mir mein Herz!' das übrige gab sie sonst mit Gebärden zu verstehen. Ich gedachte zwar heim an meine Liebste, aber was halfs, ich war leider ein Mensch und fand ein solche wohlproportionierte Kreatur und zwar von solcher Lieblichkeit, daß ich wohl ein Block hätte sein müssen, wenn ich keusch hätte davonkommen sollen.

Dergestalt bracht ich acht Tag und soviel Nächt an diesem Ort zu, und ich glaube, daß die andern drei auch bei mir gelegen sind, denn sie redeten nicht alle wie die erste und stellten sich auch nicht so närrisch. Wiewohl ich nun acht ganzer Tage bei diesen vier Damen war, so kann ich doch nit sagen, daß mir zugelassen worden, eine einzige anders als durch eine Florhauben, oder es sei denn finster gewesen, im bloßen Angesicht zu beschauen. Nach geendigter Zeit der acht Tag setzt' man mich im Hof mit verbundenen Augen in eine zugemachte Kutsche zu meiner Alten, die mir unterwegs die Augen wieder aufband, und führte mich in meines Herrn Hof, alsdann fuhr die Kutsche wieder schnell hinweg. Meine Verehrung war zweihundert Pistolet*, und da ich die Alte fragte, ob ich niemand kein Trinkgeld davon geben sollte? sagte sie: „Beileib nicht! denn wenn Ihr solches tätet, so würde es die Dames verdrießen; ja sie würden gedenken, Ihr bildet Euch ein, Ihr wäret in einem Hurenhaus gewesen, da man alles belohnen muß." Nachgehends bekam ich noch mehr dergleichen Kunden, welche mirs so grob machten, daß ich endlich aus Unvermögen der Narrenpossen ganz überdrüssig wurde.

Das 6. Kapitel

*Simplicius macht sich heimlich weg, und wie ihm der Stein geschnitten wird, als er vermeint, er habe mal de Nable**

Durch diese meine Hantierung brachte ich beides an Geld und andern Sachen so viel Verehrungen zusammen, daß mir angst dabei wurde, und verwunderte ich mich nit mehr, daß sich die Weibsbilder ins Bordell begeben und ein Handwerk aus dieser viehischen Unfläterei machen, weil

Prudentia et
Schau thut deß Simplex
kluge Gaben
Verstellt in Thiers-Gestalt
vergraben
So will die Welt nur Narren
haben.

es so trefflich wohl einträgt. Aber ich fing an und ging in mich selber, nit zwar aus Gottseligkeit oder Trieb meines Gewissens, sondern aus Sorg, daß ich einmal auf so einer Kürbe ertappt und nach Verdienst bezahlt werden möchte: Derhalben trachtet ich, wieder nach Teutschland zu kommen, und das um so viel desto mehr, weil der Kommandant zu L. mir geschrieben, daß er etliche kölnische Kaufleute bei den Köpfen gekriegt, die er nit aus Händen lassen wollte, es seien ihm denn meine Sachen zuvor eingehändigt: Item, daß er mir das versprochene Fähnlein noch aufhalte und meiner noch vor dem Frühling gewärtig sein wollte, denn sonst, wo ich in der Zeit nit käme, müßte er die Stell mit einem andern besetzen; so schickte mir mein Weib auch ein Brieflein dabei, das voll liebreicher Bezeugungen ihres großen Verlangens war: hätte sie aber gewußt, wie ich so ehrbar gelebt, so sollte sie mir wohl einen andern Gruß hineingesetzt haben.

Ich konnte mir wohl einbilden, daß ich mit Monsig. Canards Konsens schwerlich hinwegkäme, gedacht derhalben heimlich durchzugehen, sobald ich Gelegenheit haben könnte, so mir zu meinem großen Unglück auch anging. Denn als ich einsmals etliche Offizier von der weimarischen Armee antraf, gab ich mich ihnen zu erkennen, daß ich nämlich ein Fähnrich von des Obristen de S. A. Regiment und in meinen eigenen Geschäften ein Zeitlang in Paris gewesen, nunmehr aber entschlossen sei, mich wieder zum Regiment zu begeben, mit Bitt, sie wollten mich in ihre Gesellschaft zu einem Reisgefährten mitnehmen: Also eröffneten sie mir den Tag ihres Aufbruchs und nahmen mich willig auf, ich kaufte mir einen Klepper und montierte mich auf die Reis so heimlich als ich konnte, packte mein Geld zusamm (so ohngefähr bei fünfhundert Dublonen waren, die ich alle den gottlosen Weibsbildern abverdient hatte), und machte mich ohne von Mons. Canard gegebene Erlaubnis mit ihnen fort; schrieb ihm aber zurück und datiert das Schreiben zu Maastricht, damit er meinen sollte, ich wäre auf Köln gangen, darin nahm ich meinen Abschied, mit Vermelden, daß mir unmöglich gewesen länger zu bleiben, weil ich seine aromatischen Würste nicht mehr verdauen hätte können.

Im zweiten Nachtlager von Paris aus wurde mir natürlich wie einem der den Rotlauf bekommt, und mein Kopf tat mir so grausam wehe, daß mir unmöglich war aufzustehen. Es war in einem gar schlechten Dorf, darin ich keinen Medicum haben konnte, und was das Ärgste war, so hatte ich auch niemand der mir wartete, denn die Offizier reisten des Morgens früh ihres Wegs fort gegen das Elsaß zu und ließen mich, als einen der sie nichts anginge, gleichsam todkrank daliegen, doch befahlen sie bei ihrem Abschied dem Wirt mich und mein Pferd und hinterließen bei dem Schulzen im Dorf, daß er mich als einen Kriegsoffizier, der dem König diene, beobachten sollte.

Also lag ich ein paar Tag dort, daß ich nichts von mir selber wußte, sondern wie ein Hirnschelliger fabelte, man brachte den Pfaffen, derselbe konnte aber nichts Verständiges von mir vernehmen. Und weil er sah, daß er mir die Seel nit arzneien konnte, gedacht er auf Mittel, dem Leib nach Vermögen zu Hilf zu kommen, allermaßen er mir eine Ader öffnen, ein Schweißtrank eingeben und in ein warmes Bett legen lassen, zu schwitzen; das bekam mir so wohl, daß ich mich in derselben Nacht wieder besann wo ich war und wie ich dahin kommen und krank worden wäre. Am folgenden Morgen kam obgemeldter Pfaff wieder zu mir und fand mich ganz desperat, dieweil mir nicht allein all mein Geld entführt war, sondern auch nit anders meinte, als hätte ich (s. v.) ‚die lieben Franzosen‘, weil sie mir billiger als so viel Pistolen gebührten und ich auch über dem ganzen Leib so voller Flecken war als ein Tiger; ich konnte weder gehen, stehen, sitzen noch liegen, da war keine Geduld bei mir, denn gleichwie ich nicht glauben konnte, daß mir Gott das verlorne Geld beschert hätte, also war ich jetzt so ungehalten, daß ich sagte, der Teufel hätte mirs wieder weggeführt! Ja ich stellte mich nicht anders, als ob ich ganz verzweifeln hätte wollen, daß also der gute Pfarrer genug an mir zu trösten hatte, weil mich der Schuh an zweien Orten so heftig drückte. „Mein Freund“, sagt’ er,

„stellt Euch doch als ein vernünftiger Mensch, wenn Ihr Euch ja nit in Eurem Kreuz anlassen könnet wie ein frommer Christ; was macht Ihr, wollt Ihr zu Eurem Geld auch das Leben, und was mehr ist, auch die Seligkeit verlieren?" Ich antwortet: „Nach dem Geld fragte ich nichts, wenn ich nur diese abscheuliche verfluchte Krankheit nit am Hals hätte oder wäre nur an Ort und Enden, da ich wieder kuriert werden könnte!" „Ihr müßt Euch gedulden", antwort der Geistliche, „wie müssen die armen kleinen Kinder tun, deren in hiesigem Dorf über fünfzig daran krank liegen?" Wie ich hörte, daß auch Kinder damit behaftet, war ich alsbalden herzhafter, denn ich konnte ja leicht gedenken, daß selbige diese garstige Seuch nit kriegen würden; nahm derowegen mein Felleisen zur Hand und suchte, was es etwa noch vermöchte, aber da war ohne das weiß Gezeug* nichts Schätzbares innen als ein Kapsel mit einer Damen Conterfait, rund herum mit Rubinen besetzt, so mir eine zu Paris verehrt hatte; ich nahm das Conterfait heraus und stellte das übrige dem Geistlichen zu, mit Bitt, solches in der nächsten Stadt zu versilbern, damit ich etwas zu verzehren haben möchte: Dies ging dahin, daß ich kaum den dritten Teil seines Werts dafür kriegte, und weil es nit lang daurte, mußte auch mein Klepper fort, damit reichte ich kärglich hinaus, bis die Purpeln* anfingen zu dörren und mir wieder besser wurde.

Das 7. Kapitel

Wie Simplicius Kalender macht, und als ihm das Wasser ans Maul ging schwimmen lernte

Womit einer sündiget, damit pflegt einer auch gestraft zu werden, diese Kindsblattern richteten mich dergestalt zu, daß ich hinfüro vor den Weibsbildern gute Ruhe hatte; ich kriegte Gruben im Gesicht, daß ich aussah wie ein Scheurtenne, darin man Erbsen gedroschen, ja ich wurde so häßlich, daß sich meine schönen krausen Haar, in welchem sich so manch Weibsbild verstrickt, meiner schämten, und ihre Heimat verließen; an deren Statt bekam ich andere, die sich den Sauborsten vergleichen ließen, daß ich also notwendig eine Perücke tragen mußte, und gleichwie auswendig an der Haut keine Zierd mehr übrigblieb, also ging meine liebliche Stimm auch dahin, dann ich den Hals voller Blattern gehabt, meine Augen, die man hiebevor niemal ohne Liebesfeur finden können, eine jede zu entzünden, sahen jetzt so rot und triefend aus wie eines achtzigjährigen Weibs, das den Cornelium* hat. Und über das alles so war ich in fremden Landen, kannte weder Hund noch Menschen, ders treulich mit mir meinte, verstund die Sprach nicht und hatte allbereit kein Geld mehr übrig.

Da fing ich erst an hinter mich zu gedenken und die herrlichen Gelegenheiten zu bejammern, die mir hiebevor zu Beförderung meiner Wohlfahrt angestanden, ich aber so liederlich hatte verstreichen lassen; Ich sah erst zurück und merkte, daß mein extraordinari Glück im Krieg und mein gefundener Schatz nichts anders als eine Ursach und Vorbereitung zu meinem Unglück gewesen, welches mich nimmermehr so weit hinunter hätte werfen können, da es mich nit zuvor durch falsche Blick angeschaut und so hoch erhaben hätte, ja ich fand, daß dasjenige Gute, so mir begegnet und ich für gut gehalten, bös gewesen und mich in das äußerste Verderben geleitet hatte; da war kein Einsiedel mehr, ders treulich mit mir gemeint, kein Obrist Ramsay, der mich in meinem Elend aufgenommen, kein Pfarrer, der mir das Beste geraten, und in Summa kein einziger Mensch, der mir etwas zugut getan hätte; sondern da mein Geld hin war, hieß es, ich sollte auch fort und meine Gelegenheit anderswo suchen, und hätte ich wie der verlorne Sohn mit den Säuen vorlieb nehmen sollen. Damals gedacht ich erst an desjenigen Pfarrherrn guten Rat, der da vermeinte, ich sollte meine Mittel und Jugend zu den Studiis anwenden, aber es war viel zu spät mit der Scher, dem Vogel die Flügel zu beschneiden, weil er schon entflogen; O schnelle und unglückselige Veränderung! vor vier Wochen war ich ein Kerl, der die Fürsten zur Verwunderung bewegte, das Frauenzimmer entzückte und dem Volk als ein Meisterstück der Natur, ja wie ein Engel vorkam, jetzt aber so ohnwert, daß mich die Hund anpißten. Ich machte wohl tausend und aber tausenderlei Gedanken, was ich angreifen wollte, denn der Wirt stieß mich aus dem Haus, da ich nichts mehr bezahlen konnte, ich hätte mich gern unterhalten lassen, es wollte mich aber kein Werber für einen Soldaten annehmen, weil ich als ein grindiger Kukkuck aussah; arbeiten konnte ich nit, denn ich war noch zu matt und überdas noch keiner gewohnt. Nichts tröstete mich mehr, als daß es gegen den Sommer ging und ich mich zur Not hinter einer Hecken behelfen konnte, weil mich niemand mehr im Haus wollte leiden. Ich hatte mein stattlich Kleid noch, das ich mir auf die Reis machen lassen, samt einem Felleisen voll kostbar Leinengezeug, das mir aber niemand abkaufen wollte, weil jeder sorgte, ich möchte ihm auch eine Krankheit damit an Hals hängen. Solches nahm ich auf den Buckel, den Degen in die Hand und den Weg unter die Füß, der mich in ein klein Städtlein trug, so gleichwohl ein eigene Apothek vermochte; in dieselbe ging ich und ließ mir eine Salbe zurichten, die mir die Urschlechtenmäler* im Gesicht vertreiben sollte, und weil ich kein Geld hatte, gab ich dem Apothekergesellen ein schön zart Hemd dafür, der nit so ekel war wie andere Narren, so keine Kleider von mir haben wollten. Ich gedachte, wenn du nur der schändlichen Flecken los wirst, so wird sichs schon auch wieder mit deinem Elend bessern; und weil mich der Apotheker tröstete, man würde mir über acht Tag ohne die tiefen Narben, so mir die Purpeln in die Haut gefressen, wenig mehr ansehen, war ich schon beherzter. Es war eben Markt daselbst und auf demselben befand sich ein Zahnbrecher, der trefflich Geld lösete, da er doch liederlich Ding den Leuten dafür anhängte: „Narr", sagte ich zu mir selber, „was machst du, daß du nicht auch so einen Kram aufrichtest? bist du solang bei Mons. Canard gewesen und hast nit soviel gelernet, ein einfältigen Bauren zu betrügen und dein Maulfutter davon zu gewinnen, so mußt du wohl ein elender Tropf sein."

Das 8. Kapitel

Wie er ein landfahrender Storcher und Leutbetrüger worden

Ich mochte damals fressen wie ein Drescher, denn mein Magen war nicht zu ersättigen, wiewohl ich nichts mehr im Vorrat hatte, als noch einen einzigen güldenen Ring mit einem Demant, der etwa zwanzig Kronen wert war, den versilberte ich um zwölfe, und demnach ich mir leicht einbilden konnte, daß dies bald aus sein würde, da ich nichts dazugewann, resolviert ich mich, ein Arzt zu werden. Ich kaufte mir die Materialia zu dem Theriaca Diatessaron* und richtete mir denselben zu; alsdann machte ich aus Kräutern, Wurzeln, Butter und etlichen Olitäten eine grüne Salbe zu allerhand Wunden, damit man auch wohl ein gedrückt Pferd hätte heilen können, item aus Galmei, Kieselsteinen, Krebsaugen, Schmirgel und Trippel ein Pulver, weiße Zähn damit zu machen; ferner ein blau Wasser aus Lauge, Kupfer, Sal ammoniacum und Camphor* für den Scharbock*, Mundfäule, Zahn- und Augenwehe, bekam auch ein Haufen blecherne und hölzerne Büchslein, Papier und Gläslein, meine War dareinzuschmieren, und damit es auch ein Ansehen haben möchte, ließ ich mir einen französischen Zettel konzipieren und drucken, darinnen man sehen konnte, wozu ein und anders gut war. In dreien Tagen war ich mit meiner Arbeit fertig, und hatte kaum drei Kronen in die Apothek und für Geschirr angewendet, da ich dies Städtlein verließ. Also packte ich auf und nahm mir vor, von einem Dorf zum andern bis in das Elsaß hinein zu wandern und meine War unterwegs an Mann zu bringen; folgends zu Straßburg, als in einer neutralen Stadt, mich mit Gelegenheit auf den Rhein zu setzen, mit Kaufleuten wieder nach Köln zu begeben und von dort aus meinen Weg zu meinem Weib zu nehmen; das Vorhaben war gut, aber der Anschlag fehlte weit!

Da ich das erstemal mit meiner Quacksalberei vor eine Kirche kam und feil hatte, war die Losung gar schlecht, weil ich viel zu blöd war, mir auch sowohl die Sprach als storgerische Aufschneiderei nicht vonstatten gehen wollte; sah demnach gleich, daß ichs anderst angreifen müßte, wenn ich Geld einnehmen wollte. Ich ging mit meinem Kram in das Wirtshaus und vernahm über Tisch vom Wirt, daß den Nachmittag allerhand Leut unter der Linden vor seinem Haus zusammenkommen würden, da dürfte ich dann wohl so etwas verkaufen, wenn ich gute War hätte, allein gebe es der Betrüger so viel im Land, daß die Leut gewaltig mit dem Geld zurückhielten, wenn sie keine gewisse Prob vor Augen sähen, daß der Theriak ausbündig gut wäre. Als ich dergestalt vernahm, wo es mangelte, bekam ich ein halbes Trinkgläslein voll guten Straßburger Branntewein und fing eine Art Krotten, die man Reling oder Möhmlein nennet, so im Frühling und Sommer in den unsaubern Pfützen sitzen und singen, sind goldgelb oder fast rotgelb und unten am Bauch schwarz gescheckigt, gar unlustig anzusehen: Ein solches setzt ich in ein Schoppenglas mit Wasser und stellts neben meine War auf einen Tisch unter der Linden. Wie sich nun die Leut anfingen zu versammlen und um mich herumstunden, vermeinten etliche, ich würde mit der Kluft*, so ich von der Wirtin aus ihrer Küchen entlehnt, die Zähn ausbrechen, ich aber fing an: „Ihr Herrn und gueti Freund (denn ich konnte noch gar wenig Französisch reden) bin ich kein Brech-dir-die-Zahn-aus, allein hab ich gut Wasser für die Aug, es mach all die Flüß aus die rode Aug." „Ja", antwortet' einer, „man siehets an Euren Augen wohl, die sehen ja aus wie zween Irrwisch." Ich sagte: „Das ist wahr, wenn ich aber der Wasser für mich nicht hab, so wär ich wohl gar blind werd, ich verkauf sonst der Wasser nit, der Theriak und der Pulver für die weiße Zähn und das Wundsalb will ich verkauf und der Wasser noch dazu schenk; ich bin kein Schreier oder Bescheiß-dir-die-Leut, hab ich mein Theriak feil, wenn ich sie habe probiert und sie dir nit gefallt, so darfst du sie mir nit kauf ab." Indem ließ ich einen von dem Umstand eins von meinen Theriakbüchslein auswählen, aus demselben tat ich etwa einer Erbsen groß in meinen Branntewein, den die Leut für Wasser ansahen, zertrieb ihn darin und kriegte hierauf mit der Kluft das Möhmlein aus dem Glas mit Wasser, und sagte: „Secht ihr gueti Freund, wann dies giftig Wurm kann mein Theriak trink und sterbe nit, so ist der Ding nit nutz, dann kauf ihr mir nit ab.“ Hiemit steckte ich die arme Krott, welche im Wasser geboren und erzogen und kein ander Element oder Liquor* leiden konnte, in meinen Branntewein und hielt es mit einem Papier zu, daß es nit herausspringen konnte; da fing es dergestalt an darin zu wüten und zu zapplen, ja viel ärger zu tun, als ob ichs auf glühende Kohlen geworfen hätte, weil ihm der Branntewein viel zu stark war, und nachdem es so ein kleine Weil getrieben, verreckt' es und streckt' alle viere von sich. Die Baurn sperrten Maul und Beutel auf, da sie diese so gewisse Prob mit ihren Augen angesehen hatten; da war in ihrem Sinn kein besserer Theriak in der Welt als der meinige, und hatte ich genug zu tun, den Plunder in die Zettel zu wickeln und Geld dafür einzunehmen; es waren etliche unter ihnen, die kauftens wohl drei-, vier-, fünf- und sechsfach, damit sie ja auf den Notfall mit so köstlicher Giftlatwerge* versehen wären, ja sie kauften auch für ihre Freund und Verwandte, die an andern Orten wohnten, daß ich also mit der Narrnweis, da doch kein Marktag war, denselben Abend zehen Kronen löste, und doch noch mehr als die Hälfte meiner War behielt. Ich machte mich noch dieselbe Nacht in ein ander Dorf, weil ich sorgte, es möchte etwa auch ein Baur so kurios sein und eine Krott in ein Wasser setzen, meinen Theriak zu probiern, und wenn es dann mißlinge, mir der Buckel geräumt werden. Damit ich aber gleichwohl auch die Vortrefflichkeit meiner Giftlatwerge auf ein andere Manier erweisen könnte, machte ich mir aus Mehl, Saffran und Gallus einen gelben Arsenicum und aus Mehl und Victril einen Mercurium sublimatum*, und wenn ich die Prob tun wollte, hatte ich zwei gleiche Gläser mit frischem Wasser auf dem Tisch, davon das eine ziemlich stark mit Aqua fort* oder Spiritus Victril* vermischt war, in dasselbe zerrührte ich ein wenig von meinem Theriak und schabte alsdann von meinen beiden Giften soviel als genug war hinein, davon wurde das eine Wasser, so keinen

Theriak und also auch kein Aqua fort hatte, so schwarz wie eine Tinte, das ander aber blieb wegen des Scheidwassers wie es war. „Ha“, sagten dann die Leut, „seht, das ist fürwahr ein köstlicher Theriak, so um ein gering Geld!“ Wenn ich dann beide untereinander goß, so wurde wieder alles klar; davon zogen dann die guten Baurn ihre Beutel und kauften mir ab, welches nicht allein meinem hungrigen Magen wohl zupaß kam, sondern ich machte mich auch wieder beritten, prosperierte noch dazu viel Geld auf meiner Reis und kam glücklich an die teutsche Grenz. Darum ihr lieben Baurn, glaubt den fremden Marktschreiern so leicht nicht, ihr werdet sonst von ihnen betrogen, als welche nicht euer Gesundheit, sondern euer Geld suchen.

Das 9. Kapitel

Wie dem Doktor die Muskete zuschlägt unter dem Hauptmann Schmalhansen

Da ich durch Lothringen passierte, ging mir meine War aus, und weilen ich die Garnisonen scheuete, hatte ich keine Gelegenheit andere zuzurichten, derhalben mußte ich wohl was anders anfangen, bis ich wieder Theriak machen könnte. Ich kaufte mir zwei Maß Branntewein, färbte ihn mit Saffran, füllte ihn in halblötige Gläslein und verkaufte solchen den Leuten für ein köstlich Güldenwasser, das gut fürs Fieber sei, brachte also diesen Branntewein auf dreißig Gulden. Und demnach mirs auch an kleinen Gläslein zerrinnen wollte, ich aber von einer Glashütten hörete, die in dem Fleckensteinischen Gebiet* läge, begab ich mich darauf zu, mich wieder zu montiern, und indem ich so Abweg suchte, wurde ich ungefähr von einer Partei aus Philippsburg*, die sich auf dem Schloß Wagelnburg* aufhielt, gefangen; kam also um all dasjenige, was ich den Leuten auf der Reis durch meine Betrügerei abgezwackt hatte, und weil der Baur, so mir den Weg zu weisen mitging, zu den Kerln gesagt, ich wäre ein Doktor, wurde ich wider des

Teufels Dank für einen Doktor nach Philippsburg geführt.

Daselbst wurde ich examiniert und scheuete mich gar nit zu sagen wer ich wäre, so man mir aber nicht glauben, sondern mehr aus mir machen wollte, als ich hätte sein können, denn ich sollte und müßte ein Doktor sein; ich mußte schwören, daß ich unter die kaiserlichen Dragoner in Soest gehörig, und erzählte ferner bei Eidspflicht alles, so mir von selbiger Zeit an bis hieher begegnet und was ich jetzo zu tun vorhabens: Aber es hieß, der Kaiser brauche sowohl in Philippsburg als in Soest Soldaten, man würde mir bei ihnen Aufenthalt geben, bis ich gleichwohl mit guter Gelegenheit zu meinem Regiment kommen könnte; wenn mir aber dieser Vorschlag nit schmeckte, so möchte ich im Stockhaus vorliebnehmen, und mich, bis ich wieder loskäme, als einen Doktor traktieren lassen, für welchen sie mich denn auch gefangen bekommen hätten.

Also kam ich vom Pferd auf den Esel und mußte ein Musketier werden wider meinen Willen; das kam mich blutsauer an, weil der Schmalhans dort herrschte und das Kommißbrot daselbst schrecklich klein war; ich sage nit vergeblich schrecklich klein, denn ich erschrak alle Morgen, wenn ichs empfing, weil ich wußte, daß ich mich denselben ganzen Tag damit behelfen mußte, da ichs doch ohn einzige Mühe auf einmal aufreiben konnte. Und die Wahrheit zu bekennen, so ists wohl ein elende Kreatur um einen Musketierer, der solchergestalt sein Leben in einer Garnison zubringen und sich allein mit dem lieben trocken Brot, und noch dazu kaum halb satt, behelfen muß; denn da ist keiner anders als ein Gefangener, der mit Wasser und Brot der Trübsal sein armselig Leben verzögert, ja ein Gefangener hats noch besser, denn er darf weder wachen, Runden gehen, noch Schildwacht stehen, sondern bleibt in seiner Ruhe liegen und hat so wohl Hoffnung als ein so elender Garnisoner, mit der Zeit einmal aus solchem Gefängnis zu kommen. Zwar waren auch etliche, die ihr Auskommen um ein Kleines besser hatten und auf unterschiedliche Gattungen, doch kein einzige Manier, die mir beliebte und solchergestalt mein Maulfutter zu erobern anständig sein wollte:

Denn etliche nahmen (und sollten es auch verlaufene Huren gewesen sein) in solchem Elend keiner andern Ursach halber Weiber, als daß sie durch solche entweder mit Arbeiten, als Nähen, Waschen, Spinnen oder mit Krämpeln* und Schachern oder wohl gar mit Stehlen ernährt werden sollen; da war eine Fähnrich unter den Weibern, die hatte ihre Gage wie ein Gefreiter; ein andere war Hebamme und bracht dadurch sich selbsten und ihrem Mann manchen guten Schmaus zuwegen; ein andere konnte stärken und waschen, diese wuschen den ledigen Offiziern und Soldaten Hemden, Strümpf, Schlafhosen und ich weiß nicht was als mehr, davon sie ihre sonderen Namen kriegten; andere verkauften Tobak und versahen der Kerl ihre Pfeifen, die dessen Mangel hatten; andere handelten mit Branntewein und waren im Ruf, daß sie ihn mit Wasser, so sich von ihnen selbsten destilliert, verfälschten, davon es doch seine Prob nicht verlor; ein andere war eine Näherin und konnte allerhand Stich und Model* machen, damit sie Geld erwarb; ein andere wußte sich blößlich aus dem Feld zu ernähren, im Winter grub sie Schnecken, im Frühling grasete sie Salat, im Sommer nahm sie Vogelnester aus und im Herbst wußte sie sonst tausenderlei Schnabelweid zu kriegen; etliche trugen Holz zu verkaufen wie die Esel; und andere handelten auch mit etwas anderm. Solchergestalt nun meine Nahrung zu haben war nicht für mich, denn ich hatte schon ein Weib. Etliche Kerl ernährten sich mit Spielen, weil sie es besser als Spitzbuben konnten und ihren einfältigen Kameraden das Ihrige mit falschen Würfeln und Karten abzuzwacken wußten, solche Profession aber war mir ein Ekel. Andere arbeiteten auf der Schanz und sonsten wie die Bestien, aber hiezu war ich zu faul; etliche konnten und trieben etwa ein Handwerk, ich Tropf aber hatte keines gelernt; zwar wenn man einen Musikanten vonnöten gehabt hätte, so wär ich wohl bestanden, aber dasselbe Hungerland behalf sich nur mit Trommeln und Pfeifen, etliche schillerten* für andere und kamen Tag und Nacht niemal von der Wacht, ich aber wollte lieber hungern, als meinen Leib so abmergeln; etliche brachten sich mit Parteigehen durch, mir aber wurde nicht einmal vor das Tor zu gehen vertraut; etliche konnten besser mausen als Katzen, ich aber haßte solche Hantierung wie die Pest. In Summa, wo ich mich nur hinkehrte, da konnte ich nichts ergreifen, das meinen Magen hätte stillen mögen. Und was mich am allermeisten verdroß, war dieses, daß ich mich noch dazu mußte foppen lassen, wenn die Bursch sagten: „Solltest du ein Doktor sein und kannst anders keine Kunst, als Hunger leiden?" Endlich zwang mich die Not, daß ich etlich schöne Karpfen aus dem Graben zu mir auf den Wall gaukelte, sobald es aber der Obrist inne wurde, mußte ich den Esel dafür reiten*, und war mir meine Kunst ferner zu üben bei Hängen verboten. Zuletzt war anderer Unglück mein Glück, denn nachdem ich etliche Gelbsüchtige und ein paar Febrizitanten* kurierte, die einen besondern Glauben an mir gehabt haben müssen, wurde mir erlaubt, vor die Festung zu gehen, meinem Vorwand nach, Wurzel und Kräuter zu meinen Arzneien zu sammlen, da richtet ich hingegen den Hasen mit Stricken, und hatte das Glück, daß ich die erste Nacht zween bekam, dieselben bracht ich dem Obristen und erhielt dadurch nicht allein einen Taler zur Verehrung, sondern auch Erlaubnis, daß ich hinaus dürfte gehen, den Hasen nachzustellen, wenn ich die Wacht nit hätte. Weil denn nun das Land ziemlich erödet und niemand war, der diese Tier auffing, zumal sie sich trefflich gemehret hatten, also kam das Wasser wieder auf meine Mühl, maßen es das Ansehen hatte, als ob es mit Hasen schneiete oder ich in meine Strick bannen könnte. Da die Offizier sahen, daß man mir trauen dürfte, wurde ich auch mit andern hinaus auf Partei gelassen, da fing ich nun mein soestisch Leben wieder an, außer daß ich keine Parteien führen und kommandieren dürfte wie hiebevor in Westfalen, denn es war vonnöten, zuvor Weg und Steg zu wissen und den Rheinstrom zu kennen.

Das 10. Kapitel

Simplicius überstehet ein unlustig Bad im Rhein

Noch ein paar Stücklein will ich erzählen, ehe ich sage, wie ich wieder von der Muskete erlöset worden; eins von großer Leib- und Lebensgefahr, daraus ich durch Gottes Gnad entronnen, das ander von der Seelengefahr, darinnen ich hartnäckiger Weis stecken blieb, denn ich will meine Untugenden so wenig verhehlen als meine Tugenden, damit nicht allein meine Histori ziemlich ganz sei, sondern der ohngewanderte Leser auch erfahre, was für seltsame Kauzen es in der Welt gibt.

Wie zu End des vorigen Kapitels gemeldet, so durfte ich auch mit andern auf Partei, so in Garnisonen nit jedem liederlichen Kunden, sondern rechtschaffenen Soldaten gegönnet wird: Also gingen nun unser neunzehn einsmals miteinander durch die Unter-Markgrafschaft* hinauf, oberhalb Straßburg einem baslerischen Schiff aufzupassen, wobei heimlich etliche weimarische Offizierer und Güter sein sollten. Wir kriegten überhalb Ottenheim* ein Fischernachen, uns damit überzusetzen und in ein Werder* zu legen, so gar vorteilhaftig lag, die ankommenden Schiff ans Land zu zwingen, maßen zehen von uns durch den Fischer glücklich übergeführt wurden; als aber einer aus uns, der sonst wohl fahren konnte, die übrigen neune, darunter ich mich befand, auch holte, schlug der Nachen ohnversehens um, daß wir also urplötzlich miteinander im Rhein lagen. Ich sah mich nit viel nach den andern um, sondern gedachte auf mich selbst. Ob ich mich nun zwar aus allen Kräften spreizte und alle Vorteil der guten Schwimmer brauchte, so spielte dennoch der Strom mit mir wie mit einem Ballen, indem er mich bald über- bald untersich in Grund warf, ich hielt mich so ritterlich, daß ich oft über ihn kam, Atem zu schöpfen; wäre es aber um etwas kälter gewesen, so hätte ich mich nimmermehr so lang enthalten und mit dem Leben entrinnen können: Ich versuchte oft ans Ufer zu gelangen, so mir aber die Wirbel nit zuließen, als die mich von einer

Seite zur andern warfen, und ob ich zwar in Kürze unter Goldscheur* kam, so wurde mir doch die Zeit so lang, daß ich schier an meinem Leben verzweifelte. Demnach ich aber die Gegend bei dem Dorf Goldscheur passiert hatte und mich bereits drein ergeben, ich würde meinen Weg durch die Straßburger Rheinbrücke entweder tot oder lebendig nehmen müssen, wurde ich eines großen Baums gewahr, dessen Äste unweit vor mir aus dem Wasser hervorreichten, der Strom ging streng und recta drauf zu, derhalben wandte ich alle übrigen Kräfte an, den Baum zu erlangen, welches mir denn trefflich glückte, also daß ich beides durchs Wasser und meine Mühe auf den größten Ast, den ich anfänglich für einen Baum angesehen, zu sitzen kam, derselbe wurde aber von den Strudeln und Wellen dergestalt tribuliert, daß er ohn Unterlaß auf- und niederknappen mußte, und derhalben mein Magen also erschüttert, daß ich Lung und Leber hätte ausspeien mögen. Ich konnte mich kümmerlich darauf halten, weil mir ganz seltsam vor den Augen wurde, ich hätte mich gern wieder ins Wasser gelassen, befand aber wohl, daß ich nit Manns genug wäre, nur den hunderten Teil solcher Arbeit auszustehen, dergleichen ich schon überstritten hatte, mußte derowegen verbleiben und auf ein ungewisse Erlösung hoffen, die mir Gott ungefähr schicken müßte, da ich anderst mit dem Leben davonkommen sollte. Aber mein Gewissen gab mir hierzu einen schlechten Trost, indem es mir vorhielt, daß ich solche gnadenreiche Hilfe nun ein paar Jahr her so liederlich verscherzt; jedoch hoffte ich ein Bessers und fing so andächtig an zu beten, als ob ich in einem Kloster erzogen worden wäre; ich setzte mir vor, inskünftig frömmer zu leben, und tat unterschiedliche Gelübde: Ich widersagte dem Soldatenleben und verschwur das Parteigehen auf ewig, schmiß auch meine Patrontasch samt dem Ranzen von mir und ließ mich nit anderst an, als ob ich wieder ein Einsiedel werden, meine Sünden büßen und der Barmherzigkeit Gottes für meine hoffende* Erlösung bis in mein End danken wollte: Und indem ich dergestalt auf dem Ast bei zwei oder drei Stunden lang zwischen Furcht und Hoffnung zugebracht, kam dasjenige Schiff den Rhein herunter, dem ich hätte aufpassen helfen sollen. Ich erhub meine Stimm erbärmlich und schrie um Gottes und des Jüngsten Gerichts willen um Hilf, und nachdem sie unweit von mir vorüberfahren mußten, und dahero meine Gefahr und elenden Stand desto eigentlicher sahen, wurde jeder im Schiff zur Barmherzigkeit bewegt, maßen sie gleich ans Land fuhren, sich zu unterreden, wie mir möchte zu helfen sein.

Weil denn wegen der vielen Wirbel, die es rund um mich herum gab und von den Wurzeln und Ästen des Baums verursacht wurden, ohne Lebensgefahr weder zu mir zu schwimmen noch mit großen und kleinen Schiffen zu mir zu fahren war, also erforderte meine Hilf lange Bedenkzeit; wie aber mir unterdessen zumut gewesen, ist leicht zu erachten: Zuletzt schickten sie zween Kerl mit einem Nachen oberhalb meiner in den Fluß, die mir ein Seil zufließen ließen und das eine End davon bei sich behielten, das ander End aber bracht ich mit großer Mühe zuwegen und band es um meinen Leib so gut ich konnte, daß ich also an demselben wie ein Fisch an einer Angelschnur in den Nachen gezogen und auf das Schiff gebracht wurde.

Da ich nun dergestalt dem Tod entronnen, hätte ich billig am Ufer auf die Knie fallen und der göttlichen Güte für meine Erlösung danken, auch sonst mein Leben zu bessern einen Anfang machen sollen, wie ich denn solches in meinen höchsten Nöten gelobt und versprochen. Ja hintersich naus! Denn da man mich fragte, wer ich sei? und wie ich in diese Gefahr geraten wäre? fing ich an, diesen Burschen vorzulügen, daß der Himmel hätte erschwarzen mögen; denn ich dachte, wenn du ihnen sagst, daß du sie hast plündern helfen wollen, so schmeißen sie dich alsbald wieder in Rhein; gab mich also für einen vertriebenen Organisten aus und sagte, nachdem ich auf Straßburg gewollt, um über Rhein irgendeinen Schul- oder andern Dienst zu suchen, hätte mich eine Partei ertappt, ausgezogen und in den Rhein geworfen, welcher mich auf gegenwärtigen Baum geführt. Und nachdem ich diese meine Lügen wohl füttern konnte, zumalen auch mit Schwüren bekräftigte, wurde mir geglaubt und mit Speis und Trank alles Gute erwiesen, mich wieder zu erquicken, wie ichs denn trefflich vonnöten hatte.

Beim Zoll zu Straßburg stiegen die meisten ans Land, und ich mit ihnen, da ich mich denn gegen dieselben hoch bedankte und unter andern eines jungen Kaufherrn gewahr wurde, dessen Angesicht, Gang und Gebärden mir zu erkennen gaben, daß ich ihn zuvor mehr gesehen, konnte mich aber nicht besinnen, wo? vernahm aber an der Sprach, daß es eben derjenige Kornett war, so mich hiebevor gefangen bekommen, ich wußte aber nicht zu ersinnen, wie er aus einem so braven jungen Soldaten zu einem Kaufmann worden, vornehmlich weil er ein geborner Kavalier war: die Begierde zu wissen, ob mich meine Augen und Ohren betrügen oder nicht, trieben mich dahin, daß ich zu ihm ging, und sagte: „Monsieur Schönstein, ist Er's oder ist Er's nicht?“ Er aber antwort: „Ich bin keiner von Schönstein, sondern ein Kaufmann“; da sagte ich: „So bin ich auch kein Jäger von Soest nit, sondern ein Organist oder vielmehr ein landläufiger Bettler!“ „O Bruder“, sagt' hingegen jener, „was Teufels machst du, wo ziehest du herum?“ Ich sagte: „Bruder, wenn du vom Himmel versehen bist, mir das Leben erhalten zu helfen, wie nun zum zweitenmal geschehen ist, so erfordert ohn Zweifel mein Fatum, daß ich alsdann nit weit von dir sei.“ Hierauf nahmen wir einander in die Arm, als zwei getreue Freund, die hiebevor beiderseits versprochen, einander bis in Tod zu lieben. Ich mußte bei ihm einkehren, und alles erzählen wie mir ergangen, seit ich von L. nach Köln verreist, meinen Schatz abzuholen, verschwieg ihm auch nit, wasgestalt ich mit einer Partei ihrem Schiff hätte aufpassen wollen und wie es uns drüber erging; aber wie ich zu Paris gehaust, davon schwieg ist stockstill, denn ich sorgte, er möchte es zu L. ausbringen und mir deswegen bei meinem Weib einen bösen Rauch machen. Hingegen vertraute er mir, daß er von der hessischen Generalität zu Herzog Bernhard, dem Fürsten von Weimar, geschickt worden, wegen allerhand Sachen von großer Importanz, das Kriegswesen betreffend, Relation zu tun und künftiger Kampagne und Anschläg halber zu konferieren, welches er nunmehr verrichtet und in Gestalt eines Kaufmanns, wie ich denn vor Augen sähe, auf der Zurückreis begriffen sei. Benebens erzählte er mir auch, daß meine Liebste bei seiner Abreis großen Leibs und neben ihren Eltern und Verwandten noch in gutem Wohlstand gewesen; item daß mir der Obrist das Fähnlein noch aufhalte, und vexierte mich daneben, weil mich die Urschlechten so verderbt hätten, daß mich weder mein Weib noch das andere Frauenzimmer zu L. für den Jäger mehr annehmen werde, etc. Demnach redten wir miteinander ab, daß ich bei ihm verbleiben und mit solcher Gelegenheit wieder nach L. kehren sollte, so ein erwünschte Sach für mich war. Und weil ich nichts als Lumpen an mir hatte, streckt' er mir etwas an Geld vor, damit ich mich wie ein Gadendiener montierte.

Man sagt aber, wenn ein Ding nit sein soll, so geschiehts nicht, das erfuhr ich auch, denn da wir den Rhein hinunterfuhren und das Schiff zu Rheinhausen* visitiert wurde, erkannten mich die Philippsburger, welche mich wieder anpackten und nach Philippsburg führten, allda ich wieder wie zuvor einen Musketierer abgeben mußte, welches meinen guten Kornett ja so sehr verdroß als mich selbsten, weil wir uns wieder scheiden mußten, so durfte er sich auch meiner nicht hoch annehmen, denn er hatt' mit sich selbst zu tun sich durchzubringen.

Das 11. Kapitel

Warum die Geistlichen keine Hasen essen sollen, die mit Stricken gefangen worden

Also hat nun der günstige Leser vernommen, in was für einer Lebensgefahr ich gesteckt; betreffend aber die Gefahr meiner Seelen, ist zu wissen, daß ich unter meiner Muskete ein rechter wilder Mensch war, der sich um Gott und sein Wort nichts bekümmerte, keine Bosheit war mir zuviel, da waren alle Gnaden und Wohltaten, die ich von

Gott jemals empfangen, allerdings vergessen, so bat ich auch weder um das Zeitlich noch Ewig, sondern lebte auf den alten Kaiser hinein wie ein Vieh. Niemand hätte mir glauben können, daß ich bei einem so frommen Einsiedel wäre erzogen worden; selten kam ich in die Kirch und gar nicht zur Beicht, und gleichwie mir meiner Seelen Heil nichts anlag, also betrübte ich meinen Nebenmenschen desto mehr: Wo ich nur jemand berücken konnte, unterließ ichs nit, ja ich wollte noch Ruhm davon haben; so daß schier keiner ohngeschimpft von mir kam, davon kriegte ich oft dichte Stöß und noch öfter den Esel zu reiten, ja man bedrohete mich mit Galgen und Wippe*, aber es half alles nichts, ich trieb meine gottlose Weis fort, daß es das Ansehen hatte, als ob ich das desperat spielte und mit Fleiß der Höllen zurennete. Und ob ich gleich keine Übeltat beging, dadurch ich das Leben verwirkt hätte, so war ich jedoch so ruchlos, daß man (außer den Zauberern und Sodomiten) kaum einen wüstern Menschen antreffen mögen.

Dies nahm unser Regiments-Kaplan an mir in acht, und weil er ein rechter frommer Seeleneiferer war, schickte er auf die österliche Zeit nach mir, zu vernehmen, warum ich mich nicht bei der Beicht und Kommunion eingestellt hätte? Ich traktierte ihn aber nach seinen vielen treuherzigen Erinnerungen wie hiebevor den Pfarrer zu L. Also daß der gute Herr nichts mit mir ausrichten konnte. Und indem es schien, als ob Christus und Tauf an mir verloren wäre, sagte er zum Beschluß: „Ach du elender Mensch! ich habe vermeint, du irrest aus Unwissenheit, aber nun merke ich, daß du aus lauter Bosheit und gleichsam vorsetzlicher Weis zu sündigen fortfährest, ach wer vermeinst du wohl, der ein Mitleiden mit deiner armen Seel und ihrer Verdammnis haben werde? Meinesteils protestiere ich vor Gott und der Welt, daß ich an deiner Verdammnis keine Schuld haben will, weil ich getan und noch ferner gern unverdrossen tun wollte, was zu Beförderung deiner Seligkeit vonnöten wäre. Es wird mir aber besorglich künftig mehrers zu tun nit obliegen, denn daß ich deinen Leib, wenn ihn deine arme Seel in solchem verdammten Stand verläßt, an kein geweiht Ort zu andern frommen abgestorbenen Christen begraben, sondern auf den Schindwasen bei die Cadavera des verreckten Viehs hinschleppen lasse oder an denjenigen Ort, da man andere Gottsvergessene und Verzweifelte hintut!"

Diese ernstliche Bedrohung fruchtete ebensowenig als die vorigen Ermahnungen, und zwar nur der Ursach halber, weil ich mich vorm Beichten schämte; O ich großer Narr! Ich erzählte oft meine Bubenstück bei ganzen Gesellschaften und log noch dazu, aber jetzt, da ich mich bekehren und einem einzigen Menschen, an Gottes Statt, meine Sünden demütig bekennen sollte, Vergebung zu empfangen, war ich ein verstockter Stumm! Ich sage recht ‚verstockt', blieb auch verstockt, denn ich antwortet: „Ich diene dem Kaiser für einen Soldaten, wenn ich nun auch sterbe als ein Soldat, so wirds kein Wunder sein, da ich gleich andern Soldaten (die nit allezeit auf das Geweihte begraben werden können, sondern irgends auf dem Feld, in Gräben oder in der Wölf und Raben Mägen vorlieb nehmen müssen) mich auch außerhalb des Kirchhofs behelfen werde."

Also schied ich vom Geistlichen, der mit seinem heiligen Seeleneifer anders nichts um mich verdient, als daß ich ihm einsmals einen Hasen abschlug, den er inständig von mir begehrte, mit Vorwand, weil er sich selbst an einem Strick erhenkt und ums Leben gebracht, daß sich dannenhero nit gebühre, daß er als ein Verzweifelter in ein geweihtes Erdreich begraben werden sollte.

Das 12. Kapitel

Simplicius wird unverhofft von der Muskete erlöst

Also folgte bei mir keine Besserung, sondern ich wurde je länger je ärger, der Obrist sagte einsmals zu mir, er wollte mich, da ich kein gut tun wollte, mit einem Schelmen hinwegschicken*; weil ich aber wohl wußte, daß es ihm nit Ernst war, sagte ich, dies könne leicht geschehen, wenn er mir nur den Steckenknecht mitgebe; also ließ er mich wiederum passiern, weil er sich wohl einbilden konnte, daß ichs für keine Straf, sondern für eine Wohltat halten würde, wenn er mich laufen ließe. Mußte demnach wider meines Herzen Willen ein Musketier bleiben, und Hunger leiden bis in den Sommer hinein. Je mehr sich aber der Graf von Götz mit seiner Armee näherte, je mehrers näherte sich auch meine Erlösung: Denn als selbiger zu Bruchsal* das Hauptquartier hatte, wurde mein Herzbruder, dem ich im Lager vor Magdeburg mit meinem Geld getreulich geholfen, von der Generalität mit etlichen Verrichtungen in die Festung geschickt, da man ihm die höchste Ehr antat. Ich stund eben vor des Obristen Quartier Schildwacht, und ob er zwar ein schwarzen sammeten Rock antrug, so erkannte ich ihn jedoch gleich im ersten Anblick, hatte aber nicht das Herz, ihn sogleich anzusprechen, denn ich mußte sorgen, er würde der Welt Lauf nach sich meiner schämen oder mich sonst nit kennen wollen, weil er den Kleidern nach in einem hohen Stand, ich aber nur ein lausiger Musketier wäre. Nachdem ich aber abgelöst wurde, erkundigte ich bei dessen Dienern seinen Stand und Namen, damit ich versichert sei, daß ich vielleicht keinen andern für ihn anspräche, und hatte dennoch das Herz nit ihn anzureden, sondern schrieb dieses Brieflein, und ließ es ihm am Morgen durch seinen Kammerdiener einhändigen:

Monsieur, etc. Wenn meinem Hochg. Herrn beliebte, denjenigen, den Er hiebevor durch Seine Tapferkeit in der Schlacht bei Wittstock aus Eisen und Banden errettet, auch anjetzo durch Sein vortrefflich Ansehen aus dem allerarmseligsten Stand von der Welt zu erlösen, wohinein er als ein Ball des unbeständigen Glücks geraten; so würde Ihm solches nicht allein nicht schwer fallen, sondern Er würde Sich auch für einen ewigen Diener obligiern Seinen ohnedas getreu-verbundenen, anjetzo aber allerelendesten und verlassenen

S. Simplicissimum.

Sobald er solches gelesen, ließ er mich zu sich hineinkommen, sagte: „Landsmann, wo ist der Kerl, der Euch dies Schreiben gegeben?" Ich antwort: „Herr, er liegt in hiesiger Festung gefangen." „Wohl", sagt' er, „so gehet zu ihm und sagt, ich woll ihm davonhelfen und sollt er schon den Strick an Hals kriegen." Ich sagte: „Herr, es wird solcher Mühe nit bedürfen, ich bin der arme Simplicius selbsten, der jetzt kommt, Demselben sowohl für die Erlösung bei Wittstock zu danken, als Ihn zu bitten, mich wieder von der Musket zu erledigen, so ich wider meinen Willen zu tragen gezwungen wurde." Er ließ mich nit völlig ausreden, sondern bezeugte mit Umfangen, wie geneigt er sei, mir zu helfen; in Summa, er tat alles was ein getreuer Freund gegen den andern tun soll, und ehe er mich fragte, wie ich in die Festung und in solche Dienstbarkeit geraten? schickte er seinen Diener zum Juden, Pferd und Kleider für mich zu kaufen; indessen erzählte ich ihm, wie mirs ergangen, seit sein Vater vor Magdeburg gestorben, und als er vernahm, daß ich der Jäger von Soest (von dem er so manch rühmlich Soldatenstück gehöret) gewesen, beklagte er, daß er solches nit ehe gewußt hätte, denn er mir damals gar wohl zu einer Kompagnie hätte verhelfen können.

Als nun der Jud mit einer ganzen Taglöhnerlast von allerhand Soldatenkleidern daherkam, las er mir das Beste heraus, ließ michs anziehen und nahm mich mit sich zum Obristen, zu dem sagte er: „Herr, ich hab in Seiner Garnison gegenwärtigen Kerl angetroffen, dem ich so hoch verobligiert bin, daß ich ihn in so niedrigem Stand, wennschon seine Qualitäten keinen bessern meritierten, nit lassen kann; bitte derowegen den Herrn Obristen, Er wolle mir den Gefallen erweisen, und ihn entweder besser akkommodieren, oder zulassen, daß ich ihn mit mir nehme, um ihm bei der Armee fortzuhelfen, wozu vielleicht der Herr Obriste hier die Gelegenheit nit hat." Der Obrist verkreuzigte sich vor Verwunderung, daß er mich einmal loben hörte, und sagte: „Mein hochgeehrter Herr vergeb mir, wenn ich glaube, Ihm beliebe nur zu probieren, ob ich Ihm auch so willig zu dienen sei, als Er dessen wohl wert ist, und wofern Er so gesinnet, so begehre Er etwas anders, das in meiner

Gewalt steht, so wird Er meine Willfährigkeit im Werk erfahren: Was aber diesen Kerl anbelangt, ist solcher nicht eigentlich mir, sondern seinem Vorgeben nach unter ein Regiment Dragoner gehörig, daneben ein solch schlimmer Gast, der meinem Profosen, seit er hier ist, mehr Arbeit geben als sonst ein ganze Kompagnie, so daß ich von ihm glauben muß, er könne in keinem Wasser ersaufen.“ Endet' damit seine Red lachend, und wünschte mir Glück ins Feld.

Dies war meinem Herzbruder noch nicht genug, sondern er bat den Obristen auch, er wollte sich nicht zuwider sein lassen, mich mit an seine Tafel zu nehmen, so er auch erhielt; er tats aber zu dem Ende, daß er dem Obristen in meiner Gegenwart erzähle, was er in Westfalen nur diskursent von dem Grafen von der Wahl und dem Kommandanten in Soest von mir gehöret hätte: welches alles er nun dergestalt herausstrich, daß alle Zuhörer mich für einen guten Soldaten halten mußten; dabei hielt ich mich so bescheiden, daß der Obrist und seine Leut, die mich zuvor gekannt, nicht anders glauben konnten, als ich wäre mit andern Kleidern auch ein ganz anderer Mensch worden. Und demnach der Obrist auch wissen wollte, woher mir der Nam Doktor zukommen wäre? erzählt ich ihm meine ganze Reis von Paris aus bis nach Philippsburg, und wieviel Bauern ich betrogen, mein Maulfutter zu gewinnen, darüber sie ziemlich lachten. Endlich gestund ich unverhohlen, daß ich willens gewesen, ihn Obristen mit allerhand Bosheiten dergestalt zu perturbiern und abzumatten, daß er mich endlich aus der Garnison hätte schaffen müssen, dafern er anders wegen der vielen Klagen in Ruhe vor mir leben wollen.

Darauf erzählte der Obrist viel Bubenstücklein, die ich begangen, solang ich in der Garnison gewesen, wie ich nämlich Erbsen gesotten, oben mit Schmalz übergossen, und solche für eitel Schmalz verkauft; item ganze Säck voll Sand für Salz, indem ich die Säck unten mit Sand und oben mit Salz gefüllt, sodann, wie ich einem hie, dem andern dort einen Bärn angebunden und die Leut mit Pasquillen* vexiert. Also daß man die ganze Mahlzeit nur von mir zu reden hatte; hätte ich aber keinen so ansehenlichen Freund gehabt, so wären alle meine Taten strafwürdig gewesen. Dabei nahm ich ein Exempel, wie es bei Hof hergehen müsse, wenn ein böser Bub des Fürsten Gunst hat.

Nach geendigtem Imbiß hatte der Jud kein Pferd, so meinem Herzbruder für mich gefallen wollte, weil er aber in solcher Ästimation war, daß der Obrist seine Gunst schwerlich entbehren konnte, also verehrte er ihm eins mit Sattel und Zeug aus seinem Stall, auf welches sich Herr Simplicius setzte und mit seinem Herzbruder freudenvoll zur Festung hinausritt, teils seiner Kameraden riefen ihm nach: „Glück zu Bruder, Glück zu!" teils aber aus Neid: „Je größer Schalk, je größer Glück."

Das 13. Kapitel

*Handelt von dem Orden der Merode-Brüder**

Unterwegs redete Herzbruder mit mir ab, daß ich mich für seinen Vetter ausgeben sollte, damit ich desto mehr geehrt würde, hingegen wollte er mir noch ein Pferd samt einem Knecht verschaffen und mich zum Neuneckischen* Regiment tun, bei dem ich mich als ein Freireuter aufhalten könnte, bis ein Offizierstelle bei der Armee ledig würde, zu der er mir helfen könnte.

Also wurde ich in Eil wieder ein Kerl, der einem braven Soldaten gleichsah, ich tat aber denselben Sommer wenig Taten, als daß ich am Schwarzwald hin und wieder etliche Kühe stehlen half und mir das Breisgau und Elsaß ziemlich bekannt machte. Im übrigen hatte ich abermal wenig Stern, denn nachdem mir mein Knecht samt dem Pferd bei Kenzingen* von den Weimarischen gefangen wurde, mußte ich das ander desto härter strapazieren und endlich gar hinreiten, daß ich mich also in den Orden der Merode-Brüder begeben mußte. Mein Herzbruder hätte mich zwar gern wieder montiert, weil ich aber so bald mit den ersten zweien

Pferden fertig worden, hielt er zurück und gedachte mich zappeln zu lassen, bis ich mich besser vorzusehen lernte; so begehrte ich solches auch nit, denn ich fand an meinen Mitkonsorten eine so angenehme Gesellschaft, daß ich mir bis an die Winterquartier keinen bessern Handel wünschte.

Ich muß nur ein wenig erzählen, was die Merode-Brüder für Leut sind, weilen sich ohn Zweifel etliche finden, sonderlich die Kriegsunerfahrnen, so nichts davon wissen: so hab ich bisher noch keinen Skribenten angetroffen, der etwas von ihren Gebräuchen, Gewohnheiten, Rechten und Privilegien seinen Schriften einverleibt hätte, ohnangesehen es wohl wert ist, daß nit allein die jetzigen Feldherrn, sondern auch der Baursmann wisse, was es für ein Zunft sei. Betreffend nun erstlich ihren Namen, will ich nit hoffen, daß es demjenigen tapfern Kavalier, unter dem sie solchen bekommen, ein Schimpf sei, sonst wollte ichs nit einem jeden so öffentlich auf die Nas binden: Ich hab eine Art Schuh gesehen, die hatten anstatt der Löcher krumme Näht*, damit sie desto besser durch den Kot stampfen sollten; sollte nur einer deswegen den Mansfelder selbst für einen Pechfarzer* schelten, den wollte ich für einen Phantasten halten. Ebenso muß man diesen Namen auch verstehen, der nicht abgehen wird, solang die Teutschen kriegen, es hat aber ein solche Beschaffenheit damit: Als dieser Kavalier einsmals ein neugeworben Regiment zur Armee brachte, waren die Kerl so schwacher baufälliger Natur, wie die französischen Britannier*, daß sie also das Marschiern und ander Ungemach, das ein Soldat im Feld ausstehen muß, nit erleiden konnten, derowegen denn ihre Brigade zeitlich so schwach wurde, daß sie kaum die Fähnlein mehr bedecken konnte, und wo man einen oder mehr Kranke und Lahme auf dem Markt, in Häusern und hinter den Zäunen und Hecken antraf und fragte: „Was Regiments?" so war gemeiniglich die Antwort: „Von Merode!" Davon entsprang, daß man endlich alle diejenigen, sie wären gleich krank oder gesund, verwundt oder nit, wenn sie nur außerhalb der Zugordnung daherzottelten, oder sonst nicht bei ihren Regimentern ihr Quartier im Feld nahmen, Merode-Brüder nannte, welche Bursch man zuvor Säusenger und Immenschneider geheißen hatte; denn sie sind wie die Brumser in den Immenfässern, welche, wenn sie ihren Stachel verloren haben, nicht mehr arbeiten noch Honig machen, sondern nur fressen können; wenn ein Reuter sein Pferd und ein Musketier seine Gesundheit verliert oder ihm Weib und Kind erkrankt und zurückbleiben will, so ists schon anderthalb Paar Merode-Brüder, ein Gesindlein, so sich mit nichts besser als mit den Zigeunern vergleicht, weil es nicht allein nach seinem Belieben vor, nach, neben und mitten unter der Armee herumstreicht, sondern auch demselben beides an Sitten und Gewohnheit ähnlich ist, da siehet man sie haufenweis beieinander (wie die Feldhühner im Winter) hinter den Hecken, im Schatten oder nach ihrer Gelegenheit an der Sonnen oder irgends um ein Feur herumliegen, Tabak zu saufen und zu faulenzen, wenn unterdessen anderwärts ein rechtschaffener Soldat beim Fähnlein Hitz, Durst, Hunger, Frost und allerhand Elend überstehet. Dort geht eine Schar neben dem Marsch her auf die Mauserei, wenn indessen manch armer Soldat vor Mattigkeit unter seinen Waffen versinken möchte. Sie spolieren vor, neben und hinter der Armee alles was sie antreffen, und was sie nicht genießen können, verderben sie, also daß die Regimenter, wenn sie in die Quartier oder ins Lager kommen, oft nicht einen guten Trunk Wasser finden, und wenn sie allen Ernstes angehalten werden, bei der Bagage zu bleiben, so wird man oft beinahe dieselbe stärker finden als die Armee selbst ist; wenn sie aber gesellenweis marschieren, quartieren, kampieren und hausieren, so haben sie keinen Wachtmeister, der sie kommandiert, keinen Feldweibel oder Sergeanten, der ihnen das Wams ausklopft, keinen Korporal, der sie wachen heißt, keinen Tambour, der sie des Zapfenstreichs, der Schar-* und Tagwacht erinnert, und in Summa niemand, der sie anstatt des Adjutanten in Battaglia stellt oder anstatt des Fouriers einlogiert, sondern leben vielmehr wie die Freiherren. Wenn aber etwas an Kommiß* der Soldateska zukommt, so sind sie die ersten, die ihr Teil holen, ob sie es gleich nit verdient. Hingegen sind die Rumormeister und Generalgewaltiger ihr allergrößte Pest, als welche ihnen zuzeiten, wenn sie es zu bunt machen, eiserne Silbergeschirr* an Händ und Füß legen oder sie wohl gar mit einem hänfenen Kragen* zieren und an ihren allerbesten Häls aufhenken lassen.

Sie wachen nicht, sie schanzen nicht, sie stürmen nicht und kommen auch in keine Schlachtordnung, und sie ernähren sich doch!* Was aber der Feldherr, der Landmann und die Armada selbst, bei der sich viel solches Gesinds befindet, für Schaden davon haben, ist nicht zu beschreiben. Der heilloseste Reuterjung, der nichts tut als fouragieren, ist dem Feldherrn nützer als tausend Merode-Brüder, die ein Handwerk draus machen und ohne Not auf der Bärnhaut liegen; sie werden vom Gegenteil hinweggefangen und von den Baurn an teils Orten auf die Finger geklopft, dadurch wird die Armee gemindert und der Feind gestärkt, und wenngleich ein so liederlicher Schlingel (ich meine nicht die armen Kranken, sondern die unberittenen Reuter, die unachtsamerweis ihre Pferd verderben lassen und sich auf Merode begeben, damit sie ihre Haut schonen können) durch den Sommer davonkommt, so hat man nichts anders von ihm, als daß man ihn auf den Winter mit großem Kosten wieder montieren muß, damit er künftigen Feldzug wieder etwas zu verlieren habe; man sollte sie zusammkuppeln wie die Windhund und sie in den Garnisonen kriegen lehren oder gar auf die Galeern schmieden, wenn sie nit auch zu Fuß im Feld das ihrige tun wollten, bis sie gleichwohl wieder Pferd kriegten. Ich geschweige hier, wie manches Dorf durch sie sowohl unachtsam- als vorsätzlicherweis verbrannt wird, wie manchen Kerl sie von ihrer eigenen Armee absetzen, plündern, heimlich bestehlen und wohl gar niedermachen, auch wie mancher Spion sich unter ihnen aufhalten kann, wenn er nämlich nur ein Regiment und Kompagnie aus der Armada zu nennen weiß. Ein solcher ehrbarer Bruder nun war ich damals auch und verbliebs bis den Tag vor der Wittenweirer Schlacht*, zu welcher Zeit das Hauptquartier in Schuttern* war; denn als ich damals mit meinen Kameraden in das Geroldseckische* ging, Kühe oder Ochsen zu stehlen, wie unser Gewohnheit war, wurde ich von den Weimarischen gefangen, die uns viel besser zu traktieren wußten, denn sie luden uns Musketen auf und stießen uns hin und wieder unter die Regimenter, ich zwar kam unter das Hattsteinische*.

Das 14. Kapitel

Ein gefährlicher Zweikampf um Leib und Leben, in welchem doch jeder dem Tod entrinnet

Ich konnte damals greifen, daß ich nur zum Unglück geboren, denn ungefähr vier Wochen zuvor, ehe das gedachte Treffen geschah, hörete ich etliche Götzische gemeine Offizier von ihrem Krieg diskurrieren, da sagte einer: „Ohngeschlagen gehets diesen Sommer nicht ab! Schlagen wir dann den Feind, so müssen wir den künftigen Winter Freiburg und die Waldstädt* einnehmen; kriegen wir aber Stöß, so kriegen wir auch Winterquartier.“ Auf diese Prophezei machte ich meinen richtigen Schluß, und sagte bei mir selbst: „Nun freue dich Simplici, du wirst künftigen Frühling guten See- und Neckarwein trinken, und genießen, was die Weimarischen verdienen werden.“ Aber ich betrog mich weit, denn weil ich nunmehr weimarisch war, so war ich auch prädestiniert, Breisach* belagern zu helfen, maßen solche Belagerung gleich nach mehrbemeldter Wittenweirer Schlacht völlig ins Werk gesetzt wurde, da ich denn wie andere Musketier Tag und Nacht wachen und schanzen mußte und nichts davon hatte, als daß ich lernte wie man mit den Approchen* einer Festung zusetzen muß, darauf ich vor Magdeburg wenig Achtung geben. Im übrigen aber war es lausig bei mir bestellt, weil je zwo oder drei aufeinander saßen, der Beutel war leer, Wein, Bier und Fleisch ein Rarität, Äpfel und halb Brot genug mein bestes Wildbret.

Solches war mir sauer zu ertragen, Ursach, wenn ich zurück an die ägyptischen Fleischtöpf, das ist, an die westfälischen Schinken und Knackwürst zu L. gedachte. Ich gedachte niemal mehr an mein Weib, als wenn ich in meinem Zelt lag und vor Frost halb erstarrt war, da sagte ich denn oft zu mir selber: „Hui Simplici, meinst du auch wohl, es geschehe dir Unrecht, wenn dir einer wieder wettspielte, was du zu Paris begangen?“ Und mit solchen Gedanken quälte ich mich wie ein ander eifersüchtiger Hahnrei, da ich doch meinem Weib nichts als Ehr und Tugend zutrauen konnte; zuletzt wurde ich so ungeduldig, daß ich meinem Kapitän eröffnete, wie meine Sachen bestellt wären, schrieb auch auf der Post nach L. und erhielt vom Obristen de S. A. und meinem Schwährvater, daß sie durch ihre Schreiben bei dem Fürsten von Weimar zuwegen brachten, daß mich mein Kapitän mit einem Paß mußte laufen lassen.

Ungefähr eine Woche oder vier vor Weihnachten marschiert ich mit einem guten Feurrohr vom Lager ab, das Breisgau hinunter, der Meinung, selbige Weihnachtmeß zu Straßburg zwanzig Taler, von meinem Schwähr übermacht, zu empfangen und mich mit Kaufleuten den Rhein hinunter zu begeben, da es doch unterwegs viel kaiserliche Garnisonen hatte: Als ich aber bei Endingen* vorbei passiert' und zu einem einzigen Haus kam, geschah ein Schuß nach mir, so daß mir die Kugel den Rand am Hut verletzt', und gleich darauf sprang ein starker vierschrötiger Kerl aus dem Haus auf mich los, der schrie, ich sollte das Gewehr ablegen; ich antwort: „Bei Gott Landsmann, dir zu Gefallen nicht“, und zog den Hahnen über. Er aber wischte mit einem Ding von Leder, das mehr einem Henkersschwert als Degen gleichsah, und eilete damit auf mich zu: Wie ich nun seinen Ernst spürte, schlug ich an und traf ihn dergestalt an die Stirn, daß er herumdurmelte und endlich zu Boden fiel; dieses mir zunutz zu machen, rang ich ihm geschwind sein Schwert aus der Faust und wollts ihm in Leib stoßen; da es aber nicht durchgehen wollte, sprang er wieder unversehens auf die Füß, erwischte mich beim Haar und ich ihn auch, sein Schwert aber hatte ich schon weggeworfen, darauf fingen wir ein solch ernstlich Spiel miteinander an, so eines jeden verbitterte Stärk genugsam zu erkennen gab, und konnt doch keiner des andern Meister werden; bald lag ich, bald lag er oben, und im Hui kamen wir wieder auf die Füß, so aber nicht lang dauerte, weil je einer des andern Tod suchte; das Blut, so mir häufig zu Nas und Mund herauslief, spie ich meinem Feind ins Gesicht, weil ers so hitzig begehrte, das war mir gut, denn es hinderte ihn am Sehen. Also zogen wir einander bei anderthalb Stund im Schnee herum, davon wurden wir so matt, daß allem Ansehen nach des einen Unkräften des andern Müdigkeit allein mit den Fäusten nicht völlig überwinden, noch einer den andern aus eigenen Kräften und ohne Waffen vollends zum Tod hätte bringen mögen.

Die Ringkunst, darin ich mich zu L. oft übte, kam mir damals wohl zustatten, sonst hätte ich ohne Zweifel eingebüßt, denn mein Feind war viel stärker als ich und überdas eisenfest. Als wir einander fast tödlich abgemattet, sagte er endlich: „Bruder, hör auf, ich ergeb mich dir zu eigen!" Ich sagte: „Du solltest mich anfänglich haben passieren lassen." „Was hast du mehr", antwortet' jener, „wenn ich gleich sterbe?" „Und was hättest du gehabt", sagte ich, „wenn du mich hättest niedergeschossen, sintemal ich kein Heller Geld bei mir hab!" Darauf bat er um Verzeihung, und ich mich erweichen und ihn aufstehen ließ, nachdem er mir zuvor teur geschworen, daß er nit allein Frieden halten, sondern auch mein treuer Freund und Diener sein wollte. Ich hätte ihm aber weder geglaubt noch getraut, wenn mir seine verübten leichtfertigen Handlungen bekannt gewesen wären.

Da wir nun beide auf waren, gaben wir einander die Händ, daß alles was geschehen, vergessen sein sollte, und verwunderte sich einer über den andern, daß er seinen Meister gefunden, denn jener meinte, ich sei auch mit einer solchen Schelmenhaut* wie er überzogen gewesen; ich ließ ihn auch dabei bleiben, damit, wenn er sein Gewehr bekäme, sich nicht noch einmal an mich reiben dürfte. Er hatte von meinem Schuß ein große Beul an der Stirn, und ich hatte mich sehr verblutet, doch klagte keiner mehr als den

Hals, welche so zugerichtet, daß keiner den Kopf aufrecht tragen konnte.

Weil es denn gegen Abend war und mir mein Gegenteil erzählen tat, daß ich bis an die Kinzig* weder Hund noch Katz, viel weniger einen Menschen antreffen würde, er aber hingegen ohnweit von der Straß in einem abgelegenen Häuslein ein gut Fleisch und einen Trunk zum besten hätte. Also ließ ich mich überreden, und ging mit ihm, da er denn unterwegs oft mit Seufzern bezeugte, wie leid ihm sei, daß er mich beleidigt habe.

Das 15. Kapitel

Wie Olivier seine buschklöpferischen Übeltaten noch wohl zu entschuldigen vermeinte

Ein resoluter Soldat, der sich darein ergeben, sein Leben zu wagen und gering zu achten, ist wohl ein dummes Vieh! Man hätte tausend Kerl gefunden, darunter kein einziger das Herz gehabt hätte, mit einem solchen, der ihn erst als ein Mörder angegriffen, an ein unbekannt Ort zu Gast zu gehen: Ich fragt ihn auf dem Weg, was Volks er sei? da sagte er, er hätte für diesmal keinen Herrn, sondern kriege für sich selbst, und fragte zugleich, was Volks denn ich sei? Ich sagte, daß ich weimarisch gewesen, nunmehr aber mein Abschied hätte und gesinnet wäre, mich nach Haus zu begeben; darauf fragte er, wie ich hieße? und da ich antwortet: „Simplicius", kehrt' er sich um (denn ich ließ ihn vorangehen, weil ich ihm nit traute) und sah mir steif ins Gesicht: „Heißt du nicht auch Simplicissimus?" „Ja", antwortet ich, „der ist ein Schelm der seinen Namen verleugnet, wie heißt aber du?" „Ach Bruder", antwortet' er, „so bin ich Olivier, den du wohl vor Magdeburg wirst gekannt haben"; warf damit sein Rohr von sich und fiel auf die Knie nieder, mich um Verzeihung zu bitten, daß er mich so übel gemeint hätte, sagend, er könnte sich wohl einbilden, daß er keinen bessern Freund in der Welt bekomme, als er an mir einen haben würde, weil ich nach des alten Herzbruders Prophezei seinen Tod so tapfer rächen sollte: Ich hingegen wollte mich über ein so seltsame Zusammenkunft verwundern, er aber sagte: „Das ist nichts Neues, Berg und Tal kommt nit zusammen, das ist mir aber seltsam, daß wir beide uns so verändert haben, sintemal ich aus einem Secretario ein Waldfischer*, du aber aus einem Narrn zu einem so tapfern Soldaten worden! Sei versichert Bruder, wenn unserer zehentausend wären, daß wir morgenden Tags Breisach entsetzen und uns endlich zu Herren der ganzen Welt machen wollten."

In solchem Diskurs passierten wir, da es eben Nacht worden, in ein klein abgelegen Taglöhnerhäuslein; und ob mir zwar solche Prahlerei nit gefiel, so gab ich ihm doch recht, vornehmlich weil mir sein schelmisch falsch Gemüt bekannt war, und ob ich ihm zwar im geringsten nichts Guts zutraute, so ging ich doch mit ihm in besagtes Häuslein, in welchem ein Baur eben die Stub einhitzte, dem sagte er: „Hast du etwas gekocht?" „Nein", sagt' der Baur, „ich hab ja den gebratenen Kalbsschlegel noch, den ich heute von Waldkirch* brachte." „Nun denn", antwort Olivier, „so gehe und lang her was du hast, und bringe zugleich das Fäßlein Wein mit."

Als der Baur fort war, sagte ich zu Olivier: „Bruder (ich nennt ihn so, damit ich desto sicherer vor ihm wäre), du hast einen willigen Wirt!" „Das dank", sagte er, „dem Schelmen der Teufel, ich ernähr ihn ja mit Weib und Kind, und er macht noch dazu für sich selbst gute Beuten, ich lasse ihm alle Kleider, die ich erobere, solche zu seinem Nutzen anzuwenden." Ich fragte, wo er denn sein Weib und Kind hätte? da sagte Olivier, daß er sie nach Freiburg geflehnt, die er alle Woch zweimal besuche und ihm von dort aus sowohl die Victualia als Kraut und Lot* zubringe. Ferner berichtet' er mich, daß er diese Freibeuterei schon lang getrieben und ihm besser zuschlage, als wenn er einem Herrn diene, er gedächte auch nit aufzuhören, bis er seinen Beutel rechtschaffen gespickt hätte. Ich sagte: „Bruder, du lebest in einem gefährlichen Stand, und wenn du über solcher Rauberei ergriffen würdest, wie meinst du wohl, daß man mit dir umging?" „Ha", sagte er, „ich höre wohl, daß du noch der alte Simplicius bist; ich weiß wohl, daß derjenige so kegeln will, auch aufsetzen muß; du mußt aber das wissen, daß die Herren von Nürnberg keinen henken lassen, sie haben ihn denn." Ich antwortet: „Gesetzt aber Bruder, du werdest nicht ertappt, das doch sehr mißlich stehet, denn der Krug gehet so lang zum Brunnen, bis er einmal zerbricht, so ist dennoch ein solch Leben, wie du führest, das allerschändlichste von der Welt, daß ich also nit glaube, daß du darin zu sterben begehrest." „Was", sagte er, „das schändlichste? Mein tapferer Simplici, ich versichere dich, daß die Räuberei das alleradeligste Exercitium ist, das man dieser Zeit auf der Welt haben kann! Sag mir, wie viel Königreich und Fürstentümer sind nicht mit Gewalt erraubt und zuwegen gebracht worden? Oder wo wirds einem König oder Fürsten auf dem ganzen Erdboden für übel aufgenommen, wenn er seiner Länder Intraden* genießt, die doch gemeinlich durch ihrer Vorfahren verübte Gewalt zuwegen gebracht worden? Was könnte doch adeliger genennet werden als eben das Handwerk, dessen ich mich jetzt bediene? Ich merke dir an, daß du mir gern vorhalten wolltest, daß ihrer viel wegen Mordens, Raubens und Stehlens seien gerädert, gehenkt und geköpft worden? das weiß ich zuvor wohl, denn das befehlen die Gesetze, du wirst aber keine anderen als arme und geringe Dieb haben henken sehen, welches auch billig ist, weil sie sich dieser vortrefflichen Übung haben unterfangen dürfen, die doch niemandem als herzhaften Gemütern gebührt und vorbehalten ist: Wo hast du jemals eine vornehme Standsperson durch die Justitiam strafen sehen, um daß sie ihr Land zuviel beschwert habe? ja was noch mehr ist, wird doch kein Wucherer gestraft, der diese herrliche Kunst heimlich treibt und zwar unter dem Deckmantel christlicher Lieb, warum wollte denn ich strafbar sein, der ich solche öffentlich, auf gut Alt-Teutsch, ohn einzige Bemäntelung und Gleisnerei übe? Mein lieber Simplici, du hast den Machiavellum* noch nicht gelesen; ich bin eines recht aufrichtigen Gemüts, und treibe diese Manier zu leben frei öffentlich ohne alle Scheu;

pag. 215.

Schaü des Satans
Triegerey
Dieser garstgen Wollust-
Säü,
Was für eine Freüd
dabey.

ich fechte und wag mein Leben darüber wie die alten Helden, weiß auch, daß diejenigen Hantierungen, dabei der so sie treibt, in Gefahr stehen muß, zugelassen sind; weil ich denn mein Leben in Gefahr setze, so folgt unwidersprechlich, daß mirs billig und erlaubt sei, diese Kunst zu üben."

Hierauf antwortet ich: „Gesetzt, Rauben und Stehlen sei dir erlaubt oder nicht, so weiß ich gleichwohl, daß es wider das Gesetz der Natur ist, das da nicht will, daß einer einem andern tun solle, das er nicht will, daß es ihm geschehe; so ist solche Unbilligkeit auch wider die weltlichen Gesetz, welche befehlen, daß die Dieb gehenkt, die Räuber geköpft und die Mörder geradbrecht werden sollen; und letztlich so ist es auch wider Gott, so das Vornehmste ist, weil er keine Sünde ungestraft läßt." „Es ist, wie ich vor gesagt", antwort Olivier, „du bist noch Simplicius, der den Machiavellum noch nit studiert hat; könnte ich aber auf solche Art eine Monarchiam aufrichten, so wollte ich sehen, wer mir alsdann viel dawider predigte." Wir hätten noch mehr miteinander disputiert, weil aber der Baur mit dem Essen und Trinken kam, saßen wir zusammen und stillten unsere Mägen, dessen ich denn trefflich hoch vonnöten hatte.

Das 16. Kapitel

Wie er Herzbruders Weissagung zu seinem Vorteil auslegt und deswegen seinen ärgsten Feind liebet

Unser Essen war weiß Brot und ein gebratener kalter Kalbsschlegel, dabei hatten wir einen guten Trunk Wein und ein warme Stub. „Gelt Simplici", sagt' Olivier, „hier ists besser als vor Breisach in den Laufgräben?" Ich sagte: „Das wohl, wenn man solch Leben mit gewisser Sicherheit und bessern Ehren zu genießen hätte." Darüber lachte er überlaut, und sagte: „Sind denn die armen Teufel in den Laufgräben sicherer als wir, die sich all Augenblick eines Ausfalls besorgen müssen? Mein lieber Simplici, ich sehe zwar wohl, daß du deine Narrnkapp abgelegt, hingegen aber deinen närrischen Kopf noch behalten hast, der nicht begreifen kann, was gut oder bös ist, und wenn du ein anderer als derjenige Simplicius wärest, der nach des alten Herzbruders Wahrsagung meinen Tod rächen solle, so wollte ich dich bekennen lehren, daß ich ein edler Leben führe als ein Freiherr." Ich gedachte, was will das werden, du mußt ander Wort hervorsuchen als bisher, sonst möcht dich dieser Unmensch, so jetzt den Baurn fein zu Hilf hat, erst kaputt machen, sagte derhalben: „Wo ist sein Tag je erhört worden, daß der Lehrjung das Handwerk besser verstehe als der Lehrmeister? Bruder, hast du ein so edel glückselig Leben wie du vorgibst, so mache mich deiner Glückseligkeit auch teilhaftig, sintemal ich eines guten Glücks hoch vonnöten." Darauf antwort Olivier: „Bruder sei versichert, daß ich dich so hoch liebe als mich selbsten und daß mir die Beleidigung, so ich dir heut zugefügt, viel weher tut als die Kugel, damit du mich an meine Stirn troffen, als du dich meiner wie ein tapferer rechtschaffener Kerl erwehrtest, warum wollte ich dir denn etwas versagen können? Wenn dirs beliebt, so bleibe bei mir, ich will für dich sorgen als für mich selbsten, hast du aber keine Lust bei mir zu sein, so will ich dir ein gut Stück Geld geben und begleiten, wohin du willst. Damit du aber glaubest, daß mir diese Wort von Herzen gehen, so will ich dir die Ursach sagen, warum ich dich so hoch halte: Du weißt dich zu erinnern, wie richtig der alte Herzbruder mit seinen Prophezeiungen zugetroffen, schaue, derselbe hat mir vor Magdeburg diese Wort geweissagt, die ich bishero fleißig im Gedächtnis behalten: ‚Olivier, siehe unsern Narrn an wie du willst, so wird er dennoch durch seine Tapferkeit dich erschrecken und dir den größten Possen erweisen, der dir dein Lebtag je geschehen wird, weil du ihn dazu verursachest in einer Zeit, darin ihr beide einander nicht erkennet gehabt, doch wird er dir nit allein dein Leben schenken, so in seinen Händen gestanden, sondern er wird auch über ein Zeitlang hernach an dasjenig Ort kommen, da du erschlagen wirst, daselbst wird er glückselig deinen Tod rächen.‘ Dieser Weissagung halber, liebster Simplici, bin ich bereit mit dir das Herz im

Leib zu teilen, denn gleichwie schon ein Teil davon erfüllt, indem ich dir Ursach geben, daß du mich als ein tapferer Soldat vor den Kopf geschossen und mir mein Schwert genommen (das mir freilich noch keiner getan), mir auch das Leben gelassen, da ich unter dir lag und gleichsam im Blut erstickte; also zweifle ich nicht, daß das übrige von meinem Tod auch im wenigsten fehlschlagen werde. Aus solcher Rach nun, liebster Bruder, muß ich schließen, daß du mein getreuer Freund seiest, denn dafern du es nicht wärest, so würdest du solche Rach auch nicht über dich nehmen; da hast du nun die Concepta meines Herzens, jetzt sag mir auch, was du zu tun gesinnet seiest?" Ich gedachte: „Trau dir der Teufel, ich nicht! nehm ich Geld von dir auf den Weg, so möchtest du mich erst niedermachen, bleib ich denn bei dir, so muß ich sorgen, ich dürfte mit dir gevierteilt werden"; setzte mir demnach vor, ich wollt ihm eine Nas drehen, bei ihm zu bleiben, bis ich mit Gelegenheit von ihm kommen könnte, sagte derhalben, so er mich leiden möchte, wollte ich mich ein Tag oder acht bei ihm aufhalten zu sehen, ob ich solche Art zu leben gewöhnen könnte, gefiel mirs, so sollte er beides einen getreuen Freund und guten Soldaten an mir haben, gefiel mirs nit, so sei allezeit gut voneinander scheiden. Darauf setzt' er mir mit dem Trunk zu, ich getraute aber auch nicht und stellte mich voll ehe ichs war zu sehen, ob er vielleicht an mich wollte, wenn ich mich nicht mehr defendieren könnte.

Indessen plagten mich die Müllerflöhe trefflich, deren ich eine ziemliche Quantität von Breisach mit mir gebracht hatte, denn sie wollten sich in der Wärme nicht mehr in meinen Lumpen behelfen, sondern spazierten heraus, sich auch lustig zu machen. Dieses nahm Olivier an mir gewahr und fragte, ob ich Läus hätte? Ich sagte: „Ja freilich, mehr als ich mein Lebtag Dukaten zu bekommen getraue." „So mußt du nit reden", sagte Olivier, „wenn du bei mir bleibest, so kannst du noch wohl mehr Dukaten kriegen, als du jetzt Läus hast." Ich antwortet: „Das ist so unmöglich, als ich jetzt meine Läus abschaffen kann." „O ja", sagte er, „es ist beides möglich", und befahl gleich dem Baurn, mir ein Kleid zu holen, das unfern vom Haus in einem hohlen Baum stak, das war ein grauer Hut, ein Koller von Elen*, ein Paar rote scharlachner Hosen und ein grauer Rock, Strümpf und Schuh wollte er mir morgen geben. Da ich solche Guttat von ihm sah, getraute ich ihm schon etwas Bessers zu als zuvor und ging fröhlich schlafen.

Das 17. Kapitel

Simplicii Gedanken sind andächtiger, wenn er auf die Rauberei gehet, als des Oliviers in der Kirchen

Am Morgen gegen Tag sagte Olivier: „Auf Simplici, wir wollen in Gottes Namen hinaus, zu sehen, was etwa zu bekommen sein möchte." „Ach Gott", gedacht ich, „soll ich denn nun in deinem hochheiligen Namen auf die Rauberei gehen? und bin hiebevor, nachdem ich von meinem Einsiedel kam, nit so kühn gewesen, ohne Erstaunen zuzuhören, wenn einer zum andern sagte: ‚Komm Bruder, wir wollen in Gottes Namen ein Maß Wein miteinander saufen'; weil ichs für eine doppelte Sünd hielt, wenn einer in deinem Namen sich vollsöffe. O himmlischer Vater, wie hab ich mich verändert! O getreuer Gott, was wird endlich aus mir werden, wenn ich nicht wieder umkehre? Ach hemme meinen Lauf, der mich so richtig zur Höllen bringt, da ich nit Buß tue!" Mit dergleichen Worten und Gedanken folgete ich Olivier in ein Dorf, darinnen keine lebendige Kreatur war, da stiegen wir des fernen Aussehens halber auf den Kirchturm; auf demselben hatte er die Strümpf und Schuh verborgen, die er mir den Abend zuvor versprochen, daneben zwei Laib Brot, etlich Stück gesotten dörr Fleisch und ein Fäßlein halb voll Wein im Vorrat, mit welchem er sich allein gern acht Tag hätte behelfen können. Indem ich nun meine Verehrung anzog, erzählt' er mir, daß er an diesem Ort pflege aufzupassen, wenn er eine gute Beut zu holen gedächte, deswegen er sich denn so wohl proviantiert, mit dem Anhang, daß er noch etlich solcher Örter hätte, die mit Speis und Trank versehen wären, damit wenn Bläsi an einem Ort nicht zu Haus wäre, er ihn am andern finden könnte. Ich mußte zwar seine Klugheit loben, gab ihm aber zu verstehen, daß es doch nicht schön stünde, ein so heiligen Ort, der Gott gewidmet sei, dergestalt zu beflecken. „Was", sagte er, „beflecken? die Kirchen, da sie reden könnten, würden gestehen, daß sie dasjenige, was ich in ihnen begehe, gegen die Laster, so hiebevor in ihnen begangen worden, noch für gar gering aufnehmen müßten; wie mancher und wie manche meinest du wohl, die seit Erbauung dieser Kirch hereingetreten seien unter dem Schein, Gott zu dienen, da sie doch nur herkommen, ihre neuen Kleider, ihre schöne Gestalt, ihre Präeminenz* und sonst so etwas sehen zu lassen? da kommt einer zur Kirchen wie ein Pfau und stellt sich vorm Altar, als ob er den Heiligen die Füß abbeten wollte; dort stehet einer in einem Eck zu seufzen wie der Zöllner im Tempel, welche Seufzer aber nur zu seiner Liebsten gehen, in deren Angesicht er seine Augen weidet, um deretwillen er sich auch eingestellt: Ein ander kommt vor, oder wenns wohl gerät, in die Kirch mit einem Gebund Brief, wie einer der ein Brandsteur sammlet, mehr seine Zinsleut zu mahnen als zu beten; hätte er aber nit gewußt, daß seine Debitores* zur Kirch kommen müßten, so wäre er fein daheim über seinen Registern sitzen blieben: Ja es geschieht zuzeiten, wenn teils Obrigkeiten einer Gemeind im Dorf etwas anzudeuten hat, so muß es der Bot am Sonntag bei der Kirchen tun, daher sich mancher Bauer vor der Kirch ärger als ein armer Sünder vor dem Richthaus fürchtet: Meinest du nicht, es werden auch von denjenigen in die Kirch begraben, die Schwert, Galgen, Feuer und Rad verdient hätten? Mancher könnte seine Buhlerei nicht zu End bringen, da ihm die Kirch nit beförderlich wäre; ist etwas zu verkaufen oder zu verleihen, so wirds an teils Orten an die Kirchtür geschlagen; wenn mancher Wucherer die ganze Woche keine Zeit nimmt, seiner Schinderei nachzusinnen, so sitzt er unter währendem Gottesdienst in der Kirch und dichtet, wie der Judenspieß zu führen sei; da sitzen sie hier und dort unter der Meß und Predigt miteinander zu diskurriern, gerad als ob die Kirch nur zu dem End gebauet wäre, da werden denn oft Sachen beratschlagt, deren man an Privatörtern nicht gedenken dürfte; teils sitzen dort und schlafen, als ob sie es verdingt hätten; etliche tun nichts anders als Leut ausrichten, und sagen: ‚Ach wie hat der Pfarrer diesen oder jenen so artlich in seiner Predigt getroffen!' Andere geben fleißig Achtung auf des Pfarrers Vorbringen, aber nit zu dem End, daß sie sich daraus bessern, sondern damit sie ihren Seelsorger, wenn er nur im geringsten anstößt (wie sie es verstehen), durchziehen und tadlen möchten; ich geschweig hier derjenigen Historien, so ich gelesen, was für Buhlschaften durch Kupplerei in den Kirchen hin und wieder ihren Anfang und End genommen, so fällt mir auch, was ich von dieser Materi noch zu reden hätte, jetzt nicht alles ein: Dies mußt du doch noch wissen, daß die Menschen nit allein in ihrem Leben die Kirchen mit Lastern beschmutzen, sondern auch nach ihrem Tod dieselbe mit Eitelkeit und Torheit erfüllen; sobald du in eine Kirche kommest, so wirst du an den Grabsteinen und Epitaphien sehen, wie diejenigen noch prangen, die doch die Würm schon längst gefressen, siehest du dann in die Höhe, so kommen dir mehr Schild, Helm, Waffen, Degen, Fahnen, Stiefel, Sporn und dergleichen Ding ins Gesicht, als in mancher Rüstkammer, daß also kein Wunder, daß sich die Bauern diesen Krieg über an etlichen Orten aus den Kirchen wie aus Festungen um das Ihrige gewehrt: Warum sollte mir nicht erlaubt sein, mir sage ich, als einem Soldaten, daß ich mein Handwerk in der Kirchen treibe? da doch hiebevor zween geistliche Väter in einer Kirch nur des Vorsitzes halber ein solch Blutbad angestellt, daß die Kirch mehr einem Schlachthaus der Metzger als heiligen Ort gleichgesehen*: Ich zwar ließ es noch unterwegen, wenn man nur den Gottesdienst zu verrichten herkäme, da ich doch ein Weltmensch bin; jene aber, als Geistliche, respektierten doch die hohe Majestät des römischen Kaisers nicht. Warum sollte mir verboten sein, meine Nahrung vermittelst der Kirche zu suchen, da sich doch sonst so viel Menschen von derselben ernähren?

Ists billig, daß mancher Reiche um ein Stück Geld in die Kirche begraben wird, sein und seiner Freundschaft Hoffart zu bezeugen, und daß hingegen der Arme (der doch so wohl ein Christ als jener, ja vielleicht ein frömmerer Mensch gewesen) so nichts zu geben hat, außerhalb in einem Winkel verscharret werden muß; es ist ein Ding wie mans macht, wenn ich hätte gewußt, daß du Bedenken trügest, in der Kirch aufzupassen, so hätte ich mich bedacht, dir anderst zu antworten, indessen nimm ein Weil mit diesem vorlieb, bis ich dich einmal anders berede."

Ich hätte dem Olivier gern geantwort, daß solches auch liederliche Leut wären so wohl als er, welche die Kirchen verunehren, und daß dieselbigen ihren Lohn schon drum finden würden; weil ich ihm aber ohnedas nicht traute und ungern noch einmal mit ihm gestritten hätte, ließ ich ihn recht haben. Hernach begehrte er, ich wollte ihm erzählen, wie mirs ergangen, seit wir vor Wittstock voneinander kommen, und dann warum ich Narrnkleider angehabt, als ich im Magdeburgischen Lager angelangt? Weil ich aber wegen Halsschmerzen gar zu unlustig, entschuldigte ich mich, mit Bitt, er wollte mir doch zuvor seinen Lebenslauf erzählen, der vielleicht possierliche Schnitz* in sich hielte; dies sagte er mir zu, und fing sein ruchlos Leben nachfolgendergestalt an zu erzählen.

Das 18. Kapitel

Olivier erzählt sein Herkommen, und wie er sich in seiner Jugend, vornehmlich aber in der Schul gehalten

„Mein Vater", sagte Olivier, „ist unweit der Stadt Aachen von geringen Leuten geboren worden, derowegen er denn bei einem reichen Kaufmann, der mit dem Kupferhandel schacherte, in seiner Jugend dienen mußte; bei demselben hielt er sich so fein, daß er ihn schreiben, lesen und rechnen lernen ließ und ihn über seinen ganzen Handel setzte, wie Potiphar den Joseph; dies schlug auch beiden Teilen wohl zu, denn der Kaufmann wurde wegen meines Vaters Fleiß und Vorsichtigkeit je länger je reicher, mein Vater selbst aber, der guten Tag halber, je länger je stolzer, so gar, daß er sich auch seiner Eltern schämte und solche verachtete, das sie oft vergeblich beklagten. Wie nun mein Vater das fünfundzwanzigste Jahr seines Alters erreichte, starb der Kaufmann und verließ sein alte Wittib samt deren einziger Tochter, die kürzlich in ein Pfann getreten* und sich von einem Gadenhengst* ein Junges zweigen lassen, selbiges aber folgte seinem Großvater am Totenreihen bald nach: Da nun mein Vater sah, daß die Tochter vater- und kinder- aber nicht geldlos worden, achtet' er nicht, daß sie keinen Kranz mehr tragen durfte, sondern erwog ihren Reichtum und machte sich bei ihr zutäppisch, so ihre Mutter gern zuließ, nit allein, damit ihre Tochter wieder zu Ehren käme, sondern weil mein Vater um den ganzen Handel alle Wissenschaft hatte, zumalen auch sonst mit dem Judenspieß* trefflich fechten konnte. Also wurde mein Vater durch solche Heirat unversehens ein reicher Kaufmann, ich aber sein erster Erb, den er wegen seines Überflusses zärtlich aufziehen ließ, ich wurde in Kleidungen gehalten wie ein Edelmann, in Essen wie ein Freiherr, und in der übrigen Wartung wie ein Graf, welches ich alles mehr dem Kupfer und Galmei*, als dem Silber und Gold zu danken.

Ehe ich das siebente Jahr völlig überlebte, erzeigte sich schon, was aus mir werden wollte, denn was zur Nessel werden soll, brennt beizeiten; kein Schelmstück war mir zuviel, und wo ich einem konnte einen Possen reißen, unterließ ichs nicht, denn mich weder Vater noch Mutter hierum strafte; ich terminierte mit meinesgleichen bösen Buben durch dünn und dick auf der Gassen herum und hatte schon das Herz, mit stärkern als ich war herumzuschlagen, kriegte ich dann Stöß, so sagten meine Eltern: ‚Was ist das? soll so ein großer Flegel sich mit einem Kind schlagen?‘ Überwand denn ich (maßen ich kratzte, biß und warf) so sagten sie: ‚Unser Olivierchen wird ein braver Kerl werden!‘ Davon wuchs mir der Mut, zum Beten war ich noch zu klein, wenn ich aber fluchte wie ein Fuhrmann, so hieß, ich verstünde es nicht: Also wurde ich immer ärger, bis man mich zur Schul schickte, was denn andere böse Buben aus Bosheit ersannen und nicht praktizieren durften, das setzte ich ins Werk. Wenn ich meine Bücher verklettert'* oder zerriß, so schaffte mir die Mutter wieder andere, damit mein geiziger Vater sich nit erzürnte. Meinem Schulmeister tat ich großen Dampf an, denn er durfte mich nit hart halten, weil er ziemliche Verehrungen von meinen Eltern bekam, als deren unziemliche Affenliebe gegen mich ihm wohl bekannt war; im Sommer fing ich Feldgrillen, und setzte sie fein heimlich in die Schul, die uns ein lieblich Gesang machten, im Winter aber stahl ich Nießwurz und stäubte sie an den Ort, da man die Knaben zu kastigieren* pflegt', wenn sich dann etwa ein Halsstarriger wehrte, so stob mein Pulver herum und machte mir ein angenehme Kurzweil, weil alles niesen mußte. Hernach dünkte ich mich viel zu gut sein, nur so gemeine Schelmstück anzustellen, sondern all mein Tun ging auf obigen Schlag; ich stahl oft dem einen etwas und steckte es einem andern in Sack, dem ich gern Stöß angerichtet, und mit solchen Griffen konnte ich so behutsam umgehen, daß ich fast niemals darüber ertappt wurde. Von den Kriegen, die wir damals geführt, bei denen ich gemeiniglich ein Obrister gewesen, item von den Stößen die ich oft bekommen (denn ich hatte stets ein zerkratzt Gesicht und den Kopf voll Beulen), mag ich jetzt nichts sagen, es weiß ja jedermann ohnedas wohl, was die Buben oft anstellen. So kannst du auch an oberzählten Stücken leicht abnehmen, wie ich mich sonst in meiner Jugend angelassen."

Das 19. Kapitel

Wie er zu Lüttich studiert, und sich daselbst gehalten habe

„Weilen sich meines Vaters Reichtum täglich mehrte, also bekam er auch desto mehr Schmarotzer und Fuchsschwänzer, die meinen guten Kopf zum Studieren trefflich lobten, sonsten aber alle meine Untugenden verschwiegen oder aufs wenigst zu entschuldigen wußten, denn sie spürten wohl, daß derjenige so solches nicht tat, weder bei Vater noch Mutter wohl dran sein könnte; derowegen hatten meine Eltern ein größere Freud über ihren Sohn als die Grasmück, die einen Kuckuck aufzieht. Sie dingten mir einen eigenen Praeceptorem, und schickten mich mit demselben nach Lüttich, mehr daß ich dort Welsch lernen als studieren sollte, weilen sie keinen Theologum, sondern einen Handelsmann aus mir ziehen wollten; dieser hatte Befehl, mich beileib nicht streng zu halten, daß ich kein furchtsam knechtisch Gemüt überkäme, er sollte mich fein unter die Bursch lassen, damit ich nit leutscheu würde, und gedenken, daß sie keinen Mönchen, sondern einen Weltmann aus mir machen wollten, der wissen müsse, was schwarz oder weiß sei.

Ermeldter mein Präceptor aber war dieser Instruktion unbedürftig, sondern von sich selbsten auf alle Büberei geneigt, was hätte er mir denn solche verbieten oder mich um meine geringen Fehler hart halten sollen, da er selbst gröbere beging; aufs Buhlen und Saufen war er am meisten geneigt, ich aber von Natur aufs Balgen und Schlagen, daher ging ich schon bei Nacht mit ihm und seinesgleichen gassatim* und lernete ihm in Kürze mehr Untugenden als Latein ab. Soviel das Studiern anbelangt, verließ ich mich auf mein gut Gedächtnis und scharfen Verstand und war deswegen desto fahrlässiger, im übrigen aber in allen Lastern, Bubenstücken und Mutwillen ersoffen, mein Gewissen war bereits so weit, daß ein großer Heuwagen hindurch hätte fahren mögen: Ich fragte nichts danach, wenn ich in der Kirch unter der Predigt den Bernium, Burchiellum oder den Aretinum* las, und hörte nichts liebers vom ganzen Gottesdienst, als wenn man sagt': Ite missa est*. Daneben dünkte ich mich keine Sau zu sein, sondern hielt mich recht stutzerisch, alle Tag war mirs Martinsabend oder Fasnacht, und weil ich mich dergestalt hielt wie ein gemachter Herr und nicht nur das, so mein Vater zur Notdurft reichlich schickte, sondern auch meiner Mutter fette Milchpfennig tapfer durchgehen ließ, lockte uns auch das Frauenzimmer an sich, sonderlich meinen Praeceptorem, bei diesen Schleppsäcken lernete ich löffeln, buhlen und spielen; hadern, balgen und schlagen konnte ich zuvor, und mein Präceptor wehrte mir das Fressen und Saufen auch nicht, weil er selbsten gern mitmachte. Es währte dieses herrliche Leben anderthalb Jahr, ehe es mein Vater erfuhr, welches ihn sein Faktor zu Lüttich, bei dem wir auch anfangs zu Kost gingen, berichtet'; der bekam hingegen Befehl, auf uns genauer Achtung zu geben, den Präceptorn abzuschaffen, mir den Zügel fürderhin nicht mehr so lang zu lassen und mich ferner mit Geldgeben genauer zu halten. Solches verdroß uns alle beide, und obschon er Präceptor geurlaubt wurde, so staken wir jedoch ein als den andern Weg Tag und Nacht beieinander; demnach wir aber nit mehr wie hiebevor spendieren konnten, geselleten wir uns zu einer Bursch, die den Leuten des Nachts auf der Gassen die Mäntel abzwackten oder sie gar in der Maas ersäuften; was wir denn solchergestalt mit höchster Gefahr eroberten, verschlemmten wir mit unsern Huren und ließen das Studieren beinahe ganz unterwegen.

Als wir nun einsmals, unserer Gewohnheit nach, bei der Nacht herumschlingelten, den Studenten ihre Mäntel hinwegzuvulpiniern*, wurden wir überwunden, mein Präceptor erstochen und ich neben andern fünfen, die rechte Spitzbuben waren, ertappt und eingezogen: Als wir nun den folgenden Tag examiniert wurden und ich meines Vaters Faktor nannte, der ein ansehenlicher Mann war, wurde derselbe beschickt, meinetwegen befragt und ich auf seine Verbürgung losgelassen, doch daß ich bis auf weitern Bescheid in seinem Haus im Arrest verbleiben sollte; indessen wurde mein Präceptor begraben, jene fünf als Spitzbuben, Räuber und Mörder gestraft, mein Vater aber berichtet, wie mein Handel stünde; der kam eiligst selbst auf Lüttich, richtete meine Sach mit Geld aus, hielt mir eine scharfe Predigt und verwies mir, was ich ihm für Kreuz und Unglück machte, item daß sich meine Mutter stelle, als ob sie wegen meines Übelverhaltens verzweifeln wollte, bedrohete mich auch, dafern ich mich nit besserte, daß er mich enterben und vorn Teufel hinwegjagen wollte. Ich versprach Besserung und ritt mit ihm nach Haus; und also hat mein Studiern ein End genommen."

Das 20. Kapitel

Heimkunft und Abschied des ehrbaren Studiosi, und wie er im Krieg seine Beförderung gesucht

„Da mich mein Vater heimbrachte, befand er, daß ich in Grund verderbt wäre; ich war kein ehrbarer Domine worden, als er wohl gehofft hatte, sondern ein Disputierer und Schnarcher*, der sich einbildete, er verstehe trefflich viel! Ich war kaum ein wenig daheim erwarmt, als er zu mir sagte: ‚Höre Olivier, ich sehe deine Eselsohren je länger je mehr hervorragen, du bist ein unnütze Last der Erden, ein Schlingel, der nirgendszu mehr taug! ein Handwerk zu lernen bist du zu groß, einem Herrn zu dienen bist du zu flegelhaftig, und meine Hantierung zu begreifen und zu treiben bist du nichts nutz. Ach was hab ich doch mit meinem großen Kosten, den ich an dich gewendet, ausgericht? Ich hab gehofft, Freud an dir zu erleben und dich zum Mann zu machen, so hab ich dich hingegen jetzt aus des Henkers Händen kaufen müssen: Pfui der Schand! Das beste wirds sein, daß ich dich in eine Kalmusmühl* tue und Miseriam cum aceto schmelzen* lasse, bis dir ohnedas ein besser Glück aufstößt, wenn du dein übel Verhalten abgebüßt haben würdest.‘

Solche und dergleichen Lectiones mußte ich täglich hören, bis ich zuletzt auch ungeduldig wurde und zu meinem Vater sagte: Ich wäre an allem nit schuldig, sondern er und mein Präceptor, der mich verführet hätte; daß er keine Freud an mir erlebe, wäre billig, sintemal seine Eltern sich auch seiner nicht zu erfreuen, als die er gleichsam im Bettel verhungern lasse. Er aber ertappte einen Prügel und wollte mir um meine Wahrsagung lohnen, hoch und teur sich verschwörend, er wollte mich nach Amsterdam ins Zuchthaus tun. Da ging ich durch und verfügte mich selbige Nacht auf seinen unlängst erkauften Meierhof, sah meinen Vorteil aus und ritt seinem Meier den besten Hengst auf Köln zu, den er im Stall hatte.

Denselben versilberte ich und kam abermal in eine Gesellschaft der Spitzbuben und Diebe, wie ich zu Lüttich eine verlassen hatte, diese erkannten mich gleich am Spielen und ich sie hinwieder, weil wirs beiderseits so wohl konnten; ich verfügte mich gleich in ihre Zunft und half bei Nacht einfahren wo ich zukommen möchte, demnach aber kurz hernach einer aus uns ertappt wurde, als er einer vornehmen Frauen auf dem Alten Markt ihren schweren Beutel toll machen wollte, zumal ich ihn einen halben Tag mit einem eisern Halskragen am Pranger stehen, ihm auch ein Ohr abschneiden und mit Ruten aushauen sah, erleidet' mir das Handwerk, ließ mich derowegen für einen Soldaten unterhalten, weil eben damals unser Obrist, bei dem wir vor Magdeburg gewesen, sein Regiment zu verstärken Knecht annahm. Indessen hatte mein Vater erfahren, wo ich hinkommen, schrieb derhalben seinem Faktor zu, daß er mich auskundigen sollte, dies geschah eben, als ich bereits Geld auf die Hand empfangen hatte; der Faktor berichtet' solches meinem Vater wieder, der befahl, er sollte mich wieder ledig kaufen, es koste auch was es wolle; da ich solches hörte, fürchtete ich das Zuchthaus und wollt einmal nicht ledig sein. Hierdurch vernahm mein Obrister, daß ich eines reichen Kaufherrn Sohn wäre, spannete derhalben den Bogen gar zu hoch, daß mich also mein Vater ließ wie ich war, der Meinung, mich im Krieg ein Weil zappeln zu lassen, ob ich mich bessern möchte.

Nachgehends stund es nicht lang an, daß meinem Obristen sein Schreiber mit Tod abging, an dessen Statt er mich zu sich nahm, maßen dir bewußt: Damal fing ich an hohe Gedanken zu machen, der Hoffnung, von einer Staffel zur andern höher zu steigen und endlich gar zu einem General zu werden: Ich lernete von unserm Secretario, wie ich mich halten sollte, und mein Vorsatz groß zu werden verursachte, daß ich mich ehrbar und reputierlich einstellte und nit mehr, wie hiebevor meiner Art nach, mich mit Lumpenpossen schleppte; es wollte aber gleichwohl nicht hotten*, bis unser Secretarius starb, da gedacht ich, du mußt sehen, daß du dessen Stell bekommst; ich spendierte wo ich konnte, denn als meine Mutter erfuhr, daß ich anfing gut zu tun, schickte sie mir noch immer Geld. Weil aber der junge Herzbruder meinem Obristen gar ins Hemd gebacken* war und mir vorgezogen wurde, trachtet ich, ihn aus dem Weg zu räumen, vornehmlich da ich inne wurde, daß der Obrist gänzlich gewillet, ihm die Sekretariatsstelle zu geben. In Verzögerung solch meiner Beförderung, die ich so heftig suchte, wurd ich so ungeduldig, daß ich mich von unserm Profosen so fest als Stahl machen ließ, des Willens mit dem Herzbruder zu duellisieren, und durch die Kling hinzurichten; aber ich konnte niemals mit Manier an ihn kommen; so wehrete mir auch unser Profos mein Vorhaben, und sagte: ‚Wenn du ihn gleich aufopferst, so wird es dir doch mehr schäd- als nützlich sein, weil du des Obristen liebsten Diener ermordt haben würdest‘, gab mir aber den Rat, daß ich etwas in Gegenwart des Herzbruders stehlen und ihm solches zustellen sollte, so wollte er schon zuwegen bringen, daß er des Obristen Gnad verliere. Ich folgte, nahm bei des Obristen Kindtauf seinen übergüldten Becher, und gab ihn dem Profosen, mit welchem er dann den jungen Herzbruder abgeschafft hat; als du dich dessen noch wohl wirst zu erinnern wissen, als er dir in des Obristen großem Zelt die Kleider auch voll junger Hündlein gaukelte.“

Das 21. Kapitel

Wie des Herzbruders Prophezei Simplicius dem Olivier erfüllt, als keiner den andern kannte

Es wurde mir grün und gelb vor den Augen, als ich aus Oliviers eigenem Maul hören mußte, wie er mit meinem allerwertesten Freund umgangen, und gleichwohl keine Rach vornehmen durfte, ich mußte noch dazu mein Anliegen verbeißen, damit ers nit merkte, sagte derowegen, er sollte mir auch erzählen, wie es ihm nach der Schlacht vor Wittstock ferner ergangen wäre?

„In demselben Treffen“, sagte Olivier, „hielt ich mich nicht wie ein Federspitzer, der nur auf das Tintenfaß bestellt ist, sondern wie ein rechtschaffener Soldat, denn ich war wohlberitten und so fest als Eisen, zumal in keine Schwadron eingeschlossen, ließ derhalben meinen Valor* sehen, als einer der durch den Degen hochzukommen oder zu sterben gedenkt; ich vagierte um unsere Brigade herum wie eine Windsbraut, mich zu exerzieren und den Unsern zu weisen, daß ich besser zu den Waffen als zu der Feder tauge; aber es half nichts, das Glück der Schweden überwand, und ich mußte der Unsern Unglückseligkeit teilhaftig werden, allermaßen ich Quartier nehmen mußte, wiewohl ich es kurz zuvor keinem geben wollte.

Also wurde ich nun wie andere Gefangene unter ein Regiment zu Fuß gestoßen, welches sich wieder zu erholen nach Pommern gelegt wurde, und demnach es viel neugeworbene Bursch gab, ich aber eine treffliche Courage verspüren ließ, wurde ich zum Korporal gemacht; aber ich gedacht da nit lang Mist zu machen, sondern bald wieder unter die Kaiserlichen zu kommen, als deren Partei ich besser affektioniert war, da ich doch ohne Zweifel bei den Schweden bessere Beförderung gefunden hätte. Mein Ausreißen setzte ich folgendergestalt ins Werk: Ich wurde mit sieben Musketiern ausgeschickt, in unsern abgelegenen Quartiern die ausständige Kontribution zu erpressen; als ich nun über achthundert Gulden zuwegen gebracht, zeigte ich meinen Burschen das Geld und machte ihre Augen nach demselben lüsternd, also daß wir des Handels miteinander eins wurden, solches unter uns zu teilen und damit durchzugehen; als solches geschehen, persuadiert ich ihrer drei, daß sie mir halfen die andern vier totschießen, und nach solcher Verrichtung teilten wir das Geld, nämlich jedem zweihundert Gulden, damit marschierten wir gegen Westfalen; unterwegs überredt ich noch einen aus denselben dreien, daß er auch die zween übrigen niederschießen half, und als wir das Geld abermal miteinander teilen sollten, erwürgte ich den letzten auch und kam mit dem Geld glücklich nach Werl, allwo ich mich unterhalten ließ und mit diesem Geld ziemlich lustig machte.

Als solches auf die Neige ging und ich ein als den andern

Weg gern bankettiert hätte, zumaln viel von einem jungen Soldaten in Soest hörte rühmen, was treffliche Beuten und großen Namen er sich damit machte, wurde ich angefrischt ihm nachzufolgen; man nannte ihn wegen seiner grünen Kleidung den Jäger, derhalben ich auch eins machen ließ, und stahl auf ihn in seinen und unsern eignen Quartieren, mit Verübung sonst allerhand Exorbitantien dermaßen, daß uns beiden das Parteigehen niedergelegt werden wollte; jener zwar blieb daheim, ich aber mausete noch immerfort in seinem Namen, so viel ich konnte, also daß besagter Jäger um solcher Ursach willen mich auch herausfordern ließ, aber der Teufel hätte mit ihm fechten mögen, den er auch, wie mir gesagt wurde, in Haaren sitzen hatte, er würde mir meine Festigkeit schön aufgetan haben.

Doch konnte ich seiner List nicht entgehen, denn er praktizierte mich mit Hilf seines Knechts in eine Schäferei, samt meinem Kameraden, und wollte mich zwingen, ich sollte daselbst beim Mondenschein, in Gegenwart zweier leibhafter Teufel, die er als Sekundanten bei sich hatte, mit ihm raufen; weil ichs aber nicht tun wollte, zwangen sie mich zu der spöttlichsten Sach von der Welt, so mein Kamerad unter die Leute bracht, davon ich mich dergestalt schämte, daß ich von dort hinweg auf Lippstadt lief und bei den Hessen Dienst nahm, verblieb aber auch daselbst nicht lang, weil man mir nit traute, sondern trabte fürders in holländische Dienste, allwo ich zwar richtigere Bezahlung: aber einen langweiligen Krieg für mein Humor fand, denn da wurden wir eingehalten wie die Mönche und sollten züchtig leben als die Nonnen.

Weil ich mich denn nun weder unter Kaiserlich-, Schwedisch-, noch Hessischen nicht mehr durfte sehen lassen, ich hätte mich denn mutwillig in Gefahr geben wollen, indem ich bei allen dreien ausgerissen, zumal unter den Holländern nicht länger zu bleiben hatte, weil ich ein Mägdlein mit Gewalt entunehrt hatte, welches allem Ansehen nach in Bälde seinen Ausbruch nehmen würde, gedachte ich meine Zuflucht bei den Spanischen zu haben, der Hoffnung, von denselben heimzugehen und zu sehen, was meine Eltern machten. Aber als ich solches ins Werk zu setzen ausging, wurde mir der Kompaß so verrückt, daß ich unversehens unter die Bayrischen geriet, mit denselben marschierte ich unter den Merode-Brüdern aus Westfalen bis ins Breisgau und ernährte mich mit Spielen und Stehlen, hatte ich etwas, so lag ich bei Tags damit auf dem Spielplatz und bei Nacht bei den Marketendern, hatte ich aber nichts, so stahl ich hinweg was ich kriegen konnte, ich stahl oft auf einen Tag zwei oder drei Pferd, beides von der Weid und aus den Quartiern, verkaufte und verspielte hinwieder, was ich löste, und minierte alsdann bei Nacht den Leuten in die Zelt und zwackte ihnen ihr Bestes unter den Köpfen hervor. War es aber auf dem Marsch, so hatte ich an den engen Pässen ein wachtsames Aug auf die Felleisen, so die Weiber hinter sich führten, die schnitt ich ab und brachte mich also durch, bis das Treffen vor Wittenweier vorüberging, in welchem ich gefangen, abermal unter ein Regiment zu Fuß gestoßen und also zu einem weimarischen Soldaten gemacht wurde; es wollte mir aber im Lager vor Breisach nicht gefallen, darum quittierte ichs auch beizeiten und ging davon für mich selbst zu kriegen, wie du denn siehest, daß ich tue. Und sei versichert Bruder, daß ich seithero manchen stolzen Kerl niedergelegt und ein herrlich Stück Geld prosperieret habe, gedenke auch nicht aufzuhören, bis daß ich sehe, daß ich nichts mehr bekommen kann. Jetzund nun wirds an dir sein, daß du mir auch deinen Lebenslauf erzählest."

Das 22. Kapitel

Wie es einem gehet, und was es sei, wenn es ihm hund- oder katzenübel geht

Als Olivier seinen Diskurs dergestalt vollführete, konnte ich mich nicht genugsam über die göttliche Vorsehung verwundern! Ich konnte greifen, wie mich der liebe Gott hiebevor in Westfalen vor diesem Unmenschen nit allein väterlich bewahret, sondern noch dazu versehen hatte, daß er sich vor mir entsetzt: Damals sah ich erst, was ich dem Olivier für einen Possen erwiesen, davon ihm der alte Herzbruder prophezeiet, welches er Olivier aber selbst, wie hiervon im sechzehnten Kapitel zu sehen, zu meinem großen Vorteil anders ausgelegt; denn sollte diese Bestia gewußt haben, daß ich der Jäger von Soest gewesen wäre, so hätte er mir gewißlich wieder eingetränkt, was ich ihm hiebevor auf der Schäferei getan; ich betrachtete auch, wie weislich und obskur Herzbruder seine Weissagungen geben, und gedachte bei mir selber, obzwar seine Wahrsagungen gemeinlich unfehlbar einzutreffen pflegten, daß es dennoch schwerfallen würde und seltsam hergehen müßte, da ich eines solchen Tod, der Galgen und Rad verdient hätte, rächen sollte; ich befand auch, daß mirs trefflich gesund gewesen, daß ich ihm meinen Lebenslauf nicht zuerst erzählt, denn mit der Weis hätte ich ihm ja selber gesagt, womit ich ihn hiebevor beleidigt. Indem ich nun solche Gedanken machte, wurde ich in Oliviers Angesicht etlicher Ritz gewahr, die er vor Magdeburg noch nit gehabt, bildete mir derhalben ein, dieselben Narben seien noch die Wahrzeichen des Springinsfeld, als er ihm hiebevor in Gestalt eines Teufels das Angesicht so zerkratzte, fragte ihn derhalben, woher ihm solche Zeichen kämen? mit dem Anhang, ob er mir gleichwohl seinen ganzen Lebenslauf erzähle, daß ich jedoch ohnschwer abnehmen müsse, er verschweige mir das beste Teil, weil er mir noch nicht gesagt, wer ihn so gezeichnet hätte. „Ach Bruder“, antwortet' er, „wenn ich dir alle meine Bubenstück und Schelmerei erzählen sollte, so würde beides mir und dir die Zeit zu lang werden, damit du aber gleichwohl sehest, daß ich dir von meinen Begegnissen nichts verhehle, so will ich dir hievon auch die Wahrheit sagen, ob es schon scheinet, als gereiche es mir zum Spott.

Ich glaube gänzlich, daß ich von Mutterleib an zu einem gezeichneten Angesicht prädestinieret gewesen sei, denn gleich in meiner Jugend wurde ich von meinesgleichen Schülerjungen so zerkratzt, wenn ich mit ihnen rupfte; so hielt mich auch einer von den Teufeln, die dem Jäger von Soest aufwarteten, überaus hart, maßen man seine Klauen wohl sechs Wochen in meinem Gesicht spürte, aber solches heilete ich wieder alles sauber hinweg; die Striemen aber, die du jetzt noch in meinem Angesicht siehest, haben einen andern und zwar diesen Ursprung: Als ich noch unter den Schweden in Pommern in dem Quartier lag und eine schöne Mätresse hatte, mußte mein Wirt aus seinem Bett weichen und uns hineinliegen lassen; seine Katz, die auch alle Abend in demselbigen Bette zu schlafen gewohnt war, kam alle Nacht und machte uns große Ungelegenheit, indem sie ihre ordentliche Liegestatt nit so schlechtlich entbehren wollte, wie ihr Herr und Frau getan; solches verdroß meine Mätresse (die ohnedas keine Katz leiden konnte) so sehr, daß sie sich hoch verschwur, sie wollte mir in keinem Fall mehr Liebs erweisen, bis ich ihr zuvor die Katz hätte abgeschafft; wollte ich nun ihrer Freundlichkeit länger genießen, so gedachte ich ihr nit allein zu willfahren, sondern mich auch dergestalt an der Katz zu rächen, daß ich auch eine Lust daran haben möchte; steckte sie derhalben in einen Sack, nahm meines Wirts beide starken Baurenhunde (die den Katzen ohnedas ziemlich grämisch, bei mir aber wohl gewohnt waren) mit mir und der Katzen im Sack auf eine breite lustige Wiese und gedachte da meinen Spaß zu haben, denn ich vermeinte, weil kein Baum in der Nähe war, auf den sich die Katz retirieren konnte, würden sie die Hund eine Weil auf der Ebne hin und wieder jagen, wie einen Hasen raumen* und mir eine treffliche Kurzweil anrichten, aber potz Stern! es ging mir nit allein hundsübel, wie man zu sagen pflegt, sondern auch katzenübel (welches Übel wenig' erfahren haben werden, denn man hätte sonst ohne Zweifel vorlängsten auch ein Sprichwort daraus gemacht), maßen die Katz, sobald ich den Sack auftat, nur ein weites Feld und auf demselbigen ihre zwei starken Feind und nichts Hohes vor sich sah, dahin sie ihre Zuflucht hätte nehmen können: Derowegen wollte sie sich nicht so schlechtlich in die Niedere begeben und sich das Fell zerreißen lassen, sondern sie begab sich auf meinen eigenen Kopf, weil sie keinen höhern Ort wußte, und als ich ihr wehrte, fiel mir der Hut herunter; je mehr ich sie nun herunterzuzerren trachtete, je fester schlug sie ihre Nägel ein, sich zu halten: Solch unserm Gefecht konnten beide Hunde nicht lang zusehen, sondern mengten sich mit ins Spiel, sie sprangen mit offenem Rachen hinten, vorne und zur Seiten nach der Katz, die sich aber gleichwohl von meinem Kopf nicht hinwegbegeben wollte, sondern sich beides sowohl in meinem Angesicht als sonsten auf dem Kopf mit Einschlagung ihrer Klauen hielt so gut sie konnte, tat sie aber mit ihrem Dornhandschuh einen Fehlstreich nach den Hunden, so traf mich derselbe gewiß, weil sie aber auch bisweilen die Hund auf die Nase schlug, beflissen sich dieselbigen, sie mit ihren Talpen* herunterzubringen und gaben mir damit manchen unfreundlichen Griff ins Gesicht, wenn ich aber selbst mit beiden Händen nach der Katz tastete, sie herabzureißen, biß und kratzte sie nach ihrem besten Vermögen: Also wurde ich beides von den Hunden und von der Katz zugleich bekriegt, zerkratzt und dergestalt schrecklich zugerichtet, daß ich schwerlich einem Menschen mehr gleichsah; und was das allerschlimmste war, mußte ich noch dazu in der Gefahr stehen, wenn sie so nach der Katz schnappten, es möchte mir etwa einer ohngefähr die Nase oder ein Ohr erwischen und ganz hinwegbeißen; mein Kragen und Koller sah so blutig aus, als wie vor eines Schmieds Notstall* an St. Stephanstag, wenn man den Pferden zur Ader läßt*; und wußte ich ganz kein Mittel zu ersinnen, mich aus diesen Ängsten zu erretten; zuletzt so mußte ich von freien Stücken auf die Erde niederfallen, damit beide Hund die Katz erwischen hönnten, wollte ich anderst nicht, daß mein Capitolium noch länger ihr Fechtplatz sein sollte; die Hund erwürgten zwar die Katz, ich hatte aber bei weitem keinen so herrlichen Spaß davon als ich gehofft, sondern nur Spott, und ein solch Angesicht, wie du noch vor Augen siehest. Dessentwegen wurde ich so ergrimmt, daß ich nachgehends beide Hund totschoß und meine Mätreß, die mir zu dieser Torheit Anlaß geben, dergestalt abprügelte, daß sie hätte Öl geben mögen und darüber von mir hinweglief, weil sie ohn Zweifel keine so abscheuliche Larve länger lieben konnte.“

Das 23. Kapitel

Ein Stücklein, zum Exempel desjenigen Handwerks, das Olivier trieb, worin er ein Meister war und Simplicius ein Lehrjung sein sollte

Ich hätte über dieser des Oliviers Erzählung gern gelacht und mußte mich doch mitleidenlich erzeigen; und als ich eben auch anfing meinen Lebenslauf zu erzählen, sahen wir eine Kutsche samt zweien Reutern das Land heraufkommen, derohalben stiegen wir vom Kirchturm und setzten uns in ein Haus, das an der Straß lag und sehr bequem war die Vorüberreisenden anzugreifen; mein Rohr mußte ich zum Vorrat geladen behalten, Olivier aber legte mit seinem Schuß gleich den einen Reuter und das Pferd, ehe sie unserer innewurden, weswegen denn der ander gleich durchging, und indem ich mit übergezognem Hahnen den Kutscher halten und absteigen gemacht, sprang Olivier auf ihn dar und spaltete ihm mit seinem breiten Schwert den Kopf voneinander bis auf die Zähn hinunter, wollte auch gleich darauf das Frauenzimmer und die Kinder metzgen, die in der Kutschen saßen und bereits mehr den toten Leichen als den Lebenden gleichsahen; ich aber wollte es rund nicht gestatten, sondern sagte, wofern er solches ja ins Werk setzen wollte, müßte er mich zuvor erwürgen. „Ach!“ sagte er, „du närrischer Simplici, ich hätte mein Tage nicht gemeinet, daß du so ein heilloser Kerl wärest, wie du dich anläßt.“ Ich antwortet: „Bruder, was willst du die unschuldigen Kinder zeihen*, wenns Kerl wären die sich wehren könnten, so wärs ein anders.“ „Was“, antwortet' er, „Eier in die Pfannen, so werden keine Jungen draus; ich kenne diese jungen Blutsauger wohl, ihr Vater der Major ist ein rechter Schindhund und der ärgste Wamsklopfer* von der Welt.“ Und mit solchen Worten wollte er immer fortwürgen, doch enthielt ich ihn so lang, bis er sich endlich erweichen ließ; es waren aber eines Majors Weib, ihre Mägd und drei schöne Kinder, die mich von Herzen daureten, diese sperreten wir in einen Keller, auf daß sie uns so bald nicht verraten sollten, in welchem sie sonst nichts als Obst und weiße Rüben zu beißen hatten, bis sie gleichwohl wiederum von jemandem erlöst würden; demnach plünderten wir die Kutschen und ritten mit sieben schönen Pferden in Wald wo er zum dicksten war.

Als wir solche angebunden hatten, und ich mich ein wenig umschauete, sah ich ohnweit von uns einen Kerl stockstill an einem Baum stehen, solchen wies ich dem Olivier und vermeinte es wäre sich vorzusehen. „Ha Narr!" antwortet' er, „es ist ein Jud, den hab ich hingebunden, der Schelm ist aber vorlängst erfroren und verreckt", und indem ging er zu ihm, klopfte ihm mit der Hand unten ans Kinn, und sagte: „Ha! du Hund hast mir auch viel schöne Dukaten gebracht", und als er ihm dergestalt das Kinn bewegte, rollten ihm noch etliche Dublonen zum Maul heraus, welche der arm Schelm noch bis in seinen Tod davongebracht hatte; Olivier griff ihm darauf in das Maul und brachte zwölf Dublonen und einen köstlichen Rubin zusammen. „Diese Beut", sagte er, „hab ich dir Simplici zu danken", schenkte mir darauf den Rubin, stieß das Geld zu sich und ging hin seinen Bauren zu holen, mit Befehl, ich sollte indessen bei den Pferden verbleiben, sollte aber wohl zusehen, daß mich der tote Jud nicht beiße, womit er mir verwies, daß ich keine solche Courage hätte wie er.

Als er nun nach dem Bauren aus war, machte ich indessen sorgsame Gedanken, und betrachtete, in was für einem gefährlichen Stand ich lebte; ich nahm mir vor, auf ein Pferd zu sitzen und durchzugehen, besorgte aber, Olivier möchte mich über der Arbeit ertappen und erst niederschießen, denn ich argwöhnte, daß er meine Beständigkeit für diesmal nur probiere, und irgends stehe mir aufzupassen; bald gedacht ich zu Fuß davonzulaufen, mußte aber doch sorgen, wenn ich dem Olivier gleich entkäme, daß ich nichtsdestoweniger den Baurn auf dem Schwarzwald, die damals im Ruf waren, daß sie den Soldaten auf die Hauben klopften, nicht entrinnen würde können. ‚Nimmst du aber', gedacht ich, ‚alle Pferd mit dir, auf daß Olivier kein Mittel hat, dir nachzujagen, und würdest von den Weimarischen erwischt, so wirst du als ein überzeugter Mörder aufs Rad gelegt.' In Summa, ich wußte kein sicher Mittel zu meiner Flucht zu ersinnen, vornehmlich da ich mich in einem wilden Wald befand und weder Weg noch Steg wußte; überdas wachte mir mein Gewissen auch auf und quälte mich, weil ich die Kutsch aufgehalten und ein Ursach gewesen, daß der Kutscher so erbärmlich ums Leben kommen und beide Weibsbilder und unschuldigen Kinder in Keller versperrt worden, worinnen sie vielleicht, wie dieser Jud, auch sterben und verderben müßten; bald wollte ich mich meiner Unschuld getrösten, weil ich wider Willen angehalten würde, aber mein Gewissen hielt mir vor, ich hätte vorlängsten mit meinen andern begangenen bösen Stücken verdient, daß ich in Gesellschaft dieses Erzmörders in die Händ der Justiz gerate und meinen billigen Lohn empfange, und vielleicht hätte der gerechte Gott versehen, daß ich solchergestalt gestraft werden sollte: Zuletzt fing ich an ein Bessers zu hoffen und bat die Güte Gottes, daß sie mich aus diesem Stand erretten wollte, und als mich so eine Andacht ankam, sagte ich zu mir selber: „Du Narr, du bist ja nicht eingesperrt oder angebunden, die ganze weite Welt steht dir ja offen, hast du jetzt nit Pferd genug, zu deiner Flucht zu greifen? oder da du nicht reiten willst, so sind deine Füße ja schnell genug, dich davonzutragen." Indem ich mich nun selbst so martert und quälte und doch nichts entschließen konnte, kam Olivier mit unserm Baurn daher, der führte uns mit den Pferden auf einen Hof, da wir fütterten und einer um den andern ein paar Stund schliefen; nach Mitternacht ritten wir weiters und kamen gegen Mittag an die äußerste Grenzen der Schweizer, allwo Olivier wohlbekannt war und uns stattlich auftragen ließ, und dieweil wir uns lustig machten, schickte der Wirt nach zweien Juden, die uns die Pferd gleichsam nur um halb Geld abhandelten: Es war alles so nett und just bestellt, daß es wenig Wortwechselns brauchte, der Juden größte Frag war, ob die Pferd kaiserisch oder schwedisch gewesen? und als sie vernahmen, daß sie von den Weimarischen herkämen, sagten sie: „So müssen wir solche nicht nach Basel, sondern in das Schwabenland zu den Bayrischen reiten." Über welche große Kundschaft und Vertraulichkeit ich mich verwundern mußte.

Wir bankettierten edelmännisch, und ich ließ mir die guten Waldforellen und köstlichen Krebs daselbst wohl schmecken; wie es nun Abend wurde, so machten wir uns wieder auf den Weg, hatten unsern Baurn mit Gebratens und andern Victualien wie einen Esel beladen, damit kamen wir den andern Tag auf einen einzeln Baurnhof, allwo wir freundlich bewillkommt und aufgenommen wurden und uns wegen ungestümen Wetters ein paar Tag aufhielten, folgends kamen wir durch lauter Wald und Abweg wieder in eben dasjenige Häuslein, dahin mich Olivier anfänglich führte, als er mich zu sich bekam.

Das 24. Kapitel

Olivier beißt ins Gras, und nimmt noch ihrer sechs mit sich

Wie wir nun so da saßen, unserer Leiber zu pflegen und auszuruhen, schickte Olivier den Baurn aus, Essenspeis samt etwas von Kraut und Lot einzukaufen; als selbiger hinweg, zog er seinen Rock aus, und sagte zu mir: „Bruder, ich mag das Teufelsgeld nit mehr allein so herumschleppen", band demnach ein paar Würste oder Wülst, die er auf bloßem Leib trug, herunter, warf sie auf den Tisch, und sagte ferner: „Du wirst dich hiemit bemühen müssen, bis ich einmal Feierabend mache, und wir beide genug haben, das Donnersgeld hat mir Beulen gedrückt!" Ich antwortete: „Bruder, hättest du so wenig als ich, so würde es dich nit drücken." „Was?" fiel er mir in die Red, „was mein ist, das ist auch dein, und was wir ferner miteinander erobern, soll gleiche Part gelten." Ich ergriff beide Wülste und befand sie trefflich gewichtig, weil es lauter Goldsorten warn; ich sagte, es sei alles gar unbequem gepackt, da es ihm gefiel, wollte ichs also einnähen, daß einen das Tragen nit halb so saur ankäme. Als er mirs heimstellte, ging ich mit ihm in einen hohlen Eichbaum, allda er Scher, Nadel und Faden vermochte, da machte ich mir und ihm ein Skapulier oder Schulterkleid aus einem Paar Hosen und versteppte manchen schönen roten Batzen darein, und demnach wir nun solche unter die Hemden anzogen, war es nicht anders, als ob wir vorn und hinten mit Gold bewaffnet gewesen wären: und demnach mich wunder nahm, und fragte, warum er kein Silbergeld hätte? bekam ich zur Antwort, daß er mehr als tausend Taler in einem Baum liegen hätte, aus welchem er den Baurn hausen* ließe, und um solches nie kein Rechnung begehrt, weil er solchen Schafmist nicht hoch achte.

Als dies geschehen und das Geld eingepackt war, gingen wir nach unserm Logiment, darin wir dieselbe Nacht über kochten und uns beim Ofen ausbäheten*: Und demnach es eine Stunde Tag war, kamen, als wir uns dessen am wenigsten versahen, sechs Musketier samt einem Korporal mit fertigem Gewehr und aufgepaßten Lunten ins Häuslein, stießen die Stubentür auf, und schrien: Wir sollten uns gefangen geben! Aber Olivier (der sowohl als ich jederzeit seine gespannte Muskete neben sich liegen und sein scharf Schwert allzeit an der Seiten hatte und damals eben hinterm Tisch saß, gleichwie ich hinter der Tür beim Ofen stund) antwortet' ihnen mit einem Paar Kuglen, durch welche er gleich zween zu Boden fällte, ich aber erlegte den dritten und beschädigte den vierten durch einen gleichmäßigen Schuß; darauf wischte Olivier mit seinem notfesten Schwert, welches Haar schur und wohl des Königs Arturi* in England Caliburn* verglichen werden möchte, von Leder und hieb den fünften von der Achsel an bis auf den Bauch hinunter, daß ihm das Ingeweid heraus und er neben demselben daniederfiel, indessen schlug ich den sechsten mit meinem umgekehrten Feurrohr auf den Kopf, daß er alle vier von sich streckte; einen solchen Streich kriegte Olivier von dem siebenten, und zwar mit solcher Gewalt, daß ihm das Hirn herausspritzte, ich aber traf denselben, ders ihm getan, wiederum dermaßen, daß er gleich seinen Kameraden am Totenreihen Gesellschaft leisten mußte; als der Beschädigte, den ich anfänglich durch meinen Schuß getroffen, dieser

Püff gewahr wurde und sah, daß ich ihm mit umgekehrtem Rohr auch ans Leder wollte, warf er sein Gewehr hinweg und fing an zu laufen, als ob ihn der Teufel selbst gejagt hätte. Und dieses Gefecht währte nit länger als eines Vaterunsers Länge, in welcher kurzen Zeit diese sieben tapferen Soldaten ins Gras bissen.

Da ich nun solchergestalt allein Meister auf dem Platz blieb, beschaute ich den Olivier, ob er vielleicht noch einen lebendigen Atem in sich hätte; da ich ihn aber ganz entseelet befand, dünkte mich ungereimt zu sein, einem toten Körper soviel Golds zu lassen, dessen er nit vonnöten, zog ihm derwegen das gülden Fell ab, so ich erst gestern gemacht hatte, und hing es auch an Hals zu dem andern. Und demnach ich mein Rohr zerschlagen hatte, nahm ich Oliviers Muskete und Schwert zu mir, mit demselben versah ich mich auf allen Notfall und machte mich aus dem Staub, und zwar auf den Weg, da ich wußte, daß unser Baur darauf herkommen müßte; ich setzte mich beiseit an ein Ort, seiner zu erwarten und mich zugleich zu bedenken, was ich ferner anfangen wollte.

Das 25. Kapitel

Simplicius kommt reich davon, hingegen zieht Herzbruder sehr elend auf

Ich saß kaum ein halbe Stund in meinen Gedanken, so kam unser Baur daher und schnaubte wie ein Bär, er lief von allen Kräften und wurde meiner nit gewahr, bis ich ihm auf den Leib kam. „Warum so schnell", sagte ich, „was Neues?" Er antwort: „Geschwind macht Euch abweg! es kommt ein Korporal mit sechs Musketiern, die sollen Euch und den Olivier aufheben und entweder tot oder lebendig nach Lichteneck* liefern, sie haben mich gefangen gehabt, daß ich sie zu Euch führen sollte, bin ihnen aber glücklich entronnen und hieher kommen, Euch zu warnen." Ich gedachte: ‚O Schelm, du hast uns verraten, damit dir Oliviers Geld, so im Baum liegt, zuteil werden möge', ließ mich aber doch nichts merken, weil ich mich seiner als eines Wegweisers gebrauchen wollte, sondern sagte ihm, daß beides Olivier und diejenigen so ihn hätten fangen sollen, tot wären; da es aber der Bauer nit glauben wollte, war ich noch so gut und ging mit ihm hin, daß er das Elend an den sieben Körpern sehen konnte. „Den siebenten (von denen), die uns fangen sollen", sagte ich, „habe ich laufen lassen, und wollte Gott, ich könnte auch diese wieder lebendig machen, so wollte ichs nit unterlassen!" Der Bauer erstaunte vor Schrecken, und sagte: „Was Rats?" Ich antwortet: „Der Rat ist schon beschlossen, unter dreien Dingen geb ich dir die Wahl, entweder führe mich alsbald durch sichere Abweg über den Wald hinaus nach Villingen*, oder zeige mir Oliviers Geld, das im Baum liegt, oder stirb hier und leiste gegenwärtigen Toten Gesellschaft! Führest du mich nach Villingen, so bleibt dir Oliviers Geld allein, wirst du mirs aber weisen, so will ichs mit dir teilen, tust du aber deren keines, so schieß ich dich tot und gehe gleichwohl meines Wegs." Der Baur wäre gern entlaufen, aber er fürchte die Muskete, fiel derhalben auf die Knie nieder und erbot sich, mich über Wald zu führen: Also wanderten wir eilend fort, gingen denselben Tag und folgende ganze Nacht, weil es zu allem Glück trefflich hell war, ohne Essen, Trinken und einzige Ruhe immer hin, bis wir gegen Tag die Stadt Villingen vor uns liegen sahen, allwo ich meinen Baurn wieder von mir ließ. Auf diesem Weg trieb den Baurn die Todesfurcht, mich aber die Begierde, mich selbst und mein Geld davonzubringen, und muß fast glauben, daß einem Menschen das Gold große Kräfte mitteilet, denn ob ich zwar schwer genug daran trug, so empfand ich jedoch keine sonderbare Müdigkeit.

Ich hielt es für ein glücklich Omen, daß man die Pfort eben öffnete, als ich vor Villingen kam; der Offizier von der Wacht examinierte mich, und als er vernahm, daß ich mich für einen Freireuter ausgab, von demjenigen Regiment, wobei mich Herzbruder getan, als er mich zu Philippsburg von der Muskete erlöste, wie auch, daß ich aus dem Lager vor Breisach von den Weimarischen herkäme, unter welche ich vor Wittenweir gefangen und untergestoßen worden, und nunmehr wieder zu meinem Regiment unter die Bayrischen begehrte, gab er mir einen Musketierer zu, der mich zum Kommandanten führte. Derselbe lag noch in seiner Ruhe, weil er wegen seiner Geschäfte mehr als die halbe Nacht wachend zugebracht hatte, also daß ich wohl anderthalbe Stund vor seinem Quartier aufwarten mußte, und weil eben die Leut aus der Frühmeß gingen, einen großen Umstand von Bürgern und Soldaten bekam, die alle wissen wollten, wie es vor Breisach stünde? von welchem Geschrei der Kommandant erwachte und mich vor sich kommen ließ.

Er fing an, mich zu examinieren, und meine Aussag war wie unterm Tor; hernach fragte er mich sonderliche Partikularitäten* von der Belagerung und sonsten, und damit bekennete ich alles, wie daß ich nämlich ein Tag oder vierzehen mich bei einem Kerl aufgehalten, der auch durchgangen, und mit demselben eine Kutsche angegriffen und geplündert hätte, der Meinung, von den Weimarischen so viel Beuten zu holen, daß wir uns daraus beritten machen und rechtschaffen montiert wieder zu unsern Regimentern kommen möchten, wir seien aber erst gestern von einem Korporal mit noch sechs andern Kerlen, die uns aufheben sollen, überfallen worden, dadurch mein Kamerad mit noch sechsen vom Gegenteil auf dem Platz geblieben, der siebent aber sowohl als ich, und zwar jeder zu seiner Partei, entlaufen sei; von dem aber, daß ich nach L. in Westfalen zu meinem Weib gewollt und daß ich zwei so wohlgefütterte Hinter- und Vorderstück anhatte, schwieg ich stockstill, und zwar so machte ich mir auch kein Gewissen darum, daß ichs verhehlete, denn was gings ihn an? Er fragte mich auch nit einmal darum, sondern verwunderte sich vielmehr und wollts fast nit glauben, daß ich und Olivier sollten sechs Mann niedergemacht und den siebenten verjagt haben, obzwar mein Kamerad mit eingebüßt. Mit solchem Gespräch gabs Gelegenheit von Oliviers Schwert zu reden, so ich lobte und an der Seiten hatte; das gefiel ihm so wohl, daß ichs ihm, wollte ich anders mit guter Manier von ihm kommen und Paß erlangen, gegen einen andern Degen, den er mir gab, überlassen mußte; in Wahrheit aber, so war dasselbe trefflich schön und gut, es war ein ganzer ewigwährender Kalender darauf geätzet, und lasse ich mir nicht ausreden, daß es nicht in Hora Martis von Vulcano selbst geschmiedet und allerdings zugerichtet worden sei, wie im ,Heldenschatz'* eins beschrieben wird, wovon alle anderen Klingen entzweispringen und die beherztesten Feinde und Löwengemüter wie furchtsame Hasen entlaufen müssen. Nachdem er mich nun entließ und befohlen, einen Paß für mich zu schreiben, ging ich den nächsten Weg ins Wirtshaus und wußte nicht, ob ich am ersten schlafen oder essen sollte? denn es war mir beides nötig; doch wollt ich zuvor meinen Magen stillen, ließ mir derhalben etwas zu essen und einen Trunk langen, und machte Gedanken, wie ich meine Sachen anstellen möchte, daß ich mit meinem Geld sicher nach L. zu meinem Weib kommen möchte, denn ich hatte so wenig im Sinn zu meinem Regiment zu gehen, als den Hals abzufallen.

Indem ich nun so spekulierte, hinkte ein Kerl in die Stub, an einem Stecken in der Hand, der hatte einen verbundenen Kopf, einen Arm in der Schlinge und so elende Kleider an, daß ich ihm kein Heller darum geben hätte; sobald ihn der Hausknecht sah, wollte er ihn austreiben, weil er übel stank und so voll Läus kroch, daß man die ganze Schwabenheid* damit besetzen könnte; er aber bat, man wollte ihm doch um Gottes willen zulassen, sich nur ein wenig zu wärmen, so aber nichts half; demnach ich mich aber seiner erbarmte und für ihn bat, wurde er kümmerlich zum Ofen gelassen: Er sah mir, wie mich dünkte, mit begierigem Appetit und großer Andacht zu, wie ich draufhieb, und ließ etliche Seufzer laufen, und als der Hausknecht ging, mir ein Stück Gebratens zu holen, ging er gegen mich zum Tisch zu und reichte ein irden Pfennighäfelein in der Hand dar, als ich mir wohl einbilden konnte, warum er käme. Nahm derhalben die Kanne und goß ihm seinen Hafen voll, ehe er heischte. „Ach Freund", sagte er, „um Herzbruders willen gebt mir auch zu essen!" Da er solches sagte, ging mirs durchs Herz, und befand, daß es Herzbruder selbsten war, ich wäre beinahe in Ohnmacht gesunken, da ich ihn in einem so elenden Stand sah, doch erhielt ich mich, fiel ihm um den Hals und setzte ihn zu mir, da uns denn beiden, mir aus Mitleiden und ihm aus Freud, die Augen übergingen.

Das 26. Kapitel

Ist das letzte in diesem vierten Buch, weil keines mehr hernach folget

Unser unversehene Zusammenkunft machte, daß wir fast weder essen noch trinken konnten, nur fragte einer den andern, wie es ihm ergangen, seit wir das letztemal beisamm gewesen, dieweil aber der Wirt und Hausknecht stets ab- und zuging, konnten wir einander nichts Vertraulichs erzählen, der Wirt wunderte, daß ich ein so lausigen Kerl bei mir litte, ich aber sagte, solches sei im Krieg unter rechtschaffenen Soldaten, die Kameraden wären, der Brauch. Da ich auch verstund, daß sich Herzbruder bisher im Spital aufgehalten, vom Almosen sich ernährt, und seine Wunden liederlich verbunden worden, dingte ich dem Wirt ein sonderlich Stüblein ab, legte Herzbrudern in ein Bett und ließ ihm den besten Wundarzt kommen, den ich haben konnte, wie auch einen Schneider und eine Näherin, ihn zu kleiden und den Läusen aus den Zähnen zu ziehen; ich hatte eben diejenigen Dublonen, so Olivier einem toten Juden aus dem Maul bekommen, bei mir in einem Säckel, dieselben schlug ich auf den Tisch und sagte, dem Wirt zu Gehör, zu Herzbrudern: „Schau Bruder, das ist mein Geld, das will ich an dich wenden und mit dir verzehren"; davon der Wirt uns brav aufwartete, dem Barbier aber wies ich den Rubin, der auch des bedeuten Juden gewesen und ungefähr zwanzig Taler wert war, und sagte: Weil ich mein wenig Geld, so ich hätte, für uns zur Zehrung, und meinem Kameraden zur Kleidung aufwenden müßte, so wollt ich ihm denselben Ring geben, wenn er besagten meinen Kameraden in

Bälde von Grund aus dafür kurieren wollte, dessen er denn wohl zufrieden und seinen besten Fleiß zur Kur anwendete.

Also pflegte ich Herzbrudern, wie meinem andern Ich, und ließ ihm ein schlicht Kleidlein von grauem Tuch machen, zuvor aber ging ich zum Kommandanten wegen des Passes und zeigte ihm an, daß ich einen übelbeschädigten Kameraden angetroffen hätte, auf den wollte ich warten, bis er vollend heilete, denn ihn hinter mir zu lassen, getraute ich bei meinem Regiment nicht zu verantworten; der Kommandant lobte meinen Vorsatz und gönnete mir zu bleiben, solang ich wollte, mit fernerm Anerbieten, wenn mir mein Kamerad würde folgen können, daß er uns beide alsdann mit genugsamem Paß versehen wollte.

Demnach ich nun wieder zu Herzbrudern kam und allein neben seinem Bett bei ihm saß, bat ich ihn, er wollte mir unbeschwert erzählen, wie er in einen so armseligen Stand geraten wäre? denn ich bildete mir ein, er möchte vielleicht wichtiger Ursachen oder sonst eines Übersehens* halber von seiner vorigen Dignität verstoßen, unredlich gemacht und in gegenwärtig Elend gesetzt worden sein; er aber sagte: „Bruder du weißt, daß ich des Grafen von Götz Factotum und allerliebster geheimster Freund gewesen, hingegen ist dir auch genugsam bekannt, was die verwichene Kampagne unter seinem Generalat und Kommando für ein unglückselige Endschaft erreicht, indem wir nicht allein die Schlacht bei Wittenweir verloren, sondern noch dazu das belagerte Breisach zu entsetzen nit vermocht haben: Weil denn nun deswegen hin und wieder vor aller Welt sehr ungleich geredt wird, zumalen wohlermeldter Graf, sich zu verantworten nach Wien zitiert worden*, so lebe ich vor Scham und Furcht freiwillig in dieser Niedere und wünsche mir oft, entweder in diesem Elend zu sterben oder doch wenigst mich solang verborgen zu halten, bis mehrwohlbesagter Graf seine Unschuld an Tag gebracht, denn soviel ich weiß, ist er dem Römischen Kaiser allezeit getreu gewesen, daß er aber diesen verwichenen Sommer so gar kein Glück gehabt, ist meines Erachtens mehr der göttlichen

Vorsehung (als welcher die Siege gibt wem er will) als des Grafen Übersehen beizumessen.

Da wir Breisach zu entsetzen im Werk waren, und ich sah, daß es unserseits so schläferig herging, armierte ich mich selbst und ging dergestalt auf die Schiffbrücke mit an, als ob ichs allein hätte vollenden wollen, da es doch damals weder mein Profession noch Schuldigkeit war; ich tats aber den andern zum Exempel, und weil wir den vergangenen Sommer so gar nichts ausgericht hatten; das Glück, oder vielmehr das Unglück wollte mir, daß ich unter den ersten Angängern dem Feind auch am ersten auf der Brücken das Weiß in Augen sah, da es denn scharf herging, und gleichwie ich im Angriff der erste gewesen, also wurde ich, da wir der Franzosen ungestümem Ansetzen nicht mehr widerstanden, der allerletzte und kam dem Feind am ersten in die Hände: ich empfing zugleich einen Schuß in meinen rechten Arm, und den andern in Schenkel, also daß ich weder ausreißen, noch meinen Degen mehr gebrauchen konnte, und als die Enge des Orts und der große Ernst nit zuließ, viel vom Quartiergeben und -nehmen zu parlementieren, kriegte ich einen Hieb in Kopf, davon ich zu Boden fiel, und weil ich fein gekleidet war, von etlichen in der Furi* ausgezogen und für tot in Rhein geworfen wurde. In solchen Nöten schrie ich zu Gott und stellete alles seinem heiligen Willen heim, und indem ich unterschiedliche Gelübde tat, spürte ich auch seine Hilf, der Rhein warf mich ans Land, allwo ich meine Wunden mit Moos verstopfte, und ob ich zwar beinahe erfror, so verspürte ich jedoch eine absonderliche Kraft davonzukriechen, maßen mir Gott half, daß ich (zwar jämmerlich verwundet) zu etlich Merode-Brüdern und Soldatenweibern kam, die sämtlich ein Mitleiden mit mir hatten, ob sie mich zwar nit kannten. Diese verzweifelten bereits an einem glücklichen Entsatz der Festung, das mir weher tat als meine Wunden, sie erquickten und bekleideten mich bei ihrem Feur, und ehe ich ein wenig meine Wunden verband, mußte ich sehen, daß sich die Unserigen zu einem spöttlichen Abzug rüsteten und die Sach für verloren gaben, so mich trefflich schmer-

pag 308.

Schau wie das Diebs
Gespenst allhier
Den frommen Pfarrer
nicht vexier
Sieh dich für solchen
Teüffeln für

zete; resolvierte derhalben bei mir selbsten, mich niemand zu offenbaren, damit ich mich keines Spotts teilhaftig machte, maßen ich mich zu etlichen Beschädigten von unserer Armee gesellet', welche einen eigenen Feldscherer bei sich hatten, denen gab ich ein gülden Kreuzlein, das ich noch am Hals davongebracht, für welches er mir bis hieher meine Wunden verbunden. In solchem Elend nun, werter Simplici, hab ich mich bisher beholfen, gedenke mich auch keinem Menschen zu offenbaren, bis ich zuvor sehe, wie des Grafen von Götz seine Sach einen Ausgang gewinnet. Und demnach ich deine Gutherzigkeit und Treu sehe, gibt mir solches einen großen Trost, daß der liebe Gott mich noch nit verlassen, maßen ich heut morgen, als ich aus der Frühmeß kam und dich vor des Kommandanten Quartier stehen sah, mir eingebildet, Gott hätte dich anstatt eines Engels zu mir geschickt, der mir in meiner Armseligkeit zu Hilf kommen sollte." Ich tröstete Herzbrudern so gut ich konnte und vertraute ihm, daß ich noch mehr Geld hätte als diejenigen Dublonen die er gesehen, welches alles zu seinen Diensten stünde; und indem erzählte ich ihm auch Oliviers Untergang, und wasgestalt ich seinen Tod rächen müssen. Welches sein Gemüt dermaßen erquickte, also daß es ihm auch an seinem Leib wohl zustatten kam, gestalten es sich an allen Wunden täglich mit ihm besserte.

ENDE DES VIERTEN BUCHS

DAS FÜNFTE BUCH

Das 1. Kapitel

Wie Simplicius ein Pilger wird und mit Herzbruder wallen gehet

Nachdem Herzbruder wieder allerdings erstarkt und an seinen Wunden geheilt war, vertraute er mir, daß er in den höchsten Nöten eine Wallfahrt nach Einsiedeln* zu tun gelobt; weil er denn jetzt ohnedas so nahe am Schweizerland wäre, so wollte er solche verrichten und sollte er auch dahin betteln! Das war mir sehr angenehm zu hören, derhalben bot ich ihm Geld und meine Gesellschaft an, ja ich wollte gleich zween Klepper kaufen, auf selbigen die Reis zu verrichten; nicht zwar der Ursach, daß mich die Andacht dazu getrieben, sondern die Eidgenoßschaft, als das einzige Land, darin der liebe Fried noch grünete, zu besehen: So freute mich auch nit wenig, daß ich die Gelegenheit hatte, Herzbrudern auf solcher Reis zu dienen, maßen ich ihn fast höher als mich selbst liebte; er aber schlug beides, meine Hilf und meine Gesellschaft ab, mit Vorwand, seine Wallfahrt müßte zu Fuß und dazu auf Erbsen geschehen; sollte ich nun in seiner Gesellschaft sein, so würde ich ihn nicht allein an seiner Andacht verhindern, sondern auch mir selbst wegen seines langsamen mühseligen Gangs große Ungelegenheit aufladen. Das redete er aber mich von sich zu schieben, weil er sich ein Gewissen machte, auf einer so heiligen Reis von demjenigen Geld zu zehren, das mit Morden und Rauben erobert worden; überdas wollte er mich auch nicht in allzugroße Unkosten bringen und sagte unverhohlen, daß ich bereits mehr bei ihm getan, als ich schuldig gewesen und er zu erwidern getraute; hierüber gerieten wir in ein freundlich Gezänk, das war so lieblich, daß ich dergleichen noch niemals hab hören hadern, denn wir brachten nichts anders vor, als daß jeder sagte, er hätte gegen den andern noch nicht getan, was ein Freund dem andern tun sollte, ja bei weitem die Guttaten, so er vom andern empfangen, noch nit wett gemacht. Solches alles aber wollte ihn noch nicht bewegen, mich für einen Reisgefährten zu gedulden, bis ich endlich merkte, daß er beides an Oliviers Geld und meinem gottlosen Leben ein Ekel hatte, derhalben behalf ich mich mit Lügen und überredet ihn, daß mich mein Bekehrungsvorsatz nach Einsiedeln triebe, sollte er mich nun von einem so guten Werk abhalten und ich darüber sterben, so würde ers schwerlich verantworten können. Hierdurch persuadiert ich ihn, daß er zuließ, den heiligen Ort mit ihm zu besuchen, sonderlich weil ich (wiewohl alles erlogen war) eine große Reu über mein böses Leben von mir scheinen ließ, als ich ihn denn auch überredete, daß ich mir selbst zur Buß aufgelegt hätte, sowohl als er auf Erbsen nach Einsiedeln zu gehen.

Dieser Zank war kaum vorbei, da gerieten wir schon in einen andern, denn Herzbruder war gar zu gewissenhaft; er wollte kaum zugeben, daß ich einen Paß vom Kommandanten nahm, der nach meinem Regiment lautete: „Was", sagte er, „haben wir nit im Sinn, unser Leben zu bessern und nach Einsiedeln zu gehen? und nun siehe um Gottes willen, du willst den Anfang mit Betrug machen und den Leuten mit Falschheit die Augen verkleiben. ‚Wer mich vor der Welt verleugnet, den will ich auch vor meinem himmlischen Vater verleugnen', sagt Christus! Was sind wir für verzagte Maulaffen? wenn alle Märtyrer und Bekenner Christi so getan hätten, so wären wenig Heilige im Himmel! Lasse uns in Gottes Namen und Schutzempfehlung gehen wohin uns unser heiliger Vorsatz und Begierden hintreiben, und im übrigen Gott walten, so wird uns Gott schon hinführen wo unsere Seelen Ruhe finden." Als ich ihm aber vorhielt, man müßte Gott nicht versuchen, sondern sich in die Zeit schicken und die Mittel gebrauchen, deren wir nicht entbehren könnten, vornehmlich weil das Wallfahrtengehen bei der Soldateska ein ungewöhnlich Ding sei, und wenn wir unser Vorhaben entdeckten, eher für Ausreißer als Pilger gehalten würden, das uns denn große Ungelegenheit und Gefahr bringen könnte, zumalen auch der hl. Apostel Paulus, dem wir noch bei weitem nicht zu vergleichen, sich wunderbarlich in die Zeit und Gebräuch dieser Welt geschickt; ließ er endlich zu, daß ich einen Paß bekam, nach meinem Regiment zu gehen, mit demselben gingen wir bei Beschließung des Tors samt einem getreuen Wegweiser aus der Stadt, als wollten wir nach Rottweil*, wandten uns aber kurz durch Nebenweg' und kamen noch dieselbige Nacht über die schweizerische Grenze und den folgenden Morgen in ein Dorf, allda wir uns mit schwarzen langen Röcken, Pilgerstäben und Rosenkränzen montierten und den Boten mit guter Bezahlung wieder zurückschickten.

Das Land kam mir so fremd vor gegen andere teutsche Länder, als wenn ich in Brasilia oder in China gewesen wäre; da sah ich die Leute in dem Frieden handlen und wandlen, die Ställe stunden voll Vieh, die Baurnhöf liefen voll Hühner, Gäns und Enten, die Straßen wurden sicher von den Reisenden gebraucht, die Wirtshäuser saßen voll Leute die sich lustig machten, da war ganz keine Furcht vor dem Feind, keine Sorg vor der Plünderung und keine Angst, sein Gut, Leib noch Leben zu verlieren, ein jeder lebte sicher unter seinem Weinstock und Feigenbaum, und zwar gegen andere teutsche Länder zu rechnen in lauter Wollust und Freud, also daß ich dieses Land für ein irdisch Paradies hielt, wiewohl es von Art rauh genug zu sein schien. Das machte, daß ich auf dem ganzen Weg nur hin und her gaffte, wenn hingegen Herzbruder an seinem Rosenkranz betete, deswegen ich manchen Filz* bekam, denn er wollte haben, ich sollte wie er an einem Stück beten, welches ich aber nicht gewöhnen konnte.

Zu Zürch kam er mir recht hinter die Brief'*, und dahero sagte er mir die Wahrheit auch am trockensten heraus, denn als wir zu Schaffhausen (allwo mir die Füß von den Erbsen sehr weh taten) die vorig Nacht geherbergt und ich mich den künftigen Tag wieder auf den Erbsen zu gehen fürchtete, ließ ich sie kochen und tat's wieder in die Schuh; deswegen ich denn wohl zu Fuß nach Zürch gelangte, er aber sich gar übel gehub, und zu mir sagte: „Bruder, du hast große Gnad von Gott, daß du unangesehen der Erbsen in den Schuhen dennoch so wohl fortkommen kannst." „Ja", sagte ich, „liebster Herzbruder, ich hab sie gekocht, sonst hätte ich so weit nit darauf gehen können." „Ach daß Gott erbarm", antwortet' er, „was hast du getan? du hättest sie lieber gar aus den Schuhen gelassen, wenn du nur dein Gespött damit treiben willst, ich muß sorgen, daß Gott dich und mich zugleich strafe; halte mir nichts für ungut Bruder, wenn ich dir aus brüderlicher Liebe teutsch heraussage, wie mirs ums Herz ist, nämlich dies, daß ich besorge, wofern du dich nit anderst gegen Gott schickest, es stehe deine Seligkeit in höchster Gefahr; ich versichere dich, daß ich keinen Menschen mehr liebe als eben dich, leugne aber auch nit, daß, wofern du dich nit bessern würdest, ich mir ein Gewissen machen muß, solche Liebe zu kontinuieren." Ich verstummte vor Schrecken, daß ich mich schier nit wieder erholen konnte, zuletzt bekannte ich ihm frei, daß ich die Erbsen nit aus Andacht, sondern allein ihm zu Gefallen in die Schuh getan, damit er mich mit sich auf die Reis genommen hätte. „Ach Bruder", antwortet' er, „ich sehe, daß du weit vom Weg der Seligkeit bist, wenn gleich die Erbsen nit wären, Gott verleihe dir Besserung, denn ohne dieselbe kann unser Freundschaft nicht bestehen."

Von dieser Zeit an folgte ich ihm traurig nach, als einer den man zum Galgen führt, mein Gewissen fing mich an zu drücken, und indem ich allerlei Gedanken machte, stelleten sich alle meine Bubenstück vor Augen, die ich mein Lebtag je begangen, da beklagte ich erst die verlorne Unschuld, die ich aus dem Wald gebracht und in der Welt so vielfältig verscherzt hatte, und was meinen Jammer vermehrte, war dieses, daß Herzbruder nit viel mehr mit mir redete und mich nur mit Seufzen anschaute, welches mir nit anders vorkam, als hätte er meine Verdammnis gewußt und an mir bejammert.

Das 2. Kapitel

Simplicius bekehrt sich, nachdem er zuvor von dem Teufel erschreckt worden

Solchergestalt langten wir zu Einsiedeln an und kamen eben in die Kirch, als ein Priester einen Besessenen exorzisieret'*; das war mir nun auch etwas Neues und Seltsams, derowegen ließ ich Herzbrudern knien und beten, solang er mochte, und ging hin, diesem Spektakul aus Vorwitz zuzusehen; aber ich hatte mich kaum ein wenig genähert, da schrie der böse Geist aus dem armen Menschen: „Oho, du Kerl, schlägt dich der Hagel auch her? ich hab vermeint, dich zu meiner Heimkunft bei dem Olivier in unserer höllischen Wohnung anzutreffen, so sehe ich wohl, du läßt dich hier finden, du ehebrecherischer mörderischer Hurenjäger, darfst du dir wohl einbilden, uns zu entrinnen? O ihr Pfaffen, nehmt ihn nur nicht an, er ist ein Gleisner und ärgerer Lügner als ich, er foppt sich nur und spottet beides Gott und der Religion!" Der Exorzist befahl dem Geist zu schweigen, weil man ihm als einem Erzlügner ohnedas nit glaube. „Ja ja", antwortet' er, „fragt dieses ausgesprungenen Mönchs Reisgesellen, der wird euch wohl erzählen können, daß dieser Atheist sich nit gescheuet, die Erbsen zu kochen, auf welchen er hieherzugehen versprochen." Ich wußte nit, ob ich auf dem Kopf oder Fuß stund, da ich dieses alles hörete und mich jedermann ansah; aber der Priester strafte den Geist und machte ihn stillschweigen, konnte ihn aber denselben Tag nicht austreiben. Indessen kam Herzbruder auch herzu, als ich eben vor Angst mehr einem Toten als Lebendigen gleichsah und zwischen Hoffnung und Furcht nit wußte, was ich tun sollte, dieser tröstete mich so gut als er konnte, versicherte daneben die Umstehenden und sonderlich die Patres, daß ich mein Tage nie kein Mönch gewesen, aber wohl ein Soldat, der vielleicht mehr Böses als Gutes getan haben möchte, sagte daneben, der Teufel wäre ein Lügner, wie er denn auch das von den Erbsen viel ärger gemacht hätte, als es an sich selbst wäre; ich war aber in meinem Gemüt dermaßen verwirret, daß mir nicht anders war, als ob ich allbereit die höllische Pein selbst empfände; also daß die Geistlichen genug an mir zu trösten hatten, sie vermahnten mich zur Beicht und Kommunion, aber der Geist schrie abermal aus dem Besessenen: „Ja ja, er wird fein beichten, er weiß nit einmal was beichten ist, und zwar was wollt ihr mit ihm machen, er ist einer ketzerischen Art und uns zuständig, seine Eltern sind mehr wiedertäuferisch als calvinisch gewesen", etc. Der Exorzist befahl dem Geist abermal stillzuschweigen, und sagte zu ihm: „So wird dichs nur desto mehr verdrießen, wenn dir das arme verlorne Schäflein wieder aus dem Rachen gezogen und der Herd Christi einverleibt wird"; darauf fing der Geist so grausam an zu brüllen, daß es schrecklich zu hören war. Aus welchem greulichen Gesang ich meinen größten Trost schöpfte, denn ich gedachte, wenn ich keine Gnad von Gott mehr erlangen könnte, so würde sich der Teufel nicht so übel gehaben.

Wiewohl ich mich damals auf die Beicht nicht gefaßt gemacht, auch mein Lebtag nie in Sinn genommen zu beichten, sondern mich jederzeit aus Scham davor gefürchtet wie der Teufel vorm hl. Kreuz, so empfand ich jedoch in selbigem Augenblick in mir eine solche Reu über meine Sünden und ein solche Begierde zur Buße und mein Leben zu bessern, daß ich alsobald einen Beichtvater begehrte, über welcher jählingen Bekehrung und Besserung sich Herzbruder höchlich erfreuete, weil er wahrgenommen und wohl gewußt, daß ich bisher noch keiner Religion beigetan gewesen, demnach bekannt ich mich öffentlich zu der katholischen Kirchen, ging zur Beicht und kommunizierte nach empfangener Absolution; worauf mir denn so leicht und wohl ums Herz wurde, daß ichs nicht aussprechen kann, und was das Verwunderlichste war, ist dieses, daß mich der Geist in dem Besessenen fürderhin zufrieden ließ, da er mir doch vor der Beicht und Absolution unterschiedliche Bubenstück, die ich begangen gehabt, so eigentlich vorgeworfen, als wenn er auf sonst nichts, als meine Sünden anzumerken, bestellt gewesen wäre; doch glaubten ihm als einem Lügner die Zuhörer nichts, sonderlich weil mein ehrbares Pilgerhabit ein anders vor die Augen stellete.

Wir verblieben vierzehen ganzer Tag an diesem gnadenreichen Ort, allwo ich Gott um meine Bekehrung dankte, und die Wunder so allda geschehen, betrachtete; welches alles mich zu ziemlicher Andacht und Gottseligkeit reizete, doch währete solches auch so lang als es mochte; denn gleichwie meine Bekehrung ihren Ursprung nicht aus Liebe zu Gott genommen: sondern aus Angst und Furcht verdammt zu werden; also wurde ich auch nach und nach wieder ganz lau und träg, weil ich allgemählich des Schrekkens vergaß, den mir der böse Feind eingejagt hatte; und nachdem wir die Reliquien der Heiligen, die Ornat' und andere sehenswürdige Sachen des Gotteshauses genugsam beschauet, begaben wir uns nach Baden*, alldorten vollends auszuwintern.

Das 3. Kapitel

Wie beide Freund den Winter hinbringen

Ich dingte daselbst ein lustige Stube und Kammer für uns, deren sich sonsten, sonderlich Sommerszeit, die Badgäst zu gebrauchen pflegen, welches gemeiniglich reiche Schweizer sind, die mehr hinzeihen sich zu erlustieren und zu prangen, als einiger Gebrechen halber zu baden; so verdingte ich uns auch zugleich in die Kost, und als Herzbruder sah, daß ichs so herrlich angriff, vermahnete er mich zur Gesparsamkeit und erinnert' mich des langen rauhen Winters, den wir noch zu überstehen hätten; maßen er nicht getraute, daß mein Geld so weit hinauslangen würde; ich würde meinen Vorrat, sagte er, auf den Frühling wohl brauchen, wenn wir wieder von hinnen wollen, viel Geld sei bald vertan, wenn man nur davon und nichts dazu tue: Es stäube hinaus wie der Rauch und verspreche nimmermehr wiederzukommen, etc. Auf solche treuherzige Erinnerung konnte ich Herzbrudern nicht länger verbergen wie reich mein Säckel wäre, und daß ich bedacht uns beiden

Guts davon zu tun, sintemal dessen Ankunft und Erwerbung ohnedas alles Segens so unwürdig wäre, daß ich keinen Meierhof daraus zu erkaufen gedächte, und wenn ichs schon nit anlegen wollte, meinen liebsten Freund auf Erden damit zu unterhalten, so wäre doch billig, daß er Herzbruder aus Oliviers Geld vergnügt würde, um diejenige Schmach, die er hiebevor von ihm vor Magdeburg empfangen. Und demnach ich mich in aller Sicherheit zu sein wußte, zog ich meine beiden Skapulier ab, trennete die Dukaten und Pistolen heraus und sagte zu Herzbrudern, er möge nun mit diesem Geld nach seinem Belieben disponieren und solches anlegen und austeilen, wie er vermeine, daß es uns beiden am nützlichsten wäre.

Da er neben meinem Vertrauen das ich zu ihm trug, soviel Geld sah, mit welchem ich auch ohne ihn wohl ein ziemlicher Herr hätte sein können, sagte er: „Bruder, du tust nichts solang ich dich kenne, als deine gegen mich habende Lieb und Treu zu bezeugen! Aber sage mir, womit vermeinst du wohl, daß ichs wieder um dich werde beschulden* können? es ist nit nur um das Geld zu tun, denn solches ist vielleicht mit der Zeit wieder zu bezahlen, sondern um deine Lieb und Treu, vornehmlich aber um dein zu mir habendes hohes Vertrauen, so nicht zu schätzen ist; Bruder mit einem Wort, dein tugendhaft Gemüt macht mich zu deinem Sklaven, und was du gegen mich tust, ist mehr zu verwundern als zu wiedergelten möglich; O ehrlicher Simplici, dem bei diesen gottlosen Zeiten, in welchen die Welt voll Untreu steckt, nicht in Sinn kommt, der arme und hochbedürftige Herzbruder möchte mit einem so ansehlichen Stück Geld fortgehen und ihn an seine Statt in Mangel setzen; versicher Bruder, dieses Beweistum wahrer Freundschaft verbindet mich mehr gegen dich als ein reicher Herr, der mir viel Tausend verehrte: Allein bitte ich mein Bruder, bleib selber Herr, Verwahrer und Austeiler über dein Geld, mir ists genug, daß du mein Freund bist!“ Ich antwortet: „Was wunderliche Reden sind das, hochgeehrter Herzbruder, er gibt mündlich zu vernehmen, daß er mir verbunden sei, und will doch nicht dafür sein, daß ich unser Geld, beides ihm und mir zu Schaden, nicht unnütz verschwende." Also redeten wir beiderseits gegeneinander läppisch genug, weil je einer in des andern Lieb trunken war. Also wurde Herzbruder zugleich mein Hofmeister, mein Säckelmeister, mein Diener und mein Herr, und in solcher müßigen Zeit erzählte er mir seinen Lebenslauf und durch was Mittel er bei dem Grafen von Götz bekannt und befördert worden, worauf ich ihm auch erzählte, wie mirs ergangen, seit sein Vater sel. gestorben, denn wir uns bisher noch niemal so viel Zeit genommen; und da er hörte, daß ich ein junges Weib zu L. hatte, verwies er mir, daß ich mich nit ehender zu derselbigen als mit ihm in das Schweizerland begeben, denn solches wäre mir anständiger und auch meine Schuldigkeit gewesen. Und demnach ich mich entschuldiget, daß ich ihn als meinen allerliebsten Freund in seinem Elend zu verlassen nit übers Herz bringen können, beredet' er mich, daß ich meinem Weib schrieb und ihr meine Gelegenheit zu wissen machte, mit Versprechen, mich mit ehestem wieder zu ihr zu begeben, tat auch meines langen Ausbleibens halber meine Entschuldigungen, daß ich nämlich allerhand widriger Begegnisse halber, wie gern ich auch gewollt, mich nit ehender bei ihr hätte einfinden können.

Und dieweil Herzbruder aus den gemeinen Zeitungen erfuhr, daß es um den Grafen von Götz wohlstünde, sonderlich daß er mit seiner Verantwortung bei der Kaiserl. Majestät hinauslangen, wieder auf freien Fuß kommen und gar wiederum das Kommando über eine Armee kriegen würde, berichtete er demselben seinen Zustand nach Wien, schrieb auch nach der kurbayrischen Armee wegen seiner Bagage, die er noch dort hatte, und fing an zu hoffen, sein Glück würde wieder grünen, derhalben machten wir den Schluß, künftigen Frühling voneinander zu scheiden, indem er sich zu bemeldtem Grafen, ich aber mich nach L. zu meinem Weib begeben wollte. Damit wir aber denselben Winter nit müßig zubrächten, lernten wir von einem Ingenieur auf dem Papier mehr fortifizieren, als die Könige in Hispanien und Frankreich ins Werk setzen können; daneben kam ich mit etlichen Alchimisten in Kundschaft, die wollten mich, weil sie Geld hinter mir merkten, Gold machen lehren, da ich nur den Verlag dazu hergeben wollte, und ich glaube, sie hätten mich überredt, wenn ihnen Herzbruder nicht abgedankt hätte, denn er sagte: Wer solche Kunst könnte, würde nicht so bettelhaftig dahergehen, noch andere um Geld ansprechen.

Gleichwie nun Herzbruder von hochermeldtem Grafen ein angenehme Wiederantwort und treffliche Promessen von Wien aus erhielt, also bekam ich von L. kein einzigen Buchstaben, unangesehen ich unterschiedliche Posttag in duplo hinschrieb: Das machte mich unwillig und verursachte, daß ich denselben Frühling meinen Weg nit nach Westfalen antrat, sondern von Herzbrudern erhielt, daß er mich mit sich nach Wien nahm, mich seines verhoffenden Glücks genießen zu lassen; also montierten wir uns aus meinem Geld wie zwei Kavalier, beides mit Kleidungen, Pferden, Dienern und Gewehr, gingen durch Konstanz auf Ulm, allda wir uns auf die Donau setzten und von dort aus in acht Tagen zu Wien glücklich anlangten. Auf demselben Weg observierte ich sonst nichts, als daß die Weibsbilder, so an dem Strand wohnen, den Vorüberfahrenden, so ihnen zuschrien, nicht mündlich, sondern schlechthin mit dem Beweistum selbst antworten*, davon ein Kerl manch feines Einsehen haben kann.

Das 4. Kapitel

Wasmaßen Herzbruder und Simplicius abermal in Krieg und wieder daraus kommen

Es gehet wohl seltsam in der veränderlichen Welt her! Man pflegt zu sagen: Wer alles wüßte, der würde bald reich. Ich aber sage: Wer sich allweg in die Zeit schicken könnte, der würde bald groß und mächtig. Mancher Schindhund oder Schabhals (denn diese beiden Ehrentitel werden den Geizigen gegeben) wird wohl bald reich, weil er einen und andern Vorteil weiß und gebraucht, er ist aber darum nit groß, sondern ist und verbleibt vielmals von geringerer Aestimation, als er zuvor in seiner Armut war; wer sich aber weiß groß und mächtig zu machen, dem folget der Reichtum auf dem Fuß nach. Das Glück, so Macht und Reichtum zu geben pflegt, blickte mich trefflich holdselig an und gab mir, nachdem ich ein Tag oder acht zu Wien gewesen, Gelegenheit genug an die Hand, ohn einzige Verhinderungen auf die Staffeln der Hoheit zu steigen, ich tats aber nicht, warum? Ich halte, weil mein fatum ein anders beschlossen, nämlich dasjenige, dahin mich meine fatuitas* leitete.

Der Graf von der Wahl, unter dessen Kommando ich mich hiebevor in Westfalen bekannt gemacht, war eben auch zu Wien, als ich mit Herzbrudern hinkam; dieser wurde bei einem Bankett, da sich verschiedene Kaiserl. Kriegsräte neben dem Grafen von Götz und andern mehr befanden, als man von allerhand seltsamen Köpfen, unterschiedlichen Soldaten und berühmten Parteigängern redete, auch des Jägers von Soest eingedenk, und erzählte etliche Stücklein von ihm so rühmlich, daß sich teils über einen so jungen Kerl verwunderten und bedaurten, daß der listige hessische Obriste S. A. ihm ein Wehbengel* angehängt, damit er entweder den Degen beiseits legen oder doch schwedische Waffen tragen sollte; denn wohlbesagter Graf von der Wahl hatte alles erkundigt, wie derselbige Obrist zu L. mit mir gespielt; Herzbruder, der eben dort stund und mir meine Wohlfahrt gern befördert hätte, bat um Verzeihung und Erlaubnis zu reden und sagte, daß er den Jäger von Soest besser kenne als sonst einen Menschen in der Welt, er sei nit allein ein guter Soldat, der Pulver riechen könnte, sondern auch ein ziemlicher Reuter, ein perfekter Fechter, ein trefflicher Büchsenmeister und Feurwerker, und über dies alles einer der einem Ingenieur nichts nachgeben würde; er hätte nit nur sein Weib, weil er mit ihr so schimpflich hintergangen worden, sondern auch alles was er gehabt zu L. hinterlassen und wiederum Kaiserl. Dienst gesucht, maßen er in verwichener Kampagne sich unter dem Grafen von Götz befunden, und als er von den Weimarischen gefangen worden und von denselben sich wieder zu den Kaiserlichen begeben wollen, neben seinem Kameraden einen Korporal samt sechs Musketierern, die ihnen nachgesetzt und sie wieder zurückführen sollen, niedergemacht und ansehenliche Beuten davongebracht, maßen er mit ihm selbsten nach Wien kommen, des Willens, sich abermal wider der Röm. Kaiserl. Majestät Feinde gebrauchen zu lassen, doch sofern er solche Conditiones* haben könnte, die ihm anständig seien, denn keinen gemeinen Knecht begehre er mehr zu agieren.

Damals war diese ansehnliche Kompagnie mit dem lieben Trunk schon dergestalt begeistert, daß sie ihre Kuriosität den Jäger zu sehen contentiert haben wollte, maßen Herzbruder geschickt wurde, mich in einer Kutsche zu holen; derselbe instruiert' mich unterwegs, wie ich mich bei diesen ansehenlichen Leuten halten sollte, weil mein künftig Glück daran gelegen wäre; ich antwortet derhalben als ich hinkam auf alles sehr kurz und apophthegmatisch*, also daß man sich über mich zu verwundern anfing, denn ich redete nichts, es müßte denn einen klugen Nachdruck haben; in Summa, ich erschien dergestalt, daß ich jedem angenehm war, weil ich ohnedas vom Herrn Grafen von der Wahl auch das Lob eines guten Soldaten hatte; mithin kriegte ich auch einen Rausch, und glaub wohl, daß ich alsdann auch hab scheinen lassen, wie wenig ich bei Hof gewesen; endlich war dieses das End, daß mir ein Obrister zu Fuß eine Kompagnie unter seinem Regiment versprochen, welches ich denn gar nit ausschlug, denn ich dachte, ein Hauptmann zu sein ist fürwahr kein Kinderspiel! Aber Herzbruder verwies mir den andern Tag meine Leichtfertigkeit und sagte, wenn ich nur noch länger gehalten hätte, so wäre ich noch wohl höher ankommen.

Also wurde ich einer Kompagnie für einen Hauptmann vorgestellt, welche, ob sie zwar mitsamt mir in prima plana* ganz komplett, aber nit mehr als sieben Schillergäst* hatte, zudem meine Unteroffizier mehrenteils alte Krachwedel, darüber ich mich hintern Ohren kratzte, also wurde ich mit ihnen bei der unlängst hernach vorgangenen scharfen Occasion* desto leichter gemartscht*, in welcher der Graf von Götz das Leben, Herzbruder aber seine Testiculos* einbüßte, die er durch einen Schuß verlor; ich bekam meinen Teil in einen Schenkel, so aber gar eine geringe Wunde war. Dannenhero begaben wir uns auf Wien, um uns kurieren zu lassen, weil wir ohnedas unser Vermögen dort hatten; ohne diese Wunden, so zwar bald geheilet, ereignete sich an Herzbrudern ein anderer gefährlicher Zustand, den die Medici anfänglich nit gleich erkennen konnten, denn er wurde lahm an allen vieren, wie ein Cholericus den die Gall verderbt, und war doch am wenigsten selbiger Komplexion noch dem Zorn beigetan, nichtsdestoweniger wurde ihm die Saurbrunnenkur geraten und hierzu der Griesbach* an dem Schwarzwald vorgeschlagen.

Also verändert' sich das Glück unversehens, Herzbruder hatte kurz zuvor den Willen gehabt, sich mit einem vornehmen Fräulein zu verheiraten und zu solchem Ende sich zu einem Freiherrn, mich aber zu einem Edelmann machen zu lassen; nunmehr aber mußte er andere Gedanken konzipieren, denn weil er dasjenige verloren, damit er ein neues Geschlecht propagieren* wollen, zumalen von seiner Lähme mit einer langwierigen Krankheit bedrohet wurde, in der er guter Freunde vonnöten, machte er sein Testament und setzte mich zum einzigen Erben aller seiner Verlassenschaft, vornehmlich weil er sah, daß ich seinetwegen mein Glück in Wind schlug und meine Kompagnie quittiert', damit ich ihn in Sauerbrunnen begleiten und daselbsten, bis er seine Gesundheit wieder erlangen möchte, auswarten könnte.

Das 5. Kapitel

Simplicius läuft botenweis, und vernimmt in Gestalt Mercuri von dem Jove, was er eigentlich wegen des Kriegs und Friedens im Sinn habe

Als nun Herzbruder wieder reiten konnte, übermachten wir unsere Barschaft (denn wir hatten nunmehr nur einen Säckel miteinander) per Wechsel nach Basel, montierten uns mit Pferden und Dienern und begaben uns die Donau hinauf nach Ulm und von dannen in den obbesagten Sauerbrunnen, weil es eben im Mai und lustig zu reisen war; daselbst dingten wir ein Losament, ich aber ritt nach Straßburg, unser Geld, welches wir von Basel aus dorthin übermacht, nicht allein zum Teil zu empfangen, sondern auch mich um erfahrne Medicos umzusehen, die Herzbrudern Recepta und Badordnung vorschreiben sollten, dieselben begaben sich mit mir und befanden, daß Herzbrudern vergeben* worden; und weil das Gift nicht stark genug gewesen, ihn gleich hinzurichten, daß solches ihm in die Glieder geschlagen wäre, welches wieder durch Pharmaca, Antidota, Schweißbäder evakuieret werden müßte, und würde sich solche Kur auf ohngefähr ein Woch oder acht belaufen; da erinnerte sich Herzbruder gleich, wann und durch wen ihm vergeben worden wäre, nämlich durch diejenigen, die gern seine Stell im Krieg betreten hätten; und weil er auch von den Medicis verstund, daß sein' Kur eben keinen Sauerbrunnen erfordert hätte, glaubte er festiglich, daß sein Medicus im Feld durch ebendieselben seine Aemulos* mit Geld bestochen worden, ihn so weit hinwegzuweisen; jedoch resolvierte er sich im Sauerbrunnen seine Kur zu vollenden, weil es nicht allein eine gesunde Luft, sondern auch allerhand anmutige Gesellschaften unter den Badgästen hatte.

Solche Zeit mochte ich nicht vergeblich hinbringen, weil ich eine Begierde hatte, dermalen einst mein Weib auch wiederum zu sehen, und weil Herzbruder meiner nicht sonderlich vonnöten, eröffnet ich ihm mein Anliegen, der lobte meine Gedanken, und gab mir den Rat, ich sollte sie besuchen, gab mir auch etliche kostbare Kleinodien, die ich ihr seinetwegen verehren und sie damit um Verzeihung bitten sollte, daß er ein Ursach gewesen sei, daß ich sie nit ehender besucht. Also ritt ich nach Straßburg und machte mich nicht allein mit Geld gefaßt, sondern erkundigte auch, wie ich meine Reis anstellen möchte, daß ich am sichersten fortkäme, befand aber daß es so alleinig zu Pferd nit geschehen könne, weilen es zwischen so vielen Garnisonen der beiderseits kriegenden Teile von den Parteien ziemlich unsicher war; erhielt derowegen einen Paß für einen Straßburger Botenläufer und machte etliche Schreiben an mein Weib, ihre Schwester und Eltern, als wenn ich ihn damit nach L. schicken wollte, stellte mich aber als wenn ich wieder andern Sinns worden wäre, expraktizierte also den Paß vom Boten, schickte mein Pferd und Diener wieder zurück, verkleidete mich in eine weiß und rote Liberei und fuhr also in einem Schiff hin und bis nach Köln, welche Stadt damals zwischen den kriegenden Parteien neutral war.

Ich ging zuvorderst hin meinen Jovem zu besuchen, der mich hiebevor zu seinem Ganymede erklärt hatte, um zu erkundigen, wie es mit meinen hinterlegten Sachen eine Bewandtnis hätte, der war aber damals wiederum ganz hirnschellig und unwillig über das menschlich Geschlecht. „O Mercuri“, sagte er zu mir, als er mich sah, „was bringst du Neues von Münster? vermeinen die Menschen wohl ohn meinen Willen Frieden zu machen? Nimmermehr! Sie hatten ihn, warum haben sie ihn nicht behalten? Gingen nit alle Laster im Schwang, als sie mich bewegten ihnen den Krieg zu senden? womit haben sie seithero verdienet, daß ich ihn' den Frieden wiedergeben sollte? haben sie sich denn seither bekehrt? sind sie nicht ärger worden und selbst mit in Krieg gelaufen wie zu einer Kirmes? oder haben sie sich vielleicht wegen der Teurung bekehret, die ich ihnen zugesandt, darin soviel tausend Seelen Hungers gestorben; oder hat sie vielleicht das grausame Sterben erschreckt (das soviel Millionen hingerafft), daß sie sich gebessert? Nein, nein Mercuri, die Übrigverbliebenen, die den elenden Jammer mit ihren Augen angesehen, haben sich nit allein nit gebessert, sondern sind viel ärger worden als sie zuvor jemals gewesen! haben sie sich nun wegen so vieler scharfer Heimsuchungen nit bekehrt, sondern unter so schwerem Kreuz und Trübsalen gottlos zu leben nicht aufgehöret, was werden sie dann erst tun, wenn ich ihnen den wollustbarlichen güldenen Frieden wieder zusendete? Ich müßte sorgen, daß sie mir wie hiebevor die Riesen getan, den Himmel abzustürmen unterstehen würden; aber ich will solchem Mutwillen wohl beizeit steuren und sie im Krieg hocken lassen."

Weil ich nun wußte, wie man diesem Gott lausen mußte, wenn man ihn recht stimmen wollte, sagte ich: „Ach großer Gott, es seufzet aber alle Welt nach dem Frieden, und versprechen ein große Besserung, warum wolltest du ihnen dann solchen noch länger verweigern können?" „Ja", antwortet' Jupiter, „sie seufzen wohl, aber nit meinet- sondern ihretwillen; nicht, daß jeder unter seinem Weinstock und Feigenbaum Gott loben, sondern daß sie deren edle Früchte mit guter Ruhe und in aller Wollust genießen möchten; ich fragte neulich einen grindigen Schneider, ob ich den Frieden geben sollte? Aber er antwortet' mir: was er sich drum geheie, er müsse so wohl zu Kriegs- als Friedenszeiten mit der stählernen Stange* fechten. Ein solche Antwort kriegte ich auch von einem Rotgießer*, der sagte, wenn er im Frieden keine Glocken zu gießen hätte, so hätte er im Krieg genug mit Stücken und Feuermörseln zu tun. Also antwortet' mir auch ein Schmied, und sagte: ‚Habe ich keine Pflüg und Baurenwagen im Krieg zu beschlagen, so kommen mir jedoch genug Reuterpferd und Heerwagen unter die Händ, also daß ich des Friedens wohl entbehren kann.' Siehe nun lieber Mercuri, warum sollte ich ihnen dann den Frieden verleihen? Ja, es sind zwar etliche die ihn wünschen, aber nur wie gesagt, um ihres Bauchs und Wollust willen; hingegen aber sind auch andere, die den Krieg behalten wollen, nicht zwar weil es mein Will ist, sondern weil er ihnen einträgt; und gleichwie die Maurer und Zimmerleut den Frieden wünschen, damit sie in Auferbauung der eingeäscherten Häuser Geld verdienen, also verlangen andere, die sich im

Frieden mit ihrer Handarbeit nicht zu ernähren getrauen, die Kontinuation des Kriegs, in selbigem zu stehlen."

Weilen denn nun mein Jupiter mit diesen Sachen umging, konnte ich mir leicht einbilden, daß er mir in solchem verwirrten Stand von dem Meinigen wenig Nachricht würde geben können, entdeckte mich ihm derhalben nicht, sondern nahm meinen Kopf zwischen die Ohren und ging durch Abweg, die mir denn alle wohl bekannt waren, nach L., fragte daselbst nach meinem Schwährvater, allerdings wie ein fremder Bot, und erfuhr gleich, daß er samt meiner Schwieger bereits vor einem halben Jahr diese Welt gesegnet, und dann daß meine Liebste, nachdem sie mit einem jungen Sohn niederkommen, den ihre Schwester bei sich hätte, gleichfalls stracks nach ihrem Kindbett diese Zeitlichkeit verlassen; darauf lieferte ich meinem Schwager diejenigen Schreiben, die ich selbst an meinen Schwähr, an meine Liebste und an ihn meinen Schwager geschrieben; derselbe nun wollte mich selbst beherbergen, damit er von mir als einem Boten erfahren könnte, was Stands Simplicius sei, und wie ich mich verhielte? zu dem Ende diskurrierte meine Schwägerin lang mit mir von mir selbsten, und ich redete auch von mir, was ich nur Löblichs von mir wußte, denn die Urschlechten hatten mich dergestalt verderbt und verändert, daß mich kein Mensch mehr kannte, außer der von Schönstein, welcher aber als mein getreuster Freund reinen Mund hielt.

Als ich ihr nun nach der Länge erzählt, daß Herr Simplicius viel schöner Pferd und Diener hätte, und in einem schwarzen sammeten Mutzen* aufzöge, der überall mit Gold verbrämt wäre, sagte sie: „Ja, ich hab mir jederzeit eingebildet, daß er keines so schlechten Herkommens sei, als er sich dafür ausgeben; der hiesige Kommandant hat meine Eltern sel. mit großen Verheißungen persuadiert, daß sie ihm meine Schwester sel. die wohl ein fromme Jungfer gewesen, ganz vorteilhaftiger Weis aufgesattelt, davon ich niemalen ein gutes End habe hoffen können, nichtsdestoweniger hat er sich wohl angelassen und resolviert, in hiesiger Garnison schwedische oder vielmehr hessische

Dienst anzunehmen, maßen er zu solchem End seinen Vorrat, was er zu Köln gehabt, hieherholen wollen, das sich aber gesteckt*, und er darüber ganz schelmischer Weis nach Frankreich praktiziert worden, meine Schwester, die ihn noch kaum vier Wochen gehabt, und sonst noch wohl ein halb Dutzend Bürgerstöchter schwanger hinterlassend; wie dann eine nach der andern (und zwar meine Schwester am allerletzten) mit lauter jungen Söhnen niederkommen. Weil denn nunmehr mein Vater und Mutter tot, ich und mein Mann aber keine Kinder miteinander zu hoffen, haben wir meiner Schwester Kind zum Erben aller unser Verlassenschaft angenommen und mit Hilf des hiesigen Herrn Kommandanten seines Vaters Hab zu Köln erhoben, welches sich ungefähr auf dreitausend Gulden belaufen möchte, daß also dieser junge Knab, wenn er einmal zu seinen Jahren kommt, sich unter die Armen zu rechnen keine Ursach haben wird; ich und mein Mann lieben das Kind auch so sehr, daß wirs seinem Vater nicht ließen, wenn er schon selbst käme und ihn abholen wollte; überdas so ist er der Schönste unter allen seinen Stiefbrüdern und siehet seinem Vater so gleich, als wenn er ihm aus den Augen geschnitten wäre; und ich weiß, wenn mein Schwager wüßte, was er für einen schönen Sohn hier hätte, daß er sich nicht abbrechen* könnte hieherzukommen (da er schon seine übrigen Hurenkinder scheuen möchte) nur das liebe Herzchen zu sehen."

Solche und dergleichen Sachen brachte mir meine Schwägerin vor, woraus ich ihre Lieb gegen mein Kind leicht spüren können, welches denn dort in seinen ersten Hosen herumlief und mich im Herzen erfreute, derhalben suchte ich die Kleinodien hervor, die mir Herzbruder geben, solche seinetwegen meinem Weib zu verehren; dieselbigen, sagte ich, hätte mir Herr Simplicius mitgeben, seiner Liebsten zum Gruß einzuhändigen, weil aber selbige tot wäre, schätzte ich, es wäre billig, daß ich sie seinem Kind hinterließ', welche mein Schwager und seine Frau mit Freuden empfingen, und daraus schlossen, daß ich an Mitteln keinen Mangel haben, sondern viel ein anderer Gesell sein müßte, als sie sich hiebevor von mir eingebildet. Mithin drang ich auf meine Abfertigung, und als ich dieselbe bekam, begehrte ich im Namen Simplicii den jungen Simplicium zu küssen, damit ich seinem Vater solches als ein Wahrzeichen erzählen könnte; als es nun auf Vergünstigung meiner Schwägerin geschah, fing beides mir und dem Kind die Nas an zu bluten*, darüber mirs Herz hätte brechen mögen; doch verbarg ich meine Affekte, und damit man nit Zeit haben möchte, der Ursach dieser Sympathiae nachzudenken, machte ich mich stracks aus dem Staub und kam nach vierzehn Tagen durch viel Mühe und Gefahr wieder in Bettlers Gestalt nach Saurbrunnen, weil ich unterwegs ausgeschälet* worden.

Das 6. Kapitel

Erzählung eines Possen, den Simplicius im Saurbrunnen angestellt

Nach meiner Ankunft wurde ich gewahr, daß es sich mit Herzbrudern mehr gebösert als gebessert hatte, wiewohl ihn die Doctores und Apotheker strenger als eine fette Gans gerupft; überdas kam er mir auch ganz kindisch vor und konnte kümmerlich mehr recht gehen, ich ermuntert ihn zwar so gut ich konnte, aber es war schlecht bestellt, er selbst merkte an Abnehmung seiner Kräfte wohl, daß er nit lang mehr würde dauren können, sein größter Trost war, daß ich bei ihm sein sollte, wenn er die Augen würde zutun.

Hingegen machte ich mich lustig und suchte meine Freud, wo ich solche zu finden vermeinte, doch solchergestalt, daß meinem Herzbruder an seiner Pfleg nichts manglete. Und weil ich mich einen Witwer zu sein wußte, reizten mich die guten Tag und meine Jugend wiederum zur Buhlerei, der ich denn trefflich nachhing, weil mir der zu Einsiedeln eingenommene Schrecken wieder allerdings vergessen war. Es befand sich im Sauerbrunnen eine schöne Dame, die sich für eine von Adel ausgab und meines Erachtens doch mehr mobilis als nobilis* war, derselben Mannsfallen wartet ich trefflich auf den Dienst, weil sie ziemlich glatthaarig zu sein schien, erhielt auch in kurzer Zeit nicht allein einen freien Zutritt, sondern auch alle Vergnügung, die ich hätte wünschen und begehren mögen; aber ich hatte gleich ein Abscheuen ab ihrer Leichtfertigkeit, trachtet derhalben, wie ich ihrer wieder mit Manier los werden könnte, denn wie mich dünkte, so ging sie mehr darauf um, meinen Säckel zu scheren, als mich zur Ehe zu bekommen, zudem übertrieb sie mich mit liebreizenden feurigen Blicken und andern Bezeugungen ihrer brennenden Affektion, wo ich ging und stund, daß ich mich beides für mich und sie schämen mußte.

Neben dem befand sich auch ein vornehmer reicher Schweizer im Bad, dem wurde nicht nur sein Geld, sondern auch seines Weibs Geschmuck, der in Gold, Silber, Perlen und Edelsteinen bestund, entfremdet; weil denn nun solche Sachen ebenso ungerne verloren werden, als schwer sie zu erobern sind, derhalben suchte bemeldter Schweizer allerhand Rat und Mittel, dadurch er selbige wieder zur Hand bringen möchte, maßen er den berühmten Teufelsbanner aus der Geißhaut* kommen ließ, der durch seinen Bann den Dieb dergestalt tribulierte, daß er das gestohlene Gut wieder in eigener Person an seine Gehörde* liefern mußte, deswegen der Hexenmeister dann zehn Reichstaler zur Verehrung bekam.

Diesen Schwarzkünstler hätte ich gern gesehen und mit ihm konferiert, es mochte aber, wie ich dafürhielt, ohne Schmälerung meines Ansehens (denn ich dünkte mich damals keine Sau sein) nit geschehen, derhalben stellte ich meinen Knecht an, mit ihm denselben Abend zu saufen, weil ich vernommen, daß er ein Ausbund eines Weinbeißers* sein sollte, um zu sehen, ob ich vielleicht hierdurch mit ihm in Kundschaft kommen möchte, denn es wurden mir so viel seltsame Sachen von ihm erzählt, die ich nit glauben konnte, ich hätte sie denn selbst von ihm vernommen; ich verkleidete mich wie ein Landfahrer, der Salben feil hat, setzte mich zu ihm an Tisch und wollte vernehmen, ob er erraten oder ihm der Teufel eingeben würde, wer ich wäre? aber ich konnte nit das geringste an ihm spüren, denn er soff immer hin und hielt mich für einen, wie meine

Kleider anzeigten, also daß er mir auch etliche Gläser zubrachte und doch meinen Knecht höher als mich respektierte; demselben erzählte er vertraulich, wenn derjenige so den Schweizer bestohlen, nur das geringste davon in ein fließend Wasser geworfen und also dem leidigen Teufel auch Partem* geben hätte, so wäre unmöglich gewesen, weder den Dieb zu nennen, noch das Verlorne wieder zur Hand zu bringen.

Diese närrischen Possen hörte ich an und verwundert mich, daß der heimtückische und tausendlistige Feind den armen Menschen durch so geringe Sachen in seine Klauen bringt. Ich konnte leicht ermessen, daß dieses Stücklein ein Teil des Pakts sei, den er mit dem Teufel getroffen, und konnte wohl gedenken, daß solche Kunst dem Dieb nichts helfen würde, wenn ein anderer Teufelsbanner geholt würde, den Diebstahl zu offenbaren, in dessen Pakt diese Klausel nicht stünde; befahl demnach meinem Knecht, (welcher ärger stehlen konnte als ein Böhm) daß er ihn gar vollsaufen und ihm hernach seine zehen Reichstaler stehlen, alsobalden aber ein paar Batzen davon in die Rench* werfen sollte. Dies tat mein Kerl gar fleißig; als nun der Teufelsbanner am Morgen frühe sein Geld mangelte, begab er sich gegen die Wüste Rench in einen Busch, ohne Zweifel seinen Spiritum familiarem* deswegen zu besprechen, er wurde aber so übel abgefertigt, daß er mit einem blauen und zerkratzten Angesicht wieder zurückkam; weswegen mich denn der arme alte Schelm dergestalt daurte, daß ich ihm sein Geld wiedergeben und dabei sagen ließ, weil er nunmehr sähe, was für ein betrüglicher böser Gast der Teufel sei, könnte er hinfort dessen Dienst und Gesellschaft wohl aufkünden und sich wieder zu Gott bekehren. Aber solche Vermahnung bekam mir wie dem Hund das Gras*, denn ich hatte von dieser Zeit an weder Glück noch Stern mehr, maßen mir gleich hernach meine schönen Pferd durch Zauberei hinfielen. Und zwar was hätte davor sein sollen? ich lebte gottlos wie ein Epikurer* und befahl das Meinige niemal in Gottes Schutz, warum hätte sich denn dieser Zauberer nicht wiederum an mir sollen rächen können?

Das 7. Kapitel

Herzbruder stirbt, und Simplicius fängt wieder an zu buhlen

Der Sauerbrunnen schlug mir je länger je besser zu, weil sich nit allein die Badgäste gleichsam täglich mehrten, sondern weil der Ort selbst und die Manier zu leben mich anmutig sein dünkte: Ich machte mit den Lustigsten Kundschaft, die hinkamen, und fing an courtoise Reden und Komplimente zu lernen, deren ich mein Tag sonst niemal viel geachtet hatte. Ich wurde für einen vom Adel gehalten, weil mich meine Leut Herr Hauptmann nenneten, sintemal dergleichen Stellen kein Soldat von Fortun so leichtlich in einem solchen Alter erlangt, darinnen ich mich damals befand; dannenhero machten die reichen Stutzer mit mir und hingegen ich hinwiederum mit ihnen nicht allein Kund- sondern auch gar Brüderschaft, und war alle Kurzweil, Spielen, Fressen und Saufen meine allergrößte Arbeit und Sorg, welches aber manchen schönen Dukaten hinwegnahm, ohne daß ichs sonderlich wahrgenommen und geachtet hätte, denn mein Säckel von dem Olivierschen Erbgut war noch trefflich schwer.

Unterdessen wurde es mit Herzbrudern je länger je ärger, also daß er endlich die Schuld der Natur bezahlen mußte, nachdem ihn die Medici und Ärzt verlassen, als sie sich zuvor genugsam an ihm begraset hatten; er bestätigte nachmalen sein Testament und letzten Willen und machte mich zum Erben über dasjenige, so er von seines Vaters sel. Verlassenschaft zu empfangen, hingegen ließ ich ihn ganz herrlich begraben und seine Diener mit Trauerkleidern und einem Stück Geld ihres Wegs laufen.

Sein Abschied tat mir schmerzlich wehe, vornehmlich weil ihm vergeben worden, und ob ichs zwar nit ändern konnte, so änderts doch mich, denn ich floh alle Gesellschaften und suchte nur die Einsamkeit, meinen betrübten Gedanken Audienz zu geben; zu dem Ende verbarg ich mich etwa irgends in einen Busch und betrachtete nit allein was ich für einen Freund verloren, sondern auch daß ich mein Lebtag seinesgleichen nit mehr bekommen würde; mithin machte ich auch von Anstellung meines künftigen Lebens allerhand Anschläg und beschloß doch nichts Gewisses; bald wollt ich wieder in Krieg und unversehens gedacht ich, es hättens die geringsten Baurn in selbiger Gegend besser als ein Obrister, denn in dasselbe Gebirg kamen keine Parteien, so konnte ich mir auch nit einbilden, was eine Armee darin zu schaffen haben müßte, dieselbe Landsart zu ruinieren, maßen noch alle Baurnhöf gleich als zu Friedenszeiten in trefflichem Bau und alle Ställ voll Vieh waren, unangesehen auf dem ebenen Land in den Dörfern weder Hund noch Katz anzutreffen.

Als ich mich nun mit Anhörung des lieblichsten Vogelgesangs ergötzte und mir einbildete, daß die Nachtigall durch ihre Lieblichkeit andere Vögel banne stillzuschweigen und ihr zuzuhören, entweder aus Scham oder ihr etwas von solchem anmutigen Klang abzustehlen; da näherte sich jenseits dem Wasser eine Schönheit an das Gestad, die mich mehr bewegte (weil sie nur das Habit einer Baurndirne antrug) als eine stattliche Demoiselle sonst nit hätte tun mögen; diese hub einen Korb vom Kopf, darin sie einen Ballen frische Butter trug, solchen im Sauerbrunnen zu verkaufen, denselben erfrischte sie im Wasser, damit er wegen der großen Hitz nicht schmelzen sollte, unterdessen setzte sie sich nieder ins Gras, warf ihren Schleier und Baurnhut von sich und wischte den Schweiß vom Angesicht, also daß ich sie genug betrachten und meine vorwitzigen Augen an ihr weiden konnte; da dünkte mich, ich hätte die Tag meines Lebens kein schöner Mensch gesehen, die Proportion des Leibs schien vollkommen und ohne Tadel, Arm und Hände schneeweiß, das Angesicht frisch und lieblich, die schwarzen Augen aber voller Feur und liebreizender Blick'; als sie nun ihre Butter wieder einpackte, schrie ich hinüber: „Ach Jungfer, Ihr habt zwar mit Euren schönen Händen Eure Butter im Wasser abgekühlt, hingegen aber mein Herz durch Eure klaren Augen ins Feur gesetzt!“ Sobald sie mich sah und hörte, lief sie davon, als ob man sie gejagt hätte, ohne daß sie mir ein Wörtlein geantwort hätte, mich mit all denjenigen Torheiten beladen hinterlassend, damit die verliebten Phantasten gepeinigt zu werden pflegen.

Aber meine Begierden, von dieser Sonne mehr beschienen zu werden, ließen mich nit in meiner Einsamkeit, die ich mir auserwählt, sondern machten, daß ich den Gesang der Nachtigallen nit höher achtete als ein Geheul der Wölf; derhalben trollte ich auch dem Saurbrunnen zu und schickte meinen Jungen voran, die Butterverkäuferin anzupacken und mit ihr zu marken, bis ich hernachkäme; dieser tat das Seinige und ich nach meiner Ankunft auch das Meinige; aber ich fand ein steinern Herz und eine solche Kaltsinnigkeit, dergleichen ich hinter einem Baurnmägdlein nimmermehr zu finden getraut hätte, welches mich aber viel verliebter machte, ohnangesehen ich, als einer der mehr in solchen Schulen gewesen, mir die Rechnung leicht machen können, daß sie sich nit so leicht betören lassen würde.

Damals hätte ich entweder einen strengen Feind oder einen guten Freund haben sollen; einen Feind, damit ich meine Gedanken gegen denselbigen hätte richten und der närrischen Lieb vergessen müssen, oder einen Freund, der mir ein anders geraten und mich von meiner Torheit, die ich vornahm, hätte abmahnen mögen: Aber ach leider, ich hatte nichts als mein Geld das mich verblendete, meine blinden Begierden die mich verführten, weil ich ihnen den Zaum schießen ließ, und meine grobe Unbesonnenheit, die mich verderbte und in alles Unglück stürzte; ich Narr hätte ja aus unsern Kleidungen als aus einem bösen Omen judizieren sollen, daß mir ihre Lieb nit wohl ausschlagen würde; denn weil mir Herzbruder, diesem Mägdlein aber ihre Eltern gestorben und wir dahero alle beide in Trauerkleidern aufzogen, als wir einander das erstemal sahen, was hätte unsere Buhlschaft für eine Fröhlichkeit bedeuten sollen? Mit einem Wort, ich war mit dem Narrnseil rechtschaffen verstrickt und derhalben ganz blind und ohne Verstand, wie das Kind Cupido selbsten, und weil ich meine viehischen Begierden nicht anders zu sättigen getraute, entschloß ich, sie zu heiraten. „Was", gedacht ich, „du bist deines Herkommens doch nur ein Baurnsohn und wirst dein Tag kein

Schloß besitzen, dieses Revier ist ein edel Land, das sich gleichwohl dies grausame Kriegswesen hindurch gegen andere Orte zu rechnen im Wohlstand und Flor befunden; überdas hast du noch Geld genug, auch den besten Baurnhof in dieser Gegend zu bezahlen, du willst dies ehrliche Baurngretlein heiraten und dir einen geruhigen Herrnhandel* mitten unter den Bauren schaffen, wo wolltest du dir eine lustigere Wohnung aussehen können als bei dem Sauerbrunnen, da du wegen der zu- und abreisenden Badgäst gleichsam alle sechs Wochen ein neue Welt sehen und dir dabei einbilden kannst, wie sich der Erdkreis von einem Saeculo zum andern verändert.“ Solche und dergleichen mehr tausendfältige Gedanken machte ich, bis ich endlich meine Geliebte zur Ehe begehrete und (wiewohl nicht ohne Mühe) das Jawort erhielt.

Das 8. Kapitel

Simplicius gibt sich in die zweite Ehe, trifft seinen Knan an und erfährt, wer seine Eltern gewesen

Ich ließ trefflich zur Hochzeit zurüsten, denn der Himmel hing mir voller Geigen; das Baurengut, darauf meine Braut geboren worden, löste ich nit allein ganz an mich, sondern fing noch dazu einen schönen neuen Bau an, gleich als ob ich daselbst mehr hof- und haushalten hätte wollen, und ehe ich die Hochzeit vollzogen, hatte ich bereits über dreißig Stück Vieh dastehen, weil man soviel das Jahr hindurch auf demselben Gut erhalten konnte; in Summa, ich bestellte alles auf das Beste, auch sogar mit köstlichem Hausrat, wie es mir nur meine Torheit eingab. Aber die Pfeif fiel mir bald in Dreck, denn da ich nunmehr vermeinte mit gutem Wind nach England zu schiffen, kam ich wider alle Zuversicht nach Holland*, und damals, aber viel zu spät, wurde ich erst gewahr, was Ursach mich meine Braut so ohngerne nehmen wollen, das mich aber am allermeisten schmerzte, war, daß ich mein spöttisch Anliegen keinem Menschen klagen durfte. Ich konnte zwar wohl erkennen, daß ich nach dem Maß der Billigkeit Schulden bezahlen mußte, aber solche Erkanntnis machte mich darum nichts desto geduldiger, viel weniger frömmer, sondern weil ich mich so betrogen befand, gedachte ich meine Betrügerin wieder zu betrügen, maßen ich anfing grasen zu gehen, wo ich zukommen konnte, über das stak ich mehr bei guter Gesellschaft im Saurbrunnen als zu Haus; in Summa, ich ließ meine Haushaltung allerdings ein gut Jahr haben; andernteils war meine Frau ebenso liederlich, sie hatte einen Ochsen, den ich ins Haus schlagen* lassen, in etliche Körb eingesalzen; und als sie mir auf ein Zeit eine Spansau* zurichten sollte, unterstund sie solche wie einen Vogel zu rupfen, wie sie mir denn auch Krebs auf dem Rost und Forellen an einem Spieß braten wollen; bei diesen paar Exempeln kann man ohnschwer abnehmen, wie ich im übrigen mit ihr bin versorgt gewesen, nicht weniger trank sie auch das liebe Weinchen gern und teilet' andern guten Leuten auch mit, das mir denn mein künftig Verderben prognostizierte.

Einsmals spazierte ich mit etlichen Stutzern das Tal hinunter, eine Gesellschaft im untern Bad* zu besuchen, da begegnet' uns ein alter Baur, mit einer Geiß am Strick, die er verkaufen wollte, und weil mich dünkte, ich hätte dieselbe Person mehr gesehen, fragte ich ihn, wo er mit dieser Geiß herkäme? Er aber zog sein Hütlein ab, und sagte: „Gnädiger Hearr, Eich darfs auch werlich neit sahn*." Ich sagte: „Du wirst sie ja nicht gestohlen haben?" „Nein", antwort der Baur, „sondern ich bring sie aus dem Städtchen unten im Tal, welches ich eben gegen den Herrn nicht nennen darf, dieweil wir vor einer Geiß reden*." Solches bewegte meine Gesellschaft zum Lachen, und weil ich mich im Angesicht entfärbte, gedachten sie, ich hätte ein Verdruß oder schämte mich, weil mir der Baur so artlich eingeschenkt; aber ich hatte andere Gedanken, denn an der großen Warzen, die der Baur gleichsam wie das Einhorn mitten auf der Stirn stehen hatte, wurde ich eigentlich versichert, daß es mein Knan aus dem Spessart war, wollte derhalben zuvor einen Wahrsager agieren, ehe ich mich ihm offenbaren und mit einem so stattlichen Sohn, als damals meine Kleider auswiesen, erfreuen wollte; sagte derhalben zu ihm: „Mein lieber alter Vater, seid Ihr nicht im Spessart zu Haus?“ „Ja Hearr“, antwort der Baur; da sagte ich: „Haben Euch nicht vor ungefähr achtzehn Jahren die Reuter Euer Haus und Hof geplündert und verbrennt?“ „Ja, Gott erbarms“, antwortet' der Baur, „es ist aber noch nicht so lang.“ Ich fragte weiter: „Habt Ihr nicht damals zwei Kinder, nämlich eine erwachsene Tochter und einen jungen Knaben gehabt, der Euch der Schaf gehütet?“ „Herr“, antwortet' mein Knan, „die Tochter war mein Kind, aber der Bub nicht, ich hab ihn aber an Kindes Statt aufziehen wollen.“ Hieraus verstund ich wohl, daß ich dieses groben Knollfinken Sohn nicht sei, welches mich einsteils erfreute, hingegen aber auch betrübte, weil mir zugefallen, ich müßte sonsten ein Bankert oder Findling sein; fragte derowegen meinen Knan, wo er denn denselben Buben aufgetrieben? oder was er für Ursach gehabt, denselben an Kinds Statt zu erziehen? „Ach“, sagte er, „es ist mir seltsam mit ihm gangen, der Krieg hat mir ihn geben, und der Krieg hat mir ihn wieder genommen.“ Weil ich denn besorgte, es dürfte wohl ein Fazit herauskommen, das mir wegen meiner Geburt nachteilig sein möchte, verwendet ich meinen Diskurs wieder auf die Geiß und fragte, ob er sie der Wirtin in die Küche verkauft hätte? das mich befremde, weil die Saurbrunnengäst kein alt Geißenfleisch zu genießen pflegten. „Ach nein Herr“, antwort der Baur, „die Wirtin hat selber Geißen genug und gibt auch nichts für ein Ding, ich bring sie der Gräfin, die im Sauerbrunnen badet, und ihr der Doktor Hans in allen Gassen etliche Kräuter geordnet, so die Geiß essen muß, und was sie dann für Milch davon gibt, die nimmt der Doktor und macht der Gräfin noch so ein Arznei drüber, so muß sie die Milch trinken und wieder gesund davon werden; man sagt, es mangel der Gräfin am Gehäng*, und wenn ihr die Geiß hilft, so vermag sie mehr als der Doktor und seine Abdecker* miteinander.“ Unter währender solcher Relation besann ich, auf was Weis ich mehr mit dem Baurn reden möchte, bot ihm derhalben einen Taler mehr um die Geiß, als der Doktor oder die Gräfin darum geben wollten; solches ging er gleich ein (denn ein geringer Gewinn persuadiert die Leut bald anders) doch mit dem Beding, er sollte der Gräfin zuvor anzeigen, daß ich ihm ein Taler mehr darauf geboten, wollte sie dann soviel drum geben als ich, so sollte sie den Vorkauf haben, wo nicht, so wollte er mir die Geiß zukommen lassen und wie der Handel stünde auf den Abend anzeigen.

Also ging mein Knan seines Wegs, und ich mit meiner Gesellschaft den unserigen auch, doch konnte und mochte ich nit länger bei der Kompagnie bleiben, sondern drehte mich ab und ging hin, wo ich meinen Knan wieder fand, der hatte seine Geiß noch, weil ihm andere nicht so viel als ich drum geben wollten, welches mich an so reichen Leuten wunderte und doch nit kärger machte; ich führte ihn auf meinen neuerkauften Hof, bezahlte ihm seine Geiß, und nachdem ich ihm einen halben Rausch angehängt, fragte ich ihn, woher ihm derjenige Knab zugestanden wäre, von dem wir heute geredet? „Ach Herr", sagte er, „der Mansfelder Krieg hat mir ihn beschert, und die Nördlinger Schlacht hat mir ihn wieder genommen." Ich sagte: „Das muß wohl ein lustige Histori sein", mit Bitt, weil wir doch sonst nichts zu reden hätten, er wollte mirs doch für die lange Weil erzählen. Darauf fing er an, und sagte: „Als der Mansfelder bei Höchst die Schlacht verlor, zerstreute sich sein flüchtig Volk weit und breit herum, weil sie nit alle wußten, wohin sie sich retirieren sollten; viel kamen in Spessart, weil sie die Büsch suchten, sich zu verbergen, aber indem sie dem Tod auf der Ebne entgingen, fanden sie ihn bei uns in den Bergen, und weil beide kriegende Teile für billig achteten, einander auf unserm Grund und Boden zu berauben und niederzumachen, griffen wir ihnen auch auf die Hauben, damals ging selten ein Bauer in den Büschen ohne Feurrohr, weil wir zu Haus bei unsern Hauen und Pflügen nit bleiben konnten. In demselben Tumult bekam ich nicht weit von meinem Hof in einem wilden ungeheuren Wald ein schöne junge Edelfrau samt einem stattlichen Pferd, als ich zuvor nit

p. 350.
Superba Vanitas ridetur
et ita Risui habetur.
Wollüst, Hoffart, Uppichkeiten
Sind ein Mißgebürt der Zeiten
Müssen offt verspottung leiden

weit davon etliche Büchsenschüß gehört hatte; ich sah sie anfänglich für einen Kerl an, weil sie so männlich daherritt, aber indem ich sie beides Händ und Augen gegen den Himmel aufheben sah und auf welsch mit einer erbärmlichen Stimm zu Gott rufen hörte, ließ ich mein Rohr, damit ich Feur auf sie geben wollte, sinken und zog den Hahnen wieder zurück, weil mich ihr Geschrei und Gebärden versicherten, daß sie ein betrübtes Weibsbild wäre; mithin näherten wir uns einander, und da sie mich sah, sagte sie: ‚Ach! wenn Ihr ein ehrlicher Christenmensch seid, so bitte ich Euch um Gottes und seiner Barmherzigkeit, ja um des Jüngsten Gerichts willen, vor welchem wir alle um unser Tun und Lassen Rechenschaft geben müssen, Ihr wollet mich zu ehrlichen Weibern führen, die mich durch göttliche Hilf von meiner Leibesbürde entledigen helfen!‘ Diese Wort, die mich so großer Ding erinnerten, samt der holdseligen Aussprach und zwar betrübten doch überaus schönen und anmutigen Gestalt der Frauen zwangen mich zu solcher Erbärmde, daß ich ihr Pferd beim Zügel nahm und sie durch Hecken und Stauden an den allerdicksten Ort des Gesträuchs führte, da ich selbst mein Weib, Kind, Gesind und Vieh hingeflehnt hatte, daselbst genas sie ehender als in einer halben Stund desjenigen jungen Knaben, von dem wir heut miteinander geredet haben.“

Hiemit beschloß mein Knan seine Erzählung, weil er eins trank, denn ich sprach ihm gar gütlich zu; da er aber das Glas ausgeleeret hatte, fragte ich: „Und wie ists danach weiter mit der Frauen gangen?“ Er antwortet’: „Als sie dergestalt Kindbetterin worden, bat sie mich zu Gevattern, und daß ich das Kind ehestens zur Tauf fördern wollte; sagte mir auch ihres Manns und ihren Namen, damit sie möchten in das Taufbuch geschrieben werden, und indem tat sie ihr Felleisen auf, darinnen sie wohl köstliche Sachen hatte, und schenkte mir, meinem Weib und Kind, der Magd und sonst noch einer Frauen so viel, daß wir wohl mit ihr zufrieden sein können; aber indem sie so damit umging und uns von ihrem Mann erzählte, starb sie uns unter den Händen, als sie uns ihr Kind zuvor wohl befohlen hatte: weil es denn nun so gar ein großer Lärmen im Land war, daß niemand bei Haus bleiben konnte, vermochten wir kaum ein Pfarrherrn, der bei dem Begräbnis war und das Kind taufte; da aber endlich beides geschehen, wurde mir von unserm Schulzen und Pfarrherrn befohlen, ich sollte das Kind aufziehen bis es groß würd, und für meine Mühe und Kosten der Frauen ganze Verlassenschaft behalten, ausgenommen etliche Paternoster*, Edelgestein und so Geschmeiß*, welches ich für das Kind aufbehalten sollte; also ernährte mein Frau das Kind mit Geißmilch, und wir behielten den Buben gar gern und dachten, wir wollten ihm, wenn er groß würde, unser Mädchen zur Frauen geben; aber nach der Nördlinger Schlacht habe ich beides das Mägdlein und den Buben verloren, samt allem dem was wir vermochten."

„Ihr habt mir", sagte ich zu meinem Knan, „ein artliche Geschicht erzählt und doch das Best vergessen, denn Ihr habt nicht gesagt weder wie die Frau, noch ihr Mann oder das Kind geheißen." „Herr", antwortet' er, „ich hab nicht gemeint, daß Ihrs auch gern hättet wissen mögen; die Edelfrau hieß Susanna Ramsi, ihr Mann Kapitän Sternfels von Fuchsheim, und weil ich Melchior hieß, so ließ ich den Buben bei der Taufe auch Melchior Sternfels von Fuchsheim* nennen und ins Taufbuch schreiben."

Hieraus vernahm ich umständlich, daß ich meines Einsiedlers und des Gubernators Ramsay Schwester leiblicher Sohn gewesen, aber ach leider viel zu spät, denn meine Eltern waren beide tot, und von meinem Vetter Ramsay konnte ich anders nichts erfahren, als daß die Hanauer ihn mitsamt der schwedischen Garnison ausgeschafft hätten, weswegen er denn vor Zorn und Ungeduld ganz unsinnig worden wäre.*

Ich deckte meinen Pettern* vollends mit Wein zu und ließ den andern Tag sein Weib auch holen; da ich mich ihnen nun offenbarte, wollten sie es nicht ehe glauben, bis ich ihnen zuvor einen schwarzen haarigen Flecken aufgewiesen, den ich vornan auf der Brust hatte.

Das 9. Kapitel

Welchergestalt ihn die Kindswehe angestoßen und wie er wieder zu einem Witwer wird

Ohnlängst hernach nahm ich meinen Pettern zu mir und tat mit ihm einen Ritt hinunter in Spessart, glaubwürdigen Schein und Urkund meines Herkommens und ehelicher Geburt halber zuwegen zu bringen, welches ich ohnschwer aus dem Taufbuch und meines Pettern Zeugnis erhielt. Ich kehrte auch gleich bei dem Pfarrer ein, der sich zu Hanau aufgehalten und meiner angenommen, derselbe gab mir einen schriftlichen Beweis mit, wo mein Vater sel. gestorben, und daß ich bei demselben bis in seinen Tod und endlich unter dem Namen Simplici eine Zeitlang bei Herrn Ramsay dem Gubernator in Hanau gewesen wäre, ja ich ließ über meine ganze Histori aus der Zeugen Mund durch einen Notarium ein Instrument* aufrichten, denn ich gedachte, wer weiß, wo du es noch einmal brauchest; solche Reis kostet' mich über 400 Taler, denn auf dem Zurückweg wurde ich von einer Partei erhascht, abgesetzt* und geplündert, also daß ich und mein Knan oder Petter allerdings nackend und kaum mit dem Leben davonkamen.

Indessen gings daheim auch schlimm zu, denn nachdem mein Weib vernommen, daß ihr Mann ein Junker sei, spielte sie nit allein die große Frauen, sondern verliederlicht' auch alles in der Haushaltung, welches ich, weil sie großen Leibes war, stillschweigend übertrug, überdas war mir ein Unglück in den Stall kommen, so mir das meiste und beste Vieh hingerafft.

Dieses alles wäre noch zu verschmerzen gewesen, aber o mirum! kein Unglück allein; in der Stund, darin mein Weib genas, wurde die Magd auch Kindbetterin, das Kind zwar so sie brachte, sah mir allerdings ähnlich, das aber so mein Weib gebar, sah dem Knecht so gleich, als wenns ihm aus dem Gesicht geschnitten worden wäre; zudem hatte diejenige Dame, deren oben gedacht, in ebenderselben Nacht auch eins vor meine Tür legen lassen, mit Schriftbericht, daß ich der Vater wäre, also daß ich auf einmal drei Kinder zusammenbrachte, und war mir nit anders zu Sinn, als es würde aus jedem Winkel noch eins hervorkriechen, welches mir nit wenig graue Haar machte! Aber es gehet nit anders her, wenn man in einem so gottlosen und verruchten Leben, wie ich eins geführt, seinen viehischen Begierden folget.

Nun was halfs? ich mußte taufen, und mich noch dazu von der Obrigkeit rechtschaffen strafen lassen, und weil die Herrschaft damals eben schwedisch war*, ich aber hiebevor dem Kaiser gedient, wurde mir die Zech desto höher gemacht, welches lauter Praeludia waren meines abermaligen gänzlichen Verderbens. Gleichwie mich nun so vielerlei unglückliche Zufäll höchlich betrübten, also nahm es anderntteils mein Weibchen nur auf die leichte Achsel, ja sie trillete mich noch dazu Tag und Nacht wegen des schönen Funds, der mir vor die Tür geleget, und daß ich um so viel Gelds gestraft worden wär; hätte sie aber gewußt, wie es mit mir und der Magd beschaffen gewesen, so würde sie mich noch wohl ärger gequält haben, aber das gute Mensch war so aufrichtig, daß sie sich durch soviel Geld, als ich sonst ihretwegen hätte Straf geben müssen, bereden ließ, ihr Kind einem Stutzer zuzuschreiben, der mich das Jahr zuvor unterweilen besucht und bei meiner Hochzeit gewesen, den sie aber sonst weiters nicht gekannt; doch mußte sie aus dem Haus, denn mein Weib argwöhnet', was ich ihretwegen vom Knecht gedachte, und durft doch nichts ahnden, denn ich hätte ihr sonst vorgehalten, daß ich in einer Stund nicht zugleich bei ihr und der Magd sein können. Indessen wurde ich mit dieser Anfechtung heftig gepeiniget, daß ich meinem Knecht ein Kind aufziehen und die meinigen nicht meine Erben sein sollten, und daß ich noch dazu stillschweigen und froh sein mußte, daß gleichwohl sonst niemand nichts davon wußte.

Mit solchen Gedanken martert ich mich täglich, aber mein Weib delektierte sich stündlich mit Wein, denn sie hatte sich das Kännchen seit unserer Hochzeit dergestalt angewöhnt, daß es ihr selten vom Maul und sie selbsten gleichsam keine Nacht ohne ein ziemlichen Rausch schlafen ging; davon soff sie ihrem Kind zeitlich das Leben ab, und entzündet' sich selbsten das Gehäng dergestalt, daß es ihr auch bald hernach entfiel, und mich wiederum zu einem Witwer machte, welches mir so zu Herzen ging, daß ich mich fast krank hierüber gelacht hätte.

Das 10. Kapitel

*Relation etlicher Baursleut von dem wunderbaren Mummelsee**

Da ich mich nun wieder solchergestalt in meine erste Freiheit gesetzt befand, mein Beutel aber von Geld ziemlich geleeret, hingegen meine große Haushaltung mit vielem Vieh und Gesind beladen, nahm ich meinen Petter Melchior für einen Vater, meine Göt*, seine Frau, für meine Mutter, und den Bankert Simplicium, der mir vor die Tür geleget worden, für meinen Erben an und übergab diesen beiden Alten Haus und Hof samt meinem ganzen Vermögen, bis auf gar wenig gelbe Batzen und Kleinodien, die ich noch auf die äußerste Not gespart und hinterhalten hatte, denn ich hatte einen Ekel ab aller Weiber Beiwohnung und Gemeinschaft gefaßt, daß ich mir vornahm, weil mirs so übel mit ihnen gangen, mich nicht mehr zu verheiraten; diese beiden alten Eheleut, welche in re rusticorum* nit wohl ihresgleichen mehr hatten, gossen meine Haushaltung gleich in einen andern Model, sie schafften von Gesind und Vieh ab was nichts nützte, und bekamen hingegen auf den Hof, was etwas eintrug; mein alter Knan samt meiner alten Meuder vertrösteten mich alles Guten und versprachen, wenn ich sie nur hausen ließe, so wollten sie mir allweg ein gut Pferd auf der Streu halten und so viel verschaffen, daß ich je zuzeiten mit einem ehrlichen Biedermann ein Maß Wein trinken könnte: Ich spürete auch gleich, was für Leut meinem Hof vorstunden, mein Petter bestellte mit dem Gesind den Feldbau, schacherte mit Vieh und mit dem Holz- und Harzhandel ärger als ein Jud, und meine Göt legte sich auf die Viehzucht und wußte die Milchpfennig besser zu gewinnen und zusammzuhalten, als zehen solcher Weiber wie ich eins gehabt hatte. Auf solche Weis wurde mein Baurenhof in kurzer Zeit mit allerhand notwendigem Vorrat, auch groß und kleinem Vieh genugsam versehen, also daß er in Bälde für den besten in der ganzen Gegend geschätzt wurde, ich aber ging dabei spazieren und wartet allerhand Kontemplationen ab; denn weil ich sah, daß meine Göt mehr aus den Immen an Wachs und Honig vorschlug, als mein Weib hiebevor aus Rindvieh, Schweinen und anderm eroberte, konnte ich mir leicht einbilden, daß sie im übrigen nichts verschlafen würde.

Einsmals spazierte ich in Sauerbrunnen, mehr ein Trunk frisch Wasser zu tun, als mich meiner vorigen Gewohnheit nach mit den Stutzern bekannt zu machen, denn ich fing an meiner Alten Kargheit nachzuahmen, welche mir nicht rieten, daß ich mit den Leuten viel umgehen sollte, die ihre und ihrer Eltern Hab so unnützlich verschwendeten: Gleichwohl aber geriet ich zu einer Gesellschaft mittelmäßigen Stands, weil sie von einer seltenen Sach, nämlich von dem Mummelsee diskurrierten, welcher unergründlich und in der Nachbarschaft auf einem von den höchsten Bergen gelegen sei; sie hatten auch unterschiedliche alte Bauersleut beschickt, die erzählen mußten, was einer oder der ander von diesem wunderbarlichen See gehöret hätte, deren Relation ich denn mit großer Lust zuhörte, wiewohl ichs für eitel Fabeln hielt, denn es lautete also lügenhaftig als etliche Schwänk des Plinii.

Einer sagte, wenn man ungerad, es seien gleich Erbsen, Steinlein oder etwas anders, in ein Nastüchlein binde und hineinhänge, so verändere es sich in gerad; also auch, wenn man gerad hineinhänge, so finde man ungerad. Ein anderer und zwar die meisten gaben vor und bestätigten es auch mit Exempeln, wenn man einen oder mehr Stein hineinwürfe, so erhebe sich gleich, Gott geb wie schön auch der Himmel zuvor gewesen, ein grausam Ungewitter, mit schrecklichem Regen, Schlossen und Sturmwinden. Von diesem kamen sie auch auf allerhand seltsame Historien, so sich dabei zugetragen, und was sich für wunderbarliche Spectra* von Erd- und Wassermännlein dabei hätten sehen lassen und was sie mit den Leuten geredet. Einer erzählte, daß auf ein Zeit, da etliche Hirten ihr Vieh bei dem See gehütet, ein brauner Stier herausgestiegen, welcher sich zu dem andern Rindvieh gesellet, dem aber gleich ein kleines Männlein nachgefolget, ihn wieder zurück in See zu treiben, er hätte aber nicht parieren wollen, bis ihm das Männlein gewünscht hätte, es sollte ihn aller Menschen Leiden ankommen, wenn er nicht wieder zurückkehre! Auf welche Wort er und das Männlein sich wieder in den See begeben hätten. Ein anderer sagte, es sei auf ein Zeit, als der See überfroren gewesen, ein Baursmann mit seinen Ochsen und etlichen Blöcken, daraus man Dieln schneidet, über den See gefahren ohn einzigen Schaden; als ihm aber sein Hund nachkommen, sei das Eis mit ihm gebrochen und der arme Hund allein hinuntergefallen und nicht mehr gesehen worden. Noch ein anderer behauptete bei großer Wahrheit, es sei ein Schütz auf der Spur des Wilds bei dem See vorübergangen, der hätte auf demselben ein Wassermännlein sitzen sehen, das einen ganzen Schoß voll gemünzter Goldsorten gehabt und gleichsam damit gespielt hätte; und als er nach demselbigen Feur geben wollen, hätte sich das Männlein geduckt, und diese Stimme hören lassen: „Wenn du mich gebeten, deiner Armut zu Hilf zu kommen, so wollte ich dich und die Deinigen reich genug gemacht haben.“

Solche und dergleichen mehr Historien, die mir alle als Märlein vorkamen, damit man die Kinder aufhält, hörte ich an, verlachte sie und glaubte nit einmal, daß ein solcher unergründlicher See auf einem hohen Berg sein könnte; aber es fanden sich noch andere Baursleut, und zwar alte glaubwürdige Männer, die erzählten, daß noch bei ihrem und ihrer Väter Gedenken hohe fürstliche Personen den besagten See zu beschauen sich erhoben, wie denn ein regierender Herzog zu Württemberg etc. ein Floß machen und mit demselbigen darauf hineinfahren lassen, seine Tiefe abzumessen; nachdem die Messer aber bereits neun Zwirnnetz (ist ein Maß, das die Schwarzwälder Baurnweiber besser als ich oder ein anderer Geometra* verstehen) mit einem Senkel hinuntergelassen und gleichwohl noch keinen Boden gefunden, hätte das Floß, wider die Natur des Holzes, anfangen zu sinken, also daß die so sich darauf befunden, von ihrem Vornehmen abstehen und sich ans Land salvieren müssen, maßen man noch heutzutag die Stücke des Floßes am Ufer des Sees und zum Gedächtnis dieser Geschicht das fürstlich Württembergische Wappen und andere Sachen mehr in Stein gehauen vor Augen sehe. Andere bewiesen mit vielen Zeugen, daß ein Erzherzog von Österreich etc. den See gar hätte abgraben lassen wollen, es sei ihm aber von vielen Leuten widerraten und durch Bitt der Landleute sein Vornehmen hintertrieben worden, aus Furcht, das ganze Land möchte untergehen und ersaufen: Überdas hätten höchstgedachte Fürsten etliche Lägeln* voll Forellen in den See setzen lassen, die seien aber alle, ehe als in einer Stund, in ihrer Gegenwart abgestanden* und zum Auslauf des Sees hinausgeflossen, ohnangesehen das Wasser, so unter dem Gebirg, darauf der See liege, durch das Tal (so von dem See den Namen habe) hinfleußt, von Natur solche Fisch hervorbringe, da doch der Auslauf des Sees in selbig Wasser sich ergieße.

Das 11. Kapitel

Ein unerhörte Danksagung eines Patienten, die bei Simplicio fast heilige Gedanken verursacht

Dieser Letztern Aussag machte, daß ich denen zuerst beinahe völligen Glauben zustellte, und bewog meinen Vorwitz, daß ich mich entschloß, den wunderbaren See zu beschauen; von denen, so neben mir alle Erzählung gehört, gab einer dies, der ander jenes Urteil darüber, daraus denn ihre unterschiedlichen und widereinander laufenden Meinungen genugsam erhellten; ich zwar sagte, der teutsche Nam Mummelsee gebe genugsam zu verstehen, daß es um ihn wie um eine Maskarade ein verkapptes Wesen sei, also daß nicht jeder seine Art sowohl als seine Tiefe ergründen könne, die doch auch noch nicht erfunden worden wäre, da doch so hohe Personen sich dessen unterfangen hätten; ging damit an denjenigen Ort, allwo ich vorm Jahr mein verstorbenes Weib das erstemal sah und das süße Gift der Lieb einsoff.

Daselbsten legte ich mich auf das grüne Gras in Schatten nieder, ich achtet aber nicht mehr wie hiebevor, was die Nachtigallen daherpfiffen, sondern ich betrachtete, was für Veränderung ich seithero erduldet; da stellte ich mir vor Augen, daß ich an eben demselbigen Ort den Anfang gemacht, aus einem freien Kerl zu einem Knecht der Liebe zu werden, daß ich seithero aus einem Offizier ein Bauer, aus einem reichen Bauern ein armer Edelmann, aus einem Simplicio ein Melchior, aus einem Witwer ein Ehmann, aus einem Ehmann ein Gauch*, und aus einem Gauch wieder ein Witwer worden wäre; item, daß ich aus eines Baurn Sohn zu einem Sohn eines rechtschaffenen Soldaten, und gleichwohl wieder zu einem Sohn meines Knans worden. Da führte ich zu Gemüt, wie mich seithero mein fatum des Herzbruders beraubt und hingegen für ihn mit zweien alten Eheleuten versorgt hätte; ich gedachte an das gottselige Leben und Absterben meines Vaters, an den erbärmlichen Tod meiner Mutter, und daneben auch an die vielfältigen Veränderungen, denen ich mein Lebtag unterworfen gewesen, also daß ich mich des Weinens nit enthalten konnte. Und indem ich zu Gemüt führte, wie viel schön Geld ich die Tage meines Lebens gehabt und verschwendet, zumal solches zu bedauren anfing, kamen zween gute Schlucker oder Weinbeißer (denen die Cholica* in die Glieder geschlagen, deswegen sie denn erlahmet und das Bad samt dem Saurbrunnen brauchten), die setzten sich zu nächst bei mir nieder, weil es eine gute Ruhestatt hatte, und klagte je einer dem andern seine Not, weil sie vermeineten allein zu sein; der eine sagte: „Mein Doktor hat mich hieher gewiesen als einen, an dessen Gesundheit er verzweifelt, oder als einen, der neben andern dem Wirt um das Fäßlein mit

Butter so er ihm neulich geschickt, Satisfaktion tun solle; ich wollte, daß ich ihn entweder die Tage meines Lebens niemals gesehen oder daß er mir gleich anfangs in Sauerbrunnen geraten hätte, so würde ich entweder mehr Geld haben oder gesünder sein als jetzt, denn der Sauerbrunnen schlägt mir wohl zu." „Ach!" antwort der ander, „ich danke meinem Gott, daß er mir nicht mehr überflüssig Geld beschert hat, als ich vermag; denn hätte mein Doktor noch mehr hinter mir gewußt, so hätte er mir noch lang nicht in Sauerbrunnen geraten, sondern ich hätte zuvor mit ihm und seinen Apothekern, die ihn deswegen alle Jahr schmieren, teilen müssen, und hätte ich darüber sterben und verderben sollen; die Schabhäls raten unsereinem nicht eher an ein so heilsam Ort, sie getrauen denn nit mehr zu helfen oder wissen nichts mehr an einem zu rupfen; wenn man die Wahrheit bekennen will, so muß ihnen derjenige, so sich hinter sie läßt* und hinter welchem sie Geld wissen, nur lohnen, daß sie einen krank erhalten."

Diese zween hatten noch viel Schmähens über ihre Doctores, aber ich mags drum nicht alles erzählen, denn die Herren Medici möchten mir sonst feind werden und künftig eine Purgation eingeben, die mir die Seel austreiben möchte: Ich melde dies allein deswegen, weil mich der letztere Patient mit seiner Danksagung, daß ihm Gott nit mehr Geld bescheret, dergestalt tröstete, daß ich alle Anfechtungen und schweren Gedanken, die ich damals des Gelds halber hatte, aus dem Sinn schlug. Ich resolvierte mich, weder mehr nach Ehren noch Geld, noch nach etwas anderm das die Welt liebt, zu trachten; ja ich nahm mir vor zu philosophieren und mich eines gottseligen Lebens zu befleißen, zumalen meine Unbußfertigkeit zu bereuen und mich zu erkühnen, gleich meinem Vater sel. auf die höchsten Staffeln der Tugenden zu steigen.

Das 12. Kapitel

Wie Simplicius mit den Sylphis in das Centrum terrae* fährt*

Die Begierde den Mummelsee zu beschauen vermehrte sich bei mir, als ich von meinem Petter verstund, daß er auch dabei gewesen und den Weg dazu wüßte; da er aber hörete, daß ich überein auch dazu wollte, sagte er: „Und was werdert Ihr dann davontragen, wenn Ihr gleich hinkommt? der Herr Sohn und Petter wird nichts anders sehen als ein Ebenbild eines Weihers, der mitten in einem großen Wald liegt, und wenn Er seine jetzige Lust mit beschwerlicher Unlust gebüßt, so wird Er nichts anders als Reu, müde Füß (denn man kann schwerlich hin reiten) und den Hergang für den Hingang davon haben; es sollte mich kein Mensch hingebracht haben, wenn ich nicht hätt hinfliehen müssen, als der Doktor Daniel (er wollte Duc d'Anguin* sagen) mit seinen Kriegern das Land hinunter vor Philippsburg zog." Hingegen kehrte sich mein Vorwitz nicht an seine Abmahnung, sondern ich bestellte einen Kerl, der mich hinführen sollte; da er nun meinen Ernst sah, sagte er, weil die Habersaat vorüber und auf dem Hof weder zu hauen noch zu ernten, wollte er selbst mit mir gehen und den Weg weisen; denn er hatte mich so lieb, daß er mich ungern aus dem Gesicht ließ, und weil die Leut im Land glaubten, daß ich sein leiblicher Sohn sei, prangte er mit mir und tat gegen mich und jedermann, wie etwa ein gemeiner armer Mann gegen seinen Sohn tun möchte, den das Glück ohne sein Zutun und Beförderung zu einem großen Herrn gemacht hätte.

Also wanderten wir miteinander über Berg und Tal und kamen zu dem Mummelsee, ehe wir sechs Stund gegangen hatten, denn mein Petter war noch so käfermäßig* und so wohl zu Fuß als ein Junger; wir verzehrten daselbst was wir von Speis und Trank mit uns genommen, denn der weite Weg und die Höhe des Bergs, auf welchem der See liegt, hatte uns hungrig und hellig* gemacht; nachdem wir uns aber erquickt, beschaute ich den See und fand gleich etliche gezimmerte Hölzer darin liegen, die ich und mein Knan für rudera* des württembergischen Floßes hielten; ich nahm oder maß die Länge und Breite des Wassers vermittelst der Geometriae, weil gar beschwerlich war, um den See zu gehen und denselben mit Schritten oder Schuhen zu messen, und brachte seine Beschaffenheit vermittelst des verjüngten Maßstabs in mein Schreibtäfelein, und als ich damit fertig, zumaln der Himmel durchaus hell und die Luft ganz windstill und wohl temperiert war, wollte ich auch probieren was Wahrheit an der Sagmär wäre, daß ein Ungewitter entstehe, wenn man einen Stein in den See werfe; sintemal ich allbereit die Hörsag, daß der See keine Forellen leide, am mineralischen Geschmack des Wassers wahr zu sein befunden.

Solche Prob nun ins Werk zu setzen, ging ich gegen die linke Hand am See hin, an denjenigen Ort, da das Wasser (welches sonst so hell ist als ein Kristall) wegen der abscheulichen Tiefe des Sees gleichsam kohlschwarz zu sein scheinet und deswegen so fürchterlich aussiehet, daß man sich auch nur vorm Anblick entsetzt, daselbst fing ich an so große Stein hineinzuwerfen, als ich sie immermehr ertragen konnte; mein Petter oder Knan wollte mir nicht allein nicht helfen, sondern warnete und bat mich davon abzustehen soviel ihm immer möglich, ich aber kontinuieret meine Arbeit emsig fort, und was ich von Steinen ihrer Größe und Schwere halben nicht ertragen mochte, das walgert* ich herbei, bis ich deren über dreißig in See brachte; da fing die Luft an den Himmel mit schwarzen Wolken zu bedecken, in welchen ein grausames Donnern gehöret wurde; also daß mein Petter, welcher jenseits des Sees bei dem Auslauf stand und über mein Arbeit lamentierte, mir zuschrie, ich sollte mich doch salvieren, damit uns der Regen und das schreckliche Wetter nicht ergreife oder noch wohl ein größer Unglück betreffe; ich aber antwortete ihm hingegen: „Vater ich will bleiben und des Ends erwarten und sollte es auch Hellebarden regnen!“ „Ja“, antwortet’ mein Knan, „Ihr machts wie alle verwegenen Buben, die sich nichts drum geheien, wenn gleich die ganze Welt unterginge.“

Indem ich nun diesem seinem Schmälen so zuhörete, verwandte ich die Augen nicht von der Tiefe des Sees, der Meinung, etwa etliche Blattern oder Blasen vom Grund desselbigen aufsteigen zu sehen, wie zu geschehen pflegt, wenn man in andere tiefe, so stillstehende als fließende Wasser Steine wirft; aber ich wurde nichts dergleichen gewahr, sondern sah sehr weit gegen den abyssum* etliche Kreaturen im Wasser herumflattern, die mich der Gestalt nach an Frösch ermahnten, und gleichsam wie Schwärmerlein aus einer aufgestiegenen Raket, die in der Luft ihr Wirkung der Gebühr nach vollbringt, herumvagierten; und gleichwie sich dieselbigen mir je länger je mehr näherten, also schienen sie auch in meinen Augen je länger je größer, und an ihrer Gestalt den Menschen desto ähnlicher; weswegen mich denn erstlich eine große Verwunderung und endlich, weil ich sie so nahe bei mir hatte, ein Grausen und Entsetzen ankam: „Ach!“ sagte ich damal vor Schrecken und Verwunderung zu mir selber, und doch so laut, daß es mein Knan, der jenseit des Sees stund, wohl hören konnte (wie wohl es schrecklich donnerte) „wie sind die Wunderwerk des Schöpfers auch sogar im Bauch der Erden und in der Tiefe des Wassers so groß!“ Kaum hatte ich diese Wort recht ausgesprochen, da war schon eins von diesen Sylphis oben auf dem Wasser, das antwortet': „Siehe: das bekennest du, ehe du etwas davon gesehen hast; was würdest du wohl sagen, wenn du erst selbsten im centro terrae wärest und unsere Wohnung, die dein Vorwitz beunruhiget, beschautest?“ Unterdessen kamen noch mehr dergleichen Wassermännlein hier und dort, gleichsam wie die Tauchentlein hervor, die mich alle ansahen und die Stein wieder heraufbrachten, die ich hineingeworfen, worüber ich ganz erstaunte; der erste und vornehmste aber unter ihnen, dessen Kleidung wie lauter Gold und Silber glänzte, warf mir einen leuchtenden Stein zu, so groß als ein Taubenei und so grün und durchsichtig als ein Smaragd, mit diesen Worten: „Nimm hin dies Kleinod, damit du etwas von uns und diesem See zu sagen wissest!“ Ich hatte ihn aber kaum aufgehoben und zu mir gesteckt, da wurde mir nit anderst, als ob mich die Luft hätte ersticken oder ersäufen wollen, derhalben ich mich denn nit länger aufrecht behalten konnte, sondern herumtaumelte wie eine Garnwinde und endlich gar in See hinunterfiel: Sobald ich aber ins Wasser kam, erholte ich mich wieder, und brauchte aus Kraft des Steins den ich bei mir hatte, im Atmen das Wasser anstatt der Luft; ich konnte auch gleich so wohl als die Wassermännlein mit geringer Mühe in dem See herumwebern, maßen ich mich mit denselben in Abgrund hinabtat, so mich an nichts anders ermahnte, als wenn sich ein Schar Vögel mit Umschweifen aus dem obersten Teil der temperierten Luft gegen die Erde niederläßt.

Da mein Knan dies Wunder zum Teil (nämlich soviel oberhalb des Wassers geschehen) samt meiner jählingen Verzückung* gesehen, trollte er sich vom See hinweg und heim zu, als ob ihm der Kopf brennte; daselbst erzählte er allen Verlauf, vornehmlich aber, daß die Wassermännlein diejenigen Stein, so ich in See geworfen, wieder in vollem Donnerwetter heraufgetragen und an ihre vorige Statt gelegt, hingegen aber mich mit sich hinuntergenommen hätten: Etliche glaubten ihm, die meisten aber hielten es für eine Fabel, andere bildeten sich ein, ich hätte mich wie ein anderer Empedocles Agrigentinus* (welcher sich in den Berg Aetnam gestürzt, damit jedermann gedenken sollte, wenn man ihn nirgend finde, er wäre gen Himmel gefahren) selbst im See ertränkt, und meinem Vater befohlen, solche Fabeln von mir auszugeben, um mir einen unsterblichen Namen zu machen; man hätte eine Zeitlang an meinem melancholischen Humor wohl gesehen, daß ich halber desperat gewesen wäre, etc. Andere hätten gern geglaubt, wenn sie meine Leibskräfte nicht gewußt, mein angenommener Vater hätte mich selbst ermordet, damit er als ein geiziger alter Mann meiner los würde und allein Herr auf meinem Hof sein möchte; also daß man um diese Zeit von sonsten nichts, als von dem Mummelsee, von mir und meiner Hinfahrt und von meinem Petter, beides im Sauerbrunnen und auf dem Land zu sagen und zu raten wußte.

Das 13. Kapitel

Der Prinz über den Mummelsee erzählet die Art und das Herkommen der Sylphorum

Plinius schreibt im End des zweiten Buchs vom Geometra Dionysio Doro, daß dessen Freunde einen Brief in seinem Grab gefunden, den er, Dionysius, geschrieben und darinnen berichtet, daß er aus seinem Grab bis in das mittelste Centrum der Erden sei kommen, und befunden, daß 42000 Stadia bis dahin seien; der Fürst über den Mummelsee aber, so mich begleitet' und obigergestalt vom Erdboden hinweggeholet hatte, sagte mir für gewiß, daß sie aus dem Centro Terrae bis an die Luft durch die halbe Erd just 900 teutscher Meilen hätten, sie wollten gleich nach Teutschland oder zu deren Antipodibus*, und solche Reisen müßten sie alle durch dergleichen Seen nehmen, deren hin und wieder soviel in der Welt als Tag im Jahr seien, welcher Ende oder Abgründe alle bei ihres Königs Wohnung zusammenstießen. Diese große Weite nun passierten wir ehe als in einer Stunde, also daß wir mit unserer schnellen Reis des Monds Lauf sehr wenig oder gar nichts bevor gaben, und dennoch geschah solches so gar ohne alle Beschwerung, daß ich nicht allein keine Müdigkeit empfand, sondern auch in solchem sanften Abfahren mit obgemeldtem Mummelseerprinzen allerhand diskurrieren konnte, denn da ich seine Freundlichkeit vermerkte, fragte ich ihn, zu was Ende sie mich einen so weiten, gefährlichen und allen Menschen ohngewöhnlichen Weg mit sich nähmen? Da antwortet' er mir gar bescheiden, der Weg sei nit weit, den man in einer Stund spazieren könnte, und nit gefährlich, dieweil ich ihn und seine Gesellschaft mit dem überreichten Stein bei mir hätte, daß er mir aber ungewöhnlich vorkomme, sei sich nichts zu verwundern; sonst hätte er mich nicht allein aus seines Königs Befehl, der etwas mit mir zu reden, abgeholt, sondern daß ich auch gleich die seltsamen Wunder der Natur unter der Erden und in Wassern beschauen sollte, deren ich mich zwar bereits auf dem Erdboden verwundert, ehe ich noch kaum einen Schatten davon gesehen. Darauf bat ich ihn ferner, er wollte mich doch berichten, zu was End der gütige Schöpfer so viel wunderbarliche Seen erschaffen, sintemal sie, wie mich dünkte, keinem Menschen nichts nützten, sondern viel ehender Schaden bringen könnten? Er antwortet': „Du fragst billig um dasjenige, was du nicht weißt oder verstehest, diese Seen sind dreierlei Ursachen willen erschaffen: Denn erstlich werden durch sie alle Meer, wie die Namen haben, und sonderlich der große Oceanus, gleichsam wie mit Nägeln an die Erde geheftet; zweitens werden von uns durch diese Seen (gleichsam als wie durch Teichel, Schläuche oder Stiefeln* bei einer Wasserkunst, deren ihr Menschen euch gebrauchet) die Wasser aus dem abyssu des Oceani in alle Quellen des Erdbodens getrieben (welches denn unser Geschäft ist), wovon alsdann alle Brunnen in der ganzen Welt fließen, die großen und kleinen Wasserflüß entstehen, der Erdboden befeuchtiget, die Gewächse erquickt, und beides Menschen und Vieh getränkt werden; drittens, daß wir als vernünftige Kreaturen Gottes hierin leben, unser Geschäft verrichten und Gott den Schöpfer in seinen großen Wunderwerken loben sollen! Hierzu nun sind wir und solche Seen erschaffen und werden auch bis an den Jüngsten Tag bestehen; wenn wir aber gegen dieselbe letzte Zeit unsere Geschäfte, dazu wir von Gott und der Natur erschaffen und verordnet sind, aus einer oder andern Ursach unterlassen müssen, so muß auch notwendig die Welt durchs Feuer untergehen, so aber vermutlich nit ehender geschehen kann, es sei denn, daß ihr den Mond (donec auferatur luna, Psal. 71*), Venerem oder Martem*, als Morgen- und Abendstern verlieret, denn es müßten die generationes fructu- & animalium* erst vergehen und alle Wasser verschwinden, ehe sich die Erde von sich selbst durch der Sonnen Hitz entzünde, calciniere* und wiederum regeneriere; solches aber gebührt uns nicht zu wissen, ist auch allein Gott bekannt, außer was wir etwa mutmaßen und eure Chymici aus ihrer Kunst daherlallen."

Da ich ihn so reden und die Hl. Schrift anziehen hörete,

fragte ich, ob sie sterbliche Kreaturen wären, die nach der jetzigen Welt auch ein künftiges Leben zu hoffen hätten? oder ob sie Geister seien, welche solang die Welt stünde nur ihre anbefohlenen Geschäfte verrichteten? Darauf antwortet' er: „Wir sind keine Geister, sondern sterbliche Leutlein, die zwar mit vernünftigen Seelen begabt, welche aber samt den Leibern dahinsterben und vergehen; Gott ist zwar so wunderbar in seinen Werken, daß sie keine Kreatur auszusprechen vermag, doch will ich dir, soviel unsere Art anbelangt, simpliciter erzählen, daß du daraus fassen kannst, wieweit wir von den andern Kreaturen Gottes zu unterscheiden seien: Die heiligen Engel sind Geister, zum Ebenbild Gottes gerecht, verständig, frei, keusch, hell, schön, klar, geschwind und unsterblich zu dem Ende erschaffen, daß sie in ewiger Freude Gott loben, rühmen, ehren und preisen, in dieser Zeitlichkeit aber der Kirche Gottes hier auf Erden auf den Dienst warten, und die allerheiligsten göttlichen Befehl verrichten sollen, deswegen sie denn auch zuzeiten Nuntii* genannt werden, und ihrer sind auf einmal so viel hunderttausend mal tausend Millionen erschaffen worden, als der göttlichen Weisheit wohlgefällig gewesen; nachdem aber aus ihrer großen Anzahl unaussprechlich viel, die sich ihres hohen Adels überhoben, aus Hoffart gefallen, sind erst eure ersten Eltern von Gott mit einer vernünftigen und unsterblichen Seel zu seinem Ebenbild erschaffen und deswegen mit Leibern begabt worden, daß sie sich aus sich selbsten vermehren sollten, bis ihr Geschlecht die Zahl der gefallenen Engel wiederum erfüllte; zu solchem End nun wurde die Welt erschaffen, mit allen andern Kreaturen, daß der irdische Mensch, bis sich sein Geschlecht so weit vermehret, daß die angeregte Zahl der gefallenen Engel damit ersetzt werden könnte, darauf wohnen, Gott loben und sich aller anderer erschaffenen Dinge auf der ganzen Erdkugel (als worüber ihn Gott zum Herrn gemacht) zu Gottes Ehren und zu seines nahrungbedürftigen Leibs Aufenthaltung bedienen sollte; damals hatte der Mensch diesen Unterscheid zwischen sich und den hl. Engeln, daß er mit der irdischen Bürde seines Leibs beladen und nicht wußte, was gut und bös war, und dahero auch nit so stark und geschwind als ein Engel sein konnte; hatte hingegen aber auch nichts Gemeines mit den unvernünftigen Tieren, demnach er aber durch den Sündenfall im Paradeis seinen Leib dem Tod unterwarf, schätzten wir ihn das Mittel zu sein zwischen den heiligen Engeln und den unvernünftigen Tieren, denn gleichwie eine heilige entleibte Seel eines zwar irdischen doch himmlisch-gesinnten Menschen alle gute Eigenschaft eines heiligen Engels an sich hat, also ist der entseelte Leib eines irdischen Menschen (der Verwesung nach) gleich einem andern Aas eines unvernünftigen Tiers, uns selbsten aber schätzten wir für das Mittel zwischen euch und allen andern lebendigen Kreaturen der Welt, sintemal, ob wir gleich wie ihr vernünftige Seelen haben, so sterben jedoch dieselbigen mit unsern Leibern gleich hinweg, gleichsam als wie die lebhaften Geister der unvernünftigen Tiere in ihrem Tod verschwinden. Zwar ist uns kundbar, daß ihr durch den ewigen Sohn Gottes, durch welchen wir denn auch erschaffen, aufs allerhöchste geadelt worden, indem er euer Geschlecht angenommen, der göttlichen Gerechtigkeit genug getan, den Zorn Gottes gestillt und euch die ewige Seligkeit wiederum erworben, welches alles euer Geschlecht dem unserigen weit vorziehet; aber ich rede und verstehe hier nichts von der Ewigkeit, weil wir deren zu genießen nicht fähig sind, sondern allein von dieser Zeitlichkeit, in welcher der allergütigste Schöpfer uns genugsam beseligt, als mit einer guten gesunden Vernunft, mit Erkenntnis des allerheiligsten Willens Gottes, so viel uns vonnöten, mit gesunden Leibern, mit langem Leben, mit der edlen Freiheit, mit genugsamer Wissenschaft, Kunst und Verstand aller natürlichen Dinge, und endlich, so das allermeiste ist, sind wir keiner Sünd und dannenhero auch keiner Straf, noch dem Zorn Gottes, ja nicht einmal der geringsten Krankheit unterworfen: Welches alles ich dir darum so weitläufig erzählt und auch deswegen der hl. Engel, irdischen Menschen und unvernünftigen Tier gedacht, damit du mich desto besser verstehen könnest." Ich antwortet, es wollte mir dennoch nicht in Kopf; da sie keiner Missetat und also auch keiner Straf unterworfen, wozu sie dann eines Königs bedürftig? item, wie sie sich der Freiheit rühmen könnten, wenn sie einem König unterworfen wären? item, wie sie geboren werden und wieder sterben könnten, wenn sie gar keine Schmerzen oder Krankheit zu leiden geartet wären? Darauf antwortet' mir das Prinzlein, sie hätten ihren König nicht, daß er Justitiam administrieren*, noch daß sie ihm dienen sollten, sondern daß er wie der König oder Weisel in einem Immenstock ihre Geschäfte dirigiere; und gleichwie ihre Weiber in coitu keine Wollust empfänden, also seien sie hingegen auch in ihren Geburten keinen Schmerzen unterworfen, welches ich etlichermaßen am Exempel der Katzen abnehmen und glauben könnte, die zwar mit Schmerzen empfangen, aber mit Wollust gebären; so stürben sie auch nicht mit Schmerzen oder aus hohem gebrechlichem Alter, weniger aus Krankheit, sondern gleichsam als ein Licht verlösche, wenn es seine Zeit geleuchtet habe, also verschwinden auch ihre Leiber samt den Seelen; gegen die Freiheit, deren er sich gerühmt, sei die Freiheit des allergrößten Monarchen unter uns irdischen Menschen gar nichts, ja nit so viel als ein Schatten zu rechnen, denn sie könnten weder von uns noch andern Kreaturen getötet, noch zu etwas Unbeliebigem genötiget, viel weniger befängnist werden, weil sie Feuer, Wasser, Luft und Erde ohn einzige Mühe und Müdigkeit (von der sie gar nichts wüßten) durchgehen könnten. Darauf sagte ich: „Wenn es mit euch so beschaffen, so ist euer Geschlecht von unserm Schöpfer weit höher geadelt und beseligt als das unserige." „Ach nein", antwort der Fürst, „ihr sündigt wenn ihr dies glaubt, indem ihr die Güte Gottes einer Sach beschuldiget, die nicht so ist, denn ihr seid weit mehrers beseligt als wir, indem ihr zu der seligen Ewigkeit und das Angesicht Gottes unaufhörlich anzuschauen erschaffen, in welchem seligen Leben eurer einer, der selig wird, in einem einzigen Augenblick mehr Freud und Wonne als unser ganzes Geschlecht von Anfang der Erschaffung bis an den Jüngsten Tag genießt." Ich sagte: „Was haben drum die Verdammten davon?" Er antwortet' mir mit einer Widerfrag, und sagte: „Was kann die Güte Gottes dafür, wenn euer einer sein selbst vergisset, sich der Kreaturen der Welt und deren schändlichen Wollüsten ergibt, seinen viehischen Begierden den Zügel schießen läßt, sich dadurch dem unvernünftigen Vieh, ja durch solchen Ungehorsam gegen Gott mehr den höllischen als seligen Geistern gleichmacht? Solcher Verdammten ewiger Jammer, worein sie sich selbst gestürzt haben, benimmt drum der Hoheit und dem Adel ihres Geschlechts nichts, sintemal sie so wohl als andere in ihrem zeitlichen Leben die ewige Seligkeit hätten erlangen mögen, da sie nur auf dem dazu verordneten Weg hätten wandlen wollen."

Das 14. Kapitel

Was Simplicius ferner mit diesem Fürsten unterwegs diskurriert, und was er für verwunderliche und abenteurliche Sachen vernommen

Ich sagte zu dem Fürstlein, weil ich auf dem Erdboden ohnedas mehr Gelegenheit hätte, von dieser Materia zu hören, als ich mir zunutz machte, so wollte ich ihn gebeten haben, er wollte mir doch dafür die Ursach erzählen, warum zuzeiten ein so groß Ungewitter entstehe, wenn man Stein in solche Seen werfe? denn ich erinnerte mich von dem Pilatussee im Schweizerland* ebendergleichen gehört, und vom See Camarina in Sicilia* ein solches gelesen zu haben, von welchem die Phrasis entstanden ‚Camarinam movere'*; Er antwortet': „Weil alles, das schwer ist, nicht ehe gegen das centrum terrae zu fallen aufhöret, wenn es in ein Wasser geworfen wird, es treffe denn einen Boden an, darauf es unterwegs liegen verbleibe, hingegen diese Seen alle miteinander bis auf das centrum ganz bodenlos und offen sind, also daß die Stein so hineingeworfen werden, notwendig und natürlicher Weis in unsere Wohnung fallen und liegen bleiben müßten, wenn wir sie nicht wieder zu ebendem Ort, da sie herkommen, von uns hinausschafften, also tun wir solches mit einem Ungestüme, damit der Mutwill derjenigen, so sie hineinzuwerfen pflegen, abgeschreckt und im Zaum gehalten werden möge, so denn eines von den vornehmsten Stücken unsers Geschäfts ist, dazu wir erschaffen. Sollten wir aber gestatten, daß ohne dergleichen Ungewitter die Stein eingeschmissen und wieder ausgeschafft würden, so käme es endlich dazu, daß wir nur mit den mutwilligen Leuten zu tun hätten, die uns täglich von allen Orten der Welt her aus Kurzweil Stein zusendeten. Und an dieser einzigen Verrichtung die wir zu tun haben, kannst du die Notwendigkeit unsers Geschlechts abnehmen, sintemal da obigergestalt die Stein von uns nicht ausgetragen, und doch täglich durch so viel dergleichen unterschiedliche Seen, die sich hin und wieder in der Welt befinden, dem centro terrae, darinnen wir wohnen, soviel zugeschickt würden, so müßten endlich zugleich die Gebäude, damit das Meer an die Erde geheftet und befestiget, zerstöret und die Gänge, dadurch die Quellen aus dem Abgrund des Meers hin und wieder auf die Erde geleitet, verstopft werden, das dann nichts anders als ein schädliche Konfusion und der ganzen Welt Untergang mit sich bringen könnte.“

Ich bedankte mich dieser Kommunikation, und sagte: „Weil ich verstehe, daß euer Geschlecht durch solche Seen alle Quellen und Flüß auf dem ganzen Erdboden mit Wasser versiehet, so werdet ihr auch Bericht geben können, warum sich die Wasser nit alle gleich befinden, beides an Geruch, Geschmack, etc. und der Kraft und Wirkung, da sie doch ihre Wiederkehrung (wie ich verstanden) ursprünglich alle aus dem Abgrund des großen Oceani hernehmen, darein sich alle Wasser wiederum ergießen; denn etliche Quellen sind liebliche Sauerbrunnen und taugen zu der Gesundheit, etliche sind zwar sauer, aber unfreundlich und schädlich zu trinken; und andere sind gar tödlich und vergift, wie derjenige Brunn in Arcadia, damit Jolla* dem Alexandro Magno vergeben haben soll; etliche Brunnenquellen sind laulicht, etliche siedendheiß und andere eiskalt; etliche fressen durch Eisen als Aqua fort, wie einer in Zepusio oder der Grafschaft Zips in Ungarn; andere hingegen heilen alle Wunden, als sich denn einer in Thessalia* befinden soll; etliche Wasser werden zu Stein, andere zu Salz und etliche zu Vitriol: Der See bei Zircknitz in Kärnten hat nur Winterszeit Wasser und im Sommer liegt er allerdings trocken*; der Brunn bei Engstlen* läuft nur Sommerszeit und zwar nur zu gewissen Stunden, wenn man das Vieh tränkt; der Schändlebach bei Ober-Nähenheim* läuft nicht ehe, als wenn ein Unglück übers Land kommen soll. Und der Fluvius Sabbaticus in Syria bleibt allezeit den siebenten Tag gar aus. Worüber ich mich öftermal, wenn ich der Sach nachgedacht und die Ursach nit ersinnen können, zum allerhöchsten verwundern mußte."

Hierauf antwortet' der Fürst: Diese Dinge alle miteinander hätten ihre natürlichen Ursachen, welche denn von den Naturkundigern unsers Geschlechts mehrenteils aus den unterschiedlichen Gerüchen, Geschmäcken, Kräften und Wirkungen der Wasser genugsam erraten, abgenommen und auf dem Erdboden offenbart worden wären. Wenn ein Wasser von ihrer Wohnung an bis zu seinem Auslauf, welchen wir die Quelle nenneten, nur durch allerhand Stein laufe, so verbleibe es allerdings kalt und süß, dafern es aber auf solchem Weg durch und zwischen die Metalla passiere (denn der große Bauch der Erden sei innerlich nicht an einem Ort wie am andern beschaffen), als da sei Gold, Silber Kupfer, Zinn, Blei, Eisen, Quecksilber, etc. oder durch die halben Mineralia, nämlich Schwefel, Salz mit allen seinen Gattungen, als naturale, sal gemmae, sal nativum, sal radicum, sal nitrum, sal ammoniacum, sal petrae, etc. weiße, rote, gelbe und grüne Farben, Vitriol, marchasita aurea, argentea, plumbea, ferrea, lapis lazuli, alumen, arsenicum, antimonium, risigallum, Electrum naturale, Chrysocolla, Sublimatum, etc. so nehme es deren Geschmack, Geruch, Art, Kraft und Wirkung an sich, also daß es den Menschen entweder heilsam oder schädlich werde. Und ebendaher hätten wir so unterschiedlich Salz, denn etliches sei gut und etliches schlecht; „zu Cervia und Comacchio* ist es ziemlich schwarz, zu Memphis rötlich, in Sicilia schneeweiß, das centuripische* ist purpurfarbig, und das kappadozische* gelblich. Betreffend aber die warmen Wasser", sagte er, „so nehmen dieselben ihre Hitz von dem Feuer an sich, das in der Erde brennet, welches sowohl als unsere Seen hin und wieder seine Luftlöcher und Kamin hat, wie man am berühmten Berg Aetna in Sicilia, Hekla in Island, Gumapi in Banda* und andern mehr abnehmen mag. Was aber den Zircknitzer See anlangt, so wird dessen Wasser Sommerszeit bei der Kärntner Antipodibus gesehen, und der Engstlerbrunn an andern Orten des Erdbodens zu gewissen Stunden und Zeiten des Jahrs und Tags anzutreffen sein, ebendasjenige zu tun, was er bei den Schweizern verrichtet. Gleiche Beschaffenheit hat es mit dem Ober-Näheimer Schändlebach, welche Quellen alle durch unsers Geschlechts Leutlein nach dem Willen und Ordnung Gottes, um sein Lob dadurch bei euch zu vermehren, solchergestalt geleitet und geführet werden: Was den Fluvium Sabbaticum in Syria betrifft, pflegen wir in unserer Wohnung, wenn wir den siebenten Tag feiern, uns in dessen Ursprung und Kanal, als den lustigsten Ort unsers ganzen Aequatoris, zu lagern und zu ruhen, deswegen denn ermeldter Fluß nicht laufen mag, solang wir daselbst dem Schöpfer zu Ehren feierlich verharren."

Nach solchem Gespräch fragte ich den Prinzen, ob auch möglich sein könnte, daß er mich wieder durch einen andern als den Mummelsee, auch an ein andern Ort der Erden auf die Welt bringen könnte? „Freilich", antwortet' er, „warum das nicht, wenn es nur Gottes Will ist; denn auf solche Weis haben unsere Voreltern vor alten Zeiten etliche Kananäer, die dem Schwert Josuae entronnen und sich aus Desperation in einen solchen See gesprengt, nach Americam geführt, maßen deren Nachkömmlinge noch auf den heutigen Tag den See zu weisen wissen, aus welchem ihre Ureltern anfänglich entsprungen*." Als ich nun sah, daß er sich über meine Verwunderung verwunderte, gleichsam als ob seine Erzählung nicht verwundernswürdig wäre, sagte ich zu ihm: Ob sie sich denn nit auch verwunderten, da sie etwas Seltenes und Ungewöhnliches von uns Menschen sehen? Hierauf antwortet' er: „Wir verwundern uns an euch nichts mehrers, als daß ihr euch, da ihr doch zum ewigen seligen Leben und den unendlichen himmlischen Freuden erschaffen, durch die zeitlichen und irdischen Wollüste, die doch so wenig ohne Unlust und Schmerzen als die Rosen ohne Dornen sind, dergestalt betören laßt, daß ihr dadurch euer Gerechtigkeit* am Himmel verlieret, euch der fröhlichen Anschauung des allerheiligsten Angesichts Gottes beraubt und zu den verstoßenen Engeln in die ewige Verdammnis stürzet! Ach möchte unser Geschlecht an eurer Stell sein, wie würde sich jeder befleißen, in dem Augenblick eurer nichtigen und flüchtigen Zeitlichkeit die Prob besser zu halten als ihr, denn das Leben so ihr habt, ist nit euer Leben, sondern euer Leben oder der Tod wird euch erst gegeben, wenn ihr die Zeitlichkeit verlaßt; das aber was ihr das Leben nennet, ist gleichsam nur ein Moment und Augenblick, so euch verliehen ist, Gott darin zu erkennen und ihm euch zu nähern, damit er euch zu sich nehmen möge; dannenhero halten wir die Welt für einen Probierstein Gottes, auf welchem der Allmächtige die Menschen, gleichwie sonst ein reicher Mann das Gold und Silber probiert, und nachdem er ihren Valor am Strich befindet, oder nachdem sie sich durch Feuer läutern lassen, die guten und feinen Gold- und Silbersorten in seinen himmlischen Schatz leget, die bösen und falschen aber ins ewige Feuer wirft, welches euch denn euer Heiland und unser Schöpfer mit dem Exempel vom Weizen und Unkraut* genugsam vorgesagt und offenbaret hat."

Das 15. Kapitel

Was der König mit Simplicio und Simplicius mit dem König geredet

Dies war das End unsers Gesprächs, weil wir uns dem Sitz des Königs näherten, vor welchen ich ohne Zeremonien oder Verlust einziger Zeit hingebracht wurde: Da hatte ich nun wohl Ursach, mich über seine Majestät zu verwundern, da ich doch weder eine wohlbestellte Hofhaltung noch einziges Gepräng, ja aufs wenigst keinen Kanzler oder geheime Rät, noch einzigen Dolmetschen, oder Trabanten und Leibguardi, ja sogar keinen Schalksnarrn, noch Koch, Kellner, Page, noch einzigen Favoriten oder Tellerlecker* nicht sah; sondern rings um ihn her schwebten die Fürsten über alle Seen, die sich in der ganzen Welt befinden, ein jedweder in derjenigen Landsart aufziehend, in welches sich ihr unterhabender See von dem Centro Terrae aus erstreckte; dannenhero sah ich zugleich die Ebenbilder der Chinesen und Afrikaner, Troglodyten und Novazembler*, Tatarn und Mexikaner, Samojeden und Molukkenser, ja auch von denen, so unter den Polis arctico und antarctico* wohnen, das wohl ein seltsames Spektakul war; die zween, so über den wilden und schwarzen See* die Inspektion trugen, waren allerdings bekleidet, wie der so mich convoyiert, weil ihre Seen zunächst am Mummelsee gelegen, zog also derjenige, so über den Pilatussee die Obsicht trug, mit einem breiten ehrbaren Bart und einem Paar Pluderhosen auf wie ein reputierlicher Schweizer, und derjenige so über den obgemeldte See Camarina die Aufsicht hatte, sah beides mit Kleidern und Gebärden einem Sizilianer so ähnlich, daß einer tausend Eid geschworen hätte, er wäre noch niemalen aus Sicilia kommen und könnte kein teutsches Wort; also sah ich auch, wie in einem Trachtenbuch, die Gestalten der Perser, Japonier, Moskowiter, Finnen, Lappen und aller andern Nationen in der ganzen Welt.

Ich bedurfte nit viel Komplimente zu machen, denn der König fing selbst an fein gut Teutsch mit mir zu reden, indem sein erstes Wort war, daß er fragte: „Aus was Ursach hast du dich unterfangen, uns gleichsam ganz mutwilliger Weis so einen Haufen Stein zuzuschicken?" Ich antwortet kurz: „Weil bei uns einem jeden erlaubt ist, an einer verschlossenen Tür anzuklopfen." Darauf sagte er: „Wie, wenn du aber den Lohn deiner vorwitzigen Importunität* empfingest?" Ich antwortet: „Ich kann mit keiner größern Straf belegt werden, als daß ich sterbe, sintemal ich aber seithero so viel Wunder erfahren und gesehen, die unter so viel Millionen Menschen keiner das Glück nit hat, würde mir mein Sterben ein geringes und mein Tod für gar keine Straf zu rechnen sein." „Ach elende Blindheit!" sagte hierauf der König, und hub damit die Augen auf, gleichwie einer der aus Verwunderung gen Himmel schauet, ferner sagend: „Ihr Menschen könnt nur einmal sterben, und ihr Christen solltet den Tod nit eher getrost zu überstehen wissen, ihr wäret denn vermittelst eures Glaubens und Liebe gegen Gott durch eine unzweifelhafte Hoffnung versichert, daß eure Seelen das Angesicht des Höchsten eigentlich anschauen würden, sobald der sterbende Leib die Augen zutäte: Aber ich habe für dieses Mal weit anders mit dir zu reden."

Darauf sagte er: „Es ist mir referiert worden, daß sich die irdischen Menschen und sonderlich ihr Christen des Jüngsten Tags ehestens versehen, weilen nicht allein alle Weissagung, sonderlich was die Sibyllen hinterlassen, erfüllt, sondern auch alles was auf Erden lebt, den Lastern so schrecklich ergeben sei: also daß der allmächtige Gott nicht länger verziehen werde, der Welt ihr Endschaft zu geben. Weilen denn nun unser Geschlecht mitsamt der Welt untergehen und im Feur (wiewohl wir des Wassers gewohnt sind) verderben muß, also entsetzen wir uns nit wenig wegen Zunahung solcher erschrecklichen Zeit; haben dich derowegen zu uns holen lassen, um zu vernehmen, was etwa deswegen für Sorg oder Hoffnung zu machen sein möchte? wir zwar können aus dem Gestirn noch nichts dergleichen abnehmen, auch nichts an der Erdkugel vermerken, daß ein so nahe Veränderung obhanden sei; müssen uns derowegen von denen benachrichtigen lassen, welchen hiebevor ihr Heiland selbsten etliche Wahrzeichen seiner Zukunft hinterlassen; ersuchen dich derowegen ganz holdselig, du wollest uns bekennen, ob derjenige Glaub noch auf Erden sei oder nit, welchen der zukünftige Richter bei seiner Ankunft schwerlich mehr finden wird?" Ich antwortet dem König, er hätte mich Sachen gefragt, die mir zu beantworten viel zu hoch seien, zumaln Künftigs zu wissen und sonderlich die Ankunft des Herrn allein Gott bekannt. „Nun wohlan dann", antwortet' der König hinwiederum, „so sage mir denn, wie sich die Stände der Welt in ihrem Beruf halten, damit ich daraus entweder der Welt und unsers Geschlechts Untergang oder gleich meinen Worten mir und den Meinigen ein langes Leben und glückselige Regierung konjekturieren* könnte; hingegen will ich dich sehen lassen was noch wenig zu sehen bekommen, und hernach mit einer solchen Verehrung abfertigen, deren du dich dein Lebtag zu erfreuen haben wirst, wenn du mir nur die Wahrheit bekennest." Als ich nun hierauf stillschwieg und mich bedachte, fuhr der König ferner fort und sagte: „Nun dran, dran, fang am Höchsten an und beschließe es am Niedersten, es muß doch sein, wenn du anders wieder auf den Erdboden willst."

Ich antwortet: „Wenn ich an dem Höchsten anfangen soll, so mach ich billig den Anfang an den Geistlichen, dieselben nun sind gemeiniglich alle, sie seien auch gleich was für Religion sie immer wollen, wie sie Eusebius* in einem Sermon beschrieben; nämlich rechtschaffene Verächter der Ruhe, Vermeider der Wollüste, in ihrem Beruf begierig zur Arbeit, geduldig in Verachtung, ungeduldig zur Ehr, arm an Hab und Geld, reich am Gewissen, demütig gegen ihre Verdienste und hochmütig gegen die Laster; und gleichwie sie sich allein befleißen Gott zu dienen, und auch andere Menschen mehr durch ihr Exempel als ihre Wort zum Reich Gottes zu bringen; also haben die weltlichen hohen Häupter und Vorsteher allein ihr Absehen auf die liebe Justitiam, welche sie denn ohne Ansehen der Person einem jedweden, Arm und Reich, durch die Bank hinaus schnurgerad erteilen und widerfahren lassen: Die Theologi sind gleichsam lauter Hieronymi und Bedae, die Kardinäl eitel Borromaei, die Bischöfe Augustini, die Äbte andere Hylariones und Pachomi und die übrigen Religiosen miteinander wie die Kongregation der Eremiten in der thebanischen Wildnis*! Die Kaufleute handlen nicht aus Geiz oder um Gewinns willen, sondern damit sie ihren Nebenmenschen mit ihrer War, die sie zu solchem Ende aus fernen Landen herbringen, bedient sein können: Die Wirte treiben nicht deswegen ihre Wirtschaften, reich zu werden, sondern damit sich der Hungrige, Durstige und Reisende bei ihnen erquicken, und sie die Bewirtung als ein Werk der Barmherzigkeit an den müden und kraftlosen Menschen üben könnten: Also sucht der Medicus nicht seinen Nutz, sondern die Gesundheit seines Patienten, wohin denn auch die Apotheker zielen: Die Handwerker wissen von keinen Vorteiln, Lügen und Betrug, sondern befleißigen sich, ihre Kunden mit daurhafter und rechtschaffener Arbeit am besten zu versehen: Den Schneidern tut nichts Gestohlenes im Aug wehe, und die Weber bleiben aus Redlichkeit so arm, daß sich auch keine Mäus bei ihnen ernähren können, denen sie etwa ein Knäul Garn nachwerfen müßten*: Man weiß von keinem Wucher, sondern der Wohlhäbige hilft dem Dürftigen aus christlicher Liebe ganz ohngebeten: Und wenn ein Armer nicht zu bezahlen hat, ohne merklichen Schaden und Abgang seiner Nahrung, so schenkt ihm der Reich die Schuld von freien Stücken: Man spüret keine Hoffart, denn jeder weiß und bedenkt, daß er sterblich ist: Man merket keinen Neid, denn es weiß und erkennet je einer den andern für ein Ebenbild Gottes, das von seinem Schöpfer geliebet wird: Keiner erzürnt sich über den andern, weil sie wissen, daß Christus für alle gelitten und gestorben: Man höret von keiner Unkeuschheit oder unordentlichen fleischlichen Begierden, sondern was so vorgehet, das geschieht aus Begierd und Liebe zur Kinderzucht: Da findet man keine Trunkenbold oder Vollsäufer, sondern wenn einer den andern mit einem Trunk ehret, so lassen sich beide nur mit einem christlichen Räuschlein begnügen: Da ist keine Trägheit im Gottesdienst, denn ein jeder erzeigt einen emsigen Fleiß und Eifer, wie er vor allen andern Gott rechtschaffen dienen möge, und eben deswegen sind jetzund so schwere Krieg auf Erden, weil je ein Teil vermeint, das andere diene Gott nicht recht: Es gibt keine Geizigen mehr sondern Gesparsame; keine Verschwender sondern Freigebige; keine Kriegsgurgeln, so die Leut berauben und verderben, sondern Soldaten, die das Vaterland beschirmen; keine mutwilligen faulen Bettler, sondern Verächter der Reichtümer und Liebhaber der freiwilligen Armut; keine Korn- und Weinjuden, sondern vorsichtige Leut, die den überflüssigen Vorrat auf den besorgenden künftigen Notfall für das Volk zusammenheben."

Das 16. Kapitel

Etliche neue Zeitungen aus der Tiefe des unergründlichen Meers Mare del Zur oder das friedsame stille Meer genannt*

Ich pausierte ein wenig, und bedachte mich was ich noch ferners vorbringen wollte, aber der König sagte, er hätte bereits so viel gehört, daß er nichts mehrers zu wissen begehrte; wenn ich wollte, so sollten mich die Seinigen gleich wieder an den Ort bringen wo sie mich genommen; wollte ich aber („denn ich sehe wohl", sagte er, „daß du ziemlich kurios bist") in seinem Reich eins und anders beschauen, das meinesgleichen ohne Zweifel selten sehn würde, so sollte ich in seiner Jurisdiktion sicher hin begleitet werden, wohin ich nur wollte, und alsdann so wollte er mich mit einer Verehrung abfertigen, daß ich damit zufrieden sein könnte; da ich mich aber nichts entschließen und ihm antworten konnte, wandte er sich zu etlichen, die eben in den Abgrund des Mare del Zur sich begeben und dorten beides wie aus einem Garten und wie von einer Jagd Nahrung holen sollten, zu denen sagte er: „Nehmt ihn mit und bringt ihn bald wieder her, damit er noch heut wieder auf den Erdboden gestellt werde." Zu mir aber sagte er, ich könnte mich indessen auf etwas besinnen, das in seiner Macht stünde, um solches mir zum Rekompens* und einem ewigen Gedächtnis mit auf den Erdboden zu geben. Also wischte ich mit den Sylphis davon durch ein Loch, welches etlich hundert Meil lang war, ehe wir auf den Grund des obgedachten friedsamen Meers kamen, darauf stunden Korallenzinken so groß als die Eichbäum, von welchen sie zur Speise mit sich nahmen, was noch nicht erhärtet und gefärbt war, denn sie pflegen sie zu essen wie wir die jungen Hirschgeweih, da sah man Schneckenhäuslein so hoch als ein ziemlich Rondel* und so breit als ein Scheuertor; item Perlen so dick als Fäuste, welche sie anstatt der Eier aßen, und andere viel seltsamere Meerwunder die ich nicht all erzählen kann; der Boden lag überall mit Smaragden, Türkis, Rubinen, Diamanten, Saphiren und andern dergleichen Steinen überstreut, gemeiniglich in der Größe wie bei uns Wackenstein, so hin und wieder in den fließenden Bächen liegen; da sah man hie und dort gewaltige Schroffen viel Meil Wegs hoch in die Höhe ragen, welche vor das Wasser hinausgingen und lustige Inseln trugen; diese waren rundherum mit allerhand lustigen und wunderbarlichen Meergewächsen geziert und von mancherlei seltsamen kriechenden, stehenden und gehenden Kreaturen bewohnet; gleichsam als wie der Erdboden mit Menschen und Tieren, die Fische aber deren wir groß und klein und von unzählbarer Art ein große Menge hin und wieder über uns im Wasser herum vagieren sahen, ermahneten mich allerdings an so vielerlei Vögel, die sich Frühlingszeit und im Herbst bei uns in der Luft erlustieren; und weil es eben Vollmond und ein helle Zeit war (denn die Sonn war damals über unserm Horizont, also daß ich damals mit unsern Antipodibus Nacht, die Europäer aber Tag hatten) konnte ich durch das Wasser hinauf den Mond und das Gestirn samt dem Polo antarctico sehen, dessen ich mich wohl verwundern mußte; aber der, dem ich in seine Obhut befohlen war, sagte mir, wenn wir sowohl den Tag hätten als die Nacht, so würde mir alles noch verwunderlicher vorkommen, denn man könnte alsdann von weitem sehen, wie es sowohl in Abgrund des Meeres als auf dem Land schöne Berg und Täler abgebe, welches schöner schiene als die schönsten Landschaften auf dem Erdboden; als er auch sah, daß ich mich über ihn und alle die so mit ihm waren, verwunderte, daß sie als Peruaner, Brasilianer, Mexikaner und Insulaner de los latronos* aufgezogen und dennoch so gut Teutsch redeten, da sagte er, daß sie nicht mehr als eine Sprach könnten, die aber alle Völker auf dem ganzen Umkreis der Erden in ihrer Sprache verstünden, und sie hingegen dieselbe hinwiederum: welches daher komme, dieweil ihr Geschlecht mit der Torheit so bei dem babylonischen Turm vorgangen*, nichts zu schaffen hätte.

Als sich nun mein Convoi genugsam proviantiert hatte, kehrten wir wiederum durch ein andere Höhle aus dem Meer in das Centrum terrae; unterwegs erzählte ich ihrer etlichen, daß ich vermeint hätte, das Centrum der Erden wäre inwendig hohl, in welchem hohlen Teil die Pygmaei* wie in einem Kranrad herumliefen und also die ganze Erdkugel herumdrillten, damit sie überall von der Sonnen, welche nach Aristarchi* und Copernici* Meinung mitten am Himmel unbeweglich still stünde, beschienen würde; welcher Einfalt wegen ich schrecklich ausgelacht wurde, mit Bericht, ich sollte mir sowohl obiger beiden Gelehrten Meinung als meine gehabte Einbildung ein eitlen Traum sein lassen; ich sollte mich, sagten sie, anstatt dieser Gedanken besinnen, was ich von ihrem König für eine Gab begehren wollte, damit ich nicht mit leerer Hand wiederum auf den Erdboden dürfte; ich antwortete, die Wunder die ich seithero gesehen, hätten mich so gar aus mir selbst gebracht, daß ich mich auf nichts bedenken könnte, mit Bitt, sie wollten mir doch raten, was ich von dem König begehren sollte; meine Meinung wäre (sintemal er alle Brunnenquellen in der Welt zu dirigieren hätte) von ihm einen Gesundbrunnen auf meinen Hof zu begehren, wie derjenige wäre, der neulich von sich selbst in Teutschland entsprungen, der gleichwohl doch nur Süßwasser führe; der Fürst oder Regent über das stille Meer und dessen Höhlen antwortet', solches würde in seines Königs Macht nicht stehen, und wenn es gleich bei ihm stünde, und er mir gern gratifizieren wollte, so hätten jedoch dergleichen Heilbrunnen in die Läng keinen Bestand, etc. Ich bat ihn er wollte mir doch unbeschwert die Ursach erzählen; da antwortet' er: „Es befinden sich hin und wieder in der Erden leere Stätten, die sich nach und nach mit allerhand Metallen ausfüllen, weil sie daselbst aus einer exhalatione humida, viscosa & crassa* generiert werden; indem nun solche Generation geschiehet, schlägt sich zuzeiten durch die Spält der Marchasitae aureae vel argenteae* aus dem centro, davon alle Quellen getrieben werden, Wasser dazu, welches sich dann um und zwischen den Metallis viel hundert Jahr enthält und der Metalle edle Art und heilsame Eigenschaften an sich nimmt; wenn sich dann das Wasser aus dem centro je länger je mehr vermehrt und durch seinen starken Trieb einen Auslauf auf dem Erdboden sucht und findet, so wird das Wasser, welches so viel hundert oder tausend Jahre zwischen den Metallen verschlossen gewesen und dessen Kräfte an sich genommen, zum allerersten ausgestoßen, und tut alsdann an den menschlichen Körpern diejenige wunderbarliche Wirkung, die man an solchen neuen Heilbrunnen siehet; sobald nun solches Wasser, das sich so lang zwischen den Metallen enthalten, verflossen, so folgt gemein Wasser hernach, welches zwar auch durch dieselbigen Gäng passiert, in seinem schnellen Lauf aber keine Tugenden oder Kräfte von den Metallen an sich nehmen und also auch nicht wie das erstere heilsam sein kann." Wenn ich (sagte er) die Gesundheit so sehr affektiere, so sollte ich seinen König ersuchen, daß er mich dem König der Salamandrae*, mit welchem er in guter Korrespondenz stünde, in eine Kur rekommendiere; derselbe könne die menschlichen corpora zurichten und durch ein Edelgestein begaben, daß sie in keinem Feuer verbrennen möchten, wie ein sonderbare Leinwand* die wir auf Erden hätten und im Feuer zu reinigen pflegten, wenn sie schmutzig worden wäre; alsdann setze man einen solchen Menschen wie eine schleimige alte stinkende Tabakpfeif mitten ins Feur, da verzehrten sich dann alle bösen Humores und schädlichen Feuchtigkeiten, und komme der Patient wieder so jung, frisch, gesund und neugeschaffen hervor, als wenn er das Elixier Theophrasti* eingenommen

pag. 412.

Stultorum imaginatio et Probatio.
Schau deß Simplex Albertäten,
Die getraifft mit Nasen-Schröten
In Gebärden, Thun, u. Reden.

hätte; ich wußte nicht ob mich der Kerl foppt' oder obs ihm ernst war, doch bedankte ich mich der vertraulichen Kommunikation und sagte, ich besorgte, diese Kur sei mir als einem Colerico zu hitzig; mir würde nichts lieber sein, als wenn ich meinen Mitmenschen eine heilsame rare Quell mit mir auf den Erdboden bringen könnte, welches ihnen zu Nutz, ihrem König aber zur Ehr: mir aber zu einem unsterblichen Namen und ewigem Gedächtnis gereichen würde; darauf antwortet' mir der Fürst, wenn ich solches suche, so wolle er mir schon ein gut Wort verleihen, wiewohl ihr König so beschaffen, daß er der Ehr oder Schand so ihm auf Erden zugelegt werde, gleich viel achte; mithin kamen wir wiederum in den Mittelpunkt der Erden und vor des Königs Angesicht, als er und seine Prinzen sich eben speisen wollten; es war ein Imbiß wie die griechischen Nephalia*, da man weder Wein noch stark Getränke brauchte, aber anstatt dessen tranken sie Perlen wie rohe oder weichgesottene Eier aus, als welche noch nicht erhärtet waren und treffliche Stärke gaben oder fütterten, wie die Bauren sagen.

Da observierte ich, wie die Sonn einen See nach dem andern beschien und ihre Strahlen durch dieselbigen bis in diese schreckliche Tiefe hinunterwarf, also daß es diesen Sylphis niemal an keinem Licht nicht mangelte: Man sah sie in diesem Abgrund so heiter wie auf dem Erdboden leuchten, also daß sie auch einen Schatten warf: so daß ihnen, den Sylphis, die Seen wie Taglöcher oder Fenster taugten, durch welche sie beides Helle und Wärme empfingen, und wenn sich solches nicht überall schickte, weil etliche Seen gar krumm hinumgingen, wurde solches durch die Reflexion* ersetzt, weil die Natur hin und wieder in die Winkel ganze Felsen von Kristall, Diamanten und Karfunkeln geordnet, so die Hellung hinunterfertigten.

Das 17. Kapitel

Zurückreis aus dem Mittelteil der Erden, seltsame Grillen, Luftgebäu, Kalender und gemachte Zech ohne den Wirt

Indessen hatte sich die Zeit genähert, daß ich wieder heim sollte; derhalben befahl der König, ich sollte mich vernehmen lassen, womit ich vermeinte, daß er mir einen Gefallen tun könnte? Da sagte ich, es könnte mir keine größere Gnade widerfahren, als wenn er mir einen rechtschaffenen medizinalischen Sauerbrunnen auf meinen Hof zukommen lassen würde. „Ists nur das?" antwortet' der König; „Ich hätte vermeint, du würdest etliche große Smaragd aus dem Amerikanischen Meer mit dir genommen und gebeten haben, dir solche auf den Erdboden passieren zu lassen? jetzt sehe ich, daß kein Geiz bei euch Christen ist." Mithin reichte er mir einen Stein von seltsamen variierenden Farben, und sagte: „Diesen stecke zu dir, und wo du ihn hin auf den Erdboden legen wirst, daselbst wird er anfangen das Centrum wieder zu suchen und die bequemsten Mineralia durchgehen, bis er wieder zu uns kommt und dir unsertwegen eine herrliche Sauerbrunnenquell zuschickt, die dir so wohl bekommen und zuschlagen soll, als du mit Eröffnung der Wahrheit um uns verdient hast." Darauf nahm mich der Fürst vom Mummelsee alsbald wieder in sein Geleit und passierte mit mir den Weg und See wieder zurück, durch welchen wir herkommen waren, etc.

Diese Heimfahrt dünkte mich viel weiter als die Hinfahrt, also daß ich auf dritthalbtausend wohlgemessener teutscher Schweizer-Meilen rechnete; es war aber gewiß die Ursach, daß mir die Zeit so lang wurde, weil ich nichts mit meinem Convoi redete, als blößlich, daß ich von ihnen vernahm, sie würden bis auf drei-, vier- oder fünfhundert Jahr alt, und solche Zeit lebten sie ohne einzige Krankheit. Im übrigen war ich im Sinn mit meinem Saurbrunnen so reich, daß alle meine Witz und Gedanken genug zu tun hatten, zu beratschlagen, wo ich ihn hinsetzen und wie ich mir ihn zunutz machen wollte. Da hatte ich allbereit meine

Anschläg wegen der ansehnlichen Gebäu, die ich dazu setzen müßte, damit die Badgäste auch rechtschaffen akkommodiert seien und ich hingegen ein großes Losamentgeld aufheben möchte; ich ersann schon, durch was für Schmieralia ich die Medicos persuadieren wollte, daß sie meinen Wunder-Sauerbrunnen allen andern, ja gar dem Schwalbacher* vorziehen und mir einen Haufen reiche Badgäst zuschaffen sollten; ich machte schon ganze Berg eben, damit sich die Ab- und Zufahrenden über keinen müheseligen Weg beschwereten; ich dingte schon verschmitzte Hausknecht, geizige Köchinnen, vorsichtige Bettmägd, wachtsame Stallknecht, saubere Bad- und Brunnenverwalter, und sann auch bereits einen Platz aus, auf welchen ich mitten im wilden Gebirg, bei meinem Hof, einen schönen ebenen Lustgarten pflanzen und allerlei rare Gewächs darinnen ziehen wollte, damit sich die fremden Herren Badgäst und ihre Frauen darin erspazieren, die Kranken erfrischen und die Gesunden mit allerhand kurzweiligen Spielen ergötzen und errammlen können. Da mußten mir die Medici, doch um die Gebühr, einen herrlichen Traktat von meinem Brunnen und dessen köstlichen Qualitäten zu Papier bringen, welchen ich alsdann neben einem schönen Kupferstück, darin mein Baurnhof entworfen und in Grund gelegt, drucken lassen wollte, aus welchem ein jeder abwesende Kranke sich gleichsam halb gesund lesen und hoffen möchte; ich ließ alle meine Kinder von L. holen, sie allerhand lernen zu lassen, das sich zu meinem neuen Bad schickte, doch durfte mir keiner kein Bader werden, denn ich hatte mir vorgenommen, meinen Gästen, obzwar nicht den Rücken, doch aber ihren Beutel tapfer zu schröpfen.

Mit solchen reichen Gedanken und überglückseligem Sinnhandel* erreichte ich wiederum die Luft, maßen mich der vielgedachte Prinz allerdings mit trockenen Kleidern aus seinem Mummelsee ans Land setzte, doch mußte ich das Kleinod, so er mir anfänglich geben, als er mich abgeholet, stracks von mir tun, denn ich hätte sonst in der Luft entweder ersaufen oder Atem zu holen den Kopf wieder ins Wasser stecken müssen, weil gedachter Stein solche Wirkung vermochte. Da nun solches geschehen, und er denselben wieder zu sich genommen, beschirmten* wir einander als Leut, die einander nimmermehr wieder zu sehen würden bekommen, er duckte sich und fuhr wieder mit den Seinigen in seinen Abgrund, ich aber ging mit meinem Lapide*, den mir der König geben hatte, so voller Freuden davon, als wenn ich das Gülden Fell aus der Insel Kolchis* davongebracht hätte.

Aber ach! meine Freud, die sich selbst vergeblich auf eine immerwährende Beständigkeit gründete, währete gar nicht lang, denn ich war kaum von diesem Wundersee hinweg, als ich bereits anfing in dem ungeheuren Wald zu verirren, weil ich nit Achtung geben hatte, von wannen her mein Knan mich zum See gebracht; ich ging ein gut Stück Wegs fort, ehe ich meiner Verirrung gewahr wurde, und machte noch immerfort Kalender, wie ich den köstlichen Sauerbrunnen auf meinen Hof setzen, wohl anlegen und mir dabei einen geruhigen Herrnhandel schaffen möchte. Dergestalt kam ich ohnvermerkt je länger je weiter von dem Ort, wohin ich am allermeisten begehrte, und was das schlimmste war, wurde ichs nicht eher inne, bis sich die Sonn neigte und ich mir nit mehr zu helfen wußte; da stund ich mitten in einer Wildnis wie Matz von Dresden*, beides ohne Speis und Gewehr, dessen ich gegen die bevorstehende Nacht wohl bedürftig gewesen wäre; doch tröstete mich mein Stein, den ich mit mir aus dem innersten Ingeweid der Erden heraus gebracht hatte: „Geduld, Geduld!“ sagte ich zu mir selber, „dieser wird dich aller überstandenen Not wiederum ergötzen, gut Ding will Weil haben, und vortreffliche Sachen werden ohne große Mühe und Arbeit nicht erworben, sonst würde jeder Narr ohne Schnaufens und Bartwischens einen solchen edlen Sauerbrunnen, wie du einen bei dir in der Taschen hast, seines Gefallens* zuwegen bringen.“

Da ich mir nun solchergestalt zugesprochen, faßte ich zugleich mit der neuen Resolution auch neue Kräfte, maßen ich weit tapferer als zuvor auf die Sohlen trat, ob mich gleich die Nacht darüber ereilte; der Vollmond leuchtete mir zwar fein, aber die hohen Tannen ließen mir sein Licht nicht so wohl gedeihen, als denselben Tag das tiefe Meer getan hatte, doch kam ich so weit fort, bis ich um Mitternacht von weitem ein Feuer gewahr wurde, auf welches ich den geraden Weg zuging, und von ferne sah, daß sich etliche Waldbauren dabei befanden, die mit dem Harz zu tun hatten: Wiewohl nun solchen Gesellen nit allzeit zu trauen, so zwang mich doch die Not und riet mir meine eigene Courage ihnen zuzusprechen; ich hinterschlich sie unversehens, und sagte: „Gute Nacht oder guten Tag, oder guten Morgen oder guten Abend ihr Herren! sagt mir zuvor, um welche Zeit es sei, damit ich euch danach zu grüßen wisse?“ Da stunden und saßen sie alle sechse vor Schrecken zitternd und wußten nicht was sie mir antworten sollten, denn weil ich einer von den Längsten bin und eben damals noch wegen meines jüngstverstorbenen Weibleins sel. ein schwarz Trauerkleid anhatte, zumalen einen schrecklichen Prügel in Händen trug, auf welchen ich mich wie ein wilder Mann steurete*, kam ihnen meine Gestalt entsetzlich vor. „Wie?“ sagte ich, „will mir denn keiner antworten?“ Sie verblieben aber noch ein gute Weil erstaunt, bis sich endlich einer erholte, und sagte: „Wear ischt denn der Hair*?“ Da hörete ich, daß es ein schwäbische Nation sein müßte, die man zwar (aber vergeblich) für einfältig schätzet; sagte derowegen, ich sei ein fahrender Schüler, der jetzo erst aus dem Venusberg komme und ein ganzen Haufen wunderliche Künst gelernet hätte. „Oho!“ antwortet' der ältste Baur, „jetzt glaub ich gottlob, daß ich den Frieden wieder erleben werde, weil die fahrenden Schüler wieder anfangen zu reisen.“

Das 18. Kapitel

Simplicius verzettelt seinen Saurbrunnen an einem unrechten Ort*

Also kamen wir miteinander ins Gespräch, und ich genoß so vieler Höflichkeit von ihnen, daß sie mich hießen zum Feuer niedersitzen und mir ein Stück schwarz Brot und magern Kuhkäs anboten, welches ich denn alles beide akzeptierte; endlich wurden sie so vertraulich, daß sie mir zumuteten, ich sollte ihnen als ein fahrender Schüler gute Wahrheit sagen: und weil ich mich sowohl auf die Physiognomiam als Chiromantiam um etwas verstund, fing ich an einem nach dem andern aufzuschneiden, was ich meinte daß sie contentieren würde, damit ich bei ihnen meinen Kredit nicht verlöre, denn es war mir bei dieser wilden Waldbursch nicht allerdings heimlich. Sie begehrten allerhand vorwitzige Künste von mir zu lernen, ich aber vertröstet sie auf den künftigen Tag und begehrte, daß sie mich ein wenig wollten ruhen lassen. Und demnach ich solchergestalt einen Zigeuner agiert hatte, legte ich mich ein wenig beiseits, mehr zu horchen und zu vernehmen, wie sie gesinnet, als daß ich großen Willen (wiewohl es am Appetit nicht mangelte) zu schlafen gehabt hätte; je mehr ich nun schnarchte, je wachtsamer sie sich erzeigten, sie stießen die Köpf zusammen und fingen an um die Wett zu raten, wer ich doch sein möchte? Für keinen Soldaten wollten sie mich halten, weil ich ein schwarz Kleid antrug, und für keinen Bürgerskerl konnten sie mich nit schätzen, weil ich zu einer solchen ungewöhnlichen Zeit so fern von den Leuten in das Mückenloch (denn so heißet der Wald) angestochen käme. Zuletzt beschlossen sie, ich müßte ein lateinischer Handwerksgesell* sein, der verirret wäre, oder meinem eigenen Vorgeben nach ein fahrender Schüler, weil ich so trefflich wahrsagen könnte. „Ja“, fing denn ein anderer an, und sagte: „er hat drum nicht alles gewußt, er ist etwa ein loser Krieger und hat sich so verkleidet, unser Vieh und die Schlich im Wald auszukundigen, ach daß wirs wüßten, wir wollten ihn schlafen legen, daß er das Aufwachen vergessen sollte!" Geschwind war ein anderer da, der diesem Widerpart hielt, und mich für etwas anders ansah. Indessen lag ich dort und spitzt die Ohren, ich gedachte, werden mich diese Knollfinken angreifen, so muß mir zuvor einer oder drei ins Gras beißen, ehe sie mich aufopfern.

Demnach nun diese so ratschlagten, und ich mich mit Sorgen ängstigte, wurde mir jähling, als ob einer bei mir läge, der ins Bett brunzte, denn ich lag unversehens ganz naß, o mirum! da war Troja verloren, und alle meine trefflichen Anschläg waren dahin, denn ich merkte am Geruch, daß es mein Sauerbrunnen war; da geriet ich vor Zorn und Unwillen in eine solche Raserei, daß ich mich beinahe allein hinter die sechs Baurn gelassen* und mit ihnen herumgeschlagen hätte: „Ihr gottlosen Flegel" (sagte ich zu ihnen, als ich mit meinem schrecklichen Prügel aufgesprungen war), „an diesem Saurbrunnen, der auf meiner Lagerstatt hervorquillt, könnt ihr merken, wer ich sei, es wäre kein Wunder, ich strafte euch alle, daß euch der Teufel holen möchte! weil ihr so böse Gedanken in Sinn nehmen dürfen"; machte darauf so bedrohliche und erschreckliche Mienen, daß sie sich alle vor mir entsetzten: Doch kam ich gleich wieder zu mir selber und merkte, was ich für eine Torheit beging. Nein (gedacht ich) besser ists den Sauerbrunnen als das Leben verloren, das du leicht einbüßen kannst, wenn du dich hinter diese Lümmel machst: gab ihnen derhalben wieder gute Wort und sagte, ehe sie sich etwas anders entsinnen konnten: „Stehet auf und versucht den herrlichen Sauerbrunnen, den ihr und alle Harz- und Holzmacher hinfort in dieser Wildnis meinetwegen zu genießen haben werdet!" Sie konnten sich in mein Gespräch nicht richten, sondern sahen einander an wie lebendige Stockfisch, bis sie sahen, daß ich fein nüchtern aus meinem Hut den ersten Trunk tat; da stunden sie nacheinander vom Feuer auf, darum sie gesessen, besahen das Wunder und versuchten das Wasser, und anstatt daß sie mir darum hätten dankbar sein sollen, fingen sie an zu lästern und sagten: Sie wollten, daß ich mit meinem Saurbrunnen an ein andern Ort geraten wäre, denn sollte ihre Herrschaft dessen innewerden, so müßte das ganze Amt Dornstett* fronen und Weg dazu machen, welches ihnen denn ein große Beschwerlichkeit sein würde. „Hingegen", sagte ich, „habt ihr dessen alle zu genießen, eure Hühner, Eier, Butter, Vieh und anders könnt ihr besser ans Geld bringen." „Nein nein", sagten sie, „nein! die Herrschaft setzt einen Wirt hin, der wird allein reich, und wir müssen seine Narren sein, ihm Weg und Steg erhalten und werden noch kein Dank dazu davon haben!" Zuletzt entzweiten sie sich, zween wollten den Sauerbrunnen behalten und ihrer vier muteten mir zu, ich sollte ihn wieder abschaffen; welches, da es in meiner Macht gestanden wäre, ich wohl ohne sie getan haben wollte, es wäre ihnen gleich lieb oder leid gewesen.

Weil denn nunmehr der Tag vorhanden war und ich nichts mehr da zu tun hatte, zumalen besorgen mußte, wir würden, da es noch lang herumging, einander endlich in die Haar geraten, sagte ich: Wenn sie nicht wollten, daß alle Kühe im ganzen Baiersbronner Tal* rote Milch geben sollten, so lang der Brunn liefe, so sollten sie mir alsobald den Weg nach Seebach* weisen, dessen sie denn wohl zufrieden und mir zu solchem End zwei mitgaben, weil sich einer allein bei mir fürchtete.

Also schied ich von dannen, und obzwar dieselbe ganze Gegend unfruchtbar war und nichts als Tannzapfen trug, so hätte ich sie doch noch elender verfluchen mögen, weil ich alle meine Hoffnung daselbst verloren; doch ging ich stillschweigend mit meinen Wegweisern fort, bis ich auf die Höhe des Gebirgs kam, allwo ich mich dem Geländ nach wieder ein wenig erkennen konnte. Da sagte ich zu ihnen: „Ihr Herren könnet euch euren Saurbrunnen trefflich zunutz machen, wenn ihr nämlich hingehet und eurer Obrigkeit dessen Ursprung anzeiget, denn da würde es eine treffliche Verehrung setzen, weil alsdann der Fürst selbigen zur Zierde und Nutz des Lands aufbauen und zu Vermehrung seines Interesses aller Welt bekannt machen lassen wird." „Ja", sagten sie, „da wären wir wohl Narren, daß wir uns eine Rut auf unsern eigenen Hintern machten, wir wollten lieber, daß dich der Teufel mitsamt deinem Sauerbrunnen holete, du hast genug gehört, warum wir ihn nicht gerne sehen!" Ich antwortet: „Ach ihr heillosen Tropfen, sollte ich euch nit meineidige Schelmen schelten, daß ihr aus der Art der frommen Voreltern so ferne abtretet! dieselbigen waren ihrem Fürsten so getreu*, daß er sich ihrer rühmen durfte, er wäre so kühn, in eines jeden seiner Untertanen Schoß seinen Kopf zu legen und darin sicherlich zu schlafen; und ihr Mausköpf seid nicht so ehrlich, einer besorgenden geringen Arbeit willen, darum ihr doch mit der Zeit wieder ergötzt würdet und deren all eure Nachkömmling reichlich zu genießen hätten, beides eurem hochlöblichen Fürsten zu Nutz und manchem elenden Kranken zur Wohlfahrt und Gesundheit diesen heilsamen Sauerbrunnen zu offenbaren; was sollts sein, wenngleich etwa jeder ein paar Tag dazu fronte?" „Was", sagten sie, „wir wollten dich, damit dein Sauerbrunnen verborgen bleibe, ehender im Fron totschlagen." „Ihr Vögel", sagte ich, „es müßten eurer mehr sein!" zückte darauf meinen Prügel und jagte sie damit für alle Sankt Velten* hinweg, ging folgends gegen Niedergang und Mittag bergabwärts und kam nach vieler Mühe und Arbeit gegen Abend wieder heim auf meinen Baurenhof, im Werk wahr zu sein befindend, was mir mein Knan zuvor gesagt hatte, daß ich nämlich von dieser Wallfahrt nichts als müde Bein und den Hergang für den Hingang haben würde.

Das 19. Kapitel

*Etwas wenigs von den ungarischen Wiedertäufern, und ihrer Art zu leben**

Nach meiner Heimkunft hielt ich mich gar eingezogen, mein größte Freud und Ergötzung war, hinter den Büchern zu sitzen, deren ich mir denn viel beischaffte, die von allerhand Sachen traktierten, sonderlich solche, die ein' großen Nachsinnens bedurften; das was die Grammatici und Schulfüchse wissen müßten, war mir bald erleidet, und eben also wurde ich der Arithmeticae auch gleich überdrüssig, was aber die Musicam anbelangt, haßte ich dieselbe vorlängst wie die Pest, wie ich denn meine Laute zu tausend Stücken schmiß; die Mathematica und Geometria fand noch Platz bei mir, sobald ich aber von diesen ein wenig zu der Astronomia geleitet wurde, gab ich ihnen auch Feierabend und hing dieser samt der Astrologia ein Zeitlang an, welche mich denn trefflich delektierten, endlich kamen sie mir auch falsch und ungewiß vor, also daß ich mich auch nicht länger mit ihnen schleppen mochte, sondern griff nach der ‚Kunst' Raimundi Lulli*, fand aber viel Geschrei und wenig Wollen, und weil ich sie für eine Topicam* hielt, ließ ich sie fahren und machte mich hinter die Cabbalam* der Hebräer und Hieroglyphicas der Ägypter, fand aber die allerletzte und aus allen meinen Künsten und Wissenschaften, daß kein besser Kunst sei, als die Theologia, wenn man vermittelst derselbigen Gott liebet und ihm dienet! Nach der Richtschnur derselbigen erfand ich für die Menschen eine Art zu leben, die mehr englisch als menschlich sein könnte, wenn sich nämlich eine Gesellschaft zusammentäte, beides von verehelichten und ledigen so Manns- als Weibspersonen, die auf Manier der Wiedertäufer allein sich beflissen, unter einem verständigen Vorsteher durch ihrer Hand Arbeit ihren leiblichen Unterhalt zu gewinnen und sich die übrigen Zeiten mit dem Lob und Dienst Gottes und ihrer Seelen Seligkeit zu bemühen; denn ich hatte hiebevor in Ungarn auf den wiedertäuferischen Höfen ein solches Leben gesehen, also daß ich, wofern dieselben guten Leut mit andern falschen und der allgemeinen christlichen Kirchen widerwärtigen ketzerischen Meinung nicht wären verwickelt und vertieft gewesen, ich mich von freien Stücken zu ihnen geschlagen oder wenigst ihr Leben für das seligste in der ganzen Welt geschätzt hätte, denn sie kamen mir in ihrem Tun und Leben allerdings vor wie Josephus* und andere mehr die jüdischen Essäer* beschrieben. Sie hatten erstlich große Schätze und überflüssige Nahrung, die sie aber keineswegs verschwendeten, kein Fluch, Murmelung* noch Ungeduld wurde bei ihnen gespürt, ja man hörete kein unnützes Wort; da sah ich die Handwerker in ihren Werkstätten arbeiten, als wenn sie es verdingt hätten; ihr Schulmeister instruierte die Jugend, als wenn sie alle seine leiblichen Kinder gewesen wären; nirgends sah ich Manns- und Weibsbilder untereinander vermischt, sondern an jedem bestimmten Ort auch jedes Geschlecht absonderlich seine obliegende Arbeit verrichten; ich fand Zimmer, in welchen nur Kindbetterinnen waren, die ohne Obsorg ihrer Männer durch ihre Mitschwestern mit aller notwendigen Pfleg samt ihren Kindern reichlich versehen wurden, andere sonderbare* Säle hatten nichts anders in sich als viel Wiegen mit Säuglingen, die von hierzu bestimmten Weibern mit Wischen und Speisen beobachtet wurden, daß sich deren Mütter ferners nicht um sie bekümmern durften, als wenn sie täglich zu dreien gewissen Zeiten kamen, ihnen ihre milchreichen Brüste zu bieten: und dieses Geschäfte den Kindbetterinn' und Kindern abzuwarten war allein den Witwen anbefohlen; anderswo sah ich das weibliche Geschlecht sonst nichts tun als spinnen, also daß man über die hundert Kunkeln oder Spinnrocken in einem Zimmer beieinander antraf; da war eine ein Wäscherin, die ander eine Bettmacherin, die dritte Viehmagd, die vierte Schüsselwäscherin, die fünfte Kellerin, die sechste hatte das weiß Zeug zu verwalten, und also auch die übrigen alle wußte ein jedwede was sie tun sollte; und gleichwie die Ämter unter dem weiblichen Geschlecht ordentlich ausgeteilet waren, also wußte auch unter den Männern und Jünglingen jeder sein Geschäfte; wurde einer oder eine krank, so hatte er oder dieselbe einen sonderbaren Krankenwärter oder Wärterin, auch beide Teil einen allgemeinen Medicum und Apotheker; wiewohl sie wegen löblicher Diät und guter Ordnung selten erkranken, wie ich denn manchen feinen Mann in hohem gesundem und geruhigem Alter bei ihnen sah, dergleichen anderswo wenig anzutreffen; sie hatten ihre gewissen Stunden zum Essen, ihre gewissen Stunden zum Schlafen, aber kein einzige Minut zum Spielen noch Spazieren, außerhalb* die Jugend, welche mit ihrem Präzeptor jedesmal nach dem Essen der Gesundheit halber ein Stund spazieren gehen: mithin* aber beten und geistliche Gesänge singen mußte. Da war kein Zorn, kein Eifer, kein Rachgier, kein Neid, kein Feindschaft, kein Sorg um Zeitlichs, kein Hoffart, kein Reu! In Summa, es war durchaus eine solche liebliche Harmonia, die auf nichts anders angestimmt zu sein schien, als das menschlich Geschlecht und das Reich Gottes in aller Ehrbarkeit zu vermehren; kein Mann sah sein Weib, als wenn er auf die bestimmte Zeit sich mit derselbigen in seiner Schlafkammer befand, in welcher er sein zugerichtes Bett und sonst nichts dabei als sein Nachtgeschirr neben einem Wasserkrug und weißen Handzwehl* fand, damit er mit gewaschenen Händen beides schlafen gehen und den Morgen wieder an seine Arbeit aufstehen möchte; überdas hießen sie alle einander Schwestern und Brüder, und war doch eine solche ehrbare Vertraulichkeit keine Ursach unkeusch zu sein. Ein solch seliges Leben, wie diese wiedertäuferischen Ketzer führen, hätte ich gerne auch aufgebracht, denn soviel mich dünkte, so übertraf es auch das klösterliche. Ich gedachte: „Könntest du ein solches ehrbares christliches Tun aufbringen unter dem Schutz deiner Obrigkeit, so wärest du ein anderer Dominikus oder Franziskus*. Ach“, sagte ich oft, „könntest du doch die Wiedertäufer bekehren, daß sie unsere Glaubensgenossen ihre Manier zu leben lehreten, wie wärest du doch so ein seliger Mensch! Oder wenn du nur deine Mitchristen bereden könntest, daß sie wie diese Wiedertäufer ein solches (dem Schein nach) christliches und ehrbares Leben führten, was hättest du nicht ausgerichtet?" Ich sagte zwar zu mir selber: „Narr, was gehen dich andere Leut an, werde ein Kapuziner, dir sind ohnedas alle Weibsbilder erleidet." Aber bald gedachte ich: „Du bist morgen nicht wie heut, und wer weiß, was du künftig für Mittel bedürftig, den Weg Christi recht zu gehen? heut bist du geneigt zur Keuschheit, morgen aber kannst du brennen."

Mit solchen und dergleichen Gedanken ging ich lang um und hätte gerne so einer vereinigten christlichen Gesellschaft meinen Hof und ganzes Vermögen zum besten gegeben, unter derselben ein Mitglied zu sein. Aber mein Knan prophezeite mir stracks, daß ich wohl nimmermehr solche Bursch zusammenbringen würde.

Das 20. Kapitel

*Hält in sich einen kurzweiligen Spazierweg, vom Schwarzwald bis nach Moskau in Reußen**

Denselbigen Herbst näherten sich französische, schwedische und hessische Völker, sich bei uns zu erfrischen und zugleich die Reichsstadt* in unserer Nachbarschaft, die von einem engländischen König erbaut und nach seinem Namen genannt worden, blockiert zu halten, deswegen denn jedermann sich selbst samt seinem Vieh und besten Sachen in die hohen Wälder flehnte; ich machte es wie meine Nachbarn und ließ das Haus ziemlich leer stehn, in welches ein reformierter schwedischer Obrist logiert wurde. Derselbige fand in meinem Kabinett noch etliche Bücher, denn ich in der Eil nicht alles wegbringen konnte, und unter andern einige mathematischen und geometrischen Abriß, auch etwas vom Fortifikationwesen, womit vornehmlich die Ingenieur umgehen, schloß derhalben gleich, daß sein Quartier keinem gemeinen Bauren zuständig sein müßte; fing derowegen an, sich um meine Beschaffenheit zu erkundigen und meiner Person selbsten nachzutrachten, maßen er selbsten durch courtoise Zuentbietungen* und untermischte Drohwort mich dahin brachte, daß ich mich zu ihm auf meinen Hof begab, daselbst traktierte er mich gar höflich und hielt seine Leut dahin, daß sie mir nichts unnützlich verderben oder umbringen sollten. Mit solcher Freundlichkeit brachte er zuwegen, daß ich ihm all meine Beschaffenheit, vornehmlich aber mein Geschlecht und Herkommen vertraute. Darauf verwundert' er sich, daß ich mitten im Krieg so unter den Baurn wohnen und zusehen mochte, daß ein anderer sein Pferd an meinen Zaun binde, da ich doch mit bessern Ehren das meinig an eines andern binden könnte; ich sollte (sagte er) den Degen wieder anhängen und meine Gaben, die mir Gott verliehen hätte, nicht so hinterm Ofen und beim Pflug verschimmlen lassen, er wüßte, wenn ich schwedische Dienst annehmen würde, daß mich meine Qualitäten und Kriegswissenschaften bald hoch anbringen würden: Ich ließ mich hierzu gar kaltsinnig an und sagte, daß die Beförderung in weitem Feld stünde, wenn einer keine Freund hätte, die einem unter die Arm griffen; hingegen replizierte er, meine Beschaffenheiten würden mir schon beides Freunde und Beförderung schaffen, überdas zweifle er nicht, daß ich nit Verwandte bei der schwedischen Hauptarmee antreffen würde, die auch etwas gelten, da bei derselben viel vornehme Schottische von Adel sich befänden; ihm zwar (sagte er ferner) sei vom Torstenson* ein Regiment versprochen, wenn solches gehalten würde, woran er denn gar nit zweifele, so wollte er mich alsbald zu seinem Obristleutnant machen. Mit solchen und dergleichen Worten machte er mir das Maul ganz wässerig, und weilen noch schlechte Hoffnung auf den Frieden zu machen war und ich deswegen sowohl fernerer Einquartierung als gänzlichem Ruin unterworfen, also resolviert ich mich wiederum mitzumachen, und versprach dem Obristen, mich mit ihm zu begeben, wofern er mir seine Parol halten und die Obristleutnantstelle bei seinem künftigen Regiment geben wollte.

Also wurde die Glock gegossen; ich ließ meinen Knan oder Petter holen, derselbe war noch mit meinem Vieh zu Bairischbrunn*, dem und seinem Weib verschrieb ich meinen Hof für Eigentum, doch daß ihn nach seinem Tod mein Bastard Simplicius, der mir vor die Tür gelegt worden, samt aller Zugehörde erben sollte, weil keine ehelichen Erben vorhanden; folgends holte ich mein Pferd und was ich noch für Geld und Kleinodien hatte, und nachdem ich alle meine Sachen richtig und wegen Auferziehung erstermeldten meines wilden Sohns Anstalt gemacht, wurde angeregte Blockada unversehens aufgehoben, also daß wir aufbrechen und zu der Hauptarmee marschieren mußten, ehe wirs uns versahen; ich agierte bei diesem Obristen einen Hofmeister und erhielt mit seinen Knechten und Pferden ihn und seine ganze Haushaltung mit Stehlen und Rauben, welches man auf soldatisch fouragieren nennet.

Die Torstensonischen Promessen, mit denen er sich auf meinem Hof so breit gemacht, waren bei weitem nit so groß als er vorgeben, sondern wie mich bedünkte wurde er vielmehr nur über die Achsel angesehen: „Ach!" sagte er dann gegen mich, „was für ein schlimmer Hund hat mich bei der Generalität eingehauen*, da wird meines Verbleibens nicht lang sein." Und demnach er argwöhnete, daß ich mich bei ihm in die Läng nicht gedulden würde, dichtet' er Brief', als wenn er in Livland, allwo er denn zu Haus war, ein frisch Regiment zu werben hätte, und überredete mich damit, daß ich gleich ihm zu Wismar aufsaß*, und mit ihm nach Livland fuhr. Da war es nun auch ‚nobis'*, denn er hatte nicht allein kein Regiment zu werben, sondern war auch sonsten ein blutarmer Edelmann, und was er hatte, war von seinem Weib da.

Ob nun ich zwar mich zweimal betrügen und so weit hinwegführen lassen, so ging ich doch auch das drittemal an, denn er wies mir Schreiben vor, die er aus der Moskau bekommen, in welchen ihm (seinem Vorgeben nach) hohe Kriegschargen angetragen wurden, maßen er mir dieselbigen Schreiben so verteutschte und von richtiger und guter Bezahlung trefflich aufschnitt: Und weilen er gleich mit Weib und Kind aufbrach, dachte ich, ‚er wird ja um der Gäns willen nicht hinziehen'; begab mich derowegen voll guter Hoffnung mit ihm auf den Weg, weil ich ohnedas kein Mittel und Gelegenheit sah, für diesmal wieder zurück nach Teutschland zu kehren; sobald wir aber über die reußische Grenze kamen, und uns unterschiedliche abgedankte teutsche Soldaten, vornehmlich Offizier begegneten, fing mir an zu graueln und sagte zu meinem Obristen: „Was Teufels machen wir? wo Krieg ist, da ziehen wir hinweg, und wo es Fried, und die Soldaten unwert und abgedankt worden, da kommen wir hin!“ Er aber gab mir noch immer gute Wort, und sagte: Ich sollte ihn nur sorgen lassen, er wisse besser was zu tun sei als diese Kerl, an denen nicht viel gelegen.

Nachdem wir nun sicher in der Stadt Moskau ankommen, sah ich gleich daß es gefehlt hatte; mein Obrister konferierte zwar täglich mit den Magnaten*, aber viel mehr mit den Metropoliten* als den Knesen*, welches mir gar nicht spanisch, aber viel zu pfäffisch vorkam; so mir auch allerhand Grillen und Nachdenkens erweckte, wiewohl ich nicht ersinnen konnte, nach was für einem Zweck er zielte; endlich notifiziert' er mir, daß es nichts mehr mit dem Krieg wäre und daß ihn sein Gewissen treibe, die griechische Religion anzunehmen; sein treuherziger Rat wäre, weil er mir ohnedas nunmehr nicht helfen könnte wie er versprochen, ich sollte ihm nachfolgen; des Zarn Majestät hätte bereits gute Nachricht von meiner Person und guten Qualitäten, die würden gnädigst belieben, wofern ich mich akkommodieren wollte, mich als einen Kavalier mit einem stattlichen adeligen Gut und vielen Untertanen zu begnadigen; welches allergnädigste Anerbieten nicht auszuschlagen wäre, indem einem jedweden ratsamer wäre, an einem solchen großen Monarchen mehr einen allergnädigsten Herrn als einen ungeneigten Großfürsten zu haben. Ich wurd hierüber ganz bestürzt, und wußte nichts zu antworten, weil ich dem Obristen, wenn ich ihn an einem andern Ort gehabt, die Antwort lieber im Gefühl als im Gehör zu verstehen geben hätte; mußte aber meine Leier anders stimmen, und mich nach demjenigen Ort richten, darin ich mich gleichsam wie ein Gefangner befand, weswegen ich denn, ehe ich mich auf eine Antwort resolvieren konnte, so lang stillschwieg: Endlich sagte ich zu ihm, ich wäre zwar der Meinung kommen, Ihrer Zarischen Majestät als ein Soldat zu dienen, wozu er, der Herr Obriste, mich daselbst veranlaßt hätte; seien nun Dieselbe meiner Kriegsdienste nicht bedürftig, so könnte ichs nicht ändern, viel weniger Derselben Schuld zumessen, daß ich Ihretwegen einen so weiten Weg vergeblich gezogen, weil sie mich nicht zu Ihro zu kommen beschrieben; daß aber Dieselbe mir ein so hohe Zarische Gnad allergnädigst widerfahren zu lassen geruheten, wäre mir mehr rühmlich aller Welt zu rühmen, als solche alleruntertänigst zu akzeptieren und zu verdienen, weil ich mich meine Religion zu mutieren noch zur Zeit nicht entschließen könne, wünschend, daß ich wiederum am Schwarzwald auf meinem Baurenhof säße, um niemandem einziges Anliegen noch Ungelegenheiten zu machen; hierauf antwortet' er: „Der Herr tue nach seinem Belieben, allein hätte ich vermeinet, wenn ihn Gott und das Glück grüßet, so sollte er beiden billig danken; wenn er sich aber ja nicht helfen lassen, noch gleichsam wie ein Prinz leben will, so verhoffe ich gleichwohl, er werde dafürhalten, ich habe an ihm das Meinig nach äußerstem Vermögen zu tun keinen Fleiß gespart"; daraufhin machte er einen tiefen Bückling, ging seines Wegs und ließ mich dort sitzen, ohne daß er zulassen wollte, ihm nur bis vor die Tür das Geleit zu geben.

Als ich nun ganz perplex dort saß und meinen damaligen Zustand betrachtete, hörete ich zween reußische Wagen vor unserm Losament, sah darauf zum Fenster hinaus und wie mein guter Herr Obrister mit seinen Söhnen in den einen, und die Frau Obristin mit ihren Töchtern in den andern einstieg; es waren des Großfürsten Fuhren und Liberei, zumalen etliche Geistliche dabei, so diesem Ehevolk gleichsam aufwarteten und allen guten geneigten Willen erzeigten.

Das 21. Kapitel

Wie es Simplicio weiters in der Moskau erging

Von dieser Zeit an wurde ich zwar nit öffentlich, sondern heimlich durch etliche Strelitzen* verwachet, ohne daß ichs einmal gewußt hätte, und mein Obrister oder die Seinigen wurden mir nit einmal mehr zu sehen, also daß ichs nicht wissen konnte wo er hinkommen; damals setzte es, wie leicht zu erachten, seltsame Grillen und ohne Zweifel auch viel graue Haar auf meinem Kopf. Ich machte Kundschaft mit den Teutschen, die sich beides von Kauf- und Handwerksleuten in der Moskau ordinari aufhalten, und klagte denselben mein Anliegen und welchergestalt ich mit Gefährden* hintergangen worden, die gaben mir Trost und Anleitung, wie ich wieder mit guter Gelegenheit nach Teutschland kommen könnte: Sobald sie aber Wind bekamen, daß der Zar mich im Land zu behalten entschlossen und mich hierzu dringen wollte, wurden sie alle zu Stummen an mir, ja sie äußerten sich auch meiner, und wurde mir schwer, auch nur für meinen Leib Herberg zu bekommen; denn ich hatte mein Pferd samt Sattel und Zeug bereits verzehrt und trennete heut eine und morgen die andere Dukat aus, die ich hiebevor zum Vorrat so weislich in meine Kleider vernähet hatte. Zuletzt fing ich auch an, meine Ring und Kleinodia zu versilbern, als der Hoffnung, mich so lang zu enthalten, bis ich eine gute Gelegenheit wieder nach Teutschland zu kommen erharren möchte. Indessen lief ein Vierteljahr herum, nach welchem oftgemeldter Obriste samt seinem Hausgesind wieder umgetauft und mit einem ansehenlichen adeligen Gut und vielen Untertanen wieder versehen wurde.

Damals ging ein Mandat aus, daß man gleichwie unter den Inheimischen, also auch unter den Fremden keine Müßiggänger bei hoher unausbleiblicher Straf mehr leiden sollte, als die den Arbeitenden nur das Brot vorm Maul wegfressen; und was von Fremden nicht arbeiten wollte, das sollte das Land in einem Monat, die Stadt aber in vierundzwanzig Stunden räumen. Also schlugen sich unserer bei fünfzig zusammen, der Meinung, unsern Weg in Gottes Namen durch Podoliam* nach Teutschland miteinander zu nehmen, wir wurden aber nicht gar zwo Stund weit von der Stadt von etlichen reußischen Reutern wieder eingeholt, mit dem Vorwand, daß Ihr Zarische Majestät ein groß Mißfallen hätte, daß wir uns frevelhafter Weis unterstanden, in so starker Anzahl uns zusammenzurotten und ohne Paß unsers Gefallens Dero Land zu durchziehen, mit fernerem Anhang, daß Ihr Majestät nicht unbefugt wären, uns unsers groben Beginnens halber nach Sibirien zu schicken. Auf demselbigen Zurückweg erfuhr ich, wie mein Handel beschaffen war; denn derjenige so den Truppen Reuter führte, sagte mir ausdrücklich, daß Ihr Zarische Majestät mich nicht aus dem Land lassen würden, sein treuherziger Rat wäre, ich sollte mich nach Dero Allergnädigstem Willen akkommodieren, mich zu ihrer Religion verfügen, und wie der Obriste getan, ein solch ansehenlich adelig Gut nicht verachten, mit Versicherung, wo ich dieses ausschlagen, und bei ihnen nicht als ein Herr leben wollte, daß ich wider meinen Willen als ein Knecht dienen müßte; und würden auch Ihr Zarischen Majestät nicht zu verdenken sein, daß sie einen solchen wohlerfahrnen Mann, wie mich der oftgemeldte Obriste beschaffen zu sein beschrieben, nicht aus dem Land lassen wollten. Ich verringerte mich hierauf, und sagte: Der Herr Obriste würde mir vielleicht mehr Künste, Tugend und Wissenschaften zugeschrieben haben, als ich vermöchte; zwar wäre ich darum ins Land kommen, Ihrer Zarischen Majestät und der löblichen reußischen Nation, auch mit Darsetzung meines Bluts, wider Dero Feinde zu dienen, daß ich aber meine Religion ändern sollte, könnte ich mich noch nicht entschließen; wofern ich aber in einzigerlei Weg Ihrer Zarischen Majestät ohne Beschwerung meines Gewissens würde dienen können, würde ich an meinem äußersten Vermögen nichts erwinden lassen.

Ich wurde von den andern abgesondert und zu einem Kaufherrn logiert, allwo ich nunmehr öffentlich verwacht, hingegen aber täglich mit herrlichen Speisen und köstlichem Getränk von Hof aus versehen wurde; hatte auch täglich

Leut die mir zusprachen, und mich hin und wieder zu Gast luden; sonderlich war einer, dem ich ohne Zweifel insonderheit befohlen war (ein schlauer Mann), der unterhielt mich täglich mit freundlichem Gespräch, denn ich konnte schon ziemlich reußisch reden; dieser diskurrierte mehrenteils mit mir von allerhand mechanischen Künsten, item von Kriegs- und andern Maschinen, vom Fortifikationwesen und der Artollerei, etc. zuletzt als er unterschiedlich Mal auf den Busch geklopft, um zu vernehmen, ob ich mich endlich nicht ihres Zaren Intention nach bequemen wollte, und keine Hoffnung fassen konnte, daß ich mich im geringsten ändern würde, begehrte er, wenn ich ja nicht reußisch werden wollte, so sollte ich doch dem großen Zar zu Ehren ihrer Nation etwas von meinen Wissenschaften kommunizieren und mitteilen; ihr Zar würde meine Willfährigkeit mit hohen kaiserlichen Gnaden erkennen; darauf antwortet ich, meine Affektion wäre jederzeit dahin gestanden, Ihrer Zarischen Majestät untertänigst zu dienen, maßen ich zu solchem Ende in Dero Land kommen wäre, sei auch noch solchergestalt intentioniert, wiewohl ich sehe, daß man mich gleichsam wie einen Gefangenen aufhalte: „Ei nicht so Herr", antwortet' er, „Ihr seid nicht gefangen, sondern Ihr Zarische Majestät lieben Euch so hoch, daß sie Eurer Person schier nit wissen zu entbehren." „Warum", sagte ich, „werde ich denn verwacht?" „Darum", antwortet' er, „weil Ihr Zarische Majestät besorgen, es möchte Euch etwas Leids widerfahren."

Als er nun meine Offerten verstund, sagte er, daß Ihr Zarische Majestät allergnädigst bedacht wären, in Dero Landen selber Salpeter graben und Pulver zurichten zu lassen; weil aber niemand unter ihnen wäre, der damit umgehen könnte, würde ich der Zarischen Majestät einen angenehmen Dienst erweisen, wenn ich mich des Werks unterfinge; sie würden mir hierzu Leute und Mittel genug an die Hand schaffen, und er für seine Person wollte mich aufs treuherzigste gebeten haben, ich wollte solches allergnädigstes Angesinnen nicht abschlagen, dieweilen sie bereits genugsame Nachricht hätten, daß ich mich auf diese Sachen trefflich wohl verstünde. Darauf antwortet ich: „Herr, ich sage vor wie nach, wenn der Zarischen Majestät ich in etwas dienen kann, außer daß Sie gnädigst geruhen, mich in meiner Religion passieren zu lassen, so werde ich an meinem Fleiß nichts erwinden lassen.“ Hierauf wurde dieser Reuß (welcher einer von den vornehmsten Knesen war) trefflich lustig, also daß er mir mit dem Trunk mehr zusprach als ein Teutscher.

Den andern Tag kamen vom Zar zween Knesen und ein Dolmetsch, die ein Endliches* mit mir beschlossen und von wegen des Zaren mir ein köstliches reußisches Kleid verehrten. Also fing ich gleich etliche Tag hernach an Salpetererde zu suchen, und diejenigen Reußen, so mir zugegeben waren, zu lehren, wie sie denselben von der Erden separieren und läutern sollten; und mithin verfertigte ich die Abriß zu einer Pulvermühlen und lehrete andere die Kohlen brennen, daß wir also in gar kurzer Zeit sowohl des besten Pürsch- als des groben Stückpulvers* eine ziemliche Quantität verfertigten, denn ich hatte Leut genug und daneben auch meine sonderbaren Diener, die mir aufwarten, oder besser zu sagen, die mich hüten und verwahren sollten.

Als ich mich nun so wohl anließ, kam der vielgemeldte Obriste zu mir, in reußischen Kleidern, und mit vielen Dienern ganz prächtig aufgezogen, ohne Zweifel durch solche scheinbarliche Herrlichkeit mich zu persuadieren, daß ich mich auch umtaufen lassen sollte; aber ich wußte wohl, daß die Kleider aus des Zaren Kleiderkasten waren und ihm nur angeliehen, mir die Zähne weiß zu machen, weil solches an dem zarischen Hof der allergewöhnlichste Brauch ist.

Und damit der Leser verstehe, wie es damit pfleget herzugehen, will ich ein Exempel von mir selbst erzählen: Ich war einsmals geschäftig auf den Pulvermühlen, die ich außerhalb Moskau an den Fluß bauen lassen, Verordnung zu tun, was der ein und ander von meinen zugegebenen Leuten denselben und folgenden Tag für Arbeit verrichten sollte; da wurde ohnversehens Alarm, weilen sich die Tartarn bereits vier Meilen weit auf 100000 Pferd stark befanden, das Land plünderten und also immerhin fort avancierten; da mußten ich und meine Leut sich alsobald nach Hof begeben, allwo wir aus des Zaren Rüstkammer und Marstall montiert wurden; ich zwar wurde anstatt des Küraß mit einem gesteppten seidenen Panzer angetan, welcher einen jeden Pfeil aufhielt, aber vor keiner Kugel schußfrei sein konnte, Stiefel, Sporen und ein fürstliche Hauptzierde mit einem Reigerbusch, samt einem Säbel der Haar schur, mit lauter Gold beschlagen und mit Edelgesteinen versetzt, wurden mir dargeben, und von des Zaren Pferden ein solches untergezogen, dergleichen ich zuvor mein Lebtag keins gesehen, geschweige beritten; ich und das Pferdgezeug glänzten von Gold, Silber, Edelgesteinen und Perlen, ich hatte einen stählernen Streitkolben anhangen, der glitzerte wie ein Spiegel, und war so wohl gemacht und so gewichtig, daß ich einen jeden dem ich eins damit versetzte, gar leicht totschlug, also daß der Zar selbst besser montiert daher nicht reiten können; mir folgte ein weiße Fahne mit einem doppelten Adler, welcher von allen Orten und Winkeln gleichsam Volk zuschnie*, also daß wir ehe zwei Stund vergingen bei vierzig-, und nach vier Stunden bei sechzigtausend Pferd stark waren, mit welchen wir gegen die Tatarn fortrückten; ich hatte alle Viertelstund neue mündliche Ordre von dem Großfürsten, die nichts anders in sich hielten, als: Ich sollte mich heut als ein Soldat erzeigen, weil ich mich für einen ausgegeben, damit Seine Majestät mich auch für einen halten und erkennen könnten. All Augenblick vermehrte sich unser Hauf beides von Kleinen und Großen, so Truppen als Personen, und ich konnte doch in solcher Eil keinen einzigen erkennen, der das ganze Corpus kommandieren und die Battaglia anordnen sollte.

Ich mag eben nicht alles erzählen, denn es ist meiner Histori an diesem Treffen nicht viel gelegen; ich will allein dies sagen, daß wir die Tatarn, so mit müden Pferden und vielen Beuten beladen, urplötzlich in einem Tal oder ziemlich tiefen Geländ antrafen, als sie sich dessen am allerwenigsten versahen, und von allen Orten mit solcher Furi dareingingen, daß wir sie gleich im Anfang trennten. Im ersten

Angriff sagte ich zu meinen Nachfolgern auf reußische Sprach: „Nun wohlan, es tue jeder wie ich!" Solches schrien sie einander alle zu, und damit rennete ich mit verhängtem Zaum an die Feinde, und schlug dem ersten den ich antraf, welcher ein Mirsa* war, den Kopf entzwei, also daß sein Hirn an meinem stählernen Kolben hängen blieb. Die Reußen folgten meinem heroischen Exempel, so daß die Tatarn ihren Angriff nicht erleiden mochten, sondern sich in eine allgemeine Flucht wendeten. Ich tat wie ein Rasender, oder vielmehr wie einer der aus Desperation den Tod suchte und nicht finden kann; ich schlug alles nieder was mir vorkam, es wäre gleich Tatar oder Reuß gewesen. Und die so vom Zaren auf mich bestellt* waren, drangen mir so fleißig nach, daß ich allezeit einen sichern Rücken behielt; die Luft flog so voller Pfeil, als wenn Immen oder Bienen geschwärmt hätten, wovon mir denn einer in Arm zuteil wurde, denn ich hatte meine Ärmel hinter sich gestreift, damit ich mit meinem Säbel und Streitkolben desto unverhinderlicher metzeln und totschlagen könnte. Ehe ich den Pfeil auffing, lachte mirs Herz in meinem Leib an solcher Blutvergießung, da ich aber mein eigen Blut fließen sah, verkehrte sich das Lachen in eine unsinnige Wut. Demnach sich aber diese grimmigen Feinde in eine hauptsächliche* Flucht wendeten, wurde mir von etlichen Knesen im Namen des Zarn befohlen, ihrem Kaiser die Botschaft zu bringen, wasgestalt wir die Tatarn überwunden*; also kehrete ich auf ihr Wort zurück und hatte ohngefähr hundert Pferd zur Nachfolg. Ich ritt durch die Stadt der zarischen Wohnung zu und wurde von allen Menschen mit Frohlocken und Glückwünschung empfangen; sobald ich aber von dem Treffen Relation getan hatte, obzwar der Großfürst von allem Verlauf schon Nachricht hatte, mußte ich meine fürstlichen Kleider wieder ablegen, welche wiederum in des Zaren Kleiderbehältnis aufgehoben wurden, wiewohl sie samt dem Pferdgezeug über und über mit Blut besprengt und besudelt und also fast gar zunichte gemacht waren, und ich also nicht anders vermeint hätte, weil ich mich so ritterlich in diesem Treffen gehalten, sie sollten mir zum wenigsten samt dem Pferd zum Rekompens überlassen worden sein: Konnte demnach hieraus wohl abnehmen, wie es mit der Reußen Kleiderpracht beschaffen, deren sich mein Obrister bedient, weil es lauter gelehnte War ist, die dem Zaren, wie auch alle anderen Sachen in ganz Reußen, allein zuständig.

Das 22. Kapitel

Durch was für einen nahen und lustigen Weg er wiederum heim zu seinem Knan kommen

Solang meine Wunde zu heilen hatte, wurde ich allerdings fürstlich traktiert, ich ging allezeit in einem Schlafpelz von güldenem Stück mit Zobeln gefüttert, wiewohl der Schad weder tödlich noch gefährlich war, und ich hab die Tag meines Lebens niemals keiner solchen fetten Küchen genossen als eben damals; solches waren aber alle meine Beuten, die ich von meiner Arbeit hatte, ohne das Lob, so mir der Zar verlieh, welches mir aber aus Neid etlicher Knesen verbittert wurde.

Als ich aber gänzlich heil war, wurde ich mit einem Schiff die Wolga hinunter nach Astrachan geschickt, daselbsten wie in der Moskau ein Pulvermacherei anzuordnen, weil dem Zarn unmöglich war, dieselbe Grenzfestungen allezeit von Moskau aus mit frischem und gerechtem Pulver, das man einen so weiten Weg auf dem Wasser durch viel Gefährlichkeit hinführen mußte, zu versehen; ich ließ mich gern gebrauchen, weil ich Promessen hatte, der Zar würde mich nach Verrichtung solchen Geschäfts wiederum nach Holland fertigen, und mir seiner Hochheit und meinen Verdiensten gemäß ein namhaftes Stück Geld mitgeben. Aber ach! wenn wir in unseren Hoffnungen und gemachten Konzepten am allersichersten und gewissesten zu stehen vermeinen, so kommt unversehens ein Wind der allen Bettel auf einmal übern Haufen wehet, woran wir so lange Zeit gebauet: Der Gubernator in Astrachan traktierte mich wie seinen Zarn, und ich stellt alles in Kürze auf einen guten

Fuß; seine verlegene Munition, die allerdings faul und versport war und keinen Effekt mehr tun konnte, goß ich gleichsam wieder von neuem um, wie ein Spengler aus dem alten neue zinnerne Löffel macht, so bei den Reußen damals ein unerhörtes Ding war, weswegen und anderer Wissenschaften mehr mich denn teils für einen Zauberer, andere für einen neuen Heiligen oder Propheten: und aber andere für einen andern Empedoclem oder Gorgiam Leontinum* hielten; als ich aber im besten Tun war und mich außerhalb der Festung über Nacht in einer Pulvermühl befand, wurde ich von einer Schar Tatarn diebischerweis gestohlen und ausgehoben, welche mich samt andern mehr so weit in ihr Land hineinführten, daß ich auch das Schafgewächs Borametz* nicht allein wachsen sehen konnte, sondern auch davon essen durfte; diese vertauschten mich mit den niuchischen* Tartarn um etliche chinesische Kaufmannswaren, welche mich hernach dem König in Korea, mit welchem sie eben Stillstand der Waffen gemacht hatten, für ein sonderbares Präsent verehrten; daselbst wurde ich wert gehalten, weil keiner meinesgleichen in Dusecken* sich finden ließ und ich den König lehrete, wie er mit dem Rohr auf der Achsel liegend und den Rücken gegen die Scheiben kehrend dennoch das Schwarze treffen könnte, weswegen er mir denn auch auf mein untertänigs Anhalten die Freiheit wieder schenkte, und mich durch Japonia nach Macao* zu den Portugiesen gefertigt, die aber meiner wenig achteten; ging derowegen bei ihnen herum wie ein Schaf, das sich von seiner Herde verirret, bis ich endlich wunderbarlicherweis von etlichen türkischen oder mahometanischen Meerräubern gefangen, und (nachdem sie mich wohl ein ganzes Jahr auf dem Meer bei seltsamen fremden Völkern, so die ostindianischen Insulen bewohnen, herumgeschleppt) von denselben etlichen Kaufleuten von Alexandria in Ägypten verhandelt wurde, dieselben nahmen mich mit ihren Kaufmannswaren mit sich nach Konstantinopel, und weil der türkische Kaiser eben damaln etliche Galeeren wider die Venediger ausrüstete und Mangel an Ruderern erschien, mußten viel türkische Kaufleut ihre christlichen Sklaven, jedoch um bare Bezahlung, hergeben, worunter ich mich denn als ein junger starker Kerl auch befand, also mußte ich lernen rudern; aber solche schwere Dienstbarkeit währet' nicht über zween Monat, denn unsere Galeera wurde in Levante* von den Venetianern ritterlich übermannet, und ich samt allen meinen Gespanen aus der Türken Gewalt erledigt; als nun besagte Galeera zu Venedig mit reicher Beut und etlichen vornehmen türkischen Gefangnen aufgebracht wurde, war ich auf freien Fuß gestellt, weil ich nach Rom und Loreto* pilgersweis wollte, selbige Örter zu beschauen und Gott um meine Erledigung zu danken; zu solchem Ende bekam ich gar leichtlich einen Paß und von ehrlichen Leuten, sonderlich etlichen Teutschen, eine ziemliche Steur, also daß ich mich mit einem langen Pilgerkleid versehen und meine Reis antreten konnte.

Demnach begab ich mich den nächsten Weg auf Rom, allwo mirs trefflich zuschlug, weil ich beides von Großen und Kleinen viel erbettelte; und nachdem ich mich ungefähr sechs Wochen daselbst aufgehalten, nahm ich meinen Weg mit andern Pilgern, darunter auch Teutsche und sonderlich etliche Schweizer waren, die wieder nach Haus wollten, auf Loreto; von dannen kam ich über den Gotthard durchs Schweizerland wieder auf den Schwarzwald zu meinem Knan, welcher meinen Hof bewahrt, und brachte nichts Besonders mit heim als einen Bart, der mir in der Fremde gewachsen war.

Ich war drei Jahr und etlich Monat ausgewesen, in welcher Zeit ich etliche unterschiedliche Meer überfahren und vielerlei Völker gesehen, aber bei denselben gemeiniglich mehr Böses als Gutes empfangen, von welchem allem ein großes Buch zu schreiben wäre; indessen war der Teutsche Fried* geschlossen worden, also daß ich bei meinem Knan in sicherer Ruhe leben konnte; denselben ließ ich sorgen und hausen, ich aber setzte mich wieder hinter die Bücher, welches denn beides meine Arbeit und Ergötzung war.

Das 23. Kapitel

Ist gar ein fein kurz Kapitel und gehet nur Simplicium an

Ich las einsmals, wasmaßen das Oraculum Apollinis* den römischen Abgesandten, als sie fragten was sie tun müßten, damit ihre Untertanen friedlich regiert würden, zur Antwort geben: Nosce te ipsum, das ist, es sollte sich jeder selbst erkennen. Solches machte daß ich mich hintersann, und von mir selbst Rechnung über mein geführtes Leben begehrte, weil ich ohnedas müßig war, da sagte ich zu mir selber: „Dein Leben ist kein Leben gewesen, sondern ein Tod; deine Tage ein schwerer Schatten, deine Jahr ein schwerer Traum, deine Wollüst schwere Sünden, deine Jugend eine Phantasei und deine Wohlfahrt ein Alchimistenschatz, der zum Schornstein hinausfährt und dich verläßt, ehe du dich dessen versiehest! du bist durch viel Gefährlichkeiten dem Krieg nachgezogen und hast in demselbigen viel Glück und Unglück eingenommen, bist bald hoch bald nieder, bald groß bald klein, bald reich bald arm, bald fröhlich bald betrübt, bald beliebt bald verhaßt, bald geehrt und bald veracht gewesen: Aber nun du o mein arme Seel was hast du von dieser ganzen Reis zuwegen gebracht? Dies hast du gewonnen: Ich bin arm an Gut, mein Herz ist beschwert mit Sorgen, zu allem Guten bin ich faul, träg und verderbt, und was das Allerelendeste, so ist mein Gewissen ängstig und beschwert, du selbsten aber bist mit vielen Sünden überhäuft und abscheulich besudelt! der Leib ist müd, der Verstand verwirret, die Unschuld ist hin, mein beste Jugend verschlissen, die edle Zeit verloren, nichts ist das mich erfreuet, und über dies alles bin ich mir selber feind. Als ich nach meines Vaters seligem Tod in diese Welt kam, da war ich einfältig und rein, aufrecht und redlich, wahrhaftig, demütig, eingezogen, mäßig, keusch, schamhaftig, fromm und andächtig; bin aber bald boshaftig, falsch, verlogen, hoffärtig, unruhig und überall ganz gottlos worden, welche Laster ich alle ohne einen Lehrmeister gelernet; ich nahm meine Ehr in acht, nicht ihrer selbst, sondern meiner

Erhöhung wegen; ich beobachtet die Zeit, nicht solche zu meiner Seligkeit wohl anzulegen, sondern meinem Leib zunutz zu machen; ich hab mein Leben vielmal in Gefahr geben und hab mich doch niemal beflissen solches zu bessern, damit ich auch getrost und selig sterben könnte; ich sah nur auf das Gegenwärtige und meinen zeitlichen Nutz und gedachte nicht einmal an das Künftige, viel weniger daß ich dermaleins vor Gottes Angesicht müßte Rechenschaft geben!" Mit solchen Gedanken quälte ich mich täglich, und eben damals kamen mir etliche Schriften des Guevarae* unter die Hände, davon ich etwas hieher setzen muß, weil sie so kräftig waren, mir die Welt vollends zu erleiden. Diese lauteten also:

Das 24. Kapitel

Ist das allerletzte, und zeiget an, warum und welchergestalt Simplicius die Welt wieder verlassen

„Adieu Welt, denn auf dich ist nicht zu trauen, noch von dir nichts zu hoffen, in deinem Haus ist das Vergangene schon verschwunden, das Gegenwärtige verschwindet uns unter den Händen, das Zukünftige hat nie angefangen, das Allerbeständigste fällt, das Allerstärkste zerbricht, und das Allerewigste nimmt ein End; also, daß du ein Toter bist unter den Toten, und in hundert Jahren läßt du uns nicht eine Stund leben.

Adieu Welt, denn du nimmst uns gefangen, und läßt uns nicht wieder ledig, du bindest uns, und lösest uns nicht wieder auf; du betrübest, und tröstest nit, du raubest und gibest nichts wieder, du verklagest uns, und hast keine Ursach, du verurteilest und hörest keine Partei; also daß du uns tötest ohne Urteil, und begräbest uns ohne Sterben! Bei dir ist keine Freud ohne Kummer, kein Fried ohne Uneinigkeit, keine Lieb ohne Argwohn, keine Ruhe ohne Furcht, keine Fülle ohne Mängel, keine Ehr ohne Makel, kein Gut ohne bös Gewissen, kein Stand ohne Klag, und keine Freundschaft ohne Falschheit.

Adieu Welt, denn in deinem Palast verheißet man ohne Willen zu geben, man dienet ohne Bezahlen, man liebkoset um zu töten, man erhöhet um zu stürzen, man hilft um zu fällen, man ehret um zu schänden, man entlehnet um nicht wiederzugeben, man straft ohne Verzeihen.

Behüt dich Gott Welt, denn in deinem Haus werden die großen Herren und Favoriten gestürzt, die Unwürdigen hervorgezogen, die Verräter mit Gnaden angesehen, die Getreuen in Winkel gestellt, die Boshaftigen ledig gelassen, und die Unschuldigen verurteilt; den Weisen und Qualifizierten gibt man Urlaub, und den Ungeschickten große Besoldung, den Hinterlistigen wird geglaubt, und die Aufrichtigen und Redlichen haben keinen Kredit, ein jeder tut was er will, und keiner was er tun soll.

Adieu Welt, denn in dir wird niemand mit seinem rechten Namen genennet, den Vermessenen nennet man kühn, den Verzagten vorsichtig, den Ungestümen emsig, und den Nachlässigen friedsam; einen Verschwender nennet man herrlich, und einen Kargen eingezogen; einen hinterlistigen Schwätzer und Plauderer nennet man beredt, und den Stillen einen Narrn oder Phantasten; einen Ehebrecher und Jungfrauenschänder nennet man einen Buhler; einen Unflat nennet man einen Hofmann, einen Rachgierigen nennet man einen Eiferigen, und einen Sanftmütigen einen Phantasten, also daß du uns das Giebige* für das Ungiebige und das Ungiebige für das Giebige verkaufest.

Adieu Welt, denn du verführest jedermann; den Ehrgeizigen verheißest du Ehr, den Unruhigen Veränderung, den Hochtragenden* Gnad bei Fürsten, den Nachlässigen Ämter, den Geizhälsen viel Schätze, den Fressern und Unkeuschen Freude und Wollust, den Feinden Rach, den Dieben Heimlichkeit, den Jungen langes Leben, und den Favoriten verheißest du beständige fürstliche Huld.

Adieu Welt, denn in deinem Palast findet weder Wahrheit noch Treu ihre Herberg! wer mit dir redet wird verschamt*, wer dir traut wird betrogen, wer dir folgt wird verführt, wer dich fürchtet wird am allerübelsten gehalten, wer dich liebt wird übel belohnt, und wer sich am allermeisten auf dich verläßt, wird auch am allermeisten zuschanden gemacht; an dir hilft kein Geschenk so man dir gibt, kein Dienst so man dir erweist, keine lieblichen Wort so man dir zuredet, kein Treu so man dir hält, und keine Freundschaft so man dir erzeigt; sondern du betrügst, stürzest, schändest, besudelst, drohest, verzehrest und vergißt jedermann; dannenhero weinet, seufzet, jammert, klaget und verdirbt jedermann, und jedermann nimmt ein End; bei dir siehet und lernet man nichts als einander hassen bis zum Würgen, reden bis zum Lügen, lieben bis zum Verzweifeln, handlen bis zum Stehlen, bitten bis zum Betrügen, und sündigen bis zum Sterben.

Behüt dich Gott Welt, denn dieweil man dir nachgehet, verzehret man die Zeit in Vergessenheit, die Jugend mit Rennen, Laufen und Springen über Zaun und Stiege, über Weg und Steg, über Berg und Tal, durch Wald und Wildnis, über See und Wasser, in Regen und Schnee, in Hitz und Kält, in Wind und Ungewitter; die Mannheit wird verzehrt mit Erzschneiden und -schmelzen, mit Steinhauen und -schneiden, Hacken und Zimmern, Pflanzen und Bauen, in Gedanken Dichten und Trachten, in Ratschläge ordnen, Sorgen und Klagen, in Kaufen und Verkaufen, Zanken, Hadern, Kriegen, Lügen und Betrügen; das Alter verzehrt man in Jammer und Elend, der Geist wird schwach, der Atem schmeckend, das Angesicht runzlicht, die Länge krumm, und die Augen werden dunkel, die Glieder zittern, die Nase trieft, der Kopf wird kahl, das Gehör verfällt, der Geruch verliert sich, der Geschmack geht hinweg, er seufzet und ächzet, ist faul und schwach, und hat in Summa nichts als Mühe und Arbeit bis in Tod.

Adieu Welt, denn niemand will in dir fromm sein; täglich richtet man die Mörder, vierteilt die Verräter, hänget die Dieb, Straßenräuber und Freibeuter, köpft Totschläger, verbrennt Zauberer, straft Meineidige, und verjagt Aufrührer.

Behüt dich Gott Welt, denn deine Diener haben kein andere Arbeit noch Kurzweil als faulenzen, einander vexieren und ausrichten, den Jungfrauen hofieren, den schönen Frauen aufwarten, mit denselben liebäugeln, mit Würfeln und Karten spielen, mit Kupplern traktieren, mit den Nachbarn kriegen, neue Zeitungen erzählen, neue Fund erdenken, mit dem Judenspieß rennen, neue Trachten ersinnen, neue List aufbringen, und neue Laster einführen.

Adieu Welt, denn niemand ist mit dir content oder zufrieden, ist er arm, so will er haben; ist er reich, so will er viel gelten; ist er veracht, so will er hoch steigen; ist er injuriert, so will er sich rächen; ist er in Gnaden, so will er viel gebieten; ist er lasterhaftig, so will er nur bei gutem Mut sein.

Adieu Welt, denn bei dir ist nichts Beständiges; die hohen Türm werden vom Blitz erschlagen, die Mühlen vom Wasser weggeführt, das Holz wird von den Würmern, das Korn von Mäusen, die Früchte von Raupen und die Kleider von Schaben gefressen, das Vieh verdirbt vor Alter, und der arme Mensch vor Krankheit: Der eine hat den Grind, der ander den Krebs, der dritte den Wolf, der vierte die Franzosen, der fünfte das Podagram, der sechste die Gicht, der siebente die Wassersucht, der achte den Stein, der neunte das Gries, der zehente die Lungensucht, der elfte das Fieber, der zwölfte den Aussatz, der dreizehente das Hinfallen, und der vierzehente die Torheit! In dir o Welt, tut nicht einer was der ander tut, denn wenn einer weinet, so lacht der ander; einer seufzet, der ander ist fröhlich; einer fastet, der ander zechet; einer bankettiert, der ander leidet Hunger; einer reitet, der ander gehet; einer redt, der ander schweigt; einer spielet, der ander arbeitet; und wenn der eine geboren wird, so stirbt der ander. Also lebt auch nicht einer wie der ander, der eine herrschet, der ander dienet; einer weidet die Menschen, ein anderer hütet der Schwein; einer folgt dem Hof, der ander dem Pflug; einer reist auf dem Meer, der ander fährt über Land auf die Jahr- und Wochenmärkt; einer arbeit im Feur, der ander in der Erde, einer fischt im Wasser, und der ander fängt Vögel in der Luft; einer arbeitet härtiglich, und der ander stiehlet und beraubet das Land.

O Welt behüt dich Gott, denn in deinem Haus führet man weder ein heilig Leben, noch einen gleichmäßigen Tod; der eine stirbt in der Wiegen, der ander in der Jugend auf dem

Bett, der dritte am Strick, der vierte am Schwert, der fünfte auf dem Rad, der sechste auf dem Scheiterhaufen, der siebente im Weinglas, der achte in einem Wasserfluß, der neunte erstickt im Freßhafen, der zehente erwürgt am Gift, der elfte stirbt jähling, der zwölfte in einer Schlacht, der dreizehente durch Zauberei, und der vierzehente ertränkt seine arme Seel im Tintenfaß.

Behüt dich Gott Welt, denn mich verdrießt deine Konversation; das Leben so du uns gibst, ist ein elende Pilgerfahrt, ein unbeständiges, ungwisses, hartes, rauhes, hinflüchtiges und unreines Leben, voll Armseligkeit und Irrtum, welches vielmehr ein Tod als ein Leben zu nennen; in welchem wir all Augenblick sterben durch viel Gebrechen der Unbeständigkeit und durch mancherlei Weg des Tods! du läßt dich der Bitterkeit nicht genügen, mit der du umgeben und durchsalzen bist, sondern betrügst noch dazu die meisten mit deinem Schmeicheln, Anreizung und falschen Verheißungen, du gibst aus dem güldenen Kelch, den du in deiner Hand hast, Bitterkeit und Falschheit zu trinken, und machst sie blind, taub, toll, voll und sinnlos, ach wie wohl denen, die dein Gemeinschaft ausschlagen: deine schnelle augenblickliche hinfahrende Freud verachten, dein Gesellschaft verwerfen, und nicht mit einer solchen arglistigen verlornen Betrügerin zugrund gehen; denn du machest aus uns einen finstern Abgrund, ein elendes Erdreich, ein Kind des Zorns, ein stinkendes Aas, ein unreines Geschirr in der Mistgrub, ein Geschirr der Verwesung voller Gestank und Greuel, denn wenn du uns lang mit Schmeicheln, Liebkosen, Dräuen, Schlagen, Plagen, Martern und Peinigen umgezogen und gequält hast, so überantwortest du den ausgemergelten Körper dem Grab, und setzest die Seel in ein ungewisse Schanz*. Denn obwohl nichts Gewissers ist als der Tod, so ist doch der Mensch nicht versichert, wie, wann und wo er sterben, und (welches das erbärmlichste ist) wo sein Seel hinfahren, und wie es derselben ergehen wird: Wehe aber alsdann der armen Seelen, welche dir o Welt, hat gedienet, gehorsamt und deinen Lüsten und Üppigkeiten hat gefolgt, denn nachdem eine solche sündige und un-

Simplex Myropola
hic Rusticos
defraudat
sic
Schau wie Simplex
hier betriegt
Auch viel Geld vom Leü-
ten kriegt
Und zur Straff im
Wasser liegt.

bekehrte arme Seel mit einem schnellen und unversehenen Schrecken aus dem armseligen Leib ist geschieden, wird sie nicht wie der Leib im Leben mit Dienern und Befreundten umgeben sein, sondern von der Schar ihrer allergreulichsten Feinde vor den sonderbaren Richterstuhl Christi geführt werden; darum o Welt behüt dich Gott, weil ich versichert bin, daß du dermaleins von mir wirst aussetzen und mich verlassen, nicht allein zwar wenn meine arme Seel vor dem Angesicht des strengen Richters erscheinen, sondern auch wenn das allerschrecklichste Urteil ‚Gehet hin ihr Vermaledeiten ins ewige Feuer' etc. gefällt und ausgesprochen wird.

Adieu o Welt, o schnöde arge Welt, o stinkendes elendes Fleisch; denn von deinetwegen und um daß man dir gefolget, gedienet und gehorsamet hat, so wird der gottlos Unbußfertig zur ewigen Verdammnis verurteilt, in welcher in Ewigkeit anders nichts zu gewarten, als anstatt der verbrachten Freud Leid ohne Trost, anstatt des Zechens Durst ohne Labung, anstatt des Fressens Hunger ohne Fülle, anstatt der Herrlichkeit und Pracht Finsternis ohne Licht; anstatt der Wollüste Schmerzen ohne Linderung, anstatt des Dominierens und Triumphierens Heulen, Weinen und Weheklagen ohne Aufhören, Hitz ohne Kühlung, Feuer ohne Löschung, Kält ohne Maß und Elend ohne End.

Behüt dich Gott o Welt, denn anstatt deiner verheißenen Freud und Wollüste werden die bösen Geister an die unbußfertige verdammte Seel Hand anlegen, und sie in einem Augenblick in Abgrund der Höllen reißen; daselbst wird sie anders nichts sehen und hören, als lauter erschreckliche Gestalten der Teufel und Verdammten, eitele Finsternis und Dampf, Feuer ohne Glanz, Schreien, Heulen, Zähnklappern und Gottslästern; alsdann ist alle Hoffnung der Gnad und Milderung aus, kein Ansehen der Person ist vorhanden, je höher einer gestiegen und je schwerer einer gesündiget, je tiefer er wird gestürzt und je härtere Pein er muß leiden; dem viel geben ist, von dem wird viel gefordert, und je mehr einer sich bei dir, o arge schnöde Welt! hat herrlich gemacht, je mehr schenkt man ihm Qual und Leiden ein, denn also erforderts die göttliche Gerechtigkeit.

Behüt dich Gott o Welt, denn obwohl der Leib bei dir ein Zeitlang in der Erden liegen bleibt und verfaulet, so wird er doch am Jüngsten Tag wieder aufstehn, und nach dem letzten Urteil mit der Seel ein ewiger Höllenbrand sein müssen; alsdann wird die arme Seel sagen: ‚Verflucht seist du Welt! weil ich durch dein Anstiften Gottes und meiner selbst vergessen, und dir in aller Üppigkeit, Bosheit, Sünd und Schand die Tag meines Lebens gefolgt hab; verflucht sei die Stund, in der mich Gott erschuf! verflucht sei der Tag, darin ich in dir o arge böse Welt geborn bin! O ihr Berg, Hügel und Felsen fallet auf mich, und verbergt mich vor dem grimmigen Zorn des Lamms, vor dem Angesicht dessen, der auf dem Stuhl sitzet; ach Wehe und aber Wehe in Ewigkeit!‘

O Welt! du unreine Welt, derhalben beschwöre ich dich, ich bitte dich, ich ersuche dich, ich ermahne und protestiere wider dich, du wollest kein Teil mehr an mir haben; und hingegen begehre ich auch nicht mehr in dich zu hoffen, denn du weißt, daß ich mir hab vorgenommen, nämlich dieses: Posui finem curis, spes & fortuna valete*.“

Alle diese Wort erwog ich mit Fleiß und stetigem Nachdenken, und bewogen mich dermaßen, daß ich die Welt verließ und wieder ein Einsiedel ward: Ich hätte gern bei meinem Saurbrunnen im Mückenloch gewohnt, aber die Baurn in der Nachbarschaft wollten es nicht leiden, wiewohl es für mich ein angenehme Wildnis war; sie besorgten, ich würde den Brunnen verraten und ihre Obrigkeit dahin vermögen, daß sie wegen nunmehr erlangten Friedens Weg und Steg dazu machen müßten. Begab mich derhalben in eine andere Wildnis, und fing mein Spessarter Leben wieder an; ob ich aber wie mein Vater sel. bis an mein End darin verharren werde, stehet dahin. Gott verleihe uns allen seine Gnade, daß wir allesamt dasjenige von ihm erlangen, woran uns am meisten gelegen, nämlich ein seliges

ENDE.

CONTINUATIO

DES ABENTEUERLICHEN

SIMPLICISSIMI

ODER

DER SCHLUSS DESSELBEN

O wunderbares Tun! O unbeständigs Stehen,
Wann einer wähnt er steh, so muß er fürder gehen,
  O schlüpferigster Stand! dem für vermeinte Ruh
  Schnell und zugleich der Fall sich nähert zu,
Gleich wie der Tod selbst tut; was solch hinflüchtig Wesen
Mir habe zugefügt, wird hierinnen gelesen;
  Woraus zu sehen ist daß Unbeständigkeit
  Allein beständig sei, immer in Freud und Leid.

Das 1. Kapitel

Ist ein kleine Vorrede und kurze Erzählung, wie dem neuen Einsiedler sein Stand zuschlug

Wenn sich jemand einbildet, ich erzähle nur darum meinen Lebenslauf, damit ich einem und anderem die Zeit kürzen, oder wie die Schalksnarrn und Possenreißer zu tun pflegen, die Leut zum Lachen bewegen möchte, so findet sich derselbe weit betrogen! denn viel Lachen ist mir selbst ein Ekel, und wer die edle ohnwiederbringliche Zeit vergeblich hinstreichen läßt, der verschwendet diejenige göttliche Gab ohnnützlich, die uns verliehen wird, unserer Seelen Heil in und vermittelst derselbigen zu wirken; warum sollte ich denn zu solcher eitelen Torheit verholfen, und ohne Ursach vergebens anderer Leut kurzweiliger Rat sein? Gleichsam als ob ich nicht wüßte, daß ich mich hierdurch fremder Sünden teilhaftig machte. Mein lieber Leser, ich bedünke mich gleichwohl zu solcher Profession um etwas zu gut zu sein, wer derowegen einen Narren haben will, der kaufe sich zween, so hat er einen zum besten; daß ich aber zuzeiten etwas possierlich aufziehe, geschiehet der Zärtling halber, die keine heilsamen Pillulen können verschlucken, sie seien denn zuvor überzuckert und vergüldt; geschweige daß auch etwa die allergravitätischsten Männer, wenn sie lauter ernstliche Schriften lesen sollen, das Buch ehender hinwegzulegen pflegen, als ein anders, das bei ihnen bisweilen ein kleines Lächlen herauspresset. Ich möchte vielleicht auch beschuldigt werden, als ging' ich zuviel satyrice* drein; dessen bin ich aber gar nicht zu verdenken, weil männiglich lieber geduldet, daß die allgemeinen Laster gerneraliter durchgehechelt und gestraft, als die eignen Untugenden freundlich korrigiert werden. So ist der theologische Stilus beim Herrn Omne* (dem ich aber diese meine Histori erzähle) zu jetzigen Zeiten leider auch nicht so gar angenehm, daß ich mich dessen gebrauchen sollte; solches kann man an einem Marktschreier oder Quacksalber (welche sich selbst vornehme Ärzt, Okulisten, Bruch- und Steinschneider nennen, auch ihre guten pergamentenen Brief und Siegel drüber haben) augenscheinlich abnehmen, wenn er am offnen Markt mit seinem Hans Wurst oder Hans Supp* auftritt, und auf den ersten Schrei und phantastischen krummen Sprung seines Narren mehr Zulaufs und Anhörer bekommt, als der eiferigste Seelenhirt, der mit allen Glocken dreimal zusammenläuten lassen, seinen anvertrauten Schäflein ein fruchtbare heilsame Predigt zu tun.

Dem sei nun wie ihm wolle, ich protestiere hiemit vor aller Welt, kein Schuld zu haben, wenn sich jemand deswegen ärgert, daß ich den Simplicissimum auf diejenige Mode ausstaffiert, welche die Leut selbst erfordern, wenn man ihnen etwas Nützlichs beibringen will; läßt sich aber indessen ein und anderer der Hülsen genügen und achtet des Kernen nicht, der darinnen verborgen steckt, so wird er zwar als von einer kurzweiligen Histori seine Zufriedenheit, aber gleichwohl dasjenig bei weitem nicht erlangen, was ich ihn zu berichten eigentlich bedacht gewesen; fange demnach wiederum an, wo ichs im End des fünften Buchs bewenden lassen.

Daselbst hat der geliebte Leser verstanden, daß ich wiederum ein Einsiedler worden, auch warum solches geschehen; gebühret mir derowegen nunmehr zu erzählen, wie ich mich in solchem Stand verhalten. Die ersten paar Monat, alldieweil auch die erste Hitz noch dauret, gings trefflich wohl ab, die Begierde der fleischlichen Wollüste oder besser zu sagen Unlüste, denen ich sonst trefflich ergeben gewesen, dämpfte ich gleich anfangs mit ziemlicher geringer Mühe, denn weil ich dem Baccho und der Cereri nicht mehr dienete, wollte Venus auch nicht mehr bei mir einkehren; aber damit war ich drum bei weitem nit vollkommen, sondern hatte stündlich tausendfältige Anfechtungen; wenn ich etwa an meine alten begangnen losen Stücklein gedachte, und eine Reu dadurch zu erwecken, so kamen mir zugleich die Wollüste mit ins Gedächtnis, deren ich etwa da und dort genossen, welches mir nit allemal gesund war, noch zu meinem geistlichen Fortgang auferbaulich; wie ich mich seithero erinnert und der Sach nachgedacht, ist der Müßiggang mein größter Feind und die Freiheit (weil ich keinem Geistlichen unterworfen, der meiner gepflegt und wahrgenommen hätte) die Ursach gewesen, daß ich nicht in meinem angefangenen Leben beständig verharret. Ich wohnete auf einem hohen Gebirg, die Moos* genannt, so ein Stück vom Schwarzwald und überall mit einem finstern Tannenwald überwachsen ist; von demselben hatte ich ein schönes Aussehen gegen Aufgang in das Oppenauer Tal und dessen Nebenzinken; gegen Mittag in das Kinziger Tal und die Grafschaft Geroldseck*, allwo dasselbe hohe Schloß zwischen seinen benachbarten Bergen das Ansehen hat wie der König in einem aufgesetzten Kegelspiel; gegen Niedergang konnte ich das Ober- und Unterelsaß übersehen, und gegen Mitternacht der Niedern Markgrafschaft Baden* zu den Rheinstrom hinunter, in welcher Gegend die Stadt Straßburg mit ihrem hohen Münsterturm gleichsam wie das Herz mitten mit einem Leib beschlossen hervorpranget; mit solchem Aussehen und Betrachtungen so schöner Landsgegend delektierte ich mich mehr als ich eiferig betete; wozu mich mein Perspektiv*, dem ich noch nicht resigniert, trefflich anfrischte; wenn ich mich aber desselbigen wegen der dunklen Nacht nicht mehr gebrauchen konnte, so nahm ich mein Instrument, welches ich zu Stärkung des Gehörs erfunden, zuhanden und horchte dadurch, wie etwa auf etlich Stund Wegs weit von mir die Baurenhund bellen, oder sich ein Gewild in meiner Nachbarschaft regte; mit solcher Torheit ging ich um, und ließ mit der Zeit zugleich Arbeiten und Beten bleiben, wodurch sich hiebevor die alten ägyptischen Einsiedel beides leib- und geistlicherweis erhalten. Anfänglich als ich noch neu war, ging ich von Haus zu Haus in den nächsten Tälern herum und suchte zu Aufenthaltung meines Lebens das Almosen, nahm auch nit mehr, als was ich blößlich bedurfte, und sonderlich verachtet ich das Geld, welches die umliegenden Nachbarn für ein groß Wunder: ja für ein sonderbare apostolische Heiligkeit an mir schätzten; sobald aber meine Wohnung bekannt wurde, kam kein Waldgenoß mehr in Wald, der mir nit etwas von Essenspeisen mit sich gebracht hätte; diese rühmten meine Heiligkeit und ungewöhnliches einsiedlerisches Leben auch anderwärts, also daß auch die etwas weiters wohnenden Leut entweder aus Vorwitz oder Andacht getrieben mit großer Mühe zu mir kamen und mich mit ihren Verehrungen besuchten; da hatte ich an Brot, Butter, Salz, Käs, Speck, Eiern und dergleichen nit allein keinen Mangel, sondern auch einen Überfluß; wurde aber darum nit desto gottseliger, sondern je länger je kälter, saumseliger und schlimmer, also daß man mich beinahe einen Heuchler oder heiligen Schalk hätt nennen mögen; doch unterließ ich nicht, die Tugenden und Laster zu betrachten und zu gedenken, was mir zu tun sein möchte, wenn ich in Himmel wollte; es geschah aber alles unordentlich, ohne rechtschaffenen Rat und einen festen Vorsatz, hierzu einen Ernst anzulegen, welchen mein Stand und dessen Verbesserung von mir erforderte.

Das 2. Kapitel

Wie sich Luzifer verhielt, als er frische Zeitung vom geschloßnen Teutschen Frieden kriegte

Wir lesen, daß vorzeiten bei den Gott ergebenen heiligen Gliedern der christlichen Kirche die Mortifikation oder Abtötung des Fleisches vornehmlich in Beten, Fasten und Wachen bestanden; gleichwie nun aber ich mich der ersten beiden Stück wenig befliß, also ließ ich mich auch durch die süße Betöberung* des Schlafs stracks überwinden, sooft mir nur zugemutet ward, solche Schuldigkeit (das wir denn mit allen Tieren gemein haben) der Natur abzulegen; einsmals faulenzte ich unter einer Tannen im Schatten und gab meinen unnützen Gedanken Gehör, die mich fragten, ob der Geiz oder die Verschwendung das größte oder ärgste Laster sei? ich habe gesagt meinen unnützen Gedanken! und das sag ich noch! denn Lieber, was hatte ich mich um die Verschwendung zu bekümmern, da ich doch nichts zu verschwenden vermochte? und was ging mich der Geiz an, indem mein Stand, den ich mir selbst freiwillig erwählet, von mir erfordert', in Armut und Dürftigkeit zu leben? aber o Torheit, ich war dennoch so hart verbeißt, solches zu wissen, daß ich mir dieselbigen Gedanken nicht mehr ausschlagen konnte, sondern darüber einschlummerte! Womit einer wachend hantiert, damit pflegt einer gemeiniglich auch träumend vexiert zu werden, und solches widerfuhr mir damals auch. Denn sobald ich die Augen zugetan hatte, sah ich in einer tiefen abscheulichen Klingen* den höllischen Großfürsten Luciferum zwar auf seinem Regimentsstuhl sitzen, aber mit einer Ketten angebunden, daß er seines Gefallens in der Welt nicht wüten könnte; die vielen der höllischen Geister mit denen er umgeben, begnügten durch ihr fleißiges Aufwarten die Größe seiner höllischen Macht; als ich nun dieses Hofgesind betrachtete, kam ohnversehens ein schneller Postillion durch die Luft geflogen, der ließ sich vorm Luzifer nieder und sagte: „O großer Fürst, der geschlossene Teutsche Frieden hat beinahe ganz Europam wiederum in Ruhe gesetzt; das ‚Gloria in excelsis' und ‚Te Deum laudamus' erschallet aller Orten gen Himmel, und jedermann wird sich befleißen unter seinem Weinstock und Feigenbaum hinfürder Gott zu dienen." Sobald Luzifer diese Zeitung kriegte, erschrak er anfänglich ja so sehr, als heftig er den Menschen solche Glückseligkeit mißgönnet; indem er sich aber wieder ein wenig erholete und bei sich selbst ermaß, was für Nachteil und Schaden sein höllisches Reich am bishero gewohnten Interesse leiden müßte, griesgramet' er schrecklich! er knarpelt'* mit den Zähnen so greulich, daß er weit und breit fürchterlich zu hören war, und seine Augen funkelten so grausam vor Zorn und Ungeduld, daß ihm schwefelichte Feurflammen gleichsam wie der Blitz herausschlugen und sein ganze Wohnung erfülleten; also daß sich nicht allein die armen verdammten Menschen und geringen höllischen Geister, sondern auch seine vornehmsten Fürsten und geheimsten Rät selbst davor entsetzten; zuletzt lief er mit den Hörnern wider die Felsen, daß die ganze Höll davon zitterte, und fing dergestalt an zu wüten und toben, daß die Seinigen sich nichts anders einbilden konnten, als er würde entweder gar abreisen oder ganz toll und töricht werden; maßen sich ein Zeitlang niemand erkühnen durfte sich zu ihm zu nahen, weniger ein einziges Wörtlein mit ihm zu sprechen.

Endlich wurde Belial* so keck und sagte: „Großmächtiger Fürst, was sind das für Gebärden von einer solchen unvergleichlichen Hochheit? wie? hat der größte Herr seiner selbst vergessen? oder was soll uns doch diese ungewöhnliche Weis bedeuten, die Eurer herrlichen Majestät weder nützlich noch rühmlich sein kann?“ „Ach!“ antwortet' Luzifer, „ach! ach wir haben allesamt verschlafen und durch unsere eigene Faulheit zugelassen, daß Lerna malorum*, unser liebstes Gewächs, das wir auf dem ganzen Erdboden hatten und mit so großer Mühe gepflanzt, mit so großem Fleiß erhalten und die Früchte davon jeweils mit so großem Wucher eingesammelt, nunmehr aus den teutschen Grenzen gereutet, auch wenn wir nicht anders dazu tun, besorglich aus ganz Europa geworfen wird! und gleichwohl ist keiner unter euch allen, der solches recht beherzige! Ists uns nicht allen eine Schand, daß wir die wenigen Täglein, welche die Welt noch vor sich hat, so liederlich verstreichen lassen? ihr schläferigen Maulaffen, wißt ihr nicht daß wir in dieser letzten Zeit unsere reichste Ernt haben sollen? das ist mir gegen das End der Welt auf Erden schön dominiert, wenn wir wie die alten Hund zur Jagd verdrossen und untüchtig werden wollen; der Anfang und Fortgang des Kriegs sah unserm verhofften fetten Schnitt* zwar gleich, was haben wir aber jetzt zu hoffen? da Mars Europam bis auf Polen* quittiert, dem Lerna malorum auf dem Fuß nachzufolgen pflegt.“

Als er diese Meinung vor Bosheit und Zorn mehr herausgedonnert als geredet hatte, wollte er die vorige Wut wieder angehen; aber Belial machte daß er sichs noch enthielt, da er sagte: „Wir müssen deswegen den Mut nicht sinken lassen, noch uns gleich stellen wie die schwachen Menschen, die ein widerwärtiger Wind anbläst, weißt du nicht, o großer Fürst, daß mehr durch den Wein als durchs Schwert fallen? sollte dem Menschen, und zwar den Christen, ein geruhiger Fried, welcher die Wollust auf dem Rücken mit sich bringt, nicht schädlicher sein als Mars? ist nicht gnug bekannt, daß die Tugenden der Braut Christi nie heller leuchten als mitten in höchster Trübsal?" „Mein Wunsch und Will aber ist", antwortet' Luzifer, „daß die Menschen sowohl in ihrem zeitlichen Leben in lauter Unglück, als nach ihrem Hinsterben in ewiger Qual sein sollen; dahingegen unsere Saumsal endlich zugeben wird, daß sie zeitliche Wohlfahrt genießen, und endlich noch dazu die ewige Seligkeit besitzen werden." „Ha", antwortet' Belial, „wir wissen ja beide meine Profession, vermittelst deren ich wenig Feiertag halten, sondern mich dergestalt tummlen werde, deinen Willen und Wunsch zu erlangen, daß Lerna malorum noch länger bei Europa verbleiben oder doch diese Dam' andere Kletten ins Haar kriegen soll; allein wird deine Hochheit auch bedenken, daß ich nichts erzwingen kann, wenn ihr das Numen* ein anders gönnet."

Das 3. Kapitel

Seltsame Aufzüg etlichen höllischen Hofgesinds und dergleichen Bursch

Das freundlich Gespräch dieser zweien höllischen Geister war so ungestüm und schrecklich, daß es einen Hauptlärmen in der ganzen Höllen erregte, maßen in einer Geschwinde das ganze höllisch Heer zusammenkam, um zu vernehmen, was etwa zu tun sein möchte; da erschien Luzifers erstes Kind, die Hoffart mit ihren Töchtern, der Geiz mit seinen Kindern, der Zorn samt Neid und Haß, Rachgier, Mißgunst, Verleumdung und was ihnen weiters verwandt war, sodann auch Wollust mit ihrem Anhang, als Geilheit, Fraß, Müßiggang und dergleichen, item die Faulheit, die Untreu, der Mutwill, die Lügen, der Vorwitz so Jungfern teuer macht, die Falschheit mit ihrem lieblichen

Töchterlein der Schmeichelei, die anstatt der Windfach* einen Fuchsschwanz trug, welches alles ein seltsamen Aufzug abgab und verwunderlich zu sehen war, denn jedes kam in sonderbarer eigner Liberei daher; ein Teil war aufs prächtigst herausgeputzt, das ander ganz bettelhaftig angetan, und das dritte, als die Unschamhaftigkeit und dergleichen, ging beinahe überall nackend; ein Teil war so fett und wohlleibig wie ein Bacchus, das ander so gelb, bleich und mager wie ein alte dürre Ackermähr; ein Teil schien so lieblich und anmutig wie eine Venus, das ander sah so saur wie Saturnus, das dritte so grimmig wie Mars, das vierte so tückisch und duckmäusig wie Mercurius, ein Teil war stark wie Hercules oder so gerad und schnell wie Hippomenes, das ander lahm und hinkend wie Vulcanus; also daß man so unterschiedlicher seltsamer Arten und Aufzüg halber vermeinen hätte mögen es wäre das wütig Heer gewesen, davon uns die Alten soviel wunderlichs Dings erzählt haben; und ohne diese obgenannten erschienen noch viel, die ich nicht kannte noch zu nennen weiß, maßen auch etliche ganz vermummet und verkappt aufzogen.

Zu diesem ungeheuren Schwarm tat Luzifer eine scharfe Rede, in welcher er dem ganzen Haufen in genere und einer jeden Person insonderheit ihre Nachlässigkeit verwies und allen aufrupfte, daß durch ihre Saumsal Lerna malorum Europam räumen müssen; er mustert' auch gleich die Faulheit aus als einen untüchtigen Bankert, der ihm die Seinigen verderbe, ja er verwies ihr sein höllisches Reich auf ewig, mit Befehl daß sie gleichwohl ihren Unterschleif* auf dem Erdboden suchen sollte.

Demnach hetzte er die übrigen allen Ernsts zu größerem Fleiß, als sie bishero bezeugt, sich bei den Menschen einzunistelen; bedrohete dabeneben schrecklich, mit was für Strafen er diejenigen ansehen wollte, von welchen er künftig im geringsten verspüre, daß durch deren Amtsgeschäfte seiner Intention gemäß nicht eiferig genug verfahren worden wäre; er teilet' ihnen benebens auch neue Instructiones und Memorial* aus, und tat stattliche Promessen gegen die, die sich tapfer gebrauchen würden.

Da es nun sah, als wenn diese Reichsversammlung sich endigen, und alle höllischen Stände wiederum an ihre Geschäfte gehen wollten, ritt ein zerlumpter und von Angesicht sehr bleicher Kerl auf einem alten schäbigen Wolf hervor, Roß und Mann sah so verhungert, mager, matt und hinfällig aus, als wenn beides schon ein lange Zeit in einem Grab oder auf der Schindgruben gelegen wäre! Dieser beklagte sich über eine ansehenliche Dame, die sich auf einem neapolitanischen Pferd von hundert Pistolen Wert tapfer vor ihm tummlete; alles an ihren und des Pferds Kleidungen und Zierden glänzte von Perlen und Edelgesteinen, die Stegreif, die Buckeln, die Stangen, alle Rinken*, das Mundstück oder Gebiß samt der Kinnketten war von purem Gold, die Hufbeschläg aber an des Pferds Füßen von feinem Silber, dahero man sie auch keine Hufeisen nennen kann; sie selbst sah ganz herrlich, prächtig und trotzig aus, blühete daneben im Angesicht wie eine Rose am Stock, oder war doch wenigest anzusehen, als wenn sie einen halben Rausch gehabt hätte, maßen sie sich auch sonst in allen ihren Gebärden so frisch stellet'; es roch um sie herum so stark nach Haarpulver, Balsam, Bisam, Ambra und andern Aromaten, daß wohl einer andern als sie war die Mutter hätt rebellisch werden mögen*. In Summa es war alles so kostbarlich um sie bestellt, daß ich sie für die allermächtigste Königin gehalten hätte, wenn sie nur auch gekrönet gewesen wäre, wie sie denn auch eine sein muß, weil man von ihr sagt, sie allein herrsche über das Geld und das Geld nit über sie: Gab mich derowegen anfänglich wunder, daß obengedachter elender Schindhund auf dem Wolf wider sie mutzen* durfte, aber er machte sich mausiger, als ich ihm zugetraut.

Das 4. Kapitel

Wettstreit zwischen der Verschwendung und dem Geiz; und ist ein wenig ein länger Kapitel als das vorige

Denn er drang sich vor den Luzifer selbsten und sagte: „Großmächtiger Fürst! beinahe auf dem ganzen Erdboden ist mir niemand mehr zuwider als eben gegenwärtige Bräckin*, die sich bei den Menschen für die Freigebigkeit ausgibt, um unter solchem Namen mit Hilf der Hoffart, der Wollust und des Fraßes mich allerdings in Verachtung zu bringen und zu unterdrücken; diese ist, die sich überall wie das Böse in einer Wannen hervorwirft*, mich in meinen Werken und Geschäften zu verhindern und wieder niederzureißen, was ich zu Aufnehmung und Nutzen deines Reichs mit großer Mühe und Arbeit auferbaue! Ists nit dem ganzen höllischen Reich bekannt, daß mich die Menschenkinder selbst eine Wurzel alles Übels nennen; was für Freud oder was für Ehr hab ich mich aber von einem solchen herrlichen Titel zu getrösten, wenn mir diese junge Rotznase vorgezogen werden will? soll ich erleben, daß ich! ich sage ich! ich! der wohlverdientsten Ratspersonen und vornehmsten Diener einer! oder größter Beförderer deines Staats und höllischen Interesses, dieser jungen, erst bei meinem Gedenken von Wollust und Hoffart erzeugten Dirn jetzt in meinem Alter weichen und ihr den Vorzug lassen müßte? nimmermehr nit! Großmächtiger Fürst, würde es deiner Hochheit anstehen, noch deiner Intention nachgelebt sein, die du hast, das menschlich Geschlecht sowohl hie als dort zu quälen, wenn du dieser Alamode-Närrin gewonnen gäbest, daß sie in ihrer Verfahrung wider mich recht handele; ich hab zwar mißgeredet, indem ich gesagt, recht handele; denn mir ist recht und unrecht eins wie das ander; ich wollte so viel damit sagen, es gereiche zu Schmälerung deines Reichs, wenn mein Fleiß, den ich von unvordenklichen Jahren her bis auf diese Stund so unverdrossen vorgespannet, mit solcher Verachtung belohnet, mein Ansehen, Ästimation und Valor bei den Menschen dadurch verringert, und endlich

ich selbsten auf solche Weis aus ihrer aller Herzen gar ausgelöscht und vertrieben werden sollte; befiehl derohalben dieser jungen unverständigen Landläuferin, daß sie mir als einem Ältern weichen, forthin meinem Beginnen nachgeben und mich in deinen Reichsgeschäften unverhindert fürfahren lassen solle, in aller Maß und Form als vor diesem beschehen, da man in der ganzen Welt von ihr nichts wußte."

Demnach der Geiz diese Meinung mit noch weit mehrern Umständen vorgebracht hatte, antwortet' die Verschwendung: es verwundere sie nichts mehrers, als daß ihr Großvater so unverschämt in sein eigen Geschlecht hinein gleichwie ein anderer Herodes Ascalonita* in das seinige wüten dürfe. „Er nennet mich", sagt' sie, „eine Bräckin; solcher Titel gebühret mir zwar weil ich sein Enklin bin, meiner eignen Qualitäten halber aber wird mir derselbe nimmermehr zugeschrieben werden können; er rücket mir auf, daß ich mich bisweilen für die Freigebigkeit ausgebe und unter solchem Schein meine Geschäfte verrichte; ach einfältiges Anbringen eines alten Gecken! welches mehr zu verlachen als meine Handlungen zu bestrafen; weiß der alte Narr nicht, daß keiner unter allen höllischen Geistern ist, der sich zuzeiten nit nach Gestaltsame* der Sach und erheischender Notdurft nach in ein' Engel des Lichts verstelle? Zwar mein ehrbarer Herr Ahne nehme sich bei der Nasen; überredet er nit die Menschen, wenn er anklopft Herberg bei ihnen zu suchen, er sei die Gesparsamkeit? sollte ich ihn drum deswegen tadeln oder gar verklagen? Nein mit nichten; ich bin ihm deswegen nit einmal gehässig! sintemalen wir uns alle mit dergleichen Vörteln und Betrügereien behelfen müssen bis wir bei den Menschen ein Zutritt bekommen und uns unvermerkt eingeschlichen haben; und möchte ich mir wohl einen rechtschaffenen frommen Menschen (die wir aber allein zu hintergehen haben, denn die Gottlosen werden uns ohnedas nit entlaufen) hören was er sagte, wenn einer von uns angestochen käme, und sagte: ,Ich bin der Geiz, ich will dich zur Höllen bringen! ich bin die Verschwendung, ich will dich verderben; ich bin der Neid, folg mir, so kommst du in die ewige Verdammnis;

ich bin die Hoffart, lasse mich bei dir einkehren, so mache ich dich dem Teufel gleich, der von Gottes Angesicht verstoßen worden; ich bin dieser oder der, wenn du mir nachahmest, so wird es dich viel zu spät reuen, weil du alsdann der ewigen Pein nimmermehr wirst entrinnen können!' Meinest du nit", sagte sie zum Luzifer, „großmächtiger Fürst, ein solcher Mensch werde sagen: ‚Troll dich geschwind in aller hunderten tausenden Namen in Abgrund der Höllen zu deinem Großvater hinunter, der dich gesandt hat und lasse mich zufrieden!' Wer ist unter euch allen", sprach sie darauf zum ganzen Umstand, „dem nit solchergestalt abgedankt worden, wenn er mit der Wahrheit, die ohnedas überall verhaßt ist, aufzuziehen sich unterstanden? Sollte ich denn allein der Narr sein, mich mit der Wahrheit schleppen? und unser aller Großvater nicht nachfolgen dürfen, dessen größte Arcana* die Lügen sind?

Ebenso kahl kommts, wenn der alte Pfetzpfennig* zu meiner Verkleinerung vorgeben will, die Hoffart und die Wollust seien meine Beiständ; und zwar wenn sie es sind, so tun sie erst, was ihre Schuldigkeit und die Vermehrung des höllischen Reichs von ihnen erfordert; das gibt mich aber wunder, daß er mir mißgönnen will, was er selbst nit entbehren kann! Weiset es nit das höllische Protokoll aus, daß diese beiden manchem armen Tropfen ins Herz gestiegen und dem Geiz den Weg bereitet, ehe er, der Geiz, einmal gedachte oder sich erkühnen durfte, einen solchen Menschen zu attackiern? Man schlage nur nach, so wird man finden, daß denen so der Geiz verführt, entweder zuvor die Hoffart eingeblasen, sie müssen zuvor etwas haben, ehe sie sich sehen lassen zu prangen, oder daß ihnen die Reizung der Wollust geraten, sie müssen zuvor etwas zusammenschachern, ehe sie in Freuden und Wollust leben könnten; warum will mir denn nun dieser mein schöner Großvater diejenigen nit helfen lassen, die ihm doch selbst so manchen guten Dienst getan; was aber den Fraß und die Füllerei anbelangt, kann ich nichts dafür, daß der Geiz seine Untersassen* so hart hält, daß sie sich ihrer wie die meinigen nit ebensowohl auch annehmen dürfen; ich zwar halte sie dazu, weil es meiner Profession ist, und er läßt die Seinigen sie auch nit ausschlagen, wenn es nur nit über ihren Säckel gehet; und ich sage dennoch nicht, daß er etwas Ungereimts daran begehe, sintemal es in unserem höllischen Reich ein altes Herkommen, daß je ein Mitglied dem andern die Hand bieten und wir allesamt gleichsam wie ein' Kette aneinanderhangen sollen; betreffend meines Ahnherrn Titel, daß er nämlich je und allweg, wie denn auch noch, die Wurzel alles Übels genennet worden, und daß ich besorglich ihn durch mein Aufnehmen verkleinern oder ihm gar vorgezogen werden möchte: darüber ist mein Antwort, daß ich ihm seine gebührende und wohlhergebrachte Ehr, die ihm die Menschenkinder selbst geben, weder mißgönne noch ihm solche abzurauben trachte; allein wird mir auch niemand unter allen höllischen Geistern verdenken, wenn ich mich befleiße, durch meine eigenen Qualitäten meinen Großvater zu übertreffen oder ihm doch wenigst gleichgeschätzt zu werden; welches ihm denn mehr zur Ehr als Schand gereichen wird, weil ich aus ihm meinen Ursprung zu haben bekenne; zwar hat er meines Herkommens halber etwas Irrigs auf die Bahn gebracht, weil er sich meiner schämet: indem ich nicht wie er vorgibt der Wollust, sondern eigentlich seines Sohns des Überflusses Tochter bin; welcher mich aus der Hoffart, des allergrößten Fürsten ältester Tochter, und ebendamals die Wollust aus der Torheit erzeuget; dieweil ich denn nun Geschlechts und Herkommens halber ebenso edel bin als Mammon immer sein mag, zumalen durch meine Beschaffenheit (ob ich zwar nit so gar klug zu sein scheine) ebensoviel ja noch wohl mehr als dieser alte Kracher zu nützen getraue: also gedenke ich ihm nicht zu weichen, sondern noch gar den Vorzug zu behaupten; versehe mich auch gänzlich, der Großfürst und das ganze höllische Heer werde mir Beifall geben und ihm auferlegen, daß er die wider mich ausgegossenen Schmähwort widerrufen, mich hinfort in meinem Tun unmolestiert und als einen hohen Stand und vornehmstes Mitglied des höllischen Reichs passieren lassen soll."

„Welchen wollte es nicht schmerzen", antwortet' der

Geiz auf dem Wolf, „wenn einer so widerwärtige Kinder erzeugt, die so gar aus seiner Art schlagen; und ich soll mich noch dazu verkriechen und stillschweigen, wenn dieser Schleppsack mir nit allein alles, was er nur erdenken kann, zuwider tut, sondern was mehr ist, noch drüberhin durch solche Widerspenstigkeit mein ansehenlich Alter zu vernützen* und über mich selbst zu steigen gedenkt." „O Alter", antwortet' die Verschwendung, „es hat wohl eher ein Vater Kinder erzeugt, die besser gewesen als er!" „Aber noch öfter", antwortet' Mammon, „haben die Eltern über ihre ungeratenen Kinder zu klagen gehabt!"

„Wozu dienet dies Gezänk", sagte Luzifer, „jedes Teil erweise, was es vor dem andern unserm Reich für Nutzen schaffe, so wollen wir daraus judizieren, welchem unter euch der Vorzug gebühre, als um welchen es vornehmlich zu tun; und in solchem unserm Urteil wollen wir weder Alter noch Jugend, noch Geschlecht noch ichtwas anders ansehen; denn wer dem großen Numen am allermeisten zuwider und den Menschen am schädlichsten zu sein befunden wird, soll unserem alten Gebrauch und Herkommen nach auch der vornehmst Hahn im Korb sein."

„Sintemal, großer Fürst, mir zugelassen ist", antwortet' Mammon, „meine Qualitäten und auf wie vielerlei Weis ich mich dadurch bei dem höllischen Staat verdient mache, an Tag zu legen; so zweifelt mir nicht, wenn ich anders recht gehöret, und alles umständlich und glücklich genug vorbringen würde, daß mir nit allein das ganze höllische Reich den Vorzug vor der Verschwendung zusprechen, sondern noch dazu die Ehr und den Sitz des alten abgangnen Plutonis*, unter welchem Namen ich ehemalen für das höchste Oberhaupt allhier respektiert worden, wiederum gönnen und einräumen werde, als welcher Stand mir billig gebührt. Zwar will ich nit rühmen, daß mich die Menschen selbst die Wurzel alles Übels, das ist einen Ursprung, Kloak und Grundsuppe nennen alles desjenigen, was ihnen an Leib und Seel schädlich und hingegen unserem höllischen Reich nutz sein mag, denn solches sind nun allbereit so bekannte Sachen, daß sie auch bereits die Kinder wissen! will auch nit herausstreichen, wie mich deswegen die, so dem großen Numen beigetan sind, täglich loben und wie das saure Bier ausschreien*, mich bei allen Menschen verhaßt zu machen; wiewohl mirs zu nicht geringer Ehr gereicht, wenn hieraus erscheinet, daß ich ohnangesehen aller solchen numinalischen Verfolgungen dennoch bei den Menschen meinen Zugang erpraktiziere, mir ein festen Sitz stelle und auch endlich wider alle solchen Sturmwinde behaupte; wäre mir dieses allein nit Ehr genug, daß ich diejenigen gleichwohl beherrsche, denen das Numen selbst treuherziger Warnungsweis sagte, sie könnten ihm und mir nit zugleich dienen, und daß sein Wort unter mir wie der gute Samen unter den Dornen erstickt; hiervon aber will ich durchaus stillschweigen, weil es wie gemeldt schon so alte Possen sind, die bereits gar zu bekannt! Aber dessen, dessen, sage ich, will ich mich rühmen, daß keiner unter allen Geistern und Mitgliedern des höllischen Reichs die Intention unsers Großfürsten besser ins Werk setze als eben ich; denn derselbe will und wünscht nichts anders, als daß die Menschen sowohl in ihrer Zeitlichkeit kein geruhiges, vergnügsames und friedliches, als auch in der Ewigkeit kein seliges Leben haben und genießen sollen.

Sehet doch alle euren blauen Wunder! wie sich diejenigen anfangen zu quälen, bei denen ich nur einen geringen Zutritt bekomme; wie unablässig sich diejenigen ängstigen, die mir ihr Herz zum Quartier beginnen einzuräumen; und betrachtet nur ein wenig die Wege dessen, den ich ganz besitze und eingenommen; danach sagt mir, ob auch ein elendere Kreatur auf Erden lebe, oder ob jemalen ein einziger höllischer Geist einen größern oder standhaftigern Märtyrer vermocht und zugerichtet habe als eben derselbig einer ist, den ich zu unserem Reich ziehe. Ich benehme ihm kontinuierlich den Schlaf, welchen doch sein eigne Natur selbst so ernstlich von ihm erfordert, und wenn er gleich solche Schuldigkeit nach Notdurft abzulegen gezwungen wird, so tribuliere und vexiere ich ihn jedoch hingegen dergestalt mit allerhand sorgsamen und beschwerlichen Träumen, daß er nit allein nit ruhen kann, sondern auch schlafend viel mehr als mancher wachend sündigt; mit Speis und Trank, auch allen andern angenehmen Leibsverpflegungen traktiere ich die Wohlhäbigen viel schmäler, als andere Dürftigste zu genießen pflegen; und wenn ich der Hoffart zu Gefallen nit bisweilen ein Aug zutäte, so müßten sie sich auch elender bekleiden als die allerarmseligsten Bettler; ich gönne ihnen keine Freud, keine Ruhe, keinen Fried, keine Lust und in Summa nichts das gut genannt und ihren Leibern geschweige den Seelen zum besten gedeihen mag; ja auch aufs äußerst diejenigen Wollüste nit, die andere Weltkinder suchen und sich dadurch zu uns stürzen; die fleischlichen Wollüste selbst, denen doch alles von Natur nachhängt, was sich nur auf Erden regt, versalze ich ihnen mit Bitterkeit; indem ich die blühenden Jüngling mit alten abgelebten, unfruchtbaren, garstigen Vetteln, die allerholdseligsten Jungfrauen aber mit eisgrauen, eifersüchtigen Hahnreiern verkuppele und beunselige; ihr größte Ergötzung muß sein, sich mit Sorg und Bekümmernis zu grämen, und ihr höchstes Contentament, wenn sie ihr Leben mit schwerer saurer Mühe und Arbeit verschleißen, sich um ein wenig roter Erden*, die sie doch nicht mitnehmen können, die Höll härtiglich zu erarnen*.

Ich gestatte ihnen kein rechtschaffenes Gebet, noch weniger daß sie aus guter Meinung Almosen geben, und ob sie zwar oft fasten oder besser zu reden Hunger leiden, so geschiehet jedoch solches nit Andacht halber, sondern mir zu Gefallen etwas zu ersparen; ich jage sie in Gefährlichkeit Leibs und Lebens, nit allein mit Schiffen über Meer, sondern auch gar unter die Wellen in desselbigen Abgrund hinunter, ja sie müssen mir das innerste Eingeweid der Erden durchwühlen, und wenn etwas in der Luft zu fischen wär, so müßten sie mir auch fischen lernen; ich will nit sagen von den Kriegen die ich anstifte, noch von dem Übel das daraus entstehet, denn solches ist aller Welt bekannt! will auch nicht erzählen, wieviel Wucherer, Beutelschneider, Dieb, Räuber und Mörder ich mache; weil ich mich dessen zum höchsten rühme, daß sich alles was mir beigetan ist, mit bittrer Sorg, Angst, Not, Mühe und Arbeit schleppen muß; und gleichwie ich sie an Leib so greulich martere, daß sie keines andern Henkers bedürfen, also peinige ich sie auch in ihrem Gemüt, daß kein anderer höllischer Geist weiters vonnöten, sie den Vorgeschmack der Höllen empfinden zu lassen, geschweige in unserer Andacht zu behalten; ich ängstige den Reichen! ich unterdrücke den Armen! ich verblende die Justitiam, ich verjage die christliche Liebe, ohne welche niemand selig wird, die Barmherzigkeit findt bei mir keine Statt!"

Das 5. Kapitel

Der Einsiedel wird aus seiner Wildnis zwischen Engeland und Frankreich auf das Meer in ein Schiff versetzt

Indem der Geiz so daherplauderte, sich selbst zu loben und der Verschwendung vorzuziehen, kam ein höllischer Geist dahergeflattert, der vor Alter gleichsam hinfällig, ausgemergelt, lahm und bucklet zu sein schien, er schnaufte wie ein Bär oder wenn er ein Hasen erlaufen hätte; weswegen denn alle Anwesenden die Ohren spitzten, zu vernehmen was er Neus brächte oder für ein Wildbret gefangen hätte, denn er hatte hierzu vor andern Geistern den Ruhm einer sonderbaren Dexterität*; da sie es aber beim Licht besahen, war es nihil und ein nisi dahinter, das ihn an seiner Verrichtung verhindert, denn da ihm stattgeben ward Relation zu tun, verstund man gleich, daß er Julo, einem Edelmann aus England, und seinem Diener Avaro (die miteinander aus ihrem Vaterland nach Frankreich reisten) vergeblich aufgewartet, entweder beide oder einen allein zu berücken; dem ersten hätte er wegen seiner edlen Art und tugendlichen Auferziehung, dem andern aber wegen seiner einfältig Frommkeit nicht beikommen mögen, bat derowegen den Luzifer, daß er ihm mehr Sukkurs* zuordnen wollte.

Eben damals hatte es das Ansehen, als wenn Mammon seinen Diskurs beschließen, und die Verschwendung den ihrigen hätte anfangen wollen; aber Luzifer sagte: „Es bedarf nicht vieler Wort, das Werk lobt den Meister, einem jeden von euch beiden Gegenteilen sei auferlegt, einen von diesen Engländern vor die Hand zu nehmen, ihn anzuwenden, zu versuchen, zu hetzen, und durch seine Kunst und Geschicklichkeit anzufechten, so lang und so viel, bis daß ein oder ander Teil den seinigen angefesselt, in seine Strick gebracht und unserem höllischen Reich einverleibt habe; und welches Teil den seinigen alsdann am gewissesten und festesten herschafft oder heimbringt, der soll den Preis gewonnen und die Präminenz vor dem andern haben." Diesen Bescheid lobten alle höllischen Geister, und die beiden streitigen Parteien verglichen sich selbst gütlich, aus Rat der Hoffart, daß Mammon den Avarum und die Verschwendung den Julum vor die Hand nehmen sollten, mit dem ausdrücklichen Geding und Vorbehalt, daß kein Teil dem andern bei dem seinigen den geringsten Eintrag nicht tun, noch sich unterstehen sollte, solchen auf seine anderwärtige Art zu neigen, es sei denn Sach, daß des höllisch Reichs Interesse dasselbig ausdrücklich erfordere. Da sollte man wunder gesehen haben, wie die anderen Laster diesen beiden Glück wünschten und ihnen ihrer Gesellschaft Hilf und Dienst anboten; mithin schied die ganze höllische Versammlung voneinander, worauf sich ein starker Wind erhub, der mich mitsamt der Verschwendung und dem Geiz samt ihren Anhängern und Beiständern in einem Nun zwischen Engeland und Frankreich führet' und in dasjenige Schiff niederließ, worin beide Engländer überfuhren und gleich aussteigen wollten.

Die Hoffart machte sich den geraden Weg zum Julo und sagte: „Tapferer Kavalier, ich bin die Reputation, und weil Ihr jetzt ein fremd Land betretet, wird mir nicht übel anstehen, wenn Ihr mich zur Hofmeisterin behaltet; hier könnt Ihr die Einwohner durch eine sonderbare Pereleganz* sehen lassen, daß Ihr kein schlechter Edelmann, sondern aus dem Stamm der alten König entsprossen seid! und wenngleich solches nicht wäre, so würde Euch jedoch gebühren, Eurer Nation zu Ehren den Franzosen zu weisen, was Engeland für wackere Leut trage."

Darauf ließ Julus durch Avarum, seinen Diener, dem

Schiffpatronen die Fracht in lauter wiewohl groben, jedoch anmutig und holdselig Goldsorten entrichten, weswegen denn der Schiffherr dem Julo einen demütig Bückling machte und ihn gar vielmal einen gnädigen Herren nennete; solches machte sich die Hoffart zunutz, und sagte zum Avaro: „Schaue wie einer geehrt wird, der dieser Gesellen viel herbergt!“ Der Geiz aber sagte zu ihm: „Hättest du solcher Gäste soviel besessen als dein Herr nur jetzt ausgibt, du solltest sie wohl anders angelegt haben; denn weit besser ists, der Vorrat und Überfluß werde zu Haus auf ein gewisses Interesse angelegt, damit man künftig etwas davon zu genießen habe, als daß man denselbigen auf einer Reis, die ohnedas voller Mühe, Sorg und Gefahr steckt, so unnützlich durchjagt.“

Sobald betraten beide Jüngling das feste Land nicht, als Hoffart die Verschwendung vertraulich avisierte, daß sie nicht allein ein Zutritt, sondern allem Vermuten nach einen unbeweglichen Sitz auf ihr erstes Anklopfen in des Juli Herzen bekommen; mit angehängter Erinnerung, sie möchte noch mehrerer anderwärtlichen Assistenz sich bewerben, damit sie desto sicherer und gewisser ihr Vorhaben ins Werk stellen könnte; sie wolle ihr zwar nit weit von der Hand gehen, aber gleichwohl müßte sie ihrem Gegenteil, dem Geiz, ebenso große Hilf leisten, als sie, die Verschwendung, von ihr zu hoffen.

Mein großgünstiger hochgeehrter Leser, wenn ich eine Histori zu erzählen hätte, so wollte ichs kürzer begreifen und hier nicht soviel Umständ machen; ich muß selbst gestehen, daß mein eigner Vorwitz von jedem Geschichtschreiber stracks erfordert, mit seinen Schriften niemand lang aufzuhalten; aber dieses, was ich vortrage, ist ein Vision oder Traum, und also weit ein anders; ich darf nicht so geschwind zum Ende eilen, sondern muß etliche geringe Partikularitäten und Umstände mit einbringen, damit ich etwas vollkommner erzählen möge, was ich den Leuten dies Orts zu kommuniziern vorhabe; welches denn nichts anders ist, als ein Exempel zu weisen, wie aus einem geringen Fünklein allgemach ein groß Feur werde, wenn man die Vorsichtigkeit nicht beobachtet; denn gleichwie selten jemand in dieser Welt auf einmal den höchsten Gradum der Heiligkeit erlangt, also wird auch keiner jähling und sozusagen in einem Augenblick aus einem Frommen zu einem Schelmen, sondern jeder Teil steigt allgemach, sacht und sacht fein staffelweis hinan; welche Staffeln des Verderbens denn in diesem meinem Gesichte billig nicht außer acht zu lassen, damit sich ein jeder zeitlich davor zu hüten wisse; zu welchem End ich denn vornehmlich solche beschreibe; maßen es diesen beiden Jünglingen gangen wie einem jungen Stück Wild, welches, wenn es den Jäger siehet, anfänglich nicht weiß ob es fliehen oder stehen soll, oder doch ehender gefällt wird, als es den Schützen erkennet; zwar gingen sie etwas geschwinder als gewöhnlich ins Netz, aber solches war die Ursach, daß bei jedem der Zunder bequem war, die Funken des einen und andern Lasters alsogleich zu fangen; denn wie das junge Vieh, wenn es wohl ausgewintert ist und im Frühling aus dem verdrießlichen Stall auf die lustige Weid gelassen wird, anfängt zu gumpen*, und sollte es auch zu seinem Verderben in einen Spalt oder Zaunstecken springen, also machts auch die unbesonnene Jugend, wenn sie sich nicht mehr unter der Ruten väterlicher Zucht, sondern aus der Eltern Augen in der lang erwünschten Freiheit befindet, als der gemeiniglich Erfahrenheit und Vorsichtigkeit manglet.

Das obgemeldte sagte die Hoffart nicht nur für die Langeweil zu der Verschwendung, sondern wendet' sich gleich zu dem Avaro selbsten, bei dem sie den Neid und Mißgunst fand, welche Kameraden der Geiz geschickt hatte, ihm den Weg zu bereiten; derowegen richtet' sie ihren Diskurs danach ein, und sagte zu ihm: „Höre du Avare, bist du nicht so wohl ein Mensch als dein Herr? bist du nicht so wohl ein Engeländer als Julus? was ist denn das, daß man ihn einen gnädigen Herrn und dich seinen Knecht nennet? hat euch beide denn nicht Engeland und zwar den einen wie den andern geborn und auf die Welt gebracht? wo kommt es her, daß er hier im Land, da er so wenig Eignes hat als du, für einen gnädigen Herren gehalten, du aber als ein Sklav traktiert würdest? seid nicht ihr beide einer wie der ander über Meer herkommen? hätte er nicht so wohl als du und ihr beide als Menschen zugleich ersaufen müssen, wenn euer Schiff unterwegs gescheitert? oder wäre er, weil er ein Edelmann ist, etwa wie ein Delphin unter den Wellen der Ungestüme in ein sichern Port entronnen? oder hätte er sich vielleicht als ein Adler über die Wolken (darinnen sich der Anfang und die grausame Ursach eures Schiffbruchs enthalten) schwingen und also dem Untergang entgehen können? nein Avare! Julus ist so wohl ein Mensch als du, und du bist so wohl ein Mensch als er! warum wird er dir aber so weit vorgezogen?" mit dem fiel Mammon der Hoffart in die Red und sagt': „Was ist das für ein Handel, einen zum Fliegen anzuspornen ehe ihm die Federn gewachsen? gleichsam als wenn man nicht wüßte, daß solches das Geld sei, was Julus ist! sein Geld, sein Geld ists, was er ist, und sonst ist er nichts! nichts, sag ich, ist er, als was sein Geld aus ihm macht; der gute Gesell harre nur ein wenig und lasse mich gewähren, ob ich dem Avaro durch Fleiß und Gehorsamkeit nicht ebensoviel Geld, als Julus verschwendet, zuwegen bringen und ihn dadurch zu einem solchen Stutzer, wie Julus einer ist, gleichmachen möchte."

So hatten des Avari erste Anfechtungen eine Gestalt, denen er nicht allein fleißig Gehör gab, sondern sich auch entschloß, denselben nachzuhängen; so unterließ Julus auch nicht demjenigen mit allem Fleiß nachzuleben, was ihm die Hoffart eingab.

Das 6. Kapitel

Wie Julus und Avarus nach Paris reisen, und dort ihre Zeit vertreiben

Der gnädige Herr, das ist Julus, übernachtet' an demjenigen Ort, da wir angelandet, und verblieb den andern Tag und die folgende Nacht noch dazu daselbsten, damit er ausruhen, seinen Wechsel empfangen und Anstalt machen möchte, von da durch die spanischen Niederland nach

Holland zu passieren, welche vereinigten Provinzen er nicht allein zu besehen verlangte, sondern auch, daß er solches tun sollte, von seinem Vater ausdrücklichen Befehl hatte; hierzu dingte er ein sonderbare Landkutsche, zwar nur allein für sich und seinen Diener Avarum, aber beides Hoffart und Verschwendung samt dem Geiz und ihrer aller Anhänger wollten gleichwohl nicht zurück verbleiben, sondern ein jeder Teil setzte sich wohin er konnte, Hoffart oben an die Decke, Verschwendung an des Juli Seiten, der Geiz in des Avari Herz, und ich hockte und behalf mich auf dem Narrenkistlein, weil Demut nicht vorhanden war, denselbigen Platz einzunehmen.

Also hatt ich das Glück im Schlaf viel schöne Städt zu beschauen, die unter tausenden kaum einem wachend ins Gesicht kommen oder zu sehen werden; die Reis ging glücklich ab, und wennschon gefährliche Ungelegenheiten sich ereigneten, so überwand jedoch des Juli schwerer Säckel solche all, weil er sich kein Geld dauren ließ, und sich um solches (weil wir durch unterschiedliche widerwärtige* Garnisonen reisen mußten) aller Orten mit notwendigen Convoyen und Paßbriefen versehen ließ; ich achtet derjenigen Sachen, so sonst in diesen Landen sehenswürdig sind, nicht sonderlich, sondern betrachtet nur, wie beide Jüngling nach und nach von den obgemeldten Lastern je mehr und mehr eingenommen wurden, zu welchen sich je länger je mehr sammleten; da sah ich wie Julus auch von dem Vorwitz und der Unkeuschheit (welche dafür gehalten wird, daß sie eine Sünde sei, damit die Hoffart gestraft werde) angerennet und eingenommen wurde, weswegen wir denn oft an den Örtern, da sich leichte Dirnen befanden, länger stilliegen mußten und mehr Gelds vertaten als sonst wohl die Notdurft erforderte; anderenteils quälte sich Avarus Geld zusammenzuschrapen wie er mochte; er bezwackte* nicht allein seinen Herren, sondern auch die Wirt und Gastgeber wo er zukommen mochte; gab mithin einen trefflichen Kuppler ab, und scheute sich nicht hie und da unterwegs unsere Herberger zu bestehlen, und hätte es auch nur ein silberner Löffel sein sollen. Solchergestalt passierten wir durch Flandern, Brabant, Hennegau, Holland, Seeland, Zutphen, Geldern, Mecheln und folgends an die französische Grenz, endlich gar auf Paris, allwo Julus das lustigste und bequemste Losament bestellte, das er haben konnte; seinen Avarum kleidet' er edelmännisch und nennet' ihn einen Junker, damit jedermann ihn selbst desto höher halten und gedenken sollte, er müßte kein kleiner Hans sein, weil ihm einer von Adel aufwartete, der ihn einen gnädigen Herren hieß, maßen er auch für einen Grafen gehalten wurde; er verdingte sich gleich einem Lautenisten, einem Fechter, einem Tanzmeister, einem Bereiter und einem Ballmeister, mehr sich sehen zu lassen als ihnen ihre Künste und Wissenschaften abzulernen; diese waren lauter solche Käuz, die dergleichen neu ausgeflogenen Gästen das Ihrig abzulaufen für Meister passierten; sie machten ihn bald beim Frauenzimmer bekannt, da es ohne Spendieren nicht abging, und brachten ihn auch sonst zu allerlei Gesellschaften, da man dem Beutel zu schröpfen pflegte und er allein den Riemen ziehen mußte; denn die Verschwendung hatte bereits die Wollust mit allen ihren Töchtern eingeladen, diesen Julum bestreiten und kaputt machen zu helfen.

Anfänglich zwar ließ er sich nur mit dem Ballschlagen, Ringelrennen, den Komödien, Balletten und dergleichen zulässigen und ehrlichen Übungen, denen er beiwohnet' und selbst mitmachte, genügen; da er aber erwarmet' und bekannt wurde, kam er auch an diejenigen Ort, da man seinem Geld mit Würfeln und Karten zusetzte; bis er endlich auch die vornehmsten Hurenhäuser durchschwärmte; in seinem Losament aber ging es zu, wie bei des Königs Arturi Hofhaltung*, da er täglich viel Schmarotzer nicht schlechthinweg mit Kraut oder Rüben, sondern mit teuren französischen Potagen und spanischen Olla Potriden köstlich traktierte; maßen ihn oft ein einziger Imbiß über 25 Pistolen* gestund, sonderlich wenn man die Spielleut rechnete, die er gemeiniglich dabei zu haben pflegte; über dieses brachten ihn die neuen Moden der Kleidungen, welche geschwind nacheinander folgten und aufstunden und sich bald wieder veränderten, um ein großes Geld, mit welcher

Torheit er desto mehr prangte, weil ihm als einem fremden Kavalier keine Tracht verboten war; da mußte alles mit Gold gestickt und verbrämt sein und verging kein Monat, in dem er nit ein neues Kleid angezogen, und kein Tag, daran er nit seine Perücke etlichmal gepudert hätte; denn wiewohl er von Natur ein schönes Haar hatte, so beredet' ihn die Hoffart doch, daß er solches abschneiden und sich mit fremdem zieren lassen, weil es so der Brauch war; denn sie sagte, die Sonderling, so sich mit ihrem natürlichen Haar behelfen, wenn solches gleichwohl schön sei, geben damit nichts anders zu verstehen, als daß sie arme Schurken seien, die nit so viel vermöchten, ein kahl hundert Dukaten an ein paar schöne Perücken zu verwenden. In Summa es mußte alles so kostbarlich hergehen und bestellt sein, als es die Hoffart immermehr ersinnen und ihm die Verschwendung eingeben konnte.

Ob nun zwar dem Geiz, welcher den Avarum schon ganz besaß, ein solche Art zu leben durchaus widerwärtig zu sein schien, so ließ er, Avarus, sich jedoch solche wohlgefallen, weil er sie sich wohl zunutz zu machen gedachte; denn Mammon hatte ihn allbereit bewegt, sich der Untreu zu ergeben, wenn er anders etwas prosperieren wollte; weswegen er denn keine Gelegenheit vorüberlaufen ließ, seinem Herrn, der ohnedas sein Geld so unnützlich hinausschleuderte, abzuzwacken was er konnte; im wenigsten bezahlte er keine Näherin oder Wäscherin, der er ihren gewöhnlichen Lohn nicht ringerte, und was er denen abbrach, heimlich in seine Beutel steckte; kein Kleidflicker- oder Schuhschmiererlohn war so klein den er seinem Herrn nicht vergrößerte und den Überfluß zu sich schob; geschweige wie er in großen Ausgaben per fas & nefas* zu sich rappte und sackte, wo er nur konnt und möchte; die Sesselträger, mit denen sein Herr viel Geld hinrichtete, verändert' er gleich, wenn sie ihm nit Part an ihrem Verdienst gaben; der Pastetenbäck, der Garkoch, der Weinschenk, der Holzhändler, der Fischverkäufer, der Bäck und also andere Viktualisten mußten beinahe ihren Gewinn mit ihm teilen, wollten sie anders an dem Julo länger einen guten

Kunden behalten; denn er war dergestalt eingenommen, seinem Herrn durch Besitzung vieles Gelds und Guts gleichzuwerden, als etwa hiebevor Luzifer, da er wegen seiner vom Allerhöchsten verliehenen Gaben erkühnete, seinen Stuhl an den mächtigen Thron des großen Gottes zu setzen. Also lebten beide Jüngling ohne alle anderen Anfechtungen zwar dahin, ehe sie wahrnahmen wie sie lebten; denn Julus war an zeitlicher Hab ja so reich als Avarus bedürftig, und deswegen vermeinte jeder er verfahre seinem Stand nach gar recht und wohl, ich will sagen, wie es eines jeden Stand und Gelegenheit erfordere; jener zwar seinem Reichtum gemäß sich herrlich und prächtig zu erzeigen, dieser aber seiner Armut zuhilf zu kommen und etwas zu prosperiern und sich der gegenwärtigen Gelegenheit zu bedienen, die ihm sein vertunlicher Herr an die Hand gab; jedoch unterließ der innerliche Wächter, das Licht der Vernunft, der Zeug' der nimmer gar stillschweigt, nämlich das Gewissen indessen nicht, einem jeden seine Fehler zeitlich genug vorzuhalten und ihn eines andern zu erinnern.

„Gemach! gemach!" wurde zu dem Julo gesprochen, „halte ein dasjenig so ohnnützlich zu verschwenden, welches deine Vorderen vielleicht mit saurer Mühe und Arbeit, ja vielleicht mit Verlust ihrer Seligkeit erworben und dir so getreulich vorgespart haben; vielmehr lege es also an, damit du künftig deswegen beides vor Gott, der ehrbarn Welt und deinen Nachkommen bestehen und Rechenschaft darum geben mögest!" etc. Aber diesem und dergleichen heilsamen Erinnerungen oder innerlichen guten Einsprechung, die Julum zur Mäßigkeit reizen wollten, wurde geantwortet: „Was! ich bin kein Bärnhäuter noch Schimmeljud, sondern ein Kavalier; sollte ich meine adeligen Exercitia in Gestalt eines Bettelhunds oder Schurken begreifen? nein das ist nit der Gebrauch noch Herkommens, ich bin nit hier Hunger und Durst zu leiden, viel weniger wie ein alter karger Filz zu schachern, sondern als ein rechtschaffner Kerl von meinen Renten zu leben!" Wenn aber die guten Einfäll, die er melancholische Gedanken zu nennen pflegte, auf solche Gegenwürf* dennoch nit ablassen wollten, ihn aufs beste zu ermahnen, so ließ er sich das Lied ‚Laßt uns unser Tag genießen, Gott weiß wo wir morgen sein‘ etc. aufspielen oder besuchte das Frauenzimmer oder sonst ein lustige Gesellschaft, mit der er ein Rausch soff, wovon er je länger je ärger, und endlich gar zu einem Epikurer ward.

Nicht weniger wurde andernteils Avarus von innerlichen Zusprechen erinnert, daß dieser Weg, den er zum Besitz der Reichtüm' zu gehen antrete, die allergrößte Untreu von der Welt sei; mit fernerer Ermahnung, er sei seinem Herrn nit allein mitgeben worden ihm zu dienen, sondern auch durchaus seinen Schaden zu wenden, seinen Nutzen zu fördern, ihn zu allen ehrlichen Tugenden anzureizen, vor allen schändlichen Lastern zu warnen und vornehmlich sein zeitliche Hab nach möglichestem Fleiß zusammenzuheben und beobachten, welche er aber im Gegenteil selbst zu sich reiße und ihn, Julum, noch dazu in allerhand Laster stürzen helfe; item auf was Weis er wohl vermeine, daß er solches gegen Gott, dem er um alles Rechenschaft geben müßte, gegen des Juli fromme Eltern, die ihm ihren einzigen Sohn anvertraut und getreulich zu beobachten befohlen, und endlich gegen den Julum selbsten zu verantworten getraue, wenn derselbe zu seinen Tagen kommen und heut oder morgen verstehen werde, daß aus seiner Verwahrlosung und Untreu beides, seine Person zu allem Guten verderbt und sein Reichtüm' unnützlich verschwendet worden? „Hiemit zwar, o Avare, ists noch nicht genug! denn über solche schwere Verantwortung, die du dir des Juli Person und Gelds wegen aufbürdest, besudelst du dich selbst auch mit dem schändlichen Laster des Diebstahls und machst dich des Strangs und Galgens würdig; du unterwirfst deine vernünftige ja himmlische Seel dem Schlamm der irdischen Güter, die du ungetreuer und hochsträflicher Weis zusammenzuscharren gedenkest, welche doch der Heid Krates Thebanus ins Meer warf, damit sie ihn nit verderben sollten, wiewohl er solche rechtmäßig besaß; wieviel mehr, kannst du wohl erachten, werden sie dein Untergang sein, indem du solche im Gegenspiel* aus dem großen Meer deiner Untreu erfischen willst!

solltest du dir wohl einbilden dürfen, sie werden dir wohlgedeihen?"

Solche und dergleichen mehr guter Ermahnungen beides von der gesunden Vernunft und seinem Gewissen empfand zwar Avarus in sich selbsten; aber es manglet' ihm hingegen mitnichten an Entschuldigungen, sein böses Beginnen zu beschönen und gutzusprechen. „Was?" sagte er mit Salomone, Proverbior. 26* wegen des Juli Person, „was soll dem Narren Ehr, Geld und gute Tage? sie könnens doch nicht brauchen! zudem hat er ohnedas genug! und wer weiß wie es seine Eltern gewonnen haben? ists nicht besser, ich packe selbst dasjenige an, das er doch sonst ohne mich verschwendet, als daß ichs unter Fremde kommen lasse?"

Dergestalt folgten beide Jüngling ihren verblendten Begierden und ersäuften sich mithin in Abgrund der Wollust, bis endlich Julus die lieben Franzosen bekam und eine Woch oder vier schwitzen, und beides seinen Leib und Beutel purgiern lassen mußte, welches ihn drum nit besser machte oder ihm zur Warnung gedeihete; denn er machte das gemeine Sprichwort wahr: ‚Da der Krank wieder genas, je ärger er was.'

Das 7. Kapitel

Avarus findet auf ohngekehrter Bank, und Julus hingegen macht Schulden, dessen Vater aber reiset in ein andere Welt

Avarus stahl soviel Geld zusammen daß ihm angst dabei ward, maßen er nicht wußte wo er damit hin sollte, damit dem Julo sein Untreu verborgen bliebe; er sann derowegen diese List ihm ein Aug zu verkleben: er verwechselt' zum Teil sein Gold in grobe teutsche silberne Sorten, tat solche in ein großes Felleisen und kam damit bei nächtlicher Weil vor seines Herren Bett gelaufen, mit gelehrten Worten daherlügend, oder höchlicher zu reden dahererzählend, was ihm für ein Fund geraten wäre. „Gnädiger Herr", sagte er,

„ich stolperte über diese Beut, als ich von etlichen von dero Liebsten Losament gejagt wurde, und wenn der Ton des gemünzten Metalls nicht einen andern Klang von sich geben hätte als das Eingeweid eines Abgestorbenen nicht tut, so hätte ich geschworen, ich wäre über einen Toten gelaufen." Damit schüttete er das Geld aus, und sagt' ferner: „Was geben mir Eur Gnaden wohl für ein Rat, daß dies Geld seinem rechtmäßigen Herren wieder zukommt; ich verhoffe derselbe sollte mir wohl ein stattlich Trinkgeld davon zukommen lassen." „Narr", antwortet' Julus, „hast du was so behalts; was bringst du aber für eine Resolution von der Jungfer?" „Ich konnte", antwortet' Avarus, „diesen Abend mit ihr nicht zu sprechen kommen, weil ich wie gehört etlichen mit großer Gefahr entrinnen müssen und mir dieses Geld ohnversehens zugestanden." Also behalf sich Avarus mit Lügen so gut er konnte, wie es alle jungen angehenden Dieb zu machen pflegen, wenn sie vorgeben sie haben gefunden, was sie gestohlen.

Eben damal bekam Julus von seinem Vater Briefe und in denselbigen einen scharfen Verweis, daß er so ärgerlich lebe und so schrecklich viel Gelds verschwende; denn er hatte von den englischen Kaufherrn, die mit ihm korrespondierten und dem Julo jeweils seine Wechsel entrichteten, alles des Juli und seines Avari Tun erfahren, ohne daß dieser seinen Herrn bestahl, jener aber solches nicht merkte; weswegen er sich denn solchergestalt bekümmerte, daß er darüber in ein schwere Krankheit fiel; er schrieb bemeldten Kaufherrn, daß sie forthin seinem Sohn mehrers nicht geben sollten als die bloße Notdurft, die ein gemeiner Edelmann haben müßte, sich in Paris zu behelfen; mit dem Anhang, wofern sie ihm mehr reichen würden, daß er ihnen solches nicht wieder gutmachen wollte. Den Julum aber bedrohet' er, wofern er sich nicht bessern und ein ander Leben anstellen würde, daß er ihn alsdann gar enterben und nimmermehr für keinen Sohn halten wollte.

Julus wurde zwar darüber trefflich bestürzt, faßte aber drum keinen Vorsatz gesparsamer zu leben; und wenn er gleich seinem Vater zu genügen vor den gewöhnlichen

Hic Simplex Liberis
auctus
Schau deß Simplex
Glückes Regen,
Wem nicht liebet solcher
Seegen
Laß den Fürwitz unter
wegen.

großen Ausgaben hätte sein wollen*, so wäre es ihm für diesmal doch ohnmöglich gewesen, weil er schon allbereit viel zu tief in den Schulden stak; er hätte denn seinen Kredit erstlich bei seinen Kreditoren und consequenter* auch bei jedermann verlieren wollen, welches ihm aber die Hoffart mächtig widerriet, weil es wider sein Reputation war, die er mit vielem Spendieren erworben; derowegen redet' er seine Landsleute an und sagte: „Ihr Herren wißt, daß mein Herr Vater an vielen Schiffen, die beides nach Ost- und Westindien gehen, nicht allein Part, sondern auch in unserer Heimat auf seinen Gütern jährlich bei 4 oder 5000 Schaf zu scheren hat, also daß es ihm auch kein Kavalier im Land gleich, noch weniger vorzutun vermag; geschweige jetzt Barschaft und der liegenden Güter, so er besitzt! auch wißt ihr, daß ich alles seines Vermögens heut oder morgen eineinziger Erbe bin, und daß gedachter mein Herr Vater allerdings auf der Gruben gehet*; wer wollte mir denn nun zumuten, daß ich hier als ein Bärnhäuter leben sollte? wäre solches, wenn ichs tät, nicht unserer ganzen Nation ein Schand? Ihr Herren, ich bitt, laßt mich in solche Schand nicht geraten, sondern helfet mir aus, wie bisher, mit einem Stück Geld, welches ich euch wieder dankbarlich ersetzen und bis zur Bezahlung mit Kaufmannsinteresse verpensionieren*, auch einem jeden insonderheit mit einer solcher Verehrung begegnen will, daß er mit mir zufrieden sein wird."

Hierüber zogen etliche die Achseln ein und entschuldigten sich, sie hätten derzeit nit übrige Mittel; in Wahrheit aber waren sie ehrlich gesinnet und wollten des Juli Vatern nit erzürnen; die anderen aber gedachten was sie für einen Vogel zu rupfen bekämen, wenn sie den Julum in die Klauen kriegten. „Wer weiß", sagten sie zu sich selbsten, „wie lang der Alte lebt, zudem will ein Sparer ein' Verzehrer haben; will ihn der Vater gleich enterben, so kann er ihm doch das Mütterlich nicht nehmen." In Summa, diese schossen dem Julo noch tausend Dukaten dar, wofür er ihnen verpfändet', was sie selbst begehrten, und ihnen jährlich acht pro cento versprach, welches denn alles in bester Form verschrieben wurde; damit reichte Julus nit weit hinaus, denn bis er seine Schulden bezahlte und Avarus sein Part hinwegzwackte, verblieb wenig mehr übrig; maßen er in Bälde wieder entlehnen und neue Unterpfand geben mußte; welches seinem Vater von andern Engländern, die nit interessiert waren, zeitlich avisiert wurde, darüber sich der Alte dergestalt erzürnte, daß er denen, so seinem Sohn über sein Ordre Geld geben hätten, eine Protestation insinuieren und sie seines vorigen Schreibens erinnern, benebens andeuten ließ, daß er ihnen kein Heller wiederum dafür gutmachen, sondern sie noch dazu, wenn sie wieder nach England anlangen würden, als Verderber der Jugend und die seinem Sohn zu solcher Verschwendung verholfen gewesen, vorm Parlament verklagen wollte; dem Julo selbst aber schrieb er mit eigner Hand, daß er sich hinfüro nit seinen Sohn mehr nennen, noch vor sein Angesicht kommen sollte.

Als solche Zeitungen einliefen, fing des Juli Sach abermal an zu hinken; er hatte zwar noch ein wenig Geld, aber viel zu wenig, weder seine verschwenderische Pracht hinauszuführen noch sich auf eine Reis zu montieren, irgends einem Herrn mit ein paar Pferden im Krieg zu dienen, wozu ihn beides Hoffart und Verschwendung anhetzte; und weil ihm auch hierzu niemand nichts vorsetzen* wollt, flehet' er seinen getreuen Avarum an, ihm von dem, was er gefunden, die Notdurft vorzustrecken; Avarus antwortet': „Eur Gnaden wissen wohl, daß ich ein armer Schüler bin gewesen, und sonst nichts vermag, als was mir neulich Gott beschert." (Ach heuchlerischer Schalk, gedachte ich, hätt dir das nun Gott beschert, was du deinem Herrn abgestohlen hast? solltest du ihm in seinen Nöten nit mit dem Seinigen zuhilf kommen? und das um soviel desto ehender, dieweil du, so lang er etwas hatte, mitgemacht und das Seinige hast verfressen, versaufen, verhuren, verbuben, verspielen und verbankettieren helfen? O Vogel, gedachte ich, du bist zwar aus England kommen wie ein Schaf, aber seit dich der Geiz besessen, in Frankreich zu einem Fuchs, ja gar zu einem Wolf worden.) „Sollte ich nun", sagte er weiter, „solche Gaben Gottes nicht in acht nehmen und zu meines künftigen Lebens Aufenthalt anlegen, so müßte ich sorgen, ich möchte mich dadurch alles meines künftigen Glücks unwürdig machen, das ich noch etwa zu hoffen; wen Gott grüßt, der soll ihm danken, es dürfte mir vielleicht mein Leben lang kein solcher Fund wieder geraten; soll ich nun dieses an ein Ort hingeben, dahin auch reiche Engländer nichts mehr lehnen wollen, weil sie die besten Unterpfand bereits hinweghaben, wer wollte mir solches raten? Zudem haben mir Euer Gnaden selbst gesagt, wenn ich etwas habe, so sollte ichs behalten; und über dies alles liegt mein Geld auf der Wechselbank, welches ich nit kriegen kann wann ich will, ich wollte mich denn eines großen Interesses verzeihen*."

Diese Worte waren dem Julo zwar schwer zu verdauen, als deren er sich weder von seinem getreuen Diener versehen, noch von andern zu hören gewohnt war; aber der Schuh, den ihm Hoffart und Verschwendung angelegt, drückte ihn so hart, daß er sie leichtlich verschmerzte, für billig hielt und durch Bitten soviel vom Avaro brachte, daß er ihm alles sein erschundenes und abgestohlenes Geld vorlieh, mit dem Geding, daß sein, des Avari, Lidlohn* samt demjenigen, so er noch in vier Wochen an Interesse davon haben können, zur Hauptsumma geschlagen, mit acht pro cento jährlich verzinset, und damit er um Hauptsumma und Pension* versichert sein möchte, ihm ein frei adelig Gut, so Julo von seiner Mutter Schwester vermacht worden, verpfändet werden sollte; welches auch alsobalden in Gegenwart der andern Engländer als erbetenen Zeugen in der allerbesten Form geschah, und belief sich die Summa allerdings auf sechshundert Pfund Sterling, welches nach unserer Münz ein namhafts Stück Geld macht.

Kaum war obiger Kontrakt gemacht, die Verschreibung verfertigt und das Geld dargezählet, da kam Julo die Verkündigung eines erfreulichen Leids, daß nämlich sein Herr Vater die Schuld der Natur bezahlt hätte; weswegen er denn gleichsam eine fürstliche Trauer anlegte und sich gefaßt machte, ehestens nach England zu verreisen, mehr die Erbschaft anzutreten, als seine Mutter zu trösten; da sah ich mein Wunder, wie Julus wieder einen Haufen Freund bekam, weder er vor etlich Tagen gehabt; auch wurde ich gewahr, wie er heuchlen konnte, denn wenn er bei den Leuten war, so stellte er sich um seinen Vater gar leidig; aber bei dem Avaro allein sagte er: „Wäre der Alte noch länger lebendig blieben, so hätte ich endlich heim bettlen müssen; sonderlich wenn du Avare mir mit deinem Geld nit wärest zuhilf kommen."

Das 8. Kapitel

Julus nimmt seinen Abschied in England auf edelmännisch, Avarus aber wird zwischen Himmel und Erden arrestiert

Demnach machte sich Julus mit Avaro schleunig auf den Weg; nachdem er zuvor sein ander Gesind, als Lakaien, Pagen und dergleichen unnützer gefräßiger oder vertunlicher Leut mit guten Ehren abgeschafft. Wollte ich nun der Histori ein End sehen, so mußte ich wohl mit, aber wir reiseten mit gar ungleicher Kommodität*; Julus ritt auf einem ansehenlichen Hengst, weil er nunmehr nichts Bessers als das Reiten gelernt hatte, und hinter ihm saß die Verschwendung, gleichsam als ob sie sein Hochzeiterin oder Liebste gewesen wäre; Avarus saß auf einem Minchen* oder Wallachen, wie man sie nennet, und führte hinter sich den Geiz, das hatte eben ein Ansehen, als wenn ein Marktschreier oder Storger mit seinem Affen auf eine Kirchmeß geritten wäre; die Hoffart hingegen floh hoch in der Luft daher, eben als wenn sie die Reis nit sonderlich angangen hätte; die übrigen assistierenden Laster aber marschierten beneben her, wie die Beiläufer zu tun pflegen, ich aber hielt mich bald da, bald dort einem Pferd an den Schwanz, damit ich auch mit fortkommen und Engeland beschauen möchte, dieweil ich mir einbildete, ich hätte bereits viel Länder gesehen, wogegen mir dieses enge ein seltener Anblick sein würde; wir erlangten bald den Ort der Schiffländе, allwo wir hiebevor auch ausgestiegen waren, und segelten in kurzer Zeit mit gutem Wind glücklich über.

Julus fand seine Frau Mutter zu seiner Ankunft auch in

letzten Zügen, maßen sie noch gleich denselben Tag ihren Abscheid nahm, also daß er als eineinziger Erb, der nunmehr aus seinen vogtbaren* Jahren getreten, einsmals Herr und Meister über seiner Eltern Verlassenschaft wurde; da ging nun das gute Leben wieder besser an als zu Paris, weil er ein namhafte Barschaft ererbt; er lebte wie der reich Mann Lucae am 16.*, ja wie ein Prinz, bald hatte er Gäst, und bald wurde er wieder zu Gast geladen; er führte fast täglich zu Wasser oder Land anderer Leut Töchter und Weiber nach engeländischem Gebrauch spazieren, hielt einen eignen Trompeter, Bereiter, Kammerdiener, Schalksnarren, Reitknecht, Kutscher, zween Lakaien, einen Pagen, Jäger, Koch und dergleichen Hofgesind; gegen solche (insonderheit aber gegen den Avarum, den er als seinen getreuen Reisgesellen zu seinem Hofmeistern und Faktor oder Faktotum gemacht hatte) erzeigte er sich gar mild, wie er denn auch gedachtem Avaro dasjenige adelige Gut, so er ihm zuvor in Frankreich verhypotheziert, für Hauptsumma, Interesse und seinen Lidlohn für frei ledig und eigen gab und verschreiben ließ, wiewohl es viel ein mehrers wert war; in Summa er verhielt sich gegen jedermann, daß ich nit allein glaubte, er müßte aus dem Geschlecht der alten Könige geboren worden sein, wie er sich dessen in Frankreich oft gerühmt, sondern ich hielt festiglich dafür, er wäre aus dem Stamm Arturi entsprossen, welcher das Lob seiner Freigebigkeit bis ans End der Welt behalten wird.

Anderteils unterließ Avarus nicht, in solchem Wasser zu fischen und seine Chance in acht zu nehmen, er bestahl seinen Herrn mehr als zuvor, und schacherte daneben ärger als ein fünfzigjähriger Jud. Das loseste Stücklein aber, das er dem Julo tat, war dieses, daß er sich mit einer Dam von ehrlichem Geschlecht verplemperte, folgends selbige seinem Herrn kupplete und demselben über dreiviertel Jahr den jungen Balg zuschreiben ließ, den er ihr doch selbst angehängt hatte; und weil sich Julus gar nit entschließen konnte, selbige zu ehelichen, gleichwohl aber ihrer Befreunden halber in Gefahr stehen mußte, trat der aufrichtige Avarus ins Mittel, ließ sich bereden diejenige wieder zu

Ehren zu bringen, deren er ehender und mehr als Julus genossen und sie selbst zu Fall gebracht, wodurch er abermalen ein Namhafts von des Juli Gütern zu sich zwackte, und durch solche Treu seines Herrn Gunst verdoppelte; und dennoch unterließ er nit da und dort zu rupfen, solang Flaumfedern vorhanden, und als es auf die Stupflen* losging, verschont' er deren auch nit.

Einsmals fuhr Julus auf der Thems in einem Lustschiff mit seinen nächsten Verwandten spazieren, unter welchen sich seines Vaters Bruder, ein sehr weiser und verständiger Herr, auch befand; dieser redete damal etwas vertraulicher mit ihm als sonsten, und führet' ihm mit höflichen Worten und glimpflicher Straf zu Gemüt, daß er keinen guten Haushalter abgeben werde, er sollte sich und das Seinig besser beobachten, als er bishero getan etc., wenn die Jugend wüßte, was das Alter braucht, so würde sie eine Dukat ehe hundertmal umkehren als einmal ausgeben etc. Julus lachte drüber, zog einen Ring vom Finger, warf ihn in die Thems und sagte: „Herr Vetter, so wenig als mir dieser Ring wieder zuhanden kommen mag, so wenig werde ich das Meinig vertun können“; aber der Alte seufzete und antwortet': „Gemach, gemach Herr Vetter, es läßt sich wohl eines Königs Gut vertun und ein Brunnen erschöpfen, sehet was Ihr tut!“ Aber Julus kehrte sich von ihm, und haßte ihn solcher getreuen Vermahnung wegen mehr als er ihn darum sollte geliebt haben.

Ohnlängst hernach kamen etliche Kaufherren aus Frankreich, die wollten um das Hauptgut, so sie ihm zu Paris vorgesetzt, samt dem Interesse bezahlt sein, weil sie gewisse Zeitung hatten, wie Julus lebte, und daß ihm ein reich beladenes Schiff, so seine Eltern nach Alexandrien geschickt hatten, von den Seeräubern auf dem Mittelländischen Meer weggenommen worden wäre; er bezahlte sie mit lauter Kleinodien, welches ein gewisse Anzeigung war, daß es mit der Barschaft an die Neige ging; überdas kam die gewisse Nachricht ein, daß ihm ein ander Schiff am Gestad von Brasilien gescheitert und ein englische Flott, an der des Juli Eltern am allermeisten interessiert gewesen, unweit den molukkischen Inseln von den Holländern zum Teil ruiniert und der Rest gefangen worden wäre; solches alles wurde bald landkundig, dannenhero ein jeder, der etwas an Julum zu prätentieren hatte, sich um die Bezahlung anmeldete, also daß es das Ansehen hatte, als wenn ihn das Unglück von allen Enden der Welt her bestreiten wollte. Aber alle solche Stürm erschreckten ihn nicht so sehr als sein Koch, der ihm Wunders wegen einen güldenen Ring wies, den er in einem Fisch gefunden, weil er denselbigen gleich für den seinigen erkannte und sich noch nur zu wohl zu erinnern wußte, mit was für Worten er denselbigen in die Thems geworfen.

Er war zwar ganz betrübt und beinahe desperat, schämte sich aber doch vor den Leuten scheinen zu lassen, wie es ihm ums Herz war; indem vernimmt er, daß des enthaupten Königs ältester Prinz mit einer Armee in Schottland ankommen wäre, hätte auch glücklichen Sukzeß und gute Hoffnung, seines Herrn Vaters Königreich wiederum zu erobern*! Solche Occasion gedachte sich Julus zunutz zu machen, und sein Reputation dadurch zu erhalten; derowegen montierte er sich und seine Leut mit demjenigen, so er noch übrig hatte, und brachte ein schöne Compagnia Reuter zusammen, über welche er Avarum zum Leutnant machte und ihm güldene Berge verhieß, daß er mitging, alles unterm Vorwand, dem Protektor zu dienen; aber als er sich reisfertig befand, ging er mit seiner Compagnia in schnellem Marsch dem jungen schottischen König entgegen und konjungierte sich mit dessen Corpo, hätte auch wohl gehandelt gehabt, wenn es dem König damals geglückt; als aber Cromwell dieselbe Kriegsmacht zerstöbert, entrannen Julus und Avarus kaum mit dem Leben, und durften sich doch beide nirgends mehr sehen lassen; derowegen mußten sie sich wie die wilden Tier in den Wäldern behelfen und sich mit Rauben und Stehlen ernähren, bis sie endlich darüber ertappt und gerichtet wurden; Julus zwar mit dem Beil und Avarus mit dem Strang, welchen er vorlängst verdient hatte.

Hierüber kam ich wieder zu mir selber, oder erwachte

aufs wenigst aus dem Schlaf und gedachte meinem Traum oder Gesichte nach; hielt endlich dafür, daß die Freigebigkeit leichtlich zu einer Verschwendung, und die Gesparsamkeit leicht zum Geiz werden könne, wenn die Weisheit nit vorhanden, welche Freigebigkeit und Gesparsamkeit durch Mäßigkeit regiere und im Zaum halte. Ob aber der Geiz oder die Verschwendung den Preis davongetragen, kann ich nit sagen, glaube aber wohl, daß sie noch täglich miteinander zu Felde liegen und um den Vorzug streiten.

Das 9. Kapitel

Baldanders kommt zu Simplicissimo, und lehret ihn mit Mobilien und Immobilien reden und selbige verstehen

Ich spazierte einsmals im Wald herum meinen eitelen Gedanken Gehör zu geben, da fand ich ein steinern Bildnis liegen in Lebensgröße, das hatte das Ansehen als wenn es irgends eine Statua eines alten teutschen Helden gewesen wär, denn sie hatte ein altfränkische* Tracht von romanischer* Soldatenkleidung, vornen mit einem großen Schwabenlatz, und war meinem Bedünken nach überaus künstlich und natürlich ausgehauen. Wie ich nun so da stund, das Bild betrachtete und mich verwundert', wie es doch in diese Wildnis kommen sein möchte, kam mir in Sinn, es müßte irgends auf diesem Gebirg vor langen Jahren ein heidnischer Tempel gestanden und dieses der Abgott darinnen gewesen sein; sah mich derowegen um, ob ich nichts mehr von dessen Fundament sehen konnte, wurde aber nichts dergleichen gewahr, sondern, dieweil ich einen Hebel fand, den etwa ein Holzhaur liegen lassen, nahm ich denselben und stund an dies Bildnis es umzukehren, um zu sehen wie es auf der andern Seiten eine Beschaffenheit hätte; ich hatte aber demselben den Hebel kaum unterm Hals gesteckt und zu lupfen angefangen, da fing es selbst an sich zu regen und zu sagen: „Lasse mich mit Frieden, ich bin Baldanders.“ Ich erschrak zwar heftig, doch erholte ich mich gleich wiederum, und sagte: „Ich sehe wohl, daß du bald anders bist; denn erst warest du ein toter Stein, jetzt aber bist du ein beweglicher Leib, wer bist du aber sonst, der Teufel oder sein Mutter?" „Nein", antwortet' er, „ich bin deren keins, sondern Baldanders, maßen du mich selbst so genannt und dafür erkannt hast; und könnte es auch wohl möglich sein, daß du mich nicht kennen solltest, da ich doch alle Zeit und Tage deines Lebens bin bei dir gewesen? daß ich aber niemal mit dir mündlich geredt hab, wie etwa Anno 1534 den letzten Julii mit Hans Sachsen* dem Schuster von Nürnberg, ist die Ursach, daß du meiner niemalen geachtet hast; unangesehen ich dich mehr als ander Leut bald groß bald klein, bald reich bald arm, bald hoch bald nieder, bald lustig bald traurig, bald bös bald gut und in Summa bald so und bald anders gemacht hab." Ich sagte: „Wenn du sonst nichts kannst als dies, so wärest du wohl für diesmal auch von mir blieben." Baldanders antwortet': „Gleichwie mein Ursprung aus dem Paradeis ist und mein Tun und Wesen bestehet so lang die Welt bleibt, also werde ich dich auch nimmermehr gar verlassen, bis du wieder zur Erden wirst davon du herkommen, es sei dir gleich lieb oder leid." Ich fragte ihn, ob er den Menschen denn zu sonst nichts tauge, als sie und alle ihre Händel so mannigfaltig zu verändern? „O ja", antwortet' Baldanders, „ich kann sie eine Kunst lehren, dadurch sie mit allen Sachen, so sonst von Natur stumm sind, als mit Stühlen und Bänken, Kesseln und Hafen etc. reden können, maßen ich solches Hans Sachsen auch unterwiesen, wie denn in seinem Buch zu sehen, darin er ein paar Gespräch erzählet, die er mit einem Dukaten und einer Roßhaut gehalten*." „Ach", sagte ich, „lieber Baldanders, wenn du mich diese Kunst mit Gottes Hilf auch lehren könntest, so wollte ich dich mein Lebtag lieb haben." „Ja freilich", antwortet' er, „das will ich gern tun"; nahm darauf mein Buch, so ich eben bei mir hatte, und nachdem er sich in einen Schreiber verwandelt, schrieb er mir nachfolgende Wort darein:

„Ich bin der Anfang und das End, und gelte an allen Orten*.

Manoha, gilos, timad, isaser, sale, lacob, salet, enni nacob idil dadele neuaw ide eges Eli neme meodj eledid emonatan desi negogag editor goga naneg eriden, hohe ritatan auilac, hohe ilamen eriden diledi sisac usur sodaled auar, amu salif ononor macheli retoran; Ulidon dad amv ossosson, Gedal amu bede neuaw, alijs, dilede ronodaw agnoh regnoh eni tatae hyn lamini celotah, isis tolostabas oronatah assis tobulu, Wiera saladid egrivi nanon aegar rimini sisac, heliosole Ramelv ononor windelishi timinituz, bagoge gagoe hananor elimitat.“

Als er dies geschrieben, wurde er zu einem großen Eichbaum, bald darauf zu einer Sau, geschwind zu einer Bratwurst und unversehens zu einem großen Baurendreck (mit Gunst), er machte sich zu einem schönen Kleewasen*, und ehe ich mich versah, zu einem Kuhfladen; item zu einer schönen Blum oder Zweig, zu einem Maulbeerbaum und darauf in einen schönen seidenen Teppich etc. bis er sich endlich wieder in menschliche Gestalten verändert' und dieselben öfter verwechselt', als solche gedachter Hans Sachs von ihm beschrieben; und weil ich von so unterschiedlichen schnellen Verwandlungen weder im Ovidio* noch sonsten nirgends gelesen (denn den mehrgedachten Hans Sachsen hatte ich damals noch nit gesehen), gedachte ich der alte Proteus* sei wieder von den Toten auferstanden, mich mit seiner Gaukelei zu äffen; oder es sei vielleicht der Teufel selbst, mich als einen Einsiedler zu versuchen und zu betrügen; nachdem ich aber von ihm verstanden, daß er mit bessern Ehren den Mond in seinem Wappen führe als der türkisch Kaiser, item daß die Unbeständigkeit sein Aufenthalt, die Beständigkeit aber seine ärgste Feindin sei, um welche er sich gleichwohl keine Schnall schere, weil er mehrenteils sie flüchtig mache*, verändert' er sich in einen Vogel, floh schnell davon und ließ mir das Nachsehen.

Darauf setzte ich mich nieder in das Gras, und fing an diejenigen Wort zu betrachten, die mir Baldanders hinterlassen hatte, die Kunst so ich von ihm zu lernen daraus zu begreifen; ich hatte aber nit das Herz selbige auszusprechen, weil sie mir vorkamen wie diejenigen, damit die Teufelsbanner die höllischen Geister beschwören und andere Zauberei treiben, maßen sie denn auch ebenso seltsam, unteutsch und unverständlich scheinen; ich sagte zu mir selber: „Wirst du sie anfangen zu reden, wer weiß was du dir alsdann für Hexengespenst damit herbeilockest; vielleicht ist dieser Baldanders der Satan gewesen, der dich hierdurch verführen will; weißt du nit wie es den alten Einsiedlern ergangen?“ Aber gleichwohl unterließ mein Vorwitz nicht, die geschriebenen Wort stetig anzuschauen und zu betrachten, weil ich gern mit stummen Dingen hätte reden können, sintemalen auch andere die unvernünftigen Tier verstanden haben sollen; wurde demnach je länger je verpichter darauf, und weil ich ohne Ruhm zu melden ein ziemlicher Zifferant* bin und meine geringste Kunst ist, einen Brief auf einen Faden oder wohl gar auf ein Haar zu schreiben, den wohl kein Mensch wird aussinnen oder erraten können, zumalen auch vorlängsten wohl andere verborgene Schriften ausspekuliert, als die Steganographia Trithemii* sein mag; also sah ich auch diese Schrift mit andern Augen an und fand gleich, daß Baldanders mir die Kunst nit allein mit Exempeln, sondern auch in obiger Schrift mit guten teutschen Worten viel aufrichtiger kommuniziert, als ich ihm zugetraut; damit war ich nun wohl zufrieden und achtet meiner neuen Wissenschaft nit sonderlich, sondern ging zu meiner Wohnung und las die Legenden der alten Heiligen, nit allein durch gute Beispiel mich in meinem abgesonderten Leben geistlich zu erbauen, sondern auch die Zeit zu passieren.

Das 10. Kapitel

Der Eremit wird aus einem Wald- ein Wallbruder

Das Leben des heiligen Alexii* kam mir im ersten Griff unter die Augen, als ich das Buch aufschlug; da fand ich, mit was für einer Verachtung der Ruhe er das reiche Haus seines Vaters verlassen, die heiligen Örter hin und wieder mit großer Andacht besucht und endlich beides sein Pilgerschaft und Leben unter einer Stiegen in höchster Armut, ohnvergleichlicher Geduld und wunderbarer Beständigkeit seliglich beschlossen hätte. „Ach!“ sagte ich zu mir selbst, „Simplici was tust du? du liegst halt hier auf der faulen Bärenhaut und dienest weder Gott noch den Menschen! wer allein ist, wenn derselbe fällt, wer wird ihm wieder aufhelfen? ists nicht besser du dienest deinen Nebenmenschen und sie dir hingegen hinwiederum, als daß du hier ohn alle Leutseligkeit in der Einsame sitzest wie ein Nachteul? bist du nicht ein totes Glied des menschlichen Geschlechts, wenn du hier verharrest? und zwar wie wirst du den Winter ausdauren können, wenn dies Gebirg mit Schnee bedeckt und dir nit mehr wie jetzt von den Nachbarn dein Unterhalt gebracht wird? zwar diese ehren dich jetztund wie ein Orakel, wenn du aber verneujahren* hast, werden sie dich nit mehr würdigen über ein Achsel anzuschauen, sondern anstatt dessen das sie dir jetzt hertragen, dich vor ihren Türen mit ‚helf dir Gott‘ abspeisen; vielleicht ist dir Baldanders darum persönlich erschienen, damit du dich beizeiten vorsehen und in die Unbeständigkeit dieser Welt schicken sollest“; mit solchen und dergleichen Anfechtungen und Gedanken wurde ich gequälet, als bis ich mich entschloß aus einem Wald- ein Wallbruder oder Pilger zu werden.

Demnach ertappte ich ohnversehens mein Scher und stutzte meinen langen Rock, der mir allerdings auf die Füß ging (und so lang ich ein Einsiedel gewesen, anstatt eines Kleids auch Unter- und Oberbetts gedient hatte), die abgeschnittenen Stück aber setzte ich darauf und darunter, wie es sich schickte, doch also, daß es mir zugleich Säck und Taschen abgab, dasjenig so ich etwa erbettlen möchte darinnen zu verwahren; und weil ich keinen proportionierlichen Jakobsstab* mit feinen gedrehten Knöpfen haben konnte, überkam ich einen wilden Apfelstamm, damit ich einem, wenn er gleichwohl seinen Degen in der Faust gehabt, gar wohl schlafen zu leuchten getraut; welchen böhmischen Ohrlöffel* mir folgends ein frommer Schlosser auf meiner Wanderschaft mit einer starken Spitz trefflich versehen, damit ich mich vor den Wölfen die mir etwa unterwegs begegnen möchten, erwehren konnte.

Solchergestalt ausstaffiert machte ich mich in das wilde Schapbach* und erbettelt von selbigem Pastor einen Schein oder Urkund, daß ich mich ohnweit seiner Pfarr als ein Eremit erzeigt und gelebt hätte, nunmehr aber willens wäre, die heiligen Örter hin und wieder andächtig zu besuchen, ohnangesehen mir derselbe vorhielt, daß er mir nit recht traue. „Ich schätze mein Freund", sagt' er, „du habest entweder ein schlimm Stück begangen, daß du deine Wohnung so urplötzlich verläßt, oder habest im Sinn einen anderen Empedoclem Agrigentinum abzugeben, welcher sich in den Feuerberg Aetnam stürzte, damit man glauben sollte, er wäre, weil man ihn sonst nirgends finden könnte, gen Himmel gefahren; wie wäre es, wenn es mit dir eine von solchen Meinungen hätte und ich dir mit Erteilung meines besseren Zeugnis darin hülfe?" Ich wußte ihm aber mit meinem guten Maulleder unter dem Schein frommer Einfalt und heiliger aufrichtiger Meinung dergestalt zu begegnen, daß er mir gleichwohl angeregte Urkund mitteilete, und bedünkte mich, ich spürete einen heiligen Neid oder Eifer an ihm und daß er meine Wegkunft gern sehe, weil der gemeine Mann wegen eines so ohngewöhnlichen strengen und exemplarischen Lebens mehr von mir hielt als von etlichen Geistlichen in der Nachbarschaft, ohnangesehen ich ein schlimmer liederlicher Kund war, wenn man mich gegen die rechten wahren Geistlichen und Diener Gottes hätte abschätzen sollen.

Damals war ich zwar noch nicht so gar gottlos wie ich hernach wurde, sondern hätte mich noch wohl für einen solchen vergangen, der eine gute Meinung und Vorsatz; sobald ich aber mit andern alten Landstörzern bekannt wurde und mit denselben vielfältig umging und konversierte, wurde ich je länger je ärger; also daß ich zuletzt gar wohl für einen Vorsteher, Zunftmeister und Präzeptor derjenigen Gesellschaft hätte passieren mögen, die aus der Landfahrerei zu keinem andern End eine Profession machen, als ihre Nahrung damit zu gewinnen; hierzu war mein Habit und Leibsgestalt fast bequem und beförderlich, sonderlich die Leut zur Freigebigkeit zu bewegen; wenn ich dann in einen Flecken kam oder in ein Stadt gelassen wurde, vornehmlich an den Sonn- und Feiertagen, so kriegte ich gleich von Jungen und Alten einen größern Umstand als der beste Marktschreier, der ein paar Narren, Affen und Meerkatzen mit sich führet; alsdann hielten mich teils wegen meines langen Haars und wilden Barts für einen alten Propheten, weil ich, es war gleich Wetter wie es wollte, barhäuptig ging, andere für sonst einen seltsamen Wundermann, die allermeisten aber für den ewigen Juden, der bis an den Jüngsten Tag in der Welt herumlaufen soll; ich nahm kein Geld zum Almosen an, weil ich wußte, was mir solche Gewohnheit in meiner Eremitage genützt, und wenn mich jemand dessen etwas zu nehmen dringen wollte, sagte ich: „Die Bettler sollen kein Geld haben." Damit brachte ich zuwegen, wo ich etwa ein paar Heller verschmähete, daß mir hingegen beides an Speis und Trank mehrers geben wurde, als ich sonst um ein paar Kopfstück* hätt kaufen mögen.

Also marschierte ich die Gutach* hinauf über den Schwarzwald auf Villingen dem Schweizerland zu, auf welchem Weg mir nichts Notabels oder Ohngewöhnlichs begegnete, als was ich allererst gemeldet; von dannen wußte ich den Weg selbst auf Einsiedeln, daß ich deswegen niemand fragen durfte; und da ich Schaffhausen erlangte, wurde ich nicht allein eingelassen, sondern auch nach vielem Fatzwerk*, so das Volk mit mir hatte, von einem ehrlichen wohlhäbigen Bürger freundlich zur Herberg aufgenommen; und zwar so war es Zeit, daß er kam und sich meiner als ein wohlgereister Junker, der ohn Zweifel in der Fremde auf seinen Reisen viel Saurs und Süßes erfahren, erbarmte, weil etliche böse Buben anfingen mich gegen Abend mit Gassenkot zu werfen.

Das 11. Kapitel

Simplici seltsamer Diskurs mit einem Schermesser

Mein Gastherr hatte ein halbes Tümmelchen*, da er mich heimbrachte, dahero wollte er desto genauer von mir wissen, woher, wohin, was Profession und dergleichen; und da er hörete, daß ich ihm von so vielen unterschiedlichen Ländern, die ich mein Tage durchstrichen, zu sagen wußte, welche sonst nicht bald einem jeden zu sehen werden, als von der Moskau, Tartarei, Persien, China, Türkei und unsern Antipodibus, verwundert' er sich trefflich und traktierte mich mit lauter Veltliner und Etschwein; er hatte selbst Rom, Venedig, Ragusa, Konstantinopel und Alexandriam gesehen; als derowegen ich ihm viel Wahrzeichen und Gebräuch von solchen Örtern zu sagen wußte, glaubte er mir auch was ich ihm von ferneren Ländern und Städten aufschnitt, denn ich regulierte mich nach Samuels von Golau* Reimen, wenn er spricht:

Wer lügen will der leug von ferne!
Wer zeugt dahin, erfährets gerne?

Und da ich sah, daß es mir so wohl gelang, kam ich mit meiner Erzählung fast in der ganzen Welt herum; da war ich selbst in des Plinii dickem Wald* gewesen, welchen man bisweilen bei den Aquis Cutiliis* antreffe, denselben aber hernach, wenn man ihn mit höchstem Fleiß suche, gleichwohl weder bei Tag noch Nacht mehr finden könne; ich hatte selbst von dem lieblichen Wundergewächs Borametz* in der Tartarei gessen, und wiewohl ich dasselbe mein Tage nicht gesehen, so konnte ich jedoch meinem Wirt von dessen anmutigem Geschmack dermaßen diskurrieren, daß ihm das Maul wässerig davon wurde; ich sagte, es hat ein Fleischlein wie ein Krebs, das hat ein Farb wie ein Rubin oder roter Pfirsich und einen Geruch, der sich beides den Melonen und Pomeranzen vergleicht; benebens erzählte ich ihm auch in was Schlachten, Scharmützlen und Belagerungen ich mein Tage gewesen wär, log aber auch etwas mehrers dazu, weil ich sah, daß ers so haben wollte; maßen er sich mit solchem und dergleichen Geschwätz wie die Kinder mit den Märlein aufziehen ließ, bis er darüber entschlief, und ich in eine wohl akkommodierte Kammer zu Bett geführt wurde, da ich dann in einem sanften Bett ohneingewiegt einschlief, welches mir lange nicht widerfahren war.

Ich erwachte viel früher als die Hausgenossen selbst, konnte aber drum nicht aus der Kammer kommen, eine Last abzulegen, die zwar nicht groß, aber doch sehr beschwerlich war, sie über die bestimmte Zeit zu tragen; fand mich aber hinter einer Tapezerei mit einem hierzu bestimmten Ort, welchen etliche eine Kanzlei zu nennen pflegen, viel besser versehen, als ich in solcher Not hätt hoffen dürfen; daselbsthin setzte ich mich eilends zu Gericht und bedachte, wie weit meine edle Wildnis dieser wohlgezierten Kammer vorzuziehen wäre, als in welcher beides Fremd und Heimisch an jeden Orten und Enden ohne Erduldung einer solchen Angst und Drangsal, die ich dazumal überstanden hatte, stracks niederhocken könnte; nach Erörterung der Sach, als ich eben an des Baldanders Lehr und Kunst gedachte, langte ich aus einem neben mir hangenden Garvier* ein Oktav von einem Bogen Papier, an demselbigen zu exequieren wozu es, neben andern mehr seiner Kameraden, kondemniert und daselbst gefangen war. „Ach!“ sagte dasselbige, „so muß ich denn nun auch für meine treu geleisten Dienste und lange Zeit überstandenen vielfältigen Peinigungen, zugenötigten Gefahren, Arbeiten, Ängste, Elend und Jammer, nun erst den allgemeinen Dank der ungetreuen Welt erfahren und einnehmen? ach warum hat mich nit gleich in meiner Jugend ein Fink oder Goll* aufgefressen, und alsobald Dreck aus mir gemacht, so hätte ich doch meiner Mutter der Erden gleich wiederum dienen und durch meine angeborne Feistigkeit ihro ein liebliches Waldblümlein oder Kräutlein hervorbringen helfen können, ehe daß ich einem solchen Landfahrer den Hintern hätt wischen und meinen endlichen Untergang im Scheißhaus nehmen müssen; oder warum werde ich nicht in eines Königs von Frankreich Sekret gebraucht, dem der von Navarra* den

Arsch wischt? wovon ich denn viel größer Ehr gehabt hätte, als einem entlaufenen Monacho zu Dienst zu stehen?" Ich antwortet: „Ich höre an deinen Reden wohl, daß du ein nichtswertiger Gesell und keines andern Begräbnis würdig seiest als eben desjenigen, darin ich dich jetzund senden werde; und wird gleich gelten, ob du durch einen König oder Bettler an ein solchen stinkend Ort begraben wirst, davon du so grob und unhöflich sprechen darfst, dessen aber ich mich hingegen herzlich gefreuet; hast du aber etwas deiner Unschuld und dem menschlichen Geschlecht treugeleisteter Dienste wegen vorzubringen, so magst du es tun, ich will dir gern, weil noch jedermann im Hause schläft, Audienz geben und dich nach befindenden Dingen von deinem gegenwärtigen Untergang und Verderben konservieren."

Hierauf antwortet' das Schermesser: „Meine Voreltern sind erstlich nach Plinii Zeugnis lib. 20 cap. 97 in einem Wald, da sie auf ihrem eignen Erdreich in erster Freiheit wohnten und ihr Geschlecht ausbreiteten, gefunden, in menschliche Dienste als ein wildes Gewächs gezwungen und namentlich Hanf* genannt worden; von denselbigen bin ich zu Zeiten Wenceslai* in dem Dorf Goldscheur* als ein Samen entsprossen und erzielt, von welchem Ort man sagt, daß der beste Hanfsamen in der Welt wachse; daselbst nahm mich mein Erzieler von den Stengeln meiner Eltern und verkaufte mich gegen den Frühling einem Krämer, der mich unter andern fremden Hanfsamen mischte und mit uns schacherte; derselbe Krämer gab mich folgends einem Bauren in der Nachbarschaft zu kaufen und gewann an jedem Sester* einen halben Goldgulden, weil wir unversehens aufschlugen und teuer wurden; war also gemeldter Krämer der zweite so an mir gewann, weil mein Erzieler der mich anfänglich verkaufte, den ersten Gewinn schon hinweghatte; der Bauer aber so mich vom Krämer erhandelt, warf mich in einen wohlgebauten fruchtbaren Acker, allwo ich im Gestank des Roß- Schwein- Kühe- und andern Mists vermodern und ersterben mußte; doch brachte ich aus mir selbsten einen hohen stolzen Hanfstengel hervor, in welchen ich mich nach und nach veränderte und stracks zu mir selbst in meiner Jugend sagte: ‚Nun wirst du gleich deinen Urahnen ein fruchtbarer Vermehrer deines Geschlechts werden und mehr Körnlein Samen hervorbringen, als jemals einer aus ihnen nicht getan.‘ Aber kaum hatte sich meine Frechheit mit solcher eingebildeten Hoffnung ein wenig gekitzelt, da mußte ich von vielen Vorübergehenden hören: ‚Schauet, was für ein Acker voll Galgenkraut!‘ welches ich und meine Brüder alsobalden für kein gut Omen für uns hielten, doch trösteten uns hinwiederum etlicher ehrbaren alten Bauren Reden, wenn sie sagten: ‚Sehet! was für ein schöner trefflicher Hanf ist das!‘ Aber leider! wir wurden bald hernach gewahr, daß wir von den Menschen beides wegen ihres Geizes und ihrer armseligen Bedürftigkeit nit da gelassen würden, unser Geschlecht ferners zu propagieren; allermaßen als wir bald Samen zu bringen vermeinten, wir von unterschiedlichen starken Gesellen ganz unbarmherzigerweis aus dem Erdreich gezogen und als gefangene Übeltäter in große Gebund zusammengekuppelt worden, für welche Arbeit sie denn ihren Lohn und also den dritten Gewinn empfingen, so die Menschen von uns einzuziehen pflegen.

Damit wars aber noch lang nit genug, sondern unser Leiden und der Menschen Tyrannei fing erst an, aus uns, einem namhaften Gewächs! ein pures Menschengedicht (wie etliche das liebe Bier nennen) zu verkünstlen; denn man schleppte uns in eine tiefe Gruben, packte uns übereinander und beschwerte uns dermaßen mit Steinen, gleichsam als wenn wir in einer Preß gesteckt wären; und hiervon kam der vierte Gewinn denjenigen zu, die solche Arbeit verrichteten; folgends ließ man die Gruben voll Wasser laufen, also daß wir überall überschwemmt würden, gleichsam als ob man uns erst hätte ertränken wollen, unangesehen allbereit schwache Kräfte mehr bei uns waren; in solcher Presse ließ man uns sitzen, bis die Zierde unserer ohnedas bereits verwelkten Blätter folgends verfaulte und wir selbst beinahe erstickten und verdarben. Alsdann ließ man erst das Wasser wieder ablaufen, trug uns aus und setzte uns auf einen grünen Wasen, allwo uns bald Sonn, bald Regen, bald Wind zusetzte, also daß sich die liebliche Luft selbsten ob unserem Elend und Jammer entsetzte, veränderte und alles um uns herum verstänkerte, daß schier niemand bei uns vorüberging, der nit die Nasen zuhielt oder doch wenigst sagte: ‚Pfui Teufel!' Aber gleichwohl bekamen diejenigen so mit uns umgingen den fünften Gewinn zu Lohn. In solchem Stand mußten wir verharren, bis beides Sonn und Wind uns unserer letzteren Feuchtigkeit beraubt und uns mitsamt dem Regen wohl gebleicht hatten; darauf wurden wir von unserem Bauren einem Hänfer oder Hanfbereiter um den sechsten Gewinn verkauft. Also bekamen wir den vierten Herrn, seit ich nur ein Samkörnlein gewesen war; derselbe legte uns unter einen Schopf* in eine kurze Ruhe, nämlich so lang bis er anderer Geschäfte halber der Weil* hatte und Taglöhner haben konnte, uns ferners zu quälen; da denn der Herbst und alle anderen Feldarbeiten vorbei waren, nahm er uns nacheinander hervor, stellte uns zweidutzendweis in ein kleines Stübel hinter dem Ofen und heizte dermaßen ein, als wenn wir die Franzosen hätten ausschwitzen sollen, in welcher höllischen Not und Gefahr ich oft gedachte, wir würden dermaleins samt dem Haus in Flammen gen Himmel fahren, wie denn auch oft geschiehet; wenn wir dann durch solche Hitz viel feuerfähiger* wurden als die besten Schwefelhölzlein, überantwortet' er uns noch einem strengen Henker, welcher uns handvollweis unter die Brech* nahm und alle unsere innerlichen Gliedmaßen hunderttausendmal kleiner zerstieß, als man dem ärgsten Erzmörder mit dem Rad zu tun pflegt; uns hernach aus allen Kräften um einen Stock herum schlagend, damit unsere zerbrochenen Gliedmaßen sauber herausfallen sollten, also daß es ein Ansehen hatte, als wenn er unsinnig worden wäre, und ihm der Schweiß, und zuzeiten auch ein Ding so sich darauf reimet, darüber ausging; hierdurch wurde dieses der siebente, so unsertwegen einen Gewinn hintrug.

Wir gedachten, nunmehr könnte nichts mehr ersonnen werden, uns ärger zu peinigen, vornehmlich weil wir dergestalt voneinander separiert und hingegen doch miteinander also konjungiert und verwirret waren, daß jeder sich selbst und das Seinig nicht mehr kannte; sondern jedweder Haar oder Bast gestehen mußte, wir wären gebrechter Hanf; aber man brachte uns erst auf eine Bleuel*, allda wir solchermaßen gestampft, gestoßen, zerquetscht, geschwungen und mit einem Wort zu sagen zerrieben und abgebleuelt worden, als wenn man lauter Amianthum*, Asbeston*, Bissinum*, Seiden oder wenigst einen zarten Flachs aus uns hätte machen wollen; und von solcher Arbeit genoß der Bleuler den achten Gewinn, den die Menschen von mir und meinsgleichen schöpfen. Noch selbigen Tag wurde ich als ein wohlgebleuelter und geschwungner Hanf erst etlichen alten Weibern und jungen Lehrdirnen übergeben, die mir erst die allergrößte Marter antaten, als ich noch nie erfahren, denn sie anatomierten mich auf ihren unterschiedlichen Hecheln* dermaßen, daß es nicht auszusprechen ist; da hechelt' man erstlich den groben Kuder*, folgends den Spinnhanf und zuletzt den schlechten Hanf von mir hinweg, bis ich endlich als ein zarter Hanf und feines Kaufmannsgut gelobt und zum Verkauf zierlich gestrichen, eingepackt und in einen feuchten Keller gelegt wurde, damit ich im Angriff desto linder und am Gewicht desto schwerer sein sollte; solchergestalt erlangte ich abermal eine kurze Ruhe und freute mich, daß ich dermaleins durch Überstehung so vielen Leids und Leidens zu einer Materi worden, die euch Menschen so nötig und nützlich wäre. Indessen hatten besagte Weibsbilder den neunten Lohn von mir dahin, welches mir einen sonderbaren Trost und Hoffnung gab, wir würden nunmehr (weil wir die neunte als eine englische* und allerwunderbarlichste Zahl erlangt und erstritten hätten) aller Marter überhoben sein."

Das 12. Kapitel

Obige Materia wird kontinuiert und das Urteil exequiert

„Den nächsten Markttag trug mich mein Herr in ein Zimmer, welches man eine Faßkammer nennet, wurde ich geschauet, für gerechte Kaufmannswar erkannt und abgewogen, folgends einem Vorkäufler* verhandelt, verzollt, auf einen Wagen verdingt, nach Straßburg geführt, ins Kaufhaus geliefert, abermals geschauet, für gut erkannt, verzollt und einem Kaufherrn verkauft, welcher mich durch die Karchelzieher nach Haus führen und in ein sauber Zimmer aufheben ließ; bei welchem Actu mein gewesener Herr, der Hänfer, den zehenten, der Hanfschauer den elften, der Wäger den zwölften, der Zöllner den dreizehenten, der Vorkäufler den vierzehenten, der Fuhrmann den fünfzehenten, das Kaufhaus den sechzehenten und die Karchelzieher, die mich dem Kaufmann heimführten, den siebenzehenten Gewinn bekamen, dieselben nahmen auch mit ihrem Lohn den achtzehenten Gewinn hin, da sie mich auf ihren Karchen zu Schiff brachten, auf welchem ich den Rhein hinunter bis nach Zwolle* gebracht wurde, und ist mir unmöglich alles zu erzählen, wer alls unterwegs sein Gebühr an Zöllen und anderen und also auch einen Gewinn von meinetwegen empfangen, denn ich war dergestalt eingepackt, daß ichs nicht wissen konnte.

Zu Zwolle genoß ich wiederum ein kurze Ruhe, denn ich wurde daselbsten von der mittlern oder engländischen War ausgesondert, wiederum von neuem anatomiert und gemartert, in der Mitten voneinander gerissen, geklopft und gehechelt, bis ich so rein und zart wurde, daß man wohl reiner Ding als Klosterzwirn* aus mir hätt spinnen mögen; danach wurde ich nach Amsterdam gefertigt, alldorten gekauft und verkauft und dem weiblichen Geschlecht übergeben, welche mich auch zu zartem Garn machten und mich unter solcher Arbeit gleichsam all Augenblick küßten und leckten; also daß ich mir einbilden mußte, alles mein Leiden würde dermaleins sein Endschaft erreicht haben;

aber kurz hernach wurde ich gewaschen, gewunden, dem Weber unter die Händ geben, gespult, mit einer Schlicht gestrichen, an Weberstuhl gespannet, gewebt und zu einer feinen holländischen Leinwand gemacht, folgends gebleicht und einem Kaufherrn verkauft, welcher mich wiederum ellenweis verhandelte; bis ich aber so weit kam, erlitt ich viel Abgang; das erste und gröbste Werg so von mir abging wurde zu Lunten gesponnen, in Kuhdreck gesotten und hernach verbrannt, aus dem andern Abgang spannen die alten Weiber ein grobes Garn, welches zu Zwilch und Sacktaffet* gewebt wurde, der dritte Abgang gab ein ziemlich grobes Garn, welches man Bärtlein-Garn nennet, und doch für hanfen verkauft wurde, aus dem vierten Abgang wurde zwar ein Spinner-Garn und Tuch gemacht, es mochte mir aber nicht gleichen; geschweige jetzt der gewaltigen Seile, die aus meinen Kameraden, den anderen Hanfstengeln, daraus man Schleißhanf machte, zugerichtet wurden. Also daß mein Geschlecht den Menschen trefflich nutz, ich auch beinahe nicht erzählen kann, was ein und anders für Gewinn von denselbigen schöpfet; den letzten Abgang litt ich selbst, als der Weber ein paar Knäul Garn von mir nach den diebischen Mäusen warf*.

Von obgemeldtem Kaufherren erhandelte mich eine Edelfrau, welche das ganze Stück Tuch zerschnitt und ihrem Gesind zum neuen Jahr verehrete, da wurde derjenige Partikel, davon ich mehrenteils meinen Ursprung hab, der Kammermagd zuteil, welche ein Hemd daraus machte und trefflich mit mir prangte; da erfuhr ich, daß es nicht alle Jungfern sind, die man so nennet, denn nicht allein der Schreiber sondern auch der Herr selbsten wußten sich bei ihr zu behelfen, weil sie nicht häßlich war; solches hatte aber die Läng keinen Bestand, denn die Frau sah einsmals selbsten, wie ihre Magd ihre Stell vertrat, sie bollert'* aber deswegen drum nicht so gar greulich, sondern tat als eine vernünftige Dame, zahlt' ihre Magd aus und gab ihr einen freundlichen Abschied; dem Junkern aber gefiel es nicht beim besten, daß ihm solch Fleisch aus den Zähnen gezogen wurde, sagte derowegen zu seiner Frauen, warum sie diese Magd abschaffe, die doch ein so hurtig, geschicktes und fleißigs Mensch sei; sie aber antwortet': ‚Lieber Junker, seid nur ohnbekümmert, ich will hinfort ihre Arbeit schon selber versehen.'

Hierauf begab sich meine Jungfer mit ihrer Bagage, darunter ich ihr bestes Hemd war, in ihr Heimat nach Cammerich* und brachte einen ziemlich schweren Beutel mit sich, weil sie vom Herrn und der Frauen ziemlich viel verdienet und solchen ihren Lohn fleißig zusammengespart hatte, daselbst fand sie keine so fette Küchen als sie eine verlassen müssen, aber wohl etliche Buhler, die sich in sie vernarreten und ihr beides zu waschen und zu nähen brachten, weil sie ein Profession daraus machte und sich damit zu ernähren gedachte; unter solchen war ein junger Schnauzhahn*, dem sie das Seil über die Hörner warf und sich für ein Jungfer verkaufte; die Hochzeit wurde gehalten; weil aber nach verflossenem Küßmonat genugsam erschien, daß sich beider jungen Eheleute Vermögen und Einkommen nit so weit erstreckte, sie zu unterhalten, wie sie bisher bei ihren Herrn gewohnet gewesen, zumalen eben damal im Land von Luxemburg Mangel an Soldaten erschien, also wurde meiner jungen Frauen Mann ein Kornett*, vielleicht deswegen, weil ihm ein anderer den Raum* abgehoben und Hörner aufgesetzt hatte. Damal fing ich an ziemlich dürr und brechhaftig zu werden, derowegen zerschnitt mich meine Frau zu Windeln, weil sie ehestens eines jungen Erben gewärtig war; von demselbigen Bankert wurde ich nachgehends, als sie genesen, täglich verunreinigt und ebensooft wieder ausgewaschen, welches uns denn endlich so blöd machte, daß wir hierzu auch nichts mehr taugten und derowegen von meiner Frauen gar hingeworfen, von der Wirtin im Haus aber (welche gar ein gute Haushälterin war) wieder aufgehoben, ausgewaschen und zu andern dergleichen alten Lumpen auf die obere Bühn gelegt wurden; daselbst mußten wir verharren, bis ein Kerl von Spinal* kam, der uns von allen Orten und Enden her versammlet' und mit sich heim in eine Papiermühl führte; daselbst wurden wir etlichen alten Weibern übergeben, die uns gleichsam zu lauter

Streichpletzen* zerrissen, allwo wir denn mit einem rechten Jammergeschrei unser Elend einander klagten; damit hats aber drum noch kein End, sondern wir wurden in der Papiermühl gleich einem Kinderbrei zerstoßen, daß man uns wohl für kein Hanf- oder Flachsgewächs mehr hätte erkennen mögen, ja endlich eingebeizt in Kalk und Alaun und gar in Wasser zerflößt, also daß man wohl von uns mit Wahrheit hätte sagen können, wir seien ganz vergangen gewesen; aber unversehens wurde ich zu einem feinen Bogen Schreibpapier kreiert, durch andere mehr Arbeiten neben anderen meinen Kameraden mehr erstlich in ein Buch, endlich in ein Ries, und alsdann erst wieder unter die Preß gefördert, zuletzt zu einem Ballen* gepackt und die einstehende Meß nach Zurzach* gebracht, daselbst einem Kaufmann von Zürch verhandelt, welcher uns nach Haus brachte und dasjenige Ries, darin ich mich befand, einem Faktor oder Haushalter eines großen Herrn wieder verkaufte, der ein groß Buch oder Journal* aus mir machte; bis aber solches geschah, ging ich den Leuten wohl sechsunddreißigmal durch die Hände, seit ich ein Lump' gewesen.

Dieses Buch nun*, worin ich als ein rechtschaffner Bogen Papier auch die Stell zweier Blätter vertrat, liebte der Faktor so hoch als Alexander Magnus den Homerum; es war sein Virgilius, darin Augustus so fleißig studiert, sein Oppianus, darin Antonius Kaisers Severi Sohn so emsig gelesen; seine Commentarii Plinii Junioris, welche Largius Licinius so wert gehalten; sein Tertullianus, den Cyprianus allzeit in Händen gehabt, seine Paedia Cyri, welche sich Scipio so gemein gemacht; sein Philolaus Pythagoricus, daran Plato so großen Wohlgefallen getragen; sein Speusippus, den Aristoteles so hoch geliebt; sein Cornelius Tacitus, der Kaiser Tacitum so höchlich erfreut, sein Comminaeus, den Carolus Quintus vor allen Skribenten hochgeachtet, und in summa summarum seine Bibel, darinnen er Tag und Nacht studierte; zwar nicht deswegen, daß die Rechnung aufrichtig und just sein, sondern daß er seine Diebsgriff bemänteln, seine Untreu und Bubenstück bedecken und alles dergestalt setzen möchte, daß es mit dem Journale übereinstimme.

Nachdem nun bemeldtes Buch überschrieben war, wurde es hingestellt bis Herr und Frau den Weg aller Welt gingen, und damit genoß ich ein ziemliche Ruh, als aber die Erben geteilt hatten, wurde das Buch von denselben zerrissen und zu allerhand Packpapier gebraucht, bei welcher Occasion ich zwischen einen verbrämten Rock gelegt wurde, damit beides Zeug und Posamenten keinen Schaden litten, und also wurde hiehergeführt und nach der Wiederauspackung an diesen Ort kondemniert, den Lohn meiner dem menschlichen Geschlecht treu geleisten Dienste mit meinem endlichen Untergang und Verderben zu empfangen; wovor du mich aber wohl erretten könntest."

Ich antwortete: „Weil dein Wachstum und Fortzielung aus Feistigkeit der Erden, welche durch die Excrementa der Animalien erhalten werden muß, ihren Ursprung, Herkommen und Nahrung empfangen, zumalen du auch ohnedas solcher Materi gewohnet und von solchen Sachen zu reden ein grober Gesell bist, so ist billig, daß du wieder zu deinem Ursprung kehrest, wozu dich denn auch dein eigner Herr verdammt hat." Damit exequierte ich das Urteil; aber das Schermesser sagt': „Gleichwie du jetzunder mit mir prozedierest, also wird auch der Tod mit dir verfahren, wenn er dich nämlich wieder zur Erden machen wird, davon du genommen worden bist; und davor wird dich nichts fristen mögen, wie du mich für diesmal hättest erhalten können."

Das 13. Kapitel

Was Simplicius seinem Gastherren für das Nachtlager für eine Kunst gelehret

Ich hatte den Abend zuvor eine Spezifikation* verloren aller meiner gewissen Künste, die ich etwa hiebevor geübet und aufgeschrieben hatte, damit ich solche nicht so leichtlich vergessen sollte, es stund aber drum nit dabei, welchergestalt und durch was Mittel solche zu praktizieren; zum Exempel setze ich den Anfang solches Verzeichnis hieher.

Lunten oder Zündstrick zuzurichten, daß er nicht rieche, als durch welchen Geruch oft die Musketierer verraten, und dero Anschläg zu nichts werden;

Lunten zuzurichten, daß sie brenne, wenn sie gleich naß wird.

Pulver zuzurichten, daß es nicht brenn, wenn man gleich einen glühenden Stahl hineinsteck, welches den Festungen nützlich, die des gefährlichen Gasts eine große Quantität herbergen müssen;

Menschen oder Vögel allein mit Pulver zu schießen, daß sie ein Zeitlang für tot liegen bleiben, hernach aber ohne allen Schaden wieder aufstehen.

Einem Menschen eine doppelte Stärk ohne Eberswurzel* und dergleichen verbotene Sachen zuwegen zu bringen.

Wenn man in Ausfällen verhindert wird, dem Feind seine Stück zu vernaglen, solche in Eil zuzurichten, daß sie zerspringen müssen.

Einem ein Rohr zu verderben, daß er alles Wildbret damit zu Holz schießt*, bis es wiederum mit einer andern gewissen Materi ausgeputzt wird.

Das Schwarze in der Scheiben ehender zu treffen, wenn man das Rohr auf die Achsel legt und der Scheiben den Rücken kehrt, als wenn man gemeinem Gebrauch nach auflegt und anschlägt;

Ein gewisse Kunst, daß dich keine Kugel treffe.

Ein Instrument zuzurichten, vermittelst dessen man, sonderlich bei stiller Nacht, wunderbarlicher Weis alles hören kann, was in unglaublicher Ferne tönet oder geredt wird (so sonst ohnmenschlich und ohnmöglich), den Schildwachten und sonderlich in den Belagerungen sehr nützlich, etc.

Solchergestalt waren in besagter Spezifikation viel Künste beschrieben, welche mein Gastherr gefunden und aufgehoben hatte; derowegen trat er selber zu mir in die Kammer, wies mir das Verzeichnis und fragte, obs wohl möglich sei, daß diese Stück natürlicher Weise verrichtet werden könnten; er zwar könnte es schwerlich glauben, doch müsse er gestehen, daß in seiner Jugend, als er sich knabenweis bei dem Feldmarschallen von Schauenburg* in Italia aufgehalten, von etlichen ausgeben worden wären, die Fürsten von Savoya seien alle vor den Kuglen versichert; solches hätte gedachter Feldmarschall an Prinz Thomae* versuchen wollen, den er in einer Festung belagert gehalten; denn als sie einsmals beiderseits eine Stund Stillstand beliebt, die Toten zu begraben und Unterredung miteinander zu pflegen, hätte er einem Korporal von seinem Regiment, der für den gewissesten Schützen unter der ganzen Armee gehalten worden, Befehl geben, mit seinem Rohr, damit er auf fünfzig Schritt ein brennende Kerzen ohnausgelöscht putzen können, gedachtem Prinzen, der sich zur Konferenz auf die Brustwehr des Walls begeben, aufzupassen, und sobald die bestimmte Stund des Stillstands verflossen, ihm ein Kugel zuzuschicken; dieser Korporal hätte nun die Zeit fleißig in acht genommen; und mehr ermeldten Prinzen die ganze Zeit des Stillstands fleißig im Gesicht und vor seinem Absehen* behalten; auch, als sich der Stillstand mit dem ersten Glockenstreich geendet und jeder von beiden Teilen sich in Sicherheit retiriert, auf ihn losgedrückt; das Rohr hätte ihm aber wider alles Vermuten versagt, und sei der Prinz, bis der Korporal wieder gespannt, hinter die Brustwehr kommen; worauf der Korporal dem Feldmarschall, der sich auch zu ihm in den Laufgraben begeben gehabt, einen Schweizer aus des Prinzen Garde gewiesen, auf welchen er gezielt und denselben dergestalt getroffen, daß er über und über gepurzelt; woraus denn handgreiflich abzunehmen gewesen, daß etwas an der Sach sei, daß nämlich kein Fürst von Savoya von Büchsenschüssen getroffen oder beschädigt werden möge; ob nun solches auch durch dergleichen Künste zuginge oder ob vielleicht dasselbe hohe fürstliche Haus ein absonderliche Gnad von Gott habe, weil es wie man sagt aus dem Geschlecht des königlichen Propheten Davids entsprossen, könnte er nicht wissen.

Ich antwortet: „So weiß ichs auch nicht; aber dies weiß ich gewiß, daß die verzeichneten Künste natürlich und keine Zauberei sind“; und wenn er ja solches nicht glauben wollte, so sollte er mir nur sagen, welche er für die verwunderlichste und ohnmöglichste halte, so wollte ich ihm dieselbige gleich probieren, doch sofern es eine sei, die nicht längere Zeit und andere Gelegenheit erfordere, als ich übrig hätte solche ins Werk zu setzen, weil ich gleich fortwandern und meine vorhabende Reis befördern müßte; darauf sagte er, dies käme ihm am unmöglichsten vor, daß das Büchsenpulver nicht brennen soll, wenn Feur dazu komme, ich würde denn zuvor das Pulver ins Wasser schütten; wenn ich solches natürlicherweis probieren könne, so wolle er von den andern Künsten allen, deren gleichwohl über die sechzig waren, glauben was er nicht sehe, und vor solcher Prob nicht glauben könne; ich antwortet, er sollte mir nur geschwind einen einzigen Schuß Pulver und noch eine Materia, die ich dazu brauchen müßte, samt Feuer herbeibringen, so würde er gleich sehen, daß die Kunst just sei; als solches geschah, ließ ich ihn der Gehörde nach* prozedieren, folgends anzünden; aber da vermochte er nit mehr als etwa nach und nach ein paar Körnlein zu verbrennen, wiewohl er ein Viertelstund damit umging, und damit nichts anders ausrichtete, als daß er sowohl glühende Eisen als Lunten und Kohlen im Pulver selbst über solcher Arbeit auslöschte. „Ja", sagte er zuletzt, „jetzt ist aber das Pulver verderbt"; ich aber antwortet ihm mit dem Werk und macht das Pulver ohne einzigen Kosten ehender man 16 zählen konnte, daß es hinbrannte, da ers mit dem Feur kaum anrührte. „Ach!" sagte er, „hätte Zürch diese Kunst gewußt, so hätten sie verwichen* so großen Schaden nit gelitten, als das Wetter in ihren Pulverturm schlug."

Wie er nun die Gewißheit dieser natürlichen Kunst gesehen, wollte er kurzum auch wissen, durch was Mittel ein Mensch sich vor den Büchsenkuglen versichern könnte; aber solches ihm zu kommunizieren war mir ungelegen; er setzte mir zu mit Liebkosungen und Verheißungen, ich aber sagte, ich bedürfe weder Geld noch Reichtum; er wendet' sich zu Bedrohungen, ich aber antwortet, man müßte die Pilger nach Einsiedeln passieren lassen; er rückte mir vor die Undankbarkeit für empfangne freundliche Bewirtung, hingegen hielt ich ihm vor, er hätte bereits genug von mir dafür gelernet; demnach er aber gar nicht von mir ablassen wollte, gedachte ich ihn zu betrügen; denn wer solche Kunst von mir entweder mit Lieb oder Gewalt erfahren wollen, hätte ein höhere Person sein müssen; und weil ich merkte, daß ers nicht achtete, obs mit Wörtern oder Kreuzen zuging, wenn er nur nicht geschossen würde, beschlug ich ihn auf dem Schlag wie mich Baldanders beschlagen, damit ich gleichwohl nicht zum Lügner würde, und er doch die rechte Kunst nit wüßte; maßen ich ihm folgenden Zettel dafür gab.

„Das Mittel folgender Schrift/ behüt daß dich kein Kugel trifft.

Asa, vitom, rahoremarhi, ahe, menalem renah, oremi, nasiore ene, nahores, ore, eldit, ita, ardes, inabe, ine, nie, nei, alomade sas, ani, ita, ahe, elime, arnam, asa, locre, rahel, nei, vivet, aroseli, ditan, Veloselas, Herodan, ebi, menises, asa elitira, eve, harsari erida, sacer, elachimai, nei, elerisa."

Als ich ihm diesen Zettel zustellte, stellte er demselbigen auch Glauben zu, weil es so kauderwelsche Wort waren, die niemand verstehet, wie er vermeinete; aber gleichwohl wirkte ich mich solchergestalt von ihm los und verdiente die Gnad, daß er mir ein paar Taler auf den Weg zur Zehrung mitgeben wollte, aber ich schlug die Annehmung ab und ließ mich mehr als gern nur mit einem Frühstück abfertigen. Also marschierte ich den Rhein hinunter auf Eglisau zu, unterwegs aber blieb ich sitzen, wo der Rhein seinen Fall hat und mit großem Sausen und Brausen Teils seines Wassers gleichsam in Staub verwandelt.

Damals fing ich an zu bedenken, ob ich der Sach nit zu viel getan, indem ich meinen Gastherrn, der mich gleichwohl so freundlich bewirtet, mit Dargebung der Kunst hinters Licht geführt; vielleicht, gedachte ich, wird er diese Schrift und närrischen Wörter künftig seinen Kindern oder sonst seinen Freunden als ein gewisse Sach kommunizieren, die sich alsdann darauf verlassen, in unnötige Gefahr geben und darüber ins Gras beißen werden, ehe sie zeitig, wer wäre alsdann an ihrem frühen Tod anders schuldig als du? wollte derowegen wiederum zurücklaufen, einen Widerruf zu tun, weil ich aber sorgen mußte, wenn ich ihm wieder in die Kluppen* käme, würde er mich härter als zuvor halten oder mir doch wenigst den Betrug eintränken; also begab ich mich ferners nach Eglisau, daselbst erbettelt ich Speis, Trank, Nachtherberg und einen halben Bogen Papier, darauf schrieb ich folgends: „Edler und frommer hochgeehrter Herr, ich bedanke mich nachmalen der guten Herberg und bitte Gott, daß ers dem Herrn wieder tausendfältig vergelten wolle, sonst hab ich Sorg, der Herr möchte sich vielleicht künftig zu weit in Gefahr wagen und Gott versuchen, weil er so eine treffliche Kunst von mir wider das Schießen gelernet; also habe ich den Herren warnen, und ihm die Kunst erläutern wollen, damit sie ihm vielleicht nicht zu unstatten und Schaden gereiche; ich hab geschrieben:

‚Das Mittel der folgend Schrift/ behüt daß dich kein Kugel trifft.‘

Solches verstehe der Herr recht und nehme aus jedem unteutschen Wort, als welche weder zauberisch noch sonst von Kräften sind, den mittlern Buchstaben heraus, setze sie der Ordnung nach zusammen so wird es heißen: ‚Steh an ein Ordt, da niemant hinscheust, so bistu sicher.‘ Dem folge der Herr, denke meiner zum besten und bezeihe mich keines Betrugs, womit ich uns beiderseits Gottes Schutz befehle, der allein beschützet welchen er will. Dat. etc.“

Des andern Tags wollte man mich nicht passieren lassen, weil ich kein Geld hatte, den Zoll zu entrichten, mußte derowegen wohl zwo Stund sitzen bleiben, bis ein ehrlicher Mann kam, der die Gebühr um Gotteswillen für mich darlegte; dasselbe muß mir aber sonst niemand als ein Henker gewesen sein, denn der Zöllner sagte zu ihm: „Wie dünkt Euch Meister Christian, getrauet Ihr wohl, an diesem Kerl einen zeitlichen Feierabend zu machen?“ „Ich weiß nit“, antwortet' Meister Christian, „ich hab meine Kunst noch nie an den Pilgern probiert, wie an Euersgleichen Zöllnern.“ Davon kriegte der Zöllner ein lange Nas, ich aber trollte fort Zürch zu; allwo ich auch erst mein Schreiben zurück auf Schaffhausen bestellte, weil mir nit geheur bei der Sach war.

Das 14. Kapitel

Allerhand Aufschneidereien des Pilgers, die einem auch in einem hitzigen Fieber nicht seltsamer vorkommen können

Damal erfuhr ich*, daß einer nit wohl in der Welt fortkommt der kein Geld hat, wenn einer dessen zu seines Lebens Aufenthalt gleich gern entbehren wollte; andere Pilger, die Geld hatten und auch nach Einsiedeln wollten, saßen zu Schiff und ließen sich den See hinauf führen, da hingegen mußte ich durch Umweg zu Fuß forttanzen, keiner andern Ursachen halber, als weil ich den Fergen* nit zu bezahlen vermochte; ich ließ mich solches aber mitnichten anfechten, sondern machte desto kürzere Tagreisen, und nahm mit allen Herbergen vorlieb wie sie mir anstunden, und hätte ich auch in einem Beinhäusel übernachten sollen; wenn mich aber irgends ein Vorwitziger meiner Seltsamkeit wegen aufnahm, um etwas Wunderlichs von mir zu hören, so traktierte ich denselben, wie ers haben wollte, und erzählte ihm allerhand Storgen*, die ich hin und wieder auf meinen weiten Reisen gesehen, gehört und erfahren zu haben vorgab; schämte mich auch gar nicht, die Einfäll, Lügen und Grillen der alten Skribenten und Poeten vorzubringen und für eine Wahrheit darzugeben, als wenn ich selbst überall mit und dabei gewesen wäre; exempelsweis: ich hatte ein Geschlecht der pontischen Völker, so Thybii genannt, gesehen, die in einem Aug zween Augäpfel, in dem andern das Bildnis eines Pferds haben, und bewies solches mit Phylarchi* Zeugnis; ich war beim Ursprung des Flusses Ganges bei den Astomis gewesen, die weder essen noch Mäuler haben, sondern nach Plinii Zeugnis allein durch die Nase vom Geruch sich ernähren; item bei den bithynischen Weibern in Scythia, und den Tribalis in Illyria, die zween Augäpfel in jedem Aug haben, maßen solches Apollonides und Hesigonus* bezeugen; ich hatte vor etlichen Jahren mit den Einwohnern des Bergs Myli* gute Kundschaft gehabt, welche wie Megasthenes sagt Füße haben wie die Füchs und an jedem Fuß acht Zehen; bei den Troglodytis gegen

Niedergang wohnhaftig hatte ich mich auch ein Weil aufgehalten, welche wie Ktesias* bezeugt weder Kopf noch Hals, sondern Augen, Maul und Nase auf der Brust stehen haben; nicht weniger bei Monoscelis oder Sciopodibus*, die nur einen Fuß haben, damit sie den ganzen Leib vor Regen und Sonnenschein beschirmen, und dennoch mit solchem einzigen großen Fuß ein Hirsch überlaufen können; ich hatte gesehen* die Anthropophagi in Scythia und die Caffres in India, die Menschenfleisch fressen; die Andabati, so mit zugetanen Augen streiten und in den Haufen schlagen; Agriophagi, die Löwen und Pantertierfleisch fressen; die Arimphei, so unter den Bäumen ohn alle Verwahrung sicher hineinschlafen; die Bactriani, welche so mäßig leben, daß bei ihnen kein Laster verhaßter ist als Fressen und Saufen; die Samojeden, die hinter der Moskau unter dem Schnee wohnen; die Insulaner im Sinu Persarum als zu Ormus, die wegen großer Hitz im Wasser schlafen; die Grönländer, deren Weiber Hosen tragen; die Berberi, welche alle die, so über 50 Jahre leben, schlachten und ihren Göttern opfern; die Indianer hinter der Magellanischen Straße, am Mare Pacifico, deren Weiber kurze Haar, die Männer selbst aber lange Zöpf tragen; die Condei, die sich von Schlangen ernähren; die Unteutschen hinter Livland, die sich zu gewissen Zeiten des Jahrs in Werwölf verwandeln, die Gapii, welche ihre Alten nach erlangtem siebzigstem Jahr mit Hunger hinrichten; die schwarzen Tartarn, deren Kinder ihre Zähn mit auf die Welt bringen; die Getae, so alle Ding, auch die Weiber gemein haben; die Himantopodes, welche auf der Erden kriechen wie die Schlangen; Brasilianer, so die Fremden mit Weinen, und die Mosineci, so ihre Gäst mit Prügeln empfangen; ja ich hatte auch die selenitischen Weiber* gesehen, welche (wie Herodotus behauptet) Eier legen und Menschen draus hecken, die zehenmal größer werden als wir in Europa.

Also hatte ich auch viel wunderbarliche Brunnen* gesehen, als am Ursprung der Weichsel einen, dessen Wasser zu Stein wird, daraus man Häuser bauet; item den Brunnen bei Zepusio in Ungarn, welches Wasser Eisen verzehrt, oder

Simplex fallax Jacobita:
Nequam duplex est in vita
Schaü der betrogne
Jacobs-Brüder,
Der Lebens-Lang gelebt
im Lüder
Zeigt der Welt Schein u.
Heüchel-Füder

besser zu reden in eine Materiam verändert, aus der hernach durchs Feur Kupfer gemacht wird, da sich der Regen in Vitriol verändert; mehr daselbst einen giftigen Brunnen, dessen Wasser, wo der Erdboden damit gewässert wird, nichts anders als Wolfskraut hervorbringt, welcher wie der Mond ab- und zunimmt; mehr daselbst einen Brunnen, der Winterszeit warm, im Sommer aber nichts als lauter Eis ist, den Wein damit zu kühlen; ich hatte die zween Brunnen in Irland gesehen, darinnen das eine Wasser, wenn es getrunken wird, alt und grau, das ander aber hübsch jung macht; den Brunnen zu Engstlen im Schweizerland, welcher nie läuft, als wenn das Vieh auf der Weid zur Tränke kommt; item unterschiedliche Brunnen in Island, da ein heiß, der ander kalt Wasser, der dritte Schwefel, der vierte geschmolzen Wachs hervorbringt; mehr die Wassergruben zu St. Stephan gegen Saanenland in der Eidgenoßschaft, welche die Leut für ein Kalender brauchen, weil das Wasser trüb wird, wenn es regnen will, und hingegen sich klar erzeigt, wenn schön Wetter obhanden; nicht weniger den Schantlibach bei Ober-Nähenheim im Elsaß, welcher nit ehe fleußt, es solle denn ein groß Unglück, als Hunger, Sterben oder Krieg übers Land gehen; den giftigen Brunn in Arcadia, der Alexandrum Magnum ums Leben brachte; die Wasser zu Sybaris, welche die grauen Haar wieder schwarz machen; die Aquae Sinessuanae, die den Weibern die Unfruchtbarkeit benehmen; die Wasser in der Insel Aenaria, welche Grieß und Stein vertreiben; die zu Clitumno, darin die Ochsen weiß werden, wenn man sie damit badet; die zu Solennio, welche die Wunden der Liebe heilen; den Brunnen Aleos, dadurch das Feur der Liebe entzündet wird; den Brunnen in Persia daraus lauter Öl, und einen ohnfern von Kronweißenburg, daraus nur Karchsalb und Wagenschmier quillt; die Wasser in der Insel Naxo, darin man sich kann trunken trinken; den Brunnen Arethusam, darin lauter Zuckerwasser; auch wußte ich alle berühmten Paludes, Seen, Sümpf und Lachen zu beschreiben, als den See bei Zirknitz in Kärnten, dessen Wasser Fisch, zwo Ellen lang, hinterläßt, folgends, wenn solche gefangen, von den Bauren besamt, abgemähet und eingeerntet, hernach aber auf den Herbst wieder von sich selbst 18 Ellen tief mit Wasser angefüllt wird, welches den künftigen Frühling abermal ein solche Menge Fisch zum besten gibt; das Tote Meer in Judäa; den See Leomondo in der Landschaft Lemnos, welche 24 Meilen lang und viel Inseln, darunter auch eine schwimmende Insel hat, die mit Vieh und allem was drauf ist vom Wind hin und her getrieben wird; ich wußte zu sagen vom Federsee in Schwaben, vom Bodensee bei Konstanz, vom Pilatussee auf dem Berg Fractmont, vom Camarin in Sicilia, von dem Lacu Bebeide in Thessalia, vom Gigeo in Lydia, vom Marette in Ägypten, vom Stymphalide in Arcadia, vom Lasconio in Bythinia, vom Icomede in Aethiopia, vom Thesprotio in Ambratia, vom Trasimeno in Umbria, vom Maeotide in Scythia, und vielen andern mehr.

So hatte ich auch alle namhaften Flüß in der Welt gesehen, als Rhein und Donau in Teutschland, die Elb in Sachsen, die Moldau in Böhmen, den Inn in Bayern, die Wolga in Reußen, die Thems in England, den Tagum in Hispania, den Amphrisum in Thessalia, den Nilum in Ägypten, den Jordan in Judäa, den Hypanim in Scythia, den Bagradam in Africa, den Gangem in India, Rio de la Plata in America, den Eurotam in Laconia, den Euphratem in Mesopotamia, die Tiber in Italia, den Cidnum in Cilicia, den Acheloum zwischen Aetolia und Acarnania, den Boristhenem in Thracia und den Sabbaticum in Syria, der nur sechs Tag fleußt und den siebenten verschwindet; item in Sicilia einen Fluß, in welchem nach Aristotelis Zeugnis die erwürgten und erstickten Vögel und Tier wieder lebendig werden; sodann auch den Gallum in Phrygia, welcher nach Ovidii Meinung unsinnig macht, wenn man draus trinkt; ich hatt auch des Plinii Brunnen zu Dodona gesehen und selbst probiert, daß sich die brennenden Kerzen auslöschen, die ausgelöschten aber anzünden, wenn man solche nur daran hält; so war ich auch bei dem Brunnen zu Apollonia gewesen, des Nymphaei Becher genannt, welcher denen so draus trinken, wie Theopompus meldet, alles Unglück zu verstehen gibt, so ihnen noch begegnen wird.

Gleichermaßen wußte ich auch von andern wunderbarlichen Dingen in der Welt aufzuschneiden, als von den Calaminischen Wäldern, die sich von einem Ort zum andern treiben lassen, wo man sie nur hin haben will; so war ich auch in dem Ciminischen Wald gewesen, allwo ich meinen Pilgerstab nit in die Erde stecken durfte, weil alles, was dort in die Erde kommt, stracks einwurzelt, daß mans nit wieder herauskriegen kann, sondern geschwind zu einem großen Baum wird; so hatte ich auch die zween Wälder gesehen, deren Plinius gedenkt, welche bisweilen dreieckicht, bisweilen viereckicht und bisweilen rund sind, nicht weniger den Felsen, den man zuzeiten mit einem Finger, bisweilen aber mit keiner Gewalt bewegen kann.

In Summa Summarum ich wußte von seltsamen und verwunderungswürdigen Sachen nit allein etwas daherzulügen, sondern hatte alles selbst mit meinen eignen Augen gesehen, und sollten es auch berühmte Gebäu als die sieben Wunderwerk der Welt, der babylonisch Turm und dergleichen Sachen gewesen sein, so vor vielen hundert Jahren abgangen; also machte ichs auch, wenn ich von Vögeln, Tieren, Fischen und Erdgewächsen zu reden kam, meinen Beherbergern, die solches begehrten, die Ohren damit zu krauen, wenn ich aber verständige Leut vor mir hatte, so hieb ich bei weitem nit so weit über die Schnur, und also brachte ich mich nach Einsiedeln, verrichtete dort meine Andacht und begab mich gegen Bern zu, nicht allein auch dieselbe Stadt zu beschauen, sondern von da durch Savoya nach Italia zu gehen.

Das 15. Kapitel

Wie es Simplicio in etlichen Nachtherbergen ergangen

Es glückte mir ziemlich auf dem Weg, weil ich treuherzige Leut fand, die mir von ihrem Überfluß beides Herberg und Nahrung gern mitteilten und das um soviel desto lieber, weil sie sahen, daß ich nirgends weder Geld fordert noch annahm, wenn man mir gleich ein Angster* oder zween geben wollte; in der Stadt sah ich einen noch sehr jungen wohlgeputzten Menschen stehen, um welchen etliche Kinder liefen, die ihn Vater nenneten, weswegen ich mich denn verwundern mußte; denn ich wußte noch nicht, daß solche Söhn darum so jung heiraten, damit sie desto ehender Staatspersonen abgeben und desto früher auf die Präfekturen gesetzt werden möchten; dieser sah mich vor etlichen Türen bettlen, und da ich mit einem tiefen Bückling (denn ich konnte keinen Hut vor ihm abziehen, weil ich barhäuptig ging) bei ihm vorüber passieren wollte, ohne daß ich etlicher unverschämten Bettler Brauch nach ihn auf der Gassen angelaufen hätte, griff er in Sack und sagte: „Ha, warum forderst mir kein Almosen; sieh hier, da hast du auch ein Lutzer*." Ich antwortet: „Herr, ich konnte mir leicht einbilden, daß Er kein Brot bei sich trägt, drum hab ich Ihn auch nicht bemühet; so trachte ich auch nicht nach Geld, weil den Bettlern solches zu haben nicht gebührt." Indessen sammlete sich ein Umstand von allerhand Personen, dessen ich denn schon wohl gewohnt war; er aber antwortet' mir: „Du magst mir wohl ein stolzer Bettler sein, wenn du das Geld verschmähest." „Nein Herr, Er belieb mir zu glauben", sagte ich, „daß ich dasselbe darum verachte, damit es mich nicht stolz machen soll." Er fragte: „Wo willst du aber herbergen, wenn du kein Geld hast?" Ich antwortet: „Wenn mir Gott und gute Leut gönnen, unter diesem Schopf mein Ruhe zu nehmen, die ich jetzt trefflich wohl bedarf, so bin ich schon versorgt und wohl content." Er sagte: „Wenn ich wüßte, daß du keine Läuse hättest, so wollte ich dich herbergen und in ein gut Bett legen.“ Ich hingegen antwortet, ich hätte zwar so wenig Läus als Heller, wüßte aber gleichwohl nicht, ob mir ratsam wär in einem Bett zu schlafen, weil mich solches verleckern und von meiner Gewohnheit hart zu leben abziehen möchte. Mit dem kam noch ein feiner reputierlicher alter Herr daher, zu dem sagte der junge: „Schauet um Gotteswillen einen andern Diogenem Cynicum!“ „Ei, ei, Herr Vetter“, sagt’ der Alte, „was redet Ihr, hat er denn schon jemand angebollen oder gebissen, gebt ihm dafür ein Almosen und laßt ihn seins Wegs gehen.“ Der Junge antwortet’: „Herr Vetter, er will kein Geld, auch sonst nichts annehmen, was man ihm Guts tun will“; erzählte dem Alten darauf alles was ich geredt und getan hatte. „Ha!“ sagt’ der Alt, „viel Köpf viel Sinn“; gab darauf seinen Dienern Befehl, mich in ein Wirtshaus zu führen und dem Wirt gutzusprechen für alles, was ich dieselbe Nacht verzehren würde; der Junge aber schrie mir nach, ich sollte bei Leib und Leben morgen frühe wieder zu ihm kommen, er wollte mir ein gute kalte Küch mit auf den Weg geben.

Also entrann ich aus meinem Umstand, da man mich mehr gehetzt, als ich beschreibe; kam aber aus dem Fegfeur in die Höll, denn das Wirtshaus stak voller trunkner und toller Leute, die mir mehr Dampfs antaten, als ich noch nie auf meiner Pilgerschaft erfahren; jeder wollte wissen wer ich wäre; der eine sagte ich wäre ein Spion oder Kundschafter, der ander sagte ich sei ein Wiedertäufer, der dritte hielt mich für einen Narren, der vierte schätzte mich für einen heiligen Propheten, die allermeisten aber glaubten ich wäre der ewig Jud, davon ich bereits oben Meldung getan, also daß sie mich beinahe dahin brachten aufzuweisen, daß ich nicht beschnitten wär; endlich erbarmt’ sich der Wirt über mich, riß mich von ihnen und sagte: „Laßt mir den Mann ungeheiet, ich weiß nicht ob er oder ihr die größten Narren sind“, und damit ließ er mich schlafen führen.

Den folgenden Tag verfügte ich mich vor des jungen Herrn Haus, das versprochen Frühstück zu empfangen; aber der Herr war nicht daheim, doch kam seine Frau mit ihren Kindern herunter, vielleicht meine Seltsamkeit zu sehen, davon ihr der Mann gesagt haben mochte; ich verstund gleich aus ihrem Diskurs (gleichsam als ob ichs hätte wissen müssen) daß ihr Mann beim Senat wäre und ohngezweifelte Hoffnung hätte, denselben Tag die Stell eines Landvogts oder Landamtmanns zu bekommen, ich sollte, sagte sie, nur noch ein wenig verziehen, er würde bald wieder daheimen sein; wie wir nun so miteinander redeten, tritt er die Gassen dort her und sah meinem Bedünken nach bei weitem so lustig nicht aus als gestern abend; sobald er unter die Tür kam, sagte zu ihm: „Ach Schatz, was seid Ihr worden?" Er aber lief die Stiegen hinauf und im Vorbeigehen sagte er zu ihr: „Ein Hundsfott bin ich worden." Da gedachte ich, ‚hie wirds für diesmal schlechten guten Willen setzen', schlich derowegen allgemach von der Tür hinweg, die Kinder aber folgten mir nach sich übergenug zu verwundern, denn es geselleten sich andere zu, welchen sie mit großen Freuden rühmten, was ihr Vater für ein Ehrenamt bekommen: „Ja", sagten sie zu jeglichem, das zu ihnen kam, „unser Vater ist ein Hundsfott worden", welcher Einfalt und Torheit ich wohl lachen mußte.

Da ich nun merkte, daß es mir in den Städten bei weitem nicht so wohl ging als auf dem Land, setzte ich mir vor auch in keine Stadt mehr zu kommen, wenn es anders möglich sein könnte solche umzugehen; also behalf ich mich auf dem Land mit Milch, Käs, Zieger*, Butter und etwa ein wenig Brot, das mir der Landmann mitteilete, bis ich beinahe die savoysche Grenzen überschritten hatte; einsmals wandelt ich in selbiger Gegend im Kot daher bis über die Knöchel gegen einen adeligen Sitz, als es eben regnete, als wenn mans mit Kübeln heruntergegossen hätte; da ich mich nun demselbigen adeligen Hause näherte, sah mich zu allem Glück der Schloßherr selbsten, dieser verwundert' sich nicht allein über meinen seltsamen Aufzug, sondern auch über meine Geduld; und weil ich in solchem starken Regenwetter nicht einmal unterzustehen begehrte, ohnangesehen ich daselbst Gelegenheit genug dazu hatte, hielt er mich beinahe für einen puren Narren; doch schickte er einen von seinen Dienern zu mir herunter, nicht weiß ich ob es aus

Mitleiden oder Vorwitz geschah, der sagte, sein Herr begehre zu wissen wer ich sei, und was es zu bedeuten habe, daß ich so in dem grausamen Regenwetter um sein Haus daherum gehe.

Ich antwortet: „Mein Freund, sagt Eurem Herrn wiederum, ich sei ein Ball des wandelbaren Glücks; ein Exemplar* der Veränderung und ein Spiegel der Unbeständigkeit des menschlichen Wesens; daß ich aber so im Ungewitter wandele, bedeute nichts anders, als daß mich, seit es zu regnen angefangen, noch niemand zur Herberg eingenommen.“ Als der Diener solches seinem Herrn wieder hinterbrachte, sagte er: „Dies sind keine Wort eines Narren, zudem ists gegen Nacht und so elend Wetter daß man keinen Hund hinausjagen sollte“; ließ mich derowegen ins Schloß und in die Gesindstuben führen, allwo ich meine Füße wusch und meinen Rock wieder trocknete.

Dieser Kavalier hatte einen Kerl, der war sein Schaffner, seiner Kinder Präzeptor und zugleich sein Schreiber, oder wie sie jetzt heißen wollen sein Sekretarius; der examinierte mich, woher, wohin, was Lands und was Stands? ich aber bekannt ihm alles wie mein Sach beschaffen, wo ich nämlich haushäblich, und auch als ein Einsiedler gewohnet und daß ich nunmehr willens wäre, die heiligen Örter hin und wieder zu besuchen, solches alles hinterbrachte er seinem Herrn wiederum, derowegen ließ mich derselbe bei dem Nachtessen an seine Tafel sitzen, da ich nit übel traktiert wurde und auf des Schloßherren Begehren alles wiederholen mußte, was ich zuvor seinem Schreiber von meinem Tun und Wesen erzählt hatte; er fragte auch allen Partikularitäten so genau nach, als wenn er auch dort zu Haus gewesen wäre; und da man mich schlafen führte, ging er selbsten mit dem Diener der mir vorleuchtete, und führte mich in ein solch wohl gerüstes Gemach, daß auch ein Graf darin hätte vorliebnehmen können; über welche allzu große Höflichkeit ich mich verwunderte und mir nichts anders einbilden konnte, als täte solches gegen mich aus lauter Andacht, weil ich meiner Einbildung nach das Ansehen eines gottseligen Pilgers hätte; aber es stak ein ander Que dahinter, denn da er mit dem Licht und seinem Diener unter die Tür kam, ich mich auch bereits gelegt hatte, sagte er: „Nun wohlan Herr Simplici! Er schlafe wohl; ich weiß zwar daß Er kein Gespenst zu fürchten pflegt, aber ich versichere Ihn, daß diejenigen so in diesem Zimmer gehen, sich mit keiner Karbatsch* verjagen lassen"; damit schloß er das Zimmer zu und ließ mich in Sorg und Angst liegen.

Ich gedachte hin und her und konnte lang nit ersinnen, woher mich dieser Herr kennen müßte oder gekannt haben mochte, daß er mich so eigentlich mit meinem vorigen Namen nennete; aber nach langem Nachdenken fiel mir ein, daß ich einsmals, nachdem mein Freund Herzbruder gestorben, im Saurbrunnen von den Nachtgeistern mit etlichen Kavalieren und Studenten zu reden kommen; unter welchen zween Schweizer, so Gebrüder gewesen, Wunder erzählt, welchergestalt es in ihres Vaters Hause nicht nur bei Nacht sondern auch oft bei Tag rumore, denen ich aber Widerpart gehalten und mehr als vermessen behauptet, daß derjenige, so sich vor Nachtgeistern fürchte, sonst ein feiger Tropf sei; darauf sich der eine aus ihnen weiß angezogen, sich bei Nacht in mein Zimmer praktiziert und angefangen zu rumpeln, der Meinung mich zu ängstigen und alsdann, wenn ich mich entsetzen und aus Furcht still liegen bleiben würde, mir die Decke zu nehmen, nachgehends aber wenn der Poß solchergestalt abgehe, mich schrecklich zu vexieren und also meine Vermessenheit zu strafen; aber wie dieser anfing zu agieren, also daß ich drüber erwachte, wischte ich aus dem Bette und ertappte ohngefähr eine Karbatsch, kriegte auch gleich den Geist beim Flügel und sagte: „Holla Kerl, wenn die Geister weiß gehen, so pflegen die Mägd wie man sagt zu Weibern zu werden; aber hier wird der Herr Geist irr sein gangen", schlug damit tapfer zu, bis er sich endlich von mir entriß und die Tür traf. Da ich nun an diese Histori gedachte und meines Gastherren letztere Wort betrachtete, konnte ich mir ohnschwer einbilden, was die Glocke geschlagen; ich sagte zu mir selber: „Haben sie von den fürchterlichen Gespenstern in ihres Vaters Haus die Wahrheit gesagt, so liegst du ohn Zweifel in eben demjenigen Zimmer, darin sie am allerärgsten poltern; haben sie aber nur für die Langeweil aufgeschnitten, so werden sie dich gewißlich wieder karbeitschen lassen, daß du ein Weil dran zu dauen haben wirst.“ In solchen Gedanken stund ich auf, der Meinung irgends zum Fenster hinauszuspringen, es war aber überall mit Eisen so wohl vergittert, daß mirs ohnmöglich ins Werk zu setzen, und was das ärgste war, so hatte ich auch kein Gewehr, ja aufs äußerst auch meinen kräftigen Pilgerstab nit bei mir, mit welchem ich mich auf den Notfall trefflich gewehrt haben wollte; legte mich derowegen wieder ins Bette, wiewohl ich nicht schlafen konnte, mit Sorg und Angst erwartend, wie mir diese herbe Nacht gedeihen würde.

Als es nun um Mitternacht wurde, öffnete sich die Tür, wiewohl ich sie inwendig wohl verriegelt hatte; der erste so hineintrat, war ein ansehenliche gravitätische Person, mit einem langen weißen Bart, auf die antiquitätische Manier mit einem langen Talar von weißem Atlas und güldenen Blumen mit Genet* gefüttert bekleidet; ihm folgten drei auch ansehenliche Männer; und indem sie eingingen, wurde auch das ganze Zimmer so hell, als wenn sie Fackeln mit sich gebracht hätten, obwohl ich eigentlich kein Licht oder etwas dergleichen sah; ich steckte die Schnauppe* unter die Decke und behielt nichts haußen als die Augen, wie ein erschrockenes und furchtsams Mäuslein, das da in seiner Höhle sitzet und aufpasset zu sehen, ob es Bläsi sei oder nicht hervorzukommen; sie hingegen traten vor mein Bette und beschaueten mich wohl und ich sie hingegen auch; als solches ein gar kleine Weil gewähret hatte, traten sie miteinander in ein Eck des Zimmers, huben eine steinene Platten auf, damit der Ort besetzt war, und langten dort alle Zugehör heraus, die ein Barbier zu brauchen pflegt, wenn er jemand den Bart putzet; mit solchen Instrumenten kamen sie wieder zu mir, setzten ein Stuhl in die Mitte des Zimmers und gaben mit Winken und Deuten zu verstehen, daß ich mich aus dem Bette begeben, auf den Stuhl sitzen und mich von ihnen barbieren lassen sollte; weil ich aber still liegen blieb, griff der Vornehmste selbst an das Deckbett, solches aufzuheben und mich mit Gewalt auf den Stuhl zu setzen; da kann jeder wohl denken wie mir die Katz den Rücken hinaufgelaufen, ich hielt die Decke fest und sagte: „Ihr Herrn was wollt ihr, was habt ihr mich zu scheren? ich bin ein armer Pilger der sonst nichts als seine eignen Haar hat, seinen Kopf beides vor Regen, Wind und Sonnenschein zu beschirmen; zudem sehe ich euch auch für kein Scherergesindel an, drum laßt mich ungeschoren." Darauf antwortet' der Vornehmste: „Wir sind freilich Erzscherer, aber du kannst uns helfen, mußt uns auch zu helfen versprechen, wenn du anders ungeschorn bleiben willst." Ich antwortet: „Wenn euer Hilf in meiner Macht stehet, so versprech ich zu tun alles was mir möglich und zu euer Hilf vonnöten sei; werdet mir derowegen sagen wie ich euch helfen soll." Hierauf sagte der Alte: „Ich bin des jetzigen Schloßherrn Urahne gewesen und hab mit meinem Vettern von Geschlecht N. um zwei Dörfer N. N., die er rechtmäßig inhatte, einen unrechtmäßigen Hader angefangen und durch Arglist und Spitzfindigkeit die Sach dahin gebracht, daß diese drei zu unsern willkürlichen Richtern erwählet wurden, welche ich sowohl durch Verheißung als Bedrohung dahin brachte, daß sie mir bemeldte beiden Dörfer zuerkannten; darauf fing ich an, dieselbigen Untertanen dergestalt zu scheren, schröpfen und zwacken, daß ich ein merklich Stück Geld zusammenbrachte, solches nun liegt in jenem Eck und ist bisher mein Scherzeug gewesen, damit mir meine Schererei widergolten werde; wenn nun dies Geld wieder unter die Menschen kommt (denn beide Dorfschaften sind gleich nach meinem Tode wieder an ihre rechtmäßigen Herrn gelangt) so ist mir so weit geholfen als du mir helfen kannst, wenn du nämlich diese Beschaffenheit meinem Urenkel erzählest, und damit er dir desto besseren Glauben zustelle, so lasse dich morgen in den sogenannten grünen Saal führen, da wirst du mein Conterfeit finden, vor demselben erzähle ihm, was du von mir gehört hast." Da er solches vorbracht hatte, streckt' er mir die Hand dar und begehrte, ich sollte ihm mit gegebener Handtreu versichern, daß ich solches alles verrichten wollte; weil ich aber vielmal gehört hatte, daß man keinem Geist die Hand geben sollte, streckte ich ihm den Zipfel vom Leilachen dar, das brannt alsobald hinweg so weit ers in die Hand kriegte, die Geister aber trugen ihre Scherinstrumente wieder an voriges Ort, deckten den Stein wieder drüber, stellten auch den Stuhl hin, wo er zuvor gestanden, und gingen wieder nacheinander zum Zimmer hinaus; indessen schwitzte ich wie ein Braten beim Feur und war doch noch so kühn, in solcher Angst einzuschlafen.

Das 16. Kapitel

Wie der Pilger wiederum aus dem Schloß abscheidet

Es war schon ziemlich lang Tag gewesen, als der Schloßherr mit seinem Diener wieder vor mein Bette kam: „Wohl! Herr Simplici", sagte er, „wie hats Ihm heint nacht zugeschlagen, hat Er keine Karbatsch vonnöten gehabt?" „Nein Monsieur", antwortet ich, „diese so hierinnen zu wohnen pflegen, brauchtens nicht wie derjenige so mich im Saurbrunnen foppen wollte." „Wie ists aber abgangen?" fragte er weiters, „fürchtet Er sich noch nicht vor den Geistern?" Ich antwortet: „Daß es ein kurzweilig Ding um die Geister sei, werde ich nimmermehr sagen; daß ich sie darum eben fürchte, werde ich nimmermehr gestehen; aber wie es abgangen, bezeuget zum Teil dies verbrennte Leilachen, und ich werde es dem Herrn erzählen, sobald er mich nur in seinen grünen Saal führet, allwo ich ihm des Prinzipalgeists, der bisher hierinnen gangen, wahres Conterfeit weisen soll." Er sah mich mit Verwunderung an und konnte sich leicht einbilden, daß ich mit den Geistern geredt haben müßte, weil ich nicht allein vom grünen Saal zu sagen wußte, den ich noch nie sonst von jemand hatte nennen hören, sondern auch weil das verbrennete Leilachen solches bezeugte. „So glaubt Er denn nun", sagte er, „was ich Ihm hiebevor im Saurbrunnen erzählt hab?" Ich antwortet: „Was bedarf ich des Glaubens, wenn ich ein Ding selbst weiß und erfahren habe?" „Ja", sagte er weiters, „tausend Gulden wollte ich drum schuldig sein, wenn ich dies Kreuz aus dem Haus hätte." Ich antwortet: „Der Herr geb sich nur zufrieden, er wird davon erledigt werden, ohne daß es ihn ein Heller kosten solle; ja er wird noch Geld dazu empfangen."

Mithin stund ich auf, und wir gingen stracks miteinander dem grünen Saal zu, welches zugleich ein Lustzimmer und Kunstkammer war; unterwegs kam des Schloßherrn Bruder an, den ich im Saurbrunnen karbeitscht hatte, denn ihn sein Bruder meinetwegen von seinem Sitz, der etwa zwo Stund von dannen lag, eilends holen lassen; und weil er ein ziemlich mürrisch aussah, besorgte ich mich, er sei etwa auf eine Rach bedacht, doch erzeigte ich im geringsten keine Furcht, sondern als wir in den gedachten Saal kamen, sah ich unter anderen kunstreichen Gemälden und Antiquitäten eben dasjenig Conterfeit, das ich suchte. „Dieser", sagte ich zu beiden Gebrüdern, „ist euer Urahne gewesen und hat dem Geschlecht von N. zwei Dörfer als N. und N. unrechtmäßigerweis abgedrungen, welche Dörfer aber jetzunder ihre rechtmäßigen Herrn wieder inhaben; von denselbigen Dörfern hat euer Urahne ein namhaftes Stück Geld erhoben und bei seinen Lebzeiten in demjenigen Zimmer darinnen ich heint gebüßt, was ich hiebevor im Saurbrunnen mit der Karbeitsch begangen, einmauren lassen, weswegen er denn samt seinen Helfern bishero an hiesigem Hause so schrecklich sich erzeigt"; wollten sie nun, daß er zur Ruhe komme und das Haus hinfort geheur sei, so möchten sie das Geld erheben und anlegen wie sie vermeinten, daß sie es gegen Gott verantworten können, ich zwar wollte ihnen weisen wo es läge, und alsdann in Gottes Namen meinen Weg weiters suchen. Weilen ich nun wegen der Person ihres Urahnen und beider Dörfer die Wahrheit geredet hatte, gedachten sie wohl, ich würde des verborgenen Schatzes halber auch nicht lügen; verfügten sich derowegen mit mir wiederum in mein Schlafzimmer, allwo wir die steinere Platt erhuben, daraus die Geister das Schererzeug genommen und wieder hingesteckt hatten; wir fanden aber anders nichts als zween irdene Hafen, so noch ganz neu schienen, davon der eine mit rotem, der ander aber weißem Sand gefüllt war, weswegen beide Brüder die gefaßte Hoffnung, dies Orts einen Schatz zu fischen, allerdings fallen ließen; ich aber verzagte drum nicht, sondern freute mich dermaleins die Gelegenheit zu haben, daß ich probieren könnte, was der wunderbarliche Theophrastus Paracelsus in seinen Schriften Tom. 9 in ‚Philosophia occulta' von der Transmutation* der verborgenen Schätze schreibt; wanderte derowegen mit den beiden Hafen und in sich habenden Materien in die Schmiede, die der Schloßherr im Vorhof des Schlosses stehen hatte, setzte sie ins Feur und gab ihnen ihre gebührliche Hitz, wie man sonst zu prozedieren pflegt, wenn man Metall schmelzen will, und nachdem ichs von sich selbsten erkalten ließ, fanden wir in dem einen Hafen eine große Massa Dukatengold, in dem andern aber einen Klumpen vierzehenlötig Silber, und konnten also nicht wissen, was es für Münze gewesen war; bis wir nun mit dieser Arbeit fertig wurden, kam der Mittag herbei, bei welchem Imbiß mir nicht allein weder Essen noch Trinken schmecken wollte, sondern mir wurde auch so übel, daß man mich zu Bett bringen mußte, nicht weiß ich, war es die Ursach, daß ich mich etliche Tag zuvor im Regenwetter gar unbescheiden mortifiziert oder daß mich die verwichne Nacht die Geister so erschreckt hatten.

Ich mußte wohl zwölf Tag des Bettes hüten, und hätte ohne Sterben nicht kränker werden können; ein einziger Aderlaß bekam mir trefflich neben der Gutwartung die ich empfing. Indessen hatten beide Gebrüder ohne mein Wissen einen Goldschmied holen und die zusammengeschmolzenen Massaten* probieren lassen, weil sie sich eines Betrugs besorgten; nachdem sie nun dieselbigen just befunden, zumalen sich kein Gespenst im ganzen Hause mehr merken ließ, wußten sie beinahe nicht zu ersinnen, was sie mir nur für Ehr und Dienst erweisen sollten; ja sie hielten mich allerdings für einen heiligen Mann, dem alle Heimlichkeiten ohnverborgen, und der ihnen von Gott insonderheit zugeschickt worden wäre, ihr Haus wiederum in richtigen Stand zu setzen; derowegen kam der Schloßherr selbst schier nie von meinem Bette, sondern freute sich, wenn er nur mit mir diskurrieren konnte, solches währete, bis ich meine vorige Gesundheit wieder völlig erlangte.

In solcher Zeit erzählte mir der Schloßherr ganz offenherzig, daß (als er noch ein junger Knab gewesen) sich ein frevler Landstörzer bei seinem Herrn Vater angemeldet und versprochen den Geist zu fragen, und dadurch das Haus von solchem Ungeheuer zu entledigen; wie er sich dann auch zu solchem Ende in das Zimmer, darin ich über Nacht liegen müssen, einsperren lassen; da seien aber eben diejenigen Geister in solcher Gestalt, wie ich sie beschrieben hätte, über ihn hergewischet, hätten ihn aus dem Bette gezogen, auf ein Sessel gesetzt, ihn seines Bedünkens gezwackt, geschoren und bei etlichen Stunden dergestalt tribuliert und geängstigt, daß man ihn am Morgen halb tot dort liegend gefunden; es sei ihm auch Bart und Haar dieselbe Nacht ganz grau worden, wiewohl er den Abend als ein dreißigjähriger Mann mit schwarzen Haarn zu Bette gangen sei; Urgestund mir auch daneben, daß er mich keiner andern Ursachen halber in solches Zimmer gelegt, als seinen Bruder an mir zu revanchieren und mich glauben zu machen, was er vor etlichen Jahren von diesen Geistern erzählet und ich nicht glauben wollen; bat mich mithin zugleich um Verzeihung und obligierte sich die Tag seines Lebens mein getreuer Freund und Diener zu sein.

Als ich nun wiederum allerdings gesund worden und meinen Weg ferner nehmen wollte, offerierte er mir die Pferd, Kleidung und ein Stück Geld zur Zehrung; weil ich aber alles rund abschlug, wollte er mich auch nicht hinweglassen, mit Bitt, ich wollte ihn doch nicht zum allerundankbarsten Menschen in der Welt machen, sondern aufs wenigst ein Stück Geld mit auf den Weg annehmen, wenn ich je in solchem armseligen Habit meine Wallfahrt zu vollenden bedacht wäre. „Wer weiß“, sagte er, „wo es der Herr bedarf?“ Ich mußte lachen, und sagte: „Mein Herr, es gibt mich wunder wie Er mich einen Herrn nennen mag, da Er doch siehet, daß ich mit Fleiß ein armer Bettler zu verbleiben suche.“ „Wohl“, antwortet’ er, „so verbleibe Er denn

Sein Lebtag bei mir und nehme Sein Almosen täglich an meiner Tafel.“ „Herr“, sagte ich hingegen, „wenn ich solches tät, so wäre ich ein größerer Herr als Er selbsten; wie würde aber alsdann mein tierlicher Leib bestehen, wenn er so ohne Sorg wie der reiche Mann auf den alten Kaiser hineinlebte? würden ihn so gute Tage nicht gumpen machen? will mein Herr mir aber je eine Verehrung tun, so bitte ich Er lasse mir meinen Rock füttern, weil es jetzt auf den Winter losgehet.“ „Nun gottlob“, antwortet' er, „daß sich gleichwohl etwas findet meine Dankbarkeit zu bezeugen“; darauf ließ er mir einen Schlafpelz geben, bis mein Rock gefüttert wurde, welches mit wollenem Tuch geschah, weil ich kein ander Futter annehmen wollte. Als solches geschehen, ließ er mich passieren und gab mir etliche Schreiben mit, selbige unterwegs an seine Verwandten zu bestellen, mehr mich ihnen zu rekommendieren als daß er viel Nötigs zu berichten gehabt hätte.

Das 17. Kapitel

Wasmaßen er über das Mare mediterraneum nach Ägypten fährt und an das Rote Meer verführt wird

Also wandert ich dahin, des Vorsatzes die allerheiligsten und berühmtesten Örter der Welt in solchem armen Stand zu besuchen, denn ich bildete mir ein, daß Gott einen sonderbaren gnädigen Blick auf mich geworfen, ich gedachte er hätte ein Wohlgefallen an meiner Geduld und freiwilligen Armut und würde mir derowegen wohl durchhelfen, wie ich denn in gemeldtem Schlosse dessen göttliche Hilf und Gnad handgreiflich verspürt und genossen. In meiner ersten Nachtherberg gesellete sich ein Läuferbote zu mir, der vorgab, er sei bedacht ebenden Weg zu gehen, den ich vor mir hätte, nämlich auf Loretten; weilen ich nun den Weg nicht wußte noch die Sprach recht verstund, er aber vorgab, daß er kein sonderlicher schneller Läufer wäre, wurden wir eins beieinander zu bleiben und einander Gesellschaft zu leisten; dieser hatte gemeiniglich auch an den Enden* zu tun, wo ich meines Schloßherrn Schreiben abzulegen hatte, allwo man uns denn fürstlich traktierte; wenn er aber in einem Wirtshaus einkehren mußte, nötigte er mich zu sich und zahlte für mich aus, welches ich die Länge nicht annehmen wollte, weil mich däuchte, ich würde ihm auf solche Weis seinen Lohn, den er so säurlich verdienen mußte, verschwenden helfen; er aber sagte, er genieße meiner auch wo ich Schreiben zu bestellen habe, als wo er meinetwegen schmarotzen und sein Geld sparen können. Solchergestalt überwanden wir das hohe Gebirg und kamen miteinander in das fruchtbare Italia, da mir mein Gefährt erst erzählete, daß er von obgedachtem Schloßherren abgefertigt wäre mich zu begleiten und zehrfrei zu halten, bat mich derowegen, daß ich ja bei ihm vorliebnehmen und das freiwillige Almosen, das mir sein Herr nachschickte, nit verschmähen, sondern lieber als dasjenige genießen wollte, das ich erst von allerhand ohnwilligen Leuten erpressen müßte; ich verwundert mich über dieses Herren redlich Gemüt, wollte aber drum nicht, daß der verstellte Bot länger bei mir bleiben noch etwas mehrers für mich auslegen sollte; mit Vorwand, daß ich allbereit mehr als zuviel Ehr und Guttaten von ihm empfangen, die ich nicht zu widergelten getraute; in Wahrheit aber hatte ich mir vorgesetzt, allen menschlichen Trost zu verschmähen und in niedrigster Demut, Kreuz und Leiden mich allein an den lieben Gott zu lassen; ich hätte auch von diesem Gefährten weder Wegweisung noch Zehrung angenommen, wenn mir bekannt gewesen, daß er zu solchem End abgefertigt worden wäre.

Als er nun sah, daß ich kurzrund seine Beiwohnung nicht mehr haben wollte, sondern mich von ihm wandte, mit Bitt seinen Herren meinetwegen zu grüßen und ihm nachmalen für alle erzeigten Wohltaten zu danken, nahm er einen traurigen Abscheid und sagt': „Nun wohlan denn werter Simplici, ob Ihr zwar jetzt nicht glauben möchtet, wie herzlich gern Euch mein Herr Guts tun möchte, so werdet Ihrs jedoch erfahren, wenn Euch das Futter im Rock zerbricht oder Ihr denselben sonst ausbessern wollt";

und damit ging er davon als wenn ihn der Wind hinjagte.

Ich gedachte: „Was mag der Kerl mit diesen Worten andeuten? ich will ja nimmermehr glauben, daß seinen Herren dies Futter reuen werde; nein Simplici", sagte ich zu mir selbst, „er hat diesen Boten ein so weiten Weg auf seine Kosten nicht geschickt, mir erst hier aufzurupfen, daß er meinen Rock füttern lassen, es stecket etwas anders dahinter." Wie ich nun den Rock visitierte, befand ich daß er unter die Näht ein Dukaten an den andern hatte nähen lassen, also daß ich ohne mein Wissen ein groß Stück Geld mit mir davongetragen; davon wurde mir mein Gemüt ganz unruhig, also daß ich gewollt, er hätte das Seinig behalten; ich machte allerhand Gedanken, wozu ich solches Geld anlegen und gebrauchen wollte, bald gedachte ichs wieder zurückzutragen und bald vermeinte ich wieder eine Haushaltung damit anzustellen oder mir irgendeine Pfründ zu kaufen; aber endlich beschloß ich, durch solche Mittel Jerusalem zu beschauen, welche Reis ohne Geld nicht zu vollbringen.

Demnach begab ich mich den geraden Weg auf Loretten und von dannen nach Rom; als ich mich daselbst ein Zeitlang aufgehalten, meine Andacht verrichtet und Kundschaft zu etlichen Pilgern gemacht hatte, die auch gesinnet waren, das Heilig Land zu beschauen, ging ich mit einem Genueser aus ihnen in sein Vaterland; daselbst sahen wir uns nach Gelegenheit um, über das Mittelländische Meer zu kommen; trafen auch auf geringe Nachfrag gleich ein geladen Schiff an, welches fertig stund mit Kaufmannsgütern nach Alexandriam zu fahren und nur auf gute Wind wartete; ein wunderlichs, ja göttlichs Ding ist ums Geld bei den Weltmenschen! der Patron oder Schiffherr hätte mich meines elenden Aufzugs halber nit angenommen, wenn ich gleich eine güldene Andacht und hingegen nur bleiern Geld gehabt hätte, denn da er mich das erstemal sah und hörete, schlug er mein Begehren rund ab; sobald ich ihm aber eine Handvoll Dukaten wies, die zu meiner Reise employiert werden sollen, war der Handel ohn einzigs ferners Bitten bei ihm schon richtig, ohne daß wir uns um den Schifflohn miteinander verglichen; worauf er mich selber instruierte, mit was für Proviant und andern Notwendigkeiten ich mich auf die Reis versehen sollte; ich folgte ihm wie er mir geraten und fuhr also in Gottes Namen mit ihm dahin.

Wir hatten auf der ganzen Fahrt Ungewitters oder widerwärtigen Winds halber keine einzige Gefahr, aber den Meerräubern, die sich etlichemal merken ließen und Mienen machten uns anzugreifen, mußte unser Schiffherr oft entgehen, maßen er wohl wußt, daß er wegen seines Schiffs Geschwindigkeit mehr mit der Flucht als sich zu wehren gewinnen könnte; und also langten wir zu Alexandria an, ehender als sichs alle Seefahrer auf unserem Schiff versehen hatten, welches ich für ein gut Omen hielt, meine Reis glücklich zu vollenden. Ich bezahlte mein Fracht und kehrte bei den Franzosen ein, die alldorten jeweils sich aufzuhalten pflegen, von welchen ich erfuhr, daß für diesmal meine Reis nach Jerusalem fortzusetzen ohnmöglich sei, indem der türkische Bassa zu Damasco eben damals in armis* begriffen und gegen seinen Kaiser rebellisch war, also daß keine Karawane, sie wäre gleich stark oder schwach gewesen, aus Ägypten nach Judäam passieren mögen, sie hätte sich denn freventlich alles zu verlieren in Gefahr geben wollen.

Es war damals eben zu Alexandria, welches ohnedas ein ungesunde Luft zu haben pflegt, eine giftige Kontagion* eingerissen, weswegen sich viel von da anderwärtlich hin retirierten, sonderlich europäische Kaufleut, so das Sterben mehr fürchten als Türken und Araber; mit einer solchen Compagnia begab ich mich über Land auf Rosseten*, einen großen Flecken am Nilo gelegen; daselbst saßen wir zu Schiff und fuhren auf dem Nilo mit völligem Segel aufwärts, bis an ein Ort so ohngefähr ein Stund Wegs von der großen Stadt Alkayr* gelegen, auch Alt-Alkayr genennt wird; und nachdem wir allda schier um Mitternacht ausgestiegen, unsere Herbergen genommen und des Tags erwartet, begaben wir uns vollends nach Alkayr, der jetzigen rechten Stadt, in welcher ich gleichsam allerhand Nationen antraf; daselbst gibt es auch ebenso vielerlei seltsame Gewächs als Leute, aber was mir am allerseltsamsten vorkam, war dieses, daß die Einwohner hin und wieder in dazu gemachten Öfen viel hundert junge Hühner ausbrüteten, zu welchen Eiern nit einmal die Hennen kamen, seit sie solches gelegt hatten, und solchem Geschäft warten gemeiniglich alte Weiber ab.

Ich hab zwar niemalen keine so große volkreiche Stadt gesehen, da es wohlfeiler zu zehren als eben an diesem Ort; gleichwie aber nichtsdestoweniger meine übrigen Dukaten nach und nach zusammengingen, wenns schon nit teur war, also konnte ich mir auch leicht die Rechnung machen, daß ich nit erharren würde können, bis sich der Aufruhr des Bassae von Damasco legen und der Weg sicher werden würde, meinem Vorhaben nach Jerusalem zu besuchen; verhängte derowegen meinen Begierden den Zügel andere Sachen zu beschauen, wozu mich der Vorwitz anreizte; unter andern war jenseit des Nili ein Ort, da man die Mumia* gräbt, den besichtigt ich etlichmal, item an einem Ort die beiden Pyramides Pharaonis und Rhodope; machte mir auch den Weg dahin so gemein, daß ich fremde Unkennliche alleinig dahin führn durfte; aber es gelang mir zum letztenmal nit beim besten; denn als ich einsmals mit etlichen zu den ägyptischen Gräbern ging, Mumia zu holen, wobei auch fünf Pyramides stehen, kamen uns einige arabische Räuber auf die Haube, welche der Orten die Straußenfänger zu fangen ausgangen waren; diese kriegten uns bei den Köpfen und führten uns durch Wildnisse und Abweg an das Rote Meer, allwo sie den einen hier den andern dort verkauften.

Das 18. Kapitel

Der wilde Mann kommt mit großem Glück und vielem Geld wiederum auf freien Fuß

Ich allein blieb überig, denn als vier vornehmste Räuber sahen, daß die närrischen Leute sich über meinen großmächtigen Schweizer- und Kapuzinerbart und langes Haar, dergleichen sie zu sehen nicht gewohnt waren, verwunderten, gedachten sie sich solches zunutz zu machen;

nahmen mich derowegen für ihren Part, sonderten sich von ihrer übrigen Gesellschaft, zogen mir meinen Rock aus und bekleideten mich um die Scham mit einer schönen Art Moos, so in Arabia felice* in den Wäldern an etlichen Bäumen zu wachsen pflegt, und weil ich ohnedas barfuß und barhäuptig zu gehen gewohnet war, gab solches ein überaus seltsames und fremdes Ansehen; solchergestalt führten sie mich als einen wilden Mann in den Flecken und Städten am Roten Meer herum* und ließen mich um Geld sehen, mit Vorgeben, sie hätten mich in Arabia deserta* fern von aller menschlichen Wohnung gefunden und gefangen bekommen; ich durfte bei den Leuten kein Wort reden, weil sie mir, wenn ichs tun würde, den Tod drohten, welches mich schwer ankam, dieweil ich allbereit etwas wenigs Arabisch lallen konnte; hingegen war mirs erlaubt, wenn ich mich allein bei ihnen befand; da ließ ich mich denn gegen sie vernehmen, daß mir ihr Handel wohlgefalle, welches* ich auch genoß, denn sie unterhielten mich mit Speis und Trank so gut als sie es selbst gebrauchten, welches gemeiniglich Reis und Schaffleisch war; so erhielt ich auch von ihnen, daß ich mich bei Nacht und sonst unter Tags auf der Reis, wenn es etwas kalt war, mit meinem Rock beschirmen durfte, in welchem noch etliche Dukaten staken.

Solchergestalt fuhr ich über das Rote Meer, weil meine vier Herren den Städten und Marktflecken, die beiderseits daran gelegen, nachzogen; diese sammleten mit mir in kurzer Zeit ein großes Geld, bis wir endlich in eine große Handelstadt kamen, allwo ein türkischer Bassa Hof hält und sich ein Menge Leut von allerhand Nationen aus der ganzen Welt befinden, weil alldorten die indianischen Kaufmannsgüter ausgeladen und von dannen über Land nach Aleppo* und Alkayr, von dorten aber fürders auf das Mittelländische Meer geschafft werden; daselbsten gingen zween von meinen Herrn, nachdem sie Erlaubnis von der Obrigkeit bekommen, mit Schalmeien an die vornehmsten Örter der Stadt und schrien ihrer Gewohnheit nach aus, wer einen wilden Mann sehen wollte, der in der Wüstenei des steinigen Arabiae gefangen worden wäre, der sollte sich da und da hin verfügen; indessen saßen die andern beiden bei mir im Losament und zierten mich, das ist, sie kämpelten mir Haar und Bart beim zierlichsten und hatten größere Sorg dazu, als ich meine Tage jemal getan, damit ja kein Härlein davon verloren würde, weil es ihnen soviel eintrug; hernach sammlete sich das Volk in unglaublicher Menge mit großem Gedräng, unter welchem sich auch Herrn befanden, denen ich an der Kleidung wohl ansah, daß es Europäer waren. Nun, gedachte ich, jetzt wird deine Erlösung nahen, und deiner Herrn Betrug und Buberei offenbaren; jedoch schwieg ich noch solang still, bis ich etliche aus ihnen Hoch- und Niederteutsch, etliche Französisch und ander Italienisch reden hörte; als nun einer dies und der ander jenes Urteil von mir fällte, konnte ich mich nicht länger enthalten, sondern brachte noch so viel verlegen Latein (damit mich alle Nationes in Europa auf einmal verstehen sollen) zusammen, daß ich sagen konnte: „Ihr Herrn, ich bitte euch allesamt um Christi unsers Erlösers willen, daß ihr mich aus den Händen dieser Räuber erretten wollet, die schelmischerweis ein Spektakul mit mir anstellen." Sobald ich solches gesagt, wischte einer von meinen Herrn mit dem Säbel heraus, mir das Reden zu legen, wiewohl er mich nicht verstanden; aber die redlichen Europäer verhinderten sein Beginnen; darauf sagte ich ferner auf französisch: „Ich bin ein Teutscher, und als ich pilgersweis nach Jerusalem wallfahrten wollte, auch mit genugsamen Paßbriefen von den Bassen zu Alexandria und dem zu Alkayr versehen gewesen, aber wegen des damaszenischen Kriegs nicht fortkommen mochte, sondern mich ein Zeitlang zu Alkayr aufhielt, Gelegenheit zu erwarten meine Reis zu vollenden, haben mich diese Kerl ohnweit besagter Stadt neben andern mehr ehrlichen Leuten diebischerweis hinweggeführt, und bisher Geld mit mir zu sammlen viel tausend Menschen betrogen." Folgends bat ich die Teutschen, sie wollten mich doch der Landsmannschaft wegen nicht verlassen; interim wollten sich meine unrechtmäßigen Herrn nicht zufrieden geben, weilen aber unterm Umstand Leut von der Obrigkeit von Alkayr hervortraten, die bezeugten, daß sie mich vor einem halben Jahr in ihrem Vaterland bekleidet gesehen hätten, beriefen sich hierauf die Europäer vor den Bassa, vor welchem zu erscheinen meine vier Herrn genötigt worden; von demselben wurde nach gehörter Klag und Antwort auch der beiden Zeugen Aussag zu Recht erkannt und ausgesprochen, daß ich wieder auf freien Fuß gestellt, die vier Räuber, weil sie der Bassen Paßbrief violiert*, auf die Galeeren im Mittelländischen Meer verdammt, ihr zusammengebrachtes Geld halber dem Fisco verfallen sein, der ander halb Teil aber in zwei Teil geteilt, mir ein Teil für mein ausgestanden Elend zugestellt, aus dem andern aber diejenigen Personen, so mit mir gefangen und verkauft worden, wieder ausgelöset werden sollten; dies Urteil wurde nicht allein öffentlich ausgesprochen sondern auch alsobald vollzogen, wodurch mir neben meiner Freiheit mein Rock und ein schöne Summa Gelds zustund.

Als ich nun meiner Ketten, daran mich die Mausköpf wie einen wilden Mann herumgeschleppt, entledigt, mit meinem alten Rock wiederum bekleidet und mir das Geld, das mir der Bassa zuerkannt, eingehändigt worden, wollte mich einer jeden europäischen Nation Vorsteher oder Resident mit sich heimführen; die Holländer zwar darum, weil sie mich für ihren Landsmann hielten, die übrigen aber, weil ich ihrer Religion zu sein schien; ich bedankte mich gegen alle, vornehmlich aber darum, daß sie mich gesamter Hand so christlich aus meiner zwar närrischen, aber doch gefährlichen Gefangenschaft entledigt hatten, und bedachte anbei, wie ich etwa mein Sach anstellen möchte, weil ich nunmehr auch wider meinen Willen und Hoffnung wiederum viel Geld und Freund bekommen hatte.

Das 19. Kapitel*

Simplicius und der Zimmermann kommen mit dem Leben davon, und werden nach dem erlittenen Schiffbruch mit einem eignen Land versehen

Meine Landsleut sprachen mir zu, daß ich mich anders kleiden ließe, und weil ich nichts zu tun hatte, machte ich Kundschaft zu allen Europäern, die mich beides aus christlicher Liebe und meines wunderbarlichen Bezeugnis* halber gern um sich hatten und oft zu Gast luden; und demnach sich schlechte Hoffnung erzeigte, daß der damaszenische Krieg in Syria und Judaea bald ein Loch gewinnen würde, damit ich meine Reis nach Jerusalem wiederum vornehmen und vollenden möchte, wurde ich andern Sinns und entschloß mich, mit einer großen portugiesischen Kracke* (so wegfertig stund mit Kaufmannschaft nach Haus zu fahren) nach Portugal zu begeben und anstatt der Wallfahrt nach Jerusalem St. Jakob zu Compostel* zu besuchen, nachgehends aber mich irgends in Ruhe zu setzen und dasjenige, so mir Gott beschert, zu verzehren; und damit solches ohne meinen sonderen Kosten (denn sobald ich soviel Geld kriegte, fing ich an zu kargen) beschehen könnte, überkam ich mit dem portugiesischen Oberkaufmann auf dem Schiff, daß er alles mein Geld annehmen, selbigs in seinen Nutzen verwenden, mir aber solches in Portugal wieder zustellen und interim anstatt Interesse mich auf das Schiff an seine Tafel nehmen und mit sich nach Haus führen sollte; dahingegen sollte ich mich zu allen Diensten zu Wasser und Land, wie es die Gelegenheit und des Schiffs Notdurft erfordern würde, unverdrossen gebrauchen lassen; also machte ich die Zech ohne den Wirt, weil ich nicht wußte, was der liebe Gott mit mir zu verschaffen vorhatte; und nahm ich diese weite und gefährliche Reis um soviel desto begieriger vor, weil die verwichne auf dem Mittelländischen Meer so glücklich abgangen.

Als wir nun zu Schiff gangen, vom Sinu Arabico* oder Roten Meer auf den Oceanum kommen und erwünschten

Wind hatten, nahmen wir unsern Lauf, das Caput bonae speranzae* zu passiern, segelten auch etliche Wochen so glücklich dahin, daß wir uns kein ander Wetter hätten wünschen können; da wir aber vermeinten, nunmehr bald gegenüber der Insel Madagaskar zu sein, erhub sich jähling ein solches Ungestüm, daß wir kaum Zeit hatten die Segel einzunehmen; solches vermehrte sich je länger je mehr, also daß wir auch die Mast' abhauen und das Schiff dem Willen und Gewalt der Wellen lassen mußten; dieselben führten uns in die Höhe gleichsam an die Wolken und im Augenblick senkten sie uns wiederum bis auf den Abgrund hinunter, welches bei einer halben Stund währete und uns trefflich andächtig beten lehret'; endlich warfen sie uns auf eine verborgene Steinklippe mit solcher Stärke, daß das Schiff mit grausamen Krachen zu Stücken zerbrach, wovon sich ein jämmerlichs und elend Geschrei erhub; da wurde dieselbe Gegend gleichsam in einem Augenblick mit Kisten, Ballen und Trümmern vom Schiff überstreut; da sah und hörete man hie und dort oben auf den Wellen und unten in der Tiefe die unglückseligen Leut an denjenigen Sachen hangen, die ihnen in solcher Not am allerersten in die Hände geraten waren, welche mit elendem Geheul ihren Untergang bejammerten und ihre Seel Gott befahlen. Ich und ein Zimmermann lagen auf einem großen Stück vom Schiff, welches etliche Zwerchhölzer* behalten hatte, daran wir uns festhielten und einander zusprachen; mithin legten sich die grausamen Wind allgemach, davon die wütenden Wellen des zornigen Meers sich nach und nach besänftigten und geringer wurden; hingegen aber folgte die stickfinstere Nacht mit einem schrecklichen Platzregen, daß es das Ansehen hatte, als hätten wir mitten im Meer von oben herab ersäuft werden sollen; das währete bis um Mitternacht, in welcher Zeit wir große Not erlitten hatten; darauf wurde der Himmel wieder klar, also daß wir das Gestirn sehen konnten, an welchem wir vermerkten, daß uns der Wind je länger je mehr von der Seiten Africae in das weite Meer gegen terram australem incognitam* hineintrieb, welches uns beide sehr bestürzt machte; gegen Tag wurde es abermal so dunkel, daß wir einander nicht sehen konnten wiewohl wir nahe beieinander lagen; in dieser Finsternis und erbärmlichem Zustand trieben wir immer fort, bis wir unversehens inne wurden, daß wir auf dem Grund sitzen blieben und stillhielten. Der Zimmermann hatte ein Axt in seinem Gürtel stecken, damit visitiert' er die Tiefe des Wassers und fand auf der einen Seiten nicht wohl schuhtief Wassers, welches uns herzlich erfreute und ohnzweifelige Hoffnung gab, Gott hätte uns irgendshin an Land geholfen, das uns auch ein lieblicher Geruch zu verstehen gab, den wir empfanden, als wir wieder ein wenig zu uns selbst kamen; weil es aber so finster und wir beide ganz abgemattet, zumalen des Tags ehestens gewärtig waren, hatten wir nicht das Herz, uns ins Wasser zu legen und solches Land zu suchen, ohnangesehen wir allbereit weit von uns etliche Vögel singen zu hören vermeinten, wie es denn auch nicht anders war; sobald sich aber der liebe Tag im Osten ein wenig erzeigte, sahen wir durch die Düstere ein wenig Land mit Büschen bewachsen allernächst vor uns liegen, derowegen begaben wir uns alsobalden gegen dasselbige ins Wasser, welches je länger je seichter wurde, bis wir endlich mit großen Freuden auf das trockene Land kamen; da fielen wir nieder auf die Knie, küßten den Erdboden und dankten Gott im Himmel, daß er uns so väterlich erhalten und ans Land gebracht; und solchergestalt bin ich in diese Insel kommen.

Wir konnten noch nicht wissen, ob wir auf einem bewohnten oder unbewohnten, auf einem festen Land oder nur auf einer Insel waren; aber das merkten wir gleich, daß es ein trefflicher fruchtbarer Erdboden sein müßte, weil alles vor uns gleichsam so dick wie ein Hanfacker mit Büschen und Bäumen bewachsen war, also daß wir kaum dadurch kommen konnten; als es aber völlig Tag worden und wir etwa ein Viertelstund Wegs vom Gestad an durch die Büsche geschloffen* und der Orten nicht allein keine einzige Anzeigung einziger menschlichen Wohnung verspüren konnten, sondern noch dazu hin und wieder viel fremde Vögel, die sich gar nichts vor uns scheuten, ja mit den Händen fangen ließen, antrafen, konnten wir unschwer erachten, daß wir auf einer zwar ohnbekannten, aber jedoch sehr fruchtbaren Insel sein müßten; wir fanden Zitronen, Pomeranzen und Kokos, mit welchen Früchten wir uns trefflich wohl erquickten, und als die Sonne aufging, kamen wir auf eine Ebne, welche überall mit Palmen (davon man den Vin de Palme hat) bewachsen war; welches meinen Kameraden, der denselbigen nur viel zu gern trank, auch mehr als zuviel erfreute; daselbsthin setzten wir uns nieder an die Sonne, unsere Kleider zu trocknen, welche wir auszogen und zu solchem End an die Bäum aufhängten, vor uns selbst aber in Hemden herumspazierten; mein Zimmermann hieb mit seiner Axt in einen Palmitenbaum und befand, daß sie reich von Wein waren, wir hatten aber drum kein Geschirr solchen aufzufangen, wie wir denn auch beide unsere Hüt' im Schiffbruch verlorn.

Als die liebe Sonne nun unsere Kleider wieder getrocknet, zogen wir selbige an und stiegen auf das felsichte hohe Gebirg, so auf der rechten Hand gegen Mitternacht zwischen dieser Ebne und dem Meer liegt, und sahen uns um; befanden auch gleich, daß wir auf keinen festen Landen sondern nur in dieser Insel waren, welche im Umkreis über anderthalbe Stunde Gehens nicht begriff; und weil wir weder nahe noch fern keine Landschaft, sondern nur Wasser und Himmel sahen, wurden wir beide betrübt und verloren alle Hoffnung, inskünftig wiederum Menschen zu sehen; doch tröstete uns hinwiederum, daß uns die Güte Gottes an diesen gleichsam sichern und allerfruchtbarsten, und nicht an einen solchen Ort gesendet hatte, der etwa unfruchtbar oder mit Menschenfressern bewohnet gewesen wäre; darauf fingen wir an zu gedenken, was uns zu tun oder zu lassen sein möchte; und weil wir gleichsam wie Gefangne in dieser Insel beieinander leben mußten, schwuren wir einander beständige Treu. Das besagte Gebirg saß und floh nicht allein voller Vögel von unterschiedlichen Geschlechten, sondern es lag auch so voll Nester mit Eiern, daß wir uns nicht genugsam darüber verwundern konnten; wir tranken der Eier etliche aus und nahmen noch mehr mit uns das Gebirg herunter, an welchem wir die Quell des süßen Wassers fanden, welches sich gegen Osten so stark, daß es wohl ein geringes Mühlrad treiben könnte, in das Meer ergeußt, darüber wir abermal eine neue Freud empfingen und miteinander beschlossen, bei derselbigen Quell unsere Wohnung anzustellen.

Zu solcher neuen Haushaltung hatten wir beide keinen andern Hausrat als eine Axt, einen Löffel, drei Messer, eine Piron oder Gabel, und eine Scher, sonst war nichts vorhanden; mein Kamerad hatte zwar ein Dukat oder dreißig bei sich, welche wir gern für ein Feurzeug gegeben, wenn wir nur eins dafür zu kaufen gewußt hätten; aber sie waren uns nirgends zu nichts nutz, ja weniger wert als mein Pulverhorn, welches noch mit Zündkraut gefüllt; dasselbe dörrete ich (weil es so weich als ein Brei war) an der Sonnen, zettelte* davon auf einen Stein, belegte es mit leichtbrennender Materia, deren es von Moos und Baumwoll von den Kokosbäumen genugsam gab, strich darauf mit einem Messer durchs Pulver und fing also Feur, welches uns so hoch erfreute als die Erlösung aus dem Meer; und wenn wir nur Salz, Brot und Geschirr gehabt hätten, unser Getränk hinein zu fassen, so hätten wir uns für die allerglückseligsten Kerl in der Welt geschätzt, obwohl wir vor vierundzwanzig Stunden unter die unglücklichsten gerechnet werden mögen, so gut, getreu und barmherzig ist Gott, dem sei Ehr in Ewigkeit, Amen.

Wir fingen gleich etwas von Geflügel, dessen die Menge bei uns ohne Scheu herumging, rupftens, wuschens und stecktens an ein hölzernen Spieß; da fing ich an Braten zu wenden, mein Kamerad aber schaffte mir indessen Holz herbei und verfertigte eine Hütte, uns, wenn es vielleicht wieder regnen würde, vor demselben zu beschirmen, weil der indianische Regen gegen Afrika sehr ungesund zu sein pflegt; und was uns an Salz abging, ersetzten wir mit Zitronensaft, unser Speisen geschmacksam zu machen.

Das 20. Kapitel

Was sie für eine schöne Köchin dingen, und wie sie ihrer mit Gottes Hilf wieder los werden

Dieses war der erste Imbiß, den wir auf unserer Insel einnahmen; und nachdem wir solchen vollbracht, taten wir nichts anders, als dürr Holz zusammensuchen, unser Feur zu unterhalten; wir hätten gern gleich die ganze Insel vollends besichtigt, aber wegen überstandener Abmattung drängte uns der Schlaf, daß wir uns zur Ruhe legen mußten, welche wir auch kontinuierten bis an den lichten Morgen; als wir solchen erlebt, gingen wir dem Bächlein oder Revier* nach hinunter, bis an Mund, da es sich ins Meer ergeußt, und sahen mit höchster Verwunderung, wie sich eine unsägliche Menge Fische in der Größe als mittelmäßige Salmen oder große Karpfen dem süßen Wasser nach ins Flüßlein hinauf zog, also daß es schien, als ob man eine große Herd Schwein mit Gewalt hineingetrieben hätte; und weil wir auch etliche Bonanas und Batatas antrafen, so treffliche gute Früchte sind, sagten wir zusammen, wir hätten Schlaraffenland genug (obzwar kein vierfüßig Tier vorhanden) wenn wir nur Gesellschaft hätten, beides die Fruchtbarkeit, als auch die vorhandenen Fisch und Vögel dieser edlen Insel genießen zu helfen; wir konnten aber kein einzig Merkzeichen spüren, daß jemalen Menschen daselbst gewesen wären.

Als wir derowegen anfingen zu beratschlagen, wie wir unser Haushaltung ferner anstellen und wo wir Geschirr nehmen wollten, sowohl darin zu kochen, als den Wein von Palmen hineinzufangen und seiner Art nach verjähren zu lassen, damit wir ihn recht genießen könnten, und in solchem Gespräch so am Ufer herumspazierten, sahen wir auf der Weite des Meers etwas dahertreiben, welches wir in der Ferne nit erkennen konnten, wiewohl es größer schien als es an sich selbsten war; denn nachdem es sich nähert' und an unserer Insel gestrandet, war es ein halb totes Weibsbild, welches auf einer Kisten lag und beide Hände in die Handhaben an der Kisten eingeschlossen hatte; wir zogen sie aus christlicher Liebe auf trocken Land, und demnach wir sie beides wegen der Kleidung und etlicher Zeichen halber, die sie im Angesicht hatte, für eine Abessiner Christin hielten, waren wir desto geschäftiger, sie wieder zu sich selbst zu bringen; maßen wir sie, jedoch mit aller Ehrbarkeit, als sich solches mit ehrlichen Weibsbildern in solchen Fällen zu tun geziemt, auf den Kopf stelleten, bis ein ziemliche Menge Wasser von ihr gelaufen; und ob wir zwar nichts Lebhaftigs* zu ferner Erquickung bei uns hatten als Zitronen, so ließen wir doch nicht nach, ihr die spiritualische Feuchtigkeit, die sich in den äußersten Enden der Zitronenschalen enthält, unter die Nase zu drücken und sie mit Schüttlen zu bewegen, bis sie sich endlich von sich selbst regte und Portugiesisch anfing zu reden; sobald mein Kamerad solches hörete, und sich in ihrem Angesicht wiederum ein lebhafte Farb erzeigte, sagte er zu mir: „Diese Abessinerin ist einmal auf unserm Schiff bei einer vornehmen portugiesischen Frauen eine Magd gewesen, denn ich hab sie beide wohl gekannt, sie sind zu Macao* aufgesessen und waren willens mit uns in die Insel Annabon* zu schiffen." Sobald jene diesen reden hörete, erzeigte sich sehr fröhlich, nennete ihn mit Namen und erzählte nit allein ihre ganze Reis, sondern auch wie sie [sich freue], sowohl daß sie und er noch im Leben, als auch daß sie als Bekannte einander auf trocknem Land und außer aller Gefahr wieder angetroffen hätten; hierauf fragte mein Zimmermann, was wohl für Waren in der Kisten sein möchten, darauf antwortet' sie, es wären etliche chinesische Stück Gewand, etliche Gewehr und Waffen, und dann unterschiedliche so große als kleine porzellanen Geschirr, so nach Portugal einem vornehmen Fürsten von ihrem Herrn hätte geschickt werden sollen; solches erfreute uns trefflich, weil es lauter Sachen, deren wir am allermeisten bedürftig waren. Demnach ersuchte sie uns, wir wollten ihr doch solche Leutseligkeit erweisen und sie bei uns behalten, sie wollte uns gern mit Kochen, Waschen und andern Diensten als eine Magd an die Hand gehen und uns als ein leibeigne Sklavin untertänig sein, wenn wir sie nur in unserem Schutz behalten und ihr den Lebensunterhalt, so gut als es das Glück und die Natur in dieser Gegend bescherte, neben uns mit zu genießen gönnen wollten.

Darauf trugen wir beide mit großer Mühe und Arbeit die Kiste an denjenigen Ort, den wir uns zur Wohnung auserkoren hatten; daselbsten öffneten wir sie und fanden so beschaffene Sachen darinnen, die wir zu unserem damaligen Zustand und Behuf unserer Haushaltung nimmermehr anders hätten wünschen mögen; wir packten aus und trockneten solche War an der Sonnen, wozu sich unser neue Köchin gar fleißig und dienstbar erzeigte; folgends fingen wir an Geflügel zu metzgen, zu sieden und zu braten, und indem mein Zimmermann hinging, Palmwein zu gewinnen, stieg ich aufs Gebirg, für uns Eier auszunehmen, solche hart zu sieden und anstatt des lieben Brots zu brauchen; unterwegs betrachtete ich mit herzlicher Danksagung die großen Gaben und Gnaden Gottes, die uns dessen barmherzige Vorsehung so vatermildiglich mitgeteilt und ferners zu genießen vor Augen stellete; ich fiel nieder auf das Angesicht und sagte mit ausgestreckten Armen und erhobenem Herzen: „Ach! ach! du allergütigster himmlischer Vater, nun empfinde ich im Werk selbsten, daß du williger bist uns zu geben, als wir von dir zu bitten! ja allerliebster Herr! du hast uns mit dem Überfluß deiner göttlichen Reichtümer ehender und mehrers versehen, als wir armen Kreaturen bedacht waren, im geringsten etwas dergleichen von dir zu begehren. Ach getreuer Vater, deiner unaussprechlichen Barmherzigkeit wolle allergnädigst gefallen, uns zu verleihen, daß wir diese deine Gaben und Gnaden nicht anders gebrauchen, als wie es deinem allerheiligsten Willen und Wohlgefallen beliebt und zu deines großen unaussprechlichen Namens Ehr gereicht, damit wir dich neben allen Auserwählten hie zeitlich und dort ewig, loben, ehren und preisen mögen." Mit solchen und viel mehr dergleichen Worten, die alle aus dem innersten Grund meiner Seelen ganz herzlich und andächtig daherflossen, ging ich um, bis ich die Notdurft an Eiern hatte und damit wiederum zu unserer

Hütten kam, allwo die Abendmahlzeit auf der Kisten (die wir selbigen Tag samt der Köchin aus dem Meer gefischt und mein Kamerad anstatt eines Tisches gebrauchte) bestens bereitstund.

Indessen ich nun um obige Eier ausgewesen, hatt' mein Kamerad (welcher ein Kerl von etlich wenig und zwanzig Jahren, ich aber über die vierzig Jahr alt gewesen) mit unserer Köchin einen Akkord gemacht, der beides zu seinem und meinem Verderben gereichen sollte; denn nachdem sie sich in meiner Abwesenheit allein befanden und von alten Geschichten, zugleich aber auch von der Fruchtbarkeit und großen Nutznießung dieser überaus gesegneten, ja mehr als glückseligen Insel miteinander gesprochen, wurden sie so vertraulich, daß sie auch von einer Trauung zwischen ihnen beiden zu reden begannen, von welcher aber die vermeinte Abessinerin nichts hören wollte, es wäre denn Sach, daß mein Kamerad der Zimmermann sich allein zum Herrn der Insel machte und mich aus dem Weg räumte; es wäre, sagte sie, ohnmöglich, daß sie ein friedsame Ehe miteinander haben können, wenn noch ein Unverheirater neben ihnen wohnen sollte. „Er bedenke nur selbst", sagte sie ferner zu meinem Kameraden, „wie Ihn Argwohn und Eifersucht plagen würde, wenn Er mich heiratet und der Alte täglich mit mir konversiert, obgleich er Ihn zum Cornuto* zu machen niemal in Sinn nähme; zwar weiß ich einen besseren Rat, wenn ich mich je vermählen und auf dieser Insel (die wohl tausend oder mehr Personen ernähren kann) das menschlich Geschlecht vermehren soll; nämlich diesen, daß mich der Alte eheliche; denn wenn solches geschähe, so wäre es nur um ein Jahr oder zwölf oder längst vierzehn zu tun, in welcher Zeit wir etwa eine Tochter miteinander erzeugen werden, Ihm solche (verstehe dem Zimmermann) ehlich beizulegen; alsdann wird Er nicht so bei Jahren sein, als jetzunder der jetzige Alte ist; und würde interim zwischen euch beiden die ohnzweifelige Hoffnung, daß der erste des andern Schwährvater und der ander des ersten Tochtermann werden sollte, allen bösen Argwohn aus dem Weg tun und mich aller Gefahr, darin ich anderwärts geraten möchte, befreien; zwar ists natürlich, daß ein jungs Weibsbild wie ich bin, lieber einen jungen als alten Mann nehmen wird; aber wir müssen uns jetzunder miteinander in die Sach schicken, wie es unser gegenwärtiger Zustand erfordert, um vorzusehen, daß ich und die so aus mir geboren werden möchten, das Sichere spielen.“ Durch diesen Diskurs, der sich weit auf ein mehrers erstreckte und auseinanderzog, als ich jetzunder beschreibe, wie auch durch der vermeinten Abessinerin Schönheit (so beim Feur in meines Kameraden Augen viel vortrefflicher herumglänzte als zuvor) und ihre hurtigen Gebärden wurde mein guter Zimmermann dergestalt eingenommen und betört, daß er sich entblödete* zu sagen, er wollte ehe den Alten (mich vermeinend) ins Meer werfen und die ganze Insel ruinieren, ehe er eine solche Dame wie sie wäre, überlassen wollte; und hierauf wurde auch obengedachter Akkord zwischen ihn' beiden beschlossen; doch dergestalt, daß er mich hinterrücks oder im Schlaf mit seiner Axt erschlagen sollte, weil er sich sowohl vor meiner Leibsstärke als meinem Stab, den er mir selbst wie einen böhmischen Ohrlöffel verfertigt, entsetzte.

Nach solchem Vergleich zeigte sie meinem Kameraden zunächst an unserer Wohnung eine schöne Art Hafnererde*, aus welchem sie nach Art der indianisch Weiber, so am guineischen Gestad wohnen, schön irden Geschirr zu machen getraute, tat auch allerlei Vorschläg, wie sie sich und ihr Geschlecht auf dieser Insel ausbringen, ernähren und bis in das hundertste Glied ihnen ein geruhigs und vergnügsames Leben verschaffen wollte; da wußte sie nicht genugsam zu rühmen, was sie für Nutzen aus den Kokosbäumen ziehen wollte und aus der Baumwoll, so selbige tragen oder hervorbringen, sich und aller ihrer Nachkömmlinge Nachkömmling' mit Kleidungen zu versehen.

Ich armer Stern kam und wußte kein Haar von diesem Schluß und Laugenguß, sondern setzte mich zu genießen, was zugerichtet dastund, sprach auch nach christlichem und hochlöblichem Brauch das Benedicte; sobald ich aber das

Schau hier deß Sim-
plex Geister plag,
Die Jhme listig stellent
nach,
Wie er mit Jhnen sich
vertrag.

Kreuz beides über die Speisen und meine Mitesser machte, und den göttlichen Segen anrufte, verschwand beides unsere Köchin und die Kiste, samt allem dem was in besagter Kisten gewesen war, und ließ einen solchen grausamen Gestank hinter sich, daß meinem Kameraden ganz unmächtig davon wurde.

Das 21. Kapitel

Wie sie beide nach der Hand miteinander hausen und sich in den Handel schicken

Sobald er sich wiederum erkobert* hatte und zu seinen sieben Sinnen kommen war, kniete er vor mir nieder, faltete beide Händ und sagte wohl eine halbe Viertelstund nacheinander sonst nichts, als: „Ach Vater! ach Bruder; ach Vater! ach Bruder!" und fing darauf an, mit Wiederholung solcher Worte so inniglich zu weinen, daß er vor Schluchzen kein verständlichs Wort mehr herausbringen konnte; also daß ich mir einbildete, er müßte durch Schrecken und Gestank seines Verstands beraubt worden sein; wie er aber mit solcher Weis nit nachlassen wollte und mich immerhin um Verzeihung bat, antwortet ich: „Liebster Freund, was soll ich Euch verzeihen, da Ihr mich doch Euer Lebtag niemal beleidigt habt? sagt mir doch nur wie es Euch zu helfen sei?" „Verzeihung", sagte er, „bitte ich, denn ich hab wider Gott, wider Euch und wider mich selbst gesündigt!" und damit fing er sein vorige Klag wieder an, kontinuierte sie auch so lang, bis ich sagte, ich wüßte nichts Böses von ihm, und dafern er gleichwohl etwas begangen, deswegen er sich ein Gewissen machen möchte, so wollte ichs ihm nicht allein so viel es mich beträfe von Grund meines Herzens verziehen und vergeben haben, sondern auch wenn er sich wider Gott vergriffen, neben ihm dessen Barmherzigkeit um Begnadigung anrufen; auf solche Wort faßte er meine Schenkel in seine Arm, küßte meine Knie, und sah mich so sehnlich und drauf* an, daß ich drüber gleichsam erstummete und nicht wissen oder erraten konnte, was es doch immermehr mit dem Kerl für eine Beschaffenheit haben möchte; demnach ich ihn aber freundlich in die Arme nahm und an meine Brust drückte, mit Bitt mir zu erzählen was ihm anläge und wie ihm zu helfen sein möchte, beichtet' er mir alles haarklein heraus, was er mit der vermeinten Abessinerin für ein Diskurs geführt und über mich, beides wider Gott, wider die Natur, wider die christliche Liebe und wider das Gesetz getreuer Freundschaft, die wir einander solenniter geschworen, bei sich selbst beschlossen gehabt hatte; und solches tat er mit solchen Worten und Gebärden, daraus sein inbrünstige Reu und zerknirschtes Herz leicht zu mutmaßen oder abzunehmen war.

Ich tröstete ihn, so gut ich immer konnte, und sagte, Gott hätte vielleicht solches zur Warnung über uns verhängt, damit wir uns künftig vor des Teufels Stricken und Versuchungen desto besser vorsehen, und in steter Gottesfurcht leben sollten; er hätte zwar Ursach, seiner bösen Einwilligung halber Gott herzlich um Verzeihung zu bitten, aber noch ein größere Schuldigkeit sei es, daß er ihm um seine Güte und Barmherzigkeit danke, indem er ihn so väterlich aus des leidigen Satans List und Fallstrick gerissen und ihn vor seinem zeitlichen und ewigen Fall behütet hätte; es würde uns vonnöten sein vorsichtiger zu wandeln, als wenn wir mitten in der Welt unter dem Volk wohneten; denn sollte einer oder der ander oder wir alle beide fallen, so würde niemand vorhanden sein, der uns wiederum aufhülfe, als der liebe Gott, den wir derowegen desto fleißiger vor Augen haben und ihn ohn Unterlaß um Hilf und Beistand anflehen müßten.

Von solchen und dergleichen Zusprechen wurde er zwar um etwas getröst, er wollte sich aber nichtsdestoweniger nicht allerdings zufrieden geben, sondern bat aufs demütigste, ich wollte ihm doch wegen seines Verbrechens eine Buß auflegen; damit ich nun sein niedergeschlagenes Gemüt nach Möglichkeit wiederum etwas aufrichten möchte, sagte ich, dieweil er ohnedas ein Zimmermann sei und seine Axt noch im Vorrat hätte, so sollte er an demjenigen Ort, wo sowohl wir als unsere teuflische Köchin gestrandet, am

Ufer des Meers ein Kreuz aufrichten, damit würde er nicht allein ein Gott wohlgefällig Bußwerk verrichten, sondern auch zuwegen bringen, daß künftig der böse Geist, welcher das Zeichen des hl. Kreuzes scheue, unsere Insel nicht mehr so leichtlich anfallen würde. „Ach", antwortet' er, „nicht nur ein Kreuz in die Niedere, sondern auch zwei auf das Gebirg sollen von mir verfertigt und aufgerichtet werden; wenn ich nur, o Vater, deine Huld und Gnade wieder habe, und mich der Verzeihung von Gott getrösten darf." Er ging in solchem Eifer auch gleich hin und hörete nicht auf zu arbeiten, bis er die drei Kreuz verfertigt hatte, davon wir eins am Strand des Meers und die anderen zwei jedes besonders auf die höchsten Gipfel des Gebirgs mit folgender Inskription aufrichteten:

„Gott dem Allmächtigen zu Ehren und dem Feind des menschlichen Geschlechts zu Verdruß hat Simon Meron von Lissabon aus Portugal mit Rat und Hilf seines getreuen Freunds Simplici Simplicissimi, eines Hochteutschen, dies Zeichen des Leidens unsers Erlösers aus christlicher Wohlmeinung verfertigt und hieher aufgerichtet."

Von da an fingen wir an etwas gottseliger zu leben als wir zuvor getan hatten, und damit wir den Sabbat auch heiligen und feiern möchten, schnitt ich anstatt eines Kalenders alle Tag eine Kerb auf ein Stecken und am Sonntag ein Kreuz; alsdann saßen wir zusammen und redeten miteinander von heiligen und göttlichen Sachen; und diese Weise mußte ich gebrauchen, weil ich noch nichts ersonnen hatte, mich damit anstatt Papiers und Tinten zu behelfen, dadurch ich etwas Schriftlichs hätte zu unserer Nachricht aufzeichnen mögen.

Hier muß ich zum Beschluß dieses Kapitels einer artlichen Sach gedenken, die uns den Abend, als unser feine Köchin von uns abschied, gewaltig erschreckt' und ängstigte, denn wir die erste Nacht nicht wahrgenommen, weil uns der Schlaf wegen überstandener Abmattung und großer Müdigkeit gleich überwunden; es war aber dieses: Als wir noch vor Augen hatten, durch was für tausend List uns der leidige Teufel in Gestalt der Abessinerin verderben wollen, und dannenhero nicht schlafen konnten, sondern lang wachend die Zeit und zwar mehrenteils im Gebet zubrachten, sahen wir, sobald es ein wenig finster wurde, um uns her einen unzähligen Haufen der Lichter in der Luft herumschweben, welche auch einen solchen hellen Glanz von sich gaben, daß wir die Früchte an den Bäumen vor dem Laub unterscheiden konnten; da vermeinten wir, es wäre abermal ein neuer Fund des Widersachers uns zu quälen, wurden derowegen ganz still und dusam*, befanden aber endlich, daß es eine Art der Johannsfünklein oder Zündwürmlein (wie man sie in Teutschland nennet) waren, welche aus einer sonderbaren Art faulen Holzes entstehen, so auf dieser Insel wächst; diese leuchten so hell, daß man sie gar wohl anstatt einer hellbrennenden Kerzen gebrauchen kann, maßen ich nachgehends dies Buch mehrenteils dabei geschrieben; und wenn sie in Europa, Asia und Afrika so gemein wären als hier, so würden die Lichterkrämer schlechte Losung haben.

Das 22. Kapitel

Fernere Folg obiger Erzählung, und wie Simon Meron das Leben samt der Insel quittiert, darin Simplicius allein Herr verbleibt

Dieweil wir nun sahen, daß wir verbleiben mußten wo wir waren, fingen wir auch unsere Haushaltung anders an; mein Kamerad machte von einem schwarzen Holz*, welches sich beinahe dem Eisen vergleicht wenn es dürr wird, für uns beide Hauen und Schaufeln, durch welche wir erstlich die obgesetzten drei Kreuz eingruben, zweitens das Meer in Gruben leiteten, da es sich, wie ich zu Alexandria in Ägypten gesehen, in Salz verwandelt', drittens fingen wir an einen lustigen Garten zu machen, weil wir den Müßiggang für den Anfang unsers Verderbens schätzten, viertens gruben wir das Bächlein ab, also daß wir dasselbe nach unserm Belieben anderwärts hinwenden, den alten Fluß ganz trocken legen und Fisch und Krebs so viel wir wollten gleichsam mit trocknen Händen und Füßen daraus aufheben konnten; fünftens fanden wir neben dem besagten Flüßlein ein überaus schöne Hafnererde; und ob wir zwar weder Scheiben noch Rad, zumalen auch kein Bohrer oder andere Instrumente hatten, uns dergleichen etwas zuzurichten, um uns allerhand Geschirr zu drehen, obwohl wir das Handwerk nicht gelernet, so ersannen wir doch einen Vorteil, durch welchen wir zuwegen brachten, was wir wollten; denn nachdem wir die Erde geknetet und zubereitet hatten, wie sie sein sollte, machten wir Würst daraus in der Dicke und Länge, wie die englischen Tabakspfeifen sind, solche klebten wir schneckenweis* aufeinander und formierten Geschirr draus, wie wirs haben wollten, beides groß und klein, Hafen und Schüsslen, zum Kochen und Trinken; wie uns nun der erste Brand geriet, hatten wir keine Ursach mehr, uns über einzigen Mangel zu beklagen, denn ob uns wohl das Brot abging, hatten wir jedoch hingegen dürre Fisch vollauf, die wir für Brot brauchten. Mit der Zeit ging uns der Vorteil mit dem Salz auch an, also daß wir endlich gar nichts zu klagen hatten, sondern wie die Leut in der ersten güldenen Zeit lebeten; da lernten wir nach und nach, wie wir aus Eiern, dürren Fischen und Zitronenschalen, welche beiden letzteren Stück wir zwischen zweien Steinen zu zartem Mehl rieben, in Vogelschmalz, so wir von den Walchen*, so genannten Vögeln, bekamen, anstatt des Brots wohlgeschmackte Kuchen backen sollten; so wußte mein Kamerad den Palmwein gar artlich in große Hafen zu gewinnen und denselben ein paar Tage stehen zu lassen bis er vergoren, hernach soff er sich so voll darin, daß er torkelte, und solches tat er auf die Letzte gleichsam alle Tage, Gott geb was ich dawider redete; denn er sagte, wenn man ihn über die Zeit stehen ließe, so würde er zu Essig, welches zwar nit ohn ist; antwortet ich ihm dann, er sollte auf einmal nit so viel, sondern die bloße Notdurft gewinnen, so sagte er hingegen, es sei Sünd, wenn man die Gaben Gottes verachte; man müsse den Palmen beizeiten zu Ader lassen, damit sie nit in ihrem eignen Blut erstickten; also mußte ich seinen Begierden den Zaum lassen, wollte ich anderst nit mehr hören, ich gönnete ihm nit, was wir die Völle umsonst hätten.

Also lebten wir, wie obgemeldet, als die ersten Menschen in der güldenen Zeit, da der gütige Himmel denselbigen ohne einzige Arbeit alles Guts aus der Erden hervorwachsen lassen; gleichwie aber in dieser Welt kein Leben so süß und glückselig ist, das nit bisweilen mit Gall des Leidens verbittert werde, also geschah uns auch; denn um wie viel sich täglich unser Küch und Keller besserte, um so viel wurden unsere Kleidungen von Tag zu Tag je länger je blöder*, bis sie uns endlich gar an den Leibern verfaulten; das beste für uns war dieses, daß wir bishero noch niemal keinen Winter, ja nicht die geringste Kälte innewörden, wiewohl wir damal, als wir anfingen nackend zu werden, meinen Kerbhölzern nach bereits über anderthalbe Jahr auf dieser Insel zugebracht, sondern es war jederzeit Wetter wie es bei den Europäern im Mai und Junio zu sein pflegt, außer daß es ungefähr im Augusto und etwas Zeit zuvor gewaltig stark zu regnen und zu wittern pflegt', so wird auch allhier von einem Solstitio* zum andern Tag und Nacht nicht wohl über fünf Viertelstund länger oder kürzer als das andermal. Wiewohl wir nun allein uns auf der Insel befanden, so wollten wir doch nicht wie das unvernünftige Vieh nackend, sondern als ehrliche Christen aus Europa bekleidet gehen; hätten wir nun vierfüßige Tier gehabt, so wäre uns schon geholfen gewesen, ihre Bälg zu Kleidung anzuwenden; in Mangel derselbigen aber zogen wir dem großen Geflügel, als den Walchen und Pinguins die Häut ab und machten uns Niederkleider* draus, weil wir sie aber aus Mangel beides der Instrumente und zugehörigen Materialien nicht recht auf die Daur bereiten konnten, wurden sie hart, unbequem und zerstoben uns vom Leib hinweg, ehe wir uns dessen versehen; die Kokosbäume trugen uns zwar Baumwoll genug, wir konnten sie aber weder weben noch spinnen, aber mein Kamerad, welcher etliche Jahr in Indien gewesen, wies mir an den Blättern vorne an den Spitzen ein Ding wie ein scharfer Dorn, wenn man selbiges abbricht und am Grat des Blatts hinzeucht, gleichsam wie man mit den Bohnenschelfen*, Phaseoli genannt, umgehet; wenn man selbige von ihren Gräten reinigt, so verbleibt an demselbigen spitzigen Dorn ein Faden hangen, so lang als der Grat oder das Blatt ist, also daß man dasselbige anstatt Nadel und Faden brauchen kann; solches gab mir Ursach und Gelegenheit an die Hand, daß ich uns aus denselben Blättern Niederkleider machte, und solche mit obgemeldten Faden ihres eignen Gewächs zusammenstach.

Indem wir nun so miteinander hausten und unser Sach so weit gebracht, daß wir keine Ursach mehr hatten, uns über einzige Arbeitseligkeit, Abgang, Mangel oder Trübsal zu beschwern, zechte mein Kamerad im Palmwein immerhin täglich fort, wie ers angefangen und nunmehr gewohnt hatte, bis er endlich Lung und Leber entzündete und ehe ich michs recht versah, mich, die Insel und den Vin de Palme durch einen frühzeitigen Tod zugleich quittierte; ich begrub ihn so gut als ich konnte, und indem ich des menschlichen Wesens Unbeständigkeit und anders mehr betrachtete, machte ich ihm folgende Grabschrift:

„Daß ich hier, und nicht ins Meer bin worden begraben,
Auch nit in d'Höll, macht daß um mich gestritten haben
 Drei Ding! das erste der wütende Ozean!
 Das zweit, der grausam Feind! der höllische Satan;
Diesen entrann ich durch Gottes Hilf aus meinen Nöten,
Aber vom Palmwein, dem dritten, ließ ich mich töten."

Also wurde ich allein ein Herr der ganzen Insel und fing wiederum ein einsiedlerisches Leben an, wozu ich denn nit allein mehr als genugsame Gelegenheit, sondern auch ein steifen Willen und Vorsatz hatte; ich machte mir die Güter und Gaben dieses Orts zwar wohl zunutz, mit herzlicher Danksagung gegen Gott, als dessen Güte und Allmacht allein mir solche so reichlich bescheret hatte; befliß mich aber daneben, daß ich deren Überfluß nicht mißbrauchte. Ich wünschte oft, daß ehrliche Christenmenschen bei mir wären, die anderwärts Armut und Mangel leiden müssen, sich der gegenwärtigen Gaben Gottes zu gebrauchen; weil ich aber wohl wußte, daß Gott dem Allmächtigen mehr als möglich (dafern es anders sein göttlicher Will wär), mehr Menschen leichtlicher und wunderbarlicher Weis hieher zu versetzen, als ich hergebracht worden, gab mir solches oft Ursach, ihm um seine göttliche Vorsehung und daß er mich so väterlich vor andern viel tausend Menschen versorgt und in einen solchen geruhigen friedsamen Stand gesetzt hatte, demütig zu danken.

Das 23. Kapitel

Der Monachus beschließt seine Histori und macht diesen sechs Büchern das Ende

Mein Kamerad war noch keine Woch tot gewesen, als ich ein Ungeheuer um meine Wohnung herum vermerkte. „Nun wohlan", gedachte ich, „Simplici, du bist allein, sollt dich nicht der böse Geist zu vexiern unterstehen? vermeinest du nicht, dieser Schadefroh werde dir dein Leben saur machen; was fragst du aber nach ihm, wenn du Gott zum Freunde hast? du mußt nur etwas haben, das dich übet, denn sonst würde dich Müßiggang und Überfluß zu Fall stürzen; hast du doch ohne diesen sonst niemand zum Feind als dich selbsten und dieser Insel Überfluß und Lustbarkeit, drum mach dich nur gefaßt zu streiten, mit demjenigen der sich am allerstärksten zu sein bedünkt; wird derselbige durch Gottes Hilf überwunden, so würdest du ja, ob Gott will, vermittelst dessen Gnad auch dein eigner Meister verbleiben."

Mit solchen Gedanken ging ich ein paar Tag um, welche mich um ein ziemlichs besserten und andächtig machten; weil ich mich einer Rencontra* versah, die ich ohnzweifel mit dem bösen Geist ausstehen müßte, aber ich betrog mich für diesmal selbsten; denn als ich an einem Abend abermal etwas vermerkte, das sich hören ließ, ging ich vor meine Hütte, welche zunächst an einem Felsen des Gebirgs stund, worunter die Hauptquell des süßen Wassers, das vom Gebirg durch diese Insel ins Meer rinnet; da sah ich meinen Kameraden an der steinen Wand stehen, wie er mit den Fingern in deren Spalt grübelte; ich erschrak, wie leicht zu gedenken, doch faßte ich stracks wieder ein Herz, befahl mich mit Bezeichnung des heiligen Kreuzes in Gottes Schutz, und dachte: „Es muß doch einmal sein, besser ists heut als morgen“; ging darauf zum Geist und brauchte gegen ihn diejenigen Wort, die man in solchen Begebenheiten zu reden pflegt; da verstund ich alsobald, daß es mein verstorbener Kamerad war, welcher bei seinen Lebzeiten seine Dukaten dorthin verborgen hatte, der Meinung, wenn etwa über kurz oder lang ein Schiff an die Insel kommen würde, daß er alsdann solche wieder erheben und mit sich davonnehmen wollte; er gab mir auch zu verstehen, daß er auf dies wenige Geld, als dadurch er wieder nach Haus zu kommen verhoffet, sich mehr als auf Gott verlassen, wessentwegen er denn mit solcher Unruhe nach seinem Tod büßen, und mir auch wider seinen Willen Ungelegenheit machen müssen; ich nahm auf sein Begehren das Geld heraus, achtete es aber weniger als nichts; welches man mir desto ehender glauben kann, weil ichs auch zu nichts zu gebrauchen wußte; dieses nun war der erste Schreck, den ich einnahm, seit ich mich allein befand; aber nachgehends wurde mir wohl von anderen Geistern zugesetzt als dieser einer gewesen; davon ich aber weiters nichts melden, sondern nur noch dieses sagen will, daß ich vermittelst göttlicher Hilf und Gnad dahin kam, daß ich keinen einzigen Feind mehr spürete, als meine eignen Gedanken, die oft gar variabel stunden; denn diese sind nit zollfrei vor Gott, wie man sonst zu sagen pflegt, sondern es wird zu seiner Zeit ihretwegen auch Rechenschaft gefordert werden.

Damit mich nun dieselbigen desto weniger mit Sünden beflecken sollten, befliß ich mich nit allein auszuschlagen, was nichts taugte, sondern ich gab mir selbst alle Tag ein leibliche Arbeit auf, solche neben dem gewöhnlichen Gebet zu verrichten; denn gleichwie der Mensch zur Arbeit wie der Vogel zum Fliegen geboren ist, also verursacht hingegen der Müßiggang beides der Seelen und dem Leib ihre Krankheiten, und zuletzt, wenn mans am wenigsten wahrnimmt, das endlich Verderben; derowegen pflanzte ich einen Garten, dessen ich doch weniger als der Wagen des fünften Rads bedurfte, weilen die ganze Insel nichts anders als ein lieblicher Lustgarten hätte genannt werden mögen; meine Arbeit taugte auch zu sonst nichts, als daß ich eins und anders in ein wohlständigere Ordnung bracht, obwohl manchem die natürliche Unordnung der Gewächse, wie sie da untereinander stunden, anmutiger vorkommen sein möchte; und dann daß ich wie obgemeldt den Müßiggang abschaffte. O wie oft wünschte ich mir, wenn ich meinen Leib abgemattet hatte und demselben seine Ruhe geben mußte, geistliche Bücher, mich selbst darin zu trösten, zu ergötzen und aufzubauen, aber ich hatte solche drum nit; demnach ich aber vor diesem von einem heiligen Mann gelesen, daß er gesagt, die ganze weite Welt sei ihm ein großes Buch, darinnen er die Wunderwerke Gottes erkennen und zu dessen Lob angefrischt werden möchte, also gedachte ich demselbigen nachzufolgen, wiewohl ich sozusagen nit mehr in der Welt war; die kleine Insel mußte mir die ganze Welt sein, und in derselbigen ein jedes Ding, ja ein jeder Baum! ein Antrieb zur Gottseligkeit, und eine Erinnerung zu den Gedanken, die ein rechter Christ haben soll. Also, sah ich ein stachelicht Gewächs, so erinnerte ich mich der Dornenkron Christi, sah ich einen Apfel oder Granat, so gedachte ich an den Fall unserer ersten Eltern und bejammert denselbigen; gewann ich ein Palmwein aus einem Baum, so bildet ich mir vor, wie mildiglich mein Erlöser am Stammen des hl. Kreuzes sein Blut für mich vergossen; sah ich Meer oder Berg', so erinnerte ich mich des einen oder andern Wunderzeichens und Geschichten, so unser Heiland an dergleichen Orten begangen; fand ich einen oder mehr Stein so zum Werfen bequem waren, so stellte ich mir vor Augen, wie die Juden Christum steinigen wollten; war ich in meinem Garten, so gedachte ich an das ängstig Gebet am Ölberg oder an das Grab Christi und wie er nach der Auferstehung Mariae Magdalenae im Garten erschienen etc. Mit solchen und dergleichen Gedanken hantierete ich täglich; ich aß nie, daß ich nicht an das letzte Abendmahl Christi gedachte; und kochte mir niemal keine Speis, daß mich das gegenwärtige Feur nicht an die ewige Pein der Höllen erinnert hätte.

Endlich fand ich, daß mit Brasiliensaft*, deren es unterschiedliche Gattung' auf dieser Insel gibt, wenn solche mit Zitronensaft vermischt werden, gar wohl auf eine Art großer Palmblätter zu schreiben sei, welches mich höchlich erfreute, weil ich nunmehr ordentliche Gebet' konzipiern und aufschreiben konnte; zuletzt als ich mit herzlicher Reu meinen ganzen geführten Lebenslauf betrachtete und meine Bubenstück, die ich von Jugend auf begangen, mir selbsten vor Augen stellte und zu Gemüt führete, daß gleichwohl der barmherzige Gott unangesehen aller solcher groben Sünden mich bisher nit allein vor der ewigen Verdammnis bewahrt, sondern Zeit und Gelegenheit geben hatt' mich zu bessern, zu bekehren, ihn um Verzeihung zu bitten und um seine Guttaten zu danken, beschrieb ich alles, was mir noch eingefallen, in dieses Buch, so ich von obgemeldten Blättern gemacht, und legte es samt obgedachten meines Kameraden hinterlassenen Dukaten an diesen Ort, damit wenn vielleicht über kurz oder lang Leut hieher kommen sollten, sie solches finden und daraus abnehmen könnten, wer etwa hiebevor diese Insel bewohnet; wird nun heut oder morgen entweder vor oder nach meinem Tod jemand dies finden und lesen, denselben bitte ich, dafern er etwa Wörter darin antrifft, die einem, der sich gern besserte, nit zu reden geschweige zu schreiben wohl anstehen, er wolle sich darum nit ärgern; sondern gedenken, daß die Erzählung leichter Händel und Geschichten auch bequeme Wort erfordern, solche an Tag zu geben; und gleichwie die Maur-Raut* von keinem Regen leichtlich naß wird, also kann auch ein rechtschaffnes gottseliges Gemüt nicht gleich von einem jedweden Diskurs, er scheine auch so leichtfertig als er wolle, angesteckt, vergiftet und verderbt werden; ein ehrlicher gesinnter christlicher Leser wird sich vielmehr verwundern und die göttliche Barmherzigkeit preisen, wenn er findet, daß so ein schlimmer Gesell wie ich gewesen, dennoch die Gnad von Gott gehabt, der Welt zu resigniern und in einem solchen Stand zu leben, darinnen er zur ewigen Glori zu kommen und die selige Ewigkeit nächst dem heiligen Leiden des Erlösers zu erlangen verhofft, durch ein seligs Ende.

Relation Joan Cornelissen von Harlem

eines Holländischen Schiff-Capitains an German Schleiffheim von Sulsfort, seinen guten Freund, vom Simplicissimo*

Das 24. Kapitel

Joan Cornelissen, ein holländischer Schiffkapitän, kommt auf die Insel, und macht mit seiner Relation diesem Buch einen Anhang

Es weiß sich ohnzweifel Derselbe noch wohl zu erinnern, wasmaßen ich bei unserer Abreis versprochen, Ihm die allergrößte Rarität mitzubringen, die mir in ganz India oder auf unserer Reis zustehe; nun habe ich zwar etliche seltsame Meer- und Erdgewächs gesammelt, damit der Herr wohl sein Kunstkammer zieren mag; aber was mich am allermehresten verwunderungs- und aufhebenswert zu sein bedünket, ist gegenwärtiges Buch, welches ein hochteutscher Mann, in einer Insel gleichsam mitten im Meer allein wohnhaftig, wegen Mangel Papiers aus Palmblättern gemacht und seinen ganzen Lebenslauf darin beschrieben; wie mir aber solches Buch zuhanden kommen, auch was besagter Teutscher für ein Mann sei und was er für ein Leben führe, muß ich dem Herrn ein wenig ausführlich erzählen, ob er zwar selbst solches in gemeldtem seinem Buche ziemlichermaßen an Tag gegeben.

Als wir in den molukkischen Inseln* unsere Ladung völlig bekommen und unsern Lauf gegen das Capo bonae Esperanzae zu nahmen, spüreten wir, daß sich unsere Heimreise nicht beschleunigen wollte, wie wir wohl anfangs gehofft, da die Winde mehrenteils contrari und so variabel gingen, daß wir lang umgetrieben und aufgehalten wurden; wessentwegen denn alle Schiff aus der Armada* merklich viel Kranke bekamen; unser Admiral tat ein Schuß, steckt' eine Flaggen aus und ließ also alle Capitains von der Flott auf sein Schiff kommen, da wurde geratschlagt und beschlossen, daß man such, die Insel S. Helena zu erlangen, und daselbsten die Kranken zu erfrischen und anständiges Wetter zu erwarten; item es sollten (wenn die Armada vielleicht durch Ungewitter, dessen wir uns nit vergebens vorsahen, zertrennt würde) die ersten Schiff, so an bemeldte Insel kamen, eine Zeit von vierzehen Tagen auf die übrigen warten, welches denn wohl ausgesonnen und beschlossen worden; maßen es uns erging, wie wir besorgt hatten, indem durch einen Sturm die Flotte dergestalt zerstreut wurde, daß kein einziges Schiff bei dem andern verblieb; als ich mich nun mit meinem anvertrauten Schiff allein befand und zugleich mit widerwärtigem Wind, Mangel an süßem Wasser und vielen Kranken geplagt wurde, mußte ich mich kümmerlich mit Lavieren* behelfen, womit ich aber wenig ausrichtete, mehrbesagte Insel Helenae zu erlangen (von der wir noch 400 Meilen zu sein schätzten), es hätte sich denn der Wind geändert.

In solchem Umschweifen und schlechten Zustand, in dem es sich mit den Kranken ärgert'* und ihrer täglich mehr wurden, sahen wir gegen Osten weit im Meer hinein unsers Bedünkens einen einzigen Felsen liegen, dahin richteten wir unseren Lauf, der Hoffnung etwa ein Land der Enden* anzutreffen, wiewohl wir nichts dergleichen in unseren Mappen* angezeigt fanden, so der Enden gelegen; da wir uns nun demselben Felsen auf der mittnächtigen Seite näherten, schätzten wir dem Ansehen nach, daß es ein steinichtigs hohes unfruchtbares Gebirg sein müßte, welches so einzig im Meer läge, daß auch an derselben Seiten zu besteigen oder daran anzulanden unmöglich schien; doch empfanden wir am Geruch, daß wir nahe an einem guten Geländ sein müßten, bemeldtes Gebirg saß und floh voller Vögel, und indem wir dieselben betrachteten, wurden wir auf den höchsten Gipfeln zweier Kreuz gewahr, daran wir wohl abnehmen konnten, daß solche durch menschliche Händ aufgerichtet worden und dannenhero das Gebirg wohl zu besteigen wäre; derowegen schifften wir oft hinum und fanden auf der andern Seiten des gemeldten Gebirgs ein zwar kleines, aber solches lustiges Geländ, dergleichen ich mein Tage weder in Ost- noch Westindien nicht gesehen; wir legten uns zehn Klafter tief auf den Anker in guten Sandgrund und schickten einen Nachen mit acht Mann zu Land, um zu sehen, ob daselbsten keine Erfrischung zu bekommen.

Diese kamen bald wieder und brachten einen großen Überfluß von allerhand Früchten, als Zitronen, Pomeranzen, Kokos, Bonanes, Batates, und was uns zum höchsten erfreute, auch die Zeitung mit sich, daß trefflich gut Trinkwasser auf der Insel zu bekommen; item, ob sie zwar einen Hochteutschen auf der Insel angetroffen, der allem Ansehen nach sich schon lange Zeit allda befunden, so laufe jedoch der Ort so voller Geflügel, die sich mit den Händen fangen lassen, daß sie den Nachen vollzubekommen und mit Stekken totzuschlagen getraut hätten; von gemeldtem Teutschen glaubten sie, daß er irgends auf einem Schiff ein Übeltat begangen und dannenhero zur Straf auf diese Insel gesetzt worden; welches wir denn auch dafür hielten; überdas sagten sie für gewiß, daß der Kerl nicht bei sich selbst, sondern ein purer Narr sein müßte, als von welchem sie keine einzige richtige Red und Antwort haben mögen.

Gleichwie nun durch diese Zeitung das ganze Schiffsvolk, insonderheit aber die Kranken herzlich erfreut wurden, also verlangt' auch jedermann aufs Land, sich wiederum zu erquicken; ich schickte derowegen einen Nachen voll nach dem andern hin, nit allein den Kranken ihre Gesundheit wieder zu erholen, sondern auch das Schiff mit frischem Wasser zu versehen, welches uns beides not war; also daß wir mehrenteils auf die Insel kamen; da fanden wir mehr ein irdisch Paradeis als einen öden unbekannten Ort! ich vermerkte auch gleich, daß bemeldter Teutscher kein solcher Tor sein müßte, viel weniger ein Übeltäter, wie die Unserigen anfangs dafür gehalten; denn alle Bäum, die von Art eine glatte Rinden trugen, hatte er mit biblischen und anderen schönen Sprüchen gezeichnet, seinen christlichen Geist dadurch aufzumuntern und das Gemüt zu Gott zu erheben; wo aber keine ganzen Sprüche stunden, da befanden sich wenigst die vier Buchstaben der Überschrift Christi am Kreuz, als INRI, oder der Name Jesu und Mariae, als irgends nur ein Instrument des Leidens Christi, daraus wir mutmaßeten, daß er ohne Zweifel ein Papist sein müßte, weil uns alles so päpstisch vorkam; da stund ‚memento mori' auf Latein, dorten ‚Ieschua Hanosri Melech Haijehudim'* auf hebräisch, an einem andern Ort dergleichen etwas auf griechisch, teutsch, arabisch oder malaiisch (welche Sprach durch ganz Indien gehet) zu keinem anderen Ende, als sich der himmlischen göttlichen Dinge dabei christlich zu erinnern; wir fanden auch seines Kameraden Grabmal, davon dieser Teutsche selbst in seines Lebens Erzählung Meldung tut, nicht weniger auch das dritte Kreuz, welches sie beide am Ufer des Meers miteinander aufgerichtet, wessentwegen denn unser Schiffvolk den Ort (vornehmlich weil sie gleichsam an allen Bäumen auch Kreuz eingeschnitten funden) die Kreuz-Insel nannten; doch waren uns alle solche kurzen und sinnreichen Sprüch lauter räterisch* und dunkele Oracula, aus denen wir aber gleichwohl abnehmen konnten, daß ihr Autor kein Narr, sondern ein sinnreicher Poet, insonderheit aber ein gottseliger Christ sein müßte, der viel mit Betrachtung himmlischer Dinge umgehe; folgender Reim, den wir auch in einem Baum eingeschnitten fanden, bedünkte unseren Siechentröster*, der mit mir herumging und viel aufschrieb was er fand, der vornehmste zu sein, vielleicht weil er ihm was Neues war, er lautet also:

Ach allerhöchstes Gut! du wohnest so im finstern Licht!
Daß man vor Klarheit groß, den großen Glanz kann sehen nicht.*

Denn er, der Siechentröster, welcher ein überaus gelehrter Mann war, sagte: „So weit kommt ein Mensch auf dieser Welt und nicht höher, es wolle ihm denn Gott das höchste Gut aus Gnaden mehr offenbaren."

Indessen durchstrich meine gesunde Schiff-Bursch die ganze Insel, allerhand Erfrischung für sich und die Kranken zusammenzubringen und bemeldten Teutschen zu suchen, den alle Prinzipale* des Schiffs zu sehen und mit ihm zu konferieren ein groß Verlangen trugen; sie trafen ihn dennoch nicht an, aber wohl ein ungeheure Höhle voller Wasser im Steinfelsen, darin sie schätzten, daß er sein müßte, weil ein ziemlich enger Fußpfad hineinging, in dieselbe konnte man aber wegen des darin stehenden Wassers und großer Finsternis nicht kommen; und wenn man gleich Fackeln und Pechring' anzündete, sich damit zu behelfen und die Höhle zu visitieren, so löschte jedoch alles aus, ehe sie ein halben Steinwurf weit hineinkamen, mit welcher Arbeit sie viel Zeit umsonst hinbrachten.

Das 25. Kapitel

Die Holländer empfinden ein possierliche Veränderung, als sich Simplicius in seiner Festung enthielt

Als mir nun unsere Leut von dieser ihrer vergeblichen Arbeit Relation taten und ich selber hingehen wollte, den Ort zu besichtigen und zu sehen, was etwa zu tun sein möchte, damit wir den besagten Teutschen zur Hand bringen könnten, erregte sich nicht allein grausames Erdbidem*, daß meine Leut vermeinten, die ganze Insel würde all Augenblick untergehen, sondern ich wurde auch eiligst zum Schiffvolk berufen, welche sich mehrenteils, so viel deren auf dem Land waren, in einem fast wunderlichen und sehr sorgsamen* Zustand befanden; denn da stund einer mit bloßem Degen vor einem Baum, focht mit demselbigen und gab vor, er hätte den allergrößten Riesen zu bestreiten; an einem andern Ort sah einer mit fröhlichem Angesicht gen Himmel und zeigte den andern für eine gründliche Wahrheit an, er sehe Gott und das ganze himmlische Heer in der himmlischen Freud beisammen; hingegen sah ein anderer auf den Erdboden, mit Furcht und Zittern, vorgebend, er sehe in vor sich habender schrecklicher Gruben den leidigen Teufel samt seinem Anhang, die wie in einem Abgrund herumwimmelten; ein anderer hatte ein Prügel und schlug um sich, daß ihm niemand nähern durfte, und schrie doch, man sollte ihm wider die vielen Wölf helfen, die ihn zerreißen wollten; hier saß einer auf einem Wasserfaß (als welche wir zuzurichten und zu füllen an Land gebracht hatten), gab demselben die Sporen und wollte es wie ein Pferd tummlen; dort fischte einer auf trocknem Land mit der Angel und zeigte den andern, was ihm für Fische anbeißen würden; in Summa, da hieß es wohl ‚viel Köpf viel Sinn', denn ein jeder hatte seine sonderbare Anfechtung, welche sich mit des andern im wenigsten nicht verglich; es kam einer zu mir gelaufen, der sagte ganz ernstlich: „Herr Capitain, ich bitte ihn doch um hunderttausend Gottes willen, er wolle Justitiam administrieren* und mich vor den greulichen Kerlen beschützen!" Als ich ihn nun fragte, wer ihn denn beleidigt hätte, antwortet' er (und wies mit der Hand auf die übrigen, die ebenso närrisch und vertollet in den Köpfen waren als er): „Diese Tyrannen wollen mich zwingen, ich soll zwo Tonnen Hering, sechs westfälische Schinken und zwölf holländische Käs samt einer Tonnen Butter auf einmal auffressen; Herr Capitain", sagte er ferner, „wie wollte das Ding sein können? es ist ja unmöglich und ich müßte ja erwürgen oder zerbersten!" Mit solchen und dergleichen Grillen gingen sie um, welches recht kurzweilig gewesen wäre, dafern man nur gewußt hätte, daß es auch wieder ein End nehmen und ohne Schaden abgehen würde; aber was mich und die übrigen, so noch beim Verstand waren, anbelangt, wurde uns rechtschaffen angst, vornehmlichen weil wir dieser verrückten Leute je länger je mehr kriegten und selbsten nicht wußten, wie lange wir vor solchem seltsamen Zustand befreit bleiben würden.

Unser Siechentröster, der ein sanftmütiger frommer Mann war, und etliche andere hielten dafür, der oft berührte Teutsche, den die Unserigen anfänglich auf der Insel angetroffen, müßte ein heiliger Mann und Gottes wohlgefälliger Diener und Freund sein; weswegen wir denn, weil ihm die Unserigen mit Abhauung der Bäum', Erösung* der Früchte und Totschlagung des Geflügels seine Wohnung ruinierten, mit solcher Straf vom Himmel herab belegt würden; hingegen aber sagten andere Offizianten, er könnte auch wohl ein Zauberer sein, welcher uns durch seine Künste mit Erdbidmen und solcher Wahnwitzigkeit plage, um uns wiederum desto ehender von der Insel zu bringen oder uns gar darauf zu verderben; es wäre am besten, sagten sie, daß man ihn gefangen kriegt' und zwinge, den Unserigen wieder zum Verstand zu helfen. In solchem Zwiespalt behauptete jedes Teil seine Meinung, die mich beide ängstigten; denn ich gedachte: „Ist er ein Freund Gottes und diese Straf uns seinethalben zukommen, so wird ihn auch Gott wohl vor uns beschützen; ist er aber ein Zauberer und kann solche Sachen verrichten, die wir vor Augen sehen und in den Leibern empfinden, so wird er ohne Zweifel noch mehr können, daß wir ihn nicht erhaschen mögen; und wer weiß! vielleicht stehet er unsichtbar unter uns?" Endlich beschlossen wir, ihn zu suchen und in unsere Gewalt zu bringen, es geschehe gleich mit Güte oder Gewalt; gingen demnach wieder mit Fackelen, Pechkränzen und Lichtern in Laternen in obgenannte Höhle, es ging uns aber wieder, wie es zuvor den andern ergangen war, daß wir nämlich kein Licht hineinbringen, und also auch selbst vor Wasser, Finsternis und scharfen Felsen nicht fürders kommen konnten, ob wir zwar solches oft probierten; da fing ein Teil an aus uns zu beten, das andere aber vielmehr zu schwören, und wußten wir nicht, was wir zu diesen unsern Ängsten tun oder lassen sollten.

Da wir nun so in der finsteren Höhlen stunden und wußten nicht wo aus noch ein, maßen jeder nichts anders tat, als daß er lamentierte, hörten wir noch weit von uns den Teutschen uns folgendergestalt aus der finstern Höhle zuschreien: „Ihr Herrn", sagte er, „was bemühet ihr euch umsonst zu mir oder sonst hereinzukommen? sehet ihr denn nicht, daß es eine pure Unmöglichkeit ist? wenn ihr euch mit den Erfrischungen, die euch Gott auf dem Land bescheret, nicht vergnügen* lassen, sondern an mir, einem nackenden armen Mann, der nichts als das Leben hat, reich werden wollet, so versichere ich euch, daß ihr leer Stroh dreschet; darum bitte ich euch um Christi unsers Erlösers willen, laßt ab von eurem Beginnen, genießet gleichwohl die Früchte des Lands zu eurer Erfrischung und laßt mich in dieser meiner Sicherheit, dahin mich euere beinahe tyrannischen und sonst bedrohenlichen Reden (die ich gestern in meiner Hütten vernehmen müssen) zu fliehen verursacht, mit Frieden, ehe ihr (da der liebe Gott vor sein wolle) darüber in Unglück kommt." Da war nun guter Rat teuer; aber unser Siechentröster schrie ihm hinwider zu und sagte: „Hat Euch gestern jemand molestiert, so ists uns von Grund unsers Herzens leid, es ist vom groben Schiffvolk geschehen, das von keiner Diskretion nichts weiß; wir kommen nicht, Euch zu plündern noch Beut zu machen, sondern nur um Rat zu bitten, wie den Unserigen wieder zu helfen sei, die mehrenteils auf dieser Insel ihre Sinne verloren; ohnedas wir auch gern mit Euch als einem Christen und Landsmann reden, Euch dem letzten Gebot unsers Erlösers gemäß alle Lieb, Ehr, Treu und Freundschaft erweisen und wenns Euch beliebt, wieder mit uns in Euer Vaterland heimführen möchten."

Hierauf kriegten wir zur Antwort, er hätte gestern zwar wohl vernommen, wie wir gegen ihn gesinnet wären; doch wollt er dem Gesetz unsers Heilands zufolg Böses mit Gutem bezahlen und uns nicht verhalten, wie den Unserigen wieder von ihrem unsinnigen Wahnwitz zu helfen sei; wir sollten, sagte er, diejenigen, so mit solchem Zustand behaftet wären, nur von den Pflaumen, darin sie ihren Verstand verfressen, die Kernen essen lassen, so würde es sich mit allen in einem Augenblick wieder bessern, welches wir ohne seinen Rat an den Pfirsichen hätten abnehmen sollen, als an welchen die hitzigen Kern, wenn man sie mitgenieße, die schädliche Kälte des Pfirsichs selbst hintertreiben; dafern wir auch vielleicht die Bäum, so solche Pflaumen trügen, nicht kennen würden, so sollten wir nur Achtung geben, an welchem geschrieben stünde:

„Verwunder dich über meine Natur,
Ich mach es wie Circe*, die zaubrisch Hur."

Durch diese Antwort und des Teutschen erste Red konnten wir uns wohl versichert halten, daß er von den Unserigen, so wir erstmals auf die Insel gesandt, erschreckt und gemüßigt worden, in diese Höhle sich zu retirieren; item daß er ein Kerl von rechtschaffnem teutschem Gemüt sein müßte, weil er uns, ohnangesehen er von den Unserigen molestiert worden, nichtsdestoweniger anzeigte, durch was die Unserigen ihre Sinne verloren und wodurch sie wieder zurechtgebracht werden möchten; da bedachten wir erst mit höchster Reu, was für böse Gedanken und falsches Urteil wir von ihm gefaßt und dessentwegen zu billiger Straf in diese gefährliche finstere Höhle geraten wären, aus welcher ohne Licht zu kommen unmöglich zu sein schien, weil wir uns viel zu weit hinein vertieft hatten; derowegen erhub unser Siechentröster seine Stimm wiederum ganz erbärmlich und sagte: „Ach redlicher Landsmann! diejenigen, so Euch gestern mit ihren ungeschliffenen Reden beleidigt haben, sind grobe, und zwar die ungeschliffensten Leut von unserem Schiffe gewesen; hingegen stehet jetzt hier der Capitain samt den vornehmsten Offiziern, Euch wiederum um Verzeihung zu bitten, Euch freundlich zu begrüßen und zu traktiern, auch mitzuteilen, was etwa in unserem Vermögen befindlich und Euch dienlich sein möchte; ja wenn Ihr selber wollt, Euch wiederum aus dieser verdrießlichen Einsamkeit mit uns nach Europam zu nehmen." Aber es wurde uns zur Antwort, er bedankte sich zwar des guten Anerbietens, sei aber ganz nicht bedacht, etwas von unseren Offerten anzunehmen; denn gleich wie er vermittelst göttlicher Gnaden nunmehr über fünfzehen Jahr lang mit höchster Vergnügung aller menschlichen Hilf und Beiwohnung an diesem Ort entbehren können, also begehre er auch noch nicht wieder nach Europam zu kehren, um so törichterweis seinen jetzigen vergnügsamen Stand durch eine so weite und gefährliche Reise in ein unruhiges immerwährendes Elend zu verwechseln.

Das 26. Kapitel

Nachdem Simplicius mit seinen Belagerern akkordiert, kommen seine Gäst wieder zu ihrer Vernunft

Nach Vernehmung dieser Meinung wäre uns der Teutsche zwar wohl gesessen gewesen, wenn wir nur wieder aus seiner Höhlen hätten kommen können; aber solches war uns unmöglich; denn gleich wie wirs ohne Licht nicht vermochten, also durften wir auch auf keine Hilf von den Unserigen hoffen, welche auf der Insel in ihrer Tollerei noch herumraseten. Derowegen stunden wir in großen Ängsten und suchten die allerbesten Wort hervor, den Teutschen zu persuadiern, daß er uns aus der Höhlen helfen sollte, welche er aber alle nichts achtete, bis wir endlich (nachdem wir ihm unseren und der Unserigen Zustand gar beweglich zu Gemüt geführt, er auch selbst ermaß, daß kein Teil dem andern von uns ohne seinen Beistand nicht helfen würde können) vor Gott dem Allmächtigen protestierten, daß er uns aus Hartnäckigkeit sterben und verderben ließe und daß er dessentwegen am Jüngsten Gericht würde Rechenschaft geben müssen; mit dem Anhang, wollte er uns nicht lebendig aus der Höhlen helfen, so müßte er uns doch endlich, wenn wir darin verdorben und gestorben wären, tot herausschleppen; wie er denn auch besorglich auf der Insel Tote genug finden würde, die ewig Rach über ihn zu schreien Ursach hätten, um willen* er ihnen nicht zu Hilfe kommen, ehe sie einander vielleicht, wie zu fürchten, in ihrem unsinnigen Zustand selbsten entleibten; durch dies Zusprechen erlangten wir endlich, daß er uns versprach aus der Höhlen zu führen, jedoch mußten wir ihm zuvor folgende fünf Punkte wahr, stet, fest und unzerbrüchlich zu halten bei christlicher Treu und altteutschem Biedermannsglauben versprechen.

Erstlich daß wir diejenigen, so wir anfänglich auf die Insel gesendet, wegen dessen, damit sie sich gegen ihn vergriffen, weder mit Worten noch Werken nicht strafen sollten; zweitens daß hingegen auch vergessen, tot und ab sein sollte, daß er, der Teutsche, sich vor uns verborgen und so lange nicht in unser Bitten und Begehren verwilligen wollen; drittens daß wir ihn als eine freie Person, die niemand unterworfen, wider seinen Willen nicht müßigen* wollten, mit uns wiederum nach Europam zu schiffen; viertens daß wir keinen aus den Unserigen auf der Insel hinterlassen wollten, und fünftens daß wir niemanden weder schrift- noch mündlich, viel weniger durch eine Mappa kund oder offenbar machen wollten, wo und unter welchem Gradu diese Insel gelegen. Nachdem wir nun solches zu halten beteuert, ließ er sich gleich mit vielen Lichtern sehen, welche aus dem Finstern wie die hellen Stern hervorglänzten; wir sahen wohl, daß es kein Feur war, weil ihm Haar und Bart voll hing, welches auf solchen Fall verbrennt wäre, hielten es derowegen für eitel Karfunkelstein, die wie man sagt im Finstern leuchten sollen; da stieg er einen Felsen auf den andern ab und mußte auch an etlichen Orten durchs Wasser waten, also daß er durch seltsame Krümme und Umweg (welche uns unmöglich zu finden gewesen wären, wenn wir gleich wie er mit solchen Lichtern versehen gewesen wären) sich gegen uns nähern mußte; es sah alles mehr einem Traum als einer wahren Geschichte, der Teutsche selbst aber mehr einem Gespenst als einem wahrhaftigen Menschen gleich; also daß sich etliche einbildeten, wir wären auch gleich unseren Leuten auf der Insel mit einer aberwitzigen Wahnsucht behaftet.

Als er nun nach einer halben Stund (denn so lange Zeit mußte er mit Auf- und Absteigen zubringen, ehe er zu uns kommen konnte) bei uns anlangte, gab er jedem nach teutschem Gebrauch die Hand, hieß uns freundlich willkommen und bat, wir wollten ihm verzeihen, daß er aus Mißtrauen so lang verzogen hätte, uns wieder an Tageslicht zu bringen; reichte darauf jedem eins von seinen Lichtern, welches aber keine Edelgestein, sondern schwarze Käfer waren in der Größe als die Schröter* in Teutschland, diese hatten unten am Hals einen weißen Flecken so groß als ein Pfennig, der leuchtete in der Finstere viel heller als ein Kerze, maßen wir durch diese wunderbarlichen Lichter mit unserm Teutschen wieder glücklich aus der grausamen Höhlen kamen.

Dieser war ein langer starker wohl proportionierter Mann mit geraden Gliedern, lebhafter schöner Farb, korallenroten Lefzen, lieblichen schwarzen Augen, sehr heller Stimm und einem langen schwarzen Haar und Bart hie und da mit sehr wenigen grauen Haaren besprengt, die Haupthaar hingen ihm bis über die Hüfte, und der Bart bis über den Nabel hinunter; um die Scham hatte er einen Schurz von Palmblättern und auf dem Haupt einen breiten Hut aus Binsen geflochten und mit Gummi überzogen, der ihn wie ein Parasol* beides vor Regen und Sonnenschein beschützen konnte; und im übrigen sah er beinahe aus, wie die Papisten ihren Sanctum Onoffrium* abzumalen pflegen. Er wollte in der Höhlen mit uns nit reden, aber sobald er herauskam, sagte er uns die Ursach, nämlich daß sie die Art an sich, wenn man darin ein groß Getös hätte, daß alsdann die ganze Insel davon erschüttere und ein solches Erdbidem erzeige, daß diejenigen, so darauf seien, vermeinen sie würde untergehen, so er bei Lebzeiten seines Kameraden vielmal probiert hätte, welches uns erinnerte an dasjenige Loch in der Erden ohnweit der Stadt Wiborg in Finnland*, davon Johann Rauhe in seiner Cosmographia* am 22. Kap. schreibet; er verwies uns daneben, daß wir uns so freventlich hineinbegeben, und erzählte zugleich, daß er und sein Kamerad wohl ein ganz Jahr zugebracht, ehe sie sich des Wegs hinein erkundigt, welches ihnen aber gleichwohl ohne gedachte Käfer, weil sonst alle Feur darin auslöschen, in vielen Jahren nimmermehr möglich gewesen wäre. Mithin näherten wir uns zu seiner Hütten, die hatten die Unserigen spoliert und allerdings ruiniert, welches mich heftig verdroß, er aber sah sie kaltsinnig an und tat nicht dergleichen, daß ihm ein Leid dadurch widerfahren wäre; doch tröstet' er mich, mit Entschuldigung, daß solches wider mein Willen und Befehl geschehen, Gott geb aus was Verhängnis oder Befehl, vielleicht ihm zu erkennen zu geben, wieweit er sich der Gegenwart und Beiwohnung der Menschen, vornehmlich aber der Christen und zwar seiner europäischen Landsleut zu erfreuen; die Beute, so die Zerstörer in seiner armen Wohnung gemacht hätten, würde über dreißig Dukaten in specie* nit sein, die er ihnen gern gönne, hingegen wäre der größte Verlust, den er erlitten, ein Buch, das er mit großer Mühe von seinem ganzen Lebenslauf und wie er in diese Insel kommen, beschrieben; doch könnte ers auch leicht verschmerzen, weil er ein anders verfertigen könnte, wenn wir ihm anders die Palmbäum nit alle abhauen und ihm selbst das Leben lassen würden; darauf erinnerte er selbst zu eilen, damit wir denen, so ihre Vernunft in den Pflaumen verfressen hatten, fein zeitlich wieder zu Hilf kommen möchten.

Also gelangten wir zu angeregten Bäumen, dabei die Unserigen beides Kranke und Gesunde ihr Lager aufgerichtet; da sah man nun ein wunderbarlichs abenteurlichs Wesen; kein einziger unter allen war noch bei Sinnen; diejenigen aber, so ihr Vernunft noch hatten, waren zerstoben und von den Verrückten entweder auf das Schiff oder sonsten hin in die Insel geflohen; der erste, der uns aufstieß, war ein Büchsenmeister, der kroch auf allen Vieren daher, krächzete wie ein Sau, und sagte immerfort: „Malz, Malz"; der Meinung weil er sich einbildete, er wäre zu einer Sau worden, wir sollten ihm Malz zu fressen geben; derohalben gab ich ihm auf Rat des Hochteutschen ein paar Kern von den Pflaumen, darin sie alle ihren Witz verfressen, mit Versprechen, wenn er solche gessen haben würde, daß er solches zu sich genommen*; also daß sie kaum warm bei ihm worden, richtet' er sich wieder auf und fing an vernünftig zu reden; und solchergestalt brachten wir alle ehender als in einer Stund wieder zurecht; da kann sich nun jeder wohl einbilden, wie hoch mich solches erfreute und wasgestalten ich mich obgedachtem Hochteutschen verbunden zu sein erkennete, sintemal wir ohne sein Hilf und Rat mit allem Volk samt dem Schiff und Gütern ohn allen Zweifel hätten verderben müssen.

Das 27. Kapitel

Beschluß dieses ganzen Werks, und Abscheid der Holländer

Da ich mich nun wiederum in einem solchen guten Stand befand, ließ ich durch den Trompeter dem Volk zusammenblasen, weil die wenigen Gesunden, so noch ihren Witz behalten, wie obgemeldt, hin und wider auf der Insel zerstreut umgingen; als sie sich nun sammleten, fand ich daß in solcher Tollerei kein einziger verloren worden; derowegen tat unser Kaplan oder Siechentröster eine schöne Predigt, in der er die Wunder Gottes pries, vornehmlich aber vielgemeldten Teutschen, der zwar alles beinahe mit einem Verdruß anhörete, dergestalt lobte, daß derjenige Matrose, so sein Buch und dreißig Dukaten angepackt, solches von freien Stücken wieder hervorbrachte und zu seinen Füßen legte; er wollte aber das Geld nit wieder annehmen, sondern bat mich, ich wollte es mit nach Holland nehmen und wegen seines verstorbnen Kameraden armen Leuten geben. „Denn wenn ich", sagte er, „gleich viel Tonnen Golds hätte, wüßte ichs doch nicht zu brauchen." Was aber das gegenwärtige Buch, so der Herr hiebei zu empfangen, anbelangt, schenkte er mir dasselbig, seiner dabei im besten zu gedenken.

Ich ließe vom Schiff Araca*, spanischen Wein, ein paar westfälische Schinken, Reis und anders bringen, auch darauf sieden und braten, diesen Teutschen zu gastiern und ihm alle Ehr anzutun, aber er nahm allerdings keine Courtoisie an, sondern behalf sich mit sehr wenigem, und zwar mit der allerschlechtesten Speis, welches wie man sagt wider alle teutsche Art und Gewohnheit läuft; die Unserigen hatten ihm seinen vorrätigen Vin de Palme ausgesoffen, derowegen betrug* er sich mit Wasser und wollte weder spanischen noch rheinischen Wein trinken, doch erzeigte er sich fröhlich, weil er sah, daß wir lustig waren; sein größte Freud erwies er, mit den Kranken umzugehen, die er alle einer schnellen Gesundheit vertröstete, und sagte, er erfreue sich dermaleins, daß er den Menschen, vornehmlich aber Christen und sonderlich seinen Landsleuten einmal dienen könnte, welcher Ehr er schon lange Jahr beraubt gewesen wäre; er war beides ihr Koch und Arzt, maßen er mit unserm Medico und Barbierer fleißig konferierte, was etwa an dem einen und andern zu tun und zu lassen sein möchte, weswegen ihn denn beides die Offizianten und das Volk gleichsam wie einen Abgott ehreten.

Ich selbst bedachte mich, wie ich ihm dienen möchte; ich behielt ihn bei mir und ließ ohne sein Wissen durch unsere Zimmerleut wiederum ein neue Hütte aufrichten in der Form, wie die lustigen Gartenhäuser bei uns ein Ansehen haben; denn ich sah wohl, daß er weit ein mehrers meritierte, als ich ihm antun konnte oder er annehmen wollte; seine Konversation war sehr holdselig, hingegen aber mehr als viel zu kurz, und wenn ich ihn etwas seiner Person halber fragte, wies er mich in gegenwärtiges Buch und sagte, in demselbigen hätte er nach Genüge beschrieben davon ihn jetzt zu gedenken verdrießen tät; als ich ihn aber erinnerte, er sollte sich gleichwohl wieder zu den Leuten begeben, damit er nit so einsam wie ein unvernünftig Vieh dahinsterbe, wozu er denn jetzt gute Gelegenheit hätte, sich mit uns wieder in sein Vaterland zu machen, antwortet' er: „Mein Gott, was wollt Ihr mich zeihen*; hier ist Fried, dort ist Krieg; hier weiß ich nichts von Hoffart, vom Geiz, vom Zorn, vom Neid, vom Eifer, von Falschheit, von Betrug, von allerhand Sorgen beides um Nahrung und Kleidung noch um Ehr und Reputation; hier ist eine stille Einsame ohne Zorn, Hader und Zank; eine Sicherheit vor eitlen Begierden, ein Festung wider alles unordentliche Verlangen; ein Schutz wider die vielfältigen Strick der Welt und ein stille Ruhe, darinnen man dem Allerhöchsten allein dienen, seine Wunder betrachten und ihn loben und preisen kann; als ich noch in Europa lebte, war alles (ach Jammer! daß ich solches von Christen zeugen soll) mit Krieg, Brand, Mord, Raub, Plünderung, Frauen- und Jungfrauenschänden etc. erfüllt; als aber die Güte Gottes solche Plagen samt der schrecklichen Pestilenz und dem grausamen Hunger hinwegnahm und dem armen bedrängten Volk zum Besten den edlen Frieden wieder sendete, da kamen allerhand Laster der Wollust, als Fressen, Saufen und Spielen, Huren, Buben und Ehebrechen, welche den ganzen Schwarm der anderen Laster alle nach sich ziehen, bis es endlich so weit kommen, daß je einer durch Unterdrückung des andern sich groß zu machen öffentlich praktiziert, dabei dann kein List, Betrug und politische Spitzfindigkeit gespart wird; und was das Allerärgste, ist dieses, daß keine Besserung zu hoffen, indem jeder vermeinet, wenn er nur zu acht Tagen*, wenns wohl gerät, dem Gottesdienst beiwohne und sich etwa das Jahr einmal vermeintlich mit Gott versöhne, er habe es als ein frommer Christ nit allein alles wohl ausgerichtet, sondern Gott sei ihm noch dazu um solche laue Andacht viel schuldig; sollte ich nun wieder zu solchem Volk verlangen? müßte ich nit besorgen, wenn ich diese Insel, in welche mich der liebe Gott ganz wunderbarlicherweis versetzt, wiederum quittierte, es würde mir auf dem Meer wie dem Jonae* ergehen? Nein!" sagte er, „vor solchem Beginnen wolle mich Gott behüten."

Wie ich nun sah, daß er so gar keine Lust hatte, mit uns abzufahren, fing ich einen andern Diskurs an und fragte ihn, wie er sich denn so einzig und allein ernähren und behelfen könnte? Item ob er sich, indem er so viel hundert und tausend Meilen von andern lieben Christenmenschen abgesondert lebe, nicht fürchte; sonderlich ob er nicht bedenke, wenn sein Sterbstündlein herbeikomme, wer ihm alsdann mit Trost, Gebet, geschweige der Handreichung, so ihm in seiner Krankheit vonnöten sein würde, zu Hilf und Statten kommen werde; ob er alsdann nit von aller Welt verlassen sein und wie ein wildes Tier oder Vieh dahinsterben müßte? Darauf antwortet' er mir, was seine Nahrung anlange, versorge ihn die Güte Gottes mit mehrerm als seiner tausend genießen könnten; er hätte gleichsam alle Monat durchs Jahr ein sondere Art Fisch zu genießen, die in und vor dem süßen Wasser der Insel zu laichen ankämen; solche Wohltaten Gottes genieße er auch von dem Geflügel, so von einer Zeit zur andern sich bei ihm niederließen, entweder zu ruhen und sich zu speisen oder Eier zu legen und Junge zu hecken; wollte jetzt von der Insel Fruchtbarkeit, als die ich selbst vor Augen sehe, nichts melden; betreffend die Hilf der Menschen, deren er bei seinem Abscheid beraubt sein müßte, bekümmere ihn solches im geringsten nichts, wenn er nur Gott zum Freunde hab; so lang er bei den Menschen in der Welt gewesen, hätte er jeweils mehr Verdruß von Feinden als Vergnügen von Freunden empfangen, und machten einem die Freund selbst oft mehr Ungelegenheit als einer Freundschaft von ihnen zu hoffen; hätte er hier keine Freund, die ihn liebten und bedienten, so hätte er doch auch keine Feinde, die ihn haßten, welche beide Art der Menschen einen jeden zum Sündigen bringen könnten, deren aber er beider überhoben und also Gott desto geruhiger dienen könnte; zwar hätte er anfänglich viel Versuchungen beides von sich selbsten und dem Erbfeind aller Menschen erdulden und überstehen müssen, er hätte aber allwegen durch göttliche Gnad in den Wunden seines Erlösers (dahin noch sein einzige Zuflucht gestellt sei) Hilf, Trost und Errettung gefunden und empfangen.

Mit solchem und gleichmäßigen mehrerem Gespräch brachte ich mein Zeit mit dem Teutschen zu; indessen wurde es mit unseren Kranken von Stund zu Stund besser, so daß wir den vierten Tag auch kein einzigen mehr hatten, der sich klagt'; wir besserten im Schiff, was zu bessern war, nahmen frisch Wasser und anders von der Insel ein und fuhren, nachdem wir sechs Tag uns auf der Insel genugsam ergötzt und erfrischt, den siebenten Tag aber gegen die Insel S. Helenae, allwo wir teils Schiff von unserer Armada fanden, die auch ihre Kranken pflegten und der übrigen Schiff erwarteten; von dannen wir nachgehends glücklich allhier in Holland ankommen.

Hiebei hat der Herr auch ein paar von den leuchtenden Käfern zu empfangen, vermittelst deren ich mit oftgemeldtem Teutschen in obgesagte Höhle kommen, welches wohl ein grausame Wunderspelunke ist; sie war ziemlich proviantiert mit Eiern, welche sich, wie mir der Teutsche sagt', in derselbigen übers Jahr halten, weil der Ort mehr kühl als kalt ist; in dem hintersten Winkel der Höhlen hatte er viel hundert dieser Käfer, davon es so hell war, als in einem

Zimmer, darin überflüssig Lichter brennen; er berichtet' mich, daß sie zu einer gewissen Zeit des Jahrs auf der Insel von einer sonderen Art Holz wachsen, würden aber innerhalb vier Wochen von einer Gattung fremder Vögel, die zu derselben Zeit ankommen und Junge hecken, alle miteinander aufgefressen, alsdann müsse er die Notdurft finden, sich deren das Jahr hindurch anstatt der Lichter sonderlich in besagter Höhle zu bedienen; in der Höhle behalten sie ihre Kraft übers Jahr, in der Luft aber trocknet die leuchtende Feuchtigkeit aus, daß sie den geringsten Schein nit mehr von sich geben, wenn sie nur acht Tag tot gewesen; und gleich wie allein durch diese geringen Käfer der Teutsche sich der Höhlen erkundigt und sich selbige zu seinem sichern Aufenthalt zunutz gemacht, also hätten wir ihn auch mit keiner menschlichen Gewalt, wenn wir gleich 100000 Mann stark gewesen wären, ohne seinen Willen nicht herausbringen können. Wir schenkten ihm bei unserer Abreis eine englische Brillen*, damit er Feur von der Sonnen anzünden könnte, welches auch das einzige war, so er von uns bittlich begehrt; und ob er zwar sonst nichts von uns annehmen wollte, so hinterließen wir ihm doch eine Axt, ein Schaufel, ein Hau, zwei Stücke baumwollen Zeug von Bengala*, ein halb Dutzend Messer, eine Scher, zween kupferne Hafen und ein paar Kaninchen, zu probiern, ob sie sich auf der Insel vermehren wollten; womit wir dann einen sehr freundlichen Abscheid voneinander genommen; und halte ich diese Insel für den allergesündesten Ort in der Welt, weil unser Kranken innerhalb fünf Tagen alle miteinander wiederum zu Kräften kamen und der Teutsche selbst die ganze Zeit, so er daselbst gewesen, von Krankheit nichts gewahr worden.

ENDE

Beschluss

Hochgeehrter großgünstiger lieber Leser etc. Dieser ‚Simplicissimus' ist ein Werk von Samuel Greifnson von Hirschfelt, maßen ich nicht allein dieses nach seinem Absterben unter seinen hinterlassenen Schriften gefunden, sondern er bezeugt* sich auch selbst in diesem Buch auf den ‚Keuschen Joseph', den er gemacht, und in seinem ‚Satyrischen Pilger' auf diesen seinen ‚Simplicissimum', welchen er in seiner Jugend zum Teil geschrieben, als er noch ein Musketierer gewesen; aus was Ursach er aber seinen Namen durch Versetzung der Buchstaben verändert, und German Schleifheim von Sulsfort an dessen Statt auf den Titel gesetzt, ist mir unwissend; sonsten hat er noch mehr feine Satyrische Gedichte hinterlassen, welche, wenn dies Werk beliebt wird, wohl auch durch den Druck an Tag gegeben werden könnten; so ich dem Leser zur Nachricht nicht verbergen wollen; diesen Schluß habe ich nicht hinterhalten mögen, weil er die ersten fünf Teil bereits bei seinen Lebzeiten in Druck gegeben. Der Leser leb wohl. Dat. Rheinnec, den 22. Aprilis Anno 1668.

H. I. C. V. G.
P. zu Cernhein*

ANHANG

Nachwort

Wenn der großgünstige Leser unserer Tage mit dem letzten ,Leb wohl', das ein verborgener *H.I.C.V.G. P. zu Cernhein* vor fast dreihundert Jahren unter *Die Beschreibung des Lebens eines seltsamen Vaganten, genannt Melchior Sternfels von Fuchshaim* gesetzt hat, aufblickt, mag er mit benommenen Sinnen die gewaltige Geschichte bedenken, die nun vollständig ausgebreitet vor ihm liegt. Er hat eine abenteuerliche Weltfahrt mitgemacht, welche ein Knabe auf einem merkwürdigen Bauernhof am Rande des Spessarts begann, die durch verschiedene Landschaften des Dreißigjährigen Krieges ging, sich zu ausbündigeren Exkursionen erweiterte, in ein Geisterreich im Mummelsee, dann nach Rußland und nach einem Tatarengefecht über Astrachan, die Mongolei, Japan, China und Rom wieder zurück ins Renchtal im Schwarzwald führte, schließlich nach immer wahlloserer Unrast (die englische Novelle, Erlebnisse auf Schweizer Schlössern, abermalige Irrfahrten auf dem Wege nach Jerusalem) durch Schiffbruch auf einer paradiesischen Insel im Indischen Ozean in der mönchischen Robinsonade ihres Helden ein Ende fand, von dem wir glücklicherweise durch einen holländischen Schiffskapitän Relation erhielten – eine Fahrt, die an Fülle wechselvollen Schicksals, an Überraschungen, Enttäuschungen und wunderbaren Gnadenbeweisen nichts zu wünschen übrigläßt. Der starke Wille des Erzählers, der uns zur gespanntesten Teilnahme an dieser Lebensreise vermochte, hält uns noch im Bann, wenn wir erfüllt von seinen Erfindungen und Gesichten nach dem ,Was ist, und was bedeutet?' des unmittelbar und erschüttert Miterlebten fragen. Das Riesengemälde mit den grellen Farben und tiefen Schatten ist nicht leicht zu überschauen und zu einer faßlichen Komposition zu ordnen, soviel Anhaltspunkte sich dafür auch zu bieten scheinen: ist es die gigantische ewig unentschiedene Schlacht zwischen Licht und Finsternis, die mit dem Aufgebot aller Höllenkräfte (VI 2 ff.) ausgetragen wird? sucht ein neuer Parzival, der reine Tor, durch dieses Ringen seinen Weg zum Gral? meint das alles eine barocke Antonius-Versuchung oder den christlichen Weg vom Paradies über Golgatha zum Neuen

Jerusalem? oder ist es ein Beweis mehr für die zuversichtliche Wette Gottes gegen den Teufel im *Faust*:

> Ein guter Mensch, in seinem dunklen Drange,
> Ist sich des rechten Weges wohl bewußt

und ihre Bestätigung durch die Engelchöre, nachdem der wechselvolle ‚vom Himmel durch die Welt zur Hölle' reichende Weg zurückgelegt ist:

> Wer immer strebend sich bemüht,
> Den können wir erlösen!

Die Literaturgeschichte hat auf den Einfluß des spanischen Schelmenromans, der novela picaresca, hingewiesen, auf den *Lazarillo de Tormes* (1554) und Alemans *Gusman de Alfarache* (1599) vor allem, die auf Grimmelshausen zwar nicht in der originalen Fassung gewirkt haben, wohl aber durch die zahlreichen deutschen und französischen Umformungen und Übersetzungen (des Aegidius Albertinus, Freudenhold, Ulenhart, Charles Sorels *Francion*), die seit dem Ende des 16. Jahrhunderts ihren Siegeszug durch Europa antraten. In diesen Büchern erzählte ein frecher Bursche von niederer Herkunft, der picaro, die unaufhörliche Kette seiner Bubenstücke und Streiche in einer derben Sprechweise, die gegen die Geziertheit der idealistischen Ritterromane bewußt abstach. Mit unschlagbarer Schläue und Wendigkeit meistern diese Tausendsasa-Helden die verfänglichsten Situationen, in die ihre Dichter sie schleudern. Eine solche auf dem Lebensfaden einer Figur aufgereihte Kette von Episoden, Schwänken, Eulenspiegeleien glaubte man im *Simplicissimus* zu einer inneren Biographie geordnet und vertieft. „Der Simplicissimus ist ein Charakterroman. Er führt uns die Entwicklung eines Menschen vom Lebensgenuß zur Weltentsagung vor. Durch diese einheitliche Idee bekommt das Werk seine innere Struktur. Es kann sich nicht beschränken auf äußere Geschehnisse. Es muß, je weiter der Roman vorwärtsschreitet, auch die innere Entwicklung des Helden vorführen. Das war eine völlig neue Aufgabe, vor die die Dichtung gestellt war" (Borcherdt). Mit dieser These stellte man das Werk an den Anfang der modernen Entwicklungs- oder Bildungsromane, die die tätige Entfaltung des Charakters ihres Helden, seiner Entelechie, darstellen, und machte ihn zum Vorläufer des *Anton Reiser*, *Wilhelm Meister*,

Heinrich von Ofterdingen, des *Grünen Heinrich* und der ganzen langen Reihe bis hin zum *Zauberberg*.

Dagegen ist in jüngster Zeit immer entschiedener gefragt worden, worin diese ‚Entwicklung' des Helden im *Simplicissimus* bestehe, ob eine solche überhaupt beabsichtigt und verfolgt sei. Ändert sich Simplicius im Verlauf seiner Abenteuer, lernt er aus Enttäuschungen und Erfahrungen, steigt er zu höheren Daseins- und Bewußtseinsstufen auf? Ist eine fortschreitend sicherere Bewältigung der Situationen zu erkennen, der Verlockungen und Gefahren, in die er gerät – oder bestimmen vielleicht sich wiederholende Situationen seine Verhaltungsweise auf eine stereotype Art? – Man hat auf die zahllosen Risse und Sprünge hingewiesen, die dem aufmerksamen Leser nicht entgehen. Auf der ersten Seite des Romans kann man beginnen. Da steht ein moralisch-satirischer Diskurs über närrische Leute, die ‚zu dieser unserer Zeit' sich adelig geben wollen, ohne es zu sein. Wer spricht hier? ein unerfahrnes Kind, der erfahrne Simplicissimus, der seine Lebensgeschichte aufzeichnet – oder der Schriftsteller Grimmelshausen mit einer bestimmten aktuellen Tendenz durch das Ich seiner Dichtung hindurch? Wobei noch zu ergänzen ist, daß Simplicissimus am Lebensende um den wirklichen Adel seiner Geburt weiß, weil er ihm bei der Wiederbegegnung mit seinem Pflegevater enthüllt worden ist (V 8) – und schließlich, daß das ganze Kapitel eine Bearbeitung des 19. Diskurses ‚Von Nobilisten, von Edelleuten' aus Garzonis *Piazza Universale, d. i. Allgemeiner Schauplatz*, Frankfurt 1619, ist, Grimmelshausens meistbenutztem Nachschlagewerk. Aus ihm stammt auch das ‚Lob der Hirten', das im nächsten Kapitel neben dem Dialog des Knaben mit seinem Vater über den Wolf placiert ist. – Im 3. Kapitel singt das Kind, das im 8. das Vaterunser noch nicht kann, das Lied vom sehrverachten Baurenstand, das sein damaliges Fassungsvermögen in jeder Beziehung weit übersteigt. Nicht weniger ungleichmäßig verlaufen die Erlebnisse in Hanau, wo der Knabe zwischen dem tumben Toren und dem schlagfertigen siebengescheiten Narren (in der Geschichte mit dem Kalbsaug I 29 etwa), zwischen Tolpatsch und Pfiffikus je nach der Situation wechselt. Bezeichnend auch, daß der biographisch wichtige Entschluß, den Wald zu verlassen und in die Welt zu ziehen, nicht durch eine eigene Entscheidung, sondern durch das Brieflein des verstorbenen Einsiedels verursacht wird, das er im rechten Augenblick ‚ohngefähr' fand. Ähnlich werden immer wieder die Schritte seines Lebens gelenkt und motiviert. Auf die große, alle ständischen Verhältnisse des Zeitalters umfassende Traumvision (I 15 bis 18), die dem unwissenden Knaben vor dem Eintritt in die Welt unterschoben wird und die natürlich auch literarische Vorbilder hat, sei zuletzt hingewiesen.

Diese Einwände gegen die Auffassung des Werkes als der kontinuierlichen Zeichnung einer charakterlichen und seelischen Entwicklung legen nahe, daß es andern Gesetzlichkeiten gehorcht, daß sein Bauprinzip nicht in der organischen Entwicklung eines Keimes zu Blüte und Frucht, nicht in einer Folgerichtigkeit psychologischer Abläufe zu suchen ist wie in der Dichtung der spätern Zeit. Daß dergleichen dem Autor nicht anlag, daß er es gar nicht wollen konnte! Bei der Behandlung des Werkes weiter unten werden wir uns einläßlicher um sein Baugesetz zu bemühen haben. Hier sei nur eine allgemeine Begründung vorausgeschickt.

Grimmelshausens *Simplicissimus* wurzelt in der Welt des Barock, im 17. Jahrhundert, das, lange als schwülstig-abstrus verachtet, erst in den letzten fünfzig Jahren in seinen mannigfachen Kunstäußerungen neu entdeckt und verstanden worden ist. Wollen wir uns das von Rom aus über die Alpen nach Norden wachsende Ausmaß vergegenwärtigen, so müssen wir die machtvolle Bewegung erinnern, die in Michelangelos Gestalten schwer anhob, im Versailles des Sonnenkönigs gipfelte, in den übermäßigen Plänen der Klöster von Melk, Weingarten, St. Gallen, im Dresdener Zwinger, in den rauschhaften Räumen der Dientzenhofer, Asam, Hildebrandt und Balthasar Neumann jubilierte und in Händels Oratorien und Bachs Passionen und Konzerten bei uns spät verklang. Es war die letzte gemeineuropäische Epoche, der erregende Versuch, die alten abendländischen Bildungsmächte noch einmal in Einklang zu bringen am Rande einer neuen Zeit. Darum ist ihr Antlitz gespannt und widersprüchlich. Mittelalterliche Gebundenheit in Denken und Glauben mischt sich mit der Ahnung der bevorstehenden Herrschaft einer radikalen Vernunft. Hexen- und Teufelsglauben steht dem höchsten Ideal des Polyhistors, der Universalgelehrsamkeit, gegenüber. Neben dem höfischen Gepränge und kirchlichen Zeremoniell mit Schäferspiel und pompösem Welttheater der Jesuitendramen funktioniert der Mechanismus des absolutistischen Beamten- und Soldatenstaates, die Apokalypse des Großen Krieges wird durch die Präzision moderner Heere in Szene gesetzt, in Paraden, Fortifikationen, Wasserkünsten, Rätselspielen und astronomischen Uhrenwundern versteht sich das Zeitalter ebenso wie in den Riesenaufrissen seiner Schloß- und Klosterbauten, in den Parkkompositionen von Nymphenburg, Schönbrunn, Schwetzingen und Sanssouci. In allem kündet sich eine Autonomie der Apparatur an, und der Kosmos soll das Werk eines göttlichen Ingenieurs sein.

Die Dichtung, die in Deutschland den großen Werken der Architektur und Musik vorausgeht und etwa um die Jahrhundertmitte kulminiert, ist der geräumige Schauplatz dieser Welt, die Spiegelung ihrer tausendfachen Künste: die schlesischen Schulen mit Opitz, dem Reformator der deutschen Poeterey, und Andreas Gryphius, ihrem strahlendsten Stern; Catharina Regina von Greiffenberg und Paul Fleming; die Königsberger Kürbishütte und die Nürnberger Sprachfeuerwerker, die Pegnitzschäfer, Harsdörffer, Klaj und Birken; die Lust- und Trauerspiele des Gryph, Bidermanns *Cenodoxus* und die Ordensdramen; die Mystiker Jakob Böhme, Czepko, der Angelus Silesius und Quirinus Kuhlmann; schließlich die großen Staats-, Helden- und Liebesromane: Lohensteins *Arminius*, Zesens *Adriatische Rosemund*, *Assenat* und *Simson*, Herzog Anton Ulrichs *Aramena* und *Römische Octavia*, und als ein Sonderling in jeder Hinsicht Grimmelshausens *Simplicissimus*.

Der Bereich, in dem sich die Auseinandersetzung, von der wir sprachen, wie auf einem Exerzierfeld alter und neuer Möglichkeiten abspielte, war die ‚Form', die im Bewußtsein dieser Epoche in der Kunst wie auf allen Lebensgebieten den obersten Rang einnahm wie kaum je. Die Meisterung der Form galt in der Gesellschaft, in Staat und Kirche, in der Dichtung wie im Alltag des einzelnen als Bewältigung des Daseins schlechthin. Der Mensch des Barocks, bedroht und voller Angst, voll leidenschaftlich schroffer Fragen, suchte seine Rettung und Behauptung in einer großen heroisch-pathetischen Gebärde, in welche er seine ganze Welt verwandelte. Seine Erfahrungen verdichtete er in noch mittelalterlicher Weise zu typischen Haltungen, seine Tugenden zu Allegorien, die nach einer genauen und verpflichtenden Regulatur über seinem Handeln wachen. So bewahren uns besonders die Künste die Leitbilder für Schönheit und Liebe, Beständigkeit und Geduld, Tapferkeit und Vergänglichkeit, Gerechtigkeit und Tod. Welche hervorragende Rolle der Sprache dabei zufallen mußte, darüber später.

Dies alles vollzog sich noch, und das macht den grundsätzlichen Unterschied zwischen allen Erscheinungen des Barocks und denen künftiger Jahrhunderte aus, in einer Welt objektiver

Verbindlichkeiten und Werte, auf dem Boden mittelalterlichen Glaubens – in einer Zeit freilich, die „sich anschickt, die religiösen Mächte vor den Gerichtshof der menschlichen Vernunft und der selbstherrlichen Glücksansprüche des Individuums zu ziehen. Die Gläubigkeit des Mittelalters besteht hier ... eine letzte Probe" (Viëtor). Und so beglückend wir in den Werken jener Zeit die alte Gebundenheit und Ordnung aller Dinge noch erkennen – so hatten doch nie Menschen eine so ungeheuerliche Spannung in sich auszutragen zwischen ihrer Diesseitsfreude, einer robusten und unersättlichen Weltgier, und der Erkenntnis ihrer völligen Nichtigkeit, zwischen hiesiger Bestimmung und einer ekstatischen Jenseits-Verfallenheit, zwischen Flucht und Dauer, Welt und Gott. Zwischen Jauchzen und Tränen, zwischen Verherrlichung des Leibes und dem grausen ‚Madensack' geht der Weg des Barockmenschen durch eine gespaltene Welt, mit der täglichen ernsten Frage, der Kardinalfrage nach dem Schein und dem Sein, nach den Larven der Hiesigen, hinter denen das Ewige sich verbirgt.

Damit haben wir etwas von der Gesetzlichkeit dieser Welt anzudeuten gesucht, die sich von der unsern wesentlich unterscheidet und von der etwas zu wissen nötig ist, wenn wir der vorliegenden Dichtung gerecht werden wollen. Denn es ist die Welt, durch die Simplicius als Hirtenknabe, Narr, Soldat, Abenteurer und Einsiedler geht, es ist auch die Welt Herzbruders, Oliviers, des Springinsfeld und der Dame Courasche. Und es ist die Welt und Zeit des Dichters, dem wir uns zunächst zuwenden.

Der Dichter

Der Mensch des Barock empfand sich nicht als Individualität im modernen Sinne. Ebensowenig verstand der Künstler jener Zeit seine Begabung als eine geheimnisvolle Auszeichnung, sondern sah in der Kunst eher eine Handwerksübung, die ihren bestimmten Platz in der ständischen Gesellschaft hatte, in deren Dienst er stand und ohne die er sich nicht denken konnte. Zuweilen nahm er seine Person so wenig in acht, daß er durch Tausch oder Verbergung seines Namens jede Eigenheit vollends austilgte, welche Neigung das beliebte Spiel mit Maske und Kostüm noch förderte – so daß es manchem Dichter gelungen ist, uns seine Identität bis zum heutigen Tage zu verheimlichen. Der Dichter des *Simplicissimus*, der dieses Versteckspiel mit seinen Lesern besonders hartnäckig trieb, hatte allerdings besondere

Gründe dafür. Er war kein gelehrter Dichter und Humanist wie Martin Opitz von Boberfeld, der als Gesetzgeber der Poesie durch Deutschland reiste; er war nicht poeta laureatus eines fürstlichen Hofes, dessen Gunst und Glanz auf seine Dichtung fiel; war überhaupt keine Standesperson – sondern saß nach zeitbewegten Jugendjahren als Schaffner und Wirt in abgelegenen Schwarzwalddörfern, in die ihn das Schicksal verschlagen hatte, suchte als Landmann mit Sorg und Mühe seine zahlreiche Familie zu ernähren und hatte den unter solchen Umständen damals ganz ungewöhnlichen Drang, Bücher zu schreiben. Diese Bücher schickte er unter fremden Namen in die Welt, die er durch Vertauschung der Buchstaben seines eignen gewann; seine Bekannten werden dieses modische Anagrammspiel leicht durchschaut haben, vor der Nachwelt aber versteckte sich der Berühmtgewordene erfolgreich auf lange Zeit: für Leibniz, Lessing wie Schiller und Goethe, die zumindest den *Simplicissimus* kannten, war er der *Samuel Greifnson von Hirschfeld*, aus dessen Nachlaß der Schreiber des Beschlusses des 6. Buches *H.I.C.V.G. P. zu Cernhein* das Werk veröffentlicht zu haben vorgab, das ihn doch auf dem Titel *German Schleifheim von Sulsfort* genannt hatte, was wiederum mit dem *seltsamen Vaganten, genannt Melchior Sternfels von Fuchshaim*, dem Helden, so buchstabengleich ist wie allesamt mit *Christoffel von Grimmelshausen*, der sich dahinter verbarg – Maske um Maske – ein tiefsinniges Spiel von Variationen, das am Wesen nichts änderte –, so daß er nicht anstand (außer durch fünf weitere Verwandlungen, die hier nicht genannt seien), sich schließlich mit der bloßen Buchstabenreihe zu identifizieren: A c eee ff g hh ii ll mm nn oo rr ssst uu – ‚wurd doch nit verlorn' steht an verborgner Stelle des großen Buches als feste Gewißheit. Nur in den Widmungsgedichten zu *Dietwalt und Amelinde*, einem seiner höfischen Romane, wagte er es, das Visier zu lüften und sich zu seinem eignen Namen zu bekennen:

Der Grimmleshauser mag sich, wie auch bei den Alten
der alt Protëus tat, in mancherlei Gestalten
verändern wie er will, so wird er doch erkannt
an seiner Feder hier, an seiner treuen Hand,

er schreibe, was er woll, von schlecht von hohen Sachen,
von Schimpf, von Ernst, von Schwänken, die zu lachen
machen,
vom Simplicissimo, der Meuder und dem Knan,
von der Courasche alt, von Weiber oder Mann,

vom Frieden oder Krieg, von Bauren und Soldaten,
von Änderung eines Staats, von Lieb und Heldentaten,
so blickt doch klar herfür, daß er nur Fleiß ankehr,
wie er mit Lust und Nutz den Weg zur Tugend lehr.

Die Romantiker gewannen die abenteuerliche Gestalt lieb; das Nachtlied des Einsiedels wurde in *Des Knaben Wunderhorn* aufgenommen, und 1835 entschlüsselte Hermann Kurz, eben durch das zitierte Gedicht, den wahren Namen des Simplicissimus-Dichters.

Nun blieb die Verführung wirksam, die der Autor selbst angestiftet hatte: nämlich den Roman für seine unmittelbare Biographie, für Bekenntnis und Erlebnis zu halten. Diese Meinung zu widerlegen, mußten erst genügend Materialien zur Kenntnis der historischen Persönlichkeit des Dichters gefunden werden, was vor allem Gustav Könnecke in hessischen und badischen Archiven gelang; zum andern mußte unser Wissen um barocke Denk- und Kunstformen zunehmen, womit in den letzten Jahrzehnten begonnen ist.

Für die Jugendgeschichte Grimmelshausens sind wir immer noch auf Schlüsse und Vermutungen angewiesen. Der Traueintrag im Offenburger Kirchenbuch vom 30. August 1649, den man zuerst entdeckte, nennt ihn ‚Herrn Johannis Christoffen geweßten Burger zu Gelnhausen hinderl. Ehel. Sohn'. In Gelnhausen ist eine Familie dieses Namens seit 1566 nachgewiesen. Aus verschiedenen Angaben in seinen Schriften hat man 1622 als ungefähres Geburtsjahr erschlossen. Ob Grimmelshausen aus einem ehemals adligen, aber güterlos gewordenen Geschlecht stammt oder ob sein Familienname Christoph lautete und der Zusatz den Ort der Herkunft bezeichnet (an der Werra bei Meiningen liegt ein Dorf dieses Namens), ist ungewiß. Jedenfalls dürfte der Knabe Gelnhausen, das ihm, wie seine Schriften erweisen, in vielen Einzelheiten bekannt war, bei der Plünderung der Stadt durch eine kaiserliche Partei im September 1634 (I 19) verlassen haben und in den Strudel des Krieges geraten sein. Man schließt ferner aus dem *Simplicissimus*, daß er sich danach in Hanau aufgehalten habe, vielleicht wirklich im Frühjahr 1635 von streunenden Kroaten aufgegriffen und mitgezogen sei (II 14). Er mag sich derweil schon freiwillig oder gezwungenermaßen zum Kriegsdienst verpflichtet, im Sommer 1636 vor Magdeburg gelegen (II 19–26) und die Schlacht von Wittstock am 24. September miterlebt haben (II 27). Danach dürfte er jedenfalls für eine längere Zeit in Westfalen gewesen sein (II 28ff.), wofür die eingehende Kenntnis des Landes, der Mundart und vieler dortiger Geschichten spricht, um endlich mit der kaiserlich Götzischen Armee an den Oberrhein zu ziehen. Hier trennt sich der Schauplatz des Geschehens im Roman (die Reise nach Köln und Paris und der Rückweg bis Philippsburg, Ende des III. und Anfang des IV. Buchs) vom Lebensweg des Dichters.

Dieser tritt jetzt für den Forscher ins Licht der urkundlichen Aufweisbarkeit. Den Winter 1638/39 verbrachte der junge Soldat mit den Götzischen Truppen in schwäbischen Quartieren. Des öfteren spielen seine Erzählungen darauf an, wie *Die verkehrte Welt*: „Als ich in meinem siebzehnjährigen Alter noch ein Musketierer oder Dragoner war, und . . . im Land derjenigen Völker in Winterquartier lag, die nach Art der uralten Teutschen zur Anzeigung ihrer angebornen Beständigkeit noch Lätz tragen." Im nächsten Jahr dürfte er sich als Musketier zum neugeworbenen Regiment des Obristenleutnants Hans Reinhard von Schauenburg in Offenburg gestellt haben. Dies blieb fast auf die Dauer eines Jahrzehnts sein Standort. Hier vertauschte er die Muskete mit der Feder, kam auf die Schreibstube, wo seine ungewöhnliche Begabung nicht verborgen blieb. In Briefkopien, Mannschafts- und Soldlisten, zeichnerischen Plänen und anderem können wir seine Tätigkeit verfolgen. Er gewann die Gunst des Kommandanten, stieg zum Regimentssekretär auf und trat ins Regiment Elter über, dessen bayrischen Feldzug er 1648 mitmachte.

Nach dem Friedensschluß kehrte er nach Offenburg zurück und wurde in der Ortenau, der Landschaft, in die das Kriegsgeschick ihn getragen hatte, seßhaft. 1649 heiratete er die Tochter eines Regimentskameraden. Er scheint inzwischen zum katholischen Glauben übergewechselt zu sein, denn als Gelnhusanus war er wohl protestantisch geboren und erzogen – zum Beweis dessen zitiert man die dortige Stadtordnung von 1599, nach der nur Lutheranern das Bürgerrecht erteilt wurde. Sein alter Kommandant und Gönner Hans Reinhard von Schauenburg beauftragte ihn mit der Ökonomie seines Stammsitzes und seiner Liegenschaften im Renchtal, die er nach den Kriegsläufen tatkräftig zu bessern und zu mehren gedachte, wobei der Schaffner auch Geschäfte des Vetters Carl Bernhard von Schauenburg, gelegentlich sogar die einer entfernteren protestantischen Linie der Familie mitversah. Grimmelshausen zog nach Gaisbach, das bei Oberkirch im Renchtal zu Füßen der Schauenburg liegt, bewohnte die Schaffnei, aus der das jetzige Wohnschloß entstanden ist, erwarb einen kleinen Landbesitz und betrieb zur Mehrung seiner Einkünfte eine Wirtschaft. Aus den Schauenburgischen Familienarchiven hat sich, aus der trockenen Sprache der Zins- und Rechnungsmanuale, der Verträge, Berichte und Prozeßakten, ein weitläufiger Überblick über die Obliegenheiten des Gaisbacher Oeconomus gewinnen lassen.

Grimmelshausen lernte dabei die Schwarzwaldlandschaft kennen und gewiß lieben, mit der er hinfort seine Dichtung so fest verband. Dem Tal der Rench folgten seine Ritte und Reisen bis zum wilden Oberlauf unterm südlichen Hang des Kniebis; in spätern Jahren suchte er selbst Heilung im Sauerbrunnen von Griesbach und hat das bunte Badeleben des Modekurorts genossen, wie wir es von den Gestalten seiner Dichtung lesen. Von Griesbach datierte er im Sommer 1669 seinen *Ewigwährenden Kalender*, das V. Buch des *Simplicissimus* spielt vom 5. Kap. an ganz in dieser Gegend, und die *Ausführliche und wunderseltsame Lebensbeschreibung der Erzbetrügerin und Landstörzerin Courasche* ist hier beheimatet. Aber das schönste Lob ‚so schöner Lands-Gegend' enthält das erste Kapitel der *Continuatio*: die Schilderung der Einsiedelei des neuen Monachus auf dem Mooskopf zwischen Rench und Kinzig, mit dem weiten Blick über die Gebirge und die Ebene – sie ist als barocke Landschaftsschilderung ein Juwel von erlesenem Wert: „Ich wohnete auf einem hohen Gebirg, die Moos genannt, so ein Stück vom Schwarzwald und überall mit einem finstern Tannenwald überwachsen ist; von demselben hatte ich ein schönes Aussehen gegen Aufgang in das Oppenauer Tal und dessen Nebenzinken; gegen Mittag in das Kinziger Tal und die Grafschaft Geroldseck, allwo dasselbe hohe Schloß zwischen seinen benachbarten Bergen das Ansehen hat wie der König in einem aufgesetzten Kegelspiel; gegen Niedergang konnte ich das Ober- und Unterelsaß übersehen, und gegen Mitternacht der Niedern Markgrafschaft Baden zu den Rheinstrom hinunter, in welcher Gegend die Stadt Straßburg mit ihrem hohen Münsterturm gleichsam wie das Herz mitten mit einem Leib beschlossen hervorpranget."

Wir führen Grimmelshausens Lebenslauf weiter: Nach einem Jahrzehnt, 1660, verschlechterte sich das Verhältnis des Schaffners zu seiner Herrschaft, wohl weil er durch ständige Geldnot in große Schuld geraten war, so daß er entlassen wurde. Er fand eine neue Anstellung als Burgvogt auf der benachbarten Ullenburg, die gerade der berühmte Straßburger Arzt Johannes Küffer erworben hatte. Obgleich das Einvernehmen mit ihm nicht glücklich gewesen zu sein scheint (man hat sein Bild im Dr. Canard des IV. Buches des *Simplicissimus* vermutet), so kam Grimmelshausen in dieser Zeit doch mit dem literatischen Leben Straßburgs in Berührung, was für seine künftige schriftstellerische Tätigkeit anregend und wichtig gewesen sein mag. Die Bemühungen der Sprachverbesserer der dortigen *Aufrichtigen Gesellschaft von der Tannen* hat er allerdings immer nur mit Spott gestraft. – Die wirtschaftliche Bedrängtheit seines Hauswesens war wohl größer denn zuvor, als er im Frühling 1665 die Ullenburg verließ und noch einmal nach Gaisbach zurückkehrte, um in dem kleinen Haus, das er auf der ‚Spitalbühne' besaß, den Krug *Zum Silbernen Stern* zu eröffnen – er steht heute noch am selben Platz neben der kleinen Kirche –, obgleich er mit diesem Gewerbe schon schlechte Erfahrungen gemacht hatte. Vielleicht riet ihm hier die Not, es mit der Schriftstellerei zu versuchen – auf die sich jedenfalls der müßige Sternen-Wirt mit einer wahren Wut gestürzt zu haben scheint. Fast muß er an drei Werken zugleich gearbeitet haben: im Herbst 1666 erschien der didaktische *Satyrische Pilgram* und ein christlich unterhaltsamer *Joseph*-Roman, 1668 schon der *Simplicissimus* bei Felßecker in Nürnberg (von dem bereits während des Krieges verfaßte Teile vorgelegen haben mögen, wie uns der Dichter glauben machen will). Dies wurde sein großer Erfolg. Auch äußerlich stieg jetzt Grimmelshausens Stern: 1667 wurde er Schultheiß des nahegelegenen Städtchens Renchen (anagrammatisch *Rheinnec* oder *Cernhein* = Renichen), zwischen Achern und Appenweier in der Rheinebene, das unter die Hoheit des Bischofs von Straßburg gehörte. Zu dem Amt zählte auch die Ausübung der niedern Gerichtsbarkeit in einigen umliegenden Ortschaften. Damit hatte Grimmelshausen nach einem mühsamen Anstieg den Gipfel des Lebens erreicht. Seine literarische Produktion gedieh, vor allem durch den sensationellen Erfolg des *Simplicissimus* angestachelt, zu einer bewundernswürdigen Fruchtbarkeit. In den wenigen Jahren, die dem im besten Mannesalter Stehenden bis zum Tod noch blieben, folgte Werk auf Werk: dem Meisterwurf zunächst die fünf großen *Continuationen*; 1670 erschien außerdem der höfische Roman *Dietwald und Amelinde*, 1671 der *Ewigwährende Kalender* 1672 *Proximus und Lympida* und zahlreiche kleine Schriften (*Ratio Status*, *Ratstübel Plutonis*, *Stolzer Melcher*, *Teutscher Michel* u.a.), Schwänke, Flugschriften und jährliche Kalender – es ist kaum vorstellbar, wie der Renchener Schultheiß das alles zu Papier gebracht hat. Dabei waren seine letzten Lebensjahre keineswegs geruhsam. Die Ortenau wurde in die Wirren des französisch-niederländischen Krieges gezogen, mehrfach wechselten die Heere über den Rhein, Einquartierungen und Kontributionen verarmten das Land, Not und Unzufriedenheit machten das Regieren schwierig. Im Sommer 1675 lag die kleine Stadt durch die Kämpfe an der Rench unmittelbar im Kriegsgebiet, die Einwohner hatten den Ort verlassen. – Im nächsten Jahr, am 17. August 1676, starb Grimmelshausen in Renchen. Die Eintragung im Kirchenbuch, die seinen Tod verzeichnet, nennt ihn „Honestus et magno ingenio et eruditione . . . praetor huius loci". 1876 wurde der 200. Todestag des wiederentdeckten Schriftstellers feierlich begangen, drei Jahre später ein Denkstein über seinem Grab errichtet.

Fragen wir nach der geistigen Gestalt des Mannes, der sich durch sein Schaffen das dauernde Gedächtnis seines Volkes verdient hat, so sind wir wiederum ganz auf die Schriften verwiesen, außerhalb deren es kaum Zeugnisse gibt. Das wiederum muß zur Vorsicht mahnen, den Dichter schlechthin mit den Gestalten seiner Dichtung gleichzusetzen, wie es früher geschehen ist. Er gehörte, was sein Lebenslauf schon zeigte, nicht zur Geistesaristokratie seiner Zeit und hatte aus seiner ländlichen Abgeschiedenheit auch kaum persönliche Verbindung mit ihr. Seine Bildung hatte er nicht auf Schulen und Universitäten erworben, vielleicht verdankte er der Gelnhäuser Stadtschule die fehlerhaften Brocken seines Lateins, ehe ihn der Krieg ‚knabenweis' aus Ruhe und Ordnung in die Wirrnis und Verwilderung riß. Das war eine andere Schule einer harten und bunten Erfahrung, die dem Dichter doch wohl der eigentliche zwingende Anlaß zum Dichten wurde – wie hätte er sonst im Mannesalter auf die dreißig Jahre hinter ihm liegenden Geschehnisse zurückgegriffen, um der Welt ‚die liebe Wahrheit auf gut Simplicianisch anzuzeigen'? Vielleicht gab der Dienst in der Regimentsschreibstube zu Offenburg, der fast ein Jahrzehnt ausgefüllt haben kann, dem jungen Soldaten die erste Muße, seinen Wissensdurst an Büchern zu stillen. Er muß, das beweist noch sein späterer Arbeitseifer und die Fülle des in seinen Werken zitierten, ausgeschriebenen und verarbeiteten Schrifttums, von einem unbändigen Wissensdrang und Lesehunger getrieben gewesen sein. So machte er sich einen großen Teil des Bildungsgutes der Zeit auf seine Weise vertraut und zunutze und fand sich dabei im Einklang mit seinem Jahrhundert, das Vielwissenheit zum Ideal erhob und darunter eine neue Form der Weltbeherrschung verstand. Darum war alles Wissenswerte nützlich und befriedigte im ‚kuriosen' Leser die Sucht zu wissen. Dieses zeitgemäße Streben aber, wenngleich Grimmelshausen es als Autodidakt mit großer Intelligenz betrieb – sein Gedächtnis muß von erstaunlicher Kraft gewesen sein –, war nur das Fundament seines erzählerischen Dranges, der den ursprünglichen spontanen Charakter einer Naturäußerung gehabt haben muß; soviel schimmert jedenfalls durch alle literarische und stilistische Konvention, durch die selbstverständliche barocke Gebundenheit seiner Kunstübung hindurch. Diese war damals grundsätzlich keine selbstherrliche zwecklose Sache, sondern im höchsten Grade praktisch und zweckhaft und verfolgte – im Sinne des alten ‚aut prodesse aut delectare' – auf unterhaltsame Weise in politischer, sozialer, ökonomischer oder religiöser Richtung ihre Ziele. Bei Grimmelshausen besonders: denn er wollte aus seiner Erfahrung des einfachen Mannes, des Mannes aus dem Volke, der Mitwelt, dem Herrn Omne, den Spiegel vors Gesicht halten. Er malte ein schonungsloses Bild, das Gute erstrebend verringerte er die Macht des Bösen nicht, sondern stellte es in seiner ganzen Ausdehnung dar und milderte die Folgen nicht. Bewußt und ausdrücklich, in erzieherischer Absicht, wollte er lehren, bessern, warnen (man vergleiche die programmatischen Äußerungen im 1. Kapitel der *Continuatio*). Das darf uns an seiner Kunst nicht stören, sie ist darum nicht geringer. Denn hinter seiner unbändigen Fabulierlust, der sprudelnden schlagfertigen Erfindungsart steht ein strenger sittlicher Ernst und die tiefe Religiosität des Dichters. Sie ist weder orthodox noch konfessionell gefärbt, sondern strebt im Sinne der Zeit eine ausgleichende Toleranz an (wie im Gespräch mit dem Pfarrer zu Lippstadt III 19); aber das mindert ihre kraftvolle Entschiedenheit nicht. In ihr lebt noch die mittelalterliche Gläubigkeit, die hier mit ihrem Glanz und Schrecken, mit Hexen- und Teufelsheeren in eine neue Metamorphose des Geistes hineinragt. Die äußerste Spannung zwischen Gott und Welt, Gut und Böse, Licht und Dunkel in ihrer Unversöhnbarkeit noch einmal in sich auszuhalten, mag selbst die starken Menschen jenes Zeitalters müde, die schwere Erfahrung ihres Lebens mag sie zur Resignation geneigt gemacht haben – so daß ein ‚Adieu Welt' ihr letzter Wunsch sein konnte. Doch darauf wird uns die Betrachtung des Romans noch einmal führen.

Der Mann, der exemplarisch begabt war, Welterfahrung im weitesten und tiefsten Sinne des Wortes zu machen, fand in einem großen Roman das Gefäß, in das er sie gießen, das sie fassen konnte. Diese Aufgabe füllte sein ganzes Leben aus. Es ist möglich, daß der Anfang der Arbeit in die Offenburger Zeit zurückreicht, wenn wir der Aussage des Autors im Nachwort zur *Continuatio* vom 22. Aprilis 1668 glauben dürfen: „welchen er in seiner Jugend zum Teil geschrieben, als er noch ein Musketierer gewesen". Darum hat man als früheste Stufe aus den Episoden in Hanau, bei den Kroaten und vor Magdeburg einen *Narr-Simplicissimus* zu erschließen versucht. Und *Des wunderbarlichen Vogelnests zweiter Teil* (1675) gilt nach der heutigen Chronologie als das späteste Werk Grimmelshausens. Da er die fünf großen *Continuationen*, die der ersten Ausgabe von 1668 folgten, als 6.–10. Buch bezeichnen wollte, ist dieses ‚Traktätlein' also sein letztes Wort zum *Simplicissimus*. Ob aber der Wille des Schreibers oder der Tod dieses Ende gesetzt hat, wissen wir nicht. – Gewohnt, in der Kunstgestalt einen Organismus, eine planvolle Ausgewogenheit der Teile und eine abschließende Rundung und Vollendung vorauszusetzen, werden wir verwundert nach dem Gestaltungsprinzip einer solchen Kette fragen, deren Glieder sich scheinbar beliebig fügen und vermehren lassen. Es kann nur in der additiven, summierenden Bauart des Barocks zu finden sein, die uns ebenso in den Riesen-Aufrissen der Architekturvorhaben und Gärten der Zeit begegnet und mit Reihungen, Spiegelungen, Vervielfältigungen, Verwandlungen und Entsprechungen in einer mehr mechanischen als lebendig organischen Weise arbeitet. Dabei dienen verhärtete Formelemente, Situationen, Figuren, Schemata, auch typische Haltungen bei der Begegnung, im Abschied, im Wiedersehn, in der Freude, im Nachdenken usw. als Bausteine. Sie funktionieren wie das höfische, kirchliche und gesellschaftliche barocke Zeremoniell, das uns wie ein Spiel von Marionetten anmuten kann, formelhaft, unbeseelt, intellektuell und nicht emotional. Auf die aus der Verkennung dieser Struktur resultierende Fehldeutung des Romans als eines kontinuierlichen Entwicklungsganges seines Helden hatten wir schon hingewiesen.

Fragen wir zuerst nach dem Namen des Helden und nach der Bedeutung des Titels des Buches. Als der Einsiedel die große Einfalt und Unwissenheit des ihm zugelaufenen Buben erkennt, der weder seinen eignen noch seiner Eltern Namen weiß, nennt er ihn ‚Simplicius‘, ehe er ihn das Vaterunser recht beten lehrt (I 8). Später wird dieser Name durch einen Zunamen ergänzt, als der Knabe in Hanau bei der Musterung für einen Musketier figurieren muß und man seiner Einfalt nicht zutraute, einen andern Namen zu behalten; drum ließ der Gouverneur ihn als ‚Simplicius Simplicissimus in die Roll schreiben‘ (II 4). Schließlich verwendet Grimmelshausen auch die Grundstufe dieser seltsamen Steigerung: Simplex, Simplicius, Simplicissimus. Zu einem immer wiederholten Kernwort wird für Grimmelshausen auch, weit über den Roman hinaus, ‚simplicianisch‘ als Wesenszug, als Charakter, ja sogar als Stilart seiner vaterländischen Schriftstellerei: womit er einfach, offen, wahr, treu, redlich, schließlich ‚teutsch‘ sagen will. Aus der Tatsache, daß in der Naturmedizin jener Zeit Heilkräuter auch ‚simplicia‘ heißen und Kräutersammler ‚Simplicisten‘, hat Heselhaus gefolgert, daß der Held auch ein Naturwesen sei, mit den Elementen im Bunde, wie es die Unterschrift zu dem allegorischen Mischwesen des Titelkupfers sagt:

Ich wurde durchs Feuer wie Phoenix geborn.
Ich flog durch die Lüfte! . . .
Ich wandert durchs Wasser . . . (vgl. S. 631)

Der Titel ‚Simplicissimus Teutsch‘ meint zunächst, daß der Verfasser einen deutschen Lebenslauf schreiben will. So hat es auch der erste Herausgeber der Werke nach des Dichters Tod gedeutet, wenn er sagt: ‚. . . Simplicissimus, dessen herrlicher Geist die Welt weit anders als aus Büchern kennet, und aus eigener Erfahrung, teutsch, aufrichtig, ohne Falsch, scheingleißende Aufschneiderei und mit Bestand der Wahrheit frei durchgehet; daher es denn kommen, daß ihm den Beinamen des Teutschen beizulegen beliebet worden.‘ Außerdem hat Koschlig gezeigt, inwieweit Grimmelshausens Roman mit Sorels ‚Histoire comique de Francion‘ zusammenhängt. Die erste deutsche Übersetzung dieses Buches erschien 1662 in Frankfurt unter dem Titel ‚Wahrhaftige und lustige Histori von dem Leben des Francion‘. Schon Sorel hat aus dem Namen seines Helden dessen Charakter gedeutet: ‚Francion, der den Namen mit der Tat hatte‘, heißt es, ‚weil er eines franken und freien Gemüts war . . .‘ Dem bewußt entgegen setzte Grimmelshausen seinen ‚teutschen‘ Simplicissimus.

Die kunstvolle Tektonik des *Simplicissimus Teutsch* in fünf Büchern ist unverkennbar. Über die besondere Bewandtnis des

6. Buches später. Das erste Buch enthält die Kindheit des Helden, auf dem dunkeln Hintergrund des Krieges leuchtet die seligweltferne erste Lebenszeit in der Waldeinsamkeit des Einsiedlers, der der Vater des Knaben ist, was dieser jedoch erst im 5. Buch erfährt. Zu Recht hat man bei diesen paradiesischen Szenen immer an Parzivals Jugend bei Wolfram von Eschenbach gedacht. Mit der frommen Unterweisung des Vaters, der Begründung im Christentum, ist der Held bestimmt, ist er eigentlich schon am Ziel; diese göttliche ‚Fassung' seines Daseins im 1. und 5. Buch mag an den metaphysischen Goldgrund der mittelalterlichen vorperspektivischen Malerei erinnern, in dem alles menschliche Geschehen eingebettet und aufgehoben ist. Simplicius kommt dann in die Welt, an den Hof des Gubernators in Hanau, und wird in der Gestalt eines Narren mit ihr bekannt gemacht. Diese Episodenreihe des *Narr-Simplicissimus* greift ins zweite Buch über und füllt es ganz aus. In die Begegnung des reinen Kindes mit der Gesellschaft seiner Tage gießt der Satiriker Grimmelshausen seine Zeitkritik, sie wird sein ‚Zeitspiegel', der große Weltspiegel aus der Zeit des Dreißigjährigen Krieges, das Angesicht der Menschheit – angeschaut durch die Kinderaugen des Simplicius, so will es die literarische Einkleidung; in Wahrheit: vorgeladen von dem unbestechlichen Gewissen des Autors und geprüft von seinem Richterblick! Der Narr war die literarisch vorgegebene Figur, die er für dieses Gerichtsspiel brauchte, die altdeutsche Schwankliteratur bot dafür reichliches Material. Denn der Narr sagt die Wahrheit, er darf sie sagen, und seine Maske macht ihn schlau. In eine erbarmungswürdige Tiergestalt vermummt, ist er allein aller Masken ledig, in denen sich die menschliche Gesellschaft gefällt und täuscht. In dieser Verkleidung geißelt der Autor die Torheiten der Zeit mit alttestamentlicher Strenge: das Fressen und Saufen, Huren und Buben, Rauchen und Tanzen, das Würfelspiel und das Fluchen; nicht minder die Verwerflichkeit der Herrschenden und derer, die Kriege führen, den Unsinn des Ästheten, der die Rarität ästimiert und das Chineser Gemäld über den Ecce homo schätzt, und dergleichen Abgöttereien, Titel- und Adelssucht, den Egoismus des Pfarrers und vieles andere. Es liegt auf der Hand, daß es sich bei der Narrenfigur zunächst um ein zweckgerichtetes Stilmittel des Autors, nicht um eine Entwicklungsstufe in der Jugend des Helden handelt. Das starke satirische Übergewicht und die entlehnte Formelhaftigkeit der Szenen läßt diese Auffassung nicht zu. Überflüssig, auf die Brüche und Risse noch einmal hinzuwei-

sen: wenn etwa der unerfahrene zwölfjährige Knabe im Gänsstall konzipiert, ‚was beides vom Tanzen und Saufen ich im ersten Teil meines Schwarz und Weiß (das ist Grimmelshausens *Satyrischer Pilgram*) hiebevor geschrieben' (II 1), nachdem er sich doch im Kapitel vorher hatte weismachen lassen, das rasende Trippen und Trappen bedeute, ‚daß sich die Anwesenden vereinbart hätten, dem Saal den Boden mit Gewalt einzutreten', und sich daraufhin beim tollsten Gassenhauer närrisch an eine Dame geklammert hatte. Es ist schon gesagt: der Narr ist, je nachdem die Situation es erfordert, naiv oder durchtrieben; ebenso beherrscht das Kind Simplicius schon beim Einsiedler nach wechselnden Erfordernissen einmal die gesamte gelehrte Literatur seiner Zeit, während es an andrer Stelle weder Alphabet noch Vaterunser kennen darf.

Im zweiten Buch treten zwei Kontrastfiguren auf, die eine gewisse übergreifende Funktion haben: der verwahrloste Olivier als Vertreter des Bösen und der junge Herzbruder als der absolut gute Mensch. Des Simplicii Weg geht in jeder Beziehung in der Mitte zwischen diesen beiden Prinzipien: er vermag beides nicht – nicht das Unmenschliche Oliviers noch das Heiligenmäßige des Herzbruders, wie die gemeinsamen Szenen zeigen. Aufschlußreich ist auch die Art der Begegnungen: so wichtig sie als Gelenke einer Handlung im organischen Sinne wären, so geschehen sie doch immer zufällig und ohne Absicht der agierenden Figuren, die vielmehr wie nach höherm Plan gestellt werden. Man hat daher auch von einer Entscheidungslosigkeit, einer Passivität des Helden selbst gesprochen. So zufällig, wie er Olivier (III 2 und IV 14) und Herzbruder (II 27, IV 12, IV 25) begegnet, findet Simplicissimus auch seine Eltern wieder (V 8), die durch die Eröffnung seiner adligen Geburt zu seinen Pflegeeltern werden. Auch erkennen sich die Personen wie seit alters an äußeren Merkmalen, an Gewändern, an einem Ring, nicht an ihrem Wesen. Simplicius sieht die große Warze auf der Stirn seines Knans und offenbart seinen Pflegeeltern durch einen schwarzen Flecken auf der Brust, daß er es sei (V 8). Genauso unbeteiligt finden die Trennungen statt, meist ist es ein blindes schicksalhaftes Auseinanderreißen: in Gelnhausen, durch die Kroaten, in Lippstadt wenige Tage nach der Hochzeit, von Köln durch einen Betrug.

Das dritte Buch stellt einen Gipfel der soldatischen Entfaltung, des Kriegsglücks und des wenngleich nirgends ungetrübten Glückes überhaupt dar, dessen Spiegelbild die Verderbtheit und Gottesferne ist, die jedoch die Möglichkeit zur Umkehr birgt. Als Jäger von Soest, ‚dat Jäjerken', übertrifft Simplicius sich von einem Stücklein zum andern an Mutwillen und pfiffiger Erfindung – immer strahlender scheint sein Bild als Fortunas Liebling und Glückspilz, der allen Zufällen trotzt, dem alles gelingen muß, der leicht auf der Woge schwimmt. Aber ‚wie gewonnen, so zerronnen' gilt zuletzt auch hier: er gerät in schwedische Hand, darauf in unversehenen Ehestand, aus dem er sich schnell beurlaubt, um in Köln einen Schatz einzuholen – vergeblich. Reichlich nutzt der Autor alten Vorrat aus Schwank und Sage auch hier und mischt belehrende Diskurse ein, wie über die Lektüre von Liebesromanen oder das Religionsgespräch mit dem Lippstädter Pfarrer (III 20), in dem der Jäger bekennt, daß er weder ‚petrisch noch paulisch' sei, ‚sondern allein simpliciter glaube'. – Eigens hinzuweisen ist auf die Jupiter-Episode am Anfang des Buches (III 3–6), in der ein hirnschelliger Schulmeister, der Simplicicius als Beute zufällt, sich ‚für den Gott Jupiter' ausgibt und die vielumrätselte Zukunftsvision verkündet ‚Von dem Teutschen Helden, der die ganze Welt bezwingen und zwischen allen Völkern Fried stiften wird', der ‚die Religionen miteinander vereinigen' und ein ewiges Friedensreich aufrichten wird. Diese hervorstechende Szene ist sehr verschieden gedeutet worden: als ernstgemeinter politischer Traktat und Selbstbekenntnis Grimmelshausens, verhüllt in die ‚Prophetie eines Irrsinnigen' (Petersen), als religiöse Utopie (Scholte) und jüngst als ironische Selbstsatire des Helden, dessen simplicianische Aufschneidereien den Phantastereien des Narren gleichen (Heselhaus). – Im vierten Buch liegt in der Entartung der Pariser Abenteuer wiederum ein Kulminationspunkt in hartem Kontrast neben dem Sturz, der entstellenden Krankheit, dem elenden Marktschreier- und Landstörzerleben, wobei die Situationen abermals literarische Versetzstücke sind: für den Beau Alman im Venusberg ist jüngst Bandello und Sorels *Francion* namhaft gemacht worden, einzelne Vagantenschwänke stammen aus zeitgenössischen Sammlungen. Jedoch führt das Unglück nicht zur Bekehrung, sondern die Kurve reicht noch tiefer hinab bis zu den Mordtaten Oliviers, in denen Simplicissimus sich bewahrt. Unmittelbar nach dem Tod des Bösewichts zieht wie die Figurine einer Spieluhr die reine Lazarus-Gestalt Herzbruders auf. Das fünfte Buch enthält die gemeinsame Pilgerreise nach Einsiedeln, später den frühen, harten und ganz unverklärten Tod des Freundes im Sauerbrunnen. Des Simplicissimus Fahrten werden immer ausgreifendere Weltabenteuer: die Mummelsee-Allegorie als Reich der Natur und wiederum Gegenbild zur Menschenwelt, das *Christianopolis* der ungarischen Wiedertäufer, der ‚kurzweilige Spaziergang vom Schwarzwald bis nach Moskau', verfertigt nach der Reisebeschreibung des Olearius – es scheint eine verzehrende Unrast dessen, der die Ruhe sucht, die Ausflüge pflegen denn auch mit der nüchternen Summe zu schließen: „daß ich nämlich von dieser Wallfahrt nichts als müde Bein, und den Hergang für den Hingang haben würde" (V 18); „und brachte nichts Besonders mit heim als einen Bart, der mir in der Fremde gewachsen war" (V 22). Dies alles präludiert mit verschiedenen Registern dem Abschied des Helden von der Welt. Gewiß muß in diesem Stil der Mangel an innerer Folgerichtigkeit durch Summation ersetzt werden – denn die Struktur der Simplicissimus-Gestalt bietet keine Garantie dafür, daß der Held diesem Entschluß treu bleiben wird – er bezweifelt es selbst in den letzten Sätzen des Buches ausdrücklich. Dann gibt, mit einem effektsichern Kunstgriff, der schlichte Prätor von Renchen dem Spanier Guevara, der der Beichtiger Karls V. war, das Wort zu seiner düster lodernden Rede auf die Weltverachtung und bekennt sich damit zur letzten Weisheit des Barockmenschen, daß keine andre Rettung ist als die Flucht vor der Falschheit und Bitterkeit der Welt, wenn die Seele nicht ewigen Schaden nehmen soll.

Mit diesem dröhnenden Getön schloß der Roman in seiner ersten Form und lag so zur Herbstmesse 1668 in Frankfurt vor. 1669 schon erschien selbständig die *Continuatio . . . oder der Schluß desselben*, im gleichen Jahr noch folgten echte und unechte Drucke, die die Fortsetzung als sechstes Buch dem Roman anreihten. Dieses ist womöglich noch freier komponiert als das fünfte. Kap. 1–10 gelten dem Einsiedler auf dem Mooskopf, der sich in seine Weltentsagung nur schwer schicken kann; den größten Raum nimmt die selbständige glanzvolle Novelle von Julus und Avarus, dem Verschwender und dem Geizigen, ein. Die Allegorie vom ‚Baldanders' variiert das Grundthema der Unbeständigkeit und Veränderlichkeit der Welt, die Frage nach Schein und Sein, welche die Schermesser-Episode auf der Schweizer Wallfahrt (Kap. 11–12) mit anderm Material wiederholt. Nach einer Gespenstergeschichte führt die Pilgerreise nach Rom und Jerusalem, es folgen orientalische Abenteuer im Stil des *Lazarillo*, schließlich Schiffbruch und Robinsonade auf einer paradiesischen Insel, des Simplicii heiter-tätiges und gottseliges Leben auf ihr (Kap. 19–23). Ein holländisches Schiff landet an der nämlichen Insel, der Kapitän bringt die mit Brasiliensaft auf Palmblätter geschriebene Lebensgeschichte des Einsiedels, die dieser verfaßt hat, nach Europa und berichtet von dessen endgültigem Entschluß, die Einsamkeit nicht mehr zu verlassen, und seinen christlichen Abschiedsreden, dem letzten ‚Adieu Welt'. – J. H. Scholte hat nachzuweisen gesucht, daß Grimmelshausen zu diesem überraschenden Schluß durch eine im Sommer 1668 in London erschienene aktuelle und aufsehenerregende Satire von Henry Neville *Isle of Pines* veranlaßt worden sei, die noch im gleichen Jahr in deutscher Übersetzung vorlag und die er durch Details aus holländischen Seefahrtsberichten über die Insel Mauritius von 1598 ergänzte. Scholtes Untersuchungen gehen dahin, daß der mit einem Schlage berühmt gewordene und von seinen Verlegern und mehr noch Nachdruckern zur Ausnutzung des Erfolges angetriebene Autor nach dieser Sensation gegriffen habe, um seinen Helden in eine noch tiefere Einsamkeit und Weltentlegenheit zu bringen, wobei die ursprüngliche Konzeption empfindlich gestört und der Roman vom Atem eines neuen Zeitalters gestreift worden sei.

Überschauen wir noch einmal das riesige Panorama, so scheint uns die erkennbare Ordnung, die sich mehr in der Addition formelhafter Einzelzüge, Situationen und Figuren als in einer das Ganze umfassenden Organisation der Teile beweist, überflutet von einem Gewoge von Zufall und Schicksal – das Zeitbild eines grausen Jahrhunderts, der ewige Weg der Menschheit durch eine heillos zerrissene Welt, in der zwischen Gut und Böse, Licht und Finsternis keine glückliche Mitte zu treffen ist. Dieses alte Welttheater wird agiert von Typen, nicht Individuen, deren Haltung und Reaktionen von überpersonaler Gültigkeit sind. Wobei der Held, naturhaft-weltlich und voll göttlicher Bestimmung, einen mittleren Weg zu gehen versucht – wir wissen, daß er in der Flucht enden muß. Aber Simplicissimus verkörpert in seiner prallen Weltlichkeit die grelle, zugreifende und direkte Weltgier des Barocks: sehr natürlich in seiner Schönheit und Kraft, in der Derbheit, ohne verfeinerte geistige Züge in einer Urwüchsigkeit und Unverwüstlichkeit, die allen Niederlagen gewachsen ist; sehr irdisch auf Geld und Gut gerichtet, ein listiger Gewinner, so lacht der Grimmelshauser mit seinem breiten Lachen dem gezierten Zeitalter ins Gesicht. Seine strotzende Kraft stammt aus einem Unterstrom, der längst verschüttet war: ein ‚unhöfischer, unhumanistischer Vitalismus des Bürgertums' (Günther Müller) bricht in ihm durch. Aus dieser Kraft hat der Roman die Jahrhunderte überstanden und ist als einziges großes

Literaturdenkmal des deutschen Barocks lebendig geblieben. Wir verkennen die krasse Direktheit dieser Welt nicht, in der die sinnliche Fülle eine dämonische Macht gewonnen hat, ‚wo die Frauen nur Dirnen, die Speisen nur zum Fressen, die Getränke nur zum Saufen' da sind, eine Welt, die durchaus leiblich und leibhaftig geworden ist: sie hat aber in ihrem Wirklichkeitsdrang, dessen Folgen bis in die kosmische Weltbemächtigung unserer Tage reichen, Gott noch nicht losgelassen – und das grenzt sie gegen das 18. und 19. Jahrhundert ab, sie hält ihn fest mit der fast schon überholten Entscheidung ‚Behüt dich Gott, Welt'. Denn das ist die andere Seite des Simplicissimus: seine innere Folgsamkeit auf die christliche Unterweisung des Einsiedlers ‚als einer ohnfehlbaren Richtschnur, zur ewigen Seligkeit zu gelangen', zu der er immer wieder zurückkehrt. Es ist die metaphysische Vertikale, die in einem merkwürdig starren, mechanischen Arrangement seine irdische Weltausdehnung und wechselvolle Abenteuerlichkeit immer wieder schneidet. Und an den Schnittpunkten dieser Erfahrung ereignet sich die eigentliche Einsicht, da stellt sich die alte Sphinxfrage: ‚Was ist der Mensch?' Deren Beantwortung müssen wir uns zuletzt noch widmen.

Das Gewoge der Geschehnisse, die der Held erleidet, vollzieht sich in steilen Kurven, die vom Gipfel schroff abstürzen. Er spricht selbst immer wieder vom Wechsel von Glück und Unglück, dem das Dasein unterworfen ist. „Wenn das Glück einen stürzen will, so hebt es ihn zuvor in alle Höhe, und der gütige Gott läßt auch einen jeden vor seinem Fall so getreulich warnen. Das widerfuhr mir auch, ich nahms aber nicht an!" (III 19). „Es schickt sich ein Ding auf mancherlei Weis, des einen Unstern kommt staffelweise und allgemach, und einen andern überfällt das seinige mit Haufen; das meinige aber . . .'" (III 23). „Ich sah zurück, und merkte, daß mein extraordinari Glück im Krieg und mein gefundener Schatz nichts anders als eine Ursach und Vorbereitung zu meinem Unglück gewesen . . ." (IV 7). Oder in IV 12 spricht er im Brieflein an den Herzbruder in Philippsburg vom „allerarmseligsten Stand von der Welt . . . wohinein er als ein Ball des unbeständigen Glücks geraten"; ebenso in VI 15 und öfter. Diese Veränderlichkeit, Unbeständigkeit und Wandelbarkeit der Welt ist eine Grunderfahrung, die auch andere Barockdichter ausgesprochen haben, es ist die allerorts ertönende Klage von der Nichtigkeit, Eitelkeit, der vanitas der Erden, der der Mensch mit Beständigkeit und Geduld, mit dem heroischen ‚Sei dennoch unverzagt, gib dennoch unverloren' Paul Flemings begegnen soll. Die für diese Erfahrung gängigen Chiffren und Allegorien verwendet Grimmelshausen in seiner Weise. Wir haben auf die Vergänglichkeitsbilder und Verwandlungsfiguren schon hingewiesen. So ist der altfränkische Baldanders ein Beispiel solcher ungreifbaren Täuschung und Veränderlichkeit, ein Gegenbild der höfischen Fortuna, aber aus vorbarocker derberer Sphäre, von Hans Sachs entlehnt (VI 9); wie die vorausgehende Novelle von Julus und Avarus und der nachfolgende ‚seltsame Diskurs mit einem Schermesser' das gleiche Thema der Unbeständigkeit und unaufhaltsamen Verwandlung aller Dinge variieren – wobei letztlich die Technik der Erzählung, die nimmermüde Wiederholung selbst, das gleiche ausdrückt. Undurchschaubarer noch wird der Bestand und Unbestand der Welt dadurch, daß alles sich hinter Masken verbirgt und sein wahres Gesicht nicht erkennen läßt. Sie zu durchdringen, dahinter zu kommen, ist die Aufgabe. Aber die Maske verhüllt und verwandelt nicht nur, wenngleich das im Barock ihre gebräuchlichste Funktion war, sie enthüllt auch: denn unter ihr wohnt das Wahre und spricht durch sie. Diesen tieferen Sinn der Maske machte sich selbstverständlich der Satiriker Grimmelshausen als Richter seiner Zeit zunutz, wie wir bei Betrachtung des *Narr-Simplicissimus* sahen. Durch die Maske des Narren lehrte er die Menschheit die Wahrheit, die erst in der Distanz, die die Maske schafft, erkennbar wird. Und welche unbarocke Idee ist es, dieses Zeitalter der Vermummungen und Verkleidungen, der überspielenden Formen, glänzenden Larven und zauberischen Illusionen mit der schlichtesten Einfalt zu konfrontieren, seinen Pomp und Prang, seine Courtoisie und Gelehrsamkeit durch die reinste Naivität und pia simplicitas mit dem ernstesten Lachen zunichte zu machen. Hinter dieser Verkleidung steht der Richterstuhl des Autors, der Hohlheit und Eitelkeit seiner Zeit Revue passieren läßt. Auf den großartigen Kunstgriff, sie durch die alte Narrengestalt herauszufordern, konnte nur ein Unzeitgemäßer und Außenseiter wie Grimmelshausen kommen.

Als letzte Verwandlungsgestalt, die zugleich die ewig sich erneuernde Verjüngung, die Unsterblichkeit begreift, sei noch der Phönix, der in der ägyptischen Sonnenstadt aus seiner eigenen Asche immer wieder neu hervorgehende Wundervogel, genannt. Der Lebensbeschreibung seines Simplicius, den er früh erfahren ließ, ‚daß nichts Beständigers in der Welt ist, als die Unbeständigkeit selbsten' (III 8), setzte der Autor einen Kupferstich voran, der ein seltsames Mischwesen zeigt. Es ist mit einem menschlichen Oberleib und einem Fischschwanz, mit Bocksfuß und Schwimmfuß versehen, hat Vogelflügel und einen Satyrkopf mit Teufelshörnern und Eselsohren. Dieses Monstrum, zur Fahrt durch alle vier Elemente ausgerüstet, ist der schöne Vogel Phönix in der eigenwilligen mittelalterlich-barocken Darstellungsart Grimmelshausens. Mit hintergründigen Blick schaut er den Leser an und weist auf das aufgeschlagne Buch, dessen Bilderrebus man auf das Romangeschehen zu deuten versucht hat. Die Chimäre tritt auf leer herumliegende Masken. Das unter dem Bild stehende Gedicht kann man so wenig wie die Verse vor der *Continuatio* ‚daß Unbeständigkeit Allein beständig sei' zum Verständnis des Buches in des Dichters Sinne entbehren:

Ich wurde durchs Feuer wie Phoenix geborn.
Ich flog durch die Lüfte! wurd doch nit verlorn,
Ich wandert durchs Wasser, Ich reist über Land,
In solchem Umschwärmen macht ich mir bekannt,
Was mich oft betrübt und selten ergetzt,
Was war das? Ich habs in dies Buche gesetzt,
Damit sich der Leser gleich wie ich itzt tue,
Entferne der Torheit und lebe in Ruhe.

An einer anderen Stelle hat Grimmelshausen gesagt: „Dannenhero halten wir die Welt für einen Probierstein Gottes." Das ist der Sinn der Prüfungen, aller Masken und Verwandlungen, die uns hier täuschen.

Die Sprache

Ein dritter Abschnitt soll einigen Bemerkungen zur Sprache Grimmelshausens gelten, denn sie ist das Instrument, durch welches er auf uns wirkt und durch welches seine Wirkung überliefert ist. Wenn der Leser sich aus dem breit hinströmenden Fluß der Erzählweise des *Simplicissimus* für einen Augenblick heraushebt, wird er plötzlich die Gewalt verspüren, mit der der Autor ihn in seine Welt versetzt hat. Der erste Eindruck ist der einer elementaren Kraft, einer Naturbegabung, die am Werk ist und die den trennenden Zwischenraum zu einer weit zurückliegenden Epoche durch ihre drastische Wirklichkeit und Wahrheit einfach überspringt und uns unmittelbar gegenübertritt. Die zweite Stufe unsers Verhältnisses zu dieser Sprache wird sein, daß wir hellhörig für die Besonderheit der Erzählart werden, merken, wie glänzend dieses oder jenes klingt, mit welcher Sicherheit die

Perioden angelegt sind: wie sie auf einem kurzen Satz aufsitzen, sich zu einem beherrschten Bogen spannen und in einer Zusammenfassung oder Sentenz enden. Der Prosaist Grimmelshausen beherrscht sein Metier meisterlich. Leicht und lebendig packt er die Dinge an, gibt ihnen eine pralle Farbe, belädt sie mit Schärfe und Ernst, aber auch mit seiner ganzen Liebe, so daß sie darunter nicht leiden – das heißt für ihn als Volksmann und Kalendermacher schreiben, ‚überaus lustig und männiglich nützlich zu lesen', das heißt ‚die liebe Wahrheit auf gut Simplicianisch anzeigen'. Das ist sein Stil. Die Sätze sind klar, werden klar aneinandergefügt, und selbst wo die Darstellung eine lange Periode fordert, kann man ihnen vertrauen: sie verwirren sich nie, büßen nichts an Übersichtlichkeit ein, und der große Atem des Erzählers hält und trägt uns. Überzeugend sticht diese Qualität hervor, wenn wir vergleichen, mit wieviel Geschick Grimmelshausen eine seiner vielen literarischen blassen Vorlagen, zuweilen durch geringfügige Eingriffe, verwandelt hat.

Das alles ist aber kein literarischer Wildwuchs, ist nicht, was man seit dem Sturm und Drang als ‚Originalgenie' verherrlichte; er ist nicht der verwilderte Musketier, der nur ins Tintenfaß zu tauchen braucht, und schon steigen Meisterwerke daraus hervor; das ist nicht einfach ‚Volkskunst' oder Schwarzwälder Bauernsprache – es ist eine große Kunstleistung, die mit ihren Mitteln bewußt und überlegen schaltet. Sie erweist den Dichter als einen Sprachmeister von hohen Graden. Zwar steht er der Kunstsprache seiner Zeit, wo sie in einen entleerten Formalismus auszugleiten drohte, ablehnend gegenüber, ohne sich ihr ganz entziehen zu können – aber sein Schatz liegt in tiefern Schichten. Er liegt in den durch Humanismus, Renaissance und Barock gleicherweise verschütteten Bereichen einer volkstümlichen Sprache, die abseits der hohen Kunst in Volksbüchern und Schwanksammlungen, im Kirchen- und Volkslied, im Sprichwort, in der Bibel und vielleicht in der Predigt, in den Mundarten und in der Rede des Mannes auf der Straße, im ‚Volksmund', ein Aschenbrödel-Dasein führte und deren reichstes Dokument das Deutsch Martin Luthers ist. Darauf beruht auch Grimmelshausens Sprachschatz und Sprechart, das ist sein unerschöpflicher Quell. Er gibt seinem Denken und seiner Sprache, seiner Sprachphantasie Frische und Farbigkeit, ihre Widerstandskraft gegen jegliche Erschöpfung und Abnutzung und ihre überzeitliche Wirkung und Gegenwart. Der wachsame Leser wird die ursprünglicheren Bedeutungen der Wörter, die direkter und unmittelbar vom Wortstamm genommen werden müsssen, rasch verstehen und sie kräftiger und schöner finden als unsre verblaßten und abgeleiteten Auffassungen. So meint etwa der ‚Umstand' die Umstehenden, die ‚überflüssige' die überfließende Liebe, die ‚gänge' Landstraße eine gängige, gut gangbare; ein ‚gewisser' ist ein sicherer Bote, ein ‚gegenwärtiger' Ring derjenige, der hier vorhanden ist, und ‚scheinbarliche' Sachen geben einen Schein, fallen ins Auge, meinen also Schmuck, Kleinodien; ‚vermannen' heißt an den Mann bringen, jemanden ‚feiern' ihn in Ruhe lassen und ‚tanzern' Lust zum Tanze haben; unser unbedeutend konzessives ‚allerdings' heißt bei Grimmelshausen noch immer ‚in jedem Falle' und so fort. Diese Umstellung auf eine ältere Sprachstufe muß der Leser vollziehen, sie wird ihn zum raschen Einverständnis mit dem Dichter bringen, das ihm auf jeder Seite des Buches beglückende Entdeckungen beschert.

So werden wir den Kunstcharakter des *Simplicissimus Teutsch* ebenso aus seiner Sprache wie aus der Struktur seiner Geschehnisse und Schicksale erkennen können. Es gilt nur, beim ersten Eindruck der ergreifenden Unmittelbarkeit und Erlebnishaftigkeit nicht stehenzubleiben, sondern nach der Erkenntnis der Kunstmittel und ihrer Wirkung auf höherer Ebene der Einsicht wiederum dahin zurückzukehren. Die Gestaltung jeder Szene, und der bedeutendsten besonders (man denke an die Grablegung des alten Einsiedlers, an die Wittstocker Schlacht oder die kontrastierend sich anschließende Flohhatz oder die Tatarenschlacht, an den Speckdiebstahl in Westfalen oder die Landschaftsschilderung vom Mooskopf mit dem Ausblick auf die Rheinebene), zeigt, wie die Dinge und Ereignisse in die Distanz gerückt und in bewußter Formung zum Kunstwerk werden. Dann allerdings werden wir die meisterliche Beherrschung der Mittel bewundern, die unbarmherzige Treffsicherheit des Satirikers, des Sittenmalers, des Richters im Wort, die urgewaltige Kraft des Mannes, der, zu groß für kleinliche Stichelei und kitzliges Witzeln, kunstgerecht eine breite Klinge führt, scharf zuschlägt und trifft. Er trifft die Bitternis und die Verlockung der Welt mit gleicher Gültigkeit, berstende Lust wie lachendes Grauen, ihre Erbärmlichkeit und ihren Erbarmer gleich gut. Seine Sprache provoziert als ein guter Prediger den Leser zum Mitleiden und zur Gerechtigkeit, sie ruft herauf nicht nur durch das, was sie sagt, sondern auch dadurch, wie sie es sagt. So beruht der dauernde Ruhm Grimmelshausens als deutscher Schriftsteller nicht zuletzt auf der Kraft und Reinheit seiner Sprache.

Textnachweis

Die vorliegende Ausgabe beruht auf der editio princeps des *Simplicissimus Teutsch* und der *Continuatio* von 1668 und 1669 bei Felßecker in Nürnberg in den Neudrucken von J. H. Scholte (Neudrucke deutscher Literaturwerke des XVI. und XVII. Jahrhunderts, Nr. 302–309 und 310–314; Tübingen: Niemeyer 1954³ und Halle/Saale: Niemeyer 1939). Die vollständigen Titel lauten:

Der Abenteurliche SIMPLICISSIMUS Teutsch / Das ist: Die Beschreibung des Lebens eines seltsamen Vaganten, genannt Melchior Sternfels von Fuchshaim, wo und welchergestalt er nämlich in diese Welt kommen, was er darin gesehen, gelernet, erfahren und ausgestanden, auch warum er solche wieder freiwillig quittiert.

Überaus lustig, und männiglich nützlich zu lesen. An Tag geben von German Schleifheim von Sulsfort. Mompelgart, gedruckt bei Johann Fillion, im Jahr MDCLXIX.

CONTINUATIO des abenteurlichen Simplicissimi, oder Der Schluß desselben. Durch German Schleifheim von Sulsfort. Mompelgart, bei Johann Fillion, 1669.

Die Textgeschichte des *Simplicissimus* gehört zu den verwickeltesten Problemen der deutschen Philologie. Dazu trugen einerseits die Verhüllungen und Täuschungen bei, die der barocke Autor selbst gewollt hat, indem er nicht nur seinen Namen in immer neuen Erfindungen, sondern auch Verlagsort und Drucker lächelnd verschlüsselte; andrerseits verursachte der sensationelle Erfolg des Werkes unrechtmäßige Nachdrucke mit eigenmächtigen willkürlichen Veränderungen, die wiederum eilige erweiterte Neuauflagen Felßeckers hervorriefen (‚Neueingerichteter und vielverbesserter . . .'; ‚Der abenteurliche wiederum ganz neu umgegossene . . .'), welche unglücklicherweise zum Teil auf gefälschten Raubdrucken basierten, durch die sich sogar der Dichter selbst irritieren ließ, was die Verwirrung vollständig machte. Und wenn es Grimmelshausen gelang, seinen wahren Namen über 150 Jahre lang zu verheimlichen, so bedurfte es noch eines weitern Jahrhunderts, bis die Grimmelshausen-Philologie die richtige Ordnung der überlieferten Ausgaben erkannte. J. H. Scholte, der hochverdiente niederländische Germanist, der seine ganze Lebensarbeit Grimmelshausen gewidmet hat, gab 1938 zum erstenmal den *Simplicissimus* in der ‚stark mundartlich gefärbten, nicht von einem berufsmäßigen Korrektor überarbeiteten Originalsprache des Verfassers' heraus; er hat die späteren Drucke als ‚Schulmeister'- (1669), ‚Kalender'- (1670) und ‚Barock'-*Simplicissimus* (1671) unterschieden. Erst Scholtes nicht genug zu schätzende Entdeckung hat uns den reinen erstwilligen Text der Dichtung wiedergegeben.

Unserer Ausgabe liegt der Erstdruck zugrunde. Es galt dabei, die Kluft von drei Jahrhunderten zu überbrücken und das alte Sprachgewand mit aller Behutsamkeit dem heutigen Gebrauch anzupassen – ohne daß dadurch die Kraft und Eigenart der Sprache Grimmelshausens beeinträchtigt würde. Es sollte darum keine unterschiedslose Normalisierung vorgenommen werden, unter welcher Lebendigkeit und Farbe des Ausdrucks auslöschen, indem die lebendige Sprachphantasie reglementiert wird. Auch war kein Anlaß, eine strengere Observanz zu halten, als der Autor selbst befolgt hat – sofern dadurch an die heutige Lesbarkeit und Faßlichkeit des Textes nicht unzumutbaren Anforderungen gestellt werden. Vielmehr sollte der starke Fluß der epischen Darstellung und die schmuckreiche Erfindungslust des barocken Kunstwerks zur Freude des nachvollziehenden Lesers bis ins ‚Äußere' hinein spürbar sein.

Im einzelnen sind folgende Grundsätze angewendet: Damit die syntaktische Abfolge ungehindert vonstatten geht, werden häufig vorkommende Präpositionen nach dem heutigen Gebrauch gesetzt: *gegen* mit Akkusativ, nicht mit Dativ wie im Urtext, *vor* und *für* sind im heutigen Sinne vertauscht; ebenso ist kausales *dann* in *denn* verändert. Die Endungen der Substantiva und Adjektiva sind belassen, sofern sie den Kasus im heutigen Gebrauch erkennen lassen, die Genera normalerweise modernisiert, also nicht: *der* Luft, *der* Lust, *der* Heimat, *der* Gewalt, *die* Scheitel, *die* Gefängnis, *die* Witz usw.; beibehalten sind die Imperfektformen: *stund*, *hub*, *schwur*, *rufte*, *verderbte*, *nennete*, *kennete* mit ihren Partizipien. Kleinigkeiten sind geglättet wie *darmit*, *darbei*, *worvon*, *worzu*, *gester*, *etwan*; *Befelch* ist überall verändert in *Befehl*, *Vortel* in *Vorteil*, *fahen* in *fangen*; erhalten sind dagegen das schon im Titel fixierte *teutsch*, *Reuter* u.a., die starke Vorsilbe *ohn-* statt *un-* (*ohnfehlbar*, *ohnschwer* usw.). Eigennamen sind meist modernisiert (*Spessert* – *Spessart*, *Brißgau* – *Breis-*

gau, Costnitz – Konstanz, Tems – Themse, Embs – Ems, Werle – Werl, Moyse – Mose usw.), Fremdwörter in heutige Schreibung gesetzt, sofern sie gebräuchlich sind; Komposita (Substantiva und Verben) ebenfalls nach heutigem Gebrauch zusammengezogen; Dehnungen und Kürzungen, Elisionen, Apokopen usw. des alten Textes beibehalten, wenn sie nicht gegen die genannten Grundsätze stehen. Änderungen im Vokalstand: *Schröcken, schröcklich; Forcht, förchterlich; Heurat, trucken, gölden, gönstig, Würkung, Hülf, Gebürg* sind gerundet, bzw. entrundet, Umlautverhältnisse allgemein dem heutigen Stand angepaßt. Im übrigen ist heutige Rechtschreibung hergestellt, ohne bewußte Abweichungen, Archaismen usw., die auf Grimmelshausens Text beruhen, grundsätzlich zu vermeiden (so steht *nicht* neben *nit, Obrist, Obriste* und *Obrister* nebeneinander). Bei direkter Rede und im Briefstil ist auf die ältere Form besonders Rücksicht genommen. – Auch die Zeichensetzung ist nicht um jeden Preis normalisiert, vielmehr sollte der originale Gebrauch in den Erscheinungen erhalten bleiben, die eignen Ausdruckswert besitzen. So fällt bei Grimmelshausen vor allem eine starke, bestimmte Gliederung durch Satzzeichen auf, die sich aus eben dieser Kraft klarer Konturierung zu weitgeschwungenen erzählerischen Perioden auszudehnen vermag, ohne an Spannung zu verlieren. Daher kann er ganze Episoden ohne strenge Satztrennungen und Abschnitte vortragen, in einem ununterbrochenen Erzählstrom, dessen Rhythmus der Leser besonders im lauten Lesen leicht verwirklichen kann, wobei erst die ganze Urwüchsigkeit und Kraft dieser Sprache leibhaftig klingt.

Für die Textgestaltung ist neben der Neuausgabe des Erstdrucks die historisch-kritische Ausgabe Adelbert von Kellers (Bibliothek des Litterarischen Vereins, XXXIII/XXXIV, Stuttgart 1854) ständig verglichen. – Das Nachwort ist, auch wo das im einzelnen nicht verzeichnet werden konnte, der Barockforschung (Alewyn, Cysarz, Flemming, Günther Müller, Viëtor, Wehrli) und der Grimmelshausen-Forschung (Alt, Domagalla, Fricke, Heselhaus, Könnecke, Koschlig, Lochner, Lugowski, Mielert, Petersen und Weydt) mannigfach verpflichtet. Die Erläuterungen folgen den gelehrten Erklärern von Heinrich Kurz (1863) und Bobertag bis zu Borcherdt; sie konnten um eigene Bemerkungen erweitert werden und sind dem Benutzer an fraglichen Stellen hoffentlich behilflich, obgleich ein durchgehender Kommentar nicht beabsichtigt sein konnte. Besonderer Dank gilt Hans Heinrich Borcherdt († 1964) für die vierteilige Ausgabe der Werke Grimmelshausens in Bongs Goldener Klassiker-Bibliothek (1921) und der über ein halbes Jahrhundert währenden Editions- und Forschungstätigkeit Jan Hendrik Scholtes, († 1959), dessen gesammelte Aufsätze unter dem Titel ‚Der Simplicissimus und sein Dichter' (Tübingen: Niemeyer 1950) vorliegen.

Zeittafel

1622(?) geboren in Gelnhausen (?)

1634 Plünderung Gelnhausens; vielleicht wurde der Knabe dadurch in den Dreißigjährigen Krieg (1618–1648) gerissen und nahm ähnlich seinem Simplicissimus an ihm teil

1639 Soldat, dann Schreiber im Regiment von Schauenburg in Offenburg

1648 wahrscheinlich Teilnahme am bayerischen Feldzug des Regiments Elter

1649 Heirat in Offenburg
Grimmelshausen wurde Schaffner der Schauenburger und zog nach Gaisbach bei Oberkirch im Renchtal, erwarb ein Grundstück, die „Spitalbühne"

1662(?)–1665 Burgvogt auf der benachbarten Ullenburg (im Besitz des Straßburger Arzts Dr. Küffer); von dort aus Verbindungen nach Straßburg, zum Beispiel zur „Aufrichtigen Gesellschaft von der Tannen", einer Sprachgesellschaft

1665–1667 wieder in Gaisbach, als Wirt Zum Silbernen Stern

1666 *Satyrischer Pilgram; Keuscher Joseph; Musai*

1667 Schultheiß in Renchen (zwischen Achern und Appenweier in der Rheinebene)

1668 Frühjahr: *Simplicissimus* 1.–5. Buch (bis 1672 in 6 Auflagen und Nachdrucken)

1669 Frühjahr: *Simplicissimus* 1.–6. Buch; Ende: *1. Wundergeschichtenkalender*

1670 Frühjahr: *Dietwald und Amelinde;* Herbst: *Courasche; Springinsfeld; Der erste Bärnhäuter; Gaukeltasche; 2. Wundergeschichtenkalender*

1671 Herbst: *Ewigwährender Kalender; 3. Wundergeschichtenkalender*

1672 Sommer: *Ratstübel Plutonis;* Herbst: *Proximus und Lympida; Vogelnest I* (bis 1674 in 4 Auflagen); *Stolzer Melcher*

1673 Anfang: *Bartkrieg; Teutscher Michel;* Herbst: *Galgenmännlein*

1674/75 Kriegshandlungen im Elsaß und in Baden, auch in Renchen und im Renchtal

1675 Frühjahr: *Vogelnest II*

1676 gestorben am 17. August in Renchen

Worterklärungen und Anmerkungen

Die erläuterten Begriffe sind im Text mit einem Stern bezeichnet. Häufiger vorkommende Wörter sind in dem nachfolgenden alphabetischen Verzeichnis erklärt.

7 *Karchelzieher* – Karrenzieher. – *Anichen* – Ahnen. – *Zunft zu Prag* – In einer in Prag spielenden Gaunernovelle von Nikolaus Ulenhart (1617; Verdeutschung von Cervantes' Novelle ,Rinconete y Cortadillo') ist der Zuckersieder der Anführer der Diebsbande. – *Verlag* – das nötige Geld. – *Knan* – o. Knän, hess. Mundart; mhd. g(e)nanne, genamе = Namensvetter; schon im Mhd. als Anrede für ,Vater' gebräuchlich.

8 *Leimen* – Lehm. – *spinnen* – Anspielung auf die Sage von Arachne, einer berühmten Weberin, die von Minerva in eine Spinne verwandelt wurde. – *Sant Nitglas* – Wortspiel mit dem Namen Niklas – ,Nichtglas'. Sie waren aus ölgetränktem Papier, daher ,vom Hanf oder Flachssamen an zu rechnen'.

9 *Amphistides* – ein Dummkopf in der griechischen Komödie. – *Suidas* – byzantinischer Lexikograph im 10. Jahrhundert. – *Blackscheißerei* – Schreiberei. – *Jalemj-Gesänge* – Klagelieder (griech.).

10 *Studio legum* – im Studium der Gesetze, in der Jurisprudenz. – *Strabo* – griechischer Geograph.

11 *Capros* – Bubulcus = Rinderhirt, Vitulus = Kalb, Vitellius = Kälbchen, Caper = Ziege. Beinamen römischer Geschlechter. Die Stelle ist fast wörtlich aus Garzoni, ,Allgemeiner Schauplatz', Frankfurt 1619, entlehnt. – *Spartacus* – Anführer im großen Sklavenkrieg 72 v. Chr. – *Lucianus* – griechischer Satiriker. – *Endymion* – im griechischen Mythos ein schöner Hirt und Geliebter der Selene. – *Polyphemus* – der Kyklop, dem Odysseus das Auge ausstach. – *Phornutus* – Schriftsteller zur Zeit Neros, der ein Werk über die Natur der Götter verfaßte. – *Proteus* – der verwandlungsfähige Meergott, der die Robbenherden weidete.

12 *fleißig* – Bub, sei fleißig, laß die Schafe nit zu weit voneinander laufen und spiel wacker auf der Sackpfeifen . . . – *arauma* – abräumen, ausklopfen. – *gesien* – Knan, sag mir auch, wie der Wolf aussieht? Ich hab noch keinen Wolf gesehn. – *vergeben* – vergiften (mit Dativ).

14 *Centauris* – griechische Sagengestalten, halb Mensch halb Pferd.

15 *Primum mobile* – philosophischer Ausdruck für den Uranfang der Bewegung.

16 *Fahung* – Gefangennahme. – *Kolchis* – das Goldene Vlies der Argonauten; vgl. S. 452.

17 *Pistolen* – Feuersteine. – *reitelten* – drehten. – *Bengel* – Stock, Prügel.

18 *Nova Zembla* – die Insel Nowaja Semlja im Nördlichen Eismeer. – *sie* – Akkusativ.

19 *teils* – zum Teil, einige. – *halen* – Junge, komm herüber, oder es soll mich der Teufel holen ... – *Klapf* – Knall.

21 *S. Wilhelmus* – heiliger Pilger und Eremit im 12. Jhdt. – *Antonio* – Die Versuchung des heiligen Antonius, der 356 als Einsiedler in Ägypten starb, ist in der Malerei häufig dargestellt.

22 *Lied* – Grimmelshausen hat das Lied auf die Melodie des Chorals ‚Wie schön leucht uns der Morgenstern' gedichtet.

26 *Helgen* – Heiligenbild, Hausaltar. – *Kürbe* – Kirmes, Kirchweih.

27 *Kügelein* – silberne Rosenkränze. – *weger* – wahrlich.

28 *erfuhr* – vgl. 5. Buch, 8. Kap. – *papplen* – plappern. – *zu Feld lag* – Der St. Gertrudstag ist der 17. März, um diese Zeit beginnt die Feldarbeit.

29 *Anima* – Aristoteles' Schrift von der Seele. – *Averroes* – arabischer Philosoph, der Aristoteles ins Lateinische übersetzte und erläuterte.

30 *Tuscul. quaest.* – Ciceros Gespräche von Tusculum. – *Simplicius* – der Einfältige; in Offenburg gab es zu Gr.s Zeit einen Magister Georg Simplicius, dessen merkwürdigen Namen er für seinen Helden benutzt haben mag; übrigens vgl. Nachwort S. 622f.

32 *siehet mich für gut an* – scheint es mir gut.

33 *Sprinken* – Schlingen. – *Gideons Kriegsleute* – Buch der Richter, Kap. 7.

34 *ohne ... Vermerken* – ohne daß es jemand merkte.

35 *Villingen* – Bei der Belagerung der Stadt im Jahr 1634 versuchten die Angreifer sie unter Wasser zu setzen.

36 *Malvasier* – süßer Südwein.

37 *Reuthaue* – Rodehacke.

38 *luctus* (oder ludos?) *gladiatorios* – Leichengebräuche, Seelenmessen und gladiatorische Trauerbezeigungen. – *Klerisei* – Geistlichkeit. – *Monachus* – Mönch.

41 *widerte* – weigerte, widersetzte. – *einen Bauren oder zehen* – ungefähr zehn Bauern (häufige Wendung).

42 *überzwerchs* – quer. – *Furi* – Wut.

43 *Bärnhäuter* – einer, der auf der Bärenhaut liegt, ein Faulenzer, Titel einer Schrift Grimmelshausens. – *solenniter* – feierlich. – *Plaute* – kurzer, breiter Degen. – *Haar* – hast du solche Haare, bist du der Art?

44 *unterhanden* – unter den Händen.

45 *Gedanken* – Hier beginnt, vor des Simplicius Eintritt in die Welt, eine Vision in der Art barocker Allegorien. Die Einteilung der Soldaten in adlige und geringe ist für die Geschichte des Helden von Bedeutung. – *Partisanen* – Stoßwaffe der Offiziere. – *Fatzvögel* – Spaßvögel. – *Gespei* – Spott.

46 *demmen* – prassen.

47 *weberten* – bewegten sich. – *Landstörzer* – Landstreicher. – *Pikenierer* – niedrigste Klasse der Infanterie, nur mit der Pike, dem Spieß, bewaffnet. – *Hellenpotzmarter* – Fluch unter Anspielung auf ‚Hellebarde'. – *Baumöl geben* – prügeln. – *Schmiralia* – Bestechung (von ‚schmieren').

48 *Dunst* – Pulverdampf.

49 *Krachwadel* – schwächlicher Kerl. – *Johannes de Platea* – Rechtsgelehrter in Bologna um 1400. – *schlecht* – billig, mit Recht.

50 *nobilis est* – ‚Wohl dir, Land, des König edel ist.' Nicht Sirach, sondern Prediger Salomonis 10,17. – *et sordida* – ‚Es hat die edle Seele diese Eigenheit, daß sie sich für das Ehrenhafte erregt, und keinen Mann von hervorragendem Geist erfreuen niedrige und schmutzige Dinge.' – *Faustus Poeta* – neulateinischer Dichter († 1517 in Paris). – *foret ista tui* – ‚Wenn dich ländliche Bäurischkeit niedrig geboren hätte, so hättest du jene Vornehmheit deines Geistes nicht.' – *Possession* – Besitz. – *Soldaten von Fortun* – häufig vorkommender Ausdruck für militärische Emporkömmlinge, zu denen alle nichtadligen Offiziere gerechnet wurden.

51 *Unterhaltung* – Sold, Nahrung. – *Johann von Werd* – bayrischer, später kaiserlicher Feldherr († 1652), war zuerst Bauer. – *Stallhans* – schwedischer Generalleutnant († 1644), früher Schneider. – *Jacob* – Jacob Mercier, hessischer Oberst, früher Schuster, gef. 1633 zu Lippstadt. – *S. Andreas* – der Kommandant von Lippstadt, der vermutlich früher Schäfer war; vgl. S. 264.

52 *auf meinen Schrot* – sprichwörtlich: Das paßt gut in meinen Kram.

54 *Nördlingen* – am 6. September 1634. – *überrumpelt* – Es handelt sich um die erste Einnahme und Plünderung der Stadt durch eine kaiserliche Partei im September 1634.

55 *Corps de Garde* – Wachtstube. – *gekampelt* – gekämmt. – *gebüfft* – gekräuselt. – *knappen* – schnappen. – *türkischer Bund* – Turban.

56 *Sanctum Wilhelmum* – s. S. 21. – *Fernambuk* – brasilianisches Rotholz; vgl. S. 587. – *Stupfeln* – Stoppeln.

57 *besuchen* – durchsuchen. – *Hermaphrodit* – Zwitter der Sage nach Sohn des Hermes und der Aphrodite. – *Gubernator* – Der damalige Gubernator (Gouverneur) von Hanau war der schwedische Generalmajor Jacob von Ramsay (1589–1639); vgl. Anm. zu S. 418.

58 *Schrot* – auf meine alte Weise.

59 *Gewaltiger* – Profos, Richter. – *Bloch* – Block, Klotz.

61 *Minien* – Minium, Mennige. – *Endig* – Indigo. – *Lasur* – ursprünglich Ultramarin, dann jede durchsichtige Farbe. – *Auripigmentum* – Operment, Rauschgelb. – *Rausch-schütt* – Rauschgelb. – *Umbra* – Braun. – *zwagte* – wusch.

62 *Unlust* – Unrat, Schmutz. – *Galaunen* – galons, Borten, Tressen. – *Postur* – Figur. – *Trophaeum* – Trophäe, Siegeszeichen. – *mein Herr* – ich.

63 *Museum* – Studierzimmer. – *Religioso* – Mönch. – *Schotten* – Schottland; möglicherweise auch Schotten am Vogelsberg,

wo nach einer unbewiesenen These Grimmelshausen geboren sein soll; vgl. auch S. 462. – *Höchst* – am 20. Juni 1622.

64 *Mansfelder* – Graf Ernst von Mansfeld, berühmter Feldherr im Dreißigjährigen Krieg († 1626).

67 *zögerte mich auf* – hielt mich auf. – *klemm* – bedrängt, teuer.

68 *im Nachhauen* – bei der Verfolgung. – *ranzionieren* – aus Gefangenschaft loskaufen, auslösen.

70 *zun Gal.* – im Brief an die Galater.

72 *Baccho, Cerere* – Bacchus, der Weingott, und Ceres, die Göttin der Früchte. – *vermannen* – an den Mann bringen. – *Metzen* – Dirnen. – *Zuschlag* – Verdienst. – *Gaden* – Kasten, Schrank, Bord.

73 *gEsell* – Wortspiel. – *Ecce Homo* – Christus als Schmerzensmann. – *Ich versehe michs* – Ich glaub es sicher.

74 *viel Schwäger, viel Knebelspieß* – sprichwörtlich: Viel Schwäger, viel Feinde. Knebelspieß: alte Jagdwaffe mit Quereisen, später auch Kriegswaffe. – *Publikanen* – Steuerpächter.

75 *mit dem Judenspieß um die Wette rennen* – sprichwörtlich: Wucher treiben. – *zog von Leder* – Die Redensart rührt von den ledernen Scheiden her.

76 *Potz Blut* – für: Gottes Blut. Potz aus ‚Gotts'; kommt in verschiedensten Zusammensetzungen vor. – *das Weiß über sich kehrte* – die Augen verdrehte. – *Dölpel* – Türschwelle, über die der Ungeschickte (der ‚Tölpel') fällt; daher: übertölpeln. – *den Stein stoßen* – den Stein unter die Füße stoßen, zu Fall bringen.

77 *Straßen* – im Original verderbt: Sprossen.

78 *Potz Fickerment* – für: Gotts Sakrament. – *Strick zu* – spaßige Verdrehung von ‚Glück zu'.

79 *gerülpt* – roh behandelt.

81 *Fehlhalden* – sie bringen es zu nichts. – *Fortunati Säckel* – Anspielung auf das bekannte Märchen, in dem sich das Säckel immer wieder mit Geld füllt. – *Titular-Buch* – Buch, in dem die Titel und Anreden verzeichnet waren. – *Geneunte* – Simplicius leitet ‚geachtet' von 8 ab.

82 *verkerbt* – Kerbe ist das Zeichen im Holz, mit dem man etwas notiert; verkerben heißt: ein falsches Zeichen machen; einen Handel verkerben: einen Handel verderben. – *Meleagrum rüstet* – Mythologische Beispiele (fast wörtlich aus Garzonis ‚Allgemeinem Schauplatz' übernommen) für bösartige, gewalttätige Nachstellungen. Statt Menelaus muß Agamemnon stehn, den Klytämnestra nach seiner Heimkehr aus Troja im Bad ermorden ließ. – *Essig* – hervorstechender Schelm.

84 *Haus Braunfels* – Braunfels bei Wetzlar, wurde im Januar 1635 durch einen Handstreich besetzt. – *den Rock zerreißen* – sprichwörtlich: Ich ließ mich nicht lange nötigen. – *Schüppen-Essen* – Nicht erklärt: vielleicht von Schöppen-Essen, Festmahl für Schöffen; oder mit schippen, schöpfen zusammenhängend.

85 *Fang* – Jägerausdruck: der tödliche Stich oder Stoß. – *Fuchsschwänzer* – Schmeichler. – *Tischräte* – Hofnarren.

86 *Potagen* – Suppen. – *Olla Potrida* – Gemisch aus Gemüse und Fleisch. – *Cn. Manlius* – römischer Konsul, durch seinen Luxus berühmt. – *Trachten* – Gänge, Gerichte.
87 *Dürmel* – Taumel. – *minas* – Mienen; Gr. gebraucht das Wort immer statt vultus. – *hotten* – vorwärts kommen, vom Fuhrmannsruf ‚hotte'. – *auszuschoppen* – auszustopfen, vollzufüllen.
88 *Pumpes* – Schläge. – *Wetterau* – Landschaft nördlich des Mains zwischen Taunus und Vogelsberg. – *naut im Schank* – nichts (oder Not?) im Schrank, im Brotkasten; Redensart, mit der die Armut der Wetterauer gefoppt wird; aut oder naut (nach engl. ought or nought) in Niederdeutschland redensartlich. – *Tauben* – Gedanken, Grillen.
89 *Gespan* – Gesell. – *zerkarbeitscht* – zerschlagen. – *Bastonaden* – Prügel (franz. bâton). – *Bisemknöpfe* – gedrechselte Büchsen mit Moschus (als Parfüm und Arznei).
90 *mäßigen* – der ein Maß faßt. – *zuzotteln* – vielleicht nachlässig oder schwankend zutrinken.
91 *Bilsensamen* – Bilsenkraut, Arznei, Betäubungsmittel.
92 *Tresor* – Tisch, Schrank. – *Lavor* – Waschbecken. – *einen Fuchs schießen* – erbrechen.
93 *schummelte* – tummelte, machte mich davon. – *agiert* – verspottet, geneckt.
94 *Hausöhrn* – Hausflur.
95 *gumpen* – springen. – *Purgation* – Abführmittel.
99 *Schwarz und Weiß* – ‚oder der Satyrische Pilgram', frühes Werk Grimmelshausens (1666). – *Praeludium Veneris* – Vorspiel der Venus. – *lausterte* – lauschte.
101 *importun* – aufdringlich. – *schellig* – zornig.
102 *Abschrötlin* – Abfälle, Reste.
103 *verstund* – erfuhr. – *Despekt* – Mißachtung.
104 *disgustiert* – verstimmt, beleidigt. – *Hippokras* – hippokratischer Wein, mit Gewürzen aromatisiert.
105 *über siebzehn Lauten* – unterhaltsamer als eine Musik von 17 Lauten. – *lausen* – mit mir verfahren, mir beikommen.
106 *Blöcher* – Blöcke.
107 *schlampamte* – schlemmte. – *gut Geschirr machen* – Übersetzung des franz. faire bonne chère, vergnügt sein. – *verlummerte* – erschlaffte. – *der Blast* – die eingeblasene Luft. – *Stegreif* – Steigbügel.
108 *abgeschweißt* – ausgepreßt. – *Mutzen* – kurzer Rock. – *meine Person* – meine Rolle.
110 *Handzwell* – Handtuch. – *verquanten* – verstellen.
111 *dem man wacht* – den man wach hält; Falken werden bei der Abrichtung schlaflos gehalten. – *zum Unwillen* – zum Erbrechen. – *Leilach* – Leintuch. – *zerplotzten* – zerprügelten.
112 *Eumenides* – die griechischen Rachegöttinnen, Erinnyen. – *Tisiphone* – die Rächerin des Mordes. – *Athamantem* – Athamas wurde von Juno mit Wahnsinn geschlagen, weil er seine Kinder aus erster Ehe morden wollte (Ovid, Metamorphosen). – *Lefze* – Lippe. – *erkoberte* – erholte.
113 *tanzern* – zum Tanzen Lust haben. – *Hippen* – waffelartiges Gebäck.

114 *Mönchsgugel* – Kapuze.
115 *wie des Goldschmieds Jung* – derbe Redensart wie Götz von Berlichingen, 3. Akt.
117 *hinter den Bergen wohnen auch Leut* – sprichwörtlich: Anderwo gibt es auch verständige Leute.
118 *geschloffen* – geschlüpft.
119 *Simonides Melicus* – griechischer Lyriker, der eine Gedächtniskunst, Mnemonik, erfunden haben soll. – *Metrodorus Sceptius* – Philosoph und Staatsmann (um 140 v. Chr.). – *und sagte mir* – Die folgenden Beispiele übernahm Gr. aus antiken und humanistischen Autoren von Plinius bis Colerus und Garzoni. – *Liberei* – Bibliothek.
122 *gebrittelte* – gefältelte.
123 *zwitzern* – glitzern. – *Nestel* – Bänder, Schleifen. Daher nennt der Volksmund die Schwaben um Ulm ‚Nestelschwaben'. – *Geißmämm* – Euter, lat. mamma. – *Schubsack* – Tasche. – *fischen* – stehlen. – *die schnelle Katharina* – Durchfall, spaßhaft ans griech. katharsis anklingend.
124 *auf den Esel setzen* – in Verlegenheit bringen. – *Titel-Schmied* – Gegen die barocke Titelsucht eifern viele Schriftsteller des 17. Jh.
125 *Platteis* – Plattfisch, Scholle, lat. platessa. – *Knollfink* – plumper Kerl; vgl. Schmutzfink. – *Nabuchodonosor* – Der babylonische König Nebukadnezar wurde seines Übermuts wegen mit Wahnsinn gestraft und fraß Gras wie die Ochsen (Daniel 4,29ff.).
127 *wie jenem Hund* – bekannte Fabel ‚Vom neidigen Hund' aus Burkard Waldis ‚Esopus'.
128 *Vanitäten* – Eitelkeiten, nichtige Dinge. – *halbe Wagen* – die Lafetten der Geschütze. – *Dignitäten* – Würden. – *arbeitselige* – mühselige.
129 *im Posten* – in der Rechnung. – *Staden* – Orb bei Gelnhausen, Braunfels bei Wetzlar, Staden in der Wetterau bei Friedberg, dieses am 24. Mai 1635 von Ramsayschen Truppen eingenommen.
131 *Ohrenbläser und Daumendreher* – Schmeichler und Tagediebe. – *auswarf* – spuckte.
133 *aufschneiden* – Diese Zusammenstellung zoologischer Kuriositäten geht wie frühere gelehrte Stellen auf Sammelwerke der Renaissance zurück, die wiederum aus antiken Quellen schöpfen. – *Bloch-Tauben* – wilde Tauben.
134 *mühsame* – fleißige. – *Knopf* – Knoten. – *belaustern* – belauschen.
135 *euer Meinung wieder* – Die Vergleiche des Kapitels klingen auch an die Sprüche Salomos an, etwa Kap. 30,24ff.
136 *kühret ut jehme* – ‚Was solls mit diesem Kerl sein, er hat den Teufel im Leib, er ist besessen, der Teufel der spricht aus ihm.'
137 *Man lieset* – Diese Geschichte hat zuerst der antike Arzt Galen berichtet, die andern finden sich bei spätern Autoren: Beyerlink, Remigius, Moscherosch u. a.
140 *Narr im Zwiebelland* – einer, der ohne Sorgen gut gedeiht. – *aufgeschlagen* – aufgehoben.
141 *Landfahrer* – Gaukler, Jahrmarktskünstler. – *Kroaten* – Diese

waren am 11. März 1635 in Hessen eingedrungen und plünderten die Wetterau aufs schwerste. – *ville sebao* – fehlerhaft geschriebenes Böhmisch; soll heißen: Wir nehmen diesen Narren mit uns, wir führen ihn zum Herrn Oberst. Bei Gott, ja! wir setzen ihn aufs Pferd; er (der Oberst) versteht deutsch, er wird Kurzweil mit ihm haben.

142 *Büdingen* – Stadt in Oberhessen unweit Gelnhausen. – *hofieren* – Euphemismus wie: sein Geschäft machen. – *Stift Hirschfeld* – die Benediktinerabtei Hersfeld nördlich Fulda. – *Obrist Corpes* – historische Persönlichkeit, Unterführer des Kroatengenerals Isolani.

143 *Müllerflöhe* – Läuse, ihrer Farbe wegen. – *Grandezza speisen* – vornehm leben, Gastereien geben. – *feiren* – in Ruhe lassen. – *Melander* – Peter Holtzapfel (1585 bis 1648), Generalleutnant des Landgrafen von Hessen-Kassel, später kaiserlicher Feldmarschall.

144 *Schnapphahnen* – Wegelagerer.

145 *Knappsack* – Brotsack, Ranzen.

147 *zu den Hexen auf den Tanz gefahren* – Die Hexenfahrt zum Blocksberg, die die beiden folgenden Kapitel umfaßt, scheint den Boden des wirklichen Geschehens zu verlassen. Gr. tut zuerst, als träumte ihm, im 18. Kap. bekräftigt er seinen Hexenglauben und stellt das Geschehnis als halb wahr hin. In der künstlerischen Komposition des Romans leitet die imaginäre Episode von den Ereignissen am Main zu den Elbgegenden über. Außerdem überbrückt sie eine Lücke in der historischen Chronologie: Die letzten Begebnisse spielen im Frühjahr 1635, die Belagerung Magdeburgs fällt in den Herbst 1636.

148 *fuhr ich den Bauren wieder ein* – brach ein. – *Particul* – Teilchen, etwas.

149 *Schmierberlohn* – Schmierlohn.

150 *Zwerchpfeifen* – Querflöten. – *Diskant* – Diskantgeige, Violine. – *Wasen* – Schindanger. – *Dütten* – Zitzen.

151 *kalekutscher Hahn* – Truthahn. – *Simonem* – Der Zauberer Simon (Apostelgesch. 8) galt in der mittelalterlichen Literatur als Muster eines Magiers und Hexenmeisters. – *Nicolaus Remigius* – um 1560 in Venedig, verfaßte eine Daemonolatria, die 1598 in deutscher Übersetzung erschien. Gr. hat diese Quelle an zahlreichen Stellen fast wörtlich benutzt.

152 *von dem gemeinen Geschrei* – von dem allgemeinen Gerücht. – *Majolus* – Bischof, Ende des 16. Jh., verfaßte Dierum canicularum tomi VII, die 1650 unter dem Titel ‚Hundsäugige Erquickungsstund' verdeutscht erschienen. – *Olaus Magnus* – schwedischer Gelehrter († 1566); das genannte Werk erschien 1555. – *des Othini Geist* – Odins Roß Sleipnir. – *Torquemadius* – spanischer Gelehrter des 16. Jh. – *Ghirlandus* – d. i. Grillandus, neapolitanischer Rechtsgelehrter Ende des 16. Jh., der über Hexenprozesse schrieb. – *kein Salz vorhanden war* – Die Speisen der Zauberer mußten salzlos sein, weil sie sonst dem biblischen Opfer geglichen hätten. 3. Mose 2,13: ‚Alle deine Speisopfer sollst du salzen.'

154 *Gleichnisse* – Beispiele, Proben.
156 *hinter die Brief kam* – mein Geheimnis erriet.
157 *Galleen* – Galeeren. – *Schelmenbeiner* – knöcherne Würfel. – *Schunderer* – Wortspiel mit Schuldner und Schund (Schinder). – *Scholderer* – Veranstalter von Glücksspielen, die Scholder war eine Art Roulette.
158 *faselt'* – gedieh. – *redliche Würfel* – Da jeder seine eignen Würfel benutzte, war natürlich viel Betrug im Spiel.
159 *Eß* – ‚Eins' beim Würfelspiel. – *Daus* – ‚Zwei' (aus franz. deux).
160 *Rumormeister* – Vorsteher der Feldpolizei. – *Steckenknecht* – Polizeidiener, Büttel.
163 *Tyras* – Netz zum Vogelfang. – *der vorstehende Hund* – Vorstehhund, Hühnerhund. – *schleifen lassen* – vgl. 2. Samuelis 17,13. – *Speivogel* – Spottvogel.
164 *Dicis et non facis* – Du sagst es und tust es nicht. – *gebaumölt* – s. S. 47. – *Job* – Hiob. – *Siemänner* – Weiberknechte, Pantoffelhelden. – *Aktäon* – ein junger Jäger, den Diana in einen Hirsch verwandelte, weil er sie im Bade belauscht hatte.
165 *Musterschreiber* – Schreiber, der die Listen der Musterung, die Musterrolle, führt.
166 *Judasbruder* – Verräter. – *Ursach* – aus dem Grunde, weil . . . – *Siebdreher* – Das Siebdrehen war eine beliebte Zauberei. – *Bildnis* – Gestalt. – *den Saturnum vorstellen* – als alten Mann mit Krücke oder Sichel, als Gott der Aussaat und der Zeit (Verwechslung mit Chronos). – *Wenddenschimpf* – Schimpf in der alten Bedeutung von Scherz; der Spaßverderber, Spielverderber.
167 *und Mercurii* – astrologische Konstellation, die Verbindung von Profos und Schreiber.
171 *entledigte* – befreite. – *Nativitäten-Steller* – der aus der Stellung der Gestirne in der Geburtsstunde des Menschen sein Schicksal voraussagen kann. – *Physiognomist* – Wahrsager aus den Gesichtszügen. – *Chiromanticus* – der aus den Linien der Hand wahrsagt.
173 *Hatzfeld* – Melchior von Hatzfeld (1593–1658), kaiserlicher General, später Feldmarschall.
174 *zu Eger eingewieget worden* – Wallenstein wurde am 25. Februar 1632 in Eger ermordet. – *stroherne Stadt* – womit die Zelte und Hütten gemeint sind.
175 *Secret* – Abort. – *Lycomedes* – Thetis brachte ihren Sohn Achill in Weiberkleidern zu Lycomedes, um ihn vor dem Krieg gegen Troja zu bewahren. – *Magdeburg*, die Schanze bei *Werben* an der Elbe, *Havelberg* und *Perleberg* (in der Prignitz) wurden im Sommer 1636 von den Kaiserlichen genommen.
176 *in gleichem Spital krank* – litten an derselben Leidenschaft.
177 *nach Mitternacht tagen* – stand gleich nach Mitternacht auf.
179 *Banier* – Johann Banér (1593–1641), schwedischer General.
181 *kurios* – wißbegierig.
182 *Wittstock* – Stadt in Brandenburg (Ostprignitz); in der Schlacht am 24. September 1636 siegten die Schweden unter Banér über die Kaiserlichen und Sachsen unter Hatzfeld.

183 *Spitzköpfe* – Spitzbuben.
184 *Battalia* – Schlacht. – *ohnverblichen* – ohne zu erbleichen.
186 *Von einer großen Schlacht* – Wie Kap. 17 und 18 mit der Hexenfahrt von Hessen nach Magdeburg überleitete, so diese lustige Geschichte von der Läuseschlacht von Magdeburg nach Westfalen; sie bildet außerdem den stärksten Kontrast zur vorangehenden Schilderung der Wittstocker Schlacht. – *meiner Jugend entginge* – etwas älter würde. – *vorgestellt* – befördert.
187 *Strategemata* – Kriegslisten. – *Armada* – Armee, Heer, Flotte. – *Ladstecken* – Ladestock. – *die Häls abstürzte* – die Hälse brechen ließ. – *Cavalcada* – Reiterzug, Ritt.
188 *Elend* – Ausland, Verbannung. – *Rencontre* – Begegnung. – *entsetzten* – befreiten. – *Mannheit* – Tapferkeit. – *sieben auf einen Streich* – Anspielung auf das Grimmsche Märchen ‚Das tapfere Schneiderlein', das Gr. schon kannte. – *Paradeis* – Paradies: ein Frauenkloster bei Soest.
189 *Blomeiser* – kleine Münze, Achteltaler vom Niederrhein. – *treugen* – trocken. – *getrösten* – erhoffen.
190 *Salvaguardi* – Schutzwache. – *begrasen* – ausfuttern, erholen. – *Ohm* – altes Flüssigkeitsmaß. – *gedachte* – daß er sich an die Schlacht von Pavia (1524) noch erinnerte. – *Hammelskolben* – Hammelkeule.
191 *Galaunen* – Borten, Tressen.
192 *Lippstadt* – in Westfalen, war 1633 von den Hessen eingenommen worden. – *Instrument* – Clavichord. – *and* – leid, weh. – *Mucken* – Schäden.
193 *Führer* – Unteroffizier.
194 *Maulleder* – Mundwerk. – *wie das Bös in einer Wannen* – wie das Schlechte, die Spreu, in der Futterwanne durch Schütteln herausgeworfen wird.
195 *Graf von Götz* – (1595–1645), seit 1638 kaiserlicher Feldmarschall; mit seiner Armee ist Gr. aus Westfalen an den Oberrhein gekommen. – *molest* – lästig, beschwerlich. – *Widerwärtige* – Widersacher. – *auslegte* – für Erkundigungen ausgab. – *konjekturierte* – vermutete, erriet.
196 *Offizien* – Offiziersstellen. – *Trojanischer Krieg* – der in der Ilias besungene zehnjährige Kampf aller griechischen Helden unter Führung Agamemnons gegen Troja in Kleinasien, um den Raub der Helena durch Paris zu rächen. – *Ostende* – die berühmte Belagerung Ostendes durch die Spanier 1601–1604.
197 *Importanz* – Wichtigkeit, Bedeutung. – *Vest von Recklinghausen* – ‚Vest' (d. h. Gerichtsbezirk) war der Name der Grafschaft Recklinghausen in Westfalen; also ist hier wohl nicht die ‚Festung', sondern die Landschaft gemeint. – *lateinischer Handwerksgesell* – Student. – *re vera* – in der Tat, wahrlich. – *Convivium* – Mahl, Gastmahl.
199 *o mirum!* – O Wunder!
200 *zu unsern Gesellen* – Die Geschichte vom Speckdiebstahl ist ein alter Schwankstoff, er findet sich schon bei Hans Sachs.

201 *Spring-ins-Feld* – Hier taucht zum erstenmal die Figur auf, die später in der ‚Courasche' und im ‚Seltsamen Springinsfeld' eine wichtige Rolle spielt. Im 16. Kap. der ‚Courasche' wird die Entstehung des Spitznamens aus einer Episode erklärt. – *Stolen* – Stola. – *Sprengel* – Weihwedel.
202 *exorzieren* – beschwören, bannen. – *Tausendhändel* – Hokuspokus, Gaukeleien. – *welche Zeit es in der Küchen war* – wie es in der Küche stand. – *Hornung* – Februar.
203 *Klucksen* – Schlucken. – *das Münkelspiel so grandig besteckt hatte* – der ihm den Mund so reichlich voll gestopft hatte. – *in Salvo* – in Sicherheit. – *Rehnen* – Rheine an der Ems.
204 *landberufenen* – weitberühmten.
210 *judiziert* – beurteilt.
211 *Bandelier* – Gurt von der Schulter zur Hüfte, an dem Pulverhorn, Kugelbeutel, Patronen usw. getragen wurden. – *im Werk* – wirklich, in der Tat.
212 *Werl* – kleine Stadt in der Nähe von Soest.
213 *Exorbitantien* – Ausschweifungen, Exzesse.
215 *ob Bläsi zu Haus sei* – sprichwörtlich: ob jemand da sei; Bläsi = St. Blasius.
216 *Konterbission* – absichtlich verderbt aus Kontribution.
217 *Meerrohr* – spanisches Rohr. – *das große Numen* – die Gottheit.
218 *Ranzion* – Lösegeld. – *Tractation* – Behandlung. – *hetzen* – aufziehen, foppen. – *dem großen Gott* – romanisches Kruzifix mit 5 Fuß langer Christusfigur aus Silber mit goldnem Lendenschurz, 1770 aus dem Patroklus-Dom gestohlen. – *Jove* – Jupiter (falscher Vokativ). – *Silvani* – Waldgötter.
219 *Styx* – feierlicher Schwur beim Fluß der Unterwelt. – *Ganymed* – seiner Schönheit wegen von Zeus geraubt und als Mundschenk in den Olymp versetzt. – *Lykaon* – König von Arkadien, setzte Zeus Menschenfleisch zur Speise vor; sein Frevel veranlaßte die große Sintflut (Ovid, Metamorphosen I 163 ff.). – *mit Butzen und Stiel* – mit Stumpf und Stiel.
220 *Narcissus* – war so schön, daß er sich in sich selbst verliebte und aus Sehnsucht nach sich selbst starb. – *Adonis* – der schöne Geliebte der Liebesgöttin. – *Hora Martis* – die Stunde, in der Mars, der Stern des Kriegsgottes, regiert.
221 *Tamerlan* – Timurlenk (1333–1405), mongolischer Feldherr, Nachkomme des Dschingis Khan.
222 *Elysische Felder* – Ort der Seligen. – *Chorus Deorum* – Chor der Götter. – *Helikon* – Gebirge in Böotien, Sitz der Musen.
223 *Fabricius* – römischer Konsul, Muster alter Sittenstrenge und Rechtlichkeit. – *Kriegsgurgeln* – Schimpfwort für Landsknechte. – *Manoah in Amerika* – durch ihren Goldreichtum berühmte Stadt in Dorado. – *Priester Johann in Afrika* – Mittelalterlicher Sage nach regierte in Innerasien ein Priester Johannes ein christliches Reich.
224 *Plag Erysichthonis* – Erysichthon, der Sohn des thessalischen Königs Triopas, wurde mit nie zu stillendem Hunger bestraft, weil er in einem heiligen Hain der Demeter Bäume umhieb. – *Momus* – Gott des Tadels, Spottes. – *Zoilus* – griechischer

Rhetor, berüchtigt wegen seines abfälligen Buches über Homer; daher Name für einen hämischen Tadler.

225 *Theon* – alexandrinischer Rhetor. – *Hipponacis-Zunge* – Hipponax aus Ephesus, Hauptvertreter derb realistischer Spottpoesie. – *Battus* – ein Hirt, der dem Hermes (Merkur) zu schweigen versprochen hatte, als dieser Rinder aus der Herde des Apollon stahl, und von ihm in Stein verwandelt wurde, als er ihn doch verriet (Ovid, Metamorphosen 2,687ff.). – *Juno* – Gemahlin des Jupiter. – *Lapidem Philosophorum* – den Stein der Weisen.

226 *zweiundsiebzig Dolmetschen* – Der Überlieferung nach ließ der ägyptische König Ptolemäus Philadelphus 72 jüdische Gelehrte das Alte Testament ins Griechische übertragen (Septuaginta). – *probiert* – bewährt, anerkannt. – *Pluto* – Gott der Unterwelt. – *Que* – latein. und; ein Zusatz, Einwand. – *ad infinitum oder indefinitum* – ins Endlose oder Unbestimmte. – *Opinion* – Meinung. – *Kongregation* – Versammlung. – *Konklave* – verschlossener Raum, in dem die Kardinäle den Papst wählen. – *ad rem* – zur Sache.

227 *des Daedali Flügel* – Dädalus floh mit seinem Sohn Ikarus mit selbstverfertigten Flügeln aus dem Labyrinth des Königs Minos auf Kreta. – *Billigkeit* – mit welchem Recht. – *Ehebruch Martis* – Odyssee 8,266–366. – *Priapus* – Gott der Fruchtbarkeit.

228 *des Augiae Stall* – Die Reinigung des Stalles des Königs Augias in Elis, der durch seinen Herdenreichtum berühmt war, war eine der zwölf Taten des Herakles. – *Tantalus* – Von Zeus in den Tartarus verdammt, mußte er Hunger und Durst leiden, da die Früchte über seinem Haupt und das Wasser zu seinen Füßen zurückwichen, wenn er danach langte. – *Daphitas* – Grammatiker, der wegen seiner Spottverse auf die Könige von Pergamon auf dem Berge Thorax gekreuzigt wurde. – *Anaxarchus* – Philosoph aus Abdera, begleitete Alexander auf seinen Zügen, erlitt wegen seines Freimuts durch den Tyrannen von Zypern einen qualvollen Tod. – *in Phalaris glühenden Ochsen* – Tyrann von Agrigent in Sizilien, der in einem ehernen Stierbild Menschen verbrannte. – *der Pandora Büchse* – Pandora wurde von Zeus mit einer Büchse auf die Erde gesandt, in der alle Übel verschlossen waren. – *Nemesis, Alecto, Megaera und Tesiphone* – die Göttin der Gerechtigkeit und die drei Rachegöttinnen, die Eumeniden. – *Cerberus* – der Höllenhund mit drei Köpfen. – *sollizitiert* – bitten, begehren, ansuchen. – *die Weiber* – die Stelle steht, wie das ganze Kap. und II 28 ‚Von einer großen Schlacht . . . ‘, in der Tradition von Johann Fischarts ‚Flöh Hatz, Weiber Tratz‘ (1575), der seinerseits dem franz. ‚Procès des femmes et des puces‘ folgte.

229 *Jo, Callisto, Europa* – Geliebte des Jupiter. – *Raben* – Ein Rabe verriet Apollo die Untreue seiner Geliebten Koronis (Ovid, Metamorphosen II 542f.). – *Bann* – Bezirk.

230 *verrieblen und vertrieblen* – zerreiben und vertreiben.

231 *Wasserrunze* – Wasserrinne. – *Klamm* – Enge, Spalt.

232 *Cocytus* – Fluß in der Unterwelt. – *des Pirithoi Hochzeit* – Die Lapithen, ein wildes Bergvolk in Thessalien, besiegten, bei der Hochzeit ihres Königs Peirithoos in Streit geraten, die Zentauren (Ovid, Metamorphosen XII 210ff.).
233 *Kartell* – Vertrag, Vereinbarung.
234 *Johann de Werd* – s. S. 51. – *Graf von der Wahl* – bayrischer Feldherr und Marschall († 1644); rückte 1637 mit einem Korps nach Westfalen. Damit stimmen die Zeitangaben des Romans überein; es ist etwa ein Jahr seit der Belagerung Magdeburgs vergangen.
235 *Vecht* – kleiner Fluß, der bei Münster entspringt und in die Zuidersee fließt. – *Meppen, Lingen* – Städte an der Ems.
236 *min Levent* – ‚Mein lieber Herr, ich bitte Euch durch Gott, schenkt mir mein Leben!'
237 *in floribus* – wie in Blumen, glänzend.
238 *kippeln* – plänkeln, streiten. – *Stiegelhupfer* – Spottname für Musketiere, weil sie viel herumlaufen müssen. – *Strohjunker* – vgl. Krautjunker. – *Milchpfennig* – Ersparnisse. – *Stiefelschmierer* – Spottname für Reiter, wegen der langen Reiterstiefel. – *Maurenscheißer* – Spottname für Festungsbesatzungen, die innerhalb der Mauern bleiben.
239 *Dachteln* – Ohrfeigen (Datteln). – *Zwitter* – weil die Dragoner zu Pferd marschierten, aber zu Fuß kämpften.
240 *Unschlitt* – Fett, Talg. – *das Prae* – der Vorrang.
242 *ichtwas* – irgend was, etwas. – *Presse* – Bresche. – *Stücke* – Geschütze. – *erledigen* – befreien.
244 *Brunnenteichlen* – Deicheln, Brunnenröhren. – *Doppelhaken* – große Gewehre. – *Inventor* – Erfinder.
245 *Stückfaß* – Pulverfaß. – *Quartierschlangen oder Kartaunen* – schwere Geschütze.
247 *daß ich den Hasen so laufen ließ* – so leichtsinnig war, das Geld hinauswarf. – *verschmieret* – als Schmiergeld verwendet.
248 *Petschier* – Petschaft, Siegel. – *Comes Palatinus* – Pfalzgraf; kaiserlicher Beamter, der Adelsdiplome und sonstige Ehren vermittelte. – *anpräsentiert* – zum Zweikampf herausgefordert.
249 *anstachen* – foppten.
250 *Nicaula* – Königin von Saba, die Salomo besuchte, 1. Kön. 10. – *stecken lassen* – ruhig sein. – *Bühel* – Hügel.
251 *Kollerer* – Tier, das den Koller, eine Gehirnkrankheit, hat. – *Holderstock* – Holunderstrauch.
252 *Kammerladen* – Truhe. – *lief die Katze den Buckel hinauf* – da packte mich erst das Grausen. – *Duplet* – Doppelbecher.
253 *versport* – verschimmelt. – *Schabracke* – Satteldecke. – *aufschließen* – mit einem Pistolenschuß; auch Simplicius ist adlig und kennt weder Vater noch Mutter.
255 *Edelgestein* – Bemerkungen über die wunderbaren Wirkungen der Edelsteine findet man in vielen naturgeschichtlichen Werken jener Zeit; sie gehen zum Teil bis auf Plinius zurück. – *Schwarz und Weiß* – vgl. Anm. zu S. 99.
256 *mit einem schmutzigen Maul* – mit fettigem Mund, wohlgenährt.
257 *verkleiben* – verkleben, verbergen.

260 *Feuerröhrer* – Musketiere. – *Hasard* – Glücksspiel, Wagnis.
261 *Festung* – Lippstadt.
262 *Klicker* – Spielkugeln der Kinder, Murmeln.
263 *gefolgt* – ausgeliefert.
264 *N. de S. A.* – Wie aus dem 16. Kap. des ‚Springinsfeld' hervorgeht, hieß der Kommandant S. Andreas; auch urkundlich ist der Obrist Daniel von St. André als Kommandant von Lippstadt nachgewiesen; vgl. S. 51. – *Dummel* – Taumel, Rausch. – *Prätext* – Vorwand, Begründung.
269 *Haussteuer* – Beisteuer zur Haushaltung. – *über alle schwangeren Baurn* – Redensart, etwas Unerhörtes zu bezeichnen.
270 *einen Hasen im Busen haben* – einen Narren mit sich herumtragen.
271 *Konstablen* – Kanoniere.
274 *wie dem Hund das Gras gesegnet wurden* – nicht gut bekamen; weil Hunde erbrechen, wenn sie Gras fressen. – ‚*Arcadia*' – berühmter Schäferroman des Engländers Philip Sidney (1554–1586), 1629 verdeutscht und 1638 von Opitz bearbeitet. – *für das Wohlreden* – anstatt der Rhetorik. – *mit der Leimstange laufen* – Leimrute, um Vögel (hier Mädchen) zu fangen; buhlen; Leimstängler = Buhler. – *Thomae Thomai Welt-Gärtlein* – italienischer Schriftsteller, sein ‚Hortulus Mundi' 1620 deutsch.
275 *Martini* – 11. November.
276 *ohne* – außer (so öfters gebraucht). – *Favor* – Gunstbezeigungen, Geschenke.
277 *aller Kosten* – nom. masc.sing.: der Kosten. – ‚*Joseph*' – Der Dichter identifiziert sich wiederum mit seinem Helden, indem er ihm sein eigenes Buch ‚Der keusche Joseph' (1666) zuschreibt.
278 *St. Velten* – häufiger Euphemismus für Teufel.
279 *wie des Goldschmieds Jung* – s. S. 115.
280 *weder petrisch noch paulisch* – weder katholisch noch lutherisch. – *dahinleben* – in den Tag hinein leben; vgl. S. 338.
281 *Conrad Vetter* – Münchner Jesuit († 1622), der sich scharf gegen den Protestantismus wandte. – *Johannes Naß* – Franziskaner zu Ingolstadt (1534–1590). – *Ananias* – nach Apost. Gesch. 9,10ff. Anhänger Christi in Damaskus, besuchte Saulus nach seiner Bekehrung.
282 *reformierter* – ein außer Dienst befindlicher, auf Wartegeld gesetzter.
283 *zu Licht kommen* – auf Abendbesuch kommen.
284 *machte ich mich gemein* – wurde ich vertraulich. – *kooperieren* – bewirken, mithelfen. – *beschlagen* – abfertigen.
285 *Kopulation* – Verbindung, Trauung. – *Krabat* – Kroat.
286 *gemeint hätte* – gegen ihn gesinnt gewesen wäre.
287 *diesen Weg* – auf diese Art.
289 *Schwäher und Schwieger* – Schwiegervater und Schwiegermutter. – *Heirats-Abred* – Verlobung. – *Heirats-Notul* – Ehevertrag.
290 *Füchse* – Goldstücke. – *Pythagoras* – soll ein für seinen Schwiegersohn ungünstiges Testament abgefaßt haben. – *über die Kanzel abgeworfen* – öffentlich verlesen, abgekündigt.

291 *die Feige weisen* – den Hintern zeigen. – *geschlagen worden* – am 3. März 1638. Graf Götz kam Johann von Werd zu Hilfe und zwang Bernhard von Weimar (schwedischer General, 1604–1639), von der wichtigen Festung Breisach abzulassen.
292 *brühen* – sehr unanständige Fluchformel. – *Liff* – Leib. – *bei der Kartausen* – beim Kragen.
293 *den Hingang für den Hergang haben* – umsonst, vergeblich hingehen; vgl. S. 457 (Schluß).
294 *vidimiert* – beglaubigt. – *Komplexion* – Leibesbeschaffenheit.
295 *neiden* – beneiden, hassen. – *Luder* – Schlemmerei.
296 *vernarren* – närrisch werden. – *Philemon* – Komödiendichter in Syrakus, soll beim Lachen über einen eignen Witz gestorben sein. – *Democritus* – der lachende Philosoph aus Abdera. – *Kuriosität* – Neugier, Wißbegier. – *däuen* – verdauen.
297 *mästete uns auf schwäbisch* – gab uns wenig zu essen. Der Aufenthalt beim geizigen Kostherrn ist ein häufiges Motiv des picarischen Romans. – *Beiner* – Knochen. – *solenniter* – feierlich. – *Bolchen* – Dörrfisch.
298 *Fettmönch* – geringe kölnische Münze. – *Rinderkuttlen* – Gedärme, Kaldaunen.
299 *bei ihrer alten Geigen* – bei der alten Art und Weise. – *Schnabelweid speisen* – Leckerbissen vorsetzen. – *Hocken* – Händler, Höker.
304 *Viertel-Commissarius* – Stadtviertelmeister. – *Matz von Dresden* – kauernde Steinfigur an der alten Elbbrücke in Dresden.
305 *Letze* – Abschiedsmahl.
306 *Kreditor* – Gläubiger. – *Obligation* – Schuldschein.
307 *Kommandanten in L.* – Obrist von S. Andreas, Kommandant von Lippstadt; s. S. 264. – *Copert* – Kuvert, Brief. – *Imagination* – Einbildung.
309 *Kollation* – Mahlzeit. – *das beste Geschirr zu machen* – s. Anm. zu S. 107. – *entzuckt* – entzogen.
310 *Tabulaturbuch* – Notenbuch für die Laute, das die Griffe bezeichnet. – *des Orphei* – Es handelt sich offenbar um die Aufführung einer Oper ‚Orpheus und Eurydike'. Dieser Stoff erfreute sich zu jener Zeit großer Beliebtheit und wurde oft bearbeitet; zuerst hatte Heinrich Schütz 1638 den Text von August Buchner komponiert. – *mit Oleo Talci* – Talk, Speckstein diente zum Schminken.
312 *Beau Alman* – der schöne Deutsche. – *um die Dejaniram kämpfte* – Der Flußgott Acheloos kämpfte in Stiergestalt mit Herakles um Dejanira (Ovid, Metamorphosen 9).
313 *reverberierte* – schmolz; Reverberierofen. – *alkühmistische* – scherzhafte Korruption von alchimistische. – *apothekerten* – schmeckten nach Apotheke (Aphrodisiaka).
315 *Basiliskenaugen* – ungeheuere Schlange, deren Blick tötet (Plinius).
317 *Cammertuch* – Leinen aus Cambrai (Cammerich), vgl. S. 535.
318 *heroische* – Heroinen, Halbgöttinnen gleichende.
319 *Fuchsschwanz* – Schmeichelei. – *heunt* – heint, heunt = heut nacht.

320 *Pistolet* – Münze.– *mal de Nable* – Krankheit von Neapel (Naples) oder sogenannte Franzosenkrankheit (Morbus gallicus, Syphilis), weil sie im Heer Karls VIII. von Frankreich 1494 vor Neapel zuerst auftrat.

323 *ohne das weiß Gezeug* – außer der Wäsche, dem Weißzeug. – *Purpeln* – Blattern.

324 *Cornelium* – Augenkrankheit, Star(?).

325 *Urschlechtenmäler* – Blattern-Narben.

326 *Theriaca Diatessaron* – Theriak, Universalheilmittel. – *Sal ammoniacum und Camphor* – Salmiak und Kampfer. – *Scharbock* – Skorbut, Mundfäule.

327 *Kluft* – Zange.

328 *Liquor* – Flüssigkeit. – *Giftlatwerge* – Brei. – *Mercurium sublimatum* – Quecksilbersublimat. – *Aqua fort* – Scheidewasser. – *Spiritus Victril* – Vitriol, Schwefelsäure.

329 *Fleckensteinisches Gebiet* – Herrschaft Fleckenstein im Wasgau, wohin Gr. persönliche Beziehungen hatte. – *Philippsburg* – Rheinfestung in Baden, südlich Speyer. – *Wagelnburg* – Wegelnburg bei Weißenburg.

331 *Krämpeln* – Hökern (Krempel). – *Model* – Modelle, Muster. – *schillerten* – schilderten, standen Wache.

332 *den Esel reiten* – Auf einem hölzernen Esel reiten war eine häufige militärische Strafe, vgl. S. 158, 338 und öfter.– *Febrizitanten* – Fieberkranke.

333 *Unter-Markgrafschaft* – Baden-Durlach. – *Ottenheim* – Städtchen am Rhein unweit Lahr. – *Werder* – kleine Insel im Fluß.

334 *Goldscheur* – Ort am Rhein, auf der Höhe von Offenburg; s. auch S. 529. – *hoffende* – erhoffte.

337 *Rheinhausen* – in Baden, nahe Philippsburg.

338 *Wippe* – Schnellgalgen, Marterwerkzeug, auf dem der Bestrafte auf und nieder gewippt wurde.

339 *hinwegschicken* – mit Schimpf und Schande davonjagen.

340 *Bruchsal* – Stadt in Baden nördlich Karlsruhe; das Hauptquartier der Götzischen Armee war dort im Sommer 1638.

342 *Pasquillen* – Spöttereien, Verleumdungen.

343 *Merode-Brüder* – plündernde Nachzügler, Marodeure. Meist von franz. marauder = plündern abgeleitet; doch scheint die Bezeichnung mit dem Verhalten der Truppen des schwedischen Obristen von Merode zusammenzuhängen, die 1635 an der Elbe meuterten und sich disziplinlos über das Land ergossen. – *Neuneckischen* – Regiment des bayrischen Obersten von Neuneck. – *Kenzingen* – an der Elz im Breisgau.

344 *krumme Näht* – Einschub in der zweiten Auflage: ‚dieselbigen wurden Mansfelder Schuh genannt, weil dessen Kriegsknecht selbige erfunden.‘ – *Pechfarzer* – Schuster. – *Britannier* – Bretagner.

345 *Scharwacht* – Wache, die aus einer Gruppe besteht. – *Kommiß* – alles, was dem Soldaten zusteht, was geliefert wird.

346 *Silbergeschirr* – Fesseln. – *hänfenen Kragen* – Strang. – *ernähren sich doch* – in Anlehnung an Matth. 6,26. – *Wittenweirer Schlacht* – Dorf am Rhein in Baden; Sieg Bernhards von

Weimar über die Götzische Armee am 9. August 1638. – *Schuttern* – Dorf an der Schutter in Baden.

347 *das Geroldseckische* – Reichsgrafschaft Geroldseck in Baden. – *das Hattsteinische* – weimarischer Oberst von Hattstein († 1644). – *Waldstädte* – die vier, damals österreichischen, Städte Rheinfelden, Säckingen, Laufenburg, Waldshut. – *Breisach* – wurde im Dezember 1638 genommen. – *Approchen* – Laufgräben.

348 *Endingen* – am Fuß des Kaiserstuhls.

349 *Schelmenhaut* – durch Zauber unverwundbar.

350 *Kinzig* – im Schwarzwald, entspringt bei Freudenstadt und mündet gegenüber Straßburg in den Rhein.

351 *Waldfischer* – Strauchräuber. – *Waldkirch* – an der Elz im Schwarzwald. – *Kraut und Lot* – Pulver und Blei.

352 *Intraden* – Einkünfte. – *den Machiavellum* – Macchiavellis Buch ‚Il principe' über die unbeschränkte Fürstenmacht.

356 *Elen* – Elchleder.

357 *Präeminenz* – Vorrang, Vortrefflichkeit. – *Debitores* – Schuldner.

358 *als heiligen Ort gleichgesehen* – Die Bemerkung geht vielleicht auf den Streit zurück, der sich zwischen dem Gefolge des Bischofs Wetzel von Hildesheim und des Abts Widerad von Fulda 1063 im Dom zu Goslar abgespielt hat.

359 *Schnitz* – Streiche.

360 *in ein Pfann getreten* – einen Fehltritt begangen. – *Gadenhengst* – Ladenschwengel; Gaden heißt im Alemannischen auch das Schlafzimmer; also wohl in diesem Sinne zu verstehen. – *Judenspieß* – vgl. S. 75 und 357. – *Galmei* – Zinkerz: da Kupfer oft für Gold ausgegeben wurde (vgl. fool's gold), bedeutet es zugleich ‚Betrug'.

361 *verklettert'* – wohl verschmutzte, verschmierte (zusammenhängend mit Kladde). – *kastigieren* – züchtigen.

362 *gassatim* – gaßauf, gaßab. – *Bernius, Burchiellus, Aretinus* – italienische Renaissance-Schriftsteller, durch schlüpfrige Werke bekannt. – *Ite missa est* – die Schlußworte der Messe.

363 *vulpinieren* – stehlen (vulpes = Fuchs).

364 *Schnarcher* – Aufschneider, Prahler. – *Kalmusmühl* – unerklärt: vielleicht wegen der Bitterkeit der Wurzel, die u. a. als Magenmittel dient. – *Miseriam cum aceto schmelzen* – das Elend mit Herbem, Scharfem (Essig) würzen oder erweichen(?).

365 *hotten* – vorangehen, vgl. S. 87.

366 *ins Hemd gebacken* – ans Herz gewachsen.

367 *Valor* – Wert, Tapferkeit.

371 *raumen* – hetzen.

372 *Talpen* – Tatzen. – *Notstall* – Holzgestell, in das unbändige Pferde zum Beschlagen gesperrt werden. – *zur Ader läßt* – Am 26. Dezember fütterte man die Pferde mit geweihtem Heu und ließ ihnen zur Ader; das Blut wurde als Mittel gegen Krankheiten aufbewahrt.

373 *zeihen* – beschuldigen. – *Wamsklopfer* – Soldatenschinder.

377 *hausen* – wirtschaften. – *ausbäheten* – erwärmten. – *Arturi* –

Artus, sagenhafter König der Kelten, Held eines ausgedehnten mittelalterlichen Sagenkreises. – *Caliburn* – sein Schwert.

378 *Lichteneck* – Schloß bei Kenzingen.

379 *Villingen* – auf der Ostseite des Schwarzwalds, zwischen Rottweil und Donaueschingen.

380 *Partikularitäten* – Einzelheiten.

381 *Heldenschatz* – Anspielung auf Siegfrieds Schwert. ‚Heldenschatz' ist das gegen Ende des 15. Jh. zuerst erschienene Heldenbuch, das einen großen Teil der alten Heldengedichte enthielt. – *Schwabenheid* – die Leutkircherheide, wo die Laustanne steht, unter der das fahrende Volk lagert und sich die Läuse abfängt.

383 *Übersehen* – Versehen, Irrtum. – *nach Wien zitiert worden* – Graf Götz wurde im Dezember 1638 verhaftet und nach Ingolstadt gebracht; erst im August 1640 wurde er schuldlos erklärt und wieder eingesetzt.

384 *Furi* – Wut.

389 *Einsiedeln* – Wallfahrtsort im Kanton Schwyz.

391 *Rottweil* – nördlich von Villingen am Neckar. – *Filz* – Verweis. – *hinter die Brief* – hinter die Schliche.

393 *exorzisieret'* – ihm den bösen Geist austrieb.

395 *Baden* – schweizerische Stadt im Aargau an der Limmat.

396 *beschulden* – vergelten.

398 *mit dem Beweistum antworten* – den Hintern zeigen (vgl. Grimm, Wörterbuch I 565).

399 *fatuitas* – Torheit, Wortspiel mit fatum = Geschick. – *Wehbengel* – Knüppel, den man Hunden umhängt, sie am Jagen zu hindern; hier: sein Weib.

400 *Conditiones* – Bedingungen. – *apophthegmatisch* – mit wenigen Worten, knapp und geistreich. – *in prima plana* – auf der ersten Seite (der Musterliste der Kompanie nämlich, auf der die acht Chargen aufgeführt sind). – *Schillergäst* – Leute, die ins Schilderhaus, auf Wache ziehn, also gemeine Soldaten.

401 *Occasion* – Graf Götz fiel im Gefecht bei Jankau am 6. März 1645. Dieser Zeitpunkt paßt aber weder in den Ablauf des Romans, der bis ins Jahr 1640 gelangt ist, so daß ein Sprung von fünf Jahren eingetreten wäre, noch zum weitern Geschehen. – *gemartscht* – zunichte gemacht. – *Testiculi* – Hoden. – *Griesbach* – Bad im Renchtal, nahe dem Kniebis; Modekurort, in dem Gr. selbst sich öfters aufhielt. – *propagieren* – fortpflanzen.

402 *vergeben* – zum Verderben geben, vergiften. – *Aemuli* – Nebenbuhler.

404 *stählerne Stange* – Nadel. – *Rotgießer* – Erzgießer.

405 *Mutzen* – Jacke.

406 *gesteckt* – ins Stocken geraten. – *abbrechen* – versagen.

407 *die Nas an zu bluten* – nach dem Volksglauben Zeichen naher Verwandtschaft. – *ausgeschälet* – geplündert. – *mehr mobilis als nobilis* – mehr beweglich als adlig, mehr Halbweltdame als Dame von Welt.

408 *Teufelsbanner aus der Geißhaut* – Wahrscheinlich ist der Teufelsbeschwörer aus dem Haus ‚an der Geishut' 2 km vor Gengenbach gemeint, eine historische Persönlichkeit. Ein Dekret des Rats der Stadt Offenburg am 5. Februar 1649 beschäftigte sich mit ihm. – *Gehörde* – der Ort, an den es hingehört. – *Weinbeißer* – Trinker.

409 *Partem* – Teil, Anteil. – *Rench* – Schwarzwaldflüßchen, das am Kniebis entspringt und in den Rhein mündet. Der Oberlauf heißt Wilde (Wüste) Rench. In dem für Grimmelshausens Leben und Dichtung wichtigen Tal liegen die Orte Griesbach, Peterstal, Oppenau, Oberkirch, Gaisbach und Renchen, wo er 1676 gestorben und begraben ist. – *Spiritus familiaris* – zauberischer Hausgeist (vgl. Brüder Grimm, Deutsche Sagen, I, 84 und die Ballade der Annette von Droste-Hülshoff ‚Der Spiritus familiaris des Roßtäuschers'; auch Gr. ‚Die Landstörzerin Courasche' Kap. 18). – *wie dem Hund das Gras* – vgl. Anm. zu S. 274. – *Epikurer* – Genießer, Schlemmer (nach dem griech. Philosophen Epikur).

413 *Herrnhandel* – herrschaftliche Besitzung. – *England–Holland* – Wortspiel.

414 *ins Haus schlagen* – für den Haushalt schlachten. – *Spansau* – Spanferkel, das noch saugt. – *im untern Bad* – Peterstal an der Rench. – *neit sahn* – ‚Gnädiger Herr, ich darfs Euch wahrlich nit sagen'. – *vor einer Geiß reden* – gemeint ist Gaisbach, wo Gr. etwa anderthalb Jahrzehnte gelebt hat.

415 *Gehäng* – Eingeweide. – *Abdecker* – Wortspiel mit Apotheker.

418 *Paternoster* – Rosenkränze. – *Geschmeiß* – Geschmeide. – *Fuchsheim* – Melchior Sternfels von Fugshaim, Anagramm für Christoffel von Grimmelshausen. – *unsinnig worden wäre* – Am 22. Februar 1638 bemächtigte sich der Graf von Nassau Hanaus mit Gewalt, weil Ramsay die Stadt ihrem rechtmäßigen Besitzer nicht räumen wollte. Zeitgenössische Quellen berichteten, Ramsay sei in der Gefangenschaft wahnsinnig geworden und verhungert. In Wirklichkeit starb er 1639 auf Schloß Dillenburg an einer in Hanau empfangenen Verwundung; vgl. Anm. zu S. 57. – *Petter* – auch Pfetter = Pate.

419 *Instrument* – Urkunde. – *abgesetzt* – des Pferdes beraubt.

420 *schwedisch war* – Das Renchtal war tatsächlich von 1643 bis 1648 unter schwedischer Herrschaft.

421 *Mummelsee* – Der vielgerühmte Mummelsee liegt am Südostabhang der Hornisgrinde im Schwarzwald, 1029 m über dem Meer. Der Name wird von Mummel = Gespenst (vermummen), oder Mühmchen = Wassernixe, oder auch von mummeln = murmeln abgeleitet. Das schwarze, sehr tiefe, fischlose Gewässer bevölkert der Volksglaube mit Geistern. Vgl. Brüder Grimm, Deutsche Volkssagen 59 und Mörikes Gedicht ‚Die Geister am Mummelsee'. Gr. benutzte die reiche Literatur über unterirdische Wasserreiche, die auf die Antike zurückgeht (z. B. im 4. Buch von Virgils ‚Georgica'), und zeitgenössische Werke über Elementargeister, das Erdinnere usw. Im Jahr 1666 besuchte ein Ge-

lehrter, Elias Georg Loretus, den See. Athanasius Kircher nahm den Bericht 1678 in seinen ‚Mundus subterraneus‘ auf. Es ist vermutet worden, daß Gr. Loretus auf dieser Wanderung zum Mummelsee begleitet hat. – *Göt* – Gote, Patin. – *in re rusticorum* – in der Landwirtschaft.

423 *Spectra* – Geister, Gespenster.

424 *Geometra* – Landmesser. – *Lägel* – Fässer. – *abgestanden* – eingegangen.

425 *Gauch* – Hahnrei. – *Cholica* – Gicht.

426 *sich hinter sie läßt* – sich mit ihnen einläßt.

427 *Sylphi* – nach dem Volksglauben des Mittelalters Elementargeister, die die Luft bewohnen; hier Wassergeister; vgl. des Paracelsus ‚Liber de nymphis, sylphis, pygmaeis et salamandris et de caeteris spiritibus‘. – *Centrum terrae* – das Innerste, der Mittelpunkt der Erde. – *Duc d'Anguin* – Ludwig II. von Bourbon, Herzog von Enghien, ‚der große Condé‘, lieferte am 3. und 5. August 1644 dem bayrischen General Mercy bei Freiburg eine Schlacht und erschien am 25. August vor Philippsburg. Der Knan müßte also damals zum erstenmal zum Mummelsee gegangen sein, was jedoch zur Chronologie des Romans nicht stimmt, der jetzt im Jahr 1642 steht. Gr. nennt hier ein historisches Datum, ohne die Zeitrechnung seiner Erzählung zu beachten. – *käfermäßig* – flink. – *hellig* – müde, matt (vgl. behelligen = müde machen).

428 *rudera* – Reste. – *walgern* – wälzen.

429 *abyssus* – Abgrund, tiefste Stelle.

430 *Verzückung* – wie öfters Intensivum zu ziehen. – *Empedocles Agrigentinus* – griech. Philosoph aus Agrigent in Sizilien (490–430 v. Chr.).

431 *Antipodes* – ‚Gegenfüßler‘, die auf dem entgegengesetzten Punkt der Erdkugel wohnen.

432 *Teichel, Schläuche oder Stiefel* – Röhren, Schläuche oder Zylinder. – *donec auferatur luna* – Ps. 72,7: ‚bis daß der Mond nimmer sei‘. – *Venerem oder Martem* – Venus oder Mars. – *generationes fructu- & animalium* – das Entstehen, Fortleben der Früchte und Tiere. – *calcinieren* – durch Hitze verkalken.

433 *Nuntii* – Boten, Gesandte.

435 *Justitiam administrieren* – Recht sprechen.

436 *Pilatussee* – kleiner See auf dem Pilatus am Vierwaldstätter See. – *Camarina* – untergegangene Stadt an der Südküste Siziliens. – *Camarinam movere* – Die Einwohner wollten den bei der Stadt gelegenen sumpfigen See Camarina, der ungesund war, die Stadt aber gegen die Feinde schützte, austrocknen, wovor sie ein Orakel warnte. Daher ‚die Camarina bewegen, verändern‘, soviel wie ‚gefährden, beunruhigen‘.

437 *Jolla* – Mundschenk Alexanders, der ihn mit einem Trunk aus dem stygischen Quell in Arkadien vergiftet haben soll.

438 *Thessalia* – in Nordgriechenland. – *See bei Zircknitz* – Dieser See im Krainer Karst südlich Laibach fließt im Hochsommer unterirdisch ab, der Seeboden verwandelt sich dann in Wiesen und fruchtbare Felder; vgl. Buch 6, Kap. 14. – *Engstlen* – im Schweizer Kanton Unterwalden südlich von Engelberg. –

Ober-Nähenheim – im Elsaß. – *Cervia und Comacchio* – Salzorte in Italien, im Gebiet von Ravenna und Ferrara.

439 *kentoripisch* – Centuripe am Ätna. – *Kappadozien* – in Kleinasien. – *Gumapi in Banda* – Gunung-Api, Vulkaninsel im Banda-Archipel (Niederländisch-Indien). – *entsprungen* – Einer in Dappers ‚Amerika' (1673) aufgezeichneten Sage nach soll der erste Amerikaner aus dem tiefen Titicaca-See in den Kordilleren von Südamerika emporgestiegen sein.

440 *Gerechtigkeit* – Anrecht. – *Exempel von Weizen und Unkraut* – Matth. 13,24–30.

441 *Tellerlecker* – Schmeichler. – *Troglodyten und Novazembler* – Höhlenmenschen und die Bewohner von Nowaja Semlja. – *unter den Polis arctico und antarctico* – am Nord- und Südpol. – *wilder und schwarzer See* – Wildsee bei Oberkirch im Renchtal; mit dem schwarzen See ist vielleicht der in der Nähe gelegene ‚Kleine Mummelsee' gemeint.

442 *Importunität* – Zudringlichkeit.

443 *konjekturieren* – vermuten. – *Eusebius* – Eusebius von Cäsarea (um 270 bis etwa 340), Begründer der christlichen Kirchengeschichte. Das Zitat ist wörtlich aus Garzonis ‚Allgemeinem Schauplatz' entlehnt; natürlich ist die Schilderung der Oberwelt ironisch gemeint.

444 *Wildnis* – In der thebanischen Wüste in Ägypten lebten die ersten Mönche, z. B. der heilige Antonius. – *ein Knäul Garn nachwerfen müßten* – ‚etwas nach der Maus werfen' hieß bei Schneidern und Webern ‚stehlen', häufig schon bei Hans Sachs; vgl. S. 534.

445 *Mare del Zur* – Südmeer, alter spanischer Name des Stillen Ozeans.

446 *Rekompens* – Belohnung. – *Rondel* – Rundturm, Bastei(?).

447 *de los latronos* – Diebsinseln, Ladronen oder Marianen. – *so bei dem babylonischen Turm vorgangen* – Verwirrung der Sprachen, 1. Mose 11,1–9. – *Pygmaei* – fabelhaftes Zwergvolk der griechischen Sage. – *Aristarchus* – griech. Mathematiker. – *Copernicus* – Kopernikus (1473–1543) vertrat als erster die Meinung, daß die Erde sich um die Sonne bewege.

448 *exhalatio humida, viscosa & crassa* – feuchte, zähe und dicke Ausdünstung. – *Marchasita aurea vel argentea* – goldenes oder silbernes Wismut. – *Salamandrae* – Feuergeister. – *sonderbare Leinwand* – Asbest. – *Elixier Theophrasti* – Theophrastus Paracelsus (1493–1541) soll ein Elixier gegen alle Krankheiten besessen haben.

449 *Nephalia* – Opfer ohne Wein. – *Reflexion* – Spiegelung.

451 *Schwalbacher* – Mineralbad Langenschwalbach im Taunus. – *Sinnhandel* – Phantasterei; Geschäft, das nur in Gedanken gemacht wird.

452 *beschirmen* – beim Abschied Schutz (Schirm) und Segen wünschen. – *Lapide* – Lapis = Stein. – *Kolchis* – In der Argonautensage raubt Jason mit Hilfe der Medea das von einem Drachen bewachte Goldene Vlies aus dem Hain des Mars auf Kolchis. – *Matz von Dresden* – s. S. 304. – *seines Gefallens* – wie es ihm gefällt, nach Belieben.

453 *steurete* – stützte. – *Hair* – Herr.

454 *verzetteln* – ausstreuen, verlieren. – *lateinischer Handwerksgesell* – Student.

455 *hinter die Baurn gelassen* – mit ihnen eingelassen.

456 *Dornstett* – Dornstetten, Städtchen auf dem Wege von Horb nach Freudenstadt. – *Baiersbronner Tal* – im Murgtal nördlich Freudenstadt. – *Seebach* – Dorf im Achertal, südlich von Hornisgrinde und Mummelsee.

457 *ihrem Fürsten so getreu* – Graf Eberhard der Rauschebart (1344–1392); vgl. Justinus Kerners Gedicht ‚Der reichste Fürst', Str. 5 und 6. – *Sankt Velten* – s. S. 278.

458 *die ungarischen Wiedertäufer* – Gr. war nicht in Ungarn, konnte aber die Art der Wiedertäufer in den Tälern des Schwarzwalds kennenlernen (vgl. A. J. F. Zieglschmid, Die ungarischen Wiedertäufer bei Gr. – In: Zs. f. Kirchengeschichte, Bd. 59, 352–387). Entwürfe für eine staatliche Regelung des Familienlebens, der Arbeit usw. finden sich auch in den Staatsromanen der Zeit, so in Morus' Utopia, in Andreaes Christianopolis (um 1615). – ‚*Kunst*' *Raimundi Lulli* – Raimundus Lullus (1232–1315) verfaßte ein enzyklopädisches Werk, die Ars magna oder Lullische Kunst. – *Topica* – Die Topik ist ein Teil der alten Rhetorik. – *Cabbala* – jüdische mystische Geheimlehre.

459 *Josephus* – Flavius Josephus, jüdischer Geschichtsschreiber im 1. Jh. n. Chr. – *Essäer* – Die Essener, spätjüdische Sekte, die in asketischen Gemeinschaften in der Wüste lebte und (nach den neuesten Funden der Schriftrollen vom Toten Meer) für die Entstehung des Christentums von großer Bedeutung gewesen ist. – *Murmelung* – Murren. – *sonderbare* – besondere, abgesonderte.

460 *außerhalb* – außer, ausgenommen. – *mithin* – dabei. – *Handzwehl* – Handtuch. – *Dominikus oder Franziskus* – die Stifter der nach ihnen genannten Mönchsorden.

461 *nach Moskau in Reußen* – Die Vorlage für die russische Reise des Simplicissimus ist die ‚Beschreibung der moskowitischen und persischen Reise' von Adam Olearius aus dem Jahre 1647; vgl. Wilhelm Graf, Gr. und Rußland. – In: Archiv f. Kulturgeschichte 23, 1933, 152–161. – *Reußen* – Rußland. – *Reichsstadt* – Offenburg in der Ortenau, einer Sage nach vom englischen König Offa um 600 gegründet; die Stadt war vom Februar bis September 1643 von den Weimarischen eingeschlossen. – *Zuentbietungen* – höfliche Einladungen.

462 *Torstenson* – Oberbefehlshaber der schwedischen Armee von 1641–1646. – *Bairischbrunn* – Baiersbronn.

463 *eingehauen* – verleumdet, angeschwärzt. – *zu Wismar aufsaß* – in der Hafenstadt an der Ostsee einschiffte. – *nobis* – nichts, futsch, zum Teufel.

464 *Magnaten* – der hohe Adel. – *Metropoliten* – Erzbischöfe der griechischen Kirche. – *Knesen* – Knjas = Fürst.

466 *Strelitzen* – Leibwache des Zaren. – *mit Gefährden* – mit Hinterlist.

467 *durch Podoliam* – südwestrussisches Gouvernement um Dnjestr und Bug; vielleicht ist auch Polen gemeint.
469 *Endliches* – Endgültiges. – *Pürsch- und Stückpulver* – Jagd- und Geschützpulver.
470 *zuschnie* – zuschneite.
471 *Mirsa* – Prinz. – *auf mich bestellt* – zu meiner Bewachung bestellt. – *hauptsächliche* – volle. – *die Tatarn überwunden* – Im ‚Theatrum Europaeum' werden Siege der Moskowiter über die Tataren in den Jahren 1644 und 1646 geschildert; vielleicht hat Gr. diese Darstellungen benutzt.
473 *Gorgias Leontinus* – griech. Philosoph aus Leontini in Sizilien. – *Borametz* – fabelhafte Pflanze, eine Melone in Gestalt eines Lammes, mit einem weichen Fell, das die Leute scheren und zu Wolle verspinnen; wird im Reisebericht des Olearius erwähnt; vgl. auch Buch 6, Kap. 11. – *niuchische Tatarn* – Niutschi, tungusische Tataren im Altaigebirge. – *Duseck* – tschech. tesák, kurzer breiter Säbel. – *Macao* – portug. Kolonie in Südchina, bei Kanton und Hongkong.
474 *Levante* – Morgenland; die Küstenstriche Kleinasiens, Syriens und Ägyptens. – *Loreto* – ital. Wallfahrtsort in der Nähe von Ancona. – *der Teutsche Fried* – der Westfälische Frieden von 1648, der den Dreißigjährigen Krieg beendete; mit diesem Zeitpunkt also schloß der Roman in der ersten Fassung.
475 *Oraculum Apollinis* – das Orakel des Apollon in Delphi.
476 *Guevara* – Antonio de Guevara (um 1500–1545), spanischer Schriftsteller, Hofprediger Karls V. Gr.s Zitat ist seinem Traktat ‚Contemptus vitae aulicae et laus ruris' (Verachtung des Hoflebens und Lob des Lebens auf dem Lande) in der Übersetzung von Aegidius Albertinus (1598) entnommen. Der Abschnitt trägt die Überschrift ‚Mit was kläglichen worten der Author von der Welt urlaub nimbt'.
477 *das Giebige* – das Gute, Rechte. – *den Hochtragenden* – den Hoffärtigen. – *verschamt* – unsicher: als beschämt oder schamlos gedeutet.
480 *Schanze* – Chance.
482 *valete* – ‚Ich hab ein End gesetzt meinen Sorgen, Hoffnung und Glück, lebt wohl.' Der Hexameter ist ein bekannter Grabspruch.
485 *satyrice* – satirisch. – *Herr Omne* – jedermann, das breite Publikum.
486 *Hans Supp* – Jean Potage, der franz. Hanswurst.
487 *die Moos* – Gebiet am Mooskopf zwischen Rench- und Kinzigtal (873 m), Mooswald, südwestlich von Oppenau. – *Geroldseck* – Hohengeroldseck, heute stattliche Ruine auf einem Bergkegel südlich Gengenbach. Gr. hat das Schloß mehrfach gezeichnet. Es wurde 1689 zerstört. – *Baden* – Markgrafschaft Baden-Durlach, Gegend von Karlsruhe. – *Perspektiv* – Fernrohr.
488 *Betöberung* – Bezauberung, Betäubung.
489 *Klinge* – Schlucht. – *knarpelt'* – knirschte.
490 *Belial* – ein Unterteufel. – *Lerna malorum* – der lernäische

Sündenpfuhl; im lernäischen Sumpf südlich von Argos tötete Herakles die vielköpfige Hydra. – *fetter Schnitt* – gutes Geschäft. – *Polen* – war seit 1647 mit Kriegen gegen die Kosaken, Russen und Schweden beschäftigt.

491 *Numen* – die Gottheit.

492 *Windfach* – Fächer. – *Unterschleif* – Unterschlupf. – *Memorial* – Denkschriften.

493 *Rinken* – Schnallen, Spangen. – *rebellisch werden mögen* – daß wohl eine andere durch die Gerüchte in sexuelle Erregung geraten wäre. – *mutzen* – aufmucken, murren.

494 *Bräckin* – Hündin. – *hervorwirft* – s. Anm. zu S. 194.

495 *Herodes Ascalonita* – Herodes der Große, bekannt durch die Grausamkeiten gegen seine nächsten Verwandten. – *Gestaltsame* – Gestalt, Beschaffenheit.

496 *Arcana* – Geheimnisse. – *Pfetzpfennig* – Geizhals. – *Untersassen* – Untertanen.

498 *vernützen* – mißbrauchen. – *Pluto* – Gr. verwechselt hier wie auch in seiner Schrift ‚Ratstübel Plutonis oder Kunst, reich zu werden' den Gott der Unterwelt Pluto mit Plutus, dem Gott des Reichtums.

499 *wie das saure Bier ausschreien* – ironisch gemeint.

500 *rote Erde* – Gold. – *erarnen* – mit Mühe verdienen, erarbeiten.

501 *Dexterität* – Geschicklichkeit, Gewandtheit. – *Sukkurs* – Hilfe.

502 *Pereleganz* – große Eleganz.

504 *gumpen* – springen.

506 *widerwärtige* – feindliche. – *bezwackte* – rupfte, schröpfte, bestahl.

507 *Arturi Hofhaltung* – s. Anm. zu S. 377. – *Pistolen* – spanische Goldmünze.

508 *per fas & nefas* – im Guten und im Bösen.

509 *Gegenwürf* – Einwürfe.

510 *Gegenspiel* – Gegenteil.

511 *Proverbior. 26* – Sprüche Salomos Kap. 26.

513 *vor den großen Ausgaben hätte sein wollen* – sie hätte vermeiden wollen. – *consequenter* – folglich. – *auf der Gruben gehet* – bald sterben wird. – *verpensionieren* – verzinsen.

514 *vorsetzen* – vorschießen.

515 *eines großen Interesse verzeihen* – auf hohe Zinsen verzichten. – *Lidlohn* – Dienstlohn. – *Pension* – Zinsen.

516 *Kommodität* – Bequemlichkeit. – *Minch* – Mönch, verschnittenes Pferd.

517 *vogtbaren* – unmündigen. – *Lucae am 16.* – Luk. 16, 19ff. Vom reichen Mann und armen Lazarus.

518 *Stupflen* – Stoppeln.

519 *erobern* – Karl I. wurde 1649 hingerichtet. Sein Sohn Karl II. landete im Juni 1650 in Schottland, um das Land wiederzugewinnen, wurde aber am 3. September 1651 bei Worcester von Cromwell geschlagen.

520 *altfränkische* – altertümliche. – *romanischer* – römischer.

521 *mit Hans Sachsen* – Anspielung auf das Gedicht des Nürnberger

Meistersingers Hans Sachs ‚Baldanderst so bin ich genannt, der ganzen Welte wohlbekannt', das auf den 31. Juli 1534 datiert ist. Die Figur selbst, der ‚Vil anders' (=ganz anders), stammt aus der zwiespältigen Zeit des Spätmittelalters; vgl. das Reimgedicht eines unbekannten aus dem 14. Jahrhundert in Laßbergs Liedersaal I 389 ff. – *Gespräch mit einem Dukaten und einer Roßhaut* – In Hans Sachsens Gedicht ‚Von dem verlornen redenten gülden' erzählt ein Dukaten, in dem Schwank ‚Die ellent klagent Roßhaut' diese ihre Erlebnisse, ähnlich wie das Schermesser im übernächsten Kapitel der Continuatio. – *an allen Orten* – Zur Entzifferung des harmlosen Scherzes möge der Leser Anfangs- und Endbuchstaben der Wörter (‚Ich bin der Anfang und das End') aufeinanderfolgend zusammenstellen.

522 *Kleewasen* – Wiese. – *im Ovidio* – Die Metamorphosen (Verwandlungssagen) des Ovid. – *Proteus* – griech. Meergott, vieler Verwandlungen fähig (Odyssee IV). – *flüchtig machen* – in die Flucht schlagen.

523 *Zifferant* – Schreiber und Enträtsler von Chiffren, Geheimschriften. – *Steganographia Trithemii* – Johannes Trithemius (Tritheim), 1462–1516, Erfinder einer Steganographie = Geheimschrift. – *des heiligen Alexii* – Römer im Anfang des 5. Jh., der sich freiwillig der Armut unterzog.

524 *verneujahren* – vgl. verjähren. – *Jakobsstab* – zuerst Stab der Jakobspilger von Santiago de Compostela, später verallgemeinert. – *böhmischer Ohrlöffel* – großer Knüppel, wie ihn die böhmischen Wanderer trugen.

525 *Schapbach* – Dorf an der Wolfach, rechtem Nebenfluß der Kinzig.

526 *Kopfstück* – Münze. – *Gutach* – linker Nebenfluß der Kinzig von Süden her. – *Fatzwerk* – Spaß, Possen (Faxen).

527 *Tümmelchen* – Rausch (Taumel). – *Wer lügen will* – Richtig Salomo von Golau, Pseudonym des Epigrammatikers Friedrich von Logau (1604–1655); Name und Spruch wohl aus dem Gedächtnis ungenau zitiert: ‚Wilstu lügen? Leug von ferne; Wer zeucht hin und fraget gerne?' – *in des Plinii dickem Wald* – nach Plinius, Historia naturalis, ein wandernder Wald. – *Aquae Cutiliae* – der See von Contigliano in Mittelitalien, auf dem es schwimmende Inseln gegeben haben soll. – *Borametz* – vgl. S. 473; dort erzählt Simplicissimus übrigens, daß er es wirklich gesehen und davon gegessen habe.

528 *Garvier* – nicht erklärt: panier = Korb, carnier = Jagdtasche oder cahier = Heft? – *Goll* – Gimpel, Dompfaff. – *dem der von Navarra* – weil er beides in einer Person ist.

529 *Hanf* – Der Hanfbau war Gr. aus den Orten im unteren Renchtal von Oberkirch bis Renchen bekannt; dieses hatte eine Hanf- oder Faßkammer. – *zu Zeiten Wenceslai* – Kaiser Wenzel, 1361–1419. – *Goldscheur* – Dorf bei Offenburg in Baden. – *Sester* – badisches Getreidemaß.

531 *Schopf* – Schuppen. – *der Weil* – Zeit (gen. part.). – *feuerfähiger* – trockner, entzündbarer. – *die Breche* – Gerät zum Brechen der Stengel.

532 *Bleuel* – Klotz, Brett zum Schlagen; vgl. verbleuen. – *Amianthum* – Bergflachs, Federweiß. – *Asbeston* – Asbest. – *Bissinum* – Byssus, Baumwolle. – *Hechel* – Gerät zum Durchziehen und Reinigen des Flachses. – *Kuder* – Werg. – *englische* – Die Angelologie gliedert die Ordnungen der Engel in dreimal drei Chöre (Dionysius Areopagita, Himmlische Hierarchie).

533 *Vorkäufler* – Zwischenhändler. – *Zwolle* – Stadt in Holland an der Ijssel. – *Klosterzwirn* – feiner Zwirn aus Brabant.

534 *Zwilch und Sacktaffet* – Zwillich und Sackleinwand. – *nach den Mäusen warf* – stahl; vgl. S. 444. – *bollert'* – polterte.

535 *Cammerich* – Cambrai in Nordfrankreich; vgl. S. 317. – *Schnauzhahn* – Prahlhans. – *Kornett* – Wortspiel mit cornu = Horn. – *Raum* – Rahm. – *Spinal* – Epinal in den Vogesen, Lothringen.

536 *Streichpletzen* – Lappen, Flicken. – *Ballen* – Bogen, Buch, Ries, Ballen: Papiermaße; 1 Ballen = 10 Ries = 200 Buch = 4800 Bogen. – *Zurzach* – im Kanton Aargau, Schweiz; früher berühmter Messeort. – *Journal* – Rechnungsbuch. – *Dieses Buch nun* – Der Abschnitt ist fast wörtlich aus Garzonis ‚Allgemeinem Schauplatz' entlehnt.

537 *Spezifikation* – Aufstellung, Verzeichnis.

538 *Eberswurzel* – Carlina acaulis, Karlsdistel; wer sie bei sich trägt, wird nicht müde. – *zu Holz schießt* – nur anschießt, so daß es in den Wald zurückläuft. – *Schauenburg* – Hannibal von Schauenburg, kaiserlicher Generalfeldmarschall, Verteidiger von Breisach, gest. 1634.

539 *Prinz Thomas* – Thomas Franz von Savoyen, 1596–1656. – *Absehen* – Augenmerk, Visier(?).

540 *der Gehörde nach* – dem Hören nach = wie ich es ihm gesagt hatte; auch: gehörig, wie es sich gehört. – *verwichen* – kürzlich; geschehen am 10. Juni 1652.

542 *Kluppen* – Kluft, Zange; vgl. S. 327.

543 *Damal erfuhr ich* – Die Pilgerreise ist, wie auch andere Teile des Romans, durch Schilderungen in Martin Freudenholds ‚Gusman' (Frankfurt 1626) beeinflußt. – *Ferge* – Fährmann. – *Storgen* – Lügengeschichten fahrender Leute (Historien). – *Phylarchus* – um 250 v. Chr., schrieb eine Geschichte der griechischen Welt. – *Apollonides und Hesigonus* – geographische Schriftsteller der Antike. – *des Bergs Myli* – Mylas in Cilicien in Kleinasien.

544 *Ktesias* – Verfasser eines Werkes über Persien. – *bei Monoscelis oder Sciopodibus* – Einschenklige oder Schattenfüßler. – *ich hatte gesehen* – im Folgenden mehrere wörtliche Entlehnungen aus Garzonis ‚Allgemeinem Schauplatz'. – *die selenitischen Weiber* – Mondweiber. – *Brunnen* – vgl. Buch 5, Kap. 14.

548 *Angster* – kleine Schweizer Münze. – *Lutzer* – Bluzger, Schweizer Silbermünze.

550 *Zieger* – Quark.

551 *Exemplar* – Exempel.

552 *Karbatsch* – Peitsche.

553 *Genet* – Pelz der Genette oder Zibetkatze. – *Schnauppe* – Schnauze.
557 *Transmutation* – Verwandlung. – *Massaten* – Metallklumpen.
560 *Enden* – Orten.
562 *in armis* – in Waffen, im Krieg. – *Kontagion* – Infektionskrankheit. – *Rosseten* – Stadt im Nildelta. – *Alkayr* – Kairo.
563 *Mumia* – Mumienpulver, das in Apotheken Verwendung fand.
564 *Arabia felice* – das glückliche Arabien. – *am Roten Meer herum* – Wie Simplicissimus hier als wilder Mann auf den Märkten gezeigt wird, so wird auch der Held des spanischen Schelmenromans ‚Lazarillo de Tormes' (1554) aus einem Schiffbruch als Meerungeheuer gerettet und ‚als Triton vermummt' durch ganz Spanien geführt (cap. 5 ff.). – *Arabia deserta* – das verlassene, wüste Arabien. – *welches* – Genitiv. – *Aleppo* – Stadt in Syrien.
566 *violiert* – verletzt.
567 *Das 19. Kapitel* – Hier beginnt die Robinsonade des Einsiedlers Simplicissimus, mit der die Continuatio in völliger Weltabgewandtheit ausklingt (Kap. 19–23). Scholte hat als Vorbild und unmittelbare Anregung dieses Schlusses die 1668 in London erschienene ‚Isle of Pines' von Henry Neville erwiesen, die ihrerseits den Bericht über den Aufenthalt einer niederländischen Schiffsmannschaft auf der Insel Mauritius im Jahre 1598 benutzt. Die englische Schrift erschien noch im selben Jahr in deutscher Übersetzung und muß Gr. sofort bekannt geworden sein. Er schrieb in diesen Kapiteln die erste bedeutendere Robinsonade; erst durch Defoes ‚Robinson' (1719) ging der Stoff in die Weltliteratur ein. – *Bezeugnis* – die Aussage, durch die er die Befreiung von den Räubern erlangte. – *Kracke* – eine Art großer Handelsschiffe. – *St. Jakob zu Compostel* – Santiago de Compostela, berühmter Wallfahrtsort in Spanien (Galicien); s. S. 524. – *Sinus Arabicus* – arabischer Meerbusen.
568 *Caput bonae speranzae* – Kap der guten Hoffnung, Südspitze Afrikas. – *Zwerchhölzer* – Querhölzer. – *gegen terram australem incognitam* – das unbekannte südliche Land.
569 *geschloffen* – geschlüpft.
571 *zettelte* – streute; vgl. S. 454.
572 *Revier* – rivière = Fluß.
573 *Lebhaftigs* – Belebendes. – *Macao* – im Text ‚Anacao', wohl Druckfehler für Macao, portug. Hafenstadt in Südchina; vgl. S. 473. – *Annabon* – im Golf von Guinea (Westafrika).
575 *zum Cornuto* – zum Gehörnten; vgl. S. 535.
576 *sich entblödete* – in der ursprünglichen Bedeutung: die Blödigkeit ablegen; sich erkühnte. – *Hafnererde* – Töpfererde.
577 *erkobert* – erholt. – *drauf* – niederdeutsch ‚drouf' = trüb, traurig.
580 *dusam* – schweigsam, schüchtern. – *schwarzes Holz* – Ebenholz.
581 *schneckenweis* – in Spiralen, wie ein Schneckenhaus. – *Walche*

– Dronte; ausgestorbene schwanenartige Vogelart auf der Insel Mauritius.

582 *blöde* – schwach, abgenutzt. – *Solstitium* – Sonnenwende. – *Niederkleider* – Hosen. – *Bohnen schelfen* – Hülsen.

584 *Rencontra* – Begegnung, Zusammenstoß.

587 *Brasiliensaft* – Saft des Brasilien-, Pernambuk- oder Rotholzes, der den roten Farbstoff Brasilin enthält. – *Mauer-Raute* – Farnkraut.

588 *Relation* – Ans Ende der Autobiographie des weltenthobenen Simplicissimus fügt der Dichter mit Kap. 24–27 als zweiten Schluß den sachlichen Bericht des holländischen Schiffskapitäns, auf welche Weise das Buch aus Palmblättern nach Europa und in seine Hände gelangte. German Schleiffheim von Sulsfort ist eines der zahlreichen Anagramme für Christoffel von Grimmelshausen. Auch Lazarillo de Tormes verfaßt am Ende seiner Abenteuer als Einsiedler seine Lebensgeschichte. – *molukkische Inseln* – Inselgruppe im malaiischen Archipel, zwischen Celebes und Neuguinea. – *Armada* – Flotte, genannt nach der spanischen Armada 1588 gegen England, die durch die Angriffe des Feindes und durch Stürme völlig vernichtet wurde.

589 *lavieren* – im Zickzack gegen den Wind segeln. – *ärgert'* – verschlimmerte. – *der Enden* – in der Gegend. – *Mappen* – Karten.

591 *Haijehudim* – die Kreuzesinschrift auf hebräisch. – *räterische* – rätselhafte. – *Siechentröster* – Schiffsgeistlicher. – *Ach allerhöchstes Gut!* – Scholte hat als Quelle dieses Spruches den Anfang eines Sonetts der Vittoria Colonna nachgewiesen, das Gr. in Garzonis oftbenutzter ‚Piazza Universale' fand; dort lautet die deutsche Übersetzung: „Herr der du droben wohnst, in unforschlichem Licht, Und Finsternis so dick, daß man dich kennet nicht."

592 *Prinzipale* – wohl Schiffsoffiziere. – *Erdbidem* – oberdt.: Erdbeben. – *sorgsam* – besorgniserregend.

593 *Justitiam administrieren* – Gerechtigkeit walten lassen; vgl. S. 435. – *Erösung* – Verwüstung, Verheerung.

594 *vergnügen* – genügen; auch S. 596.

595 *Circe* – verwandelte die Gefährten des Odysseus in Schweine (Od. X).

597 *um willen* – um dessentwillen, daß = weil.

598 *müßigen* – nötigen, zwingen. – *Schröter* – Hirschkäfer.

599 *Parasol* – Schirm; ‚Tyrisol' im Erstdruck wohl Druckfehler. – *Sanctus Onoffrius* – ägyptischer Einsiedler im 4. Jh. – *Wiborg in Finnland* – Wenn man in diese Erdhöhle ein lebendiges Tier warf, entstand ein solches Getöse, daß alle Menschen, die in der Nähe waren, bewußtlos niederfielen. – *Cosmographia* – Rauhes Weltbeschreibung ist 1623 erschienen.

600 *Dukaten in specie* – Speciesdukaten (wegen des Prägebildes). – *zu sich genommen* – In dem Wortspiel meint ‚solche' die Pflaumenkerne, ‚solches' das Malz: Man soll dem Büchsenmeister, der in ein Schwein verwandelt zu sein glaubt, die heilsamen

Kerne geben, ihm dabei aber sagen, das sei das Malz, nach dem er schreit; denn sonst würde er sie ja gar nicht fressen.

601 *Araca* – Arrak. – *betrug* – begnügte.

602 *zeihen* – wohl richtiger als das später dafür gesetzte ‚ziehen'; in dieser Form in älterer Zeit als rhetorische Frage üblich, im Sinne von zumuten, bemühen.

603 *zu acht Tagen* – alle acht Tage. – *Jonae* – der vom Walfisch verschlungen wurde (Jon. 2).

605 *englische Brille* – Brennglas. – *Zeug von Bengala* – In Balasor in Bengalen (Indien) bestanden früher berühmte Baumwollwebereien.

606 *bezeugt* – bezieht. – *Cernhein* – wie *Rheinnec* Anagramm für Ren(i)chen.

Erklärung häufig vorkommender Wörter

Ästimation; ästimieren: Schätzung, Ansehen; schätzen
Affektion; affektieren: Absicht, Neigung; erstreben, begehren
agieren: bewegen, handeln
Akkommodität; akkommodieren: Bequemlichkeit; bequemen, anpassen
Akkord; akkordieren: Vertrag; verhandeln, übereinkommen
arrestieren: befestigen
Aufenthalt: Lebensunterhalt, Nahrung

Bursch, die: die Schar, Gruppe, Gesellschaft

chargieren: angreifen
content; Contentament; Contentionierung; contentieren: zufrieden; Zufriedenheit; Zufriedenstellung; zufriedenstellen
Convoi; convoyieren: Geleit; (als Bedeckung) geleiten
Courtoisie; courtoise: Höflichkeit, Artigkeit; höflich

defendieren: verteidigen
Desperation; desperieren: Verzweiflung; verzweifeln
Dexterität: Gewandtheit, Geschicklichkeit
diskurrieren: reden, besprechen, erzählen
drillen (trillen): drehen, quälen

effektuieren: wirken, bewirken
employieren: gebrauchen
exequieren: vollziehen

flehnen, geflehnt: fliehen, flüchten, geflüchtet
fliehen: häufig für fliegen
Fund: Erfindung, List, Anschlag

gebrauchen, sich (mit Genitiv): sich einer Sache bedienen
Gegenteil: Gegenpartei, Feind
geheien: bekümmern, ärgern, quälen (vgl. Grimms Dt. Wörterbuch)
gumpen: springen

heint, heunt: (= hînaht) heute nacht, in dieser Nacht

instruieren: unterrichten
Interesse: Zinsen

just: richtig, recht, gerade

Kalender machen: Pläne schmieden, nachdenken
Kommodität: Bequemlichkeit
kommunizieren: mitteilen

kondemnieren: verurteilen, verdammen
Konsens; konsentieren: Einverständnis, Erlaubnis; übereinstimmen, gleichen Sinnes sein
Konservation; konservieren: Rettung; bewahren, retten
kontinuieren; kontinuierlich: andauern, fortsetzen; ununterbrochen
Kontribution; kontribuieren: die Kriegssteuer; Kriegssteuer einziehen
konversieren: sich unterhalten
konzipieren: überlegen, planen, entwerfen
kreieren: schaffen
Kujon; kujonieren: Schurke; niederträchtig behandeln, quälen
Kundschaft: Bekanntschaft

Liberei: Kleidung. Livree
Löffelei; löffeln: Buhlerei; buhlen
Logement, *Logiment*, *Losament:* Wohnung, Quartier
Losung: Erlös, Ertrag, Verdienst

männiglich: jedermann
meritieren: verdienen
minieren: graben, untergraben
montieren: ausrüsten, ausstatten
mortifizieren: quälen, kasteien

notifizieren: bekanntmachen

obligieren: verpflichten
observieren: beobachten, beachten
Occasion: Gelegenheit, meist: Gefecht
offendieren: beleidigen

Part; Partens; partieren: Anteil; Teilung; teilen
Partei: Trupp, Abteilung, Streifzug, Spähtrupp; auf Partei gehen
Patienz; patientieren: Geduld; dulden, gedulden
perfektionieren: vervollkommnen
persuadieren: überreden
perturbieren: verwirren
Posterität: Nachwelt
präsentieren: schenken
prätentieren: beanspruchen
prognostizieren: voraussagen
Promessen: Versprechungen
Prosperität; prosperieren: das Gedeihen; Glück haben, gewinnen, gedeihen
prozedieren: verfahren, vorgehen

Quartier bitten, *geben:* (im Kampf) um Gnade, Pardon bitten, ... geben

rekommendieren: empfehlen, übergeben
Relation: Bericht
Reputation: Ansehen, Ehre
Resolution; *resolvieren:* Entschluß, Entschiedenheit; entschließen
retirieren: zurückziehen
reversieren: verpflichten
revozieren: widerrufen

s. v. = salve venia; s. h. = salvo honore, salva honestate (loquendi): mit Verlaub (zu sagen); der Leser möge den groben Ausdruck verzeihen!
salvieren: retten
schlecht: häufig in der älteren Bedeutung des heutigen schlicht, einfach, gerade
Schleppsack: Ausdruck für niedriges Frauenzimmer
Schmalhans: Hunger
scil. = scilicet: nämlich, wohlgemerkt
Spiegel: Gesicht
spolieren: rauben, plündern
Storcher, Storger: Landstreicher, Marktschreier; vgl. Landstörzer; lat. histrio
Sukkurs: Hilfe, Beistand
terminieren: umherschweifen; die Bettelmönche wurden Terminierer genannt
tribulieren: bedrängen, quälen, plagen

Umstand: die Umstehenden
unterhalten: anwerben

Valor: Wert, Geltung
Verehrung: Geschenk
vergeben (mit Dativ): vergiften
vexieren: ärgern, quälen
visierlich: seltsam
visitieren: besuchen, besichtigen, untersuchen, durchsuchen

werklich: wunderlich
Witz; witzig: Verstand, Klugheit; verständig, klug

Zeitung: Nachricht

Bibliographie

Ausgaben der Werke

Erste Gesamtausgabe. 3 Teile. Nürnberg: Felßecker 1683/84; ²1685/99; ³1713.

Werke, hg. von Adelbert von Keller. 4 Bde. (Bibliothek des Litterarischen Vereins 33/34, 65/66.) Stuttgart 1854/62.

Werke, hg. von Heinrich Kurz. 4 Bde. (Deutsche Bibliothek Bd 3–6.) Leipzig 1863/64.

Werke, hg. von Julius Tittmann. 4 Bde. (Deutsche Dichter des 17. Jhdts. Bd 7/8, 10/11.) Leipzig 1874/77.

Werke, hg. von Felix Bobertag. 3 Bde. (Deutsche National-Litteratur Bd 33–35.) Berlin und Stuttgart 1882/83.

Werke, hg. von Reinhard Buchwald. 2 Bde. Leipzig: Insel-Verlag 1905/08; in zahlreichen Auflagen.

Werke, hg. von Hans Heinrich Borcherdt. 4 Teile. Berlin, Leipzig usw.: Bong 1921/22.

Neudrucke, hg. von Jan Hendrik Scholte: Courasche (1923), Springinsfeld (1928), Vogelnest I (1931), Simplicissimus Teutsch (1938), Continuatio (1939), Simpliciana (1943). Halle/Saale (jetzt Tübingen): Niemeyer.

Werke, hg. von Engelbert Hegaur (i.e. W. E. Oeftering). 3 Bde. München: Langen 1923/25. Bd. 3 Neudruck des Ewigwährenden Kalenders.

Werke, hg. von Franz Riederer (nach der Ausgabe von Heinrich Kurz). 2 Bde. Naunhof bei Leipzig: Hendel 1939.

Werke, hg. von Alfred Kelletat (aufgrund der Neudrucke Scholtes). 2 Bde. München: Winkler 1956/58 und öfter.

Werke, hg. von Siegfried Streller. 4 Bde. Weimar 1960.

Werke über Grimmelshausen

Alt, Johannes: Gr. und der Simplicissimus. München 1936.

Bechtold, Arthur: Gr. und seine Zeit. Heidelberg 1914.

Bloedau, Karl August von: Gr.s Simplicissimus und seine Vorgänger. Beiträge zur Romantechnik des 17. Jhdts. Berlin 1908 (Palaestra 51).

Burkhard, Werner: Gr. Erlösung und barocker Geist. Frankfurt 1929 (Deutsche Forschungen 22).

Domagalla, Leo: Der Kalendermann Gr. und sein Simplicissimus. Würzburg 1942 (Diss. Kiel).

Ehrenzeller, Hans: Studien zur Romanvorrede von Gr. bis Jean Paul. Bern 1955.

Ermatinger, Emil: Weltdeutung in Gr.s Simplicius Simplicissimus. Leipzig 1925. (Gewalten und Gestalten 1).

Fahr, Johanna: Die Bedeutung des allegorischen Elements in Gr.s Simplicianischen Schriften. Diss. Marburg 1944 (ungedruckt).

Finkelstein, Eva: Symmetrie und Parallelismus. Formuntersuchungen zu Gr.s Simplicissimus Teutsch. Diss. Bonn 1953 (ungedruckt).

Fuchs, Käte: Die Religiosität des Gr. Leipzig 1935 (Palaestra 202).

Gerhard, Melitta: Der deutsche Entwicklungsroman bis zu Goethes Wilhelm Meister. Halle 1926 (Buchreihe der Dt. Vierteljahrsschrift 9).

Gutzwiller, Paul: Der Narr bei Gr. Bern 1959 (Basler Studien zur dt. Sprache und Literatur 20).

Klingebiel, Erich: Die Olivierhandlung in Gr.s Simplicissimus. Diss. Kiel 1956 (ungedruckt).

Könnecke, Gustav: Quellen und Forschungen zur Lebensgeschichte Gr.s; hg. im Auftrag der Gesellschaft der Bibliophilen von J. H. Scholte. 2 Bde. Weimar 1926/28.

Koschlig, Manfred: Gr. und seine Verleger. Leipzig 1939 (Palaestra 218).

Lenschau, Martha: Gr.s Sprichwörter und Redensarten. Frankfurt 1924 (Deutsche Forschungen 10).

Lochner, Rudolf: Gr. Ein deutscher Mensch im 17. Jhdt. Versuch einer psychologischen Persönlichkeitsanalyse . . . Reichenberg 1924 (Prager Deutsche Studien 29).

Roch, Herbert: Richter ihrer Zeit. Gr., Swift, Gogol. Berlin 1940 und öfter.

Rohrbach, Günter: Figur und Charakter. Strukturuntersuchungen an Gr.s Simplicissimus. Bonn 1959 (Bonner Arbeiten zur deutschen Literatur 3).

Schnitzler, Felix Th.: Die Bedeutung der Satire für die Erzählform bei Gr. Diss. Heidelberg 1955 (ungedruckt).

Scholte, Jan Hendrik: Probleme der Gr.-forschung. Groningen 1912.

Scholte, Jan Hendrik: Der Simplicissimus und sein Dichter. Gesammelte Aufsätze. Tübingen 1950.
Schrumpf, J.: Der Erzähler in den Simplicianischen Schriften. Diss. Göttingen 1956 (ungedruckt).
Schuchardt, Wolfgang: Studien zu Gr., insbesondere sein Sprachstil. Berlin 1928. (Germ. Studien 57).
Stemmann, Edith: Der epische Aufbau von Gr.s Simplicissimus. Diss. Hamburg 1939 (Dichtung, Sprache und Wort 6).
Steude, Heinz: Die Wiederentdeckung Gr.s durch die Romantik und ihre deutsche Bedeutung. Diss. Würzburg 1939.
Streller, Siegfried: Gr.s Simplicianische Schriften. Allegorie, Zahl und Wirklichkeitsdarstellung. Berlin 1957 (Neue Beiträge zur Literaturwissenschaft 7).
Welzig, Werner: Beispielhafte Figuren. Tor, Abenteurer und Einsiedler bei Gr. Graz und Köln 1963.

Aufsätze

Alewyn, Richard: Gr.-Probleme. Zs. f. Deutschkunde 44, 1930, 89–102.
Böckmann, Paul: Dichterische Gestaltungskräfte in Gr.s Simplicissimus. Zs. f. dt. Bildung 18, 1942, 226–244.
Böckmann, Paul: Die Abwendung vom Elegantia-Ideal in Gr.s Simplicissimus. In: Formgeschichte der deutschen Dichtung, Bd 1. Hamburg 1949, 448–470.
Ermatinger, Emil: Der Weg der menschlichen Erlösung in Gr.s *Simplicissimus*, *Courasche* und *Vogelnest*. In: Krisen und Probleme ... Wien 1928, 105–123.
Ernst, Fritz: Gr.s Simplicissimus und seine spanischen Verwandten. In: Fritz Ernst: Aus Goethes Freundeskreis und andere Essays. Berlin und Frankfurt a. M. 1955, 161–188.
Euphorion: Ergänzungsheft 17, 1924 (Grimmelshausenheft). Darin u.a.: Halfter, Fritz: Bildsymbol und Bildungsidee in Gr.s Simplicissimus. – Petersen, Julius: Gr.s ‚Teutscher Held'. – Scholz, Felix: Gr.s Verhältnis zu den Sprachgesellschaften und sein *Teutscher Michel*. – Ziegesar, Hertha von: Gr. als Kalenderschriftsteller ...
Gundolf, Friedrich: Gr. und der Simplicissimus. Dt. Vierteljahrsschr. 1, 339–358.
Heselhaus, Clemens: Gr., Der abenteuerliche Simplicissimus. In: Der deutsche Roman ... hg. von Benno von Wiese. Düsseldorf 1963. Bd. 1, 15–63.

Der deutsche Roman ... hg. von Benno von Wiese. Düsseldorf 1963. Bd. 1, 15–63.
Jenisch, E.: Vom Abenteurer- zum Bildungsroman. Germanisch-romanische Monatsschrift 14, 1926, 339–351.
Kelletat, Alfred: Nachwort zur Ausgabe des Simplicissimus in den Exempla Classica, 58, Frankfurt 1962, 481–489.
Koschlig, Manfred: Das Lob des ‚Francion' bei Gr. Jb. der Dt. Schillergesellschaft 1, 1957, 30–73.
Koschlig, Manfred: ‚Edler Herr von Gr.' Neue Funde zur Selbstdeutung des Dichters. Jb. der Dt. Schillergesellschaft 4, 1960, 198–224.
Koschlig, Manfred: Der Mythos vom ‚Bauernpoeten' Grimmelshausen. Jb. der Dt. Schillergesellschaft 9, 1965, 33–105.
Lugowski, Clemens: Literarische Formen und lebendiger Gehalt im Simplicissimus. Zs. f. Deutschkunde 48, 1934, 622–634.
Mielert, Harry: Der paracelsische Anteil an der Mummelsee-Allegorie in Gr.s Simplicissimus. Dt. Vierteljahrsschrift 20, 1942, 435–451.
Müller-Seidel, Walter: Die Allegorie des Paradieses in Gr.s Simplicissimus. Festschrift Bulst, Medium Aevum vivum. Heidelberg 1960, 253–278.
Petersen, Julius: Gr. In: Die Großen Deutschen. Berlin 1935, Bd. 1; veränderte Fassung in der neuen Auflage von 1956.
Petersen, Julius: Gr.s Simplicissimus als deutscher Charakter. In: Von deutscher Art und Kunst in Sprache und Dichtung, Bd. 3, 1941.
Viëtor, Karl: Gr. (1927). In: Geist und Form. Aufsätze zur deutschen Literaturgeschichte. Bern 1952, 65–71.
Weydt, Günther: Zur Entstehung barocker Erzählkunst. Harsdörffer und Gr. Wirkendes Wort, 1. Sonderheft, 1953, 61–72.
Weydt, Günther: Don Quichote Teutsch. Studien zur Herkunft des simplicianischen Jupiter. Euphorion 51, 1957, 250–270.
Weydt, Günther: ‚Adieu Welt.' Weltklage und Lebensrückblick bei Guevara, Albertinus, Grimmelshausen. Neophilologus 46, 1962, 105–125.

Inhalt